面向计算机科学与技术专业规范系列教材

计算机网络与互联网

王卫红 李晓明 编著

第2版

Computer Networking and the Internet

机械工业出版社
China Machine Press

本书从对信息技术专业人才培养的定位出发，力求内容的实用性，在注重基本概念及其关系的同时，追求内容深度和广度的平衡，通过阐释信息传输的网络化、消息的分组交换、协议及其层次结构等基本概念，使读者对计算机网络形成一个初步认识，从而为读者将来有效地参与网络系统的构建、升级和维护活动打下坚实的基础。

本教材分 8 章介绍了计算机网络与互联网运行的原理和主要技术，脉络清晰，叙述严谨，概念明确，文风朴实，适合作为高等院校计算机及相关专业计算机网络课程的教材。

图书在版编目（CIP）数据

计算机网络与互联网　第 2 版 /王卫红，李晓明编著 . —北京：机械工业出版社，2010.5
（面向计算机科学与技术专业规范系列教材）

ISBN 978-7-111-30516-3

Ⅰ . 计… 　Ⅱ.①王… 　②李… 　Ⅲ.①计算机网络－高等学校－教材 　②因特网－高等学校－教材 　Ⅳ. TP393

中国版本图书馆 CIP 数据核字（2010）第 076717 号

机械工业出版社（北京市西城区百万庄大街 22 号　邮政编码　100037）

责任编辑：刘立卿

北京瑞德印刷有限公司印刷

2010 年 7 月第 2 版第 1 次印刷

185mm×260mm · 16.75 印张

标准书号：ISBN 978-7-111-30516-3

定价：28.00 元

出版者的话

机械工业出版社华章公司是国内重要的教育出版公司,培生教育集团(拥有 Addison Wesley、Prentice Hall 等品牌)是全球知名的教育出版集团,双方在过去长达十余年的合作中秉承"全球采集内容,服务教育事业"的理念,遴选、移译了国外大量的在计算机科学界享誉盛名的专家名著与名校教材,其中包括 Donald E. Knuth、Alfred V. Aho、Jeffrey D. Ullman、John E. Hopcroft、Dennis Ritchie 等大师名家的经典作品(收录在大理石封面的"计算机科学丛书"中),这些作品对国内计算机教育及科研事业的发展起到了积极的促进作用。

随着国内计算机科学与技术专业学科建设的不断完善、教学研究的蓬勃发展,以及教材改革的逐渐深化,计算机科学与技术专业的优秀课程及教材不仅仅是"引进来"(版权引进),而且需要"走出去"(版权输出)了。

近几年以来,教育部计算机科学与技术专业教学指导分委员会根据我国计算机专业教育的现状以及社会对人才的需求,发布了《高等学校计算机科学与技术专业发展战略研究报告暨专业规范(试行)》(以下简称《规范》)。为配合《规范》的实施推广,同时为落实中央"提高高等教育质量"的最新指导思想,在教育部计算机科学与技术专业教学指导分委员会的指导下,在国内知名高校众多教授的帮助下,我们出版了这套"面向计算机科学与技术专业规范系列教材"。

本套教材的作者在长达数十年的科研和教学经历中积累了大量的知识和经验,也奠定了他们在学术和教学领域的地位,教材的内容体现了他们的教学思想和教学理念,本套教材也是传承他们优秀教学成果的最好载体,是中国版的专家名著和名校教材,相信它们的出版对提高计算机科学与技术专业的教育水平和教学质量能够起到积极的作用。

华章与培生作为专业的出版团队,愿与高等院校的老师共同携手,在这套教材的出版上引进国际先进教材出版经验,在教学配套资源的建设上做出新的尝试,为促进中国计算机科学与技术专业教育事业的发展,为增进中国与世界文化的交流而努力。

华章教育　　培生教育集团

序　言

近 20 年里，计算机学科有了很大的发展，人们普遍认为，"计算机科学"这个名字已经难以涵盖该学科的内容，因此，改称其为计算学科（Computing Discipline）。在我国本科教育中，1996 年以前曾经有计算机软件专业和计算机及应用专业，之后被合并为计算机科学与技术专业。2004 年以来，教育部计算机科学与技术专业教学指导分委员会根据我国计算机专业教育和计算学科的现状，为更好地满足社会对计算机专业人才的需求，发布了《高等学校计算机科学与技术专业发展战略研究报告暨专业规范（试行）》（以下简称《规范》），提出在计算机科学与技术专业名称之下，构建计算机科学、计算机工程、软件工程和信息技术四大专业方向。《规范》中四大专业方向的分类，在于鼓励办学单位根据自己的情况设定不同的培养方案，以培养更具针对性和特色的计算机专业人才。

为配合《规范》的实施，落实中央"提高高等教育质量"的精神，我们规划了"面向计算机科学与技术专业规范系列教材"。本系列教材面向全新的计算学科，针对我国高等院校逐步向新的计算机科学与技术专业课程体系过渡的趋势编写，在知识选择、内容组织和教学方法等方面满足《规范》的要求，并与国际接轨。本套教材具有以下几个特点：

（1）**体现《规范》的基本思想，满足其课程要求。**为使教材符合我国高等院校的教学实际，编委会根据《规范》的要求规划本套教材，广泛征集在国内知名高校中从事一线教学和科研工作、经验丰富的优秀教师承担编写任务。

（2）**围绕"提高教育质量"的宗旨开发教材。**为了确保"精品"，本系列教材的出版不走盲目扩大的路子，每本教材的选题都将由编委会集体论证，并由一名编委担任责任编委，最大程度地保证这套教材的编写水准和出版质量。

（3）**教材内容的组织科学、合理，体系得当。**本套教材的编写注重研究学科的新发展和新成果，能够根据不同类型人才培养需求，合理地进行内容取舍、组织和叙述，还精心设计了配套的实验体系和练习体系。

（4）**教材风格鲜明。**本套教材按 4 个专业方向统一规划，分批组织，陆续出版。教材的编写体现了现代教育理念，探讨先进的教学方法。

（5）**开展教材立体化建设。**根据需要配合主教材的建设适时开发实验教材、教师参考书、学生参考书、电子参考资料等教辅资源，为教学实现多方位服务。

我们衷心希望本系列教材能够为我国高等院校计算机科学与技术等专业的教学作出贡献，欢迎广大读者广为选用。

"面向计算机科学与技术专业规范系列教材"编委会

前　言

　　"十五"期间，教育部高等学校计算机科学与技术教学指导委员会编制了《高等学校计算机科学与技术专业发展战略研究报告暨专业规范(试行)》(后文简称《规范》)。"计算机网络与互联网"是其中信息技术专业方向的建议课程之一。本教材是参照《规范》附录 2.4A 和 2.4B，将相关要求编写成一本教科书的尝试。

　　按照《规范》所建议，"计算机网络与互联网⊖"这门课的前导课程有"程序设计与问题求解"和"计算机系统平台"，后续可有"Web 系统与技术"、"信息安全保障"和"系统管理与维护"。这是我们编写这本教材时考虑的一个基本定位。鉴于前面还有数学基础课程等，按照本教材开设的课程最早可以安排在二年级下学期，但放在三年级上学期会比较从容些。

　　本教材的目的在于介绍计算机网络与互联网运行的原理和主要技术。教学目标是使得学生在将来工作的时候，能够有效地参与本单位网络系统的构建、升级和维护运行。这里，强调"将来"，意味着在教学内容的选择上应该注重基础性和原理性，不追求时髦。同时，作为"网络系统的构建、升级和维护运行"的目标定位，在内容的表述上将突出主要概念，力图简洁清晰；尽量避免形式化，或者为追求严谨而过于冗繁。从对信息技术专业方向人才培养的定位出发(见《规范》2.4节)，我们力求内容的实用性，在着重于基本概念及其关系的同时，追求内容深度和广度的平衡。

　　为了能够让读者对计算机网络有一个初步的认识，在前言中我们首先提出几个最基本的观念和技术，这些观念和技术是支撑计算机网络运行的核心，也是我们使用这本教材学习计算机网络的基础。这些基本的概念包括：信息传输的网络化，消息的分组交换，以及协议及其层次结构。最后我们将概述本教材每章的主要内容。

信息传输的网络化

　　网络，广义地讲，作为支持在多个源和目的地之间输运物体或者信息的一种基础设施，是一个自然形成的、很久远的概念。道路网、邮政网、电话网、互联网，等等。抽象起来看，它们都是由若干称为"节点"和"边"(或者"链路")的元素构成的一个图，如图 1 所示。

　　对于图 1，从计算机网络的角度解释，圆圈表示节点，线条表示链路。节点的作用是转发数据，链路的作用是"携带"或传递数据。这里，特别注意到左右两边的两个小方块，它们是物资输运或者信息通信的源和目的地，在计

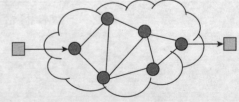

图 1　网络的一种抽象

算机网络中我们统称为数据终端，也称为主机或端系统。终端是数据信息的发源地，也是目的地。笼统地讲，终端也可被看作是网络的一部分，而且在有些网络中也必须这么看才有道理；但对于学习和研究互联网来说，将终端与网络区别开来(即不认为终端也是网络的节点)常常会更加方便，例如讲"将一个终端连接到网络上"这样的话就很自然了。为简洁起见，图 1 只画出了两个终端，但我们应该想象

⊖　互联网的英文即"Internet"，另一种常见的译法为"因特网"，本书的后续章节一般采用"因特网"的说法。

有许多这样的终端连接在网络上，它们通过网络实现通信。图 1 中那团像云状的图形是人们描绘互联网或者其他网络的一种习惯，可以理解为是一种"动态并且其完整结构很难清晰地表示出来"的网络。

网络是多节点、多链路的，允许同一时刻不同链路上有不同的信息内容；也支持同一链路上不同时刻有属于不同终端发出的内容。我们的广播和电视系统，尽管也是传输信息的，但它们并不是上述意义下的网络，其要点是"广播"，广播从原理上讲只有一个链路[○]，因此同一时刻只能是相同内容。网络重在多样化的信息交换——多对多的收发关系；广播则在于单一的信息传播——多对一的收发关系。网络系统成本高，而广播系统则相对经济。

网络使得彼此通信的终端呈现出一种"逻辑上的全互联"状态。电话系统是一个网络，除了我们用于通话的电话机外，中间是一个由链路和转发节点构成的网络通信设施，我们打电话时感觉不到这些通信设施的存在。拿起电话—拨号—接通，我们感受到的是一种"点对点"的连接，即呼叫方直接与受话方的连接，而且对所有人都一样。互联网也是如此，我们通过互联网浏览一个网页时，启动浏览器—向它输入一个地址—网页出现，我们感受到的也是一种直接的连接。网络使得彼此通信的终端呈现出一种"逻辑上的全互联"状态，每两个终端之间都好像有一条直接连通的链路，物理的网络本身则看不见了。这种逻辑上全互联的终端网络的每一条链路只携带与之相关的终端发出的信息。终端没有网络节点的信息转发功能。

那么为什么不在我们用以通信的终端之间形成真正的或者说"物理的"全互联呢？代价是一个原因。如果有 n 个终端需要通信，物理的全互联需要 $n(n-1)/2$ 条链路。如果用一个有 m 个节点的网络来支持这 n 个终端之间的通信，则最多需要 $n+m(m-1)/2$ 条链路[○]。当 $m\ll n$ 时，它们的差别会很大。况且，从实际情况来看，也没有必要在 m 个网络节点之间搞全互联（通常，与每一个节点相连的链路数有一个不大的上限，例如 24），从而链路数会进一步大大减少。当然，相对于终端之间的直接全互联而言，这里的 m 个网络节点是额外的，因此也有一定的代价。另外一个原因是不可行性。在互联网条件下，n 十分大，不可能想象从每一个终端连出去 $n-1$ 条物理链路。也许我们还可以想象另一个极端：网络只需要一个节点，凡是需要相互通信的终端都与之相连。这种想法不是完全没道理，至少链路数只需要 n。但由于所有 n 条链路的另一端都是那个节点，当 n 比较大时，这样的节点在工程上就是不现实的了[○]。

利用一种规模相对很小（$m\ll n$）的网络结构，支持任意数据终端之间的通信，而且具有足够的并发度，是人们迄今为止所发现的大规模、大范围计算机通信最经济有效的方式；而屏蔽该网络结构或者功能的复杂性，以尽可能简单的方式将通信服务呈现给用户，则是网络技术所不懈努力追求的目标。

消息的分组交换

在计算机网络技术的术语中，"消息"（message）指的是从终端看有明确的管理性含义的一段信息。所谓"管理性含义"指的是符合有关应用程序处理信息的基本粒度。典型地，一个电子邮件内容是一个消息，因为电子邮件处理程序在发送和接收的时候将它看成是一个整体。计算机中的一个文件，无论大小，可以是一个消息，因为像 FTP（File Transfer Protocol，一种实现远程两个终端之间文件传输的应用协议）这种应用程序是以文件为单位工作的。在 QQ 中向朋友发出的一段话是一个消息，因为 QQ 将它看成是一个整体。由此可见，第一，消息的界定依赖于应用程序；第二，消息的长度可能在很大范围变化。

另外，不难认识到，在人们通过网络进行的一次交流活动中，例如两个朋友通过 QQ 来讨论一个问题，从开始到结束可能包含多次消息的发送与接收。这样的一次活动被称为是一次"会话"。一次会话可能涉及多个消息。与消息相比，会话是更高层次的具有管理性含义的概念。

○ 不同的频道可以看成是不同的链路。
○ 而且平均起来会短得多，链路的长度也是与代价直接相关的。
○ 再看看图 1，难道不可以认为网络就是这种超级节点的一种体现吗？

计算机网络如何最有效地将一个消息从发送端带到接收端？如何支持一个会话的全过程？

对比电话网络，当两人需要通话时，拨号一接通，意味着在两个话机（终端）之间，通过网络的若干节点与链路，建立起了一条物理的网络通路⊖，然后所有对话内容（即一次会话）都在这条通路上进行。在挂机（即会话结束）之前，构成这条通路的每一条链路都被这个通话所独立占用，而不会在双方思考或沉默而没有讲话时，暂时用于传输其他的话音。下一次通话时，网络同样会如此建立一条通路，所涉及的节点和链路可能与上一次不同，但通话过程中对通路的独占性是不变的。这种方式称为"电路交换"方式。

现在我们回到计算机网络意义上的会话。首先，类似的电路交换方式是可用的，即在通信开始之前建立起一条物理通路，然后让消息一条条从上面通过。但读者容易想到，由于两人在 QQ 聊天时会有许多时间花在构思消息上，因此"电路交换"的方式对网络链路的利用率不高。

一个改进的想法就是不要事先建立一个固定的网络通路，而让网络中的节点根据消息中的目的地信息，以及当前链路的使用状况，动态地转发它们。不同的消息走的路线可能不一样，但都是向着同一个目标。例如在图 1 中，一条消息可能从上面的通路到达目的地，另一条消息则可能从下面到达，第三条消息则可能上面走一条链路，然后到下面来，如此等等。这种方式称为"消息交换"。这里，与电路交换有本质的不同，即出现了路由的概念，它包含两个重要的方面：第一，每一个网络节点需要知道怎么动态地转发消息以使它最终能到达目的地⊜；第二，由于需要动态确定消息的去向，每一个网络节点可能同时收到许多待转发的消息而有关的输出链路还没有空闲下来，于是消息需要暂时存放在网络节点中，待链路空闲后方可转发，这称为"存储转发"机制⊜。

这个想法可以更加进一步。前面我们提到，有的消息可能很大。这就会引出两个问题：第一，如果消息太大，节点根本存放不下怎么办？第二，对于很大的消息，如果传送结束时发现有了错误需要整个重传，会导致重复传输大量的曾经正确传输了的数据。于是，人们考虑将消息分成若干分组（packet），每个组的大小不得超过某个上限，终端以分组为单位向网络发送数据，网络中的节点以分组为单位进行数据转发，接收端则将陆续到来的分组装配成完整的消息。这种方式即为互联网运行的最核心观念："分组交换"（packet switched）。

不难理解，分组交换继承了消息交换的优点，同时缓解了上面提到的两个问题。然而，新的困难或者说疑惑也出现了：一个消息被拆成多个分组，在网络中被动态转发，有些顺利地、正确地到达了目的地；但有些则可能出错，需要重发；即使是顺利到达的分组，顺序也不一定与发送的时候相同；更复杂的是有多个终端会同时在如此发送消息，网络中的一个节点会同时接收来自不同终端的分组，因此尽管节点的存储容量能够比一个分组大许多，但如果大量分组来不及被转发而暂存在节点中，则可能没有足够的剩余空间来存储新到的分组，从而要被丢弃，等等。我们为什么相信这样一种微观上十分"混乱的"情形最终能在宏观上"井井有条"起来？

的确，最初人们都不相信分组交换的思想能够成为现实。是 Leonard Kleinrock 在 1961 年的一项基础性工作⊕，使美国互联网建设最初的负责人 Lawrence G. Roberts⊗相信了分组交换是能够成功的，并基于这种思想创建了互联网。几十年来，互联网的规模扩大了成千上万倍，各种技术也变化、进步了许多，但分组交换的思想一直没变，足见其重要的基础性作用。

Leonard Kleinrock 的什么工作起了这么大的作用呢？按照我们现在的话说，是他的博士论文开题报告⊗！他在那个开题报告中研究了些什么使得 Lawrence G. Roberts 相信了分组交换思想

⊖ 注意，建立起一个物理的网络通路意味着其中所有的节点都将它们的相关链路准备好了，下面仅为所涉及的两个终端服务。

⊜ 在电路交换的情形，每个网络节点关于这方面的知识是在通路建立时确定的，会话过程中不需要再考虑。

⊜ 注意，在电路交换的情形，一旦整个链路建立好了，会话中节点是不需要存储消息的。

⊕ 参阅文献，Leonard Kleinrock, "Information Flow in Large Communication Nets"。

⊗ 参阅文献，Lawrence G. Roberts, "Internet Chronology"。

⊗ 因此，我们强烈建议研究网络技术的博士研究生至少读一遍 Leonard Kleinrock 的博士论文开题报告。

呢？作为本科生教材，本书不可能详细讨论 Kleinrock 教授对互联网的基础性贡献。这里只是指出，采用如图 2 所示的网络节点基本模型，Kleinrock 教授在他的报告中提出了如下问题[一]，对于它们的研究为互联网采用分组交换奠定了理论基础。

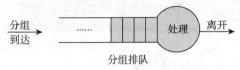

图 2　分组交换网络节点的基本模型

- 考虑两个网络节点之间，一个分组[二]被转发，所需要的时间[三]服从什么样的概率分布？并特别关心该分布的平均值。
- 如何讨论两个节点之间的有效通道容量？
- 在流量突然变化的情况下，能否预测网络的瞬态行为和恢复时间？
- 每个节点的存储容量多大比较合适？
- 在不同的网络中，分组的路由决定是如何形成的？
- 在什么条件下网络会拥塞，即一个分组通过网络花的时间过长？
- 如果考虑节点内部的延迟、分组优先级等因素，会有些什么结果？

为什么这些问题很重要？如果对照前面关于分组交换思想的描述，我们多少能够感受到它们抓住了那种"混乱"场景的一些根本。

协议及其层次结构

协议（protocol），是网络技术学习中最重要，也是内涵最丰富的概念之一。所谓协议，简单讲就是为某项合作目的所确定的行为规范，跟生活中人们相互之间签署的协议有类似之处。在网络中，或者说在由许多自主元素构成的分布式系统中，由于涉及信息的交流及对资源的竞争，用协议来规范参与者的行为显得尤其重要。一个日常生活中的简单例子是通过有交通信号灯的十字路口，"红灯停、绿灯行"就是大家要遵守的协议。每个人严格按规则做了，大家就都相安无事[四]。计算机网络中的各种协议也是如此，它们规范了参与网络通信的节点和终端的行为，违反既定的规范，轻则可能实现不了预定的功能，重则可能造成系统混乱。

当前，全世界上亿的计算机都在互联网上运行着，尽管它们的拥有者不同，它们加入互联网的时间不同，但任何两台计算机都可以相互通信；想一想，这是很神奇的。使这种神奇成为现实的就是上百种协议。这些协议，分别针对不同但相互关联的网络功能需求，它们的总体及其相互关系构成了所谓的"互联网体系结构"。

人们发现，以一种层次的视角来理解这种"互联网体系结构"是非常有益的。互联网，一方面要能容纳各种各样的设备，大到巨型计算机，小到手机，可以是典型的计算机，也可以是看起来不像计算机的某种科学仪器；另一方面要面对各种各样的应用，如电子邮件、网络浏览、即时通信、远程登录等。这两个方面都是动态的、不断发展的。网络的生命力在于能否最大可能地适应它们的发展。为此，人们认为网络本身应该简单，只需满足各种应用都需要的最公共、最核心的需求，从而便于规模的扩大，效率的提高，而让其他一些功能体现在终端中或者应用程序中。

[一] 尽管本书的读者此时不一定能理解这些问题，但我们相信其中将来在科学研究上发展的同学会有机会欣赏它们。

[二] 在 Kleinrock 的报告中，他用的是"消息"这个词，但由于有大小的限制，实际含义同本书的"分组"。

[三] 即图 2 中分组进入和离开节点之间的时间。

[四] 读者可能意识到，有些时候（例如到十字路口看见红灯，但两边并没有车来）没按规则做也不一定就出事，但出事的危险总是存在的。我们称共同严格遵守协议是保障安全运行的"充分条件"。网络协议也是如此，同一个协议，如果实现得不严格，不一定就肯定运行不起来，特别是同一个厂家的系统，可能根本发现不了问题；但若是不同厂家的系统，问题就容易暴露出来。

　　什么是各种网络应用最公共、最核心的需求？那就是数据传输。当我们决定了采用分组交换方式后，数据传输就是指让一个分组从发送终端进入网络，通过若干次转发，最后到达接收终端。这样，作为网络的节点，它的任务非常单纯：将从一个链路收到的分组从某个正确的链路送出去。显然，节点需要在若干可能的输出链路之间做出选择，也就是人们常说的"路由"，而节点就被称为"路由器"了。路由决定的依据是分组携带的目标地址信息，以及当前网络状况的一些信息。无论互联网有多么大，发送和接收终端节点相距多么远，分组就这么被路由器转发，一条链路接着一条链路，最后到达目的地。

　　但是，即便节点路由是正确的，各种问题还是可能发生。例如，数据分组在传输过程中可能出现传输差错等问题。互联网的设计者决定将对这些问题的处理都放在终端上，网络节点只管"尽力而为"地进行分组转发。

　　互联网的核心协议 TCP/IP 正是基于这种设计思想而提出的。TCP/IP 协议最早源自 Vinton G. Cerf 和 Robert E. Kahn 在 1974 年发表的一篇论文⊖。如果说 Kleinrock 的论文是从理论上阐述了分组交换的可行性，Cerf 和 Kahn 的论文则是描述了分组交换的一个工程实施解决方案。特别值得一提的是，该方案论述的不只是一个网络中的分组交换问题，而是充分考虑了分组交换在不同的网络之间如何实现的问题，于是就有了"互联网"之说，即将多个网络连接起来形成的网络⊜。这里，我们看看该论文的摘要：

　　　　本文提出了一个支持在不同的分组交换网络中共享资源的协议。该协议允许不同的
　　网络有不同的分组大小，同时允许传输出错、分组定序、流量控制、端到端错误检测，
　　以及逻辑（在通信终端上的）进程与进程间连接的创建与撤销。考虑了一些实现的细节，
　　对网际路由、记账、超时等问题都有所讨论。

　　TCP/IP 协议清晰地描述了互联网的体系结构，将规范节点转发行为的协议称为网际协议（Internet Protocol，IP），它不仅要在终端上运行，还要在网络节点（路由器）上运行；而将处理出错等问题的协议称为传输控制协议（Transmission Control Protocol，TCP），它只是在终端上运行。

　　IP 协议的功能比较单纯，或者说它是一个简单协议，但几乎就是互联网所提供的功能的全部了（注意，我们区别网络设施与终端），TCP 功能由终端来实现，因此互联网又叫"IP 网"。任何需要在互联网上运行的数据终端，首先要实现 IP 的协议功能，即要让分组能够从该设备上发给网络节点，并能从网络节点上收到分组。其次，它需要在 IP 之上实现 TCP 协议功能（或者后续章节会讲到的 UDP 协议），通过 TCP 协议修正分组在 IP 网络中出现的各种传输差错，实现数据终端之间可靠的数据传输。最后，通过 TCP 处理后的数据提交给不同的应用，实现与设备应用相关的功能。由此，我们可以初步体会到互联网协议层次的观念⊜。图 3 是一个示意图，其中 IP 层也称为网络层，传输层包含 TCP 和 UDP，网络层和传输层是互联网的核心协议，即我们常说的 TCP/IP（这是一种习惯，尽管也可以是 UDP/IP）。

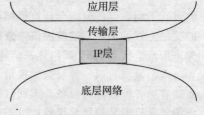

图 3　互联网协议层次示意图

TCP/IP 之上，可以是任何以 TCP/IP 协议为基础实现的网络应用，如电子邮件、Web 应用、网络电视等。TCP/IP 以下的底层我们称其为链路层和物理层，可以理解为数据在不同的链路上传输

⊖　参阅文献，Vinton G. Cerf and Robert E. Kahn，"A Protocol for Packet Network Intercommunication"。

⊜　多个网络连接起来不还是一个网络吗？为什么非要强调多个网络？这是技术发展与管理格局相互促进和依存的一个典型例子。不同的机构或组织建设的网络，在许多技术条件上可能是很不同的，让谁改变都不容易，但又都有相互连接起来的愿望，于是就要有一种技术能在这种条件下实现这种愿望。

⊜　初学者对于协议层次的观念常常会感到困惑。一个图上画了一层层的概念从计算机运行来说到底意味着什么？对于了解了一些程序设计概念的读者来说，可以方便地将层次理解为函数的嵌套调用。每一层提供的功能相当于一组函数，它们的实现要通过调用下一层的函数来完成。

使用各种传输技术。图 3 用较宽的并且开放式的图形来描绘这两个层次，意味着其内涵的丰富，而 IP 层较窄，意指其相对比较简单。

在介绍了互联网的基本协议结构之后，我们可以来谈论"计算机网络"与"互联网"的区别了，这是本教材名称的两个关键词。一般而言，计算机网络是一个非常一般的术语，任何将若干计算机相互联结起来的系统都可以称为是计算机网络。互联网(Internet)是一种计算机网络，或者说是以 TCP/IP 为核心协议的计算机网络，任何运行 TCP/IP 协议的数据终端连接到互联网上，都可以实现彼此之间的数据通信。当然，完全可以有不以 TCP/IP 为核心协议的计算机网络，历史上曾经有过，从 20 世纪 80 年代后期开始逐步被淘汰，现在成了 IP 的一统天下，但这不意味着今后不会出现新的网络！人们有时讲"Internet"和"internet"，它们是有区别的。"Internet"指的是我们现在感受到的这个互联网，而"internet"则是任何同样以 TCP/IP 为核心协议的计算机网络，但不一定和"Internet"相连。

以上所述可以理解为支撑互联网运行最核心的几个基本概念，在此提出并不是要求读者对这些概念能够有一个清晰而透彻的理解。它们可以看成是计算机网络与互联网技术的"纲"，把握住它们有助于有效理解教材中所涉及的其他知识。也许，当我们读完了整本教材之后，再回过头来读这部分的内容，对此会有更深刻的体会和新的认识。以下我们简述本教材各章涵盖的主要内容。

第 1 章，计算机网络概述。计算机网络与互联网，从憧憬、理论到实践，追溯起来也有了 40 多年的历史。许多计算机网络教材都有关于这一段历史的描述，互联网上也有大量这方面的详细资料，包括技术进步的历程、关键人物的事迹等。因此，我们不再赘述这方面的内容，读者可以从本教材最后提供的参考书和文献中了解这方面的内容。这一章我们以一种步步引导的方式，从最简单的两台计算机之间直接连接，到多台计算机之间通过某种网络设备进行数据转发和传递，最后再到将不同技术的网络相互连接构成一个更大规模的网络，让学生很快对计算机网络的基本组成元素和相关技术有一个初步而具体的认识。随后我们引入网络体系结构的概念，以结构化的方法将网络系统划分成功能和特点各不同的组件，并讨论各组件之间的相互合作关系。

第 2 章，两个节点之间的数据传输。从这一章开始的连续五章可以看作是本教材的中心内容。所谓"数据传输技术"，讲的是用什么样的物理介质(形成的信道)将数字化信息从一台计算机(信息的发送方)携带到另一台计算机(信息的接收方)，从而形成所谓的"通信"；在这个传输过程中，如何发现数据传输出现的差错(这是不可避免的)，并且修正这些传输差错；如何处理发送方和接收方处理速度不一致的问题；为了充分利用资源，多个发送方和多个接收方怎样能够共享同一个信道等。

第 3 章，分组交换技术。分组交换是计算机网络的核心技术之一。它要解决的基本问题是如何让大量在地域上分布的计算机系统能够以可以接受的代价相互通信；解决这个问题的基本假设是那些大量分布的计算机并不会同时要求相互通信。在这方面，不同技术(电路交换、分组交换)竞争的焦点在于代价和所能提供的服务质量之间的权衡，而对于服务质量的要求又是因服务类型而不同的。

第 4 章，局域网技术。从应用上讲，单独的局域网的概念现在是越来越淡化了。在一个单位信息技术部门工作的工程师们现在被要求的常常不是"在那个楼里建一个局域网"，而是"让互联网(或者是企业网)延伸到那个楼里去"。具体工作可能差不太多，但重心不同。尽管如此，将一个楼里的计算机都连起网来，无论是否再一起连到互联网上，用到的主流技术都是一样的，即以太网技术，它就是第 4 章的基本内容。

第 5 章，网络互联。当我们有了一个个网络(局域网、企业网，假设它们没有连到互联网)之后，如何再将它们互联起来，形成一个能够跨越网络交换信息的平台？历史上有过各种尝试，但最后证明 IP 技术是能最有效地实现这个目标的技术，它导致了现在无处不在的互联网或者因特网。本章结合路由器(实施 IP 技术的核心设备)的功能，详细介绍 IP 技术，通过讨论在贯彻"IP every where"过程中所遇到的各种困难(技术的、管理的)及其解决方案,读者既能感受到 IP 技术内涵的简洁,也能体会到它外延的丰富。

第 6 章,端系统之间的数据传输协议。按照设计,IP 技术解决的是将一个数据分组从一台计算机上,经过若干个路由器,送到另一台计算机上,IP 既不管该数据分组归接收计算机上的哪个进程处理(注意,我们的计算机现在都是多进程的),也不管在传送的过程中是否出现了错误。这就是本章要讨论的。读者会看到,为了解决第一个问题,简单的 UDP 就够了;但为了彻底解决第二个问题,人们似乎不得不引入相当复杂的 TCP,尽管在我们的表述中回避了不少细节。

第 7 章,网络应用。在 TCP/IP 之上,是百花齐放的网络应用。电子邮件(E-mail),文件传送(FTP),远程登录(Telnet),网页浏览(Web),即时通信(IM),对等计算(P2P),等等,不一而足。全面介绍它们既不应该、也不可能是本教材的任务。这一章旨在从实现的角度,简要介绍几种不同特点的应用,使读者对 TCP/IP 如何能和各种喜闻乐见的网络应用联系起来有一个初步的认识。后续课程对于这些应用会有更详细的介绍。

第 8 章,网络安全。鉴于《规范》建议有一门关于安全的后续课程,因此本教材介绍安全问题时更多的是以我们前面所学习的网络技术为背景知识,针对网络系统存在的安全隐患,学习一些基本的网络安全技术和控制机制。基于这些基本的网络安全措施,我们介绍几种目前因特网采用的安全协议和标准,这些安全协议仍然以 TCP/IP 为基础,将安全机制封装在不同的层次结构中,实现不同级别和目标的安全保护需求。

最后,我们列出了一些参考书籍作为辅助性读物,同时也提供了一些与网络技术和标准相关的官方网站,读者可以通过这些资源进一步了解并扩充相关的技术知识。

如同《规范》中所论述的,信息技术是当代计算机学科发展的一个重要方向,网络技术是该方向的一个核心内容。然而,如何根据信息技术的人才培养定位,编写出一本适合这个方向的网络技术教材,对我们是一个挑战。本教材的构思和基本内容主要来自北京大学计算机专业辅修学位的多年教学实践,并根据《规范》的要求进行了适应性调整,教材的初稿在北大计算机专业辅修学位班上试用过两个学期,终稿采纳了同学们的一些意见和建议。尽管如此,鉴于作者的学识水平以及对信息技术人才的理解所限,书中定有不少欠妥甚至谬误之处,谨盼读者不吝指正。

作者

2010 年 4 月于北京大学

教学建议

第1章　计算机网络概述(2~4学时)

这一章的教学目的是概述计算机网络基础知识。要求学生能够初步理解计算机网络的运行模式，包括因特网体系结构、网络协议和标准、网络应用的实现等。在此基础上应该掌握的基本概念包括：节点和链路、带宽和数据率、网络节点和数据终端、路由和交换，以及通信协议等。同时，我们建议学生能够学习并熟悉一些网络资源的使用，如学习使用 IETF 提供的 RFC 文档，尝试查阅一些基本的 RFC 文档。我们也鼓励学生选择性地阅读前言提到的参考文献，了解计算机网络的发展过程以及未来的发展趋势，以帮助理解这一章的内容，为接下来的学习打好基础。

第2章　两个节点之间的数据传输(6~8学时)

节点之间的数据传输是计算机网络得以运行的基础，知识内容包括节点之间物理链路和数据链路技术。要求学生掌握常用物理传输介质的性能特点，理解香农定律对通信信道容量的定量描述，掌握信道复用技术的实现原理。本章的教学重点应该放在数据链路控制协议相关的知识内容上，包括 ARQ 停等协议、回退 N 协议、选择重传协议、滑动窗口控制机制、介质访问控制机制等方面的内容，这些传输控制思想是数据传输的基础，它们不仅仅应用于直接连接节点之间的数据传输，同时也是网络中不同节点乃至数据终端之间传输控制的基本思想，要求学生熟练掌握这些数据传输使用的基本控制机制，并且理解这些控制方法对传输性能的影响，进而理解不同的数据传输控制方法所适应的环境。

第3章　分组交换技术(4~6学时)

要求学生能够理解：不同的交换技术对网络中共享资源体现出不同的管理与分配机制，所表现出来的网络性能特点和所提供的数据传输服务也不同。掌握不同交换方式的实现原理、资源分配原则、性能特点和能够提供的服务质量，并且进一步理解不同类型的网络应用对数据传输服务质量的不同需求。针对本章给出的一些典型的交换网络，了解这些网络的特点和应用领域。

第4章　局域网技术(6~8学时)

这一章以目前最为广泛使用的以太网(Ethernet)为主线，学习局域网的几个关键技术。要求对 IEEE 802 标准系列结构和组成有一个基本的了解，掌握局域网共享传输介质访问控制技术、局域网交换机的实现原理以及局域网通过交换设备相互连接的技术。同时要求掌握无线局域网(WLAN)的技术特点和实现原理，理解局域网与广域网、内联网与外联网以及校园网或园区网络的基本含义。

第5章　网络互联(8~10学时)

网络互联协议和路由算法是这一章的主要内容，也是这本教材的核心。理解网络互联的体系结构和服务模型是学习这一章的基础。要求学生熟练掌握因特网网络层协议以及这些协议实现的功能和特点,包括 IP 协议、ICMP 协议、ARP 协议以及 NAT 协议等,同时理解 IP 地址结构以及网络和子网的概念。理解因特网自治系统的基本思想,掌握两种基本的路由算法:链路状态选路算法和距离向量选路算法,以及因特网采用的内部网关路由协议和外部网关路由协议。最后,我们要求学生能够理解 IP 单播、广播和组播的实现过程和路由方法,初步掌握 IP 组播技术的实效性和组播选路算法。

第 6 章 端系统之间的数据传输协议(6 学时)

端系统之间的传输协议 TCP 和 UDP 与网络互联协议 IP 共同构成因特网的核心协议。首先要理解底层网络只能为网络应用提供尽力而为的数据传输服务,通过传输协议 TCP/UDP 能够为网络应用提供不同的数据传输质量保障。掌握 TCP 和 UDP 传输协议的适用特点、实现过程以及协议细节。我们要求学生能够掌握基本的 TCP 传输控制协议操作规范和实现过程,包括 TCP 建立连接、释放连接、可靠的数据传输、TCP 窗口控制和 TCP 拥塞控制机制。对于某些内容,如 TCP 窗口控制和拥塞控制,包含相当复杂的操作细节,我们认为理解它们的基本控制思想比了解其协议细节更为重要,在教材中我们给出了这部分内容的基本实现原理,并对于相关细节提供了进一步学习的文献索引,供有深入研究和学习需求的学生参考。在本章最后提供了套接字编程的基本要点和主要的套接字函数说明,尽管目前大多数操作系统(如 Windows)提供更方便的套接字接口,使得网络编程更简单方便,但我们认为了解这些基本的套接字函数能够帮助学生理解 TCP/UDP 协议的实现原理,因此要求学生了解这些基本套接字函数的使用方法。

第 7 章 网络应用(6~8 学时)

这一章的教学目的是通过介绍不同类型的网络应用,进一步理解前面章节学习的网络技术,并且理解不同的网络应用需要不同底层网络技术的支持。首先要求学生掌握基于因特网的网络应用体系结构以及网络应用模式。掌握域名服务系统 DNS 和万维网服务(Web 应用),包括它们采用的底层网络技术和应用协议。在此基础上培养学生自学其他的网络应用的能力,如 FTP、电子邮件等。了解多媒体网络应用对底层网络技术的特殊需求,以及基于因特网实现这些应用所采取的相应措施,包括组播、多媒体传输协议、缓存、纠错技术等。理解网络应用模式:客户/服务器和对等网络模型,以及它们的特点和对底层网络的技术要求。对等网络比较复杂,本章给出了对等网络的基本要点,要求学生能够基于前面章节的技术储备,了解当前存在的对等网络拓扑结构,以及这些不同结构形成的对等网络系统的特点和实现原理,进一步的学习可以参考相关文献。

第 8 章 网络安全(4~6 学时)

要求学生理解网络存在的不安全因素,以及造成这些不安全问题的多方面原因。掌握网络安全的控制机制,包括密码学知识、认证技术、保密技术以及完整性保护等控制机制。掌握防火墙技术的基本实现原理,包括包过滤防火墙和应用代理防火墙技术。同时要求学生理解网络安全协议可以设置在不同的网络层次、运行在不同的网络节点上,包括网络设备和端系统,以实现不同的网络安全保障。

目　录

第1章

计算机网络概述

　　一般而言，利用通信线路和网络设备将所处地理位置不同、自主运行的多个计算机终端互联起来，通过运行网络软件实现资源共享和数据通信的系统都可以称为计算机网络。通信线路可以是铜轴电缆、双绞线或光纤等有线传输介质，也可以是无线电波那样的无线传输介质。一个地域范围较大的网络中可能会用到多种不同的传输介质。计算机网络中常用的网络设备主要有分组交换机和路由器等，有时也称这类网络设备为交换设备。网络软件是实现网络通信、资源管理以及各种网络应用服务的专用软件。有些网络软件需要运行在进行数据通信的终端系统上，另外一些要运行在网络设备上，还有一些则需要在终端系统和网络设备上都运行。

　　计算机网络包含着复杂的内容，它的复杂性体现在其中存在着许多网络技术，每一种网络技术所包含的硬件组成和软件构建各有不同。因特网作为计算机网络的一个典范，是全世界最大的计算机网络。它将分布在世界各地、各种规模、各种技术的计算机网络相互连接，形成一个开放的全球性的互联网络。通过在这个网络之上构建的各种网络应用[⊖]，人们不仅能够通过因特网获取分布在全球无比丰富的文字、图像、声音、视频等多种信息资源，还能够获得方便快捷的电子商务服务，实现身临其境的远程协作。

　　为了能够让读者对计算机网络的基本组成元素和相关技术有一个初步而具体的认识，作为计算机网络概述，本章我们将简述与计算机网络密切相关的一些基本知识，包括数据通信、分组交换、网络互联、网络应用以及计算机网络体系结构。

1.1　数据通信链路

　　网络首先必须提供若干个计算机之间的连通性。这种连通性可以由两台或更多台计算机通过通信线路直接相连；也可以通过某些网络设备实现间接连通。我们称用于传输数据的通信线路为网络的**通信链路**(link)，并统称被连接的计算机和网络设备为**网络节点**(node)。为便于讨论，通常我们也称进行数据通信的计算机节点为**端节点**或**端系统**，而称在网络中转发数据的网络设备[⊜]为**交换节点**[⊜]。端系统产生数据，接收并处理数据，而交换设备负责转发和传递数据。数据通信链路的任务是将数据从一个节点传输到另一个节点。

1.1.1　数据通信的基础知识

　　数据在传输过程中表现为某种形式的电磁信号，这种信号承载着数据信息经过传输介质从发送节点传输到接收节点。信号的传播大致可以分成两种方式，一种是在受限制的引导空间内的传播，即有线传播方式，例如，用同轴电缆、双绞线、光纤等传输介质传输数据属于有线传播方式。另一种是在非引导的自由空间中传播，即无线传播方式，例如，卫星通信、无线电广播、移动通信等都属于无线传输方式。图1-1是采用双绞线传输和无线传输方式连接的两个计算机系统。

　　⊖　万维网(World Wide Web)就是其中最大的一个应用，将在第7章介绍。
　　⊜　也就是在本章开始所说的"网络设备"。
　　⊜　在不至于混淆的场合，有时也称"网络节点"，或简称"节点"。

a）通过双绞线连接两个计算机系统

b）通过无线传输介质连接两个计算机系统

图 1-1　计算机系统采用引导型和非引导型传输介质

　　无论是采用哪一种传输介质传输数据，数据信号实际上是通过计算机系统内的发送器和接收器进行发送和接收的。发送器负责将发送计算机产生的数据信息经过不同的编码方式转换为电磁信号，并向传输介质发送这些电磁信号。接收器从传输介质中接收信号，并将信号恢复成原始数据传递给接收节点。这里的编码可以理解为用不同电压的电信号来表示计算机产生的比特序列，例如最简单的编码方式用持续一段时间的低电位表示比特"1"，高电位表示比特"0"。计算机网络中，发送器和接收器的功能主要由网络适配器完成。网络适配器可能是一个插在主板插槽中的网卡，但现在更经常看到的是直接集成在主板上的一个部件。

　　当我们提到一段通信链路时，往往不仅仅是单指传输介质本身，而是指由传输介质和通信节点的信号发送器以及接收器共同构成的**传输系统**，因为它们共同决定了数据传输的性能。描述一个传输系统有三个比较重要的性能指标：数据传输速率，传输信号的衰减，以及其他信号对传输信号的干扰。

1. 数据传输速率

　　数据传输速率以单位时间内通过某种传输系统的比特数表示，如 bps（每秒传输比特数）、kbps（每秒传输千比特数）、Mbps（每秒传输兆比特数）等。计算机通信系统习惯用带宽表示数据传输速率，例如数据传输速率为 100Mbps 的通信链路通常被称为带宽为 100M 的通信链路。带宽原指某种传输介质所能传输的电磁波的最高频率和最低频率之间的频带宽度，通常用赫兹 Hz（Hertz）表示。每种传输介质的物理性质决定了它的带宽极限，也决定了其单位时间内能够传输的信息量。实际通信链路中能获得的带宽还取决于两端的接口设备和采用的通信技术。例如，家用计算机通过电话线接入因特网，10 多年前的速度为 9.6kbps，而现在可以超过 1Mbps，介质还是同样的电话线，但两端采用了不同技术的接口设备。再如，我们通过手机网卡接入因特网，CDMA 和 GPRS⊖的数据率不一样，但介质都是同样的空气。因此，我们谈及通信系统或者通信技术的带宽，其中涉及介质的物理性质和设备能力两方面的因素。

2. 数据传输的衰减特性

　　在传输介质中传输的电信号或光信号随着传输距离的增加都会产生信号的衰减而造成信号失真，在传输一定的距离之后，信号可能因损失得太多以至于无法被接收器正确接收。传输介质的衰减损耗特性决定了信号在这种传输介质中能够传输的最长距离，如果相互连接的计算机物理间距超出了这个距离，就需要设置传输系统的中间接力设备（中继设备⊜）放大传输信号。中继设备可以延长传输介质的传输距离，但并不表示节点之间的传输距离可以无限制地加长。主要原因是中继设备往往会增加数据信号从发送节点到接收节点的传输时延，过多的中继设备会造成直接连接的节点之间数据传输的效率降低。光纤是利用光波在光纤中全反射来传输信号，传输过程中能量损失比较小，因此传输距离比较远，适用于远距离数据传输。

3. 信号干扰

　　信号干扰也称为信号噪声，信号噪声引起传输信号的变形而造成传输差错，例如，可能会在传输过程中将比特"1"变成"0"，或是"0"变成"1"。噪声主要由其他电子设备或传输介质发出的电磁波产生，噪声对传输信号的影响程度与传输介质有一定关系，某些类型的介质比其他介质更易

⊖　CDMA（Code Division Multiplexing Access）和 GPRS（General Packet Radio Service）是当前移动通信系统中采用的两种比较典型的用于计算机数据传输的传输技术。

⊜　中继器（repeater）是连接网络线路的一种网络设备，主要负责在两个通信节点之间传递信息，完成信号的复制、调整和放大功能，以此来延长网络的长度。

于受噪声影响。通过采取某些措施可以减小其他信号源对传输信号的干扰，如传输介质采用良好的屏蔽层，通过阻抗匹配，或者空间隔离等，都可以在某种程度上降低信号干扰。干扰问题对于无线传输来说更为严重，特别是同频干扰。例如采用蓝牙技术（Bluetooth）进行数据通信所使用的频率范围和微波炉的频率范围就有重叠，因而如果两台通信设备使用蓝牙技术进行数据通信时，很可能受到周围工作中的微波炉的干扰。

噪声可能会导致数据在传输过程中发生传输差错，误码率是衡量通信链路质量的一个重要参数，定义为比特序列在传输系统中被传错的概率，即通过传输系统被传错的比特数与总比特数的比值。在计算机网络通信系统中，要求误码率低于 10^{-9}。稍后我们会介绍通过软件的办法可以检验出数据在传输中是否发生了差错，并通过让发送节点重新传送出错的数据而修正传输差错。

上述传输系统的几个重要特性是衡量传输系统的重要指标。选择某种传输介质时，需要对其性能、成本以及安装的复杂程度进行权衡。局域网环境中，尽管无线传输数据率较低、传输距离短、抗干扰性差，但是它连接方便，省去了繁琐的布线过程，因而无线局域网得到越来越广泛的使用；双绞线从传输距离到抗干扰性能等都不如同轴电缆，但是它的成本低且连接方式简单，使得双绞线被广泛地使用在网络数据传输中，特别是局部范围内的数据通信。

1.1.2　数据以分组的形式传输

计算机网络不会连续地传送任意长度的数据比特序列，而是把原始数据如一个文件分割成小的数据块，然后逐块发送。这些被分割的小数据块称为**数据分组**。采用数据分组传输主要有两个原因。第一，有利于数据传输的管理。数据在传输介质中传输可能受到各种干扰而出现数据比特传输差错，接收节点对接收数据进行差错校验，比较容易检测出这种传输差错，但却很难判断出具体的出错位置。通常的做法是让发送节点重新发送出现传输差错的数据，如果以整个文件为一个传输单位进行数据传输，则任一比特的传输差错都需要发送节点将整个文件重新发送。将文件分成小的分组传输，每一个分组的传输差错并不会影响其他正确传输的分组。发送节点也只需要重新发送出错的分组，而不是整个数据文件。第二，能够有效地分配链路使用权。网络中往往是多个计算机系统共享一段通信链路，每个通信节点轮流占用通信链路传输数据，以免同时发出的数据信号碰在一起发生数据冲突。如果通信节点每次发送一个很长的数据文件，就会占用较长时间的通信链路而使其他准备发送数据的节点陷入长时间的等待。采用分组数据传输既可以提高数据传输的效率又节省了网络资源。

图 1-2 描述了分组数据传输的实现过程。发送端在发送数据之前，先把整块数据（例如一个数据文

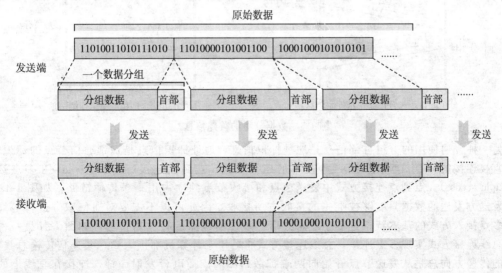

图 1-2　计算机网络采用分组数据传输

件)分成若干个数据段，然后为每个数据段添加上首部信息封装成格式统一的数据分组，分组的首部信息是原始数据以外的一些附加信息，描述了分组所携带的数据信息的特征，通信节点根据这些首部信息控制具体的发送和接收操作。当接收端接收到数据分组时，将数据部分重新组合恢复成原始数据。

一个分组首部可以包含哪些信息？计算机网络定义了许多格式不同、首部信息不同的数据分组，每一种数据分组格式和相应的分组首部都与相应的网络技术密切相关。我们会在后面的学习中逐步接触到这些不同的数据分组，这里我们针对数据分组在两个连接节点之间传输所需要的首部信息进行初步讨论。

首先，差错校验码是几乎所有的数据分组都包含的首部信息。差错校验是检测数据分组在传输过程中出现差错的途径，网络中常用的差错校验技术包括循环冗余校验（Cyclic Redundancy Check，CRC）、校验和方法、奇偶校验等。发送方对每个数据分组计算出其校验码，并与原始数据分组一同发送，接收方使用相同的校验方法计算所接收的数据分组，将得到的校验码与所接收的校验码进行比较，如果不一致则认为该数据分组在传输过程中出现传输差错。对于出现差错的数据分组，接收方可以请求发送方重新发送该数据分组。为此发送方在构建一个数据分组时，还要为每个数据分组进行编号，以便双方能够通过这些编号确定哪些分组出现了传输差错，需要重传操作。图 1-3a 中描述了这个过程。

分组的首部还可以包含某些控制通信双方发送和接收操作的控制信息。例如用于协调双方发送与接收速度的控制信息，注意这里所说的速度实际上指的是双方发送和接收数据分组的节奏，与我们前面提到的传输数据率是不同的概念。当一个处理速度较快的发送方发送数据到一个处理速度较慢的接收方时，很有可能会出现接收方来不及处理所接收的数据分组，而导致接收缓冲区数据溢出，造成部分数据丢失。为此，接收方可以通过某种控制信息在其接收缓冲区即将被填满时通知发送方暂停发送数据，并在适当的时候再通知发送方继续发送数据。这种控制在网络中称为流量控制，流量控制信息作为分组的首部信息在通信双方传送，流量控制过程如图 1-3b 所示。

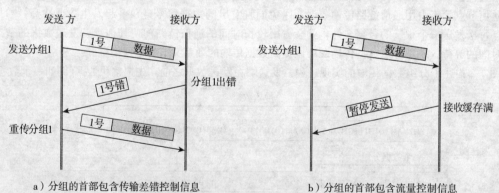

a）分组的首部包含传输差错控制信息   b）分组的首部包含流量控制信息

图 1-3　数据分组的首部信息

另一种普遍使用的分组首部信息是地址标识信息，地址标识信息是识别通信节点的标识符。对于直接连接的计算机节点，有两种基本的连接方式：点到点连接（point to point）和多点接入（multiple access）。点到点连接方式中发送节点和接收节点独立占用一条传输链路，如图 1-4a 所示，发送方发送的数据只能够被唯一的接收方所接收，因此可以不需要对通信双方进行地址标识。多点接入方式的基本特点是多个节点共享一条传输链路进行数据传输，如图 1-4b 是一种典型的总线连接方式实现多点连接，总线连接方式将若干个计算机都接入到一条通信传输总线上，信息的传递方向总是从发送节点开始向两端扩散，如同广播电台发射一样，连接在总线上的任何一个节点都可以接收到其他节点发出的数据。此时，需要为每个计算机节点设定一个地址标识，使得接收节点在接收数据时，通过检查分组的地址标识信息确定所接收的数据分组是否是发送给自己的。实际上采用这种多点接入的连接方式，每个数据分组不仅需要标明分组的目的地址，同时也需要标明分组的源地址，接收节点在接收到某个数据分组时，可以知道该数据分组是由哪个节点发出的，以便能够在返回数据信息时将这个源节点的地址标识作为分组的目的地址。

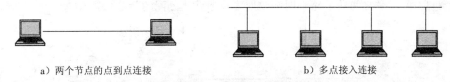

a）两个节点的点到点连接   b）多点接入连接

图 1-4　计算机节点之间点到点连接和多点接入连接

多点接入连接方式主要用于有限空间范围内的计算机节点之间相互连通。这种多节点共享一条传输链路的连接方式，还有一个最典型的特点是需要对传输链路进行多路访问控制。就是需要设置每个节点对传输链路使用权的控制机制，以确保某一时刻只能有一个计算机节点向链路上发送数据。如果链路中有节点正在传输数据，那么其他节点只有等待线路空闲时才可以开始数据传输，以免多个节点同时发送数据而引起数据冲突。这同时也意味着这种多点接入连接方式所能容纳的节点数是有限制的，我们将在第 4 章中详细讨论这种多点接入连接方式中的多路访问控制问题。

以上我们讨论了节点之间的数据传输采用分组形式，并介绍了几种典型的分组首部所包含的信息。我们将逐步了解到实际网络中的数据分组包含比这更丰富的内容。

1.2　数据传输网络

大规模的甚至是全球规模的计算机之间的数据连通要借助于提供数据传输服务的传输网络，传输网络主要由通信设备和通信链路构成。传输网络中通信设备的主要功能是转发和传递数据，因此也称这种用于数据传输的网络为数据交换网络。传输网络通常由大型网络运营公司建设并管理，向企业机构或个人用户提供数据传输服务。例如，常用的传输网络有公共交换电话网（Public Switched Telephone Network，PSTN）、分组交换公共数据网（Packet Switched Public Data Network，PSPDN）、数字数据网（Digital Data Network，DDN）等。

交换设备和传输链路由所有使用这个网络进行数据传输的数据终端共享。由于网络中每一段传输链路的带宽以及每个交换设备的处理资源和缓冲资源都是相对固定的，意味着每一种交换网络单位时间内能够接收并传输的数据量是有限的，这就像一个公路系统所能够承载的车辆是有限的道理一样。因此，任何一种提供数据传输服务的交换网络需要设置资源分配管理机制，目的是让使用这个交换网络进行数据传输的计算机能够合理地使用网络资源。实际中存在多种使用不同技术的交换网络，以下我们讨论两种最典型的交换技术：电路交换和分组交换。

1.2.1　电路交换和分组交换

事实上"交换"这个术语源自于电话网络系统。当 19 世纪刚刚发明电话时，并不存在电话网络，仅有的几部电话机直接通过电话线连接。随着更多电话用户的接入，出现了电话交换机，每个电话机通过电话交换系统相互连接，逐渐形成了电话网络。随着计算机网络的发展，人们自然想到这种交换技术可以继续沿用到计算机网络的数据传输中，并且继续使用"交换"这个术语。实际上电话网络和计算机网络采用两种不同的交换技术。

电话网络采用**电路交换**技术。电路交换的基本特点是通信双方通过交换网络进行数据通信时，网络为这个通信在其所经过的每一段链路上预留一部分固定的链路带宽资源。双方在通信过程中，一直独立占用这部分预先分配的固定链路带宽资源，直到通信结束，网络才将这部分资源收回以备其他通信使用。如图 1-5 所示，电话机 A 与 B 通过电话网络的连通进行通话。通话之前，首先在 A 与 B 之间所有的交换节点上传递一种控制信息（称为信令），连通一条由 A 到 B 的专用话路，并预留出恒定的传输带宽资源，例如，电话网中为每一路标准话路分配的恒定带宽是 64kbps，A 和 B 通话期间独立占用这条带宽为 64kbps 的通路，即便是通话双方暂时没有通话。通话结束后，再通过信令拆除 A 与 B 之间的话路，网络收回为该通话所分配的传输带宽资源。

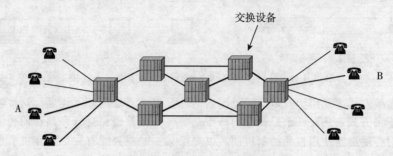

图 1-5　电话网络采用电路交换技术

采用电路交换技术，网络在为终端提供数据通信服务之前首先在该数据通信所经过的每一段链路上分配一部分固定的链路带宽资源，经过这种预先分配处理之后，电路交换机的交换工作变得非常简单，很像是由一组智能开关组成的设备，当为某一路数据通信建立好一个连接之后，它的任务就是为不同的通信切换电路，这种电路切换的操作往往可以通过硬件实现，因此交换机的处理速度比较快。

电路交换技术对于以数据传输为主的计算机网络来说显现出不很适应。计算机网络中数据通信具有很强的突发性，不同时刻网络中的数据通信量相差可能很大。如果仍然采用电路交换技术，当某一路通信数据量突发增大需要较高的链路带宽时，可能会因网络所分配的固定带宽不够而造成数据丢失。相反，如果某一路数据量降低，也会因链路资源没有被充分使用而造成资源浪费。分组交换技术是针对数据通信业务的特点而提出的一种交换方式。

分组交换技术不同于电路交换，为了能够充分提高网络资源的使用效率，分组交换网络将链路资源以分组为粒度动态地分配给有需要的数据传输。

我们通过图 1-6 了解分组交换的实现方式。分组交换网络中数据以分组的形式传输，分组交换设备从一个端口连接的链路接收数据分组，然后为所接收的分组选择一个通往下一个交换节点的输出链路，将数据分组转发给下一个交换节点。为了实现对数据分组的转发操作，进入到分组交换网络的每个数据分组首部都要携带描述该分组的目标地址标识信息，每个分组交换设备本身都维护一个路径转发表⊖，这个路径转发表描述了交换机各个端口所连接的链路与不同目标地址标识之间的对应关系。分组交换机接收到一个数据分组时，查看分组首部的目标地址标识信息，再对照其转发表确定从哪个端口输出该数据分组，通过若干分组交换机转发，最终将分组传送到目的节点。

分组交换并不像电路交换那样为数据通信分配固定的链路带宽，所有进入交换设备的数据分组在交换设备缓冲区中排队等待转发处理，交换节点能够根据当前网络流量状况动态地分配网络中的链路资源。当某时段进入网络的分组比较少时，交换节点中排队等待转发的数据分组也相对较少，交换节点能够以较快的转发速度处理并转发数据分组；反之，交换节点中排队等待的分组比较多，致使交换节点的转发处理速度也相应下降。

⊖　分组交换中每个交换节点路径转发表的形成是一个相当复杂的过程，我们将在第 5 章详细地讨论因特网路由器的路径选择算法和因特网路由协议，选路算法和路由协议是构建因特网路由器路径转发表的基础。

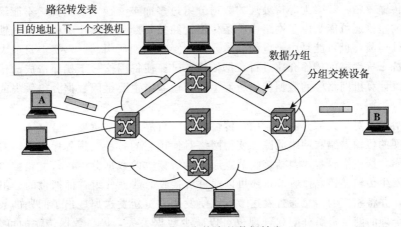

图 1-6　分组交换中的数据转发

1.2.2　分组交换网络的特点

分组交换最大的优势是能够充分利用网络中的链路资源传输数据分组。但同时也引发了一些其他问题。首先，由于分组交换设备参与了对数据分组的处理操作，除了我们前面提到的为分组选择输出链路的查找操作，分组交换机还会参与对分组进行差错校验和一些控制操作。这在一定程度上延长了分组在网络中的传输和处理时间。另外，由于交换机缓存空间的限制，当排队等待转发处理的分组数超过交换设备的缓存容量时，新到达的分组将面临一个满的队列而被丢弃。

我们可以通过图 1-7 来描述这种情况，假设分组交换机由 3 个端口组成，端口 1 和 2 分别连接两个计算机终端，端口 3 连接其他交换设备，再假设某一段时间内该分组交换机从端口 1 和 2 接收的数据分组刚好都需要从分组交换机端口 3 连接的链路输出到下一个交换设备。如果分组交换机端口 3 所连接链路带宽不足，那么就不能及时地将从端口 1 和 2 接收的数据分组从端口 3 转发出去，而是暂时将这些待转发的数据分组存放在缓冲区中等待端口 3 的空闲链路带宽，一旦分组交换机缓冲区被存满，则只能丢弃部分数据分组。

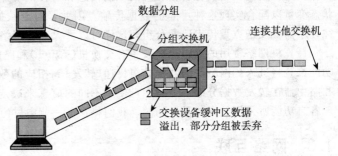

图 1-7　交换设备缓冲区满溢，部分分组被丢弃

排队等待和数据丢失现象是分组交换本身的特性所决定的。对于电路交换来说，数据终端通信之前首先向网络预定通信资源，如果此时网络没有空闲的电路可供使用，则连接请求宣告失败。一旦请求被接受，相应的数据通信就可以固定的数据率传输数据，不会出现排队和数据丢失的问题。分组交换的基本策略是力求最大限度地接受进入网络中的数据分组，充分地利用网络资源进行数据传输。由于用户终端发送数据的时间和数量具有随机性，网络中各交换节点的存储容量以及各条链路的传输容量总是有限的，如果链路上待传送的分组过多，就会造成传送时延的增加，引起网络性能的下降以及分组丢失$^{\ominus}$。

直接连接的计算机节点，数据传输差错主要来源于信号干扰。而通过交换网络传输数据，又增加了新的导致传输差错的因素。一种是我们刚刚提到过的数据分组丢失问题，某些数据分组也

$\ominus$　读者可能会想到，为什么不能在发送分组前先搞清楚缓冲区是否有空呢？有空则发送，没有则等待到有空了再发。人们的研究和实践都证明，这种等待的策略会引入复杂的控制机制，导致效率非常低下，对整个网络的运行不利。

许并没有出现传输差错，却因为等待处理的数据分组过多而被交换节点丢弃，不能最终到达目的地。另一种传输差错还可能是由于网络中某条传输链路被切断或者某个交换节点崩溃所造成，这可能是由于软件崩溃，也可能是由于电源故障或人工操作失误所引起。事实上目前大部分网络由于采用光纤和抗干扰性高的传输介质进行数据传输，已经使得因信号干扰而造成的传输差错率降到很低。可以说计算机网络中的数据传输所发生的传输差错主要是因数据分组丢失或其他网络故障所造成。

我们非常清楚，对于大部分网络应用，传输数据的可靠性非常重要。这就需要通过某些措施来屏蔽可能出现的传输差错和网络故障，使得网络对使用它的各种应用程序来说，看起来比实际的网络更加可靠。这些措施主要包括接收节点通过对所接收的数据分组进行差错校验，确定所接收的数据是否发生传输差错，接收节点还可以通过所接收的数据分组首部携带的分组序号判定哪些分组丢失了，并将相应的信息通告发送节点，使发送方重新发送那些出了问题的数据分组。除此之外，通过合理的网络资源分配和管理也可以减少数据丢失，提高数据传输的可靠性。例如，一个网络内部可以通过监测各个链路和交换机资源使用以及运行状况，提前预测一些分组丢失或设备异常的情况，并采取分流措施或提示发送数据的计算机终端减缓向网络中发送数据，减小网络异常对分组传输所造成的影响。

某些网络应用并不需要可靠的数据传输。例如，对于音频或视频文件来说，个别的比特传输差错或分组丢失并不会给人们的听觉或视觉造成明显的影响。因此传输这类数据分组时，接收节点通常只对分组进行差错校验，并且简单地将出错的分组丢弃，而不再需要发送端重新发送出错的分组。我们在后面章节将会介绍，通过校验和重传等方法能够实现可靠的数据传输，但是这样做也是有代价的。不仅需要在分组的首部添加额外的首部信息，如分组的序号和其他控制标记，还要占用一定的网络资源传输相应的控制信息和重传的分组。除此之外通信双方还需要设置一些状态变量以配合实现这种可靠的数据传输。因此，对于数据传输可靠性要求不严格的网络应用，往往不需要发送方重传出错的分组，这样可以大大减轻网络的处理负担，提高数据传输效率。

计算机网络常用的分组交换设备有交换机（switch）和路由器（router），交换机和路由器的主要功能都是将进入到网络中的数据分组传递（转发）到相应的数据链路上。它们的主要区别是交换机和路由器在转发数据分组的过程中，使用不同的信息来决定数据分组的转发操作，或者说两者实现各自功能所采用的方式是不同的。我们将在下一节中讨论路由器。

1.3 网络互联

网络中还存在另一种连通方式，当两个计算机节点不在一个网络上时，就需要不同网络之间相互连接或者说网络互联来实现这两个节点的连通。

为什么会存在多种不同的网络呢？最主要的原因是目前全球还不存在一种单一的网络能够满足所有的网络用户需要。例如，科研院校或企业机构内部采用**局域网**⊖技术通过传输链路和交换设备将计算机节点相互连接，构成一定地理范围内的园区网络或企业网，连接在这个网络上的计算机节点能够彼此通信，共享网络上的共享资源。而超出了一定的地理区域范围组建网络，则需要采用不同于局域网的**广域网**技术。无论是超级的巨型服务器还是普通的家庭计算机，第一步首先需要连接在某一种网络上，然后通过网络互联技术将这些采用不同网络技术的网络互联成一个更大的网，实现更大范围的资源共享与数据连通。

⊖ 局域网和广域网是从网络作用范围来定义一种网络。局域网通常作用于局部范围，如一间办公室、一个建筑物、一个大学校园，目前最普遍使用的局域网技术是以太网。广域网的覆盖范围由几十公里到全国甚至全球范围，为不同用户提供远距离的数据传输服务。公共交换电话网 PSTN、数字数据网 DDN、帧中继网、X.25 网等都是基于不同网络技术的广域网。

怎样来理解不同的网络和网络技术？首先，每一种网络采用的传输介质以及交换设备的物理特性和电器特性不同，体现在链路传输数据率、信号编码方式以及节点之间的连接方式等方面都有所不同。从分组传输的角度看，数据分组在不同的网络中传输也有其独特的分组格式、地址标识方法、差错校验方法以及传输和转发控制方法等。以上我们非常笼统地概述了不同网络技术的含义，实际中有些网络虽然使用类似的网络技术，并且也提供相似的业务服务，但它们分别由不同的网络运营公司或行政管理机构组建，分别拥有各自不同的管理方式和用户群体，同样形成各具特色的不同网络。例如，中国电信互联网（CHINANET）和中国教育和科研计算机网（CERNET）是目前中国用户数量最多的两个大型因特网主干网。大部分中国的企业机构或个人用户计算机连接在 CHINANET 上，而 CERNET 连接全国的大专院校和一些科研院所。这两个网络相互连通才实现了 CERNET 上的高校用户与 CHINANET 上其他用户之间的数据通信。

作为一个网络互联的成功案例，因特网实现了将全球范围内使用不同网络技术、由不同网络运营商构建、业务范畴各不相同的各种网络相互连接的目标，形成了超大规模的互联网。因特网中用于连接异构网络的基本网络设备是路由器。路由器也是一种分组交换设备，基本功能是对数据分组进行选路处理和转发操作。路由器的不同端口连接着不同的网络，将从某个网络接收到的数据分组经过选路处理后转发到另一个网络，这样经过一步一步的转发操作，最终将数据分组从源节点传送到目的节点。如图 1-8 所示[⊖]，图中每一个云形图代表一种网络或者一种网络技术，通过路由器的连接，这些不同的网络相互连通，形成一个更大的网络。

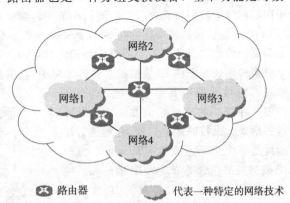

☒ 路由器　　　　　　　代表一种特定的网络技术

图 1-8　路由器实现网络互联

1.3.1　网络互联设备：路由器

从本质上说，路由器的作用是将数据分组从一个网络转发到另一个网络。这句话有两个含义。第一，路由器同样是一个存储转发分组交换设备，不同的是每个路由器连接若干个网络，并且对所连接的每一个网络都有一个单独的输入/输出接口（即我们所说的端口）。第二，必须存在一种机制使得路由器能够屏蔽掉不同的网络技术，这就意味着不管在各自的网络中数据采用什么样的分组格式和控制方法进行数据传输，在路由器之间必须使用一种统一的数据格式和相应的控制方法进行数据传输。并且通过因特网进行数据通信的所有计算机主机都需要有一种统一的地址标识符号。这样才能使得路由器能够将连接在某个网络上的计算机发出的数据信息逐步转发到连接在另一网络上的计算机。

前面提到，每一种网络技术都有一系列的数据传输和管理控制规范，如网络中传输链路的物理特性、采用的分组格式和控制方式等等，这类规范作用在某种网络中，具有局部性。为了把这些不同的网络相互连接起来而形成一个更大的网络，使得这个网络上的任何一个计算机都可以发送分组到其他计算机而不受不同网络技术的限制，就需要有一套能够作用于全局的数据传递规范。数据分组在不同网络内部的传输是按照各种网络规定的数据传递规范进行的，而网络与网络之间交换数据（可能是主机与路由器之间，也可能是路由器与路由器之间）则必须遵循一种统一的信息传递规范，以统一的数据格式和控制方式传递数据。因特网协议正是这种作用于全局的统一的数据传输规范。

⊖ 为了区别于其他的分组交换机，计算机网络中通常使用图 1-8 中所示的图标来表示网络互联设备路由器，而使用图 1-6 中所示的交换机图标表示其他的分组交换设备。

我们也可以将图 1-8 整体看作一个虚拟网或者说是一个逻辑网络。这样一种单一网络是由许多采用不同网络技术的网络由路由器连接而成的。我们所熟悉的因特网便是这样一个虚拟的、覆盖全球的互联网络。当任何一台计算机所在的网络通过因特网路由器和传输介质接入因特网时，便可以和其他接入因特网的计算机进行数据通信，实现各种网络应用，例如收发电子邮件、查询信息、阅读新闻等。

1.3.2 因特网协议：TCP / IP

因特网协议是为因特网开发的一组网络互联协议，也是实现全球性网络互联的基础。在前言中我们已经初步探讨了因特网 TCP/IP 的结构化层次模型，分层的目的是把复杂的网络划分成更容易管理的不同层次。因特网协议也称 TCP/IP 协议，这个名字源自于因特网层次模型中的两个最主要的层次：传输层 TCP(Transmission Control Protocol，协议细节在 RFC 793 中描述)和网络层 IP(Internet Protocol，RFC 791)。网络层的功能是提供一种互联不同网络采用的数据分组传输格式和控制方法，而传输层的主要功能是对网络中传输的数据分组提供必要的传输质量保障，关于因特网协议我们将在这一章后面的小节中详细介绍。这里我们先了解两个基本的概念：IP 数据报和 IP 地址。因特网中数据传输需要统一的数据分组格式，我们称这种数据分组为 IP 数据报。如果某个网络本身使用不同的分组格式传输数据，那么连接这个网络进入因特网的路由器将把每个分组转换成标准的 IP 数据报，然后才将 IP 数据报转发到因特网上。为使因特网上的每个连接节点都能被网络中其他节点唯一识别，需要一种统一的地址标识方法，我们称这种地址为因特网地址，即 IP 地址。IP 地址是一个全局范围的逻辑地址。每个 IP 数据报都包含源节点的 IP 地址和目的节点的 IP 地址，路由器根据 IP 数据报的目的 IP 地址决定转发路径，如图 1-9 所示。

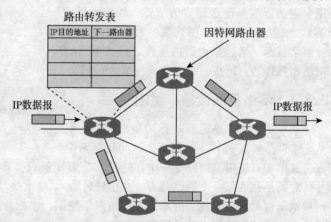

图 1-9 中，路由器之间可能是一条传输链路，也可能是一个传输网络⊖。当一个数据分组(IP 数据报)到达某一个路由器时，路由器依据 IP 数据报首部携带的目的 IP 地址信息，在其路由表中查

图 1-9 因特网路由器根据路由表转发 IP 数据报

找与该地址相匹配的通往下一个路由器的输出路径，然后向指向这个路径的端口转发 IP 数据报，IP 数据报通过若干个路由器的逐步转发，最终到达目的主机节点。

路由器的路由表形成是一个相当复杂的过程，简单地说是通过路由器之间相互通告它们可以通达哪些目的地，最终使得每个路由器能够了解通过其相邻的路由器可以通达哪些目的地，最终构建起自身的路由表。尽管因特网路由器能够为指向任何一个目的 IP 地址的数据报选择路径并转发，但并不意味着每个路由器的转发表都包含因特网上所有主机的 IP 地址。实际上因特网中的路由转发采用一种划分区域的方式，每个区域内路由器可以为目的地址指向本区域的分组选路并转发，对于目的地址指向区域以外的数据报，则由区域中一些特殊的路由器负责将它们转发到该区域以外的某些其他路由器上，关于因特网路由器的路由选择等相关技术我们将在第 5 章中进一步学习。

因特网网络互联同样采用分组交换方式。如果某个时刻进入网络的数据量较少，可以达到较

⊖ 传输网络可以理解为基于某种网络技术的网络，通常由电信运营公司铺设并能够向不同的用户提供各种数据传输服务。

高的传输数据率,反之当进入网络的数据量突然增加甚至超过网络的承载能力时,传输数据率会降到很低甚至会造成大量数据因路由器缓冲区的限制而被丢弃。因特网本身仅提供最简单而必要的网络互联和数据转发服务,而对于转发过程中出现的数据丢失及其他问题,全部留给数据的发送端和接收端做进一步处理,这正是传输层的任务。端系统根据不同的应用要求采用不同的传输层协议来修正并解决数据在因特网传输过程中的各种问题,以达到服务质量的保证。

至此,我们介绍了计算机之间相互通信的连通结构。这种连通可以通过传输介质直接连通两个通信节点,也可以通过交换设备和传输链路构成的交换网络,还可以通过路由技术实现不同网络之间的互联。下一节我们将介绍如何利用这种通信基础结构实现各种网络应用服务。

1.4   网络应用

通信链路、交换网络以及网络互联技术形成了一个能使任何一对计算机系统相互通信的基础通信结构。就像邮政系统一样,邮政系统所提供的服务是将邮件从寄件人的手中通过不同的运输工具、经过不同的运输路线传递到收件人手里。邮政服务所关心的是邮寄物品能否安全准确地到达目的地,而并非邮寄物品的具体内容,当然前提是这个邮寄物品首先要符合邮政系统的邮寄规则。邮政服务系统的存在使不同地域的顾客能够传递信件和物品,同样,网络也是为计算机系统实现各种网络应用进行数据传输而设计的。网络或者链路完成从一点到另一点的数据传送,但网络本身并不产生数据,也不需要去理解数据本身的含义。事实上,彼此进行数据通信的两个计算机系统必须要有两个应用程序参与到通信过程:一方启动通信请求,另一方接受通信请求。

1.4.1   计算机端系统和网络

端系统上运行的各种网络应用程序实现不同的网络应用,例如我们常用的网络应用有文件传输、电子邮件、Web 网页浏览等等。

首先,我们通过图 1-10 来讨论万维网服务系统的实现过程。这样的服务系统要求有两个应用程序,一个运行在 Web 服务器所在的计算机上,称为网络应用服务程序,另一个运行在远端计算机上,称为网络应用服务请求程序,或者客户程序。

如图 1-10 所示,用户计算机希望访问一个网页时,它的应用程序会向这个服务器发送一个 Web 服务请求,并且这个请求能够被 Web 服务器应用程序理解。运行在 Web 服务器上的应用程序接收到这个请求,通过相应的处理,返回包含用户请求网页的服务响应。

图 1-10   端系统上的应用程序实现网络应用

为了实现某一种网络应用,端系统应用程序需要解决的基本问题是能够交换相应的服务请求和服务响应消息,且彼此能够理解这些消息。至于这些服务请求或响应消息以哪一种网络技术,通过哪些网络节点和链路从一端传输到另一端,以什么样的分组格式在网络中传输,又怎样在如此大的网络中准确地识别对方等一系列问题,都由网络负责实现。网络存在的目的就是为各种网络应用提供数据连通服务。

当然,端系统还需要具备一些其他的功能模块,作为应用程序和数据传输网络服务的数据接口。我们前面讲过数据分组在网络中传输时可能会出现传输差错或分组丢失等问题,为了提高数据传输效率,因特网和大部分其他的分组交换网络本身并不对出错或丢失的分组做进一步的处理,而是将相应的修正工作留给端系统来完成。因此,在将通过网络传输的数据分组提交给应用程序之前,端系统还有一项特殊的任务,就是首先将在传输过程中出现的数据传输差错加以修正,之后再将这种修正过的可靠数据提交给应用程序。因特网中这项工作由端系统之间运行的传输控制协议

TCP 完成。

除了提供数据的可靠传输，端系统还可以提供其他的服务。例如，有些网络应用如视频直播服务等，保证用户终端收视、收听质量的基本要求是，接收端能够接收到连续并且时间间隔相对稳定的数据分组（换句话说，就是接收端能够严格按照原始数据产生的时间间隔接收到数据并播放）。通过前面的讨论，我们很容易理解这样一个事实，数据分组在因特网中传输具有很大的随机性，当网络流量较小时，数据分组排队等待的时间短，能够以较短的传输时延到达目的地，反之则以较长的传输时延到达目的地。这意味着数据分组在相同的源和目的端之间传输，所用的传输时延是不确定的。这个问题同样可以通过在端系统上采取一些措施得到缓解，比如，一种最简单的做法是接收端将接收到的数据分组先暂时缓存起来，当缓存的分组积累到一定数量之后，再按照固定的时间间隔分别将这些分组从缓冲区提取出来交给应用程序播放，从而使应用程序能够以稳定的时间间隔播放数据。

以上我们讨论了端系统能够为网络应用提供的两种功能。当然，对于并不需要这些特殊的服务要求的网络应用，端系统可以省去这部分操作，将从网络中接收到的数据分组直接提交给不同的应用程序。

1.4.2　客户/服务器模式

再来看图 1-10 中一个远端计算机请求 Web 服务的例子，我们分析过这两个端系统各自运行应用程序进行彼此之间的数据通信。那么，这一对应用程序是怎样彼此发现对方的呢？一种典型的模式是提供某种服务的应用程序进程不间断地运行在服务器主机上，等待远端的服务请求；而远端的计算机根据需要随时向这个不间断的服务进程提出一个应用服务请求。这种服务方式称为**客户/服务器模式**（client/server）。提供服务的端系统称为服务器，服务器提供特定的资源；请求服务的远端计算机称为客户机，客户机使用服务器所提供的资源。图 1-11 描述了这种客户/服务器工作模式。服务器端

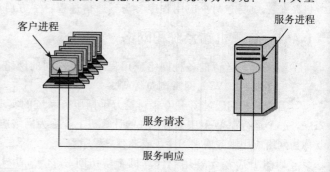

图 1-11　客户/服务器模式

服务进程一直保持运行状态，等待来自客户机的服务请求，当接收到客户机服务请求时返回相应的数据资源。

网络中采用这种客户/服务器模式的网络应用还有电子邮件服务、文件传输服务、虚拟终端服务等等。通常服务器被设计成能够同时接收处理多个服务请求的服务模式，采用多线程方式做到既能响应已收到的数据请求，又能同时等待接收新的数据请求。实际上所谓客户端和服务器端只是针对实现某一种网络应用而言，等待数据请求并提供服务的一端为服务器端，而提出服务请求并使用服务的一端被当作客户端。某个端系统可能作为服务器向一个端系统提供服务的同时，又作为客户端从其他的端系统得到某种服务。

1.4.3　网络应用编程接口套接字

为了便于编写网络应用程序，大部分计算机终端操作系统都提供一种网络应用编程接口，也称为套接字（socket）。几乎所有的计算机系统都将与数据通信相关的操作如发送数据和接收数据、差错校验、流量控制等设计成操作系统的一部分，操作系统将这些操作细节隐蔽起来，为应用程序实现数据通信提供了一套网络应用编程接口，即套接字。例如，当应用程序向网络中发送数据时，可以用套接字函数 send()，并将接收端的地址信息、发送的数据消息，以及所选择的网络传输服务等

信息作为该函数的参数变量。而通过函数 recv() 和相应的参数可以接收到指定端系统发送的数据信息。图 1-12 为应用程序利用套接字实现数据通信的示意图。

套接字最初由 U. C. Berkeley 大学 BSD UNIX 小组开发，目前几乎所有流行的操作系统都支持它。例如，Windows Sockets 规范并定义了一套基于 Microsoft Windows 环境下的网络应用编程接口 API。关于使用套接字进行数据传输的应用编程我们将在第 6 章进一步学习。

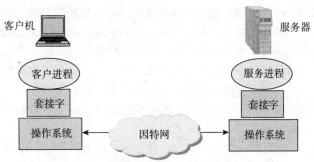

图 1-12　应用进程通过套接字进行数据通信

至此，我们讨论了构建两个通信节点之间的数据连通性和使用这种连通性实现网络应用。从接下来的章节中我们会看到实际网络中所包含的内容和技术要更丰富、复杂得多，很多技术细节我们在此并没有涉及，而且对于前面提到的一些概念和技术也没有花很大的篇幅给予详细透彻的解释。我们的目的是通过这种简单的描述，使读者对计算机网络和网络应用有一个较为直观的初步认识，这对我们接下来的学习会有很大帮助。

1.5　计算机网络体系结构

通过前面对网络和网络应用的描述，我们对网络的复杂性已经有了一个初步的认识。网络体系结构是一种将网络结构化的方法，其目的是划分网络系统的基本组成部分，说明各组成部分存在的目的和实现的功能，以及各组成部分之间如何相互作用和结合，最终实现各种网络应用。

1.5.1　分层和协议

1. 什么是协议

如同人与人之间相互交流时需要遵循一定的规矩一样，计算机之间的相互通信也需要遵守一定的规则，如消息或分组的格式以及接收到这些消息或分组后所进行的下一步操作等等，这些规则称为**网络协议**。一台计算机只有在遵循某些网络协议的前提下，才能通过网络与其他计算机进行正常的通信。

一个网络协议应该包含哪些内容呢？我们通过一个远程用户程序向一个 Web 服务器请求相应的网页，来讨论这个问题，如图 1-13 所示。

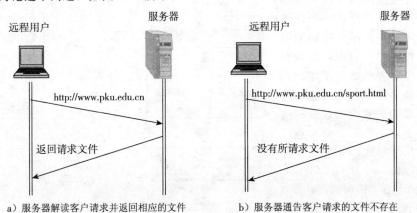

a）服务器解读客户请求并返回相应的文件　　b）服务器通告客户请求的文件不存在

图 1-13　Web 服务中客户与服务器交换信息

图 1-13 中，客户端浏览器向一个 Web 服务器请求浏览不同的网页，图 1-13a 中客户浏览器的请求为：http://www.pku.edu.cn，Web 服务器接到这个请求消息并解读之后，查找到客户请求的文件并按照一定的格式将这个文件返回给客户端；图 1-13b 的情况是客户端向 Web 服务器发送一个请求：http://www.pku.edu.cn/sport.html，服务器本身并不能够提供这个请求的网页文件，因此返回给客户一条消息，说明其所请求的数据文件服务器并不能满足。显然，在上述服务请求和响应过程中，双方所发送及接收的消息分为不同的数据类型，如请求服务类型和响应服务类型，或者通告对方请求文件不存在消息类型等；并且各种消息类型都应该含有特定的语法和语义，也就是说消息中的各个字段都有相应的含义以及存放格式；同时，一个应用程序何时以及如何发出一条消息也要遵循一定的规则。

所以，一个协议应该包含三部分内容：语法、语义和时序。

那么，一个网络需要多少个协议来支持呢？计算机网络是一个复杂的系统，如果用一个单一的、庞大的协议来规范所有通信操作规则，这个协议将会是无比笨重而繁琐的。因此网络中采用的方法是把各种通信相关的问题划分成多个子问题，然后为每个子问题设计不同的协议。例如，图 1-13 中的 Web 服务系统，客户机与服务器之间传递的请求和响应消息有特定的数据格式及规则，描述这种规则的协议称作超文本传输协议（HyperText Transfer Protocol，HTTP）。HTTP 协议规范了 Web 服务系统中客户端和服务器端两个应用程序之间交换信息的规则，而实现 HTTP 消息在网络中的传输，则需要其他协议的支持。1.3 节中我们介绍的因特网协议，规范了数据在穿越不同的相互连接的网络进行传输时，采用的分组格式和传输控制规则，计算机端系统发出的各种服务请求或响应消息必须遵循这种规范，才能够从一端穿越不同网络传送到另一端。图 1-3a 所描述的节点之间数据传输差错控制机制，以及图 1-3b 所描述的流量控制机制等都是基于不同的传输控制协议，通信节点按照这些传输控制协议定义的数据传输规范发送数据或接收数据，等等。显然，计算机网络的运行需要许多协议，协议以及协议之间的协同工作是计算机网络软件的核心内容，也是贯穿我们这本书的基本内容。

2. 分层结构

把一个复杂的网络问题分成多个层次的子模块是计算机网络的基本设计思想，这里的分层并非指物理上的分层，而是逻辑结构上的分层。实际上我们在前面对网络和网络应用的讨论中，已经隐含了一些对网络结构进行分层的思想。例如，我们将实现网络应用的工作与网络数据传输服务分开，又将数据传输的工作与提高数据传输服务质量的工作分开，等等。在我们现实生活中也同样使用这种分层的方法，为了更形象地理解分层，我们用分层的方法分析一个邮政系统工作的实现过程。

我们大概都去过邮局邮寄物品或信件，但往往是填写好表单并交付邮费之后，就放心地将具体的邮递工作交给邮政系统来处理了。现在我们来试着设计一个邮政系统，完成从邮寄人邮寄邮包到收件人领取邮包的整个过程。假设住在北京的某个客户邮寄一个邮包给住在上海的某个客户，我们将邮寄邮包到领取邮包的整个邮递过程大致分成几项主要工作，分别对应于图 1-14 中的几个层次，每个层次完成一项主要工作。

邮寄方的主要工作包括：
- 客户到当地邮局寄邮包，按照规定填写表格，交纳邮资，

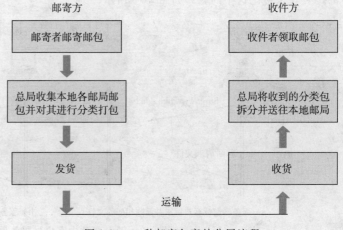

图 1-14　一种邮寄包裹的分层流程

包装邮包；

- 北京总局收集本地各个邮局的邮包，并按照相应的规则如地址、邮寄类别、邮寄内容等对所收集邮包进行分类和整理，形成不同的分类包；
- 发货，北京总局统一将经过处理的分类包运往各个地区。

收件方的主要工作包括：

- 收货，上海总局统一接收从其他各地区运往本地的各种分类包；
- 上海总局将收到的各种分类包拆分，并将邮包分别送到不同的当地邮局，当地邮局通知收件人前来领取；
- 客户持领取邮包的单据到当地邮局领取邮件。

现在我们从以下两个方面来分析这个层次结构的一些特点。

各个层次的纵向关系：

- 作为邮寄者和收件者，两个客户并不需要关心邮包在邮寄过程中的一些细节，如这个邮包和哪些其他邮包一起运输，由哪一辆汽车或哪一架飞机运输，走什么样的路线，途经哪些城市等等。类似地，第二层邮寄方的"邮包分类"和收件方的"邮包拆分"工作也不需要了解该层以下的"发货"或"收货"的运输调度等工作细节。我们的结论是这种层次结构纵向关系的一个特点是下层能够对上层隐藏一些工作细节。
- 再看图 1-14 中的第二层，对于邮寄方来说，它的工作基础是邮寄者填写的邮寄表单，根据顾客所填表单上的信息，邮局将邮包按照邮寄地址、邮包种类、服务类型等类别进行分类和包装工作。邮寄者填写在表单上的信息是连接第一层和第二层的接口。我们由此得出的另一个结论是，这种层次模型的上下层之间应该定义一种接口以实现这种相对独立的工作衔接。
- 试想如果图 1-14 中的最底层运输调度工作临时发生了一些变化，例如可能某个运输工具出现故障，或者某段道路临时关闭等，这些情况的发生并不会使其他层次的工作停止，更确切地说这种变化可能会影响其他层次的工作进度而不会影响其工作方式。由此得出层次结构的另一个特点是，当某一层的功能发生变化时，只要该层与其上下层的接口保持不变，便不会影响到其他层的正常工作。

各个层次的横向关系：

首先分析图 1-14 最上层邮寄者与收件者之间的关系。尽管这个邮包会辗转不同的交通工具和城市，但只有收件者才可以打开并拥有这个邮包。邮寄者寄什么样的礼物给收件者，什么时候寄，以什么方式寄，收件者是否会再回寄一个礼物给邮寄者，这些完全是他们两人之间的事，是由他们之间的关系所决定。这种关系决定了这两个客户在邮寄和收取邮包这件事上的操作规则，直接决定了他们邮寄和领取的操作。类似地，再看图 1-14 中的最底层，发货和收货层。邮寄方的运输调度按照一定的运输调度规则发出邮包，而接收方的运输调度也需要按照一定的调度规则接收邮包。比如发货方发出运往收货方的一批货物，预计某个时间能够到达，那么收货方的调度就需要在相应的时间安排收货等事宜。由此对于层次结构的横向关系我们得出的结论是两个实体中同一层之间相互遵循一定的规则，这个规则直接影响着两个实体的操作规范。

以上我们用分层的方法设计并实现了一种邮递系统，这种分层方法在层次结构和功能实现上与实际的邮递系统可能有差异，但是这种将一个复杂的系统进行结构化、层次化的设计方法是网络系统以及其他系统所崇尚的基本思想。网络设计者以层次结构的方式来组织实现各种网络功能的网络硬件和软件组件。以上邮递系统层次结构中得出的某些结论，同样可以描述网络层次化结构的特点：

- 计算机网络中的数据通信和网络应用是由通信实体中不同的层次协同完成的。
- 同一实体的不同层次分别完成一定的功能，并通过相应的接口相互衔接。

- 不同实体相同层次之间遵循一定的操作规范，这种规范正是我们在前面提到的网络协议。协议是在不同的通信节点上同一层次之间使用的规则。举例来说，超文本传输协议 HTTP 是客户机与 Web 服务器的应用程序之间所使用的协议，这个协议在我们下面将要介绍的网络分层结构中属于应用层协议。
- 每一层可能会完成不止一项的任务，因此，网络系统中的每个结构化分层中也可能会包含多个协议。例如，除了 HTTP 协议，应用层中还可以包含其他的网络应用协议，如文件传输协议（File Transfer Protocol，FTP）、简单邮件传输协议（Simple Mail Transfer Protocol，SMTP），等等。

分层提供了一种结构化的方式来讨论网络系统的各种组件，计算机网络**体系结构**（architecture）定义了网络系统的组成部件：层次结构及其协议，以及各组成部件之间的关系和应该完成的基本功能。

1.5.2 因特网体系结构

网络体系结构包括两个内涵：一是标识网络系统的组成部分，清晰地描述各个部分的功能、目的和特点；二是描述网络各个组成部分之间的横向和纵向关系，将各个部分有机地结合在一起，形成完整的网络系统，从而保证网络的有效运转。

计算机网络中已经形成的网络体系主要有两个，OSI（Open System Interconnection）开放系统互连参考模型和因特网 TCP/IP 参考模型。OSI 模型由国际标准化组织 ISO（International Standard Organization）制定，它将网络分为 7 层，分别是应用层、表示层、会话层、传输层、网络层、数据链路层、物理层。由于 OSI 模型的设计先于实现，有些设计过于理想和复杂，很多选择并不适应于计算机与软件的工作方式，因此完全实现 OSI 参考模型的系统并不多。

因特网 TCP/IP 协议产生于对因特网的研究与实践中，是根据实际需求制定的，TCP/IP 协议已经成为网络互联事实上的国际标准和工业标准。

目前最为流行的网络体系结构是因特网体系结构，将网络系统分成 5 个层次：应用层、传输层、网络层、数据链路层和物理层。如图 1-15 所示，以下我们分别介绍这几个层次的基本特点和主要功能。

图 1-15　因特网 TCP/IP 体系结构

1. 应用层

应用层协议规范了彼此通信的两个端系统应用程序之间信息交换的格式和操作规则，包括通信双方如何请求、响应、管理一个网络应用。例如，通信双方可以通过应用协议交互所使用的压缩方法，使得接收方能够以正确的方法对接收数据进行解压。常见的应用层协议有：HTTP 规范了 Web 网页服务中客户端与服务器端进行数据交流的数据及管理信息格式；FTP 定义了网络中不同端系统之间进行文件传输的相关规则，等等。这些常用的应用层协议已在互联网上被广泛采用，成为网络用户一致遵循的、公认的网络应用协议。当然，用户也可以自行开发自己的网络应用，并为这个应用定义其独特的数据格式及管理方式。

一个端系统可以同时运行多个网络应用，每个网络应用在启动时由系统为其设置一个端口号来区别于其他的应用，这个端口号也是应用层与其下面传输层的接口。

2. 传输层

传输层的主要任务是为网络应用提供进一步的服务。传输控制协议 TCP 可以对网络中传输的数据分组进行差错控制，对出现问题的分组进行修正，最终为网络应用提供可靠的数据。TCP 还能够调节发送端发送数据分组的速度，当网络负载较重或者接收端的处理速度较慢时，TCP 发送端能够相应减缓发送数据的速度。传输层的另一项任务是实现网络应用的分用和复用，具体来说就是端系统同时运行多个网络应用时，以端口号来区别属于不同网络应用的数据分组。为此，传输层负责在发送端为这些不同的应用数据添加上端口号形成传输层的数据分组，并在接收端按照分组的端口号将数据分别提交给不同的应用程序。

除了 TCP，因特网还提供另一种传输协议：用户数据报协议（User Datagram Protocol，UDP）。UDP 相对来说更简单化，仅为网络应用提供传输层最基本的功能，即数据分组与应用程序进程匹配的功能，它并不提供可靠的、具有流量控制的数据传输服务。UDP 因其简单化能够达到较 TCP 更高的数据传输速率，因此是一些对数据传输数据率要求较高，而对数据传输的可靠性并不十分敏感的网络应用所选择的传输协议。

3. 网络层

应用层与传输层的主要功能是由进行数据通信的端系统实现，而网络层的任务是由端系统和网络设备（路由器）共同完成的。网络层的任务有两个：端系统将数据按因特网的统一传输格式进行数据分组格式化；路由器根据数据分组的目的地址为该分组选择相应的路径。网络层架设在所有与硬件相关的网络技术之上，当数据分组跨越有不同物理特征的网络时，以统一的 IP 数据报分组格式在网络之间传输。IP 协议可以作用在端系统和路由器之间以及路由器和路由器之间的网络层上。

IP 协议是因特网最重要的网络层协议。除了 IP 协议，因特网网络层还设计了其他协议，例如路由器之间用于交换路由信息所使用的路由协议，用于通告 IP 数据报传输过程中的异常现象的因特网控制消息协议（Internet Control Message Protocol，ICMP）等等，所有这些网络层协议共同协作实现因特网的网络层功能。

4. 数据链路层

数据链路层主要负责网络中节点到节点之间的链路管理及数据传输控制，主要任务是将数据以一定的分组格式从一个节点运输到相邻的另一个节点。数据链路层协议定义了相邻节点之间的数据传输格式、差错校验方法、流量控制以及寻址方法等。这里所说的地址是硬件地址，也称为物理地址。物理地址仅在一个物理网络中有效，属于局部地址。而 IP 地址是一个逻辑地址，是因特网在全球范围内使用的全局地址。数据分组从源端点到目的端点传输通常会穿越不同的网络经过若干条传输链路，每条链路都分别有其各自独特的物理特性，形成了对应这些不同的物理特性的链路层协议。因此，同一个分组在不同的链路上传输，可能会涉及不同的链路协议。通常基于一种网络技术的网络内节点之间运行相同的数据链路层协议。

5. 物理层

物理层是网络分层结构的最底层，主要任务是将链路层形成的数据分组中的比特序列从一个节点通过传输介质传输到另一个节点。物理层定义了发送节点如何将比特序列转换成能够在传输介质上传输的脉冲信号，以及接收节点怎样识别这些脉冲信号并将其还原成原始的比特序列等一系列与传输介质物理特性相关的技术规则。

通过对因特网各个层次的功能描述可以得出因特网体系结构的几个特点。第一，应用层和传输层协议是为实现网络应用而设立的协议，只在进行彼此通信的端系统上运行。而网络设备如交换机、路由器并不实现这两层的功能，也不需要运行这两层的协议。第二，因特网的网络层协议 IP 是所有进行数据通信的端系统和连接不同网络的路由器都要运行的网络互联协议。事实上网络层协议 IP 与端系统上运行的传输层协议 TCP/UDP 共同构成因特网协议，为因特网上实现的各种网络应用提供数据传输服务，因此人们常简称因特网协议为 TCP/IP 协议。第三，物理层和数据链路层协议直接与物理网络及物理链路相关，体现出不同的网络特点和不同传输介质的物理性质。

1.5.3 报文、报文段、数据报、数据帧

我们进一步讨论如何利用因特网 TCP/IP 层次结构实现两个计算机系统之间的数据通信和应用。

如图 1-16 所示，两个计算机系统彼此通信实现某种应用，这两个系统上的应用程序相互交换的信息我们称之为消息，消息可以是一个文件、一行命令、一串字符等。对于应用程序来说，只要消息能够从一端成功地传输到另一端，便意味着这种应用活动能够正常运行。至于这些消息如何在网络中传输等底层细节，应用程序并不需要关心，这些工作分别由其他不同的层次负责处理。

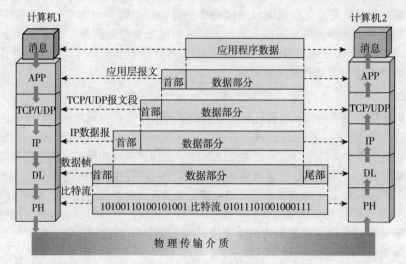

图 1-16　因特网不同层次的数据分组

图 1-16 示意了从计算机 1 发送一条消息到计算机 2 的数据流向，图中以实线描绘的纵向箭头表明数据是真实地从一层传递到下一层（或上一层）；而计算机之间相同层次之间以虚线连接，意味着它们之间并没有物理上的连接，而通过所谓的逻辑连接来实现不同层次的协议交流。

发送端应用程序产生的消息通过应用层向下层传递，通过每一层时，系统为数据添加相应的首部信息与尾部信息，通常我们将尾部信息也统称为首部。这些首部信息包含实现这一层功能所需要的必要信息，如控制信息、说明信息、地址信息、差错校验码等等，最后数据分组以比特流的形式从物理层发出。接收端从物理层接收到这些比特流，并经过逐层的处理向上层传递数据，通过每一层时，都会查看数据分组携带的这一层首部信息，例如利用差错校验信息可以检查接收的数据是否传输正确，利用地址信息可以判定这个数据分组是否是发往本地的分组等等。经过底层处理之后，将分组属于这一层的首部信息去掉，数据部分继续向上层提交，直到最终由发送端发出的纯消息传送到接收端的应用程序。

以下我们简要介绍因特网不同层次中的数据分组，以及这些分组所包含的首部信息及其用途。

1. 应用层数据：报文

应用层数据分组也称为报文，应用层首部信息和应用层数据部分（原始数据消息）组成应用层报文。应用层首部信息由发送端的应用层添加，被接收端的应用层读取，包含一些彼此通信的应用程序相互理解的控制信息，目的是使两端应用层能够互相明白对方的意图，控制其下一步的操作。当接收端通过首部信息完成了某些操作后，便去掉首部信息，再将原始数据提交给相应的应用程序。不同的网络应用包含不同的首部信息，例如，对于一个经过压缩处理的文件，要求将相应的压缩格式放在首部一同发送。接收端按照首部描述的压缩方法对数据进行解压操作，之后将去掉首部的原始数据提交给应用程序。这里的应用程序可能是一个浏览器或一个视频播放器等等。

2. 传输层数据：报文段

应用层报文作为传输层的数据部分，与传输层的首部信息一同构成传输层数据，称为报文段。传输层首部信息包含运行传输层协议的一些控制信息。比如对于 TCP 传输协议来说，首部信息包括分组的序列号、端口号、差错校验码、传输控制信息等，而 UDP 传输协议首部信息只有端口号和校验信息。传输层的首部信息只有发送端和接收端的传输层能够读懂，例如接收端传输层通过收到传输层数据的首部信息了解所接收的数据的正确性和完整性，并决定是否需要发送端重新发送某些数据。当接收端传输层正确接收到一组数据时，将数据部分(应用层报文)提交给应用层相应的应用程序。

3. 网络层数据：数据报

传输层报文段作为网络层的数据部分，与网络层首部信息结合构成网络层数据，称为数据报。网络层最重要的首部信息包括发送端与接收端的 IP 地址，路由器利用这些信息为分组选择路径，并将分组从一个网络传输到另一个网络，直到目的端节点。接收端网络层收到数据报时，如果目的 IP 地址吻合并且数据校验正确，将数据部分(报文段)提交给其上层的传输层。

4. 链路层数据：数据帧

数据报作为链路层数据部分，加上链路层首部及尾部信息，形成链路层的数据帧。链路层首部信息根据网络和传输技术的不同而不同，可能包含链路控制信息、地址信息、校验码信息等。数据帧通过物理层相应的编码技术形成比特流发送到传输介质中。当接收端的物理层将数据帧提交到链路层后，接收端的链路层通过数据帧的首部信息进行操作控制，例如检查地址信息是否吻合、进行差错校验和差错控制、流量控制等等。对于正确接收的数据帧，将数据报提交上一层网络层处理。

网络协议是节点之间相同层次间传递消息和数据分组的规则，这些规则是通过每个节点相邻的下层为上层添加首部与尾部信息而实现的。节点之间只能理解同一层的首部信息。TCP/IP 协议是因特网存在的基础，这一节只是对网络体系结构的一个基本介绍，以后的章节我们将进一步学习这 5 个层次的特点及其所包含的协议，其中网络层和应用层与我们的实际应用联系更密切，也是这本书的重点部分。

1.6　因特网和因特网服务提供商

因特网将采用不同技术、分散在不同地域、规模大小不同的网络相互连接，使得连接在这些网络上的计算机端系统能够相互连通，彼此通信。这一节我们简单介绍因特网的主干结构和接入因特网的方式。

1.6.1　因特网的主干结构

因特网实际上是多个网络互联而形成覆盖全球的逻辑网络。连接在因特网上的网络从其所实现的功能上大致可以分为两类：传输网络和资源网络。传输网络主要支持用户数据的传输和转发，由传输链路、网络设备、网络控制中心等硬件设施和软件组成；资源网络通常是指由用户计算机、服务器以及各种面向应用的外设组成的网络，资源网络中的资源包含主机资源、数据和信息资源以及各种应用软件，主要支持用户各种网络应用和资源共享。传输网络通常是由大型网络运营公司负责建设和管理，向各种用户提供公共数据传输服务，资源网络则主要由企业机关、科研院校或居民社区等自己建设，向特定用户提供资源共享服务。

分布在全球各个不同地域的资源网络通过各种传输网络相互连接，最终实现更大范围的资源共享。因特网将一些覆盖范围广、处理速度快、链路带宽高的传输网络作为主要通信干线，称为**主干网络**。相对规模小的传输网络或资源网络连接到这些主干网络上，通过主干网络的数据引导实现不同网络之间的数据连通。主干网络通常采用高速传输网络传输数据，高速分组交换设备提供网络路由。因特网中的主干网络分为覆盖全球范围的顶级主干网(或者一级主干网)和覆盖国家、地区范围的二级主干网，二级以下还可以根据需要再设置规模更小的主干网。

一级主干网覆盖范围广，链路速率范围是 2.5～10Gbps，路由器能够以极高的速率和可靠性转发分组。目前，因特网一级主干网运营商主要包括 AT&T、Sprint、UUNet、Qwest、C&W 和 Level3 等大型网络公司。所有一级主干网之间形成全网状网对等互联结构⊖，构成互联网的核心和枢纽。一级主干网的主要业务是向二级主干网出售连接和引导数据流向服务。

二级主干网通常具有区域或国家覆盖范围，为了能够通达到全球因特网的大部分地域，可以向一个或多个一级主干网购买这种连接服务以实现与其他二级主干网的互通互联。除了向一级主干网购买连接和转发服务，二级主干网之间同样可以在达成某种共识的基础上形成对等互联结构，这样互联的两个二级主干网之间的数据连通便不再需要通过一级主干网，而可以直接进行数据通信。二级主干网通常由国家政府授权的网络运营公司负责建立，例如，中国公用计算机互联网（CHINANET）、中国教育科研网络（CERNET）等国家级公共因特网均作为二级主干网，向下一级如企业、学校等机构网络提供因特网接入服务。

因特网服务提供商（Internet Service Provider，ISP）是因特网这种主干等级连接结构的产物。ISP 可以提供低层主干网接入高层主干网的连接服务，也可以提供个人用户、小型企业网、大型企业网以及校园网等接入因特网的连接服务。例如，某个国家覆盖范围的二级主干网与一个全球覆盖范围的一级主干网连接时，这个一级主干网便称为该二级主干网的因特网服务提供商。同样二级主干网作为企业、学校等机构网络的 ISP，为这些网络提供因特网接入服务。二级主干网除了向某些大型企业网、校园网等规模较大的网络提供因特网接入服务之外，还向一些称为本地 ISP 的小型网络运营公司提供因特网接入服务。本地 ISP 的运营模式是购买其上一级因特网主干网的网络接入以及其他因特网业务服务，并作为 ISP 向一定地域覆盖范围内的家庭或小型办公室等小规模网络或个人计算机提供因特网接入和其他因特网服务。

因特网各级主干网之间的连接结构如图 1-17 所示。顶级主干网相互之间对等互联，成为因特网的核心，并作为国家地区级主干的 ISP 向其提供连接和数据引导服务。每个二级主干与一个或多个顶级 ISP 连接，通过顶级 ISP 的数据引导最终实现与其他地区级的主干网相互连通。某些大型跨国公司同样可以直接选择顶级 ISP 提供的连接服务，但是这些大型公司并不会承担为其他网络用户转发数据分组的责任，连接在顶级 ISP 上的目的是使该公司网络上的用户能够与其他网络上的用户实现更直接的数据通信。地区主干作为地区范围的 ISP 向本地的企业网、校园网以及本地 ISP 提供因特网接入服务，而本地 ISP 则向家庭计算机用户和小型办公室网络用户提供接入服务。

中国的因特网主干网之一：教育科研网 CERNET

中国教育和科研计算机网（China Education and Research Network，CERNET，http://www.edu.cn）是由国家投资建设，教育部负责管理，高校承担建设和管理运行的全国学术性计算机互联网络。如图 1-18 所示，CERNET 网络结构由全国主干网、地区网、省级网和校园网组成。目前，CERNET 主干网传输速率已达到 10Gbps，与美国、加拿大、英国、德国、日本等地区实现国际连通。地区网的传输速度达到 155Mbps～2.5Gbps，可以通达全国 30 多个省 200 多个城市⊜。全国上千家高校及中小学科研教育单位连接在 CERNET 上，并通过 CERNET 接入因特网。CERNET 还是中国开展下一代互联网研究的实验网络，基于现有的网络设施和技术建立了全国规模的 IPv6⊜实验床。并且 CERNET 实现了与国际下一代互联网 Internet2⊗互联，成为国际下一代

⊖ 所谓对等互联是双方在利益均衡的基础上达成对等互联协议，省去繁琐的流量记录和成本计算，是一种互惠互利的商业行为。

⊜ 以上数字来源于教育科研网 CERNET 官方网站：http://www.edu.cn/。

⊜ IP 协议有两个版本，IPv4 和 IPv6。现有的因特网是在 IPv4 协议的基础上运行，IPv6 是下一版本的互联网协议，目前还处于试验阶段，它的提出解决了 IPv4 定义的地址空间不足并且即将被耗尽的问题，同时新的版本还考虑了在 IPv4 中解决不好的其他问题，如服务质量、安全性保证等。

⊗ Internet2 是指由美国 120 多所大学、协会、公司和政府机构共同研究建设的网络，目的是为满足高等教育与科研的需要，开发下一代互联网高级网络应用项目。网站 http://www.internet2.edu 提供的信息可以帮助了解 Internet2 的发展和建设情况。

互联网在中国的第一个骨干成员。CERNET 是一个公益性网络，其目标是建设一个全国性的教育科研基础设施。向全国的教育科研系统以及普通用户提供学术交流、文件访问、图书情报检索、电子新闻、远程教育、远程高性能计算等多种服务。

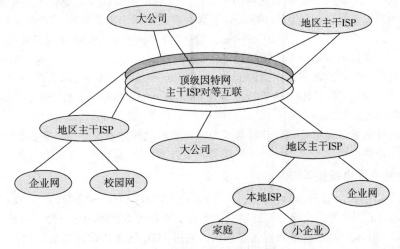

图 1-17　因特网主干结构示意图

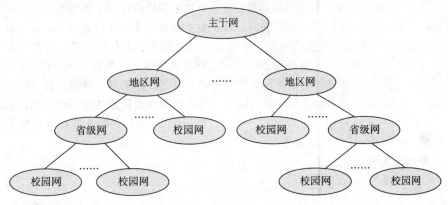

图 1-18　CERNET 网络连接结构

1.6.2　接入因特网

图 1-17 给了我们一个对因特网主干连接结构和因特网服务提供商的初步认识，任何用户计算机或者用户计算机所在的网络首先都要通过某种通信设施接入一个 ISP，并通过 ISP 所提供的服务最终连接到因特网上。对于家庭和小型办公室计算机用户，由于数据通信量相对较小，并且用户计算机所处的位置也比较分散，常用的连接技术是利用现有的通信设施如电话网络或有线电视网络接入因特网。而对于企业或校园等较大型的网络用户来说，其特点是网络规模和数据量比较大，往往采用租用某些大型电信公司架设的公共通信网专线的方式接入 ISP。另外，采用无线通信技术，如微波通信、卫星通信和移动通信系统接入因特网 ISP 也越来越成为人们所关注的问题。

1. 利用电话线接入 ISP

现有的电话网络为居住在本地的任何住户提供普通的电话接通服务，利用现有的电话线实现用户计算机和本地 ISP 的相互连接，使其既能传输电话语音信号，同时又可以传输计算机数据，这对于家庭计算机用户接入因特网是非常经济方便的。通过电话网络实现住户计算机与本地因特网 ISP 之间的数据连接，要解决几方面的技术问题。第一，电话网络主要用于传输语音信号，要使其能够传输计算机数据需要专门的设备(调制解调器)将计算产生的比特流转换成适合在电话线上传输的信号[⊖]。第二，电话网本地端局同样配备调制解调设备，功能是接收各路电话线传输的数据，并将其中的计算机数据信号转换成二进制比特流，传送到本地 ISP，再由 ISP 将数据传输到因特网上。

传统的电话拨号方式由于受电话线可用带宽以及调制解调器转换数据能力的限制，通过电话线传输计算机的数据率最高只能达到 56kbps(根据香农定律得出，将在第 2 章介绍)。在此基础上发展起来的数字用户线(Digital Subscriber Line, DSL)技术，也称为宽带接入因特网技术，使用了电话线中未使用的更宽的传输频率，采用更先进的调制解调技术使得原有的电话双绞线能够实现更高的传输数据率。非对称数字用户线(Asymmetric Digital Subscriber Line，ADSL)宽带接入方式能够向终端用户提供 1.5～6Mbps 的下行传输速率和 64～384kbps 的上行速率，比传统的 56kbps 模拟调制解调器快上百倍。

利用现有的电话通信设施实现住户计算机与本地 ISP 之间的数据连接，既经济又方便，ADSL目前已成为家庭计算机用户接入本地 ISP 使用的主要技术方法。

2. 利用有线电视电缆接入 ISP

有线电视网采用基于光纤和同轴电缆混合的网络技术 HFC(Hybrid Fiber Coax)，主干网络以及主干与服务区之间采用光缆，而服务区到用户住宅为了节省成本采用同轴电缆。通过有线电缆接入因特网是宽带接入技术中最先成熟和进入市场的。通过 HFC 网络传输计算机数据的基本思想是利用有线电视网络连接到住户的电缆线，分离出一部分带宽用于传输计算机数据，并通过有线电缆调制解调设备(cable modem)将计算机数据转换成能够在有线电视模拟信道上传输的信号，与有线电视信号一起传输，本地有线电视公司再将相应的计算机数据分离出来，通过本地 ISP 接入因特网。通过 HFC 网络传输计算机数据，通常是服务区中的若干用户共享一条有线电缆，这意味着连接在同一根电缆上的计算机用户要共享电缆上用于计算机数据传输的带宽，当多个用户同时连接本地 ISP进行数据通信时，会使每个用户能得的传输数据率降低，反之，如果某个时刻只有少数用户进行计算机数据传输，则可以达到相对较高的数据传输率。与采用双绞线传输的电话线相比，采用同轴电缆传输的有线电缆抗干扰性较高，信号衰减较低，目前，采用 HFC 网络传输计算机数据，下行数据速率范围为 10～30Mbps，上行速率范围为 500kbps～3Mbps。

3. 高速专线接入技术

高速专线接入服务主要是通过租用电信部门架设的公共传输网接入因特网主干 ISP。不同于前面所介绍的利用现有的传输电话或电视信号的网络接入因特网，这些公共传输网络专门用于计算机数据传输，其传输数据率和交换处理速度都很高，并且大部分网络采用光纤传输。因此，与其他接入技术相比，这种专线接入方式的最大优势是数据传输质量好、传输距离长、抗干扰能力强、可靠性高。是企业、学校、政府机关等规模较大的网络接入主干 ISP 的良好选择。

4. 无线接入技术

随着计算机和通信技术的发展，出现了多种不同类型的无线网络，它们分别适合于不同的应用领域。目前通过无线网络系统接入因特网有两种常用方式，一种是通过移动通信系统接入因特网，另一种是利用无线局域网技术接入因特网。

移动电话通信网络系统经历了几个发展阶段，早期的第一代(1G)和第二代(2G)移动通信系统主要面向电话语音数据传输服务，网络采用电路交换方式，数据传输率较低，不适合数据率要求较高的计算机数据或多媒体数据传输。第三代(3G)移动通信系统的目标正是实现语音通信和多媒体通信相结合的新一代移动通信系统，提供包括图像、音乐、网页浏览、电话会议以及其他一些

⊖ 目前住户电话机与电话网本地端局之间采用模拟信号传输方式，模拟信号是用随时间连续变化的信号描述原始数据。调制解调器的调制操作是用这种模拟信号(载波)的某一物理量，如振幅、频率、相位的变化来描述计算机产生的二进制比特序列；解调操作则是将相应的二进制比特序列从模拟信号中分解出来。

信息的数据传输服务。3G 采用完全的分组交换技术，网络根据业务的需求在上行和下行方向动态分配带宽，大大提高了传输信道的利用效率，从而达到较高的数据传输效率。目前中国的移动通信技术已经进入了 3G 的阶段。

2.5G 移动通信技术作为 2G 向 3G 演变的过渡技术，仍将存在一段时间。2.5G 移动通信系统的基本设计思想是在现有 2G 网络的基础上，通过增加一些硬件设备并同时对原有网络进行软件升级，形成一个新的分组交换网络逻辑实体，用于实现移动终端与因特网之间的高速分组数据传输。以 2.5G 的代表技术 GPRS 为例，传输数据时数据率可以达到 9～150kbps。

目前，无线局域网采用的主要技术为 IEEE(Institute of Electrical and Electronics Engineers)定义的 IEEE 802.11 标准系列。802.11 采用特定频段的电磁波或红外线作为传输介质，移动的数据终端可通过无线接入点连接至有线架构的局域网设施，实现与其他终端的数据通信和各种因特网应用。无线接入点的作用就像移动通信系统的基站，完成无线局域网和普通局域网之间的桥接，实现无线终端与其他端系统之间的数据通信。IEEE 802.11 定义了 3 种服务的技术标准：802.11a、802.11b 和 802.11g。802.11a 和 802.11g 的最高数据率能够达到 54Mbps，802.11b 最高数据率为 11Mbps，是目前最为广泛使用的无线局域网技术。

1.7 计算机网络中的标准

计算机网络涉及多个实体相互协作，而不同实体所使用的硬件、软件种类繁多，因此制定网络标准是网络能够正常运转的重要因素。

目前有很多致力于为不同领域制定标准的国际标准化组织。比较有影响力的国际标准化组织有：国际标准化组织(ISO)，主要活动是制定国际标准，协调世界范围的标准化工作，著名的具有七层协议结构的开放系统互连参考模型即由 ISO 制定；国际电信联盟(International Telecommunication Union，ITU)，是世界各国政府的电信主管部门之间协调电信业务的组织，研究制定有关电信业务的规章制度；电气和电子工程师协会(Institute of Electrical and Electronic Engineers，IEEE)，主要从事电气工程、电子和计算机等有关领域的标准制定，制定了著名的 IEEE 802 局域网系列标准。

因特网工程任务组(Internet Engineering Task Force，IETF)是推动 Internet 标准规范制定的另一个主要的组织。IETF 由互联网技术工程及发展专家自发参与和管理，主要任务是负责互联网相关技术规范的研发和制定，其标准以 RFC(Request For Comments)文档的方式公布。RFC 文档是一系列关于因特网的技术资料汇编，包括计算机网络通信协议、进程、概念及建议等等，是学习计算机网络非常有用的资源。例如，因特网协议 IP 在 RFC 791 文档中有详细描述，包括 IP 数据报格式、各字段含义和功能及 IP 协议与其他协议的关系等。

1.8 小结

这一章我们概述了计算机网络的硬件组成和软件结构。计算机网络可以通过物理链路连接两个或多个计算机终端构成，也可以通过交换设备相连两个或多个网络构成。因特网是将全球范围内的数据网络以统一的网络互联协议(TCP/IP 协议)互联起来而实现最大范围的资源共享的互联网络。

计算机网络采用协议分层化的体系结构来实现各部分功能。因特网将网络结构分成 5 个层次：应用层、传输层、网络层、数据链路层、物理层。应用层可以实现多种网络应用，如 Web 服务、文件传输、电子邮件服务等。应用层协议作用在一对端系统的应用程序之间，请求应用服务的端系统称为客户端，而提供应用服务的端系统称为服务器端，客户/服务器方式是计算机网络应用的主要服务方式。因特网层次结构将与物理特性相关的任务归属在物理层和数据链路层，用于处理不同网络的数据传输与链路控制。网络层协议（IP 协议）和传输层协议（TCP/UDP）是因特网协议的核心，IP 协议规范了不同网络之间传输数据的统一数据分组格式（IP 数据报），是实现网络互联的基础；传输层协议为网络应用数据在网络中传输提供必要的服务，如区别不同的网络应用，提供数据传输的质量保证等。

从网络体系结构的角度，我们应该能够清楚地理解"计算机网络"与"因特网"的区别。计算机网络是一个非常一般化的术语，任何将若干计算机相互连接起来的系统都可以称为是计算机网络。因特网是一种以 TCP/IP 为核心协议的计算机网络，任何运行 TCP/IP 协议的数据终端连接到因特网上，都可以实现彼此之间的数据通信。

本章只是对网络的各组成部分给出一个很浅显的介绍，目的是使读者首先对网络及其组成有一个初步的认识，接下来的章节将对各部分及其实际应用进行更深入的讨论。

练习题

1.1 了解因特网发展的历史沿革。网站 http://www.zakon.org/robert/internet/timeline/ 上包含因特网发展中的重要纪事、相关文献、历史人物等，请读者自行查阅。

1.2 中国互联网信息中心 CNNIC 主要负责互联网地址资源和域名资源的注册管理，通过其官方网站 http://www.cnnic.net.cn/ 了解中国互联网发展历史。

1.3 RFC(Request for Comments) 文档是一系列关于计算机网络和因特网的技术资料汇编。这些文档详细讨论了计算机网络各种协议和概念的描述、建议、观点以及补充。RFC 文档官方网站为 http://www.rfc-editor.org/，中文 RFC 网站为 http://www.china-pub.com。通过上述网站熟悉 RFC 文档的查阅方法，试着查阅因特网协议 IP 的 RFC 文档(RFC 791)、传输控制协议 TCP 的 RFC 文档(RFC 793)。

1.4 为什么说分组交换方式可以提高传输链路的利用率？为什么说将原始数据消息以分组的形式进行传输可以提高数据传输的效率？

1.5 试讨论分组交换网络中数据传输可能出现哪些传输差错。什么是可靠的数据传输？什么是尽力而为的数据传输？

1.6 电路交换和分组交换有什么不同？IP 电话和固定电话在传输方式上有什么不同？为什么 IP 电话要相对便宜一些？

1.7 请解释什么是终端，什么是网络设备。试讨论哪些网络必须将终端看成是网络的一部分才有意义，哪些网络又需要将终端和网络分别开。

1.8 为什么说 TCP/IP 协议是因特网的核心？请解释因特网协议 IP 和传输控制协议 TCP 的基本功能，这两个协议分别运行在计算机系统上还是网络设备上？为什么？

1.9 因特网协议栈中 5 个层次是什么？每层的主要任务是什么？

1.10 选择一个你所熟悉的网络应用，从因特网体系结构的角度，试着分析不同层次实现的功能以及这些层次使用的协议。

1.11 了解你的计算机所连接的网络环境，以及接入因特网所采用的技术。如果你的计算机连接在校园网上并通过校园网接入因特网，通常你所在的校园网计算中心会提供相应技术资料，如果你是通过某个 ISP 提供的服务接入因特网，则该 ISP 同样会提供相应的技术细节，了解这些相关资料，对比我们本章所提到的接入方法。

1.12 进入 CERNET 主页 http://www.edu.cn，了解 CERNET 主干网结构和接入链路数据率方面的信息。

第 2 章

两个节点之间的数据传输

计算机端系统之间的彼此连通是实现各种网络应用的基础，这种连通可以直接通过传输介质连接实现，而大部分情况是借助于某种通信网络实现。通信网络的主要功能是为网络用户提供数据转发和传递服务，可以说两个进行数据通信的端系统之间是由一段一段的网络通信链路连接起来的，如图 2-1 所示。这一章我们讨论网络中两个节点之间的数据传输技术，当然这两个节点可能是端节点(计算机终端)，也可能是网络节点(网络连接设备)。

物理链路和数据链路构成传输链路

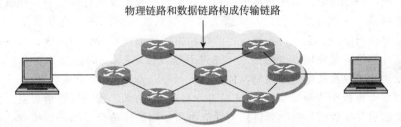

图 2-1　传输链路包含物理链路和数据链路

我们先看一个例子，一个公路系统有许多不同的公路段，如高速公路、环线公路、普通公路等，每个公路段对各种交通工具在其上面行驶都有一定的规则，如允许驶入的车辆种类、行驶速度限制、交叉路口规则等。假如一辆汽车从这个公路系统中的某个源点出发到达某个目的地，途中会经过若干条不同规则的公路段，汽车行驶在每一段公路上，都要按照每一段公路以及每个交叉路口的交通规则行驶。类似地，计算机数据分组在网络中传输，经过每一段链路同样要按照这条链路的传输规则进行传输。

在计算机网络中，当我们提到一条传输链路时，通常包含两层含义，即物理链路和数据链路，它们共同组成网络最基本的元素，即传输链路，实现两个节点之间的数据传输。物理链路的主要工作是，将发送节点发出的计算机比特序列以一定的物理表现形式(传输信号)通过传输介质传送到接收节点，并且使接收节点能够正确地识别和接收这些比特序列，但并不关心这些比特序列的实际含义。数据链路将这些比特序列分成数据分组，并通过分组的首部信息对比特序列的传输进行管理和控制，如启动或终止双方的数据传输操作，调整双方发送或接收数据的速度等。这一章我们学习物理链路和数据链路的基本知识，从网络体系结构看，这一章的内容包含物理层和数据链路层的技术。

2.1　数据通信基础(物理链路)

2.1.1　数据通信的基本模型

计算机系统中数据信息以二进制形式表示，为了能够传递和识别计算机二进制数据，必须将它转换成某种随时间变化的电信号或光信号，信号是数据在传输过程中的物理表现形式。图 2-2 是彼此通信的两个节点的通信模型。

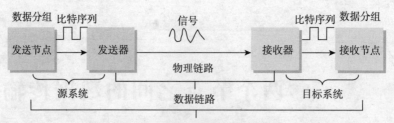

图 2-2　数据通信的基本模型

以下分别解释这个通信模型中各个部分的主要功能：

- 发送节点和接收节点。发送方和接收方可以是计算机端系统，比如发出服务请求的客户端或者响应服务请求的服务器端，此时它们是数据的源点和终点。发送方或接收方也可以是网络设备，如分组交换机或者是路由器，它们作为中间设备从一个节点接收数据，然后再向另一个节点转发数据。
- 发送器和接收器。发送器负责将发送节点准备发送的数据(二进制比特序列)经过不同的方式转换成能够在传输介质中传输的信号，并向传输介质发送这些信号。接收器从传输介质中接收信号，并负责将这些信号转换为接收节点能够识别的二进制数据，传递给接收节点。计算机网络中，发送器和接收器的功能由网络适配器(网卡)完成。目前局域网环境中或家庭计算机主要使用以太网网卡，通过双绞线接口(RJ-45)连接传输介质，完成数据信号的发送和接收及其他链路控制功能。
- 物理链路由传输介质和通信接口(发送器和接收器)构成。物理链路负责发送信号、传输信号以及识别并接收信号。物理链路的性能由所使用的传输介质和通信接口的物理特性所决定。物理链路将数据比特序列从一个节点传送到另一个节点，但对于信号干扰所产生的信号误传并不做处理，那部分工作由数据链路完成。
- 数据链路由发送节点和接收节点通过软件协议实现。数据链路负责将要传输的比特序列进行分组并根据协议要求插入一些控制信息后送上物理链路，通过解读这些控制信息，节点之间实现不同需求的数据通信。例如，某些数据链路可以通过差错校验和重传机制实现可靠的数据传输；而另一些数据链路因其物理链路性能比较稳定，并不需要设立这些控制机制来实现可靠的数据传输，因此相应的数据链路也相对简单。数据链路本身只负责数据传输，对所传输的数据内容有什么含义、由哪一种网络应用产生、是服务请求还是服务响应等并不需要了解。

综合以上对通信模型的讨论，物理链路实现数据信号在传输系统中的传输，而数据链路通过链路协议实现发送节点和接收节点之间有控制和质量保障的数据传输。通信链路只涉及节点之间的"纯数据"通信，而不涉及数据的类型、含义、表示和应用等方面的内容。

2.1.2　数据、信号和传输

信号是数据在通信过程中的载体，以随时间变化的物理量(如电压)来描述原始数据。

实际通信系统中可以使用两种基本的信号表现形式来描述原始数据：模拟信号和数字信号。模拟信号是用随时间连续变化的电磁波来描述原始数据，这种电磁波通常可以用随时间周期性变化的正弦波来表示，通过电磁波振荡的强弱幅度、振荡频率以及相位的变化来表示数据，图 2-3a是这种连续变化信号的波形示意图。数字信号是使用有限个离散的电压脉冲随时间的变化表示数据，例如以持续一段时间的高位电压表示数字"1"，以持续一段时间的低位电压表示数字"0"，这种信号的波形示意图如图 2-3b 所示。

数字信号最大的优势是它的抗干扰能力要比模拟信号强。数字信号的幅值为有限个离散的值，在传输过程中受到噪声的干扰，只要噪声强度不超过某个门限值，接收端便可以将有效的数字信号分离出来,再生成和原始信号一致的数字信号。而模拟信号是随时间连续变化的,模拟信号在传输过程中和叠加在一起的噪声很难分离,噪声会随着信号被传输、放大,从而影响通信的质量。因此,数字通信技术发展得非常迅速,已经在长距离话音和数字数据领域逐渐替代传统的模拟通信[⊖]。

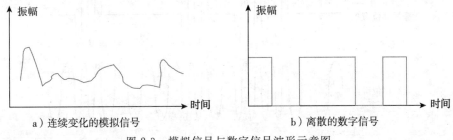

a)连续变化的模拟信号   b)离散的数字信号

图 2-3   模拟信号与数字信号波形示意图

1. 频带传输

所谓**频带传输**是指以一种基于某一频率连续振荡的电磁波作为载波(carrier),然后使用不同的调制(modulation)技术将数字信号或模拟信号加载到这个载波上形成传输信号。经过调制后的载波信号占有以该载波频率为中心的一段频谱,并能在适于该载波频率的介质上传输。接收方则通过解调制(demodulation)技术,滤掉载波,得到叠加于载波信号上的原始信号。这种完成调制和解调操作的设备称为调制解调器(modem)。

将原始信号调制到载波上进行传输的技术也应用于无线电广播和电视网络系统中的数据传输。例如,我们所熟悉的无线电广播系统,某一个特定的广播电台发射广播信号时使用一个特定的振荡频率产生用于承载数据的载波,将原始的声音信号调制到该特定频率的载波上,并向一定覆盖范围内发射这种携带声音数据的载波信号。收音机调谐其接收信号频率为该相应的载波频率,通过相应的解调技术的处理,还原出原始声音信号并播放。通过载波传输数字信号可以采用多种调制技术,最基本的调制技术包括:振幅移位键控(Amplitude-Shift Keying, ASK),通过信号的振幅变化来描述数字"0"和"1";频率移位键控(Frequency-Shift Keying, FSK),保持振幅不变,而用信号的频率变化描述数字"0"和"1";相位移位键控(Phase-Shift Keying, PSK),保持信号的振幅和频率不变,以信号的不同相位表示"0"和"1"。图 2-4 描述了这三种调制技术的示意图。实际通信中也可以是这些基本调制技术的某种组合,如正交振幅调制(Quadrature Amplitude Modulation, QAM)通过对载波的振幅和相位进行联合调制,达到用有限的基于某种特定频率的载波信号携带更多的数字信息的目的。QAM 调制方案被广泛地应用于数字视频广播系统中。

频带传输也称为宽带传输,主要用在远距离数据通信系统中。光纤通信实际上就是利用光纤来传输携带数据信息的光波以达到数据通信的目的。要使光波成为携带信息的载体,必须对之进行调制。光调制就是将数字信号加载到光波上,完成这一过程的器件称为光调制器。

除了远距离数据通信采用宽带传输外,某些近距离数据通信中使用特殊的传输介质(如无线传输介质)同样使用频带传输方式,例如无线局域网中计算机产生的二进制数据被加载到射频信号上,也是一种宽带传输方式。

2. 基带传输

所谓**基带传输**就是直接利用传输系统传输原始信号,由于省去了对原始信号的调制和解调过

⊖ 数字通信是指用数字信号作为载体来传输信息,或者用数字信号对载体进行数字调制后再传输的通信方式。当像视频音频这种连续变化的模拟信号通过数字通信系统传输时,要通过"模数转换",将模拟信号经过抽样、量化、编码等过程转换成数字信号传输,接收端再将收到的数字信号经过"数模转换"生成模拟信号,再现声音或图像。

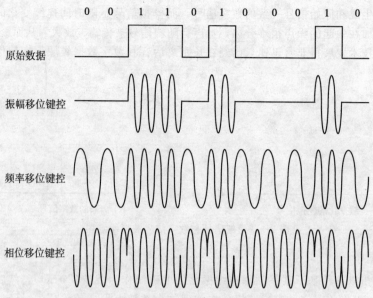

图 2-4   数字信号经过调制形成的载波信号

程，基带传输比宽带传输实现简单且设备费用较低。基带传输更适用于短距离数据传输，如企业和校园网内部节点之间的数据传输、计算机主机和打印机等外部设备之间的数据传输等。

采用基带传输，首先需要对计算机产生的比特序列进行编码[⊖]，将这些原始比特序列转换成能够在传输介质上传输的数字信号。编码的主要目的是解决发送节点和接收节点之间的信号同步问题。为了正确地解释信号，接收方必须确切地知道信号应当何时接收和处理，才能够准确地检测到每一比特信号。这里的基准是双方的工作频率，亦称时钟频率。如果接收频率与发送频率出现偏差，有可能发送方发出的是高电平，而接收方错过了读取时间，误将下一时间段的低电平读入而造成接收数据出错。

以下我们讨论几种常见的数字信号编码方式：

• 不归零（Non-Return to Zero，NRZ）编码。NRZ 编码是最简单的编码方式，以高电平表示比特"0"，低电平代表比特"1"，如图 2-5 所示。采用 NRZ 编码方式，几个连续的"0"使得一定时间内链路上保持高电平信号，同样几个连续的"1"在一定时间内使链路一直为低电平信号。这种一长串的比特"1"或"0"所引发的问题是，当接收方的接收时钟与发送方的发送时钟出现偏差时，便很难分辨出这些长串的"1"或"0"中每一位的分界点，会误将这种信号读成不同个数的"1"或"0"。同时传输这种长串的"1"或"0"时，接收方很难通过信号中的电平变化检测到发送方的发送时钟，因而不能随时调整和恢复双方的时钟同步。

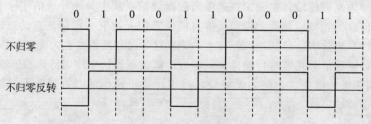

图 2-5   不归零编码和不归零反转编码方式举例

⊖ 提到编码，有两种相关的概念：信源编码和信道编码。信源编码的主要任务是对计算机中的字符或多媒体信息进行数字化处理和数据压缩处理，解决数据信息的压缩和存储问题；而信道编码的主要任务是将计算机产生的数据经过处理转换成可以在传输介质上传输的数字信号，解决数字信号的传输问题。这里我们所讨论的是信道编码技术。

- **不归零反转**（Non-Return to Zero Inverted，NRZI）**编码**。一种解决 NRZ 编码信号直流含量偏多的改进方案称为不归零反转编码方式。NRZI 编码方式并不单纯依赖于比特序列中的"0"或"1"，而是基于从一个电压状态向另一个电压状态的跳跃。如图 2-5 所示，NRZI 编码用与前一个编码相反的值表示比特序列中的"1"，而用与前一个编码相同的值来表示比特"0"。显然，这样可以解决一连串比特"1"的同步问题，但是并没有解决连续"0"的问题。不归零编码方式一般用于近距离数据传输。

- **曼彻斯特编码**（Manchester code）。曼彻斯特编码是以太网（一种最普遍使用的局域网技术）中使用的数字信号编码方法。如图 2-6 所示，曼彻斯特编码以电平的变化表示比特"0"或"1"，即以电平由高到低的跳变表示比特"0"，并以电平由低到高的跳变表示比特"1"。这样每个比特无论是"0"还是"1"都会发生信号跳变，接收方可以将这种变化提取出来作为同步信号以调整接收方的接收时钟。曼彻斯特编码因此也称为自同步码（self-synchronizing code）。

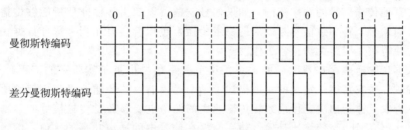

图 2-6　曼彻斯特编码和差分曼彻斯特编码方式举例

- **差分曼彻斯特编码**（differential Manchester code）。差分曼彻斯特编码是曼彻斯特编码的一种改进形式，其不同之处在于每个信号周期的中间跳变只用于提供时钟同步信号，而用每个信号位的起始处有无跳变来表示"0"或"1"。具体来说，在一个编码周期开始首先有一个相对于前一个周期的跳变表示比特"0"；在编码周期开始时相对于前一个周期没有跳变表示比特"1"，如图 2-6 所示。差分曼彻斯特编码的特点是每一个比特由不同电平的两个半位来表示，因而始终能保持直流的平衡，这种编码也是一种自同步编码。曼彻斯特编码与差分曼彻斯特编码都是将时钟包含在信号位中，在传输数字信号的同时，也将时钟同步信号一起传输到对方。由于每位信号编码中都有一个跳变，因此不存在直流分量，具有自同步能力和良好的抗干扰性能。但是每一个信号单元都包含两种电平，意味着链路上信号跳变的频率是数据传输率的 2 倍。比如说 10M 以太网支持节点之间 10Mbps 的数据传输率，而这个以太网上的电平变化频率可达到每秒 20M。

- **4B/5B 编码方式**。4B/5B 编码的基本思想是将一个 4 比特序列编码成一个 5 比特序列，使得由这个 5 比特序列组合成一串比特流时，没有一连串"1"或一连串"0"出现。具体来说用 5 比特序列表示 4 位数据时，每个 5 比特序列保证前端最多只有 1 个"0"，末端最多只有 2 个"0"，这样便可以保证任意相邻两个 5 比特序列中没有连续的 3 个以上的"0"出现。前面介绍的不归零反转编码方式可以解决连续比特"1"的问题，但不能解决连续比特"0"的问题，如果采用 NR-ZI 编码方式传输这种 5 比特序列，则最终可以解决一连串的"1"或"0"在数据传输过程中的时钟同步问题。图 2-7 描述了 4B/5B 的编码方式，

4比特数据符号	5比特编码
0000	11110
0001	01001
0010	10100
0011	10101
0100	01010
0101	01011
0110	01110
0111	01111
1000	10010
1001	10011
1010	10110
1011	10111
1100	11010
1101	11011
1110	11100
1111	11101

图 2-7　4B/5B 编码

显然 4B/5B 编码方式由 5 位表示 4 位带来 20％的额外开销，但比起曼彻斯特编码 50％的额外开销来说算是拥有较高的效率了。4B/5B 用于数据率要求较高的信号传输系统，如 100M 以太网、令牌环网络等。

对于上述频带传输和基带传输，我们只是针对数字信号而讨论，事实上任何一种方式同样能够传输模拟信号，在此省略相关讨论。

2.1.3 数据传输的主要性能指标

数据传输速率在数值上等于每秒钟传输的二进制比特数，也称为比特率，单位为比特/秒（bit/s），记作 bps。在实际应用中，常用的数据传输速率单位有 kbps、Mbps 和 Gbps。**带宽**的概念源于模拟信号传输系统，本意是指模拟信号的最高频率与最低频率的差值，单位为每秒传送模拟信号的周期数，用赫兹（Hz）表示。电子学中使用的"带宽"概念，指传输系统能够保持电路稳定工作，即不失真地传输信号的频率范围，如果信号发送器以超出传输介质所能够传播的振荡频率向传输介质发送信号，将导致信号难以保持稳定传播，意味着会有相当一部分数据在传输过程中丢失或出错，使得整个线路无法正常工作。

带宽与数据传输速率存在着明确的关系。这个关系最早由贝尔实验室的工程师香农（Claude Shannon）所发现，**香农定律**从定量的角度描述了一个通信信道的传输速率与该信道所传输的信号带宽的关系。香农定律指出决定传输系统传输速率的两个重要参数是传输信号的频率宽度和传输信号与噪声之比（信噪比）。信噪比是信号功率与混在信号中的噪声功率的比值，信噪比越高意味着恢复后的信号质量越好。

香农定律如下所示：

$$C = H * \log_2(1 + S/N)(\text{bps}) \tag{2-1}$$

式（2-1）中，C 表示传输系统的最大数据传输速率，H 指传输系统的传输信号频带宽度，S 为传输信号的功率，N 为噪声的功率。为了方便起见，通常把信噪比转换成分贝，表示为：信噪比 $= 10\lg(S/N)$ 分贝（dB），表示有用信号超过噪声电平的总量。

正因为传输速率与带宽的关系，在数字通信中带宽常被用来表示传输速率。

容量也是通信系统中常用的术语，指某种传输系统所能够达到的最高数据传输能力，或者说最高数据传输速率。

计算机网络中常用到**吞吐量**，吞吐量是对一个传输系统传输能力的实际度量，指单位时间内实际传输的数据比特。对于一个基于分组交换的传输网络，影响吞吐量的因素包括网络中的链路带宽、交换设备的处理能力、网络中排队等待的分组等等。吞吐量有时也指单位时间内所能够传输的数据包。

时延是描述数据传输系统的另一个重要特征。这里要区分两种不同的时延：**传输时延**和**传播时延**。传输时延指一定长度的数据分组（比特流）以一定的传输数据率发送到传输介质中所用的时间。传输时延＝数据长度/传输速率，传输时延与数据分组长度和传输速率有关。例如一个带宽为 100M 的传输信道，传输由 1000 比特组成的数据分组，传输时延＝1000b/(100×10⁶bps)=10⁻⁵s。传播时延指电磁波在通信线路上传播一定距离所用的时间。传播时延＝传输距离/传播速度。电磁波在铜线中的传播速度约为 $2.3\times10^8 \text{m/s}$，在铜线上传输 1000 米的距离，传播时延＝1000m/2.3× 10^8(m/s)=4.35×10^{-6}s。

一定长度的数据分组在一段传输链路上传输所占用的总时延为传输时延和传播时延之和。一般在近距离通信中，传播时延相对于传输时延来说比较小，因此常常被忽略掉。而在远距离数据传输中，例如采用卫星通信进行数据传输时，传播时延便成为一个很关键的因素，不能被轻易地忽略掉。

在计算数据分组经过网络传输占用的总时延时，除了要考虑分组在每一段链路上的传输时延和传播时延外，还要考虑网络设备对数据分组的**处理时延**，如分组交换设备对每个分组进行差错校验处理、选路转发处理以及分组排队等待所占用的时间等。处理时延比较复杂，采用不同的交换技术以及当前网络负载变化等因素都会对分组的处理时延产生影响，例如，对于基于分组交换的网络，当单位时间内进入网络的数据量较高时，分组排队等待时间加长，处理时延也会增加。

传输误码率是衡量传输系统传输质量的一个重要参数，定义为一个比特通过传输系统时出错的概率，即通过传输系统被传错的比特数与所传输的总比特数之比。在计算机网络通信系统中，要求误码率低于 10^{-9}。产生传输差错的主要原因包括其他信号干扰、传输系统本身的噪声，以及通信节点处理数据所发生的差错。光纤利用光波承载数据信息实现数据传输，由于光波不受电磁信号的干扰，因此光纤数据传输的差错率非常低。

2.1.4 信道复用技术

信道（channel）是指由有线或无线传输介质所提供的信号通路。通过信道复用技术可以使得一条物理链路同时传输多路信号，并且这些多路信号互不干扰和影响。这就像公路系统中的宽道路，每个方向都由多个通道组成，每个通道上的汽车可以同时行驶而互不影响。

当建设一个通信网络时，铺设长距离大规模的传输线路往往是很昂贵的。因此通常将这些大规模远距离的通信系统建设成具有较高数据传输能力的系统。这样可以通过复用技术在一条传输介质上传输多路信号以提高线路的利用率，从而降低网络的成本。如图 2-8所示，多路低速率信号在提供复用功能的交换节点被复用成一路高速率信号在复用链路上传输，这一路高速率信号离开复用链路时再由提供分用功能的交换节点将其还原成多路低速率信号。例如，对于电话网络中的数据传输系统，每一路用户电话需要

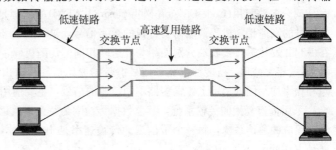

图 2-8 信道复用技术示意图

64kbps 的传输速率，而电话网主干交换节点之间的数据传输速率高达吉比特数量级，这并不意味着每一路电话线上的语音信号能以更高的数据率在主干上传输，实际上在通过电话网主干链路时，每一路用户电话信号仍然以 64kbps 数据率进行传输，只不过这些主干链路采用信道复用技术能够同时传输更多路的电话信号。数据通信系统常用的信道复用技术有频分复用、时分复用、波分复用、码分复用等。

1. 频分多路复用

频分多路复用（Frequency Division Multiplexing，FDM）就是将传输链路的频带资源分成多个子频带，形成多个子信道。此时多路信号输入一个多路复用器中，再由这个多路复用器将每一路信号调制到不同频率的载波上。接收端由相应的解调设备将合成的复用信号恢复成原始的多路信号，如图 2-9a 所示。采用频分复用技术的通信系统包括无线电广播系统、有线电视系统以及移动通信等。频分复用技术的特点是信道不独占，而时间资源共享，每一子信道使用的频带互不重叠。

2. 时分多路复用

时分多路复用（Time Division Multiplexing，TDM）技术将传输链路的带宽资源按时间轮流分配给不同的信道，构成多个子信道，每个子信道只在分配的时间里使用线路传输数据。采用时分复用技术可以将几个低速设备产生的信号输入一个多路复用器，多路复用器按照一定的周期顺序将这些信号依次传输在高速复用线路上。在接收端再由相应分用设备以特定的周期顺序分离这些数据，恢复成原始的多路信号，如图 2-9b 所示。时分复用技术的特点是独占时隙，而信道资源共

享，每一个子信道使用的时隙不重叠。

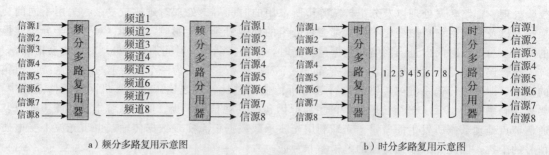

a）频分多路复用示意图   b）时分多路复用示意图

图 2-9   频分多路复用和时分多路复用示意图

3. 波分多路复用

波分多路复用（Wavelength Division Multiplexing，WDM）技术本质上也是频分复用。在光通信领域，人们习惯按波长而不是按频率来命名，因此提出波分复用的概念。WDM 是在一根光纤上通过不同波长的光承载信号，实现多路传输，从而提高光纤的传输容量。

4. 码分多路复用

码分多路复用（Code Division Multiplexing，CDM）的原理是基于扩频技术，即用一个带宽远大于原始信号的高速伪随机码调制需要传送的数字信号，这种经过不同的伪随机码调制的多路信号能够叠加在一起并发传输，接收端分别使用与发送端相同的伪随机码，与接收到的带宽信号（多路叠加在一起的信号）做相关处理，就能够把宽带信号携带的原始信号提取出来，从而实现多路复用。CDM 能够在时隙和频率均相同的信道上传输多路不同信源的信号，主要应用于军用数据传输和移动电话通信系统。

采用信道复用的传输系统，其总数据传输率为每个子信道数据传输率之和。例如，一条由 10 个子信道组成的通信系统，每一个子信道的传输速率是 100Mbps，那么这个通信系统的总数据率（总带宽）就是 100Mbps * 10＝1Gbps。

2.2   传输介质

传输介质是数据信息在通信系统中传输的物理载体，也是影响通信系统性能的重要因素。传输介质可以分为两大类：有线传输介质和无线传输介质。有线传输介质主要有同轴电缆、双绞线、光纤等。无线传输则利用自由空间进行信号传播，卫星通信、无线电广播、移动通信等都属于无线传输方式。描述一种传输介质通常使用几个比较关键的指标：信号带宽、衰减损耗和抗干扰性。

- 带宽决定了信号在传输介质中的传输速率。带宽指传输介质能够传输信号的频率宽度，传输介质能够承载的信号频带越宽，单位时间内能够传输的信息量越大，也就意味着能够达到的传输速率越高。
- 衰减损耗特性决定了信号在传输介质中能够传输的最大距离。信号衰减指信号在传输介质中传输发生的能量损耗，衰减损耗与传输介质的物理特性和信号频率有直接关系，同一种传输介质，随着信号频率的增高，信号衰减也相应增大。传输介质的衰减损耗较小时，信号在没有中间接力设备的情况下能够传输较远的距离。
- 传输介质的抗干扰特性决定了传输系统的传输质量。信号干扰主要来自于附近其他信号源的信号以及传输介质自身静电干扰，抗干扰能力指传输介质能够阻隔这些干扰信号的能力。采用抗干扰能力较强的传输介质传输数据，出错率也会相对比较低。

这一节我们将介绍几种典型的传输介质，并通过这些传输介质的基本特性阐述它们在数据通信领域中的应用。

2.2.1 引导型传输介质(有线传输)

1. 双绞线

100 多年前随着电话机的诞生人们发明了双绞线,目前双绞线仍然是使用最普遍的引导型传输介质。双绞线的一个重要应用领域是在局域网中作为传输介质连接计算机或其他网络设备节点。

双绞线(twisted pair)是由两根相同的绝缘导线相互缠绕而形成的一对信号线,其中一根为信号线,另一根为地线,如图 2-10 所示。两根绝缘的导线按一定密度缠绕可以降低相互之间的信号干扰。如果把一对或多对双绞线放在一根导管中,便形成了由多根双绞线组成的电缆。在由多对双绞线组成的多股电缆中,相邻的两对双绞线通常会有不同的缠绕密度,以降低相互之间的干扰。为了提高双

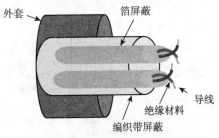

图 2-10　屏蔽双绞线示意图

绞线的抗干扰能力,可以用金属箔或金属网制成屏蔽层包裹在每对双绞线外,这种类型的双绞线称为屏蔽双绞线(Shielded Twisted Pair, STP)。屏蔽双绞线对电磁干扰具有较强的抵抗能力,适用于网络流量较高的高速网络。而普通的无屏蔽层的双绞线称为非屏蔽双绞线(Unshielded Twisted Pair, UTP),适用于网络流量较低的低速网络。

双绞线的衰减损耗相对较高,并且这种衰减损耗随着传输信号的频率增高而增长得很快。因此双绞线电缆不太适合高速率和远距离的数据传输。选用双绞线作为传输介质最主要的原因是双绞线的适用性较宽,并且价格较低,非常适合对传输数据率要求不太高的局部范围内的数据通信。采用双绞线在局部范围内进行数据传输,数据率取决于所选用的双绞线质量、传输距离以及所采用的传输技术等因素。用普通双绞线传输数据时,距离通常限定在 100m 之内,传输数据率可达 100Mbps。早期的双绞线主要用于语音传输,支持的数据率也比较低。随着通信技术的发展和生产工艺的提高,双绞线采用高质量的材料和更高的缠绕密度,支持的数据率得到很大提高,最高可以达到 1Gbps。

2. 同轴电缆

如图 2-11 所示,同轴电缆(coaxial cable)中央是一根单股或多股铜线,铜线的外面包有一层电介质绝缘层,绝缘层的外面由金属箔膜或金属网构成屏蔽层,最外面是一层由塑料制成的保护层。金属屏蔽网除了起地线的作用外,另一个重要功能是防止中心导体向外辐射电磁场,同时也防止外界电磁场对中心导体的信号干扰。同轴电缆按直径可以分为粗缆与细缆,一般来说,粗缆的功率损耗较小,传输距离比较远,单根最长传输距离可以达到 500m。而细缆由于功率损耗较大,传输距离相对比较短,单根传输距离为 185m。同轴电缆最大的特点是屏蔽性能好,抗干扰能力强,数据传输稳定,目前主要应用于有线电视网、长途电话系统以及局域网之间的数据连接。

与双绞线相比,同轴电缆在传输距离、传输数据率以及数据传输的可靠性等方面都有所提高。但是它也具有一些局限性,比如同轴电缆的坚硬性使它难于处理和安装,其次,同轴电缆不能够像双绞线那样灵活方便地绞接,并且与设备之间只能使用特殊的连接器连接等等,所有这些局限性都限制了同轴电缆在计算机网络中的广泛应用。

3. 光纤

光纤(optical fiber)是一种传输光束的细微而柔韧的介质,光纤可以由塑料、玻璃或硅制成。玻璃光纤的性能和价格介于塑料和硅之间。如图 2-12 所示,光纤最中间是一根玻璃或塑料制成的细小光纤维芯(2~125μm),纤芯用来传导光波。纤芯外面是一层用玻璃或塑料制成的包层,包层有较低的折射率,当光线从高折射率的介质射向低折射率的介质时,其折射角将大于入射角。如果入射角足够大,纤芯和包层的表面对入射光构成全反射,就是说光碰到包层时就会折射回纤芯。

这个过程不断重复，使得光可以沿着光纤传输。在实际应用中，人们把多根光纤集中在一层外保护层中，形成光缆。用光纤传输信息，发送方通过发光二极管或激光器将计算机产生的数据电信号转换成光信号，接收端再将光纤上的光信号转换成计算机可以识别的数据。

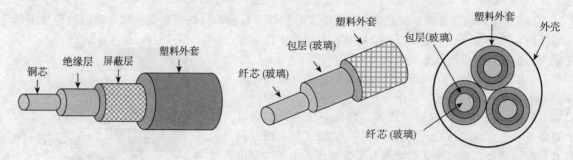

图 2-11 同轴电缆示意图   图 2-12 光纤、光缆示意图

光纤可分为单模光纤和多模光纤。多模光纤直径相对比较粗，可以存在多条不同入射角度的光线在一条光纤中形成全反射而传输，当一束光波脉冲入射到多模光纤时，由于不同入射角的光线所走的路径长短不同，会造成输出端光脉冲幅度降低和宽度增加（光扩散），从而限制了光线的传输质量和传输距离。如果把光纤的直径减小到与入射光波长同等量级，使得只有一种入射角的光线可以在光纤中形成全反射并传输，即为单模光纤。单模光纤传输由于只有一条路径，没有多模光纤传输中由于多路径造成的信号畸变，因此光脉冲在单模光纤中传输衰减低，传输距离长，多用于远距离数据传输。而多模光纤则比较适用于相对比较短距离的数据传输。

采用光纤进行数据传输实际上是传播光信号，因此不受外界电磁信号的干扰，抗干扰能力非常强。光信号的能量衰减主要来源于光线在光纤中形成反射传输时，部分光线并没有被反射传输，而是被折射到其他介质中，造成损耗。现代的生产工艺已经可以制造出超低损耗的光纤，做到光线在纤芯中传输好几公里而基本上没有损耗。这正是光纤通信得到飞速发展的关键。

与双绞线和同轴电缆相比，光纤具有很多明显优势，表现在容量大、体积小、衰减低、抗干扰性强等方面。

光纤是目前传输数据率最高的传输介质之一，主要应用在大型的局域网主干、广域网主干等远距离、高数据率的数据传输。光纤的主要缺点是介质和接口设备相对比较昂贵。

2.2.2 非引导型介质（无线传输）

无线通信系统中，按照工作频率波段可以分成几种无线通信方式。频率在 1～40GHz 的电磁波称为微波，微波方向性很强，适合点对点的地面通信和卫星通信。射频指频率在 30MHz 到几GHz 之间的电磁波，射频传输方式适合方向性不太强，而且距离较短的数据通信。例如，工作在 2.4GHz 频率波段的无线局域网和蓝牙数据通信都属于这种无线电数据通信。红外光的频率范围是 300～2000GHz，红外光波适合用于近距离点对点或小范围的多点通信。

1. 微波通信

微波通信主要用于远距离电话和电视信号传输。如图 2-13 所示，使用直径为三米左右的抛物面天线，可以实现相隔数十公里的两点之间的数据通信。微波通信也可以用在短距离传输中，在布线环境较差的情况下代替有线数据传输。微波传输过程同样存在传输信号的衰减和损耗问题，大雾天气或者雨雪天气条件下，微波信号的衰减比较严重，而干燥的空气则使得微波信号衰减较小。微波在空气

图 2-13 微波地面通信系统示意图

中传输时，信号的衰减与传输距离的平方成正比；而信号在同轴电缆或双绞线中传输时，信号的衰减随距离呈指数增长⊖。因此，在微波通信系统中，中继站之间的距离可以很长，达到几十公里甚至上百公里。

通常微波通信使用的频段为：2～6GHz、11GHz 以及 22GHz。高频微波由于其信号衰减损耗较快，主要用于短距离点对点数据传输。

2. 卫星通信

微波传输要求视距传输，也就是说发射端要能"看到"接收端，即发射端和接收端之间不能有阻挡电磁波传播的障碍物。这种要求在具体实施过程中，特别是在长距离传输中由于地理条件的限制很难达到。例如，要用微波进行跨洋传输或穿越很高的山脉时，实施起来就比较困难甚至不可能。通信卫星的发明很好地解决了这个问题。通信卫星可以看成是一个在空中的微波接力站。通信卫星收到从地面发送端发出的微波信号，经过放大后再传送给地面上的接收端。为了减少相互干扰，通信卫星使用不同的频率接收数据信号（使用上行频率）和发送数据信号（使用下行频率），卫星通信系统示意图如图 2-14 所示。

和地面微波通信情况相似，综合考虑信号衰减、信道频带宽度等因素，卫星通信比较理想的频率范围是 4～6GHz，即上行频率使用 6GHz，下行频率使用 4GHz。由于这个频率范围已经非常拥挤，另外启用了两个高频频段，即 12～14GHz 和 20～30GHz 的频段。由于这两个高频频段的衰减损耗较高，因而对发射和接收设备的要求也很高。

图 2-14 卫星通信系统示意图

卫星通信可以有两种基本的方式：一种是类似地面微波通信中的点对点的通信方式，通过通信卫星将地面上两个地面站连接起来；另一种是多点对多点的通信方式，一颗卫星可以接收几个地面站发来的数据信号，然后以广播的方式将所收到的信号发送到多个地面站。通信卫星主要用于电视广播系统、远距离电话以及数据通信系统。

3. 无线通信

无线通信是两个或几个通信设备之间以无线电波为介质遵照某种协议实现信息交换，这些设备之间不需要电缆连接。目前比较流行的无线通信系统有：无线局域网 IEEE 802.11、蓝牙技术以及蜂窝移动通信。

无线局域网主要采用 2.4GHz 频段，这是射频频段中唯一在全球范围不受限制的频段，为工业、科学和医学专用频段（Industrial Scientific and Medical，ISM）。目前应用最广泛的无线局域网是 IEEE 802.11b，使用 2.4GHz 射频，发射功率在 1W 左右，数据速率可达 11Mbps，传输距离可达 100m。802.11g 和 802.11a 是比较新的高速无线局域网标准，最高速率都可以达到 54Mbps。其中 802.11a 的工作频率是 5GHz，传输距离相对较短，而 802.11g 的工作频率是 2.4GHz，传输距离与 802.11b 相同。图 2-15 描述了无线局域网的一种工作方式，无线终端与其他数据终端之间的数据传输通过接入点（基站）转发而实现。

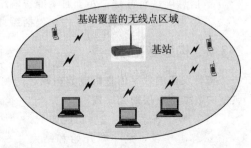

和 802.11 无线局域网相比，蓝牙系统可以看成是

图 2-15 无线局域网示意图

⊖ 关于这部分的详细描述请参考 William Stallings 著的《Data and Computer Communications》。

低功率、近距离、自由组网的无线通信技术。蓝牙技术也使用 2.4GHz 射频无线电，其功率只有 100mW，传输范围在 10m 左右，最大数据速率为 721kbps。

移动电话通信系统则可以实现几公里甚至几十公里范围的数据通信。移动电话通信网络把一个较大的区域分成许多像蜂窝一样的小区域，每个小区域由一个基站负责向区域内的移动用户终端发送或接收信号，故得名蜂窝通信网络。我国目前为公共移动通信系统划分的频段主要有：800MHz、900MHz、1800MHz 等频段，第三代移动通信系统(3G)使用的核心频段为 1885～2025MHz/2110～2200MHz。

前面两节我们讨论了数据通信基础和传输介质的基本特性。接下来我们将在这个基础上学习节点之间的分组传输技术，包括如何控制比特流的传输，如何修正传输过程中出现的比特差错，以及如何识别比特流的接收目标节点等等。

2.3 分组传输技术

设置数据链路的主要目的是在原始的、有差错的物理传输链路上，通过采取差错检验、差错控制以及流量控制等方法，将有差错的物理链路改进成逻辑上无差错的数据链路。而要实现这种数据链路，首先要对原始数据进行数据分组。

2.3.1 数据链路所提供的服务

从网络体系结构的角度看，数据链路的工作属于数据链路层。概括起来，数据链路可以提供如下服务：

- 成帧。帧是数据链路传输数据使用的数据分组单位，也是数据链路层协议的基本组成元素。不同的网络对链路层的帧格式以及链路控制方法有不同的要求。
- 差错校验和控制。差错校验和控制是数据链路层最基本的工作。差错控制能够为数据链路提供两种不同的服务：**可靠的数据传输服务和尽力而为的数据传输服务**。可靠的数据传输服务要求接收节点对每一接收到的分组都进行差错校验，并将校验结果返回发送节点，发送节点将重新发送所有出现传输差错的数据分组。尽力而为数据传输服务只要求接收节点将校验出错的数据帧丢弃，并不要求发送端重新发送这个数据帧。
- 流量控制。数据链路两端的节点需要彼此协调发送和接收数据分组的节奏，以免接收节点的接收缓冲区溢出。
- 链路访问控制。多点接入连接方式中多个节点共享一条传输链路，为了避免不同节点同时发送数据而引发数据碰撞，链路层必须控制并避免多个节点同时向链路上发送数据。
- 链路管理。链路管理包括节点在通信之前进行的一系列准备工作，如双方通过交换必要的信息确认对方是否处于通信准备就绪状态，设定数据帧的某些字段内容和格式，以及通信结束后的一系列恢复工作，包括缓冲区和状态变量资源的释放等。

2.3.2 构建数据帧

将要发送的数字信息组成数据帧，一帧中应该包含哪些字段信息呢？图 2-16 描述了一种比较典型的数据链路层的帧结构。

图 2-16 中各字段的主要功能如下：

- 标志字段，是一帧开始和结束的划分界线，决定比特序列中一帧从哪里开始及到哪里结束；
- 控制字段，包括节点之间相互

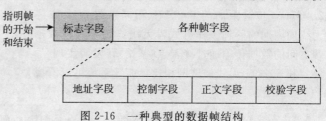

图 2-16 一种典型的数据帧结构

传递的一些链路控制信息，用于控制双方的接收和发送操作；

- 校验字段，包含校验冗余码，接收端使用校验码可以检测出数据帧在传输过程中是否发生传输差错；
- 地址字段，一般包含数据帧的发送地址与接收地址。这里地址是指某一段通信链路上的发送节点和接收节点的地址，也称为硬件地址，是一种局部范围内使用的地址；
- 正文字段，是数据帧所携带的数据部分，数据链路的目的就是将这部分数据从发送节点传送到接收节点，数据链路本身并不需要了解这部分数据的内容。

数据帧有不同的组成方式，可以是以字节为单位组成帧的各部分字段，称为**面向字节**的组帧方式，也可以是以任意比特组合构成一帧的各部分字段，称为**面向比特**的组帧方式。

面向字节方式由若干个字符组成一个数据帧，并规定以特定的字符作为一个数据帧的开始与结束标志，同时也采用某些特定的字符作为传输过程中用到的控制字符。面向字节数据链路协议是最早提出的链路协议，典型的代表是 IBM 公司的二进制同步通信协议（Binary Synchronous Communication，BSC），如图 2-17 所示。通常也称该协议为基本型协议。

SYN	SYN	SOH	首部	STX	正文	ETB/ETX	CRC

图 2-17　面向字节的 BSC 数据帧

BSC 协议采用固定的字符表示每一帧的开始和结束以及帧首部的控制命令。两个同步字符 SYN 和一个帧开始字符 SOH 表示一帧的开始，结束字符 ETB 表示一帧的结束，ETX 表示最后一帧的结束，字符 STX 表示帧的首部从这里结束，正文数据也从此处开始。为了避免正文中也碰巧有与这些控制字符相同的数据字符，在正文中遇到与这些控制字符相同的数据字符时，就在该字符前添加一个称为转义字符 DEL 的特殊字符，接收节点检测到 DEL 时自动将其删除掉，将正文还原成原始的数据字符集。这个过程也称为**字符填充法**。面向字节协议的主要问题是用于控制的字符在不同的系统中有不同的表示方式，容易引起混乱。而面向比特组帧方式克服了这一缺陷，是目前网络中比较常用的链路层协议。

面向比特方式采用固定的比特组合组成数据帧的控制信息。例如面向比特的高级数据链路控制规程（High-level Data Link Control，HDLC）中，如图 2-18 所示，用 8 位标志码 01111110 标记一个帧的起始和结束，并由 8 位地址字段和 8 位控制字段以及 16 位帧校验码构成帧首部，数据部分在保证数据帧总长度限制的前提下，可以由任意位组成。

开始标志 01111110	地址 8位	控制 8位	信息 N位	帧校验 16位	结束标志 01111110

图 2-18　面向比特的 HDLC 帧结构

为保证帧起始与结束标志码的唯一性，面向比特帧采用 **0 比特插入法**来避免数据帧中出现与这 8 位同步标志相同的比特串。发送端对每个发送的数据帧进行检测，对于数据帧中所有连续 5 个"1"的比特序列，都在这 5 个"1"序列后插入一个比特"0"。接收节点同样对所接收的数据帧进行检测，当发现连续 5 个"1"时，若其后一个比特是"0"，则自动删除这个"0"，恢复原来的比特流。采用 0 比特插入法，接收端能够准确地将连续出现的 6 个"1"判定为一个数据帧的开始和结束标志。0 比特插入法通常可以用硬件实现，以提高处理速度。

面向比特链路协议最有代表性的是国际标准化组织 ISO 定义的高级数据链路控制规程，它的基础是 IBM 提出的一种称为同步数据链路控制规程（Synchronous Data Link Control，SDLC）的面向比特链路协议。面向比特协议的特点是所传输的数据帧可以是由任意位数据组成，而且它是靠约定的位组合模式，而不是靠特定字符来标志帧的开始和结束。与面向字节协议相比，面向比特协议提供更高的效率和可靠性。

2.4　数据链路控制协议

简单来说，数据链路控制协议能够提供的完整的功能包括：为数据链路提供可靠的分组传输，控制双方发送数据与接收数据的速度，提供对共享链路的使用控制等。接下来我们介绍的数据链路控制协议正是为实现这些功能而设计的。

2.4.1　停等协议 ARQ

作为我们学习计算机网络的第一个协议，我们先从一个最简单的、也许并不是很实用的协议入手，从中我们能体会到，在数据传输中，即使是一个功能十分简单的协议，但要使它能正确工作所要考虑的问题也是相当复杂的。

停等协议 ARQ(Automatic Repeat reQuest)是最简单的链路层控制协议，基本思想是发送方发送一帧数据后便停下来，等待接收方的确认帧，收到对方的确认之后发送方再继续发送新的一帧数据。接收方的确认不仅可以作为对所接收数据帧传输正确性的认可，还可以控制发送方发送数据的速度。

1. 理想链路上的链路控制协议

为了使问题简单化，我们先假设理想链路不会出现数据差错，也不会出现数据丢失，发送方发送的数据帧全部正确到达接收方。然而发送方和接收方的处理速度可能不一致，因此，理想链路的链路控制协议不需要处理数据传输差错或丢失，却仍需要控制双方的数据流量。

图 2-19 是一个发送方与接收方发送和接收数据的动作流程图。发送方首先发送数据帧 0，经过一个时间延迟后到达接收方，接收方返回"确认 0"表示正确接收到数据帧 0，同样经过一定的时间延迟，这个确认帧到达发送方，如此等等。

图 2-19 中，接收方每收到一个数据帧都返回发送方一个确认帧，确认帧的目的是通知发送方可以继续发送下一个数据帧，起到流量控制的作用。在这样的控制协议中，接收方只要保证有一个数据帧缓冲区便不会发生数据溢出。

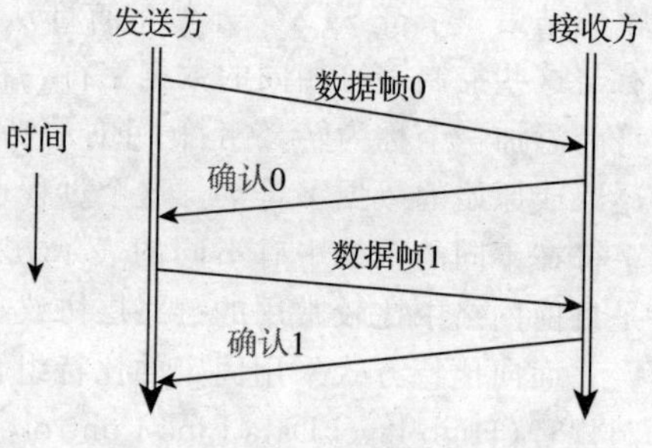

图 2-19　理想链路的链路控制协议

2. 实际链路上的链路控制协议

实际的链路上数据传输会发生差错，链路控制协议要同时提供差错控制和流量控制。首先我们分析在实际链路中传输数据帧会出现哪些情况，以及针对这些情况链路控制协议采取的修正措施。图 2-20 中，$DATA_0$ 表示数据帧；ACK_0 为接收方对 $DATA_0$ 的正确确认帧；NAK_0 为接收方对 $DATA_0$ 的错误确认帧，说明帧 $DATA_0$ 发生传输差错，要求发送方重新发送数据帧 $DATA_0$；T_{out} 为超时(time out)定时，它是实现链路控制的关键。

- 图 2-20a 中，帧 $DATA_0$ 发生传输差错。接收方接收到数据帧 $DATA_0$，经过对数据进行差错校验，发现数据帧在传输过程中发生比特传输差错。接收方返回一个 NAK_0 帧以通知发送方重新发送数据 $DATA_0$。
- 图 2-20b 中，帧 $DATA_0$ 在传输过程中丢失。$DATA_0$ 在传输过程中有可能遇到突发的外界干扰而丢失，此时接收方不会接收到这个帧数据，也不会返回确认帧 ACK_0 或 NAK_0。发送方在发出数据帧 $DATA_0$ 之后一定时间内没有收到对方的确认，认为 $DATA_0$ 出了问题，重新发送数据 $DATA_0$。
- 图 2-20c 中，确认帧 ACK_0 在传输过程中丢失。接收方正确接收到 $DATA_0$，并返回一个正确确认 ACK_0，但该确认帧 ACK_0 在返回途中可能因干扰而丢失。发送方并不了解对方已经正确地接收到数据帧 $DATA_0$，在等待一定时间延迟之后重新发送数据帧 $DATA_0$。

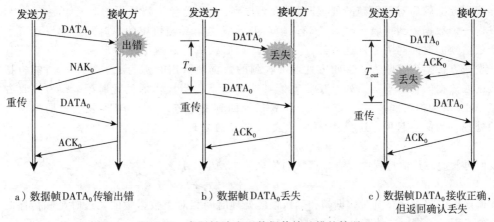

a) 数据帧DATA$_0$传输出错　　　b) 数据帧DATA$_0$丢失　　　c) 数据帧DATA$_0$接收正确，
　　　　　　　　　　　　　　　　　　　　　　　　　　　　　　　　　但返回确认丢失

图 2-20　实际链路出现数据传输差错的情况

图 2-20 所描述的传输控制协议仍然是一个停止等待协议，能够实现对链路的差错控制和流量控制。实现这种控制协议需要两个机制的支持。

第一，超时重传机制。发送方在每发送完一个数据帧后启动相应的定时器，如果在该定时器所设定的范围内还没有收到对所发送数据的肯定或否定确认，便认为所发送的数据帧丢失，重新发送相应的数据帧。当然，定时器的时间选择非常关键，如果选择得过短，会造成发送方还没有接收到接收方的确认，就产生超时重传了，而浪费不必要的网络资源。反之，如果定时器时间设置过长，也会增加不必要的等待时间而减慢传输速度。定时器的时间一般设定在分组在双方之间传输的一个往返总时延的时间等级。

第二，为数据帧编号。仔细分析图 2-20c 中的协议会发现一个问题，当接收方正确接收到一个数据帧并返回一个确认帧后，如果确认帧丢失，发送方会启动超时重传机制重新发送数据帧，引发的问题是接收方有可能会对同一个数据帧接收两次。解决的方法是为数据帧编号，每个序号的数据帧只能被接收一次。如果接收方接收到一个已经被正确接收过的数据帧，则将其丢弃掉，但同时需要再返回一个对这个重复收到帧的正确确认，再次通知发送方这一帧已被正确接收。

以上我们讨论了 ARQ 链路控制协议，发送方和接收方只需要设置一个帧的缓冲存储空间，就可以实现完全可靠的带流量控制的数据传输。ARQ 方案最主要的优点是所需的缓冲存储空间小，控制实现简单。而不足显然就是发送方每发送一个数据帧都需要等待对方的确认，之后再发送下一帧。当传输距离较远时，传输效率会非常低。

传输效率指发送方将一个数据帧发送到传输链路上所用的时间占发送方从发送第一帧到开始发送第二帧所用的时间之比。如图 2-21 所示，假设 t_f 为发送一个数据帧所用的时间，t_p 为数据帧从发送方传播到接收方所用的传播时延，t_{pr} 为接

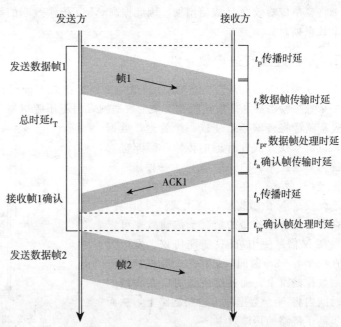

图 2-21　传输一个数据帧所用的总时延分析

收方接收到数据帧后对数据帧的处理时延，t_a 为接收方发送确认帧所用的时延，最后 t_T 为发送方从发送一个数据帧到接收到对方的确认帧后开始发送第二帧所用的总时间，即发送方平均发送两个数据帧的时间间隔。发送方经过一个 t_f 将数据帧从发送器中发送出来；又经过一个 t_p 数据帧从发送方传播到接收方；接收方处理接收到的数据帧所用时延为 t_{pr}，其中 t_{pr} 可能包括差错校验、读取数据帧首部等一系列让接收方能够明确其下一步操作的处理时延；t_a 为接收方发送确认帧 ACK 所用的时间；经过又一个 t_p，ACK 返回到发送方；收到 ACK 发送方同样需要进行相关的处理，为简单起见，这里用 t_{pr} 统一表示双方的处理时延，尽管严格来说它们可能是不同的。

我们再假设在传输过程中没有数据帧的传输差错发生，那么：

$$t_T = t_p + t_f + t_{pr} + t_a + t_p + t_{pr} \qquad (2\text{-}2)$$

我们还可以假设计算机对数据帧和确认帧的处理时间相对于数据帧的发送时延和传播时延小到可以忽略不计，同时忽略确认帧的传输时延 t_a，则：

$$t_T \approx t_f + 2t_p \qquad (2\text{-}3)$$

在无差错的数据链路中，ARQ 所能达到的数据传输效率为：

$$U = \frac{t_f}{t_f + 2t_p} \qquad (2\text{-}4)$$

设

$$\alpha = \frac{传播时延}{传输时延} = \frac{t_p}{t_f}$$

则

$$U = \frac{t_f}{t_f + 2t_p} = \frac{1}{1 + 2\alpha} \qquad (2\text{-}5)$$

由式(2-5)可以看出，ARQ 的传输效率直接受 α 的影响，也就是说发送一个数据帧的时延 t_f 比双方之间的数据传播时延 t_p 越小得多，则 α 越大，这种链路的 ARQ 传输效率就越低。这里，我们是假定数据链路没有差错产生，对于实际可能会发生传输差错的数据链路，传输效率的计算会有很多不定因素，高的差错发生概率将会使得传输效率更低。

同样由式(2-5)可以看出，如果在一个 $t_f + 2t_p$ 时延内能够连续发送多个数据帧而不是只发送一个将会使传输效率 U 成倍增加。因此提高 ARQ 传输效率的解决办法是让发送方能够连续发送多个数据帧。

2.4.2 连续发送协议

连续发送协议是为提高 ARQ 较低的链路通信效率而设计的，基本思想是发送方在收到对第一个数据帧的确认之前连续发送多个数据帧，而不用等待每一个数据帧被正确确认。这样的发送过程就像将传输信道变成一个管道，数据帧以流水线方式在管道中传输，因此也被称为管道技术。图 2-22 描述了一种连续发送过程，发送方在收到第一帧的确认之前连续发送 N 个数据帧，使用式(2-5)计算，在不考虑传输差错的情况下传输效率可以提高 N 倍。使用 ARQ 链路协议，发送方在一个 $t_f + 2t_p$ 时间内只将一个数据帧传输到数据链路上，而连续发送协议在相同的时间内将 N 个数据帧传输到链路上，从而提高了链路的传输效率。

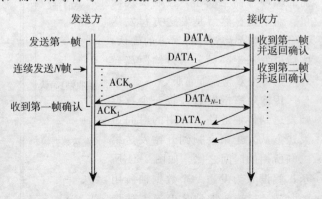

图 2-22 连续发送数据帧的操作过程

1. 发送缓冲区和接收缓冲区

发送缓冲区和接收缓冲区是发送方和接收方为实现数据链路的差错控制和流量控制而设置的内存块。

显然，为了实现连续发送，发送方需要设置一个大于 1 的发送缓冲区。如图 2-23 所示，发送方的发送缓冲区由两部分组成，一部分是已经发送出去但还没有接收到对方确认的数据帧，发送方将这部分数据帧仍然保留在发送缓冲区中，目的是如果其中某些帧被对方确认出错，可以直接从缓冲区中取出重发，只有在发送方收到对这些数据帧的正确确认后，才从缓冲区中将这些数据帧删除掉，释放出的空间可以继续发送其他的数据帧。另一部分是还未被发送的数据帧，也是发送方能够继续发送的数据帧。接收缓冲区也由两部分组成，一部分是已经接收但还没有提交高层处理的帧，原因可能有两个，一是高层处理速度较慢，另一个原因可能是这部分数据中某些数据帧出现传输差错，正等待发送端重新发送相应的数据帧。接收缓冲区的另一部分则是空闲出可以继续接收帧的空间。

图 2-23   连续发送机制限制发送方已经发送但未收到确认的帧数

对简单的 ARQ 方案进行调整，连续发送协议通过对发送方可以连续发送的数据帧数加以限制实现流量控制。

随着发送方的数据帧被不断地发出，在未收到对方的确认之前，发送方能够继续发送的数据帧数也越来越少，当发送方已发送但未收到确认的数据帧占满整个发送缓冲区时，发送方停止发送并进入等待确认状态；而随着发送方接收到的确认帧增多，发送缓存区中未收到确认帧的空间减小，相应地，能够继续发送的数据帧空间也随之增大。因此，接收方可以通过调整向发送方返回确认的速度来控制发送方的发送速度，这实际上是一种称为窗口控制的流量控制机制。

连续发送方案使链路传输效率得到提高，相应地也带来双方缓冲存储空间增大以及相对复杂的处理过程的额外开销。

实际操作过程中，如果出现传输差错，连续发送方案有两种处理策略，即回退 N(Go-Back-N，GBN)协议和选择重传(Selective Repeat)协议。

2. 回退 N 协议

GBN 协议的操作规范是，当发送方收到对某一数据帧的错误确认时，便从发送缓冲区中取出该数据帧重新发送，同时继续发送从这一出错的数据帧开始以后的所有数据帧，尽管可能有些数据帧已经在此之前被连续发送过了。这就是"回退 N"名字的由来。GBN 的操作过程如图 2-24 所示。

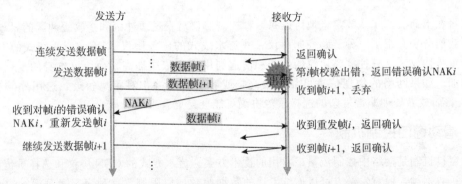

图 2-24   发送方和接收方采用 GBN 协议的操作过程

图 2-24 中，当发送方发出帧 i 后继续发送一系列帧 $i+1$，$i+2$，…，之后收到对方对帧 i 的错误确认，发送方此时将当前的发送指针设置在帧 i，重新发送数据帧 i 以及帧 i 之后的其他数据帧，GBN 控制协议使发送方可以连续发送数据帧，提高了通信链路的传输效率。但是对于传输差错的处理，GBN 协议可能将已经正确传送到目的地的数据帧又重新发送一遍，这显然是一种通信资源的浪费。这种回退重发策略的优势是通信双方处理简单。

3. 选择重传协议

选择重传策略是当发送方收到接收方对某数据帧的错误确认时，仅仅重新传送出错的那一帧，然后继续发送缓冲区中还没被发送的数据帧。图 2-25 描述了选择重传的传输过程。

图 2-25 中，发送方在连续发送了帧 i 及其后面的帧 $i+1$、$i+2$ 后，收到接收方对帧 i 的错误确认，便从发送缓存中取出帧 i 重新发送，之后继续发送缓冲区中的帧 $i+3$；而接收方将正确接收到的帧 i 之后的数据帧按帧号顺序存入接收缓冲区，一旦收到重传的数据帧 i，便将其按帧号 i 插入接收缓冲区相应的位置，并且可以将这一组按顺序存放的无差错的数据帧提交上一层处理。

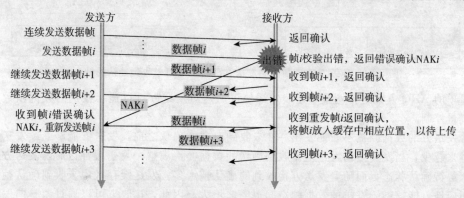

图 2-25 选择重传协议的传输处理过程

选择重传策略克服了 GBN 中可能重复传送已经发送过的数据帧的缺陷，即可以提高通信信道的传输效率，又避免了不必要的浪费。代价是增加了通信双方尤其是接收方处理的复杂性。

两种连续发送协议对双方缓冲区大小的要求也不同。回退 N 协议中，如图 2-24 所示，接收方收到传输差错的数据帧后，将丢弃接下来收到的其他数据帧，直到收到被重新发送的出错帧。这种处理方式不会造成接收方收到次序颠倒的数据帧，因此接收方不需要缓存多个正确接收的数据帧，接收缓冲区只要能够存放一个数据帧便可以正常工作。而对于选择重传协议，如图 2-25 所示，如果出现传输差错，接收方会将随后正确收到的数据帧暂时保存在接收缓冲区中，待收到重传的出错帧后，将接收到的帧按顺序提交高层，这就要求接收方要设置能够存放多个数据帧的接收缓冲区。

我们将在下面的 2.4.3 节定量地讨论每一种控制协议对发送缓冲区和接收缓冲区的要求。

前面我们分别介绍了三种链路控制协议：非流水线式的停等协议 ARQ、流水线式的 GBN 协议和选择重传协议。这三种链路协议的性能和信道利用效率依次提高，而协议本身的复杂程度也相应地增加。如果网络的物理信道可靠性很高，或者链路两端相对距离较近，选用停等协议或 GBN 协议，而放弃处理非常复杂的选择重传协议可能会是更合理的选择。

2.4.3 滑动窗口控制机制

滑动窗口机制是网络中控制流量最常用的技术方案。流水线式的 GBN 协议和选择重传协议可以连续发送数据帧，但对发送方可以连续发送的数据帧数加以限制，这种限制通过滑动窗口控制机制实现。

2.4.2节中我们介绍了发送缓冲区和接收缓冲区的概念。实际上滑动窗口是对发送缓冲区和接收缓冲区的一种描述方法，通过设置不同的变量来准确地描述缓冲区中每个区域的边缘，实现流量控制。参考图2-23，发送窗口由三个变量描述，发送缓冲区的大小（也是发送窗口的大小）、发送方已经收到确认帧的最大帧号[⊖]、发送方将要发送的帧号，这里分别用 W_{SEND}、W_{RECV_ACK}、W_{NEXT_SEND} 表示。通过这三个参数，发送方能够确定接下来还能够继续发送多少帧以及相应的帧号。接收窗口也由三个变量描述，接收缓冲区的大小（也是接收窗口的大小）、接收方已经正确返回确认帧的最大帧序号、按顺序接收方将要接收的下一个数据帧号，分别用 W_{RECV}、W_{SENT_ACK}、W_{NEXT_RECV} 表示。通过这几个参数，接收方能够确定还有多少空间可以继续接收新的帧。

图2-26描述了一对接收窗口和发送窗口的工作状态。假定采用数字0~7表示帧号，可以表示8个帧号。当然这8个帧号可以循环使用，稍后我们进一步讨论如何避免帧号回绕带来的问题。发送窗口三个参数确定之后，如 $W_{SEND}=4$，$W_{RECV\_ACK}=5$，$W_{NEXT\_SEND}=1$，表示发送方此时已经发送了帧6、7、0，未收到确认，因此继续留在缓冲区中，发送方的下一步操作是可以继续发送一个数据帧，帧号为1。接收窗口参数为 $W_{RECV}=4$，$W_{SENT\_ACK}=5$，$W_{NEXT\_RECV}=1$，表明此时接收方已经返回了对帧5的正确确认，已经收到帧6、7、0，未确认，能够继续接收新的数据帧号为1。

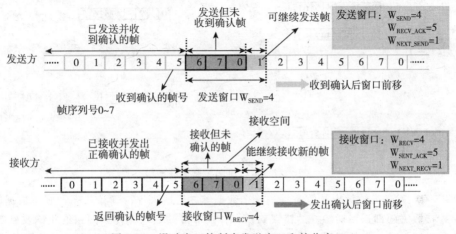

图 2-26　滑动窗口控制中发送窗口和接收窗口

对于图2-26描述的窗口控制机制，我们进一步讨论它的实现过程。

发送方已经发送数据帧6、7、0，但未收到对方的确认，受发送窗口为4的限制，发送方此时还可以再继续发送一个数据帧，序号为1，之后进入等待确认状态。当发送方收到对帧6的正确确认时，发送窗口可以向前（即向右）滑动一个单元，这个滑动包含两个操作，首先更新发送窗口参数，新的参数 $W_{RECV\_ACK}=6$，意味着新的发送窗口序列号为7、0、1、2，此时发送方可以继续发送数据帧1、2；然后发送缓冲区中数据帧6可以被删除掉。

接收窗口中的帧号表示接收方可以接收的数据帧，包括已经接收未确认的帧和从未接收的帧，图2-26中为6、7、0、1。这样设计的目的是使这种滑动窗口控制可以同时实现流量控制以及对接收到的序号混乱帧的差错处理。如果接收方收到的帧6、7、0全部正确，且接收方的处理速度允许，接收方可以依次返回对帧6、7、0的正确确认，使得接收窗口向前（同样是向右）滑动3个单元，接收窗口更新为1、2、3、4，这时接收窗口参数更新为 $W_{SENT\_ACK}=0$，$W_{NEXT\_RECV}=1$。如果接收方想要控制发送方的发送速度，也可以减缓确认的速度。

假如图2-26中接收方所接收的数据帧6出现传输差错，帧7、0正确，则接收方暂时不能将

⊖　注意，这里和后面所提到的最大帧号并非是数值最大的帧序号，而是指最近处理的数据帧号，如收到帧号为6、7、0的帧，这时最大帧号为"0"。

帧 7、0 提交上层，因为这个数据块缺少一部分数据，也不能向前滑动接收窗口，而必须等待发送方重新发送的这一帧正确到达后才可以将完整的数据块提交上层，同时向前滑动接收窗口。这种窗口控制能够实现前面介绍的选择重传协议。

图 2-27 描述了发送方与接收方利用窗口机制控制传输流量的操作流程。假设仍然使用序号 0～7 来标记不同的数据帧。选发送窗口和接收窗口大小均为 4，窗口中的帧号在图中表现为深色标记单元。起始状态发送窗口和接收窗口帧序列号均为 0、1、2、3。

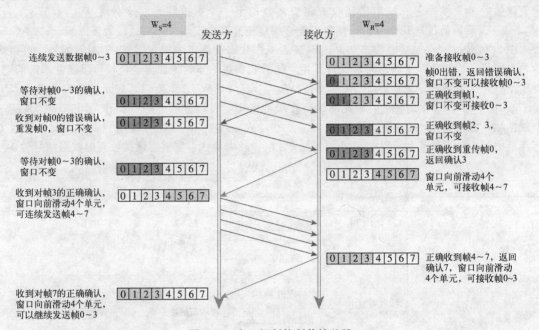

图 2-27   窗口机制控制传输差错

图 2-27 中，发送方连续向接收方发送 4 个数据帧之后进入等待确认状态，假设数据帧 0 出现传输差错，接收方随即返回对帧 0 的错误确认，并在等待帧 0 的重传期间相继正确收到数据帧 1、2、3，由于排列在这 3 个数据帧之前的帧 0 还没有正确到达，接收窗口保持不变，也不能将帧 1、2、3 提交到上层处理；同样发送方在收到对帧 0 的错误确认后重发该数据帧，在收到对帧 0 的正确确认之前也不移动窗口，因为移动窗口意味着发送缓存将删除被移出序号的帧，这个动作只能在收到对方的肯定答复之后才可以进行。接收方收到重发的数据帧 0 后用累计确认返回确认 3，表示帧 3 及其之前的所有数据帧正确接收，同时向前滑动接收窗口 4 个单元；发送方收到确认帧 3 后同样滑动窗口 4 个单元，并继续进行发送操作。不难看出，上述过程实现的是选择重传协议。

采用滑动窗口控制协调发送方和接收方的工作节奏，被广泛地应用于因特网和其他网络中。这一节的窗口控制机制主要针对数据链路流量控制，后面章节将介绍的计算机端系统之间同样可以使用窗口控制机制来调节端系统之间的数据流量。实际应用中，发送方和接收方各设置两个窗口，一个发送窗口和一个接收窗口，实现双方对发送数据和接收数据的流量控制。

2.4.4   对窗口机制的进一步讨论

滑动窗口控制中，窗口的大小与协议本身有密切的关系。如果将发送窗口和接收窗口大小都设为 1，此时只用一个数据位标识帧号，能够实现最简单的停等协议。对于连续发送协议，显然发送窗口要大于 1。回退 N 协议中，接收方并不需要考虑帧序列混乱的问题，因此接收窗口只要选 1 或者大于 1，就可以完成这种协议操作。而选择重传协议，因为接收的帧可能因某些差错而无法向上层提交，需要暂时保留在缓冲区中，要求发送窗口和接收窗口均大于 1。

限定窗口的另一个因素是序号回绕引发的问题，这首先要求在当前的发送窗口或接收窗口中没有重复使用这些帧号，即图 2-26 中，如果用 0～7 表示帧号，发送窗口和接收窗口都不能比 8 大。仅仅这样仍然不够，如图 2-28 所示，同样使用 0～7 表示帧号，假设发送窗口为 8，接收窗口我们选 1。

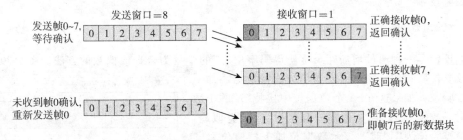

图 2-28　发送窗口和接收窗口序号回绕问题

图 2-28 中，当发送方依次发送完窗口中的数据帧后，等待对方的确认。假设接收方全部正确接收帧 0～7，并依次返回正确确认。但对帧 0 的确认不巧丢失，没能到达发送方。发送方此时不能向前滑动窗口，定时超时后启动对帧 0 的重发。然而对于接收方来说，此时希望接收的帧 0 实际上是继之前收到的帧 0～7 之后的一个新的数据帧，因此造成混乱。解决这个问题的办法是使发送窗口和接收窗口之和不大于 8。对于图 2-28 的情况，如果接收窗口为 1，则发送窗口最大只能取 7，便能够避免上述情况的发生。当然，在满足这个条件的前提下，两个窗口的大小也可以是其他的组合。

窗口的大小同样会对链路的传输效率产生影响。图 2-29 描述了对于同一链路采用两种不同的发送窗口的情况。图 2-29a 设置的发送窗口满足这样一个条件，发送方保持连续发送的状态一直到发送方接收到接收方对第一个发送数据帧的确认，此时可以认为发送方在接收到第一个确认帧之前一直保持发送状态，链路并没有出现空闲，如果不考虑传输差错，传输效率可以达到接近于 1。利用式(2-2)的结果，满足图 2-29a 所示情况，要求连续发送整个窗口的数据帧所用的总时延应该大于或等于 t_T，其中 $t_T \approx t_f + 2t_p$。如果发送窗口小于这个值，便出现图 2-29b 中的情况，即发送方发送完窗口中的所有数据帧后还没有收到对方的确认，此时发送方进入等待确认阶段，而造成链路上出现一段空闲的时间，传输效率也相对较图 2-29a 中的情况要低。

在实际选择一种链路协议时，传输效率并非是唯一考虑的因素。最明显的一个例子是，当窗口设置较大时，就意味着帧的序列号范围也要相应比较大，那么一个数据帧中表示该帧序号的位数也要增多，虽然表面上看链路效率提高了，但额外增加的数据帧首部信息量同样会影响有效数据的传输率。除此之外，双方处理过程的复杂程度以及缓冲区资源的使用情况也是选择链路协议时必须考虑的因素。我们以上的讨论都是在链路没有差错的假设前提下进行的，对于实际链路，另一个需要考虑的重要因素是链路的误传率。GBN 协议因为在出现传输差错时重复传输已经发送过的数据帧而造成链路资源的浪费，但对于出错率比较低的数据链路，GBN 协议因处理简单会比选择重传协议更具优势。

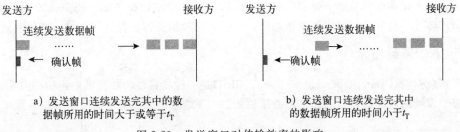

　　a) 发送窗口连续发送完其中的数　　　　　b) 发送窗口连续发送完其中
　　　据帧所用的时间大于或等于 t_T　　　　　　的数据帧所用的时间小于 t_T

图 2-29　发送窗口对传输效率的影响

2.5 差错检测

这一节我们介绍几种典型的差错检测技术，包括循环冗余差错校验、校验和方法以及最基本的奇偶校验技术。

2.5.1 奇偶校验

奇偶校验是一种通过增加冗余位使得码字中"1"的个数为奇数或偶数的方法。图 2-30 通过附加一个校验位实现偶校验，即发送的 n 比特数据添加一位冗余校验位，如果这 $n+1$ 个数据位中比特"1"的个数为偶数时，校验位为"1"，否则校验位为"0"。类似地，奇校验中校验位为"1"时，表示数据位加上校验位总共有奇数个"1"。

图 2-30　采用 1 位实现偶校验

奇偶校验操作简单，仅用一位附加校验位便可以校验出一个分组在传输过程中所产生的奇数个比特差错，对于差错产生率比较低且主要会发生单比特差错的通信链路比较适用。然而实际链路中，相邻链路间的串扰以及各种外界因素（如大气中的闪电、外界强电流磁场的变化等）对链路的干扰虽然持续时间较短，但在一定的数据速率条件下，往往会影响到一串码元。所以在实际链路中使用单比特的奇偶校验会导致大量的比特差错没有被检测出来，使链路层误将这些错误的数据分组提交给上层协议。

图 2-31　水平垂直奇偶校验示意图

对于一组数据同时进行水平和垂直两个方向的单比特奇偶校验，如图 2-31 所示，称为水平垂直奇偶校验法。图中共有 p 个数据单元，每个数据单元包含 q 个比特，每行的最右边一位是水平奇偶校验位，每列的最下边一位为垂直奇偶校验位。水平垂直奇偶校验相对于图 2-30 中的横向单比特奇偶校验来说增加了纵向的校验，验错能力也有所提高，能检测出所有 3 位或 3 位以下的错误、奇数个错、大部分偶数个错以及突发长度小于或等于 $q+1$ 的突发错，可以使误码率降至原误码率的百分之一到万分之一。

水平垂直奇偶校验另一个应用是可以用来纠正部分差错。纠错技术是接收方不仅检测出数据差错，同时还能够确定出现差错的位置，直接将错误数据纠正过来。如图 2-32 所示，一组 3 行 5 列数据位组成的数据块采用水平垂直奇偶校验方法形成校验位，假设传输过程只会出现单比特的传输差错，接收方对接收数据进行水平垂

图 2-32　水平垂直奇偶校验纠正第 3 行、
第 4 列的单比特差错

直奇偶校验，发现第 3 行和第 4 列的奇偶校验出错，则可以断定位于第 3 行第 4 列的数据位发生传输差错，将这一位取反便可以纠正该差错。当然，这种纠错方法仅适用于单比特传输差错。

2.5.2 CRC 校验技术

循环冗余检验（Cyclic Redundancy Check，CRC）是一种检错能力很强的差错检测方法，目前广泛地应用于局域网以及其他数据链路的差错检测[⊖]。CRC 编码原理基于比特多项式运算。

⊖　现在中国公民身份证号码上的最后一位是校验位，也是通过 CRC 方法生成的。

在了解 CRC 编码原理之前，我们先来学习码多项式及其运算。首先用 $C = C_{n-1}\cdots C_1 C_0$ 来表示一组长度为 n 的比特，其中 C_i 为比特"1"或"0"，则 C 的码多项式（$n-1$ 次多项式）可以表示为：

$$C(x) = C_{n-1}x^{n-1} + C_{n-2}x^{n-2} + \cdots + C_2 x^2 + C_1 x + C_0$$

例如，码 $C = 1100101$，其码多项式为：

$$C(x) = 1x^6 + 1x^5 + 0x^4 + 0x^3 + 1x^2 + 0x + 1 = x^6 + x^5 + x^2 + 1$$

我们通过图 2-33 介绍 CRC 的实现原理。

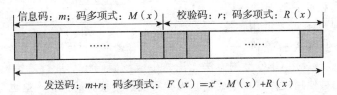

图 2-33　CRC 循环冗余编码计算原理

图 2-33 中 $M(x)$ 为 m 位发送信息码对应的码多项式，$R(x)$ 为 r 位循环冗余码所对应的码多项式。发送方和接收方事先约定一个生成多项式 $G(x)$，$R(x)$ 由 $x^r \cdot M(x)/G(x)$ 的码多项式余数得到（x^r 乘以一个多项式即该多项式后添加 r 个 0）。发送方将 m 位信息码与计算出的 r 位 CRC 码一起发送，接收方将用其收到的 $(m+r)$ 位码对应的多项式 $F(x)$ 除以生成多项式 $G(x)$，如果可以整除，说明数据传输正确，否则表示传输出错。这个过程表示如下：

发送方计算校验码：$R(x) = x^r \cdot M(x)/G(x)$ 的余数。

接收方验证正确性：$F(x)/G(x)$ 余数为 0。

所有的 CRC 运算都采用模 2 运算。例如，$1011 + 0101 = 1110$，$1011 - 0101 = 1110$。它们都等同于二进制异或运算。下面我们通过一个例子说明 CRC 实现方法。

图 2-34 中信息码为 1101011011，多项式 G 码元为 10011，通过码多项式计算出循环冗余码 R 为 1110。

理论证明，采用循环冗余码可检测出所有奇数位错、所有双位错，以及所有小于等于校验位长度的突发错。CRC 算法通常采用硬件实现，以提高处理速度。国际标准化组织已经定义了 12、16

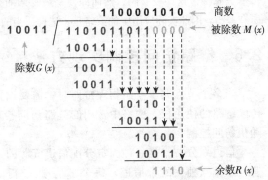

图 2-34　循环校验码计算过程举例

和 32 位的生成多项式 $G(x)$，如下所示。其中 32 位 CRC 编码标准 CRC-32 被以太网链路所采用。

$\text{CRC-16} = x^{16} + x^{15} + x^2 + 1$

$\text{CRC-CCITT} = x^{16} + x^{12} + x^5 + 1$

$\text{CRC-12} = x^{12} + x^{11} + x^3 + x^2 + x + 1$

$\text{CRC-32} = x^{32} + x^{26} + x^{23} + x^{22} + x^{16} + x^{12} + x^{11} + x^{10} + x^8 + x^7 + x^5 + x^4 + x^2 + x + 1$

2.5.3　校验和方法

因特网的网络层和传输层常用另一种差错检测方法：校验和检测方法。发送方将一组待发送的数据每两个字节当作一个 16 位的整数，并将这一系列的整数求和形成校验和，与数据一同发送。接收方通过对接收的数据作同样的求和操作，并将求和的结果与发送数据分组中的校验和相比较判断数据的正确性。**反码校验和算法**是校验和算法的一种变通算法，实现方法为：①首先将所有的 16 位整数进行二进制取反运算；②逐一累加这些 16 位整数的反码，当累加结果中出现进位位时，将这个进位位回转继续与该结果进行累加；③采用步骤②直到将所有的 16 位整数累加完毕，形成 16 位校验和，与数据部分一同发送。在接收数据端实现数据校验比较简单，只要将每个 16 位整数包括 16 位校验和依次累计相加，正确结果应该为全 1，否则说明数据在传输过程中出错。图 2-35 通过计算两个较短的 4 位整数 1000 和 0101 的校验和，描述了反码校验和计算和校验过程。

校验和方法的校验过程计算简单，且软件实现也不需要占用大量 CPU 时间，但其校验差错

发送端		接收端	
1000反码	0111	两个原始数据相加	1000
0101反码	+ 1010		+ 0101
	10001		1101
进位位与结果相加	+ 0001	结果与校验和相加	+ 0010
校验码	0010	正确结果为全1	1111

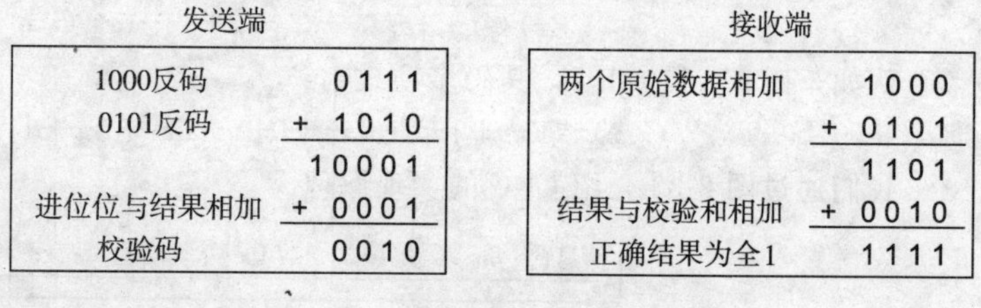

图 2-35 反码校验和算法举例

的能力远不如 CRC 高。用 CRC 检测方法无论是生成校验码还是进行差错检测计算都比较复杂，在链路层一般也都是使用硬件技术生成校验码和实现数据校验的操作。这也是为什么 CRC 技术常用在链路层，而校验和技术用在链路层之上的高层的原因。因特网高层仅使用相对简单的校验和方法，原因是数据从发送端到接收端通过不同的数据链路时，往往已经在这些链路节点中用 CRC 或其他校验方法进行过数据帧校验，能够上传至高层的数据已经通过了这些链路的校验，设置高层校验是为了避免因链路层漏检或硬件设备及软件系统异常而误将有问题的分组传至高层，所以没有必要在高层中消耗大量时间再采用高检测率的校验方法了。

这一节我们学习了三种常见的差错检测方法。一般差错检测率高的方法相应实现也比较复杂，且形成的校验码也相对比较长。这就要求双方消耗比较多的 CPU 时间以实现这种检测，同时消耗额外的传输资源携带这些校验码。然而即便是最复杂的差错检测方法也不能百分之百地检测出传输过程中的所有差错。因此实际应用中的策略是，选择适当的检测方法，采用多个层次校验的方法提高差错检测率。

2.6 链路访问控制实现方法

当多个节点共享一条物理链路时，需要设置对链路的访问控制机制，分配并管理通信节点对传输链路的使用权。网络中常用的链路访问控制可以分为三种：固定信道划分，轮流访问控制，随机访问控制。

信道划分技术是一种固定分配信道资源的方式，原则是把共享的一条信道(物理链路)分隔成若干个相互独立的子信道，每个子信道又分配给一个或多个用户专用。信道划分实际上与前面 2.1.4 节所提到的信道复用技术是同一个概念，信道复用是从一条物理链路同时传输多路信号以提高链路总带宽的角度出发，这里是从多个节点共享一条物理链路时如何有效地实现链路资源分配的角度来讨论同一个问题。最主要的信道划分技术有：频分复用多点接入(FDMA)、时分复用多点接入(TDMA)和码分复用多点接入(CDMA)。信道划分技术的优点是对共享信道采用固定分配的原则，公平地分配链路资源，避免了节点之间因争用链路而造成的数据冲突，缺点是不能动态调整相应的链路资源，信道划分比较适用于通信数据量稳定的数据链路。

2.6.1 轮流访问控制协议

轮流访问控制方式按节点的通信需求动态分配链路的带宽资源。这种方法的原则是网络按某种循环顺序询问每个节点是否有数据发送，如果该节点正好有数据发送，则按照某种使用规则占用整个链路资源发送数据，否则网络将转向下一个节点询问。轮流访问控制的特点是网络中每个节点可以公平地获取信道访问使用权，即便是通信业务量随时间变化，而且这种变化难以预测的情况。

图 2-36 是两种最基本的信道轮流使用控制协议：第 1 种如图 2-36a 所示，中央控制设备(主站)轮流询问各个用户(从站)，由主站负责分配和管理信道的使用；第 2 种是各节点之间运行一种轮流使用信道的控制协议，实现对信道的轮流使用。对于第 2 种，典型的应用实例是一种称为令

牌环(token ring)局域网技术的链路控制方式。在令牌环连接方式中,所有节点以一个环的方式首尾连接,如图2-36b所示,这种连接方式使得链路环上的数据通过环中每一个节点的接收和发送实现数据传输。一种称为令牌的特殊帧在环中经过每个节点循环传输,如果环中某个节点需要占用信道发送数据,首先要获取这个令牌并将其暂时保留起来,暂时拥有令牌的节点也同时拥有对整个信道的使用权。这个节点可以使用整个信道发送数据,并在结束一个数据帧的发送之后释放掉令牌。采用这种令牌的链路控制方式,当某个节点收取令牌并发送数据时,由于环中暂时没有令牌传输,其他节点即便有数据要发也不得不等到正在占用信道的节点释放令牌后,再通过获取令牌得到对信道的使用权,从而解决了多个节点的数据冲突问题。

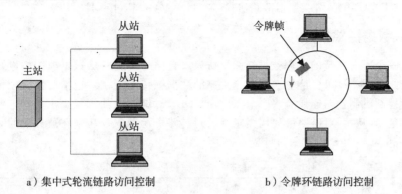

a)集中式轮流链路访问控制　　　　　　b)令牌环链路访问控制

图2-36　两种轮流链路访问控制方式

轮询链路访问控制采用动态方式按需分配链路资源,根据网络中节点对链路的使用需求分配信道的使用权。处于空闲期的用户并不会继续占用信道资源,整个信道完全分配给有需求的用户使用。轮流访问控制方式的不足是,集中控制方式中,当中心控制节点出现故障时,会导致整个系统瘫痪;而令牌环方式在某一节点发生故障时,也会因链路中断而停止工作。

2.6.2　随机访问控制协议

随机访问控制协议是以太网采用的链路控制思想,节点以一种随机方式竞争信道的使用权,一旦得到信道的使用权便立即发送数据。这种随机访问控制方式要求网络中的节点应具备以下两个基本功能:一是网络中每个节点能够检测当前链路是否为空闲状态,以决定能否安全地发送数据,如图2-37a所示;二是当两个节点同时检测到链路空闲而又同时发送数据时,势必会产生数据碰撞造成数据无效,网络中所有的节点包括发送数据的节点能够检测出这是个无效数据,发送节点因此重新竞争信道发送该数据帧,而接收节点也不会接收这个无效的数据帧,如图2-37b所示。

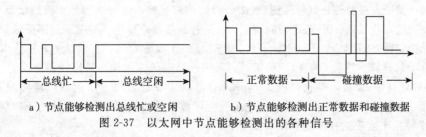

a)节点能够检测出总线忙或空闲　　　　b)节点能够检测出正常数据和碰撞数据

图2-37　以太网中节点能够检测出的各种信号

同前面讨论的链路访问控制方式不同,随机竞争机制并不能避免数据冲突的发生,但却可以在发生数据冲突时检测到这种冲突并终止继续发送或接收这种冲突数据。随机竞争机制最大的优势是不需要集中控制,并且实现简单,连接方便。随机竞争机制的缺点是当连接的节点较多且每个节点的通信量又较高时,因数据碰撞而造成的等待时延会相当大,传输效率也会急剧下降。

综合上述三种多点链路控制的原则,信道划分技术固定分配信道带宽资源,这种技术比较适用于数据流量相对稳定且对实时性要求高的数据传输业务，如电话网。因特网主干网汇集了大量边缘网络（资源网络）的数据，实现大范围的数据流传送，这些网络通常也采用基于信道划分技术的高速传输网络传输数据。轮流访问和随机访问控制方式更适用于通信业务量随机变化大且难以预测的情况，比如间歇性工作用户的数据传输，最典型的应用是在各种局域网技术中。

2.7   链路协议举例

本节我们简单介绍两种比较有代表性的链路控制协议：高级数据链路控制（High Level Data Link Control，HDLC）和点到点数据链路协议（Point to Point Protocol，PPP）。

2.7.1   高级数据链路控制

HDLC 是一个面向比特的通用数据链路层协议，它描述了链路层数据帧结构以及收发双方对数据链路的控制规程。HDLC 能够实现完全可靠的数据帧传输控制，包括对数据帧传输的确认重传机制和流量控制机制。当连接有多个节点时，HDLC 对链路的使用权提供轮询控制机制，由主站负责轮询其他站（从站）对链路的使用需求并进行链路资源分配，从站在被分配的时间内进行数据传输。图 2-38 为 HDLC 的数据帧封装格式。

标志	地址	控制	信息	帧校验	标志
F 01111110	A 8位	C 8位	I N位	FCS 16位	F 01111110

图 2-38   HDLC 的帧格式

结合我们所学习的几种数据链路传输控制协议，以下简述 HDLC 实现数据传输可靠性和流量控制机制。HDLC 定义了四种不同的监控帧，实现对接收数据的正确确认和差错确认，以及要求发送端暂停发送数据等功能，如下所示：

- 接收就绪帧 RR(Receive Ready)，RR 帧由接收方发出，表示接收方希望接收编号为 N(R) 的信息帧，N(R) 为 RR 帧中的接收序号。RR 帧与后面的 RNR 帧共同使用，实现通信双方的流量控制。
- 拒绝帧 REJ(Reject)，REJ 帧由接收方发出，要求发送方对从编号为 N(R) 开始的帧及其以后所有的帧进行重发，同时意味着 N(R) 以前的信息帧均被正确接收。这种监控帧实现通信双方基于 GBN 方式的可靠数据传输。
- 接收未就绪帧 RNR(Receive Not Ready)，RNR 帧由接收方发出，表示编号为 N(R) 以前的信息帧已被正确接收到，但目前接收方处于忙状态，尚未准备好接收编号为 N(R) 及以后的信息帧，发送方需要停止继续发送 N(R) 及以后的信息帧，并且这种停止发送状态可以通过接收方发送接收就绪(RR)监控帧而解除。这种控制机制可以实现对数据链路的流量控制。
- 选择拒绝帧 SREJ(Selective Reject)，SREJ 帧由接收方发出，要求发送方发送编号为 N(R) 的单个信息帧。这种监控帧暗示了双方采用选择重传方式作为链路控制协议。

上述接收就绪帧(RR)和接收未就绪帧(RNR)可以实现通信双方的数据流量控制，而拒绝帧(REJ)和选择拒绝帧(SREJ)用于向发送方指出发生了数据帧传输差错，REJ 帧用于实现 GBN 重发策略，SREJ 帧用于实现选择重发策略。

HDLC 适用于点到点和多点链路，在多点链路中，HDLC 通过一种无编号帧管理控制多点接入。HDLC 可靠的数据传输机制使得它在通信链路差错率较高的数据网络中也可以实现高质量的数据传输。

2.7.2   点到点数据链路协议

点到点数据链路协议（RFC1661，RFC1662）是 IETF 推出的点到点链路的数据链路层协议。

PPP 可以支持多种点到点物理链路上的数据传输，为多种网络层协议（如 IP、IPX 和 AppleTalk）提供数据链路。PPP 链路控制协议最典型的应用是构建个人用户计算机系统通过电信网络线路与本地 ISP 之间的数据链路，PPP 协议同样应用在因特网路由器之间的数据链路。以下我们简单介绍 PPP 链路控制协议。

PPP 帧格式以 HDLC 帧格式为基础，因为只处理点到点之间的数据传输，PPP 简化并省略了许多 HDLC 规程中的链路控制机制。这一点我们可以通过图 2-39 中 PPP 帧格式和以下对 PPP 的说明中了解到。

| 标志7E | 地址FF | 控制03 | 协议字段 | 数据 | 校验码 | 标志7E |

图 2-39 因特网中使用的 PPP 帧格式

- 对于点到点的数据链路，不再需要设置地址字段。图 2-39 中 PPP 帧将地址字段设置为固定的全"1"是一种缺省状态，一些 PPP 数据链路对这个缺省状态可以通过通信双方协商决定是否可以在通信过程中省略掉。
- PPP 帧控制字段在缺省情况下被固定设成二进制数 00000011。同样这个固定的控制字段在传输过程中可以通过双方的协商而省略掉。显然，缺省状态下，PPP 并不像 HDLC 规程那样能够对数据传输提供可靠性以及流量控制机制。这样设计的目的是为了减小额外的数据帧首部开销以及相应的控制处理时延，提高有效的数据传输速率。
- PPP 协议字段用来标明该数据帧所携带的是什么类型的网络层数据，其缺省大小为 2 个字节。例如，该字段为"0021"表示数据帧的数据部分是因特网的 IP 数据报。通过这个协议字段通信节点可以确定将接收到的 PPP 帧提交到相应的高层协议。

PPP 的主要工作过程是，通信双方首先通过 PPP 链路控制协议（Link Control Protocol，LCP）建立数据链路，双方对数据链路进行测试、协调和配置，并对省略使用帧格式中某些字段进行协商，之后通过 PPP 网络控制协议（Network Control Protocol，NCP），双方选择并配置一个或多个网络层协议。经过链路控制和网络控制配置之后，双方进入数据传输阶段，将各种网络层协议的数据包封装成图 2-39 中描述的 PPP 帧格式，发送到数据链路上传输。

通过以上的讨论可以看到，PPP 在很大程度上对 HDLC 进行了简化。主要原因是 HDLC 最初是针对某一种特定的网络技术而设计，宗旨是实现一种完全可靠的数据链路控制机制；而 PPP 则是随着因特网的发展而产生的，被设计成能够支持不同网络层协议的数据链路控制协议，包括不同网络之间的数据链路。由于不同的网络技术本身采用各不相同的链路控制协议，而连接这些不同网络的数据链路的基本设计思想是具有简单性和通用性，PPP 正是基于这个基本原则而产生的。PPP 主要应用于因特网路由器之间的数据链路控制，以及家用计算机和本地 ISP 之间的数据链路实现。

2.8 小结

这一章我们学习了计算机网络中两个通信节点之间的数据传输技术，通信节点之间通过物理链路和数据链路实现数据传输，物理链路实现数据信号的发送、传输和接收，而数据链路将原始的计算机比特序列进行分组，并对所传输数据分组进行一系列传输控制操作，如传输差错控制、流量控制以及链路管理等。

我们学习并讨论了传输介质的一些基本特征，传输介质的传输带宽、衰减损耗和抗干扰性是对其传输特性的基本描述，除此之外，在选择一种传输介质作为网络布线时，还要考虑具体的应用环境、连接复杂性以及费用等其他因素。

　　这一章我们引出了在网络中采用分组数据传输的概念，并初步涉及网络协议。通过学习几种实现可靠数据传输的基本链路传输协议——停等协议 ARQ、回退 N 协议和选择重传协议，不仅学习了协议的控制过程，也进一步理解了不同的链路协议对数据的传输速度、节点处理等待时间、链路利用率以及传输效率等方面所产生的不同影响。

　　尽管停等协议 ARQ、回退 N 协议和选择重传协议是在数据链路层实现可靠的数据传输的基本协议，但这些协议的基本思想并不仅限于数据链路。如我们将在第 6 章学习的传输层协议，为实现端系统之间可靠的数据传输服务，同样使用了像窗口流量控制、差错控制、超时重传等类似的基本设计思想。所不同的是传输协议运行在端系统上的传输层，而链路层协议运行在数据链路两端的通信节点上。

练习题

2.1　什么是模拟信号和数字信号？什么是频带传输和基带传输？什么是数字通信系统和模拟通信系统？请举例说明。

2.2　请解释：调制解调技术，数字编码技术，信道复用技术。

2.3　计算机网络中通信双方要交换数据，接收方必须确切地知道信号应当何时接收和处理，位同步是要接收方按照发送方发送的每个位的起止时刻和速率来接收数据。请说明曼彻斯特编码和 4B/5B 编码如何实现位同步。

2.4　什么是数据率、带宽、容量、吞吐量？它们之间的关系是什么？

2.5　什么是传输时延和传播时延？数据分组从发送端传输到接收端所用的传输总时延受哪些因素影响？其中哪部分时延是不确定的？

2.6　传输总时延会对哪一类网络应用造成影响？为什么？

2.7　使用电话线和调制解调器将家庭计算机接入因特网 ISP 时，电话线能够达到的最高数据传输率为 56kbps。这个结果是根据式(2-1)香农定律计算得出，假定公共电话线的已知信噪比为 30dB，电话网为每一路电话线路分配传输语音信号的带宽为 4kHz。请用香农定律验证这个结果。（注意，计算出的最高数据率可能与这个 56kbps 有所差异，主要原因是实际电话线的信噪比和我们给出的数据有一定的偏差。）

2.8　试说明同样都使用双绞线，为什么局域网数据率远高于使用调制解调器技术的拨号上网？同样是拨号上网，为什么 ADSL 技术数据速率高于调制解调器？

2.9　计算下列情况下分组从 A 传输到 B 的总时延，即从 A 发送第一个比特到最后一个比特被 B 接收，假设分组长度为 5000bit。

　　1）10Mbps 以太网，A 到 B 的路径上有一个存储转发式以太网交换机，假定每条链路的传播时延为 $10\mu s$，并且交换机在接收完分组后立即转发分组（即忽略交换机对分组的差错校验、地址匹配等处理时延）。

　　2）10Mbps 以太网，A 到 B 的路径上有 3 个存储转发式以太网交换机，同样每条链路的传播时延为 $10\mu s$，且交换机在接收完分组后立即转发分组。

　　3）设 A 和 B 之间通过电路交换网络连接，途经 3 个电路交换机，同样假设每段链路带宽为 10Mbps，传播时延为 $10\mu s$，忽略建立电路的时延和电路交换机对每个分组的交换处理时延。

2.10　假设节点 A 和 B 之间采用 ARQ 协议实现可靠的数据传输，在不考虑数据丢失和分组重复的情况下，说明为什么分组的首部不需要为分组设置分组序号。当传输链路存在分组丢失或重复时，还可以省去分组首部的序号字段吗？如果需要序号，那么最少需要几个序号位？

2.11 如右图所示，一个卫星通信系统，从地球到卫星的单程传播时延为 250ms，一个数据帧的长度为 1000bit，信道的带宽为 50kbps。试计算这个卫星通信系统采用 ARQ 控制协议实际能够达到的传输速率，它的传输效率是多少？

2.12 802.11b 是一种无线局域网技术标准，由于无线信道数据传输的差错率相对较高，为了提高无线传输的可靠性，无线节点之间的数据传输采用 ARQ 协议。802.11b 的最高数据率为 11Mbps，最长传输距离为 100m，设数据帧长度为 1500 字节，试计算它的最高信道使用效率。将这个结果与 2.11 题比较，你会得出什么结论？

2.13 使用 ARQ 协议传输数据，假设数据帧长为 1000bit，不考虑传输差错的影响。对于数据传输速率分别为 1kbps 和 1Mbps 的传输系统，设在双绞线和租用线路上信号传播速度为 $2 \times 10^8 \text{m/s}$，求下列链路的有效传输效率，并对你得出的结果进行解释。
1)链路长度为 100m 的双绞线。
2)链路长度为 1000km 的租用线路。

2.14 一个信道的比特率为 4kbps，传播时延为 20ms，帧的大小在什么范围内 ARQ 协议才有至少 50% 的传输效率？

2.15 2.4.3 节中我们讨论了窗口控制机制，并给出了发送窗口和接收窗口在使用不同的链路控制协议时的相互关系，但并没有进一步加以解释和说明，作为练习，结合我们在本章对 ARQ、回退 N 和选择重传协议的讨论，试解释：
1)对于 ARQ 协议，为什么发送窗口和接收窗口均为 1？
2)对于回退 N 协议，为什么发送窗口要大于 1，而接收窗口大于或等于 1？
3)对于选择重传协议，为什么发送窗口和接收窗口均要大于 1？

2.16 继续上一题的讨论，发送窗口和接收窗口与使用的分组序号同样要满足一定的关系。这个关系是，假设采用 n 位序号位来描述数据帧的序号，帧序号范围为 $0 \sim 2^n - 1$，那么发送窗口和接收窗口的大小应该满足：$W_S + W_R \leqslant 2^n$，W_S 和 W_R 分别为发送窗口和接收窗口大小。例如，当采用 3 位序号位时，最多能够描述 8 个不同的分组序号，发送窗口和接收窗口大小之和不能超过 8。这个规定主要是为了避免出现帧序号回绕问题，即对于一个接收到的数据帧，接收方无法判定它是一个新的数据帧还是拥有相同帧序号的重传数据帧。试举例说明这种对窗口大小限制的必要性。

2.17 在 50kbps 的卫星信道上发送帧长 1000bit 的数据，省略确认帧传输时延，使用 3 位顺序号。对下述三种协议，最大可能达到的信道有效利用率是多少？
1)停等协议。
2)回退 N 协议，发送窗口选择可能的最大值。
3)选择重传协议，发送窗口为 4。

2.18 利用 2.4.4 节中对发送窗口的讨论结果，计算一个 3000km 长的 T1 线路(T1 线路的数据传输率为 1.54Mbps)，采用回退 N 滑动窗口协议进行数据传输，假设数据帧长度均为 64 字节，在 T1 线路上信号传播速度为 $2 \times 10^8 \text{m/s}$，那么序号应该选择多少位可以达到传输信道的最高传输效率？(提示：最高传输效率意味着发送窗口的大小至少应该能够满足，在接收到对第一个数据帧的确认时能够保持不间断地发送窗口中的数据帧。)

2.19 什么是点到点链路和多点链路？请列举几种多点数据链路访问控制方法，以及这些访问控制方法的适用情况。

2.20 假设一个可共享介质 M 以循环方式向主机 A1，A2，…，An 提供传输一个分组的机会，没有分组要传输的主机立即释放 M。它与电路交换的时分复用 TDM 有何不同？与 TDM 相比，这种方式对网络的利用率如何？

2.21 PPP 是可靠的数据链路协议吗？为什么？HDLC 是吗？为什么？

第 3 章

分组交换技术

第 2 章我们学习了计算机网络中两个通信节点之间的数据传输技术，直接连接的通信节点之间通过物理链路和数据链路实现数据传输。大规模的甚至全球规模的计算机节点之间的数据通信需要借助于各种提供数据传输服务的通信网络实现，如图 3-1 所示。通信网络主要由数据交换设备和通信链路构成，交换设备都有多个输入端口和多个输出端口，交换设备之间通过端口互联形成网络。交换设备的主要功能是从某个端口接收数据，经过相应的选路处理再向另一个端口转发数据，这样经过多个交换设备的转发和传递，最终将数据分组传递到目的地。

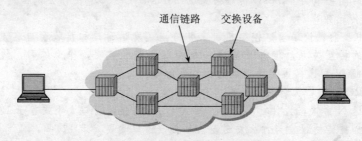

图 3-1　交换设备和通信链路构成通信网络

计算机网络中最常见的交换设备有路由器和交换机。通常情况下，分组交换机是指某一种网络使用的交换设备，如局域网交换机、ATM 交换机（ATM 是一种分组交换技术）等。路由器通常是指因特网中互联不同网络所使用的交换设备，在路由器之间传输的数据分组采用统一的 IP 数据报分组格式，路由器以分组的 IP 地址作为为分组选择路径的依据。

计算机网络中通常也采用不同的图标来区分这两种交换设备。路由器通常使用图 1-8 中的图标表示，以突出它的选路转发功能；而交换机常用图 1-6 中的图标表示，更强调它的电路交换作用，在以太网环境中，常使用更接近原型的图示表示以太网交换机（如图 4-15 所示），目的是能够方便地展示其各个端口与不同以太网的连接结构。这里图 3-1 只是泛指交换设备。

对于直接连接的通信节点，发送节点和接收节点只要按照它们之间的链路规范发送和接收数据，就能够将数据从一个节点传送到另一个节点。而通过一个网络传输数据情况则要复杂得多。除了要将数据分组准确地转发传递到终点，每一种通信网络都需要对网络中共享资源进行合理的管理与分配，使计算机终端能够合理而有效地使用网络中的共享资源。

这一章我们将以分组交换技术为主线，讨论分组交换网络的基本特征，以及它能为数据终端提供的服务质量。我们将介绍两种典型的分组交换技术：虚电路交换方式和数据报交换方式，以及它们的性能特点和应用领域。

3.1　分组交换概述

1.2 节中我们提到两种基本的交换方式：电路交换和分组交换。这两种交换技术对于网络资源的管理和分配采用了完全不同的策略，电路交换的基本思想是通信网络在用户传输数据之前预先为其留出一部分固定的通信资源，用户在通信过程中一直独占这部分网络资源直到通信结束。分组交换技术是基于一种排队等待的基本原则，根据用户的要求和当前网络的能力动态分配链路带宽。

3.1.1　分组交换的实现

基于分组交换技术的通信网络的两个最基本的任务是：传输数据和转发数据。

一个通信网络中不同的通信链路可能会采用不同的数据传输技术。例如，网络中某些链路采用光纤传输系统，连接这些链路的交换设备端口就需要配置光信号接收器和发生器，并且能够按照链路要求的接口标准发送或接收数据。

不同的分组交换网络也会采用不同的数据链路控制规程传输数据分组（数据帧）。通常一种分组交换网络在网络的每一段链路上都采用一致的数据链路规程。早期的分组交换技术，针对当时传输系统差错率相对较高的情况，数据链路采用高级数据链路控制规程 HDLC 的一个子集，能够提供节点之间数据链路的差错控制、流量控制以及数据的可靠性保障等功能。随着传输技术的高速发展，使得数据传输的差错率不断减小，目前大部分基于分组交换的传输网络都选用更简单的数据链路传输协议，将差错控制或流量控制的任务都留给计算机终端去完成。

分组交换网络的另一个任务是对数据分组进行转发，如图 3-2 所示。计算机终端 A、B 通过分组交换网络连接，每个分组交换设备都维护一个用于分组转发的路径转发表，路径转发表并不需要保存到达所有目的地的完整路径信息，而只需要知道通往这些不同目的地的下一个交换机，利用分组首部携带的路径信息，交换机在其路径转发表中查找对应的输出链路，将该分组转发传递至下一个交换节点。图3-2 中，当 A 发出的目的地址为 B 的分组进入到交换机 1 时，交换机 1 根据其路径转发表可以查出这个目的地址为 B 的分组应该转发到下一个交换机 3，并从与交换机 3 连接的端口输出这个分组。同样交换机 3 接收到这个分组时，通过它的转发表再决定应该从哪个端口输出分组到下一个交换节点。最终，分组通过交换机 1、交换机 3、交换机 2 的转发到达目的终端 B。

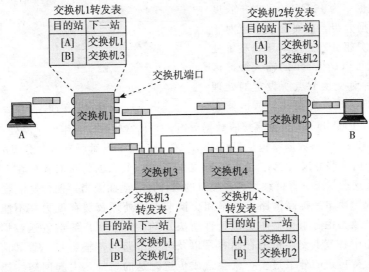

图 3-2　分组交换设备利用分组携带的转发信息查找转发表转发分组

路径转发表的形成是一个复杂的过程，它是基于不同的路由算法而计算出的通往目的地的路径，这种计算根据某些度量标准，如链路的长度、带宽、负载、可靠性、成本以及目的地等参数。我们将在第 5 章详细讨论路由算法等相关知识。

3.1.2　分组交换设备

我们进一步讨论交换设备的基本组成和各组成部分的主要功能。如图 3-3 所示，分组交换设备大致可以分成多个输入输出端口、交换结构和控制处理器几部分。

1. 交换设备的端口

交换设备的主要任务是从某个端口连接的链路上接收数据分组，经过选路处理后再从另一个
端口连接的链路上转发分组。为此，每个端
口都设有相应的缓存空间，输入端口缓存空
间用于暂时存放从网络中接收到的数据分
组，等待选路处理之后再将这些分组转发至
相应的输出链路上。输出端口缓存的目的是
存放从其他端口输入并经过选路处理后决定
要从这一端口链路输出的分组，如果这个端
口连接的链路带宽资源不足，分组将暂时存
入这个端口缓冲区，等待链路空闲时输出。

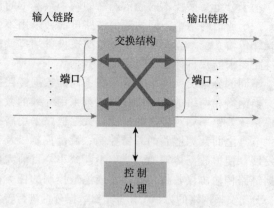

图 3-3　分组交换设备主要结构

通过图 3-4，我们来分析分组被存储、
处理和转发的操作特点。如图 3-4 所示，假
设一个交换设备由 E1、E2、E3 和 E4 四个端
口组成，为简单起见，设 E1 和 E2 为输入端口，E3 和 E4 为输出端口，而实际上交换节点的每个
端口都可以作为分组的输入或者输出端口。再假设每个端口连接的链路拥有同样的链路带宽，即
每个端口使用相同的数据率接收和发送数据。首先考虑该交换节点的输出端口 E3 和 E4 连接的链
路都有空闲带宽的情况，即从输入端口接收的分组经过处理后可以马上从相应的输出端口输出，
而不必在输出端口的缓冲区中等待链路空闲。这种情况下只要交换节点对数据分组的处理速度高
于分组到达的数据率便可以保持正常的工作，
假设 E1 的链路数据率为 100Mbps，对于长度
为 1000 比特的数据分组，只要交换节点对于
从端口 E1 输入的分组处理速度高于每秒钟处
理 10 万个分组就可以确保 E1 的输入缓冲区
不会有问题，这种对交换节点所设定的处理
能力的要求并不难实现。现在我们假设输入

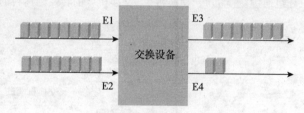

图 3-4　交换设备缓冲区可能会出现溢出

端口 E1 和 E2 都以 100Mbps 的数据率接收数据分组，并且这些数据分组经选路处理后都将从输出
端口 E3 输出，注意 E3 链路数据率也是 100Mbps。假设交换节点对所有接收分组的处理速度足够
快，那么单位时间内这些分组只能有 50％从 E3 端口输出，其余的将暂时存放在 E1、E2 和 E3 端
口缓冲区中。如果这种状态一直持续到这些端口的缓冲区存满而溢出，便会发生数据分组丢失。

对于上述情况，简单地提高链路数据率和交换节点的处理及缓存能力并不能从根本上解决
问题，分组丢失现象是由分组交换本身的特性所决定的。由于用户终端发送数据的时间和数量
具有随机性，网络中各节点交换机的存储容量以及各条链路的传输容量不管如何提高，总是有
限的，如果链路上待传送的分组过多，就会造成传送时延的增加，引起网络性能的下降以及分
组丢失。稍后我们会介绍基于分组交换的网络可以采用不同的资源分配思想实现对网络资源的
分配和控制。

2. 交换结构

交换结构的基本功能就是在交换设备内端口之间建立连接，实现从一个端口接收数据分组，
然后转发至另一个端口。这种建立连接的功能是由交换系统内部的交换结构完成的，交换结构可
以使用多种不同的技术来实现。常用的交换结构有：

- 总线结构。总线结构中所有输入输出端口连接在交换设备总线上，如图 3-5a 所示。输入端

口通过共享总线直接与输出端口相连，数据分组到达输入端口后，在该输入端口排队等待选路处理，之后将直接通过总线结构传送到输出端口。这种结构一次只能有一个数据分组通过总线，交换容量受总线带宽的限制。因此当一个分组到达某输入端口时，如果交换设备的总线正忙于传输另一个分组，那么它就会被阻塞直到总线空闲才可以转发。

- 内存交换结构。如图 3-5b 所示，数据分组到达某个输入端口后，以中断的方式向选路处理器发出信号，然后分组被直接拷入内存，选路处理结束后 CPU 再从内存取出分组将其转发到输出端口。这种交换结构受内存速度的限制，交换时延一般比较大，适合应用于小容量交换设备。

- 网络互联交换结构。也称纵横交换结构，如图 3-5c 所示。前面两种交换结构都是某种程度上的共享，交换容量直接受共享总线带宽和共享内存速度的影响。纵横结构的交换网采用了一种矩阵交换结构，使得交换结构能够配置成任何一个输入端口和输出端口都有相连路径。利用这种矩阵式的交换结构，到达某个输入端口的数据分组经选路处理选择某个输出端口，便可以直接通过互联的总线结构将分组转发到选定的输出端口上。如果此时连接该输出端口的总线空闲，数据分组就可以立即输出。否则这个数据分组暂存在该输出端口的缓冲区中排队等待。纵横式交换结构在一定程度上突破了前面两种共享式交换结构的限制，对于选定不同输出端口的数据分组能够实现同时转发，从而提高了高端设备的容量和扩展能力，这种交换结构是业界公认的用于构建大容量系统的首选交换网络结构。

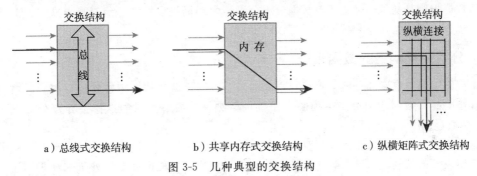

a）总线式交换结构   b）共享内存式交换结构   c）纵横矩阵式交换结构

图 3-5   几种典型的交换结构

3. 控制处理

图 3-3 中的控制处理系统由分组处理 CPU 和其上运行的相应分组处理软件构成，主要任务是构建并维护用于转发数据分组的路径转发表，实现交换节点对分组的选路管理与控制操作。为了避免在交换节点的中心控制处理器发生瓶颈，大多数的分组交换设备在各个端口都有独立的分处理器，用于分担中心控制处理器的部分工作。例如，端口的分处理器可以直接对从该端口接收的数据分组提取首部信息、校验传输差错、识别选路标识标记、决定分组的输出端口等操作。这样某个端口在接收一个数据分组的同时便可以通过分组的选路信息为其选择一个输出端口，并将该分组直接转发到这个输出端口上，而不必通过中心控制处理器的处理。中心控制处理器负责交换节点整体的控制操作，如维护交换节点的路径转发表，并将更新的转发表提供给各个端口的分处理器。

3.2   分组交换网络的传输时延和数据丢失

分组交换采用动态按需分配的基本原则，使分组排队等待使用网络中的共享资源。以下我们从几个方面讨论分组交换网络的主要特点。

3.2.1   分组交换网络的传输时延

对于点到点的通信系统，传输总时延主要取决于通信系统的链路带宽。当分组穿越一个分组交换网络进行数据传输时,传输时延不仅受网络中各段链路的带宽影响,在很大程度上还取决于网络中的交换节点对分组的处理能力和网络当前的流量状况。数据分组通过分组交换网的总时延主要由几个部分组成:分组在经过的各段链路上用的时延;分组在交换节点的排队等待时延;交换节点对分组的处理时延,包括交换节点为分组选择输出端口、对分组进行必要的差错校验以及存储转发等处理时延;实现链路控制所用的时延,如用于实现差错控制、流量控制等数据链路控制协议需要的时延。

对于上述分组交换可能存在的各种时延,不同的交换网络体现出不同的特点。例如,如果网络中交换节点之间的数据传输采用 HDLC 控制协议,交换节点对每一个到达的分组都进行差错校验和确认操作,并提供节点之间的数据流量控制,这种控制处理在提高数据传输可靠性的同时,也会大大增加分组在交换节点上的处理时延。因此,大部分分组交换网络并不提供这种交换节点之间实现可靠的数据传输的链路控制,而是将保证数据传输可靠性的任务留给计算机端系统完成。

对于分组的排队等待时延,影响它的因素比较复杂,很大程度上取决于网络所采用的存储转发技术、当前网络的分组流量以及网络中链路传输速率和交换节点对分组的处理能力等等。

稍后我们将介绍分组交换包括两种基本的交换方式:虚电路方式和数据报方式,采用这两种分组交换的网络对于数据分组提供不同的传输服务。简单地说,虚电路采用类似于电路交换的工作方式,能够为特定的数据传输分配稳定的带宽,使分组在网络中能够以稳定的传输时延到达接收端;而数据报则是基于一种让所有数据分组公平地争用网络资源的分组交换方式,因此数据分组在传输过程中的传输速率和传输时延都没有保障。

3.2.2 分组交换网络的数据丢失

由于网络中链路资源和交换节点缓存空间的限制,当排队等待空闲链路的分组数超过交换节点的缓存极限时,新到达的分组将面临一个满的队列,交换节点只能选择丢弃部分分组,这是3.1.2 节中通过图 3-4 讨论过的。

数据链路可以通过窗口机制控制双方的数据流量。而对于一个网络,数据终端并不能随时了解每个交换设备的处理能力以及当前网络中的数据量情况,可能网络已经处于饱和了,还在继续向网络中发送数据。当网络所承载的数据量超出了网络传输数据的能力时,就会造成分组排队等待时延增加,网络性能的下降,甚至分组丢失,这说明网络已经出现了某种程度的拥塞。网络拥塞出现时,最有效的措施是让数据终端减缓向网络中发送数据的速度。一种做法是由发生拥塞的交换设备及时向数据终端通告网络拥塞的状况,使数据终端尽早减缓向网络发送数据,这种方式通常在即将发生拥塞时或拥塞的最初阶段采用。如图 3-6a 所示,发生拥塞的交换设备在转发分组的同时,向分组的控制字段填写拥塞标志信息,通告数据终端网络出现了某种程度的拥塞,数据终端通过这种标志减少发送的分组量以缓解网络的

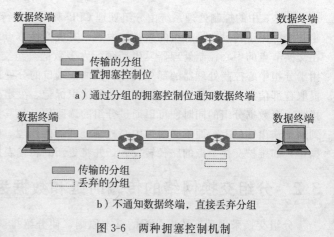

a) 通过分组的拥塞控制位通知数据终端

b) 不通知数据终端,直接丢弃分组

图 3-6   两种拥塞控制机制

拥塞程度。另一种做法是网络并不特意通知数据终端网络的拥塞状况,只是在出现拥塞时丢弃部分分组,数据终端通过判断分组的丢失状况了解网络的拥塞程度,并以此来调整发送数据的速度,这种方式通常在网络已经发生拥塞时采用,如图 3-6b 所示。

上述两种方法，前者能够使数据终端较早地了解网络的拥塞状况，并及时调整发送速度而避免产生大量分组丢失。而后者则完全依赖于数据终端自身的拥塞控制机制，发送端在已经发生分组丢失之后调整发送数据量。因特网采用第二种拥塞控制方式，交换设备对分组只提供最基本的转发操作，拥塞控制完全由彼此通信的数据终端自身实现。

当交换节点决定开始丢弃分组时，不同的分组交换网络采用不同的分组丢弃策略。某些网络能够向用户提供不同服务类别的数据传输服务，例如，基于分组交换技术的异步传输模式 ATM（Asynchronous Transfer Mode），能够向用户提供的一种保证传输速率的数据传输服务，选用这种服务的用户数据在网络中以恒定的传输速率传输⊖。当 ATM 交换机中排队等待的分组超出的一定的极限时，会选择其他类型的分组丢弃，而保证这种恒定带宽类型的数据分组通行。而另一些分组交换网络如因特网并不为分组设定不同的类型，所有的分组都平等地进入交换设备进行排队等待，目前在实际网络中通常采用队尾丢弃法，即当交换节点缓存区即将满溢时先从缓存队列中选择后到的分组丢弃。

分组交换中还有一种情况也会引起分组的丢失，当交换节点对输入的分组进行差错校验，发现某一分组在传输过程中出现差错时，便不会再继续转发该无效的分组而将其丢弃，这是我们曾经学习过的尽力而为数据传输链路协议对分组传输差错的处理方式。被丢失的分组可以通过目的端系统按分组序号恢复数据块时检测到，并要求源发数据端重新发送被网络丢弃的分组。

3.2.3 分组交换中数据传输的可靠性

第 2 章我们学习了在两个通信节点之间实现可靠的数据传输，对于一个通信网络来说实现可靠的数据传输比较复杂。首先我们来看什么是网络中可靠的数据传输，网络实现可靠的数据传输要求：每个数据分组在网络中每一段链路上无差错传输；属于同一个数据通信的每个分组在通过网络进行传输时能够以正确的顺序到达目的节点；没有分组丢失发生；没有重复接收的数据分组。

在分组交换网中有以下几种因素会影响分组传输的可靠性：

1）当交换节点排队等待转发的分组达到缓冲区的某个门限值时，交换节点将按照一定的策略丢弃部分分组，从而造成数据分组在网络中传输时被丢失；

2）当交换节点检测到发生比特差错的分组时同样丢弃分组，而不会再继续转发这个无效的错误分组；

3）如果网络节点之间采用超时重传机制，可能会出现重复传输的数据分组；

4）当指向同一目的地址的不同分组被交换节点从不同的路径转发时⊖，由于分组经过不同路径的传输时延受这条路径的数据流量和链路带宽影响，因而分组通过不同的路径会经历不同的传输时延，这就可能出现先发出的分组反而比后发出的分组更晚到达目的节点的问题，从而造成分组的次序混乱。

与直接连接节点之间数据通信不同，通过分组交换网络实现数据传输，计算机端系统本身并不清楚分组在传输路径上所发生的一系列情况，也不了解分组是在哪一段链路上出现了问题。有两种控制方式可以实现分组网络可靠的数据传输：一种是在分组所经过的每一段链路上运行可靠的数据传输链路控制协议，确保到达端系统的数据分组的可靠性；另一种则是在网络两端的端系统上运行可靠的数据传输控制协议，网络中的交换节点只提供必要的差错校验功能，并将出现传

⊖ ATM 是一种特殊的分组交换技术，采用类似于电路交换的交换技术，能够为数据分组提供恒定的传输数据率，不同的是这种恒定带宽的数据传输并不独立占用链路带宽资源，是一种逻辑上的电路交换，我们将在后面进一步介绍 ATM 网络技术。

⊖ 这实际上是可能的，分组交换网络从源节点到目的节点都可能会存在多条路径，随着交换设备中的转发表不断动态更新，同一目的地址的转发路径在不同的时刻可能不同，结果可能发送端先后发出的分组沿不同的路径传送，并且经过不同的传输时延到达接收端。

输差错的分组丢弃。图 3-7a 和图 3-7b 分别描述了这两种控制机制的实现过程。图 3-7a 中，交换节点对于所接收的每个数据分组进行差错校验，并向转发该数据分组的前一个节点发送对分组的确认，如果某个分组出现传输差错，交换节点将继续向转发该数据分组的节点通告这种差错信息，直到发送端得到对这个出错分组的确认，再重传这个出错的数据分组。图 3-7b 使用的控制方法是，交换节点并不对校验出错的数据分组做任何处理，只是简单地丢弃这个分组，最终由该分组的接收端检查数据分组的完整性和可靠性，并由接收端负责通知发送端重新传送出错或丢失的数据分组。后一种方式也称为源节点和目的节点（端系统）之间可靠的数据传输，采用与直接连接的节点之间可靠数据传输类似的控制方法，包括差错校验、确认与重传机制、滑动窗口机制等，区别在于端系统之间可靠的数据传输控制协议运行在源节点和目的节点上，而不是中间交换节点上。TCP 是最典型的在端系统之间实现可靠的数据传输控制的协议。

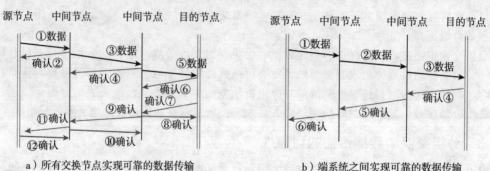

a）所有交换节点实现可靠的数据传输　　　　　　　　b）端系统之间实现可靠的数据传输

图 3-7　网络提供两种不同的差错控制机制

对于这两种方式，图 3-7a 所示在网络的每一段链路上都实现可靠传输，虽然使得出现差错的数据分组能够及早地得以修正，但同时也造成了网络中交换节点大量的额外处理负担。相比之下，图 3-7b 所示通过端系统之间的控制协议实现可靠的数据传输，大大减轻了网络中交换设备的处理负担，使其能够处理并转发更多的分组，是目前大部分分组网络所采用的可靠数据传输机制。

3.3　分组交换网资源分配策略

任何一种网络的共享资源都是有限的，所谓资源分配是指通过某种资源管理与分配机制将这些网络资源提供给用户使用，同时在用户的需求超出了网络所拥有的资源时决定是否拒绝一些用户对网络资源的使用，是采用较保守的策略在网络还没有出现超负荷时就拒绝某些用户的通信，还是在用尽了网络所有资源之后才实行这种拒绝。

电路交换的资源分配方式也称为固定资源分配方式，链路资源的固定分配可以通过各种信道复用技术实现。信道复用技术将一条通信链路划分成若干条具有相同数据率的独立子信道，这些子信道分别分配给不同的数据通信使用。分组交换采用动态的资源分配方案，根据网络中的负载和链路资源使用情况动态分配网络资源。

我们通过图 3-8 进一步理解电路交换和分组交换不同的资源分配实现机制。如图 3-8a 所示，4 个数据终端 A、B、C、D 共同使用一条通信链路进行数据传输，图 3-8b 描述了这 4 个数据终端在不同的时间段内产生数据的情况，$t0 \sim t4$ 分别表示时间间隔相同的时间周期，$t0$ 周期内终端 A 和 B 分别产生一定长度的数据，以 A_0 和 B_0 表示，而终端 C 和 D 在 $t0$ 内没有数据产生，$t1$ 周期内终端 B 和 C 产生一定长度的数据，以 B_1 和 C_1 标识，终端 A 和 D 在 $t1$ 周期内没有数据产生，等等。

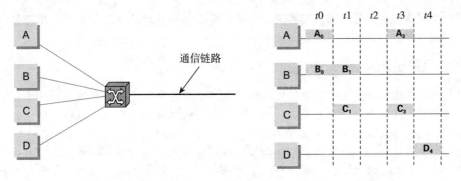

a）4个数据终端共享一条通信链路传输数据　　　b）4个数据终端不同时刻产生数据的情况

图 3-8　多个用户共享通信链路

采用电路交换时分复用的基本思想实现图 3-8 中的数据传输，数据终端 A、B、C、D 采用固定的顺序轮流使用链路传输数据。具体的实现方法是，共享链路上的数据传输以一种特殊的称为复用帧的数据传输单元进行，每个复用帧长度相同，由每个数据终端在固定位置提供固定位数的数据（如每个终端每次向复用帧提供一个字节的数据）组成。假设图 3-8b 中 t0～t4 每个时间周期分别形成一个复用帧，每个复用帧由终端 A、B、C、D 分别贡献固定位数的数据块组成，如 t0 内生成的复用帧包括数据块 A_0 和 B_0，终端 C 和 D 在这个时间段内没有数据产生，因此对应于该复用帧存放终端 C 和 D 的数据位为空。复用帧结束在复用链路上传输时，再将其中的数据位按照每个数据终端占用的固定位置提取出来分送给不同的数据传输通道，最终实现在同一传输信道上复用多个子信道。图 3-9a 描述了 t0 和 t1 周期生成的两个复用帧，由于每个数据终端产生的数据位在复用帧中的位置固定不变，因此当某个终端在相应的时间段内没有数据产生时，对应于复用帧中该数据终端的数据位也为空，这两个复用帧共能够传输 8 组数据，但只传输了 4 组，有一半的时间链路处于空闲状态。

电路交换时分复用技术将通信信道固定地分成多个独立的通信子信道，这些子信道之间不能彼此利用空闲的信道资源。分组交换打破了这种固定分配链路资源的模式，采用按需动态分配链路带宽资源的思想，通过统一的调配和管理把信道分配给当前需要传输数据的用户。基本原则是每个数据终端不独立占用固定的带宽资源，任何子信道空闲出的链路资源都可以被其他有数据传输需求的数据终端用来传输数据，这样，可以使链路资源得到更充分的利用，为更多的用户提供数据传输服务。如图 3-9b 所示，图 3-9a 中 t0 周期内由于终端 C 和 D 没有数据传输而空闲出的子

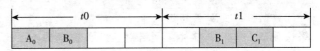

a）采用时分复用 t0 周期和 t1 周期信道的使用情况

b）采用分组交换能够充分利用所有的空闲链路资源传输数据

图 3-9　电路交换和分组交换对于链路资源的分配方式

信道资源，在图 3-9b 中被用来传输终端 B 和 C 的下一组数据 B_1 和 C_1，因此节省下来的链路资源又可以被其他有数据传输的终端占用进行数据传输，从而大大提高了通信链路的资源使用效率。

时分复用方法可以通过每个数据终端在复用帧中占用的固定位置（也称为传输信道的固定时隙）划分不同用户所传输的数据；分组交换利用链路上任何空闲的链路资源为数据终端传输数据，打破了复用帧中的固定位置，因此要求每个用户为所传输的数据块（即数据分组）添加一个地址识别标记（即每个分组需要额外的分组首部信息），这个地址标记用于说明在某个时隙中传输的数据块属于哪一个用户终端。

为适应不同的网络应用数据传输需要，分组交换提供两种最基本通信服务，**虚电路**方式和**数据报**方式。这两种方式采用不同的资源分配方法。

3.3.1 虚电路资源分配

虚电路方式采用与电路交换类似的资源分配方式，能够为每一路数据通信分配固定的链路带宽资源。不同的是这些固定资源并不被某一路数据通信独立占有，当这一路数据通信暂时没有数据传输时，空闲的链路资源可以提供给其他需要的通信所使用。例如，仍然使用图 3-9 的例子，假设网络为数据终端 A、B、C、D 分配的链路资源是每个通信周期每个数据终端能够传输一组数据，如图中的 A_0 或 B_0 等等，在保证每个终端能够得到这个链路资源的前提下，当某个终端在某个周期内没有数据传输时，空闲出的链路资源被用来传输其他数据终端的数据，因此能够为更多的用户终端提供数据传输服务。虚电路同样能够将一条数据链路复用成多个通信信道，但并非实际意义上的真实信道，而是一种逻辑信道。不同链路上的逻辑信道组成一条逻辑路径，用户数据分组通过这条逻辑路径进行数据传输，因此得名虚电路。例如，图 3-8 中的例子，采用电路交换可以将通信链路复用成 4 条子信道，为 4 路通信用户使用。而采用分组交换虚电路方式，则可以按照一定的链路分配和管理控制方法将链路分成更多的逻辑信道，如仍然提供 4 条与电路交换时分复用同等数据传输率的子信道，除此之外还可以提供多条逻辑信道，专门利用上述 4 条信道空闲出来的带宽传输数据，因而可以同时为更多的用户提供通信服务。

我们通过一个虚电路网络的实例进一步了解虚电路这种资源分配方式。帧中继网络是一种基于虚电路交换方式的分组交换网络，网络中两个交换节点之间的物理链路被分割成若干条逻辑子信道，用户能够向帧中继网络供应商预定一条具有特定带宽的虚电路传输数据，该虚电路由网络中不同链路上的逻辑信道组合构成。帧中继网络用户可以与网络供应商签订两个数据传输速率指标："承诺信息速率"和"超过突发速率"。承诺信息速率是网络在任何时刻都能够确保该用户的最大数据传输速率，当该用户单位时间内传输的数据量没有达到承诺信息速率时，空闲的带宽资源可以提供给其他的用户传输数据。超过突发速率是单位时间内该用户所能够传输的超过承诺数据量的最大额外数据量，网络在资源充足的前提下，能够为该用户提供的最大数据率为"承诺信息速率"+"超过突发速率"，换句话说超过突发速率是没有保障的，网络只能尽力为用户传输这部分额外的数据量。而对于超出两个速率的数据量，网络将丢弃。图 3-10 描述了网络对这两种速率的不同处理原则。举例来说，假如某用户预定的承诺信息速率为 128kbps，超过突发速率为 64kbps，意味着该用户能够确保以最高 128kbps 的数据率传输数据，同时，在网络有空闲的带宽资源时，将努力

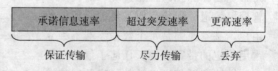

图 3-10 帧中继网络对承诺数据率和
超越数据率的处理原则

支持该用户最高 128kbps+64kbps=192kbps 数据率的数据传输需求，而对于该用户超出 192kbps 的数据量，网络将选择丢弃。帧中继用户虽然付了 128kbps 的信息速率费，却可以在网络比较空闲时使用高于 128kbps 的数据率传输数据，这也是帧中继网络能够吸引较多用户的主要原因之一。

虚电路方式打破了电路交换中的固定资源分配方式，将暂时空闲的网络资源分配给其他有需要的通信用户使用，提高了网络资源的使用效率。

3.3.2 数据报资源分配

数据报方式与虚电路方式一个重要不同之处在于，网络并不为任何数据传输分配特定的带宽资源，也不为用户承诺任何数据传输速率，所有用户的数据分组都通过自由竞争公平地共享网络中的各种资源。因此，使用数据报网络进行数据传输，不需要预先向网络申请数据传输服务，网络也不会拒绝任何数据分组的进入，所有的用户都能够公平地、完全地使用网络所拥有的资源。

当然，当进入网络中的分组过多并超出了网络的处理能力，网络会出现传输时延增大、吞吐量下降以及数据丢失等现象，这种现象严重到一定程度，使得网络不能再正常地继续工作。因此，数据报分组网络需要设置高效的控制机制来避免网络拥塞的发生，并且一旦不幸发生拥塞后能够尽快从这种拥塞状态中恢复过来。数据报分组网络中对于网络拥塞的控制方法是，当网络即将发生拥塞时，丢弃多余的分组，同时，使发送端减慢或停止继续向网络中发送数据，以缓解网络的拥塞程度。

对于网络资源的分配原则，虚电路方式采用与电路交换相似的资源分配方案，通过一种预先分配的原则将通信资源分配给相应的用户终端使用，这种预先分配要求用户终端在进行数据传输之前首先向网络提出通信请求，当网络没有足够的资源可供使用，该通信请求将被拒绝。而数据报交换方式采用完全的排队等待机制，不需要预先的通信请求，所有的数据分组公平地竞争网络资源实现数据传输，当网络中某些链路流量过高时，交换设备会为分组选择不同的路径。但如果进入网络的分组过多，也会造成传送时延增加、网络性能下降、分组丢失等后果。

接下来我们将进一步学习虚电路和数据报的实现方法，以及它们所表现出来的性能特点。

3.4 虚电路和数据报

3.4.1 虚电路方式

采用虚电路分组交换技术，网络为每一对用户通信建立一条从发送端到接收端的逻辑通路（虚电路），虚电路的建立意味着网络将为这个用户通信提供有保障的通信服务。通过虚电路交换网络进行数据通信有三个工作阶段：虚电路建立阶段、数据传输阶段、虚电路释放阶段。

1. 虚电路建立

虚电路建立很像电话网络中的电话呼叫过程，通过传输控制信令在电话呼叫端和接收端之间建立一条电话通路。虚电路网络为用户通信建立一条虚电路主要完成两个任务：一是为用户选择一条传输路径，并在路径要通过的每一段链路上分配出一条能够满足用户需求的逻辑信道，构成一条虚电路。二是在连接这些通信链路的交换节点上记录这个新建的连接状态，使得交换节点能够通过这个连接状态记录转发每个分组。虚电路网络将网络的每一段通信链路划分成若干条逻辑子信道，并对这些逻辑子信道进行标记，这种标记用于识别这段链路上不同的逻辑信道，是一个只有局部意义的逻辑信道标识符，称为虚电路标识符（Virtual Circuit Identifier，VCI）。网络按用户请求建立一条虚电路连接时，同时为该虚电路在不同的链路上分配逻辑信道，并以相应的虚电路标识符标记，同时在路径上每个交换节点上建立一条新的虚电路状态记录。此时，交换节点所维护的路径转发表表现为一个虚电路状态表，表中每条记录对应一条虚电路，记录该虚电路在这个交换节点上的输入端口 VCI 与输出端口 VCI 的映射关系，交换节点根据这种映射关系转发数据分组。

我们通过图 3-11 举例说明虚电路建立连接的过程。假设图 3-11 中计算机节点 A 和 B 之

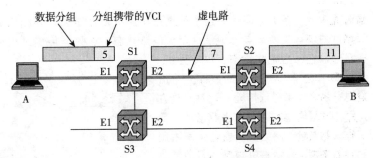

图 3-11 连接节点 A、B 的虚电路

间通过虚电路网络进行通信，网络为它们建立一条通过交换机 S1 和交换机 S2 的虚电路，包括三段链路：计算机 A 到交换机 S1、交换机 S1 到交换机 S2、交换机 S2 到计算机 B。网络为该虚电路通过的每段链路分配一个逻辑信道，并以虚电路标识符 VCI 标记，例如从 A 到 S1 段链路的 VCI

为 5，S1 到 S2 的 VCI 为 7，最后从 S2 到 B 的 VCI 为 11。注意 VCI 仅在同一段链路上保持唯一性，在不同的链路上可以重复使用。图 3-12 为建立虚电路阶段在 S1 和 S2 中建立的这条虚电路状态记录。

交换机S1建立一条虚电路记录			
输入端口	输入VCI	输出端口	输出VCI
E1	5	E2	7
交换机S2建立一条虚电路记录			
输入端口	输入VCI	输出端口	输出VCI
E1	7	E2	11

交换机的虚电路状态记录表存放着当前它的各个端口和虚电路标识符的对应关系，它的作用正如我们前面所讨论的

图 3-12 交换机 S1 和 S2 的虚电路状态记录表

每个交换设备都维护的路径转发表，交换机用这个转发表为数据分组选择输出路径，并且这种转发表中端口的连接状态记录是随着虚电路的建立和释放而增加或减少。

2. 数据传输

图 3-11 中，在数据传输阶段中，所有从 A 发出的数据分组沿着虚电路路径传输到节点 B。当网络完成虚电路的建立时，会将为该虚电路设定的第一段链路（由 A 到交换机 S1）VCI 提供给 A，图 3-11 中 A 到 S1 段 VCI 为 5，A 将这个 VCI 作为其分组的首部路径信息构建其数据分组。当 S1 从其端口 E1 接收到这个数据分组时，经过其链路状态表可以查到该分组所对应的输出端口为 E2，输出 VCI 为 7，因此将分组首部的原始 VCI 5 替换成指定的输出 VCI 7，然后从端口 E2 输出该分组。同样，当 S2 从其端口 E1 接收到 VCI 为 7 的分组时，通过 S2 中的链路状态表查到该分组对应的输出端口为 E2，输出 VCI 为 11，S2 为分组替换新的输出 VCI 之后从端口 E2 输出分组，最终使得分组到达目的地 B。

虚电路方式并不采用数据通信的目的节点地址作为选路依据，而是通过在虚电路建立阶段所设定的虚电路标识符 VCI 作为选路依据。交换节点通过其链路状态表以及分组首部的 VCI 值实现为每个分组选择输出路径，这使得虚电路对数据转发的处理速度非常快，往往可以用硬件实现。这与我们接下来将要学习的数据报方式不同。

3. 虚电路释放

当主机 A 和 B 结束数据通信时，向网络发送一个结束通信的通告。网络接收到这个通告之后，在这个虚电路路径所经过的所有交换节点上删除链路状态表中与这个虚电路相关的状态记录，从而结束这条虚电路的连接状态，释放掉该虚电路在每段链路上占用的逻辑信道资源。

网络中将虚电路这种经过电路建立、数据传输和电路释放三个阶段的连接方式称为**面向连接**（connection oriented）方式。虚电路面向连接工作过程如图 3-13 所示，节点 A 和 B 进行数据通信之前首先建立一条虚电路，为这个数据连接选择传输路径，分配所需要的资源，同时在这条虚电路所经过的所有交换节点上记录这个虚电路状态。在数据传输过程中，交换节点根据数据分组的虚电路号和它的虚电路状态表转发分组，所有属于这个数据连接的数据分组沿着同样的虚电路进行传输，面向连接方式中的数据传输也因此称为数据流。数据传输结束时，网络收回虚电路所占用的所有资源，包括虚电路所占用的链路资源、交换节点内存处理资源，以及交换节点中相应的虚电路链路状态记录。

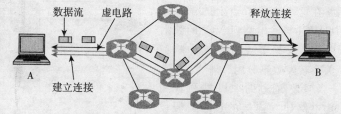

图 3-13 虚电路面向连接的连接方式

面向连接工作方式要求网络首先为数据通信完成一系列的准备工作，如前面提到的分配传输带宽并选择路径，这使得接下来的数据分组传输过程相对比较简单，同时也确定了这个数据传输

能够享用的网络资源。相比之下，我们接下来讨论的数据报交换方式采用的无连接工作方式，体现出完全不同的特点。

3.4.2 数据报方式

现在我们来看分组交换的另一种交换方式——数据报交换方式。数据报交换方式有两个主要特点：一是在数据报分组交换中，网络不会为数据通信预先分配任何网络资源。二是每个分组自身携带目的节点的完整地址信息，网络中的交换节点都维护一个与这种地址信息相关联的路径转发表，根据每个数据分组（数据报）携带的地址信息，交换节点决定从哪个端口转发相应的数据分组。

数据报交换网络中，每个数据报从源节点穿过网络传输到目标节点的过程中，都以独立的身份进入网络，由于并没有经过像虚电路那样预先对传输路径和网络资源的设定，属于同一个数据通信的数据报可能会在不同的时刻被交换节点转发到不同的路径上[⊖]，如图 3-14 所示，这意味着从发送端发出的一组数据报经过网络传输时，可能会以与发送端发出的顺序不同的顺序到达接收端。

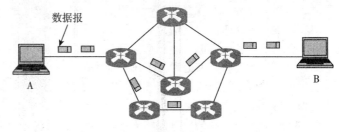

图 3-14　无连接数据报数据传输方式

原因是分组在经过不同的路径传输时，由于不同路径上的链路带宽和数据流量不同，会使用不同的传输时延。

数据报交换模式也称为**无连接**（connectionless）工作方式。与面向连接的虚电路方式相比，无连接数据报传输方式不会为所有的数据传输预先建立一个数据连接，因此也不可能为所传输的数据分配固定的带宽资源，所有的数据报可以随时进入网络等待选路和传输处理。如果某个时刻进入网络的数据量较少，网络中的分组能够以较高的传输数据率传输，反之当进入网络的数据量突然增加甚至超过网络的最大吞吐量时，分组传输数据率会降到很低，甚至会造成大量数据丢失。

3.4.3 虚电路和数据报的特点分析

虚电路和数据报为用户提供了两种不同的交换方式，以下我们对这两种交换方式从数据传输的数据率、传输时延以及可靠性等几个方面分析它们的主要特点和区别。

第一，分组交换的虚电路是一种面向连接的数据传输方式，通过数据传输之前的建立连接，能够为相应的数据传输预定所需要的链路资源，实现对网络资源的统一管理和控制。例如，有的网络能够将所传输的数据分成不同的级别，并为不同级别的数据传输提供不同的服务，如恒定数据传输速率或恒定传输时延的服务等。而数据报采用无连接数据传输方式，分组没有经过建立连接而直接进入网络，网络不能向用户提供保障传输速率或传输时延的数据传输服务，当网络流量比较低时，数据报可能会以较高的数据率进行数据传输，并以较低的传输时延到达目的节点，当网络流量相对较高时，分组的排队等待时延增加，将会导致传输时延的增加。

第二，虚电路在建立连接阶段预先为分组选定传输路径，对于接下来的数据传输，沿途的交换节点只要根据分组的虚电路标识符转发每一个数据分组，这种转发处理可以通过硬件实现以提高转发速度。数据报网络中，每个交换节点根据 IP 数据报的目的地址对其进行选路处理，IP 地址使用不同的地址位数描述其目标网络，因此要求交换节点对其进行最大匹配的选路操作，这使得几乎所有的路由器的选路处理必须借助于软件来实现，这与某些基于虚电路的网络技术如 ATM

⊖　网络中交换节点的路径转发表都需要根据网络当前运行及负荷状况进行不断的动态更新，因此对于相同的目的地址在不同的时刻，可能对应着不同的输出路径。

通过硬件实现数据转发在效率上是无法相抗衡的。

第三，采用虚电路技术的网络由于进行数据传输之前的建立连接过程，对当前的网络运行状态和趋势（如所连接的虚电路数、网络流量以及网络将会出现的情况等）都比较容易了解和控制，能够在出现网络负载过多之前预先采取相应的措施，如停止为用户建立新的虚电路，或者通过为数据分组设置拥塞标记位以通知用户虚电路出现超载，使用户减缓发送数据的速度。还有的虚电路网络能够为不同的数据分组设置不同的优先级别，当网络出现拥塞而需要丢弃部分分组时，选择级别较低的数据分组丢弃，而保证级别较高的分组通过。数据报网络本身并不为传输的数据报保持任何连接状态，也不为数据报传输预先分配相应传输资源，所有的数据报公平地通过竞争网络资源进行传输，尽管能够更大限度地使用网络中的传输资源，但网络出现拥塞时会造成分组排队时延增加甚至大量的数据丢失，采用数据报传输方式主要通过高层协议的协助来解决数据丢失的问题，实现可靠的数据传输。

综合上述，基于虚电路的交换网络对当前网络的负载情况、链路状况以及网络资源的使用和分配情况有一个较为清晰的整体了解，能够对网络的运行和资源分配进行统一的管理和控制。相比之下，数据报交换网络本身能够提供的对数据分组的管理与控制功能非常有限，除了最基本的将数据分组从源点经过转发传送到目的地，数据报方式对于分组传输的数据率、传输时延以及可靠性等都不能提供相应的质量保障。虚电路交换方式突出的是一个"智能"的网络，而数据报交换方式则更强调"智能"终端的作用，网络只完成最基本的数据报转发任务，而将提高数据转发服务质量的工作留给数据终端（端系统）去完成。

因特网采用数据报交换方式主要有几方面的原因。第一，因特网连接不同的异构网络，而在这些异构网络之间建立连接并对数据传输进行相应的管理和控制是难以实现的。并且要提供向虚电路那样能够对数据传输进行相应的管理和控制的服务质量，就意味着网络要消耗一部分资源来实现这种管理和控制操作，而影响因特网为更多的用户提供数据传输服务。第二，最初在因特网中传输的数据形式主要以文本为主，如我们常用的 Web 服务、电子邮件、文件传输等网络应用数据突发性较强，对网络传输数据的服务质量要求主要是数据的可靠性。这种需求正好迎合了因特网的基本设计思想，即让核心网络实现最基本、最简单的工作，网络节点路由器根据 IP 数据报的目的地址查找路径转发表，并向它的下一跳（hop）路由器转发数据分组，而把对数据传输的可靠性保障的任务交给网络的边缘节点端系统来完成。例如，利用端系统上运行的因特网传输控制协议 TCP 能够对因特网中传输的 IP 数据报出现的传输差错加以修正，最终实现端系统之间可靠的数据传输服务。除了能够提供数据传输的可靠性保障，TCP 还能够根据网络的负载状况调整发送端发送数据的时间间隔，当网络负载过高而出现某种程度的拥塞时，适当减缓发送端向网络发送数据的流量，以免更多的数据在网络中被丢弃。

3.5   分组交换网络提供的服务质量

服务质量（Quality of Service，QoS）从网络的角度来看，是网络对数据传输能够提供更好服务的能力，QoS 由一些网络服务性能质量参数来描述，例如，我们前面所讨论的分组在网络中的传输数据率、传输时延、时延稳定性、传输误差率等等。

正如我们在 3.4.3 节所讨论的，因特网采用无连接的数据报传输模式，并不能对数据传输数据率、传输时延、时延稳定性、传输误差率等性能提供质量保障，也就是说因特网只能按照当前网络的传输能力为用户提供数据传输服务，可以说是一种"尽力而为"（best effort）的数据传输服务。

对于数据传输，什么样的服务质量更好？这主要看网络应用的特点，同时还要考虑网络的复杂性以及传输费用等方面的因素。例如，在网络中传输一个文件，我们希望能够最快地将文件从发送端传送到接收端，至于是否能够以恒定的数据率传输这个文件并不重要，如果当前网络流量比较小，这个文件可能以较高的数据率用较短的传输时延传送到接收端，反之则可能以较低的数据率经过较长的传输时延,这对于文件传输来说并没有太大的影响。显然,因特网"尽力而为"式的传输服务能够很好地完成上述文件传输的任务。然而,对于音频或视频数据传输,基本要求是网络能够提供稳定的数据传输速率,使描述音频或视频原始数据的每个数据分组能够以恒定的传输时延从发送方传输到接收方,最终实现实时播放。例如,我们通过因特网收看某个视频直播节目,对收视效果的基本要求就是播放器能够以稳定的时间间隔每秒钟连续播放一组图像,形成运动图像的视觉效果(为简单起见我们省去对声音的处理)。提供视频直播服务的服务器以相应的压缩格式对原始视频信号进行压缩处理形成数据分组,并以固定的时间间隔连续发送这些数据分组。如果这些分组通过因特网数据报方式传输,每个分组从视频服务器到客户端的传输时延会随着当时网络的负载变化而变化,从而导致这些数据分组会以完全不同的时间间隔到达客户端,如图 3-15 所示。这种从发送端到接收端数据传输时延不稳定的现象也称为**传输时延抖动**,当传输时延抖动超出了一定的范围时,播放效果将会受到较大的影响。当然,因特网传输数据分组也会有丢包的问题。

图 3-15 采用数据报传输方式引发的时延抖动问题

随着因特网应用技术的不断发展和进步,因特网中的应用逐步从单一的文件传输扩展到各种丰富多彩的多媒体应用,如视频电话、网络电视、视频点播和直播等等,这种变化对因特网的服务质量提出了新的挑战。

无连接的因特网仅提供"尽力而为"的数据传输服务,提高因特网的服务质量以适应多媒体数据传输需求,成为在因特网中扩展多媒体网络应用的关键问题。目前主要存在两种解决方案,一种是保持现有因特网服务模式,通过端系统上运行的高层协议和应用程序来提高因特网数据报传输的服务质量。另一种方案是改变因特网"尽力而为"的服务模式,引入能够支持 QoS 的一些控制机制。例如,以提高互联网服务质量为核心的 Internet II 以及 NGI(Next Generation Internet)的各种研究机构相继成立,目的在于研究能够提供高速宽带以及满足多种业务需求的下一代互联网解决方案。IETF 也成立了专门的工作小组以提供互联网的服务质量定义及相关标准。

对于前一种方案我们将在第 7 章专门介绍多媒体网络应用时进一步深入讨论。主要包括在端系统上采用媒体实时传输协议 RTP(Real-time Transport Protocol)传输多媒体数据,RTP 数据分组中的时间戳字段能够让接收端以数据产生的时间间隔播放媒体,这需要先将接收到的数据分组缓存起来,在缓存并积累了一定数量的分组之后,再通过多媒体数据分组所携带的时间戳信息实时地播放媒体。另外,也可以通过采用不同压缩比的压缩技术传输媒体数据,以调整发送数据量。除此之外,因特网组播技术也是多媒网络应用中常用的技术。

对于后一种解决方案,改进因特网服务模式,使其能够除了提供简单的"尽力而为"服务以外,同时还能够支持一些 QoS 的控制机制,目前尚处于研究阶段。因特网研究人员提出了多种方案,基本原则都是强调能够依然保持因特网一直追求的简单性。IETF 提出的综合服务(IntServ, RFC 1633、RFC 2210)和区分服务(DiffServ, RFC 2474、RFC 2475)是比较典型的两种实现因特网 QoS 的技术方案。

综合服务 IntServ 的基本思想是在数据报传输中引入资源预留的控制机制,提供端到端的数据传输服务质量保证。IntServ 定义了 3 种不同级别的数据传输服务类型:保证型服务(保证数据传输的数据率和时延稳定)、控制负载型服务(类似于在负载较轻的网络中实现尽力而为的数据传输服务)、尽力而为型服务(即当前因特网所能够提供的数据传输服务)。为了实现这种端到端的服务质量保障,数据传输之前首先在端系统之间建立一条有服务质量保证的连接,在途经的所有路由器上预留出一定的数据传输资源。类似于虚电路网络的工作方式，每个路由器设置路径状态表，记录并标识当前每个预留的数据流，并依据所定的资源转发数据分组。这要求每个路由器具有对资源进行控制和管理的机制，例如，为了实现上述 3 种不同类型的数据传输服务，要求每个网络节点要设置不同优先级别的缓存队列，并且对于这些不同级别的缓存队列采取不同的处理策略和丢弃策略等等。IntServ 的缺点是实现起来过于复杂，例如，为每个数据流建立连接状态会造成某些路由器特别是主干路由器的路径信息状态表过于庞大，而影响对数据转发的处理速度，因此目前比较成形的范例并不多。

　　针对 IntServ 的复杂性，区分服务 DiffServ 为提高因特网服务质量提出了更简单并且扩展性比较强的策略。DiffServ 的基本思想是，不单独为每个数据流建立连接并预留资源，而是将每一种服务类型的数据流集成在一起，网络统一对不同类型的数据流提供不同的数据传输服务。具体实现方法是，每个数据分组首部携带一个服务类型字段，在与用户网络相连的边缘路由器上依据这个服务类型字段对数据分组进行分类，并为每一类型指定一个类型标志代码，这样核心网络中的路由器可以根据数据分组的类型标志代码决定接下来的转发等一系列操作，实现对不同的业务类型提供不同的 QoS 保障。DiffServ 同样要求每个路由器要设置不同服务类型的缓存队列，并对这些不同级别的缓存队列采取不同的处理策略和丢弃策略，例如，在网络出现拥塞时首先保证要求实时传输的多媒体数据类型的通过，而丢弃其他基于文件传输的数据分组。

　　因特网中的服务质量保障可以说是当前因特网最热门的研究主题。与这个主题相关的研究还包括队列调度管理、拥塞控制、流量均衡、资源预留技术等等。以上我们仅仅对综合服务和区分服务的基本思路做了简要的介绍，读者如果对因特网服务质量相关的技术研究有兴趣，可以通过参考相关文献进一步学习。

　　我们将在下一节介绍几种目前广泛使用的传输网络，这些传输网络基于不同的交换技术，为不同需求的用户提供各不相同的数据传输服务。

3.6　几种交换网络技术

　　这一节我们将介绍几种目前较为广泛使用的交换网络技术，它们有的采用电路交换方式，也有的采用分组交换方式。其中每一种网络技术都包含了非常丰富的技术内容，很多书用了整本书或者相当的篇幅来阐述这些网络技术，这里我们的主要关注点是这些网络技术在计算机网络中的应用，以及它们和因特网的互联关系，而对于实现这些交换网络所涉及的其他技术知识不做更详细的讨论。

3.6.1　基于电路交换的传输网络

　　电话网络 PSTN 可以算是最早使用的交换网络，主要用于交互式电话语音数据通信。电话网包括本地电话网、长途电话网和国际电话网等多种类型，是业务量最大和服务面最广的电信网络。电话网经历了由模拟信号传输到数字信号传输的演变，目前除了仍有部分从电话机到本地电话网之间的传输采用模拟信号传输外，绝大部分电话网络已实现数字化数据通信，公共电话网络示意图如图 3-16 所示。

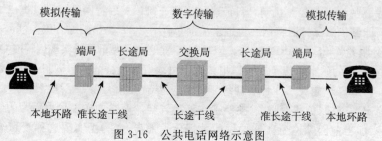

图 3-16　公共电话网络示意图

电话网络采用电路交换技术，网络为每一路通话分配固定的64kbps带宽资源，通话双方在通话过程中独立使用这个带宽资源进行数据通信，直到通话结束。之所以确定为64kbps，是因为人类的语音可以用频率范围0～4kHz之内的模拟信号表示，电话网络在进行语音数据传输时，首先要将这个频率范围内的模拟信号转换成数字信号。将一种连续变化的模拟信号转换成数字信号主要经过三个阶段：采样，即以一定的时间间隔对模拟信号进行抽样；量化，对这些抽样的脉冲信号进行数字化；编码，用二进制代码表示这种量化的数据。根据**奈奎斯特采样定理**（Nyquist Theorem）⊖，必须以高于被检测信号的最高频率两倍以上的速率进行取样，才能从数字化的脉冲信号中真实地重建原始信号波形。因此，对于频带为4kHz的语音信号，以这个频率的2倍作为抽样速率，即按每秒钟8000次的速率进行抽样，可以保证语音信号的质量。如果用8个比特来表示每个采样脉冲的数值，则每秒钟将需要传输8000×8＝64000比特的二进制数据，即数据率要求为64kbps。电信系统将这种对语音信号进行数字化的技术称为脉冲编码调制（Pulse Code Modulation，PCM）。

PCM编码定义了一路电话通路将需要占用64kbps固定带宽实现数据传输。为了有效地利用传输线路，通常采用时分复用技术将多个话路的PCM编码复用在一条传输线路上，从而实现更高数据率的数据传输。图3-16中，电话网长途干线相对本地环线显得更粗一些，就意味着这些长途干线汇集了大量的本地干线，具有更高的数据传输速率。国际电信通信联盟标准化组织国际电报电话咨询委员会CCITT为统一电信网络的电话传输规范，制定了电话系统时分复用传输标准。T1载波系统和E1载波系统是电话网络系统中的两个标准，T1系统被广泛地使用在北美地区，E1系统为欧洲和部分亚洲地区使用。T1和E1标准均以64kbps为基本传输数据率，T1标准定义了复用24路64kbps数据率的复用规范，E1标准定义了30路64kbps的复用规范。图3-17以T1标准为例，描述了T1系统的复用原理。

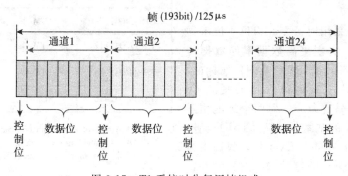

图 3-17　T1 系统时分复用帧组成

一个T1电路复用24路64kbps数据率的普通话路，实现总数据率为1.544Mbps的传输带宽。在T1电路上传输的数据以T1复用帧为传输单位，注意，这里的复用帧不同于第2章讲的数据链路层数据传输使用的数据帧。复用帧是电路交换数据传输使用的传输单位，包含数据净负荷、同步控制信息以及用于数据传输的管理信息。如图3-17所示，T1系统将传输一个复用帧的时间划分为24个相等的时隙，每个时隙传输8比特数据，其中7比特用作某一个话路的一个PCM编码，1比特作为该话路的同步码，再加上每个T1帧用1比特作为这一帧的帧同步码，一个T1复用帧包含24×8+1＝193比特数据。按照每一路话路64kbps的数据率（每秒钟传送8000个字节），T1电路要求每秒钟传送8000个T1帧以使每个话路保持64kbps的传输速率。因此PCM编码一次群T1电路的数据率为8000×193＝1.544Mbps。在T1复用端，24路被复用的电路按照固定的顺序依次向T1帧中填充8比特的数据，T1电路分用端再按相同的顺序分离这些比特，并将它们还原成每个话路的传输数据块。

当需要更高的数据率时，可以采用时分复用技术将多个低速线路复用成一个更高速线路。例

⊖　奈奎斯特采样定理的相关内容请参阅《数据与计算机通信》，William Stallings 著。

如，4 个 T1 电路可以复用成一个 T2 电路，构成 6.312Mbps 的传输线路。图 3-18 给出了 E 系统和 T 系统复用线路数据率，以及复用线路能够传输的话路数。

欧洲体制	符号	E1	E2	E3	E4	E5
	话路数	30	120	480	1920	7680
	数据率（Mbps）	2.048	8.448	34.368	139.264	656.148
北美体制	符号	T1	T2	T3	T4	
	话路数	24	96	672	4032	
	数据率（Mbps）	1.544	6.312	44.736	274.176	

图 3-18 E 系统和 T 系统数字传输复用规范

同步光纤网络（Synchronous Optical Network，SONET）和同步数字系列（Synchronous Digital Hierarchy，SDH）是一组同步数据传输的标准协议。SONET 首先在美国发展起来，由一整套分等级的标准数字传送结构组成，成为美国国家标准化组织（American National Standards Institute，ANSI）颁布的国家标准。1998 年，国际电报电话咨询委员会 CCITT 接受了 SONET 的概念，并在其基础上制定了同步数字系列标准 SDH，使之成为不仅适用于光纤传输，同时也适用于微波和卫星传输的通用技术体制，成为数字传输体制上的世界性标准。

SONET/SDH 采用时分复用 TDM 技术复用多路低速电路，实现更高数据率的数据传输。图 3-19 为 SONET/SDH 定义的传输标准，数据率从 51.84Mbps 直到每秒几千兆。SONET 和 SDH 规范略有差异，但两个标准相互兼容。例如，SDH 的基本单位为 STM-1（Synchronous Transport Module level 1），数据率为 155.52Mbps，SONET 的基本单位是 STS-1/OC-1（Synchronous Transport Signal/Optical

SONET	SDH	比特率（Mbps）
STS-1/OC-1		51.84
STS-3/OC-3	STM-1	155.52
STS-12/OC-12	STM-4	622.08
STS-24/OC-24	STM-8	1244.16
STS-48/OC-48	STM-16	2488.32

STS：Synchronous Transport Signal，同步传输信号
OC：Optical Carrier，光载波
STM：Synchronous Transport Module，同步传输模块

图 3-19 SONET/SDH 数据系统标准

Carrier level 1），数据率为 51.84Mbps，而 3 路 STS-1/OC-1 复用在一起的数据率为 3×51.84Mbps = 155.52Mbps，可以复用成一个 STS-3/OC-3 或者一个 STM-1。SONET 标准和 SDH 标准可以用于汇集多条低速 T1 系统或 E1 系统线路，如一个 STS-1 线路可以复用多条 T1 和 T3 线路。因此，SONET 与 SDH 相互兼容的意义是最终使得北美地区使用的 T1 系统与欧洲及亚洲部分地区使用的 E1 系统得以统一。我国的数字数据传输平台规模主要采用 SDH 标准。

以上我们介绍了基于电路交换的几种传输网络技术标准，这些网络通过时分复用技术实现不同数据率的数据传输。这些电信网络构成数据通信的基础设施，早期主要用于电话系统的语音数据传输，随着计算机数据传输需求的高速增长，电信网络中数据传输的业务量也越来越大。

在这一章一开始，我们就分析了计算机数据的业务特点主要是突发性较高，并且要求较高的传输速率，现有的电路交换数据传输技术并不能完全适应计算机数据传输的需求，如何将这些基于电路交换的基础传输网络用于计算机数据传输呢？网络研究人员提出了分组交换的技术思想，事实上，采用分组交换技术进行计算机数据传输并不脱离现有的基础传输网络，而是以这些基于电路交换的传输网络为底层传输技术，并在此基础上构建不同的分组交换技术。从网络体系结构来看，基于电路交换的数据传输网络用于传输计算机数据分组时，可以看成是分组数据传输的底

层技术，即物理层。例如，SONET 传输系统中，一个 STS-1 帧由纵向 9 行和横向 90 个字节组成，每个字节 8 比特。每个 STS-1 帧结构由净负荷、管理单元指针和帧同步位组成，如果使用 SONET 系统 STS-1 线路传输计算机分组数据，就要将计算机数据分组传输采用的数据链路帧（如我们曾经讨论过的 PPP 点到点数据链路帧）填入 STS-1 中的净负荷区域中，使得 STS-1 线路一部分时隙成为承载某种分组传输的底层技术。

3.6.2　基于分组交换的网络

分组交换网络采用分组形式进行数据传输，每个分组携带相应的分组地址信息和传输控制信息，分组交换节点通过这些信息转发数据分组，并在交换节点之间通过不同的传输控制协议，实现不同技术的分组数据传输。典型的基于分组交换技术的传输网络有 X.25 分组交换网、帧中继交换网络、异步传输模式以及因特网等等。

1. X.25 分组交换网

分组交换网 PSPDN 是一种以虚电路分组交换技术为基础的大型公共分组交换数据网络。CCITT 提出的 X.25 建议（也称 X.25 协议）定义了 PSPDN 网络中数据终端设备（Data Terminal Equipment，DTE）与数据电路终端设备（Data Circuit-terminal Equipment，DCE）之间的接口标准，DCE 可以理解为分组交换网络的入口和出口交换设备，分组交换网 PSPDN 也简称为 X.25 网络。如图 3-20 所示，数据终端设备通过 X.25 网络进行数据通信时，按照 X.25 协议规范与 X.25 网络交换设备 DCE 进行数据连通。X.25 协议包括 3 个协议层次：物理层、数据链路层和分组层。

图 3-20　数据终端通过 X.25 网络实现数据通信

- 物理层，X.25 物理层定义了 DTE 和 DCE 之间的电气接口，以及建立物理传输通路的过程规范。正如我们讨论过的计算机网络体系结构中物理层的特点一样，X.25 网络物理层并不涉及传输数据的具体内容，只是提供一条信息传输通道，即物理链路。
- 数据链路层，X.25 网络数据链路层是在物理层提供的传输通道上实施数据传输控制。X.25 协议是在物理链路传输质量还比较差的情况下开发出来的，为了保证数据传输的可靠性，X.25 数据链路采用 HDLC 高级数据链路控制规程的一个子集，实现 DTE 与 DCE 之间可靠的数据传输。这意味着 X.25 链路控制协议对传输数据帧提供完全的差错控制机制，包括差错校验、确认重传、流量控制等等。这种复杂的差错校验机制虽然使 X.25 的传输效率受到了限制，但却为用户数据的可靠传输提供了很好的保障。
- 分组层，X.25 分组层的主要功能是为用户数据传输建立虚电路连接，并在相应的虚电路上转发并传送数据分组。X.25 网络可以在一条物理链路上同时开放多条虚电路，并且这些虚电路能够按照动态时分复用的方法划分，允许多台终端设备同时使用高速的数据通道，以充分利用传输网络的传输能力和交换资源。

作为最早的分组交换技术，X.25 网络的主要特点是，能够提供不同速率的数据分组传输服务，实现可靠的数据传输，而这种可靠的数据传输服务同时也限定了网络所能够达到的数据率，能够提供的典型数据率在 64kbps 以下。

X.25 网络可以为用户提供多种数据业务传输服务，例如，它可靠的数据传输服务能够为银行系统主机与在线信用卡机之间的数据传输提供很好的可靠性保障。X.25 网络也可以为用户终端提供接入因特网服务，或作为专用线路互联分布在不同地域的局域网。当通过 X.25 网接入因特网时，X.25 网作为因特网的数据链路，因特网数据报在 X.25 网络传输时要封装成 X.25 网的分组格式，如图 3-21 所示。

基于 X.25 分组交换技术的分组交换网能够有效地控制并修正数据传输过程中出现的差错，虽然各种错误检测和相互之间的确认应答浪费了一定的带宽，增加了报文传输延迟，但这对早期可靠性较差的物理传输线路来说，不失为一种提高分组传输可靠性的有效手段。随着光纤越来越普遍地作为传输介质，传输出错的概率越来越小，这种情

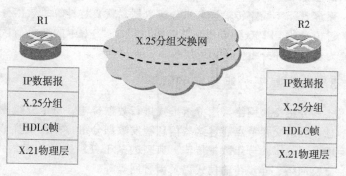

图 3-21 X.25 网络作为因特网数据链路层

况下再重复地在网络中各个链路上实施差错控制，便显得过于冗余和浪费带宽，并且也大大增加了数据传输的延迟。X.25 分组交换技术较适合在传输速率要求不高的远程数据通信中使用。

2. 帧中继网络

帧中继(Frame Relay，FR)是在 X.25 的基础上发展起来的分组交换技术，帧中继又称快速分组交换。帧中继网络在链路上不执行差错控制和流量控制，而是把它们留给数据终端的高层去处理，从而减少了传输网络的处理时延，提高了数据传输速率。帧中继提供了数据链路层和物理层的协议规范。目前帧中继的主要应用之一是局域网互联，能够提供最高 2Mbps 的数据传输速率。

3. ATM 网络

前面多次提到 ATM 网络，最初设计 ATM 传输模式的目标是要实现各种不同需求的数据传输业务，包括语音传输、数据传输、图像传输以及未来会需要的其他类型的传输服务需求，为了实现这一目标，ATM 传输模式对用户的应用进行分类，能够针对不同的应用提供不同的数据传输服务，并通过相应的控制和管理机制来保证用户需要的各种数据传输服务质量。

ATM 网络能够提供 4 种不同类型的网络服务：

- 恒定比特率(Constant Bit Rate，CBR)，这种数据传输服务的主要对象是实时性要求较高的数据传输，如电话语音数据传输等，当网络出现拥塞时，ATM 选择将其他类型的数据分组丢弃，而保证这种类型的数据分组通过；
- 可变比特率(Variable Bit Rate，VBR)，适用于视频会议、视频点播等等；
- 可用比特率(Available Bit Rate，ABR)，主要用于带宽范围比较稳定，但突发性较强的计算机数据传输业务；
- 未指定比特率(Unspecified Bit Rate，UBR)，对数据传输不作任何承诺，服务类型很像另一种分组交换方式，即数据报传输方式。

ATM 网络并没有像设计者预期的那样能够取代其他网络，成为主流的传输技术。主要原因是，ATM 可以提供多种类型的通信方式以及服务质量的保证，这在很大程度上增加了 ATM 网络管理系统的复杂性；ATM 网络所要求的 ATM 信元传输格式与已经广泛使用在因特网和局域网(以太网)中的 IP 数据报传输格式不同。

ATM 交换方式也属于快速分组交换，但它同时还能够提供像恒定传输速率等类似电路交换的数据传输服务，所以 ATM 交换方式通常又被看作是电路交换和分组交换方式的结合。

3.6.3 因特网互联各种网络

因特网是规模最大的分组交换网络，它通过 TCP/IP 协议将各种采用不同网络技术的数据网

络相互连接，使得任何运行 TCP/IP 协议的数据终端都可以通过不同的网络接入因特网。因特网采用无连接的数据报分组交换方式传递数据分组，提供一种最基本的尽力而为的数据转发服务，力求最大限度地提高因特网转发、传递数据分组的能力，将所有保障数据传输质量的工作留给数据终端的高层去处理。

以下我们简要说明因特网数据报传输的物理层技术和链路层技术，即因特网路由器之间的数据连接结构。对于路由器对 IP 数据报的选路和转发等技术细节，我们将在接下来的章节继续讨论。

因特网路由器之间的连接可以由直接连接的物理线路构成，例如，我们前面所介绍的 SO-NET/SDH 网络、T1 载波系统、E1 载波系统等都可以作为因特网路由器之间的传输链路。当采用这些直接连接的物理链路连接因特网路由器时，必须配置相应的数据链路技术，作为因特网数据报和物理传输链路之间的数据接口，第 2 章介绍的点到点链路协议 PPP 是这种物理链路最普遍使用数据链路协议，如图 3-22 所示。

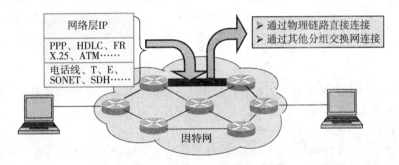

图 3-22 路由器之间的数据链路

因特网路由器之间的数据连接同样可以由基于某种分组交换技术的网络实现，除了我们通过图 3-21 讨论的通过 X.25 分组交换网络的虚电路构建因特网路由器之间的传输链路，还可以使用其他的分组交换技术，如帧中继传输网络或 ATM 网络等都可以作为因特网路由器之间的数据连接，如图 3-22 所示。当采用另一种分组交换网络来传输因特网数据报时，一种实现方法是将这种分组交换技术作为因特网的数据链路层，因特网数据分组在这种分组交换网络的入口交换设备上被重新封装成该网络要求的传输格式，并以这个数据格式和网络所要求的传输规范在网络中传输，同样，在网络出口交换设备上分组被重新恢复成因特网数据报；另一种实现方法是连接因特网路由器的其他分组网络并不单单作为路由器之间的数据链路，而是作为一种网络参与对 IP 数据报的路由选择，例如，利用 ATM 网络传输 IP 数据报并参与 IP 数据的路由转发，由于 ATM 的选路机制更优于普通因特网路由器，因而可以大大提高因特网的网络性能。目前，这方面的代表技术之一是多协议标签交换技术 MPLS(RFC 3031)。

由 IETF 提出的 MPLS 并不限于某一种分组网络，但最典型的应用是基于 ATM 网络传输 IP 数据报。3.4.3 节中我们讨论过，基于虚电路交换模式的网络，交换节点依据分组的虚电路号转发分组，其转发效率要远远高于因特网中路由器采用 IP 地址最长匹配的方法转发分组。MPLS 的基本思想是将因特网数据报的地址转换成类似于虚电路号的一种标签，使得这种具有标签的数据分组在 MPLS 网络中传输时，通过一种具备因特网路由器和虚电路交换机双重功能的交换设备依据分组的标签快速转发数据分组。MPLS 技术被用于因特网主干网数据传输，能够提供一种快速而又灵活的数据转发机制；同时，引入 ATM 交换技术的 QoS，能够提高因特网的网络服务质量，为用户提供多样化的数据传输服务。

MPLS 的实现原理有两个特点，第一，IP 数据报在进入 ATM 网络之前并不需要 IP 地址与ATM 交换机地址的映射，而是为 IP 数据报添加一个标签，这个标签用来规定一个分组通过网络的路径。第二，ATM 网络中的交换机能够根据标签决定分组的路径，并转发分组，分组离开网络时再将标签去掉，恢复原来的 IP 数据报。如图 3-23 所示，MPLS 网络由标签边缘路由器（Label Edge Router，LER）和核心标签交换路由器（Label Switching Router，LSR）组成。LER 的作用是分析 IP 数据报首部信息，决定相应的传送级别和标签变换路径（Label Switching Path，LSP），并为分组设置相应的标签；LSR 的作用可以看作是 ATM 交换机与传统路由器的结合，由控制单元和交换单元组成，控制单元负责在 LSR 中建立路由表和标签的映射表，交换单元则对所接收的分组依据其标签进行转发；在 MPLS 出口的 LER 上，将分组中的标签去掉后继续进行转发。

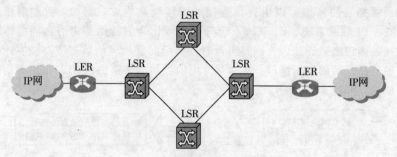

图 3-23　MPLS 网络示意图

　　与传统 IP 转发不同，MPLS 不需要对数据分组首部的目的地址进行最长匹配，只需用较为简单的算法对标签进行匹配检索，从而可以提高转发效率，这种标签的匹配运算在 ATM 交换网络中可以通过具有类似功能的交换硬件来完成。

　　以上我们简单讨论了因特网数据报传输的物理层技术和链路层技术，而对于因特网网络层技术实现，即因特网路由器的选路原理和数据转发操作等技术细节未有涉及，它们将是第 5 章网络互联所研究的重点。对于因特网数据报交换方式在出现高突发性数据时，所造成网络各部分负荷分布的波动以致网络拥塞的处理措施，我们将在第 6 章讨论。第 7 章我们将讨论为提高因特网服务质量，实现多媒体网络应用，在端系统上能够采用的一系列多媒体应用技术。

3.7　小结

　　这一章我们主要从数据交换技术的角度研究了几种网络传输系统，我们学习了基本的交换技术：电路交换和分组交换。基于电路交换的网络为数据通信分配固定的且独立使用的链路带宽资源，直到通信结束。分组交换的基本思想是动态分配网络资源，数据以分组的形式在交换节点上通过存储、等待、转发的过程被移动到下一个交换节点。

　　我们讨论了两种典型的分组数据交换技术：虚电路交换和数据报交换。采用面向连接的虚电路交换方式，网络预先为数据通信选择路径并分配一定的网络资源，使得数据在传输过程中能够在一定程度上使用和支配这些资源，直到通信结束。使用无连接的数据报分组交换网络，所有的数据分组没有预先的资源分配和选路处理，数据分组在交换节点上参加排队等待转发。虚电路分组交换网络的代表技术有 X.25 网络、帧中继网络以及 ATM 传输模式等，基于数据报交换方式最典型的网络技术是因特网网络互联模型，除此之外，我们下一章学习的局域网技术也采用无连接的数据报工作模式。

　　这一章我们提出了传输网络的服务质量问题，并分析了不同的网络应用对传输网络所提供服务质量的不同需求。因特网采用无连接数据报交换方式，提供"尽力而为"的数据传输服务，并不能够对所传输的数据提供服务质量保障。如何提高因特网的服务质量，使其能够实现各种类型的多媒体网络应用是网络技术的研究热点，目前主要存在两个基本的研究方向，一种是改变因特网体系结构，使其能够提供一部分的服务质量；另一种是保留当前的因特网服务模式，在端系统上采用相应的技术来提高因特网的服务质量。我们将在第5、6、7章中涉及与后者相关的技术。

　　这一章的最后，我们列举了几种典型的传输网络技术，以电路交换为基础的 T1 和 E1 载波系统以及 SONET/SDH 同步数据传输系统，这些传输系统通常作为计算机数据传输的底层技术，构成计算机网络的物理层。作为分组交换的虚电路传输方式，X.25 是较早的分组交换技术，通过链路层完全可靠的数据链路传输控制协议，实现可靠的数据传输。最后我们介绍了使用数据报传输方式的因特网数据传输技术，并从网络技术的角度阐述了因特网物理层和数据链路层的技术实现。

练习题

3.1　解释电路交换和分组交换的本质区别。电路交换与虚电路交换有什么类似的地方？

3.2　电路交换时分复用中的复用帧，与第 2 章谈到的数据链路帧是完全不同的概念，请解释。

3.3　解释分组交换的虚电路方式和数据报方式。分组交换机和路由器使用不同的信息对分组进行转发(虚电路号和 IP 地址)，它们在具体实现过程中有什么不同？

3.4　继续上题的讨论，利用 3.3 题的结果，谈谈你怎样理解同样是分组交换设备，为什么一个称为交换机，另一个称为路由器？

3.5　什么是网络拥塞？为什么会发生网络拥塞？虚电路和数据报传输都会出现网络拥塞吗？怎样应对网络拥塞？

3.6　基于虚电路交换方式的网络会有分组丢失吗？为什么？

3.7　请举例说明什么是面向连接和无连接方式。

3.8　当我们谈到网络的服务质量时，通常指分组在网络中的传输数据率、传输时延、时延稳定性、传输误差率等等。请讨论 IP 网络提供的服务质量。

3.9　解释什么是恒定比特率和可变比特率，什么是恒定传输时延和可变传输时延，这些特性对不同的网络应用有什么影响。

3.10　通常将突发性较强的计算机数据称为块模式数据，而将多媒体数据称为流模式数据，讨论块模式数据和流模式数据对传输网络服务质量的不同要求。

3.11　为什么将因特网设计成尽力而为的服务模式，这种服务模式适合什么样的网络应用？如何在现有的因特网上实现流模式网络应用？提出相应的解决建议。

3.12　如何改进因特网来适应于流模式的应用，提出几点措施。

3.13　X.25 网络提供可靠的数据链路，意味着网络能够保障数据分组在传输过程中的可靠性，那么终端还需要再进行校验吗？终端是否还需要进行差错控制？

3.14　第 2 章我们讨论的数据的分帧，实际上也是一种数据的分组，试述本章所讨论的分组与第 2 章的分组在技术思想上的异同(或者说目标追求上的异同)。

第 4 章

局域网技术

局域网（Local Area Network，LAN）是在企业机构内部一定的地域范围内，例如一幢办公楼或者一个业务部门内部，为实现资源共享将一些计算机设备直接连接的网络。这些直接连接的设备可以是用户桌面机、服务器、工作站，或者打印机等。共享资源包括信息资源、传输链路资源以及设备资源如文件服务器或打印机等。构建局域网的另一个目的是能够使连接在局域网上的计算机以及局域网所提供的共享资源与外界隔离，一个局域网可以对外部计算机访问内部资源设置一定的访问权限。

局域网上的设备之间可采用不同的方式互联，网络中将节点之间相互连接的结构称为网络**拓扑结构**，图 4-1 描述了局域网几种典型的连接拓扑结构：总线型、星型和环型结构。总线型局域网连接结构中，网络中所有计算机节点通过一条共享物理链路相互连接；星型结构中各节点通过某个中心设备相互连接；而环型结构中每个节点通过点到点的链路与相邻节点连接，每个节点首尾连接构成一个环。局域网最基本的特征是，网络中的各个节点使用共享通信链路进行数据通信，这种共享链路也称为**多点接入**连接方式，与**点到点**连接方式最大的不同是这种连接方式存在节点对共享链路资源的争用问题。我们曾经在 2.5 节简要地阐述了网络中传输介质访问控制的几种基本策略，目前在局域网环境中使用最为普遍的介质访问控制机制是以太网的随机介质访问控制。

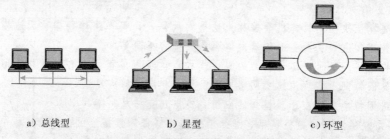

a）总线型　　　　　　　　b）星型　　　　　　　　c）环型

图 4-1　几种局域网拓扑结构

以下我们首先解释几个经常提到的与局域网相关的术语。**校园网**或**园区网**通常指一所大学（或机构）将不同院系和部门在不同的楼群或园区中构建的局域网连接起来形成的网络，一方面实现覆盖整个校园范围的通信资源、计算资源、存储资源以及信息资源共享，另一方面限定外部用户对这个网络特定资源的访问和使用，同时也限定内部用户对外界的访问。园区网由园区范围内不同的局域网通过局域网交换机或路由器互联构成。

相对作用空间范围有限的局域网，网络中将作用范围为几十到几千公里，甚至整个世界的网络称为**广域网**（Wide Area Network，WAN）。广域网是由一些大型电信运营公司铺设并建立的基于不同网络技术的传输网络，这些网络覆盖大多城市以至整个国家，作为公共数据传输设施为不同的用户提供数据传输服务。因特网已经把全世界大多数国家和地区的计算机以及信息资源连接起来，形成了一个遍布全世界的、最大的广域网。

上面提到的局域网、园区网和广域网主要从网络所覆盖的地域范围来描述不同的网络。另外还有两种网络也经常被提到，**内联网**（intranet）和**外联网**（extranet）。内联网和外联网主要是从管理或归属这个层面来描述一个网络，内联网是以 TCP/IP 为核心协议，将机构或学校内部不同部门构成的局域网互联而形成的网络，这些局域网可能局限在园区范围内，也可能跨越不同的地理区域，内联网上的各种资源主要供机构内部用户使用。外联网则是一种通过广域网数据传输技术使机构的内联网与其客户或其他一些有业务关系的机构网络相连，为完成某些共同的合作目标而构建成的网络。严格地说，外联网是通过公用网络设施互联内联网，实现在一定信任范围内的资源共享。

这一章我们以目前最为广泛使用的以太网（Ethernet）为主线，学习局域网的几个关键技术，包括局域网共享传输介质访问控制技术，局域网交换机的实现原理，以及局域网通过交换设备相互连接的技术。我们还将介绍一种特殊的局域网技术：无线局域网（Wireless LAN，WLAN），讨论它的技术特点和实现原理。

4.1 局域网概述

4.1.1 局域网发展历史

局域网起源于以太网。以太网技术的核心思想则起源于 20 世纪 70 年代夏威夷大学的一个实践。当时，为了把该校位于 OAHU 岛上校园内的 IBM 360 主机与分布在其他岛屿和海洋船舶上的读卡机和终端连接起来，开发研制了一个名为 ALOHA 系统的无线电信道共享网络。为了解决多个数据终端同时使用无线通信信道向主机发送数据而产生数据信号冲突的问题，采用了一种随机争用信道的方法，如果两个终端发出的数据发生碰撞冲突，则两个终端都将立刻停止发送，各自选择一个随机等待时间，然后再重新发送它们的信息包。

ALOHA 网络采用完全随机的信道争用原则，当网络中的接入节点增多时，不同节点同时发送数据产生碰撞的概率也随之增加，使得信道的有效利用率变得很低。20 世纪 70 年代末期，DEC、Intel、Xerox 三家公司经过共同协作，借助于 ALOHA 的技术基础，研制出了一种更合理且效率较高的共享总线局域网技术：载波侦听多点接入/冲突检测（Carrier Sense Multiple Access/Collision Detection，CSMA/CD）协议。这种技术在保留 ALOHA 随机性的基础上，增加了发送数据之前的冲突检测和发送数据之后的冲突避免退避算法，从而减少了数据冲突的产生，大大提高了共享信道的有效使用率和网络中数据传输效率，采用这种技术的局域网后来被正式命名为以太网（Ethernet）。

除了以太网技术，20 世纪 80 年代还相继出现了其他一些局域网技术，其中比较典型的是由 IBM 公司开发研制的令牌环（Token Ring）局域网技术。计算机节点采用图 4-1c 所示的环型拓扑结构连接到一个环上，通过不断围绕环传输的令牌控制帧授予每个计算机终端使用共享传输介质的权限。令牌环网络能够完全避免数据冲突的发生，在网络节点较多和网络流量较高的情况下，仍然能够保持较高的有效传输效率，因此令牌环网曾经占有相当大的局域网市场。

最终导致以太网技术能够在局域网市场中占有绝对优势地位有两个主要原因。一是以太网简单方便的连接结构，任何一个节点进入或离开网络都不会对网络中其他节点的正常工作产生任何影响。而令牌环局域网技术最大的问题是节点的进入和离开以及出现故障都会造成整个网络不得不停止工作，这对于网络节点频繁变化的局域网工作环境是非常不方便的。以太网的另一个优势来源于以太网交换机的成功问世，以太网交换机通过将计算机终端连接在交换机不同的端口上，使得这些计算机能够各自拥有独立的通信链路，而不必再与其他计算机共享通信链路，从而解决了以太网中不同数据终端的数据冲突问题，大大提高了以太网数据传输效率。这使得令牌环局域网技术所体现出来的优势变得越来越不明显。目前以太网已经成为应用最普遍的局域网技术，几乎所有的机构单位采用以太网技术构建其局域网环境。

4.1.2 IEEE 802 系列标准

即使是在同一种技术发展的过程中，不同的厂家也常常会有些不同的考虑，形成各自的技术特点。这种局面会使得在同一个网络中使用不同厂家的产品出现困难，不利于应用的推广。为此，IEEE 于 1980 年 2 月成立了局域网标准化委员会(简称 IEEE 802 委员会⊖)专门从事各种局域网协议和标准的制定，所制定的局域网标准被国际标准化组织采纳，作为局域网的国际标准系列，称为 IEEE 802 标准。802 委员会被分成了几个工作组(Working Group，WG)，每个工作组从事不同的局域网技术研究。例如，IEEE 802.3 工作组研究基于以太网技术的标准，IEEE 802.11 工作组致力于无线局域网技术的研究和标准制定，IEEE 802.1 工作组则致力于局域网之间的桥接技术、局域网管理技术以及局域网与上层协议衔接的技术研究和标准制定，等等。

IEEE 802 局域网标准于上世纪 80 年代由该委员会开始制定，并随着网络技术的不断发展，扩充和制定了不少新的标准，使得 IEEE 802 家族越来越庞大，成员也越来越多。例如，最初的 IEEE 802.3 标准也称为 10Base5，以铜轴电缆为传输介质，采用基频信号传输方式传输，数据传输速率为 10Mbps，最长传输距离为 500m。继 10Base5 之后，802.3 工作组又相继定义了多种以太网相关的技术标准，如目前最广泛使用的快速以太网技术 100BaseT(技术细节在 IEEE 802.3u 中定义)以双绞线为传输介质，数据率为 100Mbps；以及千兆以太网技术(IEEE 802.3ab 技术标准)和数据率更高的 10 吉以太网技术(IEEE 802.3ae 技术标准)等。IEEE 802.3 标准定义了以太网的传输速率、电缆类型和布线接口、介质访问控制机制、传输数据帧格式以及最远节点连接距离等规范。

参照计算机网络层次化体系结构，802 标准系列定义的局域网技术标准主要针对物理层和数据链路层，即我们所说的物理链路和数据链路规范。

这一章我们主要学习 802.3 定义的以太网技术以及 802.11 定义的无线局域网技术。我们还将研究局域网的互联技术，局域网互联技术规范在 IEEE 802.1 中定义，802.1 规范了局域网之间的桥接技术、局域网管理技术以及局域网与上层协议衔接的技术标准。

4.2　以太网技术

以太网是目前最普遍使用的局域网技术，目前主要采用双绞线电缆为传输介质，能够以 10Mbps、100Mbps、1000Mbps 的数据率传输数据，也分别被称为 10Base-T、100Base-T、1000Base-T。

图 4-2 是 10BaseT 或 100BaseT 以太网最典型的连接方式。每个计算机通过双绞线连接到集线器的不同端口，集线器再与路由器连接。集线器是一个多端口网络设备，它内部的连通结构使得连接在各个端口上的计算机彼此连通，无论是从哪一个端口接收到数据，都将以广播的形式将数据从所有的端口再发出去。图4-2 中的路由器作为网络转发设备，实现局域网内部计算机与外部计算机之间的数据传送和转发。稍后我们会进一步讨论的局域网交换机(也称为二层交换机)也是一种局域网转发设备，不同之处在于它们转发数据分组时使用不同的转发信息⊖。

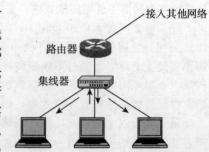

图 4-2　典型的以太网连接方式

利用集线器连接不同的网络设备，使节点进入或离开网络的过程进一步简单化，并且采用更经济适用的双绞线作为传输介质，因此逐步替代了传统的铜轴电缆以太网技术，成为目前绝大多数局域网环境所选用的局域网技术。

⊖　IEEE 官方网站 http://standards. ieee. org/getieee802 提供了各种局域网标准。
⊖　路由器依据分组的网络层地址信息(IP 地址)作为选择转发端口的依据，而局域网交换机则利用分组的链路层地址信息(以太网帧硬件地址)转发分组。这种不同使得路由器和以太网交换机每个端口所能够覆盖的以太网范围不同，我们将在后面进一步讨论这个问题。

4.2.1 介质访问控制技术

所谓介质访问控制是当网络中多个节点（这里节点可以是计算机终端或者交换设备）共享一条传输链路（信道）时，控制和分配共享链路的使用权，避免不同节点发出的数据在共享传输链路上发生冲突。我们在 2.6 节曾经讨论了几种基本的链路访问控制方案，包括固定信道划分技术、轮流访问控制以及随机访问控制机制。

局域网环境中介质访问控制主要采用后两种方法，即轮流访问控制和随机访问控制，而不采用固定信道划分技术。主要有两方面的原因：第一，局域网的数据流量具有很大的不稳定性，网络中节点对共享链路的使用突发性很强，如果把通信链路资源固定分配给网络中的每个节点，当这个节点没有传输数据时，所占用的链路资源也不能被其他有需要的节点使用，造成资源浪费。第二，局域网传输距离短且传输速度快，采用随机访问控制或轮流控制机制对数据传输效率造成的影响较小。例如，采用随机链路访问控制，当出现数据冲突时，由于传输距离短，发送节点很快就会检测到这种冲突信号而停止继续发送，使冲突所造成的信道资源浪费也比较小。反之，如果广域网中相隔几百公里或更远的节点之间采用这种随机访问控制，从发出数据到检测到数据碰撞再重新发送数据会经历一个较长的时延，因此对链路的有效传输率造成较大的影响⊖。

以下我们从最基本的随机介质访问控制模型 ALOHA 系统开始，讨论它的冲突控制机制，以及采用这些控制方法对网络的有效数据传输效率产生的影响。

1. ALOHA 系统简介

ALOHA 是最早使用的共享介质访问控制机制，运行机理也非常简单：

- 网络中的任意节点可以随时根据需要发送数据；
- 接收节点通过接收数据信号脉冲的电平幅度和变化频率等特征判断该数据是否是碰撞的数据，如果是则丢弃；
- 发送节点同样可以从其接收端检测到所发出的数据（发送数据通过网络中反射设备被反送回到原发送节点，图 4-2 中的集线器替代了早期以太网的反射设备），当检测到数据发生冲突时便放弃这个发送动作，随机等待一段时间后再重新发送该数据帧。

我们通过图 4-3 进一步分析 ALOHA 的工作性能。N 个计算机主机互联构成一个以太网（图中

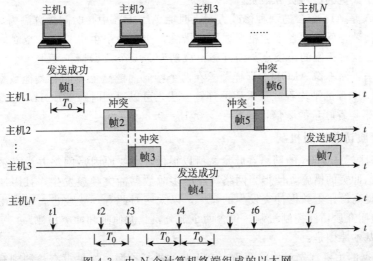

图 4-3　由 N 个计算机终端组成的以太网

⊖　广域网交换设备之间的数据链路采用点到点的连接方式，每条通信链路可以通过时分复用技术将通信信道划分成多个独立的子信道，为不同的用户提供不同的数据传输服务。

省略了集线器），数据帧 1~7 分别为不同主机在 t1~t7 时刻发出的数据帧，以长方形表示，其中深色部分表示该数据帧信号与其他数据帧信号发生碰撞。为简单起见，我们假设：每个主机发送的数据帧都具有相同的帧比特长度，用 T_o 表示发送一帧所用的发送时延，简称为一帧时；数据从发送端到接收端的传播时延忽略不计，也就是说如果没有数据碰撞发生，每个数据帧从第一个比特发出经过 T_o 便可以到达目的主机。

图 4-3 中数据帧 1、4、7 在传输过程中未发生碰撞成功到达目的地，帧 2、3、5、6 均与其他主机发出的数据帧产生碰撞。例如数据帧 3 于 t3 时刻发出，而此时于 t2 时刻发出的数据帧 2 仍在链路上传输，因此帧 2 和帧 3 发生碰撞。仔细观察图 4-3，不难看出帧 2 和帧 3 的发出时间 t2 和 t3 间隔小于一个帧时 T_o，导致帧 2 的传输还没有结束帧 3 就发出了。再看帧 3 和帧 4，它们的发出时间 t3 和 t4 的时间间隔大于一个帧时 T_o，即帧 3 在传输介质上消失后，帧 4 才开始发出，因此帧 3 与帧 4 不会发生碰撞。由此可见网络中一个数据帧免遭与其他数据帧碰撞的前提是：在这个数据帧开始发送第一个数据比特之前一个 T_o 和发送完最后一个比特之后一个 T_o 时间段之内网络中没有其他数据帧发出。如图 4-3 中的帧 1、4、7 都属于这种情况。

利用上述结果，我们进一步分析采用 ALOHA 随机介质访问控制机制对网络性能产生的影响。用 S 表示网络的吞吐量，定义为一个帧时内网络成功发送的平均帧数，显然最理想的情况是 S 为 1，意味着每个帧时内网络只有一个数据帧发出，且这个数据帧没有与其他数据帧碰撞；G 表示网络负载，定义为一个帧时内网络所有节点总共发出的平均帧数，包括发送成功的帧以及因冲突造成发送失败的帧。

假设网络中所有节点平均发送数据帧数符合泊松分布，在稳定状态下，一帧时成功发送的帧数为：

$$S = GP_0 = Ge^{-2G} \qquad\qquad (4\text{-}1)$$

式 (4-1) 中 P_o 表示两帧时内产生 0 帧的概率。我们省去对于式 (4-1) 的推导过程⊖，对于式 (4-1)，对 G 求导得到 G=0.5 时，S 得到其最大值 0.18。这个结果告诉我们，采用 ALOHA 随机链路访问控制机制，基于我们前面给定的假设，网络所能够达到的最理想的吞吐量为 18%。也就是说对于一个 10Mbps 的以太网，如果采用 ALOHA 随机链路访问机制，当连接节点较多时，网络中实际所能达到的实际平均数据率只有 $10 \times 0.18 = 1.8$Mbps。造成网络吞吐量较低的原因是这种随机发送数据帧的方式会引发频繁的数据碰撞，并且碰撞之后重新发送的数据帧又会发生再次碰撞，从而造成了大量的链路资源浪费。

时隙 ALOHA 是 ALOHA 的一种修改方案。时隙 ALOHA 中，时间被分隔为离散的、大小为一个帧时的时间间隙，网络中各个主机采取同步措施，使得每个主机只在一个时间间隙的起始时刻开始发送信息。这种机制的出发点是使网络上成功发送一个数据帧仅要求一个帧时内再没有其他数据帧发送出来，而不像 ALOHA 那样要求在两个帧时内链路上不能有其他数据帧出现。简单套用前面计算 ALOHA 的平均吞吐量采用的计算方法，可以得到时隙 ALOHA 的最大平均吞吐量应该为 ALOHA 平均吞吐量的 2 倍，即 $S = 2 \times 0.18 = 0.36$。

2. 以太网介质访问控制机制

ALOHA 和时隙 ALOHA 的网络吞吐量之所以很低，主要原因是网络并没有采取任何可能预先避免或减少数据冲突的措施，使得当网络节点增多时数据冲突频频发生，且因冲突而重新发送的数据会进一步提高链路上数据冲突发生的概率。以太网对此有重要改进，它采用所谓载波侦听多点接入/冲突检测介质访问控制机制，包含两个部分：载波侦听和冲突检测。

载波侦听的基本原则是：

- 要发送数据的主机首先对传输介质上有无载波进行检测，如果没有检测到载波，认为信道空闲，开始发送数据。这种做法很像我们人类在讲话前要先确定当时没有其他人在讲话，

⊖ 关于这个推导过程可以阅读 Norman Abramson 最初对于 ALOHA 工作原理的描述和性能分析。

以免相互干扰。

- 当某个主机检测到信道上有载波时，表明目前正有其他主机使用信道传输数据，该主机将避让一段时间后再尝试发送数据。

如何选择一个合理的避让时间来进行下一次尝试？常采用的退避算法有非坚持、1-坚持、P-坚持退避算法。

- 非坚持算法。选择一个随机等待周期后继续检测信道是否空闲。
- 1-坚持算法。如果信道处于忙状态则继续检测直到信道空闲，然后立即发送数据。
- P-坚持算法。如果检测到信道忙则继续检测直到信道空闲，然后站点以概率 P 发送数据，而以 $(1-P)$ 的概率延迟一个时间单位，并重复这个动作直到数据发送出去，P 为 $0\sim1$ 之间的数。P-坚持法是一种折中的算法，既能像非坚持算法那样减少冲突，又能像 1-坚持算法那样减少链路资源浪费。P-坚持算法对 P 值的选择非常重要，如果 P 选择过大，当多个站点试图发送数据时，冲突就不可避免；而 P 值选得过小，则链路的利用率又会大大降低。

和没有载波侦听机制的 ALOHA 相比，CSMA 对链路的检测机制能够大大减小数据发生碰撞的概率，但并不能够完全避免数据冲突。例如，两个主机同时检测到信道空闲后发送数据，结果会导致这两个数据帧发生碰撞，这个过程通过图 4-4 描述。图 4-4 中，由 A、B、C、D 四个站点共享总线链路，$t0$ 时刻，A 检测到链路空闲并发送数据，此时站点 B 和 C 都有数据要发送；$t1$ 时刻，B 检测到 A 发出的数据信号，进入避让等待状态，而此时数据信号还没有传播到 C，因此 C 检测到的链路状态为空闲，并发送数据；$t2$ 时刻，A 发出的数据信号继续传输，不可避免地与 C 发出的数据信号碰撞；$t3$ 时刻，冲突的数据信号继续在网络中传播，并被 C 检测到。接下来网络中的其他节点包括 A 将陆续检测到这个碰撞在一起的信号。

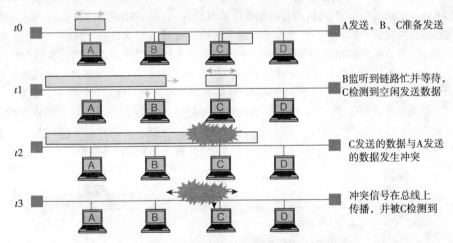

图 4-4 发送数据之前侦听信道仍会出现数据碰撞

针对图 4-4 出现的数据冲突问题，改进的方案是在发送站点上增加冲突检测功能。发送站点在发送数据的同时仍继续检测传输链路，以确定其发出的数据是否与其他数据发生冲突，如果检测到数据冲突则立即停止发送，以减小继续发送这种已被破坏的无效数据帧所造成的链路资源浪费。

在载波侦听的基础上增加冲突检测功能（CSMA/CD）的基本操作步骤如下：

- 主机发送数据时先检测信道是否空闲，如果空闲则发送数据，如果信道忙，则采用 1-坚持退避算法继续尝试；
- 主机发送数据的同时继续检测信道以确定所发出的数据是否与其他数据发生冲突，如果发现数据冲突则立即停止发送以减少链路资源浪费；
- 冲突发生之后，发送主机采用二进制指数退避算法计算出一个退避时间，之后再尝试重新发送冲突的数据帧。

二进制指数退避算法基本规则如下:

- 当某个数据帧第一次发生冲突时,设置一个参量 $n=2$;
- 取 $1 \sim n$ 之间的随机数 r,退避时间为 r 倍的最大往返传播时延,最大往返时延定义为数据帧在网络中距离最远的两个站点之间传输所用的往返传播时延;
- 如果数据帧再次发生冲突,则将参量 n 加倍,继续上一步的退避时间计算;
- 最后,设置一个最大重传次数,超过该次数,则放弃重传,并报告出错。

采用二进制指数退避算法,未发生冲突或较少发生冲突的数据帧具有较优先发送数据的概率;而发生过多次冲突的数据帧,发送成功的概率就比较小。

载波侦听 CSMA 控制机制使主机只有在检测到链路空闲时发送数据,从而减少了数据发生冲突的概率;而冲突检测 CD 要求所有主机在发送数据的同时仍然继续检测链路,并在检测到数据冲突时马上停止发送已被破坏的数据帧,将数据冲突造成的资源浪费减小到最低程度。实际上当节点检测出所发送的数据发生碰撞时,除了停止继续发送,还会继续发送若干比特的人为干扰信号,以便让所有其他节点都了解到发生了碰撞。由于采用了这些措施,以太网比早期的 ALOHA 具有更高的传输效率。

3. 以太网的争用期和最小帧长

以太网中主机发出数据帧之后,应该选取多长的检测时间继续检测所发出的数据是否与其他数据发生冲突呢?我们通过图 4-5 来分析这个问题。假设数据终端 A 和 B 连接在同一个以太网中,A 首先检测到信道空闲并发出数据,在这个数据信号还没有传送到 B 时,B 也检测到信道空闲并发出数据,之后这两组数据信号相撞。相撞之后的冲突信号从碰撞发生的时刻和地点开始继续向前传播,最后分别到达终端 A 和 B。设从站点 A 到站点 B 的单程传播时延为 τ,则最糟糕的情况是当 A 发出的数据帧中第一个比特即将传送到 B 时,B 因没有检测到这个载波信号开始发送数据。此时 A 发出的数据经过接近 τ 的时延与 B 发出的数据相碰,又经过接近 τ 的时延这个碰撞信号再传回到站点 A。因此 A 在发出数据之后最长需要继续检测信号是否发生冲突的时间应该不会大于 2τ,如果有信号碰撞,碰撞只能发生在第一个 τ 之内,再经过少于一个 τ 的时间,碰撞数据传回到 A。如果我们将 τ 定义为网络中间距最长的两个节点的单程传播时延,则一个站点发出数据并经过 2τ 的时间间隔之后,网络中所有其他站点都将能够检测到链路上的数据信号,因此不会再发送数据,也就不可能再有数据冲突发生了。2τ 是一个站点发出数据之后需要继续进行冲突检测的时间,也被称为**争用期**或**冲突窗口**。

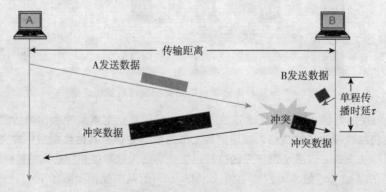

图 4-5　冲突检测时间为最大往返时延 2τ

以太网争用期的大小直接受节点之间传输距离的影响。802.3 定义 10Base5 节点之间最长传输距离为 500m,10Base-T 要求计算机终端和集线器之间的最长距离不超过 100m。综合考虑以太网的最远节点之间的传输距离,以及中继器附加给分组的额外处理时延,802.3 将 10Mbps 以太网最远两台主机之间的往返传输时延(争用期)限定在 $51.2\mu s$ 之内。对于 10Mbps 的数据传输率,$51.2\mu s$

内可以传输 $10 \times 10^6 \times 51.2 \times 10^{-6} = 512$(bit)，即 512/8＝64 个字节。也就是说，如果某个数据帧可能与其他数据帧发生碰撞，碰撞只可能发生在数据帧的前 64 字节之内，如果前 64 字节都未发生数据碰撞，则这个数据帧已经能够被网络中所有节点检测到，也就不会再发生碰撞了。

按照以上分析，802.3 规定 10Mbps 以太网的数据帧不能小于 64 字节，这个限定可以带来如下方便：第一，发送站点在发出数据帧的同时只需要继续检测该数据帧的前 64 字节是否发生碰撞；第二，站点所接收到的所有小于 64 字节长的帧均可以视为无效的冲突数据；第三，能够保证每个站点在发送完一个数据帧之前就可以检测到数据是否发生冲突，而不必在结束数据帧发送之后继续检测信道。

当上层数据长度不足 64 字节时，构建以太网数据帧需要进行字节填充来满足这个要求。100Mbps 的快速以太网仍然遵循 802.3 这个 64 字节最小帧长的限定。千兆以太网对这一限定做了相应的修改，将最短帧长的限定增加到 512 字节。

4. 以太网的效率

我们定义以太网没有发生数据碰撞而成功传输的数据帧占总发出数据帧的百分比为以太网的效率。设 $\alpha = \tau / T_0$，其中 τ 为数据帧在以太网两个距离最远节点之间的传播时延，T_0 为传输一个最长数据帧所用时延。以 S 表示以太网的效率，得到以太网效率表达式如式(4-2)所示，这里我们省略对于该表达式的推导过程，而简单地使用这个结果分析能够直接影响以太网效率的因素。

$$S = 1/(1 + 4.44\alpha) \approx 1/(1 + 5\alpha) \tag{4-2}$$

由式(4-2)可以看出，当 $\alpha \to 0$ 时，以太网效率接近于 1。也就是说传播时延 τ 比数据帧的传输时延 T_0 小很多时，可以认为站点一发出数据帧马上就可以检测到碰撞(如果有碰撞的话)而停止发送，因此由碰撞造成的效率损失也就非常小。显然，影响 α 的因素包括数据传输速率、传输距离以及数据帧长度，对于传输速率和传输距离都固定的以太网来说，增加数据帧长度可以相应减小 α 的值，从而提高以太网效率。然而如果一味地加长以太网帧的长度也会引发其他问题，如当出现传输差错时，较长的数据帧会导致发送端重新传送这个出错的长帧，同样造成不必要的资源浪费。权衡这些因素，802.3 标准将以太网最大数据帧长度定为 1500 个字节。

4.2.2 以太网寻址方式

以太网另一个基本特征是广播式数据传输，网络中所有主机都可以收到某个主机发出的数据帧，如图 4-6 所示。为了能够确定数据帧的目的接收站，每个计算机终端设置不同的地址标志，发送端将目的站的地址标志存放到数据帧的首部与信息一同发送，每个主机收到数据帧时首先查看其首部的目标地址，一旦目标地址吻合，便接收数据帧进行处理。图 4-6 中，主机 B 发送数据帧到 D，所

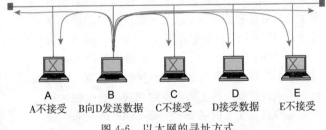

图 4-6   以太网的寻址方式

有的主机 A～E 都能够收到这个数据帧，只有 D 的地址与该数据帧的目标地址相吻合，因此主机 D 会接收并处理这个帧，其他主机检测到这个数据帧并非属于自己则将其丢弃。

实际上以太网中的每个数据帧首部还包含一个源地址，目的主机因此得知接收到的数据帧源自哪个主机，以便构建返回数据帧。

1. 以太网 MAC 地址

以太网 MAC(Media Access Control)地址也称为硬件地址，由生产厂家在生产以太网适配器时固化在其芯片里，作为以太网不同数据终端地址识别。以太网 MAC 地址由 48 位组成 6 字节十六进制数据，表示为 XX：XX：XX：XX：XX：XX，例如，00：11：85：5E：3D：6A。为保证

MAC 地址的唯一性，48 位地址中前 24 位（前三个字节）是由生产厂家向 IEEE 申请的厂商地址，而后 24 位（后三个字节）由生产厂家自行为不同的网卡设定。

以太网 MAC 地址与我们所熟悉的因特网 IP 地址同样都是用来标识不同的计算机系统，但这两种地址具有不同的含义。MAC 地址是一个局部地址，只能在某个以太网内部作为不同数据终端的识别标记。尽管 MAC 地址具有唯一性，一个网络适配器在任何不同的以太网环境中连接，都使用其固有的 MAC 地址标识，但 MAC 地址本身并不能够体现出网络与主机的层次关系，因此不能够提供任何路由器选路信息。相比之下，作为一种全局地址，IP 地址同样具有唯一性，IP 地址本身还具有层次结构，简单地说 IP 地址可以看成是两个层次的地址，一层为网络地址，另一层为主机地址。IP 地址中的网络地址被路由器用来作为目的网络寻址的依据，而主机地址作为网络中不同主机的逻辑标识，这种逻辑标识最终被转换成相应的 MAC 地址⊖。用一个更直接的例子，MAC 地址就像我们使用的身份证号，虽然可以严格地区分不同的个人，但并不能从身份证号中得知这个人住在什么地方。IP 地址的作用更像一个邮政地址，通过这个邮政地址可以得到收件人所在的确切位置。如果在我们签收邮件时，向邮政人员提供身份证以证明身份，这便体现出 MAC 地址和 IP 地址的相互作用关系了。

2. 以太网的单播、组播和广播

单播（unicast）指网络中从源节点向单独一个目的节点发送数据，单播方式下只有一个发送方和一个接收方，如图 4-7a 所示。**组播**（multicast）指单个发送方对一组选定的接收方发送数据，组播方式如图 4-7b 所示。**广播**（broadcast）则是指一个发送方同时向相同域⊖中的其他所有主机发送数据，如图 4-7c 所示。实现单播只需要发送方在构建数据帧时，将接收方的 MAC 地址作为数据帧的目的地址。为实现广播和组播，局域网采用了扩展的 MAC 编址方案，定义了一些特殊用于广播或组播的地址。这样网络设备的硬件接口不仅能够识别数据帧的 MAC 单播地址，还可以识别相应的广播或组播地址。以太网将全"1"的 MAC 地址保留作为该网络域的广播地址，目的地址为全"1"的以太网数据帧称为广播帧，网络中所有主机都会将它接收下来。为实现以太网组播数据传输，定义 MAC 地址中最高位为"1"⊜，但其他位并非全"1"的地址为组播地址，组播帧被以太网中属于这个组播组的所有组员主机接收并处理，而其他不属于该组播组的主机在检测到这个数据帧的目的地址与自身无关时丢弃。广播 MAC 地址和组播MAC 地址只能用于数据帧的目的地址，而不能作为数据帧的源地址。

单播传输是以太网传输过程主要使用的传输方式。广播传输通过向网络中发送单一的广播帧，

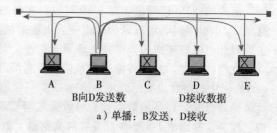

a）单播：B发送，D接收

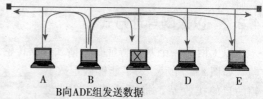

b）组播：设ADE为一组成员，B发送，A、D、E接收

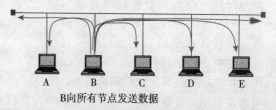

c）广播：B发送，A、C、D、E接收

图 4-7 单播、组播和广播示意图

⊖ IP 地址转换成 MAC 地址通过一种称为 ARP（Address Resolution Protocol）的地址转换协议实现，我们将在第 5 章详细讨论这种转换协议。

⊖ 域在计算机网络中使用有不同的含义。这里的域是指以太网广播式的传输方式中所能够覆盖的所有主机，如图 4-2 中连接在集线器不同端口的所有主机都在同一个以太网的域中。

⊜ 注意这里是采用 IEEE 的顺序，也就是在一个字节中，低位在前，高位在后，即 $b_0 \cdots b_7$。例如 01：00：5e：00：1e：14 表示一个 MAC 组播地址。

使得网络中所有的主机都能够接收并处理这个广播帧，在实际网络中同样具有较高的实用性。例如，某个主机寻找网络中的共享打印机时，通常先向所在网络发送一个请求打印服务的广播帧，询问"谁是打印机？请告诉我"，网络中的所有主机包括打印机都会接收并读取这个广播请求数据帧，但只有网络中的打印机会向这个请求主机返回相应的服务应答，回复"我是打印机"。这个应答帧使寻求打印服务的主机了解到打印机的 MAC 地址，并以这个 MAC 地址为目的地址组成数据帧发往打印机进行打印操作。以太网中将一个广播帧所能够覆盖的区域称为**广播域**（broadcast domain），当一个主机发送一个广播帧时，所有能够接收到这个广播帧的主机在同一个广播域中。显然通过图 4-2 中一个集线器连接的主机一定是在同一个广播域中，后面我们会介绍广播域的范围可能比这更大，而且广播域的大小会直接影响以太网的性能和效率。

在某些情况下，广播或者单播并不能提供很好的工作效率。例如，一个开发工作组的成员需要相互协作完成一项工作，因此希望组内成员能够共享一些数据信息，采用广播帧发送这些共享信息，则其他不属于该工作组的主机也都会接收这个广播帧，对于这些无关主机来说，是一种 CPU 资源的浪费。采用单播方式逐个向工作组每个成员发送一遍数据帧，在工作组的规模比较大时，这种发送重复信息的过程对网络和发送者都是一个可观的负担。采用图 4-7b 所示的组播技术，向一个组播地址发送一个组播数据帧，可以使这个组播地址的所有组成员都能够接收到该组播帧，同时又不会影响非组播成员的正常工作。

对于单播和广播帧，以太网中的主机可以通过判断接收帧的 MAC 目的地址是否与自身的 MAC 地址吻合或是否为一个全"1"的广播地址，决定是否接收并处理这个数据帧。以太网对组播有特殊的处理，以太网 MAC 组地址并不是预先固化在适配器中，而是通过软件由相应的 IP 组地址映射而生成。以太网组播技术只能实现以太网本地范围内的组播，而一个组播组中的成员可以是分布在不同网络环境中的主机，此时这些主机拥有一个共同的 IP 组播地址$^{\ominus}$，IP 组播地址与以太网 MAC 组播地址的关系类似于我们前面所讨论的 IP 地址与 MAC 单播地址的关系，组播数据在因特网中同样以 IP 数据分组形式传输，分组的目的地址为一个 IP 组播地址，通过具有组播能力的路由器（通过 IP 组播地址为分组选路）转发，最终到达不同的目的以太网，再由支持本地组播的以太网实现数据帧组播传输。

IEEE 专门为以太网分配了一个组播地址块，高 24 位为 01：00：5e（十六进制表示），组地址范围从 01：00：5e：00：00：00 到 01：00：5e：ff：ff：ff，并规定这个 MAC 组播地址块专门用于从 IP 组播地址到以太网组播地址的映射。映射方法为，以太网 MAC 组播地址高 24 位固定为 01：00：5e，接下来的第 25 位固定为 0，其余的低 23 位直接由 IP 组播地址中的低 23 位来填充，最终形成一个与一个 IP 组播地址相对应的 MAC 组播地址$^{\ominus}$。例如，IP 组播地址 232.16.30.18（对应十六进制为 e8.10.1e.12）按照上述映射方法形成的 MAC 组播地址为 01：00：5e：10：1e：12，如图 4-8 所示。

当一个支持 IP 组播的网关接收到一个 IP 组播数据报时，通过上述映射方法把一个 IP 组播地址映射为相应的 MAC 组播地址，再将 IP 组播数据组装成以该 MAC 组播地址为目的地址的组播数据帧，向网络中发出。网络中每个主机采用同样的方法将自身的 IP 组播地址映射出对应该 IP 组播地址的 MAC 组播地址，因此能够准确地判断一个 MAC 组播帧是否与其有关系，并决定是否接收相应的组播帧。

$\ominus$ 因特网协议中将 32 位 IP 地址中高 4 位为"1110"的地址定义为 IP 组播地址，组播地址用除去这 4 位以外的另外 28 位来标识不同的组播组，每个组播组可以向相应的 IP 地址管理机构申请一个 IP 组播地址。

$\ominus$ IP 组播地址高 4 位固定为"1110"，其余 28 位为有效组播地址标识。在进行 IP 组播地址到以太网 MAC 组播地址映射时，仅取 IP 组播地址的低 23 位地址信息映射到以太网 MAC 组播地址 01：00：5e：xx：xx：xx 中，而舍弃了 IP 组播地址中的其余 5 位有效地址位，意味着无论这 5 位是什么，其映射的以太网组播地址都是一样的。以太网选择这种映射方法主要是考虑到处理简单，尽管可能会将两个不同的 IP 组播地址映射到同一个以太网 MAC 组播地址，但这种概率很小，因此这种映射方法还是相当可靠的。

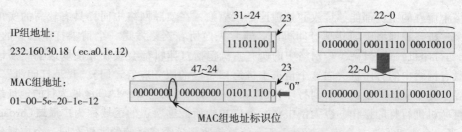

图 4-8 IP 组地址到以太网组地址映射举例

4.2.3 以太网数据帧结构

以太网数据帧是以太网中数据传输的格式，结构如图 4-9 所示。

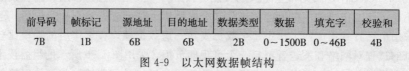

前导码	帧标记	源地址	目的地址	数据类型	数据	填充字	校验和
7B	1B	6B	6B	2B	0~1500B	0~46B	4B

图 4-9 以太网数据帧结构

前导码和帧标记

前导码字段占 7 个字节，每个字节的比特模式为“10101010”，用于实现收发双方的时钟同步，同时也是接收方用于判断一个数据帧开始和结束的标记。帧标记字段占 1 个字节，其比特模式为“10101011”，它紧跟在前导码后，表明一个数据帧正式开始。

地址字段

地址字段为以太网 MAC 地址标识，包括数据帧的源地址和目的地址两个字段，各占 6 个字节。以太网帧目的地址标识该数据帧的接收方，可以是一个单播地址、广播地址或者组播地址，以太网帧源地址标识发送数据的主机地址，只能是一个单播地址，而不能是广播或多播地址。

数据类型

数据类型字段占 2 个字节，表示这个数据帧所携带的数据由哪一种上层协议构成。例如，类型字段为“0800”表示所携带的数据部分是一个因特网 IP 数据报。接收方根据所接收数据帧的类型值将以太网数据帧的数据部分提交给不同的上层协议处理。数据类型字段可以看作是以太网数据帧与上层协议之间的接口，它使多种不同类型的上层数据分组能够通过以太网传输。

数据和填充字

以太网限定的最长数据部分长度为 1500 个字节，加上 12 字节源地址字段和目的地址字段、2 字节类型字段和 4 字节校验和字段，共计最长为 1518 个字节。CSMA/CD 正常操作对以太网数据帧有一个 64 字节的最短帧长限定。当高层产生的数据分组长度不足这个限定时，则需要在数据字段后以字节为单位添加填充字符，接收方通过高层数据分组中所携带的数据长度字段信息了解原始数据分组的有效长度，并将填充字符删除掉。

帧校验序列

帧校验和字段含 4 个字节循环冗余码（CRC），其校验范围不包括前导字段及帧标记字段。采用 32 位 CRC 编码标准 CRC-32：

$$G(x) = x^{32} + x^{26} + x^{23} + x^{22} + x^{16} + x^{12} + x^{11} + x^{10} + x^8 + x^7 + x^5 + x^4 + x^2 + x + 1$$

图 4-9 所示的数据帧结构也称为 Ethernet II 数据帧，是由 DEC、Intel 和 Xerox 三家公司合作并以最原始的以太网模型为基础制定的，也是目前最常用的一种以太网帧格式，如今已成为以太网事实上的标准。IEEE 802 标准定义的 802.3 帧结构与上述 Ethernet II 帧结构略有不同，原因是 IEEE 802 委员会在最初制定局域网标准时，考虑该标准应该能够适用于各种不同类型的数据链路。IEEE 802 标准将局域网数据链路层进一步划分为两个子层：逻辑链路控制（Logical Link Control，LLC）子层和

介质访问控制（Media Access Control，MAC）子层。LLC 子层的主要功能是为不同类型的数据链路提供链路控制服务，如提供对数据帧的差错控制、流量控制以及链路管理等功能，LLC 子层由 IEEE 802.2 标准所规范。MAC 子层的主要功能是提供对共享传输介质的访问控制，802 标准定义的 MAC 子层标准包括 802.3（以太网 MAC 子层标准）、802.5（令牌环 MAC 子层标准）等。由于目前大部分以太网中的数据传输都是以因特网 TCP/IP 为高层协议，而 LLC 子层的某些功能在 TCP/IP 协议体系中有所重叠，例如，传输层协议 TCP 同样能够实现流量控制、差错控制以及发送端与接收端之间的连接管理等功能。Ethernet II 以太网数据帧仅提供 IEEE 802 标准中 MAC 子层的基本功能，省去了 LLC 子层的链路控制功能，因此在因特网环境中应用更为广泛。802.3 帧通常用于不需要调用网络层和传输层协议的局域网环境中的特殊应用，如局域网交换机之间的信息交换等等。

Ethernet II 帧和 802.3 帧可以同时在网络中使用，区别的方法是通过一个特殊的字段：数据类型/长度字段。Ethernet II 定义这个字段为数据类型，且使用的类型值均大于 1500；而 802.3 定义这个字段为数据长度字段，因为以太网帧最长不超过 1500 个字节，因此接收方对于一个数据类型/长度字段值大于 1500 的帧，可以判定为 Ethernet II 帧，而将该字段值小于 1500 的帧判定为 802.3 帧。802.3 帧在数据长度字段之后放置相应的 LLC 链路控制信息，由于 802.3 帧目前使用得并不多，这里我们不对它作详细的讨论。

4.3　以太网扩展技术

以太网有两方面的扩展需求，第一个扩展需求是能够增加以太网中连接的计算机主机数，另一个扩展需求则是能够延长以太网连接的计算机节点之间的物理距离，从而扩大以太网的覆盖范围。

首先我们讨论对以太网中连接主机数量的扩展方案。采用集线器能够扩展以太网连接的主机数，如图 4-10 所示，某公司使用集线器连接每个部门的多个计算机，再使用一个主干集线器将这些部门集线器连接起来，最终构成一个连接各个部门计算机的扩展局域网。集线器是一种多端口组成的连接设备，对从某个端口所接收的信号向其他所有的端口广播输出。图 4-10 的连接方式将各个部门的计算机共同组成一个以太网，任何一个主机发出的数据都将通过集线器传输到网络中所有其他主机上。这意味着基于集线器连接的扩展以太网，同一时刻只能有一个主机使用共享链路传输数据，采用集线器扩展以太网的方案主要存在以下几个问题：

- 采用集线器扩展以太网，传输链路由连接在集线器上的所有主机共享，这些主机通过 CSMA/CD 信道共享机制争用链路，当连接的主机逐渐增多时，会造成以太网效率降低。
- 过多使用集线器势必会使主机之间的数据传播时延增加，当主机之间的往返传播时延超出以太网标准所规定的最大往返延时（对于 10M 以太网是 $51.2\mu s$），以太网对于最小数据帧长的限定将失去意义，CSMA/CD 也就不可能再正常地工作。
- 集线器将所接收的信号向其他所有端口广播，即便是一个已经发生冲突的数据信号或者是一个干扰。因而不仅是某个部门内部的正常数据传输，而且局部的无效干扰或冲突信号都会影响网络其他主机的数据传输。

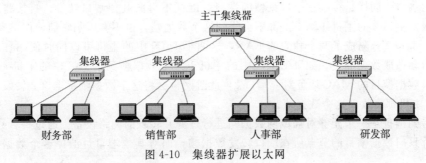

图 4-10　集线器扩展以太网

上述讨论表明，集线器并不可能作为大规模局域网扩展的选择方案。事实上集线器扩展以太网技术通常在小范围内采用，而较大规模的局域网扩展采用其他的网络设备，如网桥或以太网交换机。

4.3.1　以太网网桥

集线器扩展局域网所受到的限制源于集线器并不了解所接收数据信号的具体内容，而只是简单地将接收的信号向其他端口输出，网络中将这种连接设备称为物理层连接设备。网桥作为连接局域网不同网段的桥接设备，同样由多端口组成，不同的是网桥采用与其他计算机一样的接口设备来处理所接收的完整的数据帧。当网桥接收到一个数据帧时，会对数据帧进行差错校验，决定是否需要转发这个数据帧，如果需要转发，向哪个端口转发，因此网桥也被称为数据链路层连接设备，或链路层转发设备。

1. 网桥工作原理

网桥工作原理示意图如图 4-11 所示，每个网桥端口包含特定的局域网接口设备和管理软件，能够与不同的局域网网段连接，接收该网段主机发出的数据帧。每个网桥都维持一个数据帧转发表(转发数据库)，该转发表描述了数据帧的目的 MAC 地址与网桥端口的对应关系，网桥根据这个转发表决定向哪个端口转发所接收的数据帧。网桥管理实体负责网桥的管理和控制操作，包括存储缓冲区管理、转发数据库动态更新、数据帧转发控制处理等等。

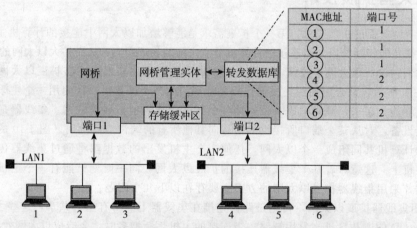

图 4-11　网桥工作原理示意图

图 4-11 中，网桥由两个端口组成，端口 1 连接由计算机 1、2、3 组成的 LAN1，端口 2 连接由计算机 4、5、6 组成的 LAN2。网桥的转发表按各个主机 MAC 地址与连接端口的对应关系设置，即主机 1、2、3 的 MAC 地址对应端口 1，主机 4、5、6 的 MAC 地址对应端口 2。假如此时主机 1 发送数据到主机 2，该数据帧以主机 2 的 MAC 地址为目的地址，LAN1 中所有主机包括网桥的端口 1 都会收到这个数据帧。网桥在转发表中查找对应该数据帧目的 MAC 地址的端口号，发现所对应的端口 1 同样是接收这个数据帧的端口，因此不再向其他端口转发，直接将其丢弃。此时连接在网桥端口 2 的主机 4、5、6 都不会收到这个数据帧，也不会影响它们使用链路传输数据。网桥将端口 1 和 2 分隔成了两个独立的 LAN，这两个 LAN 中的主机可以同时使用各自的链路传输数据而不会造成数据冲突。如果 LAN1 中的主机 1 发送数据帧到 LAN2 中的主机 4，网桥通过转发表查出数据帧目的 MAC 地址对应端口 2，此时网桥会将这个数据帧从端口 2 转发出去，端口 2 上的所有主机都将收到这个数据帧。

可以看到网桥是一个能够对局域网数据帧进行过滤并转发的网络设备。通过查看数据帧 MAC 地址，网桥只向数据帧目的节点所在端口转发数据帧，而对其他端口过滤掉这个数据帧。只有在接收到一个广播数据帧时，网桥才会向所有端口转发这个广播帧。网桥的过滤转发功能将连接在不同端口上的主机分隔成不同的网段[⊖]，意味着某个网段内部主机之间的数据传输被网桥隔离，并不会传输到其他的网段，也不会与其他网段正在进行的数据传输发生数据冲突。局域网网桥将不同端口连接的网络分隔成独立的冲突域，克服了采用集线器扩展局域网的限制。

2. 网桥自动学习 MAC 地址的机制

网桥最开始怎样知道其不同的端口所连接的计算机情况？如何建立并维护它的转发表？多数网桥采用一种称为自适应或自学习的过程建立其转发表。当网桥在最开始接入某个局域网环境时，其转发表为空状态，之后采用以下所述的自适应过程逐步构建并完善它的转发表。

- 网桥从某个端口接收数据帧，通过数据帧的源 MAC 地址和接收到该数据帧的端口号，能够了解到：拥有数据帧源 MAC 地址的主机位于收到这个数据帧的端口上，并将这个信息作为一条转发记录添加到其转发表中。当下一次某个数据帧的目的 MAC 地址与这个 MAC 地址相吻合时，网桥便知道应该向哪个端口转发数据帧。
- 网桥接收到一个数据帧，如果不了解应该向哪个端口转发，就向所有端口广播这个数据帧。如果这个数据帧的目标主机连接在网桥某个端口上，则必定会收到该帧。当这个目的主机返回源主机一个应答帧时，网桥便可以从这个应答帧的源 MAC 地址中了解到该主机连接的端口。网桥同样将这个新发现的 MAC 地址与端口号关系记入转发表，因此而不断扩充其转发表。

网桥的这种自适应过程不断重复一段时间后，便能够逐步了解到其端口所连接的主机地址，从而建立起完整的转发对应表。为了应对网络节点连接的变化，网桥的转发表采用定时更新，即一段时间后网桥便重新学习其各个端口上连接的计算机节点 MAC 地址。

3. 网桥回路问题

在实际的网络设计中，常常设计一些冗余通路以防止整个网络因为单点故障而断开，如图4-12中，采用两个网桥连接局域网 X 和 Y，当一个网桥发生故障时，另一个网桥还可以继续转发工作。但这种冗余网络可能会在网络中构成环路从而导致一些非常严重的问题。

图 4-12 中，假设某个时刻主机 A 向主机 B 发送了一个帧，如果此时网桥 1 和 2 都处于地址学习阶段，每一个网桥都会捕获到这个帧并且在各自的数据库中把 A 的地址记录在 LANx 一边的端口，随后把该帧发往 LANy。在稍后某个时刻网桥 1 和 2 又收到了源地址为 A、目标地址为 B 的MAC 帧，但这一次是从 LANy 的方向传来的，这时两个网桥又要更新各自的转发数据库，把 A 的地址记在 LANy 所在的端口。更为严重的是这个数据

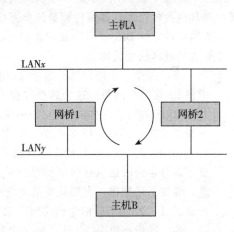

图 4-12　网桥回路引起广播风暴问题

帧将不停地被这两个网桥循环广播，这种不断循环的广播数据帧随着网络数据帧数量的增加而急剧增加，最终会导致整个网络的拥塞甚至瘫痪。这正是所谓的**广播风暴**（broadcast storm）现象。

造成这种广播风暴问题的原因是数据帧在网络环路中被无限循环转发。而为了保证网络在出现单点故障时仍然可以正常运行，网络中又常常会放置一些冗余网桥构成某些连接环路。解决的办法是确保环路中的某些网桥的端口不参加对数据帧的广播或转发，使得参加对数据帧转发或广播的另一些网

⊖　网段这个词在计算机网络中并没有严格的定义，可以有多种不同的理解，这里用到的网段，是指一个网段中所有的主机共享传输链路，即这些主机在同一时刻只能有一个主机使用链路发送数据。按照这种理解，图 4-11 中，主机 1、2、3 处于同一个网段，而主机 4、5、6 处于另一个网段。

桥端口既能够覆盖整个网络节点，同时又不会形成环路。这样，在正常工作情况下，冗余网桥或网桥端口处于阻断状态，只有在某些工作中的网桥端口发生故障时才启动其转发操作。采用图论中生成树的算法，计算出一棵能够到达每个 LAN 的生成树，可以消除网络中的网桥环路问题，同时又不影响网络的连通性。基于这个基本思想，IEEE 802.1 定义了生成树协议（Spanning Tree Protocol，STP），网桥之间通过这个生成树协议相互交换各自与相邻网桥之间的连通性信息，并计算出一条到根网桥的无环路路径来避免和消除网络中的环路。

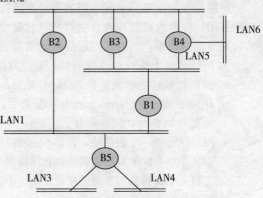

图 4-13　多个网桥连接的一个扩展局域网

一旦一组网桥为特定的局域网建立好生成树，就可以确保任两个 LAN 之间只有唯一一条路径，LAN 间的所有传送都遵从此生成树，因而就不可能再有环路。以下我们通过一个实例简要说明生成树协议的实现过程。图 4-13 由 5 个网桥连接 6 个局域网网段组成一个扩展局域网。为了实现生成树算法，网桥之间相互交换一种称为网桥协议数据单元（Bridge Protocol Data Unit，BPDU）的消息。每个 BPDU 消息主要包含以下几个参数：一是网桥标识符，为了能够区别局域网中的不同网桥，为每个网桥设置一个标识符，如图 4-13 中网桥分别以符号B1～B5标记；二是网桥端口标识符，每个网桥对其不同的端口设置标记，用于确定网桥通过不同端口通往其他网桥的路径消费。路径消费可以看作某个网桥通往其他网桥所用的花费，最简单的路径花费计算方法是计算网桥之间的跳数，即如果两个网桥直接相连（即连接在同一个 LAN 上），跳数为 1，以此类推。图 4-13 中网桥 B1 与其他网桥之间跳数均为 1，B3 和 B4 通过 B1 到 B5，因此从 B3 或 B4 到 B5 的跳数为 2。除了跳数，也可以用 LAN 的链路带宽、传输延时等其他参数作为计算路径消费的参考指标。

在为网桥设定好 BPDU 所需要的各种参数之后，便可以开始计算生成树，以下分三个步骤建立这个扩展局域网的生成树：

- 第一步，选择一个根网桥。通常可以将具有最小网桥标识符的网桥选为根网桥，如图 4-13 中将 B1 选为根网桥。这个选择过程可以这样：所有的网桥向其相邻网桥传递包含其标识符的 BPDU 消息，并在收到相邻网桥的标识符消息后，用比自身标识符更小的网桥标识符更新其 BPDU 消息，继续传递，直到网络中所有的网桥都确认唯一的最小标识符为根网桥。例如，图 4-13 中 LAN1 中网桥 B2 一开始先向其相邻网桥 B1、B3、B4、B5 传播其网桥标识符，同时也从这些网桥得到对方的标识符，之后用其中最小的"B1"更新其 BPDU 消息，继续上述操作，直到从其他网络中传递过来的网桥标识符没有比"B1"更小的。其他网桥也通过这种 BPDU 消息传递过程最终确认 B1 为根网桥。
- 第二步，除根网桥 B1 以外，网络中其他每个网桥选择一条通往根网桥花费最低的路径，与该路径所连接的端口称为网桥的根端口。这个过程同样经过网桥之间传递 BPDU 消息实现。例如，B2 从连接 LAN1 的端口接收到 B1 发出的 BPDU 消息，可以确定从该端口到根网桥 B1 的消费为 1（假设采用网桥跳数作为路径消费度量值，由 B1 发出的 BPDU 消息到其自身的跳数为 0，B2 接收到该 BPDU，将跳数增 1 更新它到根网桥的路径消费）。类似地，B2 从其连接 LAN2 的端口也可以收到从 B3 或者 B4 传来 BPDU 消息，这些 BPDU 消息到 B1 的路径费用为 1，这个路径消费比 B2 通过 LAN1 收到来自 B1 到根网桥为 0 的路径消费要大，因此 B2 将选择连接 LAN1 的端口为根端口。
- 第三步，如果某个 LAN 连接一个以上的网桥，选择一个网桥作为指定网桥，使得这个指定网桥到根网桥的路径消费最低，指定网桥的根端口称为指定端口。如果只有一个网桥连到某

LAN，它必然是该 LAN 的指定网桥；如果 LAN 中几个网桥到根网桥的路径消费相同，选择标识符最小的为指定网桥。例如，LAN2 中 3 个网桥 B2、B3、B4 到根网桥 B1 的最短路径消费均为 1，则选择标识符最小的 B2 为 LAN2 的指定网桥，负责向 LAN2 转发数据帧。

通过以上的处理过程，图 4-13 产生的生成树结构如图 4-14 所示。图中 B3 的两个端口及 B4 连接 LAN2 的端口均被关闭，它们不参加对数据帧的转发和广播操作。

网桥生成树形成之前，所有的网桥设备端口都只发送和接收 BPDU 消息，端口处于初始化状态。生成树建立之后，成为通信路径的端口承担对数据帧的转发和广播工作，而被阻塞的路径端口作为备份链路端口，虽然不参加对数据帧的转发操作，但仍然侦听网络中的 BPDU 消息。一旦某些正在通信的路径失效，根据 BPDU 消息，这些备份链路的端口通过重新一轮的计算过程，并在必要时启动其转发操作进入工作状态。

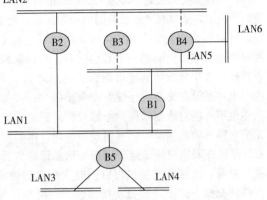

图 4-14   图 4-13 产生的网桥生成树

4.3.2 以太网交换机

以太网交换技术是在多端口网桥的基础上发展起来的，可以看成是"许多连接在一起的网桥"，它能提供更多的端口（4～88）、更好的性能、更强的管理功能。以太网交换机与网桥的工作原理一样，也是一种工作在数据链路层的数据帧转发设备。

以太网交换机将各个端口连接的网络分隔成各自独立的冲突域，能够同时提供多个独立通信通道，比传统的多端口集线器提供更高的带宽。例如，将图 4-10 中连接各集线器的主干集线器替换成以太网交换机，组成如图 4-15 所示的连接结构。每个部门通过集线器构成一个独立的以太网网段，每个网段分别处在不同的冲突域，各自运行独立的 CSMA/CD 链路访问控制协议实现信道争用，不会相互影响。假如图 4-15 中交换机每个端口支持标准的 100M 以太网接口，每个集线器端口同样支持 100M 以太网接口，则交换机能够为每个部门提供 100M 的以太网带宽，各个部门内部主机共享这 100M 的链路带宽。而采用图 4-10 集线式连接方式，如果采用同样的接口标准，那么只能是所有部门的计算机节点共享这 100M 的链路带宽。

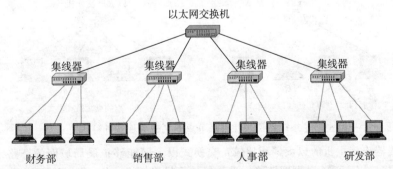

图 4-15   交换机将各个部门分隔成具有独立冲突域的网段

以太网交换机作为局域网中网络连接或转发设备，将连接在不同端口上的主机分隔成独立的冲突域，扩展了以太网所能够连接的主机数。以下我们从几个方面进一步讨论以太网交换机在局域网环境中的应用特点。

1. 存储转发和直通交换方式

以太网交换机主要有两种交换工作方式：存储转发交换方式和直通交换方式。

采用存储转发交换方式，局域网交换机从某个输入端口接收数据帧并缓存，然后对这个数据帧进行差错校验，在确认数据帧无传输差错后，通过转发表查找这个数据帧的转发端口，然后转发数据帧。如果对数据帧的校验发现有错，交换机直接将其丢弃。存储转发交换方式对于数据的处理时延相对较大，原因是交换机必须要接收完一个完整的数据帧，才开始对其进行差错校验和进一步的转发等处理工作。这种交换方式能够对进入交换机的所有数据帧提供错误检测功能，对于某些性能较差、差错率较高的网络，能够有效地改善网络中数据传输的质量，降低网络中数据传输的差错率。

针对存储转发交换方式，许多局域网交换机还能够提供直通式交换模式。工作方式是，交换机在每个输入端口检测到一个数据帧时，一旦获取这个数据帧的目的地址，就立即启动交换机内部的查找操作决定数据帧的输出端口，然后通过交换机的交换结构将数据帧直接转发到相应的输出端口。也就是说在交换机还没有完全接收完一个数据帧时，就开始进行对数据帧的转发处理操作了，当然也不可能对数据帧提供差错校验。直通式交换方式对分组的处理时延小，交换速度快。缺点是无法对转发的数据帧提供差错校验功能，可能某些已经发生了传输差错的数据帧又继续被交换机转发，继续在网络中传送这些出现传输差错的数据分组，造成网络带宽资源和处理资源的浪费。

目前，大部分交换机可以同时支持存储转发和直通两种交换模式，通过一种自适应方式可以在两种交换方式中进行自动切换。当网络性能较好，单位时间内的出错帧小于某个门限值时，采用直通交换方式；而对于网络性能较差，单位时间内的出错帧大于某个门限值的情况，再切换至存储转发交换方式。这样，通过交换机的动态检测和切换，既能够保证交换机达到较高的数据转发质量要求，又能够在网络性能较好的情况下充分提高对数据的转发速度。

2. 交换式以太网

以太网交换机各个端口可以直接连接不同的计算机主机，这种将主机直接与以太网交换机端口相连接的以太网也称为交换式以太网，图 4-16a 为我们前面所讨论的通过集线器连接计算机主机的以太网，图 4-16b 为通过以太网交换机连接计算机主机的交换式以太网。通过集线器连接主机，所有的主机共处于同一个共享链路连接环境中，主机之间采用 CSMA/CD 协议实现以太网共享链路控制访问。交换式以太网中主机连接在以太网交换机的各个端口上，因此每个主机能够独立占用链路带宽，事实上这种以太网已经打破了共享链路连接模式，主机之间构成点到点的数据连接。意味着交换式以太网中主机之间没有数据冲突的困扰，因而也不需要运行 CSMA/CD 链路访问控制机制来争用链路以实现数据传输⊖。

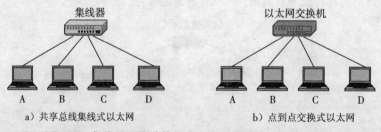

图 4-16 集线器连接计算机节点和交换机连接计算机节点

与通过集线器连接主机的以太网相比较，交换式以太网能够扩展局域网的链路带宽。假如图 4-16a 中集线器接口以 100M 以太网链路标准连接计算机终端 A、B、C、D，意味着连接在集线器上的 4 个计算机共享这 100M 链路带宽。如果图 4-16b 交换式以太网中，交换机各个端口同样以 100M 以太网链路标准分别连接计算机 A、B、C、D，假设此时终端 A 发送数据给 B，终端 C 发送

⊖ 大部分以太网交换机提供工作模式选择，即选择半双工或全双工工作模式。半双工类似步话机的工作方式，同一时刻只能向一个方向传输数据，全双工类似电话机的工作模式，可以同时双向传输。以太网 CSMA/CD 协议要求同一时刻只能有一个数据帧传输，被理解为半双工方式；交换式以太网不需要 CSMA/CD 协议支持，可以同时发送或接收数据，被认为是全双工方式。当选择全双工方式时，以太网交换机关闭 CSMA/CD 控制机制，以加快数据转发处理速度。

数据给 D，则 A 与 B 之间能够使用完全的 100M 链路带宽进行数据传输，同样，C 与 D 之间也可以独立使用 100M 的链路带宽进行数据传输，此时这种交换式以太网的总带宽可以达到 200M。

3. 虚拟局域网

局域网交换机技术能够将不同端口连接的网络分隔成不同的冲突域，但这些网络仍然处在一个共同的广播域中。如图 4-15 中某个部门的计算机发送一个广播帧，交换机会把这个广播帧转发到所有其他的端口，使所有部门的主机都会收到这个广播帧。虚拟局域网 VLAN(Virtual LAN)技术是以局域网交换技术为基础，通过局域网交换机内部的软件功能，实现将网络中的计算机主机按照功能、应用或者部门等因素构成虚拟的工作组或逻辑网段，这些逻辑网段分别拥有独立的冲突域和广播域。

图 4-17 描述了一种按交换机不同端口划分 VLAN 的方式，假设交换机 1 的端口 6、7 和交换机 2 端口 2、3、4 构成 VLAN1，交换机 1 的端口 2、3、4、5 和交换机 2 的端口 5、7、8 构成 VLAN2。VLAN 内部节点发出的广播帧并不会被交换机转发到本交换机或其他交换机上不同的 VLAN 连接的主机上。如，交换机 1 端口 6 连接的主机发送一个广播帧，该广播帧只能被主机所在 VLAN1 上的其他主机收到，而不能被传送到 VLAN2 上的主机，尽管从连接结构上它们是连在一起的。

我们进一步讨论 VLAN 技术如何实现 VLAN 内主机之间的数据传输。VLAN 交换机保留普通局域网交换机的所有功能，包括通过自学习构建其转发表、运行生成树算法消除转发环路、对所接收数据帧按其 MAC 地址进行转发等等。在此基础上，附加相应的 VLAN 控制机制将这种转发限定在一个 VLAN 内。

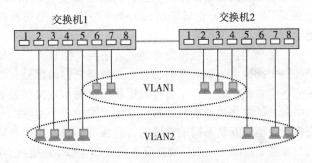

图 4-17 基于端口连接方式的虚拟局域网

许多局域网交换机都能够提供基于不同的划分方法而实现的 VLAN 技术，图 4-17 是比较常用的一种 VLAN 划分方式，按交换机的不同端口划分 VLAN，IEEE 802.1Q 协议定义了基于端口的 VLAN 模型。我们通过图 4-18 简述这种 VLAN 的实现过程。VLAN1 由交换机 1 的端口 3 与交换机 2 的端口 2 构成，VLAN2 由交换机 1 的端口 4 和交换机 2 的端口 3 组成。基于端口的 VLAN 技术要求为每个 VLAN 设置一个 ID，支持 VLAN 的交换机首先对基端口进行

VLAN 设置。图 4-18 中，假设 VLAN1 的 ID 为"100"，则交换机 1 和交换机 2 分别将属于 VLAN1 的端口 ID 都设置为"100"。类似地，设 VLAN2 的 ID 为"200"，并对 VLAN2 各个端口进行设置。两个交换机的端口 1 是一种特殊的端口，用于连接不同的交换机，称为干道(trunk)端口，trunk 端口可以设置成能够接收或转发多个 VLAN 的报文。

假如主机 A 向同一 VLAN 中另一个主机 C 发送数据帧，交换机 1 收到数据帧，先为其添加一个所属 VLAN 的标记"100"，查

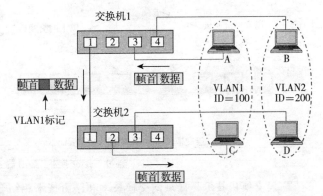

图 4-18 端口划分 VLAN 数据帧转发过程

找到目的主机 C 的 MAC 地址对应端口 1，从端口 1 转发数据帧。交换机 2 接收到这个携带 VLAN 标记的数据帧，查出其 MAC 地址对应端口 2，如果这个端口的 VLAN ID 与数据帧携带的 ID("100")一致，则去除掉数据帧的 VLAN 标记，转发数据帧。所有与 VLAN1 使用不同的 VLAN ID 的其他端口都不会转发这个数据帧，只是丢弃它。因此数据帧或广播帧的传播被限定在一个 VLAN 范围之内。

VLAN 之间并不能够直接进行数据通信，如图 4-18 中 VLAN1 和 VLAN2 之间尽管从连接结构上看是相通的，但 VLAN 技术使得它们之间就像没有连通的局域网交换机一样，彼此通信需要借助于其他网络层互连设备实现。稍后我们将学习的三层交换机或者路由器能够实现 VLAN 之间的数据通信。

局域网交换机实现 VLAN 可以基于不同的方法，比如以上我们讨论的是按照交换机不同端口划分 VLAN。除此之外，还可以按照 IP 地址来划分，按照数据帧的 MAC 地址划分，或者按照使用的不同协议来划分等等。常用的划分方法是将端口和 IP 地址结合来划分 VLAN，将某个交换机或多个交换机的某几个端口设置成一个 VLAN，并为这个 VLAN 配置相应的网络地址(IP 地址)，使得每个 VLAN 构成一个子网，子网之间通过三层交换技术相互通信。关于子网的概念我们将在第 5 章网络互联中学习。

4. 三层交换技术

不同 VLAN 之间并不能通过局域网交换技术实现数据通信，VLAN 之间的数据通信需要采用三层交换技术。局域网交换技术是基于局域网数据帧的地址信息来定义数据交换规则，因此也被称为二层交换或数据链路层交换。所谓三层交换是指根据数据分组的三层信息或网络层信息(如 IP 地址)决定数据分组转发端口的交换技术，三层交换机能够互联基于二层交换的局域网，实现更大规模的局域网扩展。

三层交换技术可以由路由器或者三层交换机实现，二层交换机可以理解为一种具有基本路由功能的交换设备，稍后我们会进一步解释它们的区别。三层交换设备本身是网络层转发设备，接收到一个数据帧后，并不会按数据帧的目的地址来转发数据，而是提取其中的网络层分组，依据其中的目的网络地址转发数据，它需要维护一个网络层地址与端口对应关系的路径转发表。三层交换设备能够互联不同的局域网，并将不同端口连接的局域网分隔成不同的网段。

如图 4-19 所示，三层交换设备端口 E1 和 E2 连接两个以太网或两个 VLAN(LAN1 和 LAN2)。当 LAN1 内的主机 H1 向 LAN2 内主机 H2 发送数据时，H1 首先将 IP 目的地址为 H2 的 IP 数据报封装在一个数据帧中，并将这个数据帧发送到三层交换设备的 E1 端口；三层交换设备从接收的数据帧中提取其中携带的 IP 数据报地址信息，查找出该 IP 地址对应输出端口 E2，再向 E2 转发这个数据分组。对于主机 H1 向所在 LAN 内主机发送的数据帧或广播帧，三层交换设备不会向其他端口转发。

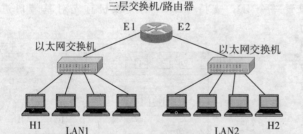

a) 三层交换机/路由器连接LAN1和LAN2   b) IP数据报封装在以太网数据帧中

图 4-19   通过三层交换机/路由器连接不同的局域网

三层交换机技术是局域网交换技术和路由技术相结合的产物，局域网中使用三层交换机来替代路由器出于几个原因。首先，路由器的主要功能是路由选择，需要维护庞大的路由表，并对连接状态的变化做出尽可能迅速的反应，路由器是具有相当丰富路由协议的软件与硬件结合的网络设备。在局域网环境中，路由器的主要作用是分隔局域网网段，实现不同网段之间的数据转发和广播隔离，只需要比较简单的路由选择。此外，路由器依据 IP 地址转发数据分组，由于 IP 地址中用于路径查询的网络地址部分位数不固定，使得路由器在路由表中查找相匹配的记录的效率受到影响，往往需要借助于软件实现。相比之下，局域网交换机的自适应地址学习过程以及生成树的更新和维护工作都相对比较简单，而且，二层交换机通常采用专用网络器件实现高速交换。这就启发人们想到设计一种含有比较简单路由功能的交换机，即三层交换机，在局域网环境中三层交换机使用网络层协议中的信息（如 IP 地址）来加强二层交换功能。

三层交换机对数据分组的转发过程是，当同一组数据分组中（目的地址相同）第一个数据分组进入三层交换机后，三层交换机将会对该数据分组进行路由，同时，记录相应的 IP 地址与 MAC 地址的映射关系。当接下来的数据分组再进入这个交换机时，交换机不必再为该数据分组进行路由，而是通过 IP 地址与 MAC 地址的映射关系，直接用相应的 MAC 地址进行高速交换，以提高交换处理速度。三层交换能够实现不同 LAN 之间、不同 VLAN 之间的数据通信，并有效地解决了路由器所带来的网络瓶颈。

三层交换机本身不能提供完整的路由选择协议，也不具备同时处理多个协议的能力，因此当局域网必须与公网互联实现跨地域的网络，或是连接不同协议的网络时，三层交换机并不能完全胜任并替代路由器。除此之外，路由器还具有其他网络管理能力，如防火墙等功能，这也是三层交换机所不具备的。

在这一节的一开始我们提到局域网还有另一方面的扩展需求，即扩展局域网的传输距离。由于数据在光纤中传输的数据率高，传输时延低，并且信号衰减低，因此通过光纤可以实现远距离的局域网之间的数据通信，在传输距离上起到扩展作用。如图 4-20 所示，光收发器用于将局域网中计算机产生的电信号转换成能够在光纤介质中传输的光信号，以及将光信号再转换成计算机能够识别的电信号，光收发器通常集成在局域网交换机或三层交换机的某个端口，实现较远距离的局域网之间的数据连接。

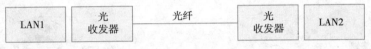

图 4-20　采用光纤连接远距离的局域网

4.4　无线局域网

这一节我们学习另一种越来越受到人们关注的局域网技术：无线局域网技术（Wireless Local Area Network，WLAN）。

4.4.1　无线网络概述

无线网络通过将数据信号加载到在空气中传播的无线电波上实现数据传输。由于无线数据通信的特殊性，各个国家对于无线通信所使用的无线电波频率进行统一管制，将某一频段内的某项业务的频率在地域或时间上的使用预先做出统筹安排，以实现频率资源的有效利用，并避免频率间的有害干扰。作为工业、科学和医学专用的 ISM 频段为 2.4GHz，这个频段的使用不需要申请许可证，因而被用于无线局域网中的数据传输。

目前有多种不同类型的无线网络技术，这些无线网络所使用的载波频率、数据率、覆盖范围以及应用领域等都有所不同。如果从无线网络所覆盖的面积范围来看，无线网络大致可以分成以下几种类型。

无线个人区域网（Wireless Personal Area Network，WPAN），WPAN 主要用于实现笔记本电脑、移动电话、PDA 等设备之间的无线信息交换，如图 4-21 所示，

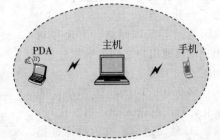

图 4-21　通过蓝牙技术实现便携式电脑与外设之间的数据通信

WPAN 可以看成是一种无线自组织网络，被 IEEE 802 委员会定义为 IEEE 802.15 标准，其中"蓝牙"(Bluetooth)技术是 WPAN 网络的主要技术标准，用于实现笔记本电脑、移动电话、耳机等设备之间的短距离数据传输。"蓝牙"工作在全球通用的 ISM 频段 2.4GHz，覆盖半径在 10 米之内。通过"蓝牙"技术连接在一起的所有设备以主从方式构成 WPAN，一个 WPAN 内可以只有两台彼此通信的设备，比如一台便携式电脑和一部移动电话，也可以由多台设备组成，其中主工作设备承担网络中时钟和信号频率的同步等控制工作。

    无线局域网 WLAN 采用无线通信技术代替传统的电缆局域网，实现家庭、办公室、大楼内部以及园区内部的数据传输。目前 WLAN 采用的主要技术为 IEEE 802 定义的 802.11 标准系列。IEEE 802.11 规范并定义了 WLAN 的物理层和数据链路层协议，通常 WLAN 技术也简称为802.11 或无线保真 WiFi(Wireless Fidelity)。802.11 使用的主要频率范围是 ISM 的专用频段2.4GHz，典型的覆盖范围是几十米至上百米。IEEE 802.11 定义了两种基本的工作模式：基础网络模式和自组网络模式。在基础网络模式中，所有通信包括无线设备之间以及无线设备和有线设备之间的通信通过接入点(Access Point，AP)进行，如图 4-22a 所示。接入点的基本功能是控制和管理无线网络中无线终端对无线网络信道的使用和分配，并作为中间连接设备实现无线终端与有线终端之间的数据传输。802.11 定义的自组网络模式如图 4-22b 所示，自组形式构成的无线网络不需要借助于接入设备，当两个无线终端之间的距离超出了无线传输的作用范围时，往往要通过多个中间节点的转发来实现通信。因此每个无线终端既是一个数据终端，同时又担负着为其他终端的数据传输进行路由和转发的工作。基于中心接入点的无线局域网主要目标是使无线终端通过接入点接入有线网络，而自组网络则更侧重于网络内部构成自主网络的节点之间进行数据交换。

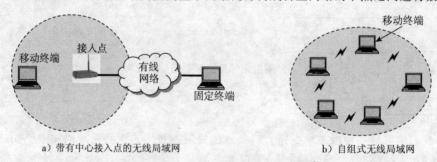

a）带有中心接入点的无线局域网   b）自组式无线局域网

图 4-22   两种类型的无线网络拓扑结构

    除了上述两种较小覆盖范围的无线网络，另一种比较典型的无线网络是蜂窝式移动电话网络，覆盖范围可以是整个国家，甚至是一个更大的区域。移动电话通信网络把一个较大的区域分成许多像蜂窝一样的小区域，其中每个区域（蜂窝）由一个基站（接入点）负责向区域内的移动用户终端（手机）发送或接收信号，基站再通过一个称为移动业务交换中心的系统连接到公共电话网 PSTN或因特网等基础网络，实现移动用户与其他用户之间的数据连接，如图 4-23 所示。

    移动电话网络经历了几代的演化，目前已进入 3G（第 3 代）阶段。3G 移动通信系统的目标是提供高质量高数据率的语音和计算

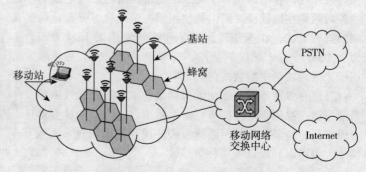

图 4-23   移动通信网络系统示意图

机数据通信服务，3G 采用完全的分组交换技术，网络根据业务的需求动态分配无线信道带宽资源，使得无线终端能够以更高的数据传输率接入基站。3G 移动通信技术要求在移动中的传输速率

能够达到 144kbps，静止时速率达到 384kbps，室内速率达到 2Mbps。

4.4.2 无线局域网的基本工作原理

目前，IEEE 802.11 定义了 3 种基本的 WLAN 标准：802.11a、802.11b 和 802.11g。这 3 个 802.11 标准有许多共同特征，如采用相同的介质访问控制机制，它们都可以支持基础网络工作模式和自组网络工作模式，3 种标准采用完全一致的数据帧传输格式。这三种 WLAN 标准的主要区别在于物理层，802.11a 使用的载波频段为 5GHz，最大数据率可以达到 54Mbps，由于载波频率相对于 802.11b 和 802.11g 比较高，因此有效传输距离也相对较短。IEEE 802.11b 工作频段为 2.4GHz，最大数据率为 11Mbps，802.11g 同样工作在 2.4GHz 频段，由于采用了与 802.11b 不同的编码技术和纠错方案，使得数据率可以达到最高 54Mbps，同时又较 802.11a 有更长的有效传输距离，因而有着很好的应用前景。802.11b 是最早提出的 WLAN 标准，也是目前应用最为广泛的 WLAN 技术。

1. WLAN 网络结构

在这一节中，我们对于 802.11 无线局域网的讨论主要限于它的基础网络工作模式。图 4-24 描述了基础网络工作模式的连接拓扑结构，每个接入点和它所覆盖的无线终端构成一个**基本服务集**（Basic Service Set，BSS），图 4-24 中，接入点 AP1 和 AP2 与它们所覆盖的无线终端分别构成两个基本服务集 BSS1 和 BSS2。一个 802.11 的基本服务集通常能够覆盖几十至几百个用户，覆盖半径最高能够达到上百米。通常 AP 作为有线局域网如以太网中的一个节点接入基础网络，在同一个以太网环境中，为了

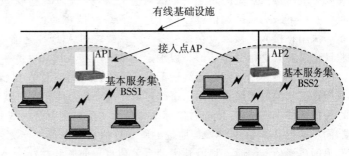

图 4-24　802.11 基础网络工作模式连接结构

能够覆盖更多的无线终端，可以配置多个 AP 并构成多个基本服务集 BSS。如果这些服务集 BSS 的覆盖区域相互重叠，则每个 BSS 通过选择不同频率的信道来消除相互之间的信号干扰。由多个 AP 以及连接它们的有线网络系统组成的结构化网络构成一个**扩展服务区**（Extended Service Set，ESS），IEEE 802.11 标准中并没有对 AP 连接的有线网络系统加以定义和限制，但目前 WLAN 最普遍使用的有线网络架构是以太网。扩展服务区中的有线网络结构只包含物理层和数据链路层，因此，不同 ESS 之间的数据通信需要通过三层交换机或路由器转发而实现。

802.11 中接入点有两个主要功能：一是控制和管理一个基本服务集内无线终端的信号同步，使用的信道频率和数据率，以及采用的共享信道访问控制等；二是负责 BSS 内无线终端与其他数据终端之间数据转发，在转发之前进行相应的数据帧格式转换。AP 与无线终端之间使用 802.11 标准所规定的底层技术和协议规范进行数据交换，同时 AP 又作为以太网的一个有线连接节点，按照以太网定义的底层技术和协议规范与以太网交换设备或其他主机进行数据通信。图 4-25 描述了接入点这种双重身份的体系结构。

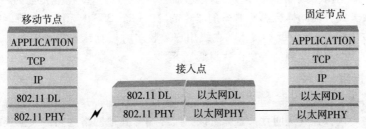

图 4-25　接入点有双重的数据链路和物理链路

2. 无线通信信道

在每个基本服务集内，AP 与无线终端之间使用共享无线信道进行数据传输，并通过 802.11 定义的无线信道介质访问控制机制争用共享信道。为了能够在一定的区域内为更多的无线用户提供传输通道，802.11 提供了多个不同频率的通信信道。例如，802.11b 在 2.4～2.4835GHz 频率范围内定义了 11 个不同频段的通信信道，并规定只有在两个信道之间由其间的 4 个或更多的信道隔开时，才可以同时工作而互不干扰。如果这 11 个信道是按频率顺序排列，那么最多可以在同一个区域内使用 3 个不重叠的信道，即信道 1、6、11。这就是说在同一区域内可以有 3 个 BSS 分别使用信道 1、6、11 同时工作而不会互相干扰，这 3 个 BSS 中的 AP 可以连接到一个交换机上，从而实现同一区域内连接更多的无线站点。如果使用相邻有重叠或者相同频率的无线信道，则要求每个 BSS 所覆盖的物理区域不能出现重叠，否则 WLAN 无法正常工作。这种多个频率重复使用的特点很像蜂窝移动通信系统中，相邻的区域(蜂窝)不使用相同或相邻的信道频率。

3. 认证和关联

当一个无线终端加入一个 WLAN 时，首先选择一个 AP 并与之关联。**关联**(association)使得无线终端与接入点之间建立一定的对应关系，之后 AP 接受该无线终端成为 BSS 中的一个无线站点，在接下来的数据通信过程中，这个无线终端将通过与之关联的 AP 接收或发送数据。为了防止非法用户接入，接入点在接受一个无线终端进入 BSS 之前，首先通过这个无线终端提供的身份验证信息对其进行身份认证，以限定无线终端接入局域网。

一个无线终端启动其无线适配器(无线网卡)时，首先开始在不同频率的无线信道上扫描来查找所在区域内的无线接入点。每个区域中的 AP 会周期地向其覆盖范围内发送一种特殊的广播帧，称为信标帧(beacon frame)。信标帧所包含的信息主要是一些与数据传输相关的信息，如使无线终端同步的信息、AP 的 MAC 地址、所支持的数据率等。当无线终端在某个信道上接收到某个 AP 发出的广播信标帧时，提取其中的有关信息，便开始与这个 AP 进行身份认证和关联。

802.11 定义的身份认证过程为，无线终端首先向接入点提供标识其身份的认证信息，例如，每个 BSS 可以设定一个服务集标识符(Service Set ID, SSID)，如果新加入的无线终端能够向 AP 准确无误地提供这个 SSID，便可以通过 AP 的身份验证。除此之外，AP 也可以维护一个所允许的无线用户列表，以这些用户的无线适配器硬件地址(MAC 地址)作为身份认证来验证无线节点的合法性。为了提高无线网络的安全性，802.11 还提供了基于加密技术的认证机制，通过加密无线终端与 AP 之间传输的认证信息，使得第三方获取这些认证信息之后，因为不了解双方所使用的密钥而无法得到原始数据信息。

每个无线终端只能与一个 AP 建立关联，如果某个覆盖范围内有多个服务集，无线终端可能会扫描出多个不同服务集中 AP 发出的信标广播帧，在身份验证没有问题的前提下，无线终端可以选取其中信号较强并且帧出错率较低的一个 AP 与之关联。关联过程中，无线终端与 AP 之间要根据信号的强弱协商数据传输速率，当无线终端和 AP 距离较远或区域中的信号较弱时，双方会选择较低的传输速率，以 802.11b 为例，速率变化包括 11Mbps、5.5Mbps、2Mbps 和 1Mbps。每个 BSS 可以覆盖的范围取决于很多因素，选择较高的数据率使 AP 所能传输的距离减小，无线设备的发射功率以及天线种类同样会影响 BSS 的覆盖范围。每个 BSS 中无线站点所能够使用的传输带宽与在线用户的数量有关，当 AP 所接入的在线用户数较多时，意味着将有较多的用户共享无线传输信道，每个用户所能够分享到的带宽也就越低。

4. 无线终端漫游

漫游(roming)指无线终端在一组不同的无线接入点之间移动，并且在移动过程中能够对用户正在进行的各种网络应用保证其透明性，意味着该无线终端与其他网络之间的数据连接在移动过程中不中断，能够继续保持其相应的数据接收和发送操作。漫游包括**基本漫游**和**扩展漫游**。基本漫游指无线终端的移动局限在一个扩展服务区内不同的服务集之间，由于无线终端仍然处在同一个扩展服务区，需要改变的仅仅是无线终端与一个不同的 AP 进行重关联，而相应的网络层信息并不需要改变，因此并不会影响到无线终端正在进行的网络应用。802.11 本身能够支持这种基本漫游。扩展漫游指无线终端从一个扩展服务区中的一个 BSS 移动到另一个扩展服务区的一个 BSS，意味着无线终端从一个局域网移动到另一个局域网环境⊖，此时，移动终端本身的 IP 地址以及网关（路由器）的 IP 地址等网络设置都将发生变化。基于 TCP/IP 协议的各种网络应用以 IP 数据分组的形式传输数据，因此要保证这种移动过程对所有正在进行的网络应用透明，不仅要求无线终端与一个不同的 AP 重新关联，还要求该无线终端所接收或发送的所有数据分组网络层首部信息都做相应的改变。802.11 作为一个基于数据链路层和物理层的技术标准，并不能够支持这种漫游的上层无缝连接。

针对上述扩展式的漫游，传统的 TCP/IP 协议只能支持因特网中拥有固定网络配置的节点之间相互通信⊜，当主机移动到不同的网络环境中时，移动节点只能中断正在进行的网络应用经过重新设置后，才能继续相应的网络应用。IETF 网络工作组于 1996 年提出移动 IP 技术标准（Mobile IP，RFC 2002～2006）作为对 TCP/IP 协议的补充。简单地说，移动 IP 能让网络节点在移动的同时不断开连接，并且还能正确收发数据包，它实现的基础是移动主机在移动过程中始终使用同一个固定不变的 IP 地址保持与其他主机之间的数据通信。

目前移动 IP 技术还处在发展阶段，还有许多需要完善的地方。IETF 的移动 IP 工作组在 IPv6 中对许多方面进行了补充和完善。

4.4.3 无线局域网共享信道访问控制

类似于有线的以太网链路，每个 BSS 内的无线主机包括 AP 共享一个传输信道，当两个无线主机同时向 AP 发送数据时便可能引发数据冲突。以太网采用 CSMA/CD 介质访问控制机制解决共享信道的数据冲突问题，然而这种介质访问控制对于无线数据传输却很难实现，主要可以归纳为以下两个原因：

第一，无线主机很难检测出它所发出的数据是否与其他数据发生冲突。由于无线信号在传输过程中的衰减特性，发生碰撞的信号并不一定还能够继续传播并返回到发送数据的源主机。发送数据的主机由于不能及时检测到数据冲突而立即停止发送，可能会继续发送已经与其他数据发生冲突的无效数据帧，因此而浪费大量的信道带宽资源。

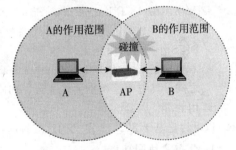

图 4-26 无线数据传输的隐蔽站问题

第二，无线传输存在**隐蔽站**问题。我们通过图4-26 来解释这个问题。假设图 4-26 中无线主机 A 和 B 均处在 AP 的无线信号覆盖范围内，并且都与 AP 进行关联，但 A 和 B 相互不在对方的信号覆盖范围之内，即 A 不能收到 B 发出的无线信号，同样 B 也收不到 A 发出的无线信号。假如此时 A 正在向 AP 发送数据，由于 B 检测不到这个数据信号，因此会认为目前信道空闲而开始向 AP 发送数据，结果这两路信号在 AP 节点处发生碰撞。

综合上述，WLAN 中的无线主机并不能像以太网中主机那样，能够及时检测到所发出的数据发生碰撞而停止继续发送，同时又因隐蔽站问题也难以准确地判断出信道是否处于空闲状态。因此，对于无线局域网中共享信道的介质访问控制，采用的基本策略是尽可能减少数据冲突的发生，可以说无线

⊖ 这里提到的不同局域网环境，是指通过三层交换或路由器连接的不同局域网网段。

⊜ 网络配置包括为主机设置一个 IP 地址、网关、域名服务器等，只有经过这些网络配置之后，主机才能够与其他主机进行数据通信。网络配置可以通过手工实现，也可以通过动态主机配置协议（Dynamic Host Configuration Protocol，DHCP）由服务器为主机设置。移动主机通常在关联阶段从 AP 得到相应的配置信息。

网络中冲突避免比冲突检测更具实际意义。802.11 提供了两种基本的共享信道介质访问控制机制，一种称为载波侦听多点接入/冲突避免(CSMA/CA)控制机制。与以太网的 CSMA/CD 不同，CSMA/CA 机制的主要特点是尽量避免数据冲突的发生，这种方式也称为分布式协同功能(Distributed Coordination Function，DCF)。802.11 提供的另一种共享信道介质访问控制机制是通过 AP 轮询控制无线终端对链路的访问，这种方式也称为点协同功能(Point Coordination Function，PCF)，PCF 功能主要用于接入点(AP)与其他无线节点之间相互交换用于管理的请求与应答数据帧。PCF 方式仅适用于通过 AP 进行数据传输的基础网络工作模式，而 DCF 则可以用于基础网络工作模式和自组网络工作模式。

上述两种共享信道访问控制机制的核心思想都是避免或减少 WLAN 中数据碰撞的发生，为了实现这一基本目标，802.11 标准为数据帧定义了不同的信道使用优先级，优先级高的数据帧比优先级低的数据帧更优先使用共享信道。具体的实现方法是让网络中每个节点在发送每个数据帧之前首先等待一个时延，这个时延参数的大小根据节点将要发送的数据帧优先级别的不同而不同。优先级较高的数据帧可以在检测到信道空闲之后等待一个较短的时延后发出，而优先级较低的数据帧则需要在检测到信道空闲之后等待一个较长的时延后才能发出。802.11 定义了三种不同的时间参数，短帧间隔 SIFS、长帧间隔 DIFS 和点协同间隔 PIFS，如图 4-27 所示。

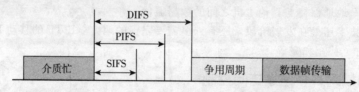

图 4-27   802.11 定义了 3 种不同的帧间隔

- 短帧间隔(Short Inter-Frame Spacing，SIFS)。这是三个时间参数中最短的时间间隔，因此使用这个时间参数作为等待时延的节点将用最高的信道使用优先级来发送数据帧。网络中的控制帧以及对所接收数据的确认帧都采用这个时间参数作为发送之前的等待时延。
- 长帧间隔(DCF Inter-Frame Spacing，DIFS)。长帧间隔也称为分布式协同帧间隔，是最长的时间参数，也是优先级最低的数据帧发送之前所用的等待时延。所有的数据帧都采用 DIFS 作为等待时延。
- 点协同帧间隔(PCF Inter-Frame Spacing，PIFS)。点协同帧间隔介于短帧间隔和长帧间隔之间，具有中等级别的优先级。PIFS 主要作为 AP 定期向服务区内发送管理帧或探测帧所用的等待时延。

以下讨论基于 802.11 定义的这三种时间间隔，实现上述两种介质访问控制原理。

1. 分布式协同功能

CSMA/CA 介质访问控制机制是实现分布式协同功能 DCF 的基础。CSMA/CA 要求所有终端发送的数据帧以最低的优先级争用共享信道，当发送节点成功地发送一个数据帧时，接收节点以最高信道使用优先级发送对接收数据帧的正确确认帧，这个过程如图 4-28 所示。

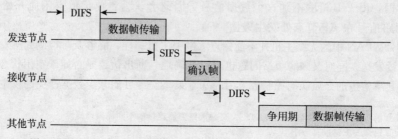

图 4-28   CSMA/CA 定义数据帧优先级最低，确认帧的优先级最高

WLAN 中设置对数据帧的确认有两个主要目的：第一，WLAN 中无线信号在传播过程中容易受到外界干扰，因此数据传输差错率比有线网络要高，通过确认服务可以提高 WLAN 中数据传输的可靠性；第二，WLAN 中无线信号在传输过程中的衰减特性，使得发送方很难能够像以太网那样检测出所发出的数据帧是否与其他数据帧发生了数据碰撞，确认服务能够帮助发送方了解所发出的数据是否成功地到达目的节点。802.11 将确认帧设置为拥有最高信道使用优先级，主要原因是确认帧比较短，不会占用较长的信道使用时间，接收方在收到一个数据帧后就能够马上返回一个确认帧，使得发送方能够尽快了解所发送的数据帧是否成功，之后能够决定其下一步操作。

以下简述 802.11 定义的 CSMA/CA 工作过程：

- 共享信道空闲的情况。如图 4-28 所示，主机需要发送一个数据帧时，首先检测信道，在持续检测到信道空闲达一个长帧间隔 DIFS 之后，主机发送数据帧。接收主机正确接收到该数据帧，等待一个短帧间隔 SIFS 后马上发出对该数据帧的确认。这种机制可以从两个方面避免数据冲突的发生，一方面因为短帧间隔比长帧间隔短，因此接收主机能够在其他主机使用信道发送数据帧之前，优先将对接收数据的确认帧发送出去。其他主机检测到这个确认帧，不会在此期间发送数据。另一方面，如果有多个主机需要发送数据，只要这些主机不是在完全相同的时刻开启 DIFS 定时器，那么最先开启 DIFS 定时器的主机将优先启动发送操作，这同样可以减少数据碰撞的发生。

- 共享信道繁忙的情况。试想如果两个以上的主机都准备发送数据，并且当前信道正在被占用，那么这些主机将会在信道被释放时同时检测到信道空闲，并启动 DIFS 定时器，结果会使这些主机在 DIFS 定时递减为 0 时同时启动发送操作而导致数据碰撞。为避免这种情况发生，802.11 定义了信道繁忙时主机对信道的争用规则。每个发送主机在检测到信道忙时选取一个随机回退计数值，在检测到信道空闲时递减这个计数值，而在检测到信道忙时，保持该计数值不变，直到该计数值递减至 0。显然此时信道为空闲状态，如果能够持续检测到一个长帧间隔的信道空闲，主机便可以发送数据帧。这与以太网的处理不同，因为以太网中主机能够在数据发生冲突后很快就检测到这种冲突而停止继续发送，因此，以太网主机在信道忙时采用 1-坚持策略。而 WLAN 中主机很难及时检测到数据冲突，可能会继续占用信道发送某个已经碰撞的无效数据帧，因此 802.11 选择上述更保守的方式减少数据冲突的发生。

- 出现数据帧传输差错的情况。WLAN 中数据传输可能因信号干扰或数据冲突而发生传输差错。对于一个正确传输的数据帧，发送方应该在数据帧发送结束后一个短帧间隔之后收到确认（忽略信号传播时延和节点对数据的处理时延）。如果发送方在这个间隔之后没有收到对发送数据的确认，或者检测到信道上正在传输不同的数据帧，则认为最初的数据帧传输失败，将采用上述同样的信道争用规则重传这个数据帧。

802.11 CSMA/CA 控制机制通过帧间隔来协调不同节点发送不同的数据帧，很大程度上避免了数据冲突的发生，但同时也增加了数据传输的时延。当服务集中的无线节点增多并且网络比较繁忙时，网络的吞吐量会明显下降。

802.11 采用 CSMA/CA 控制，并不能够完全避免数据冲突。例如，图 4-26 所描述的隐蔽站问题，802.11 提供了一种对于 CSMA/CA 的扩展方案，通过信道预约的策略避免网络中的数据冲突。

802.11 信道预定功能提供了一种能够避免数据冲突发生的信道预留控制机制。引入了两种特殊的控制帧：请求发送帧（Request-To-Send，RTS）和允许发送帧（Clear-To-Send，CTS）。RTS 帧由准备发送数据的主机发出，CTS 帧由接收主机在收到 RTS 请求帧之后发出，RTS 和 CTS 帧都包含一个时间参数，记录了完成这一次数据传输将占用信道的时间周期。网络中的其他无线主机通过提取这个时间参数动态维护一个网络分配向量（Network Allocation Vector，NAV），在 NAV 所指定的时间周期内非活动主机将不会尝试向网络中发送数据，因此达到了信道预定的目的。

802.11 信道预定功能的工作过程如图 4-29 所示，其工作过程如下所述：

- 需要发送数据的主机首先向目的主机发送一个 RTS 帧，其中包含一次数据帧传输到接收到对该数据帧的确认将占用信道的时间周期。RTS 的发送操作按照 CSMA/CA 中对普通数据帧定义的信道争用规则进行。如果主机成功地发送一个 RTS 帧，将会使发送方所覆盖区域内其他主机了解到该区域中的信道将被占用及占用的时间，其他主机因此会避开这个时间周期尝试发送数据。
- RTS 的目标主机接收到 RTS 时，等待一个短帧间隔 SIFS，返回一个对 RTS 的回复帧 CTS。CTS 帧同样包含整个传输周期将会占用信道的时间。CTS 帧能够使接收方所覆盖区域中的其他主机了解信道将被占用，以及被占用的时间。
- RTS 请求主机在收到对 RTS 的确认 CTS 时，等待一个短帧间隔 SIFS 之后，开始发送数据帧。接收方收到该数据帧后等待一个短帧间隔 SIFS，返回确认帧（假如数据帧被正确接收）。至此，一个通过信道预定功能实现的数据帧传输过程结束。
- 网络中其他主机在接收到 RTS 或 CTS 帧之后，根据 RTS/CTS 帧通告中占用信道的时间参数更新它们的网络分配向量 NAV。在 NAV 定时器有效定时时间内，网络中的所有主机不会再去尝试发送数据，只有在 NAV 定时结束后，才通过载波检测来判定当前的信道状态。

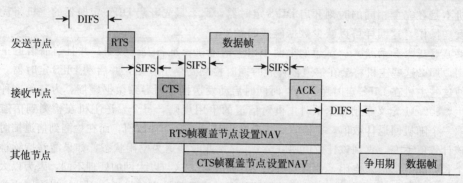

图 4-29   802.11 通过 RTS/CTS 帧实现信道预定功能

现在我们回过头来分析信道预定功能对图 4-26 描述的隐蔽站问题所提供的解决方案。图 4-26 中，主机 A 和 B 互为对方的隐蔽站，因此采用普通的 CAMS/CA 方案难免发生 A 和 B 同时使用信道而造成数据冲突。如果 A 向 AP 发送数据之前先发送一个到 AP 的请求发送数据帧 RTS，AP 随后返回一个到主机 A 的 CTS。这个 CTS 帧有两个作用：一是通知 A 可以发送数据帧；二是通告区域内其他主机在此期间不要再尝试发送数据。采用这种信道预定机制，虽然 B 检测不到 A 发出的 RTS 帧，但却可以接收到 AP 返回给 A 的 CTS 帧（因为 B 一定是在 AP 所能覆盖的范围之内）。B 通过 AP 返回给 A 的 CTS 可以了解到信道将被占用的时间周期，因此不会在此期间再尝试发送数据帧。

如图 4-29 所示，RTS/CTS 信道预定机制中，只有最初的 RTS 帧使用最低优先级争用信道，一旦信道争用成功，接下来双方传输的所有帧都采用最高优先级使用信道。这就意味着如果发送节点能够成功地发送一个 RTS，则随后双方之间所发生的数据帧传输将不会再与其他节点的数据产生冲突，直到发送节点接收到一个确认帧。意味着这一段无冲突产生的周期结束，所有主机将进入下一个信道争用周期。事实上发送主机最初发出的 RTS 帧仍然可能会因隐蔽站问题而和其他主机发出的数据帧碰撞，由于 RTS 本身比较短，因此对信道造成的损失相对比较小。

信道预定功能每次发送数据之前通过 RTS 和 CTS 预定信道，同时带来了可观的传输时延。因此，803.11 提供了选择信道预定的功能，当无线主机需要传输较长的数据帧时，可以选择使用这种信道预定功能以减少数据碰撞造成的信道资源损失。

2. 点协同功能

802.11 提供的另一种信道访问控制机制点协同功能 PCF，通过接入点 AP 的控制，使得网络进入一种无竞争的工作状态，PCF 仅适用于基础网络工作模式的 WLAN。如图 4-30 所示，进入 PCF 控制模式之前，接入点 AP 首先向其覆盖范围内发送一个信标广播帧，信标帧拥有中等优先信道使用权限，其中包括此次通信过程将占用信道的时间周期参数，区域中其他无线终端根据该时间参数更新它们的 NAV 变量。当信标帧成功地争用信道并发送出去，AP 会依次向移动站点发送轮询消息帧(图中以"轮询 N"表示 AP 发送给移动终端 N 的轮询帧)，每个移动站点响应这些轮询消息并轮流使用信道向 AP 发送数据帧(图中以"数据 N"表示移动终端 n 响应的数据帧)，AP 发出的轮询消息帧和移动站点发出的数据帧传输全部采用最高信道使用优先权，从而避免了区域中再有其他节点发送数据而发生冲突。最后，当 AP 结束与每个移动站点的数据通信之后，发送一个结束消息帧通告这一次通信周期的结束，移动站点收到这个结束帧重新更新其 NAV，之后进入新的信道竞争状态。由图 4-30 可以看到，从 AP 成功发送一个信标帧，网络便进入一种无信道竞争的状态，直到这一次通信过程结束，所有站点再次进入正常的信道争用阶段。

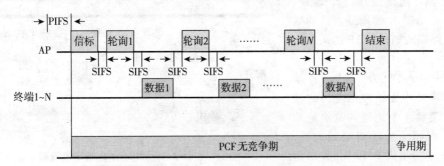

图 4-30   PCF 轮询工作方式使信道处于无竞争状态

　　PCF 工作模式主要用于接入点 AP 周期性发出的管理帧或测试帧，通过这种服务，AP 与区域中的无线终端就网络识别、网络管理、认证和关联等操作进行交互。

4.4.4　无线局域网帧结构

　　802.11 MAC 帧结构比以太网 MAC 帧要复杂一些，增加了一些控制字段，如提高数据帧传输可靠性的控制字段，实现 AP 对数据帧的转发操作的控制字段，等等。802.11 帧结构如图 4-31 所示。

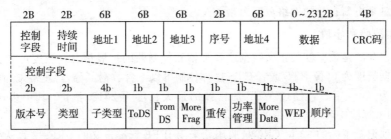

图 4-31   802.11 数据帧基本结构

1. 控制字段

　　类型字段标明帧的类型，802.11 定义了 3 种帧类型：数据帧、管理帧和控制帧。

　　ToDS/FromDS 字段标明该数据帧的传输方向，从无线终端发往有线架构分布式系统(Distributed System，DS)的帧，或来自有线架构分布式系统的帧。这两个字段使得 MAC 地址字段的含义有所不同。

　　有线对等加密 WEP(Wired Equivalent Privacy)字段，802.11 提供了一种最基本的安全标准，WEP 置"1"表明这个帧所携带的数据是经过加密的数据。

　　其他控制字段较详细的说明可参阅 IEEE 802.11 标准系列。

2．地址字段

802.11 定义了四个地址字段，它们是接收地址、发送地址、目标地址和源地址，由控制字段中的两个控制位 ToDS/FromDS 不同的位组合决定每个地址字段的具体含义，实现 802.11 复杂的链路状态维护功能。以下简要说明 802.11 帧地址字段的使用。如图 4-32 所示，一个有线以太网连接两个 BSS 系统——BSS1 和 BSS2，接入点分别为 AP1 和 AP2，BSS1、BSS2 以及其他有线连接的计算机节点共同构成一个扩展服务区，通过路由器 R 与其他网络进行数据通信。

ToDS/FromDS 为"10"，表示由无线终端发送数据到扩展服务区以外的计算机，使用 3 个地址，源地址为无线终端，目标地址为路由器 R，接入点 AP 的地址为接收地址。

ToDS/FromDS 为"01"，表示外部计算机通过路由器转发到无线终端的数据帧，同样使用 3 个地址，源地址为路由器 R 的地址，目的地址为无线终端的地址，AP 的地址作为数据帧的发送地址。

ToDS/FromDS 为"11"，表示 BSS1 和 BSS2 中无线终端之间的通信，此时用到 4 个地址，源地址和目的地址为两个无线终端的地址，如图 4-32 中的主机 A 和 B，发送地址和接收地址为两个接入点的地址，如 AP1 和 AP2。

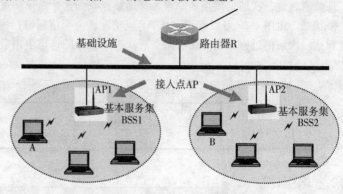

图 4-32　802.11 地址字段说明

ToDS/FromDS 为"00"，主要用于 802.11 自组网络工作模式中，无线终端之间直接进行数据传输，此时源地址和目标地址分别为数据帧的发送者和接收者，还需要一个地址说明无线终端所在基本服务集的标识 BSSID。

3．序号、持续时间

序号字段用于实现数据帧的确认与重传机制。

持续时间字段记录了数据帧将占用信道的持续时间，无线主机通过跟踪并提取区域内数据帧这个字段的信息来更新自身的网络分配向量 NAV。

4．数据和校验和字段

数据字段包含的是数据帧的正文数据或管理帧和控制帧的扩展信息，长度可变。802.11 标准规定的最小数据长度为 0（像 RTS 或者 CTS 这种控制可以不含数据部分），正常未加密帧数据部分最大长度限定为 2304 字节，经过 WEP 加密帧的最大长度为 2312 字节，其中多出的 8 字节为 WEP 选用的加密算法中所要求携带的信息。

帧校验序列记录了帧的 32 位 CRC 校验码，采用 IEEE 标准定义的 CRC-32 算法生成。

以上我们对 WLAN 的讨论是基于 802.11b 的基础网络工作模式，802.11b 也是目前应用最为广泛的 WLAN 标准。针对 802.11b 标准中存在的一些问题，802.11 工作组已经制定出增强型标准，如 802.11i 增强了 MAC 层的安全特性，802.11e 是对 MAC 层服务质量保证的增强。这些增强性标准将会使得 WLAN 得到更加广泛的应用。

4.5　小结

这一章我们学习了目前最为广泛使用的局域网技术——以太网和无线局域网技术。局域网最基本的特征是网络中的节点使用共享传输链路进行数据通信，因此如何使得冲突较少，促使在同一时刻只有一个节点发送的数据出现在链路上是局域网的关键技术。以太网采用 CSMA/CD 控制机制实现节点对共享链路的访问控制，基本思想是节点在发送数据之前首先检测链路并在链路空闲时发出数据，之后继续检测链路并在发现数据冲突时停止发送，在经过一定的退让之后继续尝试发送。802.11 无线局域网采用两种基本的介质访问控制机制，分布式协同功能采用 CSMA/CA 控制机制实现多个无线节点对共享信道的访问控制；点协同功能通过接入点控制，使得网络中节点能够轮流使用信道发送数据。

局域网交换机作为局域网中的关键设备实现不同局域网的连接和数据转发。局域网交换机分二层交换机和三层交换机，二层交换机根据局域网 MAC 帧的目的地址转发数据帧，而三层交换机则以数据分组的 IP 地址转发数据，因此我们说二层交换机是基于数据链路层的交换，三层交换是基于网络层的数据交换。

企业中不同部门的局域网互联构成企业内联网。当企业中互联的局域网分布在企业园区地理范围内时，由企业自行完成网络基础设施建设，构成园区企业网。如果企业的分支机构局域网跨越公共地域范围，则需要采用电信部门提供的公共广域网技术构建企业网。

练习题

4.1　Wireshark(Ethereal)是一个非常有用的网络监测以及协议分析工具，能够监测和分析本主机所发出的和接收到的所有以太网帧，包括与该主机适配器 MAC 地址相吻合的帧、广播帧，以及目的地址为其他主机的以太网帧。从 Wireshark 官方网站 http://www.wireshark.org/下载并安装 Wireshark(免费)，利用 Wireshark 监测你所在的以太网，对于所捕获到的以太网帧，查看其 MAC 地址，看看有没有广播帧或组播帧，查看帧结构，看看有没有本章提到的 Ethernet II 或者 802.3 帧。

4.2　什么是以太网的冲突域和广播域？分别讨论集线器、网桥、二层交换机、VLAN 交换机、三层交换机的工作原理，它们如何分隔以太网的冲突域和广播域？

4.3　讨论以太网的单播帧、组播帧、广播帧的传播范围。以太网二层交换机、VLAN 交换机、三层交换机对这些数据帧的转发操作有什么不同？

4.4　考虑一个桥接式局域网发送一个目的地址并不存在的数据帧，请问网桥会将它转发到多远？

4.5　为什么网桥环路会造成广播风暴？如何避免网桥广播风暴的产生？

4.6　以太网交换机能够通过专用集成电路 ASIC(Application Specific Integrated Circuit)技术达到线速交换，即能够按照网络通信线上的数据传输速度实现无瓶颈的数据交换。三层交换机把二层交换技术和路由技术结合在一起，请解释三层交换机“一次路由，多次交换”的工作方式，为什么说三层交换机能够大幅度提高设备的数据包转发能力？

4.7　什么是 VLAN 技术？划分 VLAN 有什么意义？利用图 4-18 基于端口方式划分 VLAN 的示意图，讨论 VLAN1 中主机 A 向主机 C 发送数据包，VLAN 交换机对数据包的转发过程。如果 VLAN1 中的主机 A 向 VLAN2 中的主机 B 发送数据包，需要借助于什么转发设备，为什么？

4.8　假设有一些集线器而不是网桥被连接成一个环路，会产生广播风暴问题吗？还可以采用生成树机制吗？为什么？试想一种方法，能够用它来检测出集线器之间的环路，并用它来关闭一些端口而切断环路。

4.9　为什么说采用 CSMA/CD 介质访问控制的以太网是半双工工作模式，而交换式以太网(每个主机直接连接在以太网交换机的不同端口)可以实现全双工模式？

4.10　简述以太网 CSMA/CD(载波侦听多点接入/冲突监测)共享介质访问控制机制，为什么这种控制机制能够在以太网中工作得很好，却不能在无线局域网(WLAN)中使用？WLAN 采用另一种称为 CSMA/CA(载波侦听多点接入/冲突避免)的控制机制，为什么？

4.11 为什么以太网对数据帧有一个最短帧长的限定？802.11 无线局域网对数据帧有最短帧长的限定吗？为什么？

4.12 以太网和 WLAN 不仅采用不同的介质访问控制机制，对于数据帧传输也使用不同的数据链路控制机制。例如，以太网中节点之间数据传输不提供可靠性保障，而 WLAN 基于 ARQ 协议，对每个传输的数据帧进行确认操作。试讨论这两种网络采用的数据链路控制机制，并说明理由。

4.13 802.11 无线局域网节点对接收数据帧提供确认服务主要有两个原因：一是无线信道差错率较高；二是采用确认服务能够帮助节点了解其所发出的数据帧是否发生了碰撞，以决定是否需要重新发送。请对这两个原因加以解释。

4.14 简述 IEEE 802.11 控制帧 RTS、CTS 的作用，说明它是如何解决隐藏终端问题的。无线局域网还存在一个暴露站问题，如右图所示，B 向 A 发送数据，C 检测到信道忙而等待，尽管此时如果 C 向 D 发送数据并不会干扰到 A，此时称 C 为 B 的暴露终端。RTS、CTS 能够很好地解决暴露终端的问题吗？为什么？请画图说明。

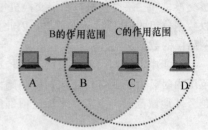

4.15 某个采用 CSMA/CD 共享链路访问控制的网络（非以太网），电缆长 1km，不使用重发器，运行速率为 1Gbps，电缆中的信号速度是 200 000km/s，问最小帧长度应该是多少？

4.16 如果节点 A、B、C 连接在同一个 LAN 上。如果 A 发送若干数据报给 B，每个封装帧都有 B 的 MAC 地址，C 的适配器会处理这些帧吗？如果会，C 会将这些帧的 IP 数据报传给 C 的上层吗？如果 A 用 MAC 广播地址来发送帧，答案会怎样变化呢？

4.17 如右图所示，其中 X、Y、Z、W 为主机，B1、B2、B3 为透明网桥，所有的网桥转发表初始为空。假设 X 发送分组给 Z，接着 Y 发送分组给 X。主机 W 的网络和主机 Z 的网络会收到 Y 发送到 X 的分组吗？

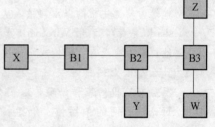

4.18 如下图所示，A、B、C、D、E 是 5 个用户计算机。请问以下三种情况中节点发送的数据帧 F1、F2、F3 都经过哪些节点？每个用户都最终接收到哪些数据帧？

1）A 用户广播一条数据帧 F1；

2）B 用户发送一条 MAC 目的地址为 D 的数据帧 F2；

3）E 用户发送一条广播帧 F3。

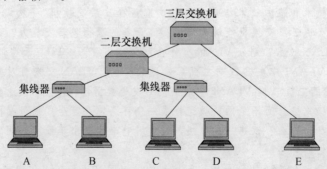

4.19 局域网也是一种分组交换网络，与第 3 章讨论的分组交换网络主要有两个不同：一是传输距离短，二是局域网交换机更主要的任务是将以太网分隔成具有不同冲突域的网段。从这两个方面讨论，为什么局域网采用数据报交换方式？为什么以太网采用这种基于随机的 CSMA/CD 共享链路访问控制机制？

第 5 章

网 络 互 联

任何一个网络只有与其他网络相互连接，才可以使其内部网络用户能够访问外部的各种信息资源，同时也可以将某些内部信息资源提供给公共用户（非园区内部用户）。网络互联是为了更大程度上的资源共享。

首先我们来看看互联各种网络所面临的技术问题。通过前几章的学习，我们认识了几种不同类型的网络。这些网络所使用的传输介质、编码方式、分组格式、链路控制协议以及对分组的转发实现等都有所不同。例如，802.3（以太网）和 802.5（令牌环网）两种局域网技术使用不同的数据帧结构和介质访问控制机制，一种网络的数据帧在另一个网络中并不能被识别。若要将多个这样的网络连接起来，必须有某种网络连接设备通过不同端口分别连接不同的网络。

网桥和局域网交换机能够实现局域网相互连接。然而这种互联设备却很难胜任将各种类型的异构网络相互连接的重任，主要原因是，局域网网桥或交换机是与物理网络密切相连的连接设备，不同的物理网络对于网络的物理链路、数据链路以及分组交换和转发控制等都有完全不同的规范和要求。因此，很难利用某种与物理网络密切相连的互联设备来连接所有类型的物理网络。例如，以太网交换设备使用以太网数据帧的 MAC 地址作为转发控制，MAC 地址本身是局域网内部主机标识，并非所有的通信节点都需要这种格式的 MAC 地址。能够互联各种异构网络的设备应该运行一套统一的并且能够屏蔽各个物理网络技术的网络互联协议，使得不同的物理网络之间通过这种协议实现彼此连通。这种网络互联设备在因特网中被称为路由器，因特网协议 IP 定义并规范了数据分组在路由器之间的传输模式和数据分组格式，IP 地址是因特网中作用于全局的主机地址标识，因特网中进行数据通信的计算机都拥有一个唯一的 IP 地址。

路由器各个端口连接不同的网络，根据从某端口接收数据分组的目的 IP 地址为该数据分组选择输出端口并转发数据。我们通常使用路由器连接不同的网络来描述因特网，如图 5-1 所示。两个端节点之间可能由若干个路由器连接多种不同的网络实现互通，任意两个路由器之间的连接可以是一段链路，也可以是一种特定的物理网络。路由器的主要功能是为从某个端口接收的数据分组选择一个输出端口并向该端口转发这个数据分组，使数据分组能够从源节点经过一个个的路由转发，穿越一个个不同的网络或链路最终到达目的节点。通常人们习惯用 TCP/IP（传输控制协议/网际协议）代表因特网网络互联协议，IP 定义并规范了数据分组在路由器之间或端系统与路由器之间的传输模式和数据分组格式，TCP 是在计算机端系统之间运行传输控制协议，目的是保证数据传输质量，实现端系统之间可靠的数据传输服务。实际上因特网互联协议包含一个协议族，除了 IP 和 TCP，还有因特网路由器之间交换路由信息使用的路由协议、因特网控制消息协议（Internet Control Message Protocol，ICMP）、因特网组管理协议（Internet Group Management Protocol，IGMP）等。尽管这些协议也都是因特网正常运行所不可缺少的，但由于 TCP 和 IP 的核心地位，习惯上 TCP/IP 成了因特网互联协议的代名词。

这一章主要介绍两方面的知识内容：①因特网互联协议；②因特网路由协议与算法。下一章将介绍传输控制协议 TCP。

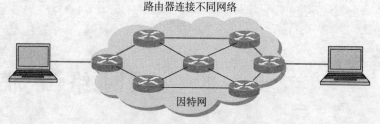

图 5-1   因特网中通过路由器实现网络互联

5.1   网络互联概述

因特网中路由器作为网络互联设备将采用不同网络技术的网络相互连通，连接在这些互联网上的计算机采用 TCP/IP 网络互联协议实现数据通信。这一节我们先来了解网络互联设备路由器的工作原理，之后进一步讨论网络互联的体系结构和网络互联协议。

5.1.1   路由器的选路处理

因特网路由器作为一种分组交换设备，由多个输入输出端口、交换结构和选路处理器 3 部分组成。

路由器的端口和交换结构与其他交换设备相比，在功能、实现方法以及特点等方面并没有什么独特之处，可以参考 3.1.2 节的内容，这里不再重复讨论。

选路处理器是路由器的核心部分，也是因特网路由器区别于其他分组交换设备的关键所在。路由器选路处理器的主要工作是为经过路由器的每个数据分组寻找一条合适的转发路径，并将该数据分组从路由器的某个端口输出。为了完成这项工作，每个路由器中都维护一个包含路径信息的**路由表**(routing table)。路由表中记录着不同的网络与该路由器各个端口的对应关系，后面会讲到因特网中 IP 地址本身同时标识着不同的网络。当路由器收到一个数据分组时，通过该分组 IP 地址的网络地址标识查询路由表，以决定这个数据分组的输出端口。从图 5-1 我们知道数据分组从源主机通过互联网传送到目的主机会经过若干个路由器转发，事实上除了与目的主机直接连接的路由器，其他路由器根据其路由表为数据分组选择的是通往目的网络所经过的下一步路径，或者下一跳(next hop)路由器。

图 5-2 描述了路由器的转发过程，图中通过路由器 R1、R2、R3 互联网络 1、网络 2、网络 3 和网络 4。路由器 R2 的路由转发表描述了当数据分组到达 R2 时被转发的情况，目的地址为网络 2 或网络 3 的数据分组经过 R2 时，R2 直接将分组交付给目的网络，意味着路由器 R2 的两个端口分别与网络 2、网络 3 直接连接，不需要再经过其他路由器转发；如果数据分组的目的地址为网络 1，经过 R2 时，其下一跳路由器为 R1，意味着这个分组要穿过网络 2，经过下一个路由器 R1 到达目的网络；类似地，目的地址为网络 4 的分组经过 R2 时，将被转发到路由器 R3，再通过 R3 传送到目的网络。实际的路由表以及网络互联拓扑结构要复杂得多，通常数据分组从源点到目的地要经过多个路由器的转发，穿越多个不同的网络。每个路由器的路由表都不可能包含全世界所有网络的 IP 地址，许多情况下，分组到达一个路由器并不能直接查到通往某个目的地的转发端口。接下来，我们将逐步解决这些复杂的问题。

路由器如何建立并维护它的路由转发表呢？首先我们来看看什么是**路由协议**和**选路算法**。通过前面的讨论我们知道，路由器的选路操作实际上是为分组选择下一跳路由器，为此每个路由器必须了解其相邻路由器能够通达到哪些目的网络。例如，图 5-2 中 R2 需要了解通过 R1 可以到达网络 1，通过 R3 可以到达网络 4。这就需要相邻的路由器之间能够彼此通告它们可以通达目的网络的路由信息，使得每个路由器能够了解到其相邻的路由器可以通达到哪些目的网络。路由协议规范了路由器之间进行信息交换的数据格式以及对这种信息交换规定的控制和管理方法。路由器之间交换的路由信息内容以及如何使用这些信息建立自己的路由表为分组选择路径则取决于不同的选路算法。一般地，选路算法是根据某些度量标准来计算出通往目的网络的一条最佳路径，并将这条最佳路径中的下一跳路由器记入路由器的路由表。常用的计量最佳路径的度量标准包括：路径长度、链路带宽、数据流量以及计算最佳路径的算法本身复杂度和稳定性等。例如，我们后面将要学习的距离向量选路算法，用路径上所穿越的路由器个数(也称为一条路径上的跳数)作为选择路径的度量值，认为如果存在多条路径通达目的网络，选择路由器跳数最少的路径作为通往目的网络的最佳路径记入路由器的路由表。

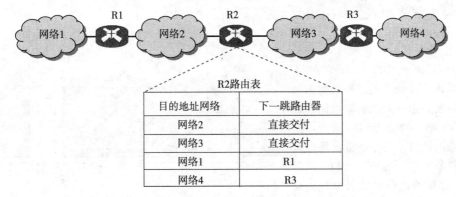

图 5-2   路由器通过路由表将分组转发到下一个路由器

5.1.2 网络互联体系结构

第 4 章讨论过局域网环境中三层交换机或者路由器能够实现不同的局域网或虚拟局域网互联。我们继续使用这个例子进一步讨论网络互联的体系结构。如图 5-3 所示，通过一台路由器连接一个 10M 和一个 100M 的以太网⊖，通常我们也称通过路由器隔离开的网络为一个子网⊖。每个子网由若干计算机主机以及路由器的一个端口组成。

路由器如何将数据分组从一个子网接收再转发到另一个子网呢？第 2 章介绍了网络中任意两个节点进行数据通信，它们之间应该同时具备一条物理链路和数据链路。类似地，图 5-3 中路由器连接两个子网，为了实现不同子网之间的数据转发，路由器的两个端口 E1 和 E2 与这两个子网首先需要建立相应的物理链路和数据链路。这意味着路由器在端口 E1 和 E2 完全采用10M 以太网和 100M 以太网的链路接口技术，包括所使用的物理信号编码方式、介质访问控制机制、数据帧格式等。图 5-4 描述了图 5-3 中

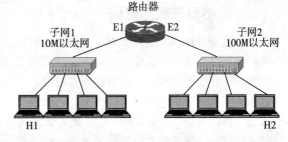

图 5-3   路由器互联两个以太网

两个以太网互联的体系结构，路由器在端口 E1 和 E2 分别通过链路接口 10M ETH 和 100M ETH，实现与它们连接子网的物理链路和数据链路连接。

图 5-4 中当子网 1 中主机 H1 发送数据到子网 2 中的主机 H2 时，H1 将高层数据分组封装在以太网数据帧中发送出去。这个数据帧以 H1 的 MAC 地址为源地址，路由器的 MAC 地址为目的地址，数据帧中携带的 IP 数据报以 H1 的 IP 地址为源地址，H2 的 IP 地址为目的地址。当路由器收到这个数据帧时，拆封这个数据帧，提取其中的 IP 数据报，用数据报的目的 IP 地址查找其维护的路由表，确定该数据报的目的 IP 地址属于其端口 E2 所连接的网络，因此将这个 IP 数据报重

⊖ 尽管在以太网环境中三层交换机能够替代路由器实现局域网互联，但是这里我们更注重于讨论路由器本身的基本特性，因此不再提及三层交换机。

⊖ 因特网从 IP 地址的角度定义一个子网，一个子网中所有的主机拥有共同的 IP 网络地址和子网地址，有独立的广播域和冲突域，子网通过路由器与其他网络或子网互联。

新封装成以太网数据帧，并从端口 E2 发送出去。这个重新封装的数据帧以路由器的 MAC 地址为源地址，H2 的 MAC 地址为目的地址，携带的 IP 数据报则保持不变。主机 H2 接收到这个数据帧后，拆封数据帧得到 IP 数据报，再拆封数据报最终将分组提交传输层和应用层。

　　上例中虽然 10M 以太网和 100M 以太网使用相同的数据帧格式，路由器仍然需要对所接收的数据帧拆封，再封装成新的数据帧转发。因为以太网内的数据通信通过 MAC 地址彼此识别，MAC 地址只在以太网连接范围内有效，子网 1 中主机 H1 并不能够了解子网 2 中 H2 的 MAC 地址，因此将发送到其他子网的数据通过路由器转发，形成的数据帧以路由器端口 E1 的 MAC 地址为目的地址，路由器对接收的该数据分组进行选路处理之后，再将其重新封装成一个以 H2 的 MAC 地址为目的地址的数据帧，从其端口 E2 转发出去。

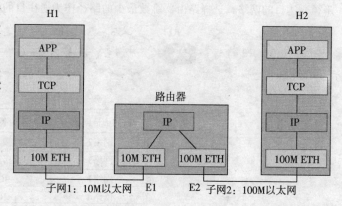

图 5-4　路由器端口 E1 和 E2 分别连接 10M 和 100M 以太网

　　从网络体系结构看，路由器涉及三个层次的操作规范。路由器各个端口可以连接不同的网络，在每个端口能够按照其所连接网路的技术标准发送或接收数据，这些技术标准包括物理链路接口规范和数据链路的协议要求。路由器之间或主机与路由器之间数据传输和转发由因特网网络层协议规范，包括数据传输采用的分组格式、无连接的传输模式以及路由器为数据分组选择路径等操作。数据分组从源节点到目的节点的传输过程中，数据链路层数据帧会随子网而改变。网络层数据报在整个传输过程中并不会改变，被路由器用来选择路径。而传输层和应用层数据则只被端系统读取，路由器并不能识别这些数据。

5.1.3　网络互联服务模型

　　一个数据分组从发送端穿越一个或多个网络达到目的端的过程中，网络能够为这个数据分组提供的数据传输速率、传输延时以及传输的可靠性是怎样的？

　　第 3 章介绍了两种基本的分组交换技术：面向连接的虚电路方式和面向无连接的数据报方式，并讨论了不同的分组交换技术能够为数据传输提供的服务质量。因特网采用无连接的数据报传输模式进行数据传输[下标]，网络不为数据报传输预先分配所需要的传输资源，也不为数据报传输保持任何连接状态，所有的数据报公平地通过竞争网络中的资源进行传输。

　　因特网能够为端系统提供怎样的数据传输率？采用数据报传输方式，所有的数据报可以随时进入网络等待传输，网络所提供的数据传输率和传输时延随着当前网络负载情况变化而变化，因特网数据报传输方式并不能为用户终端提供稳定的带宽和传输时延。

　　因特网是否能够为用户终端提供可靠的数据传输服务呢？对于一个传输网络，可靠的数据传输意味着能够确保数据的正确传输，数据分组到达接收端点次序正确，以及没有分组丢失或重复接收的情况发生。大多数网络并不提供对数据分组的可靠性保证，而是将这个任务留给端系统去做（如果端系统认为必要的话），这样可以节省大量网络带宽以服务更多的网络用户。同样，因特网数据传输不能避免数据分组丢失和传输差错的情况发生，另外，因特网数据报传输方式也不保证数据分组能够以正确的顺序到达目的端，这是因为路由器要根据网络运行状态动态更新其路由转发表，同

　　⊖　这句话的含义是一个因特网路由器和另一个路由器之间采用数据报方式传输数据，但当两个路由器之间通过一种网络技术连接时（如 ATM），并不排除这种连接两个因特网路由器的网络是基于虚电路方式的某种传输网络。

一个路由器对相同目的地址的分组在不同时刻可能会选择不同的路径，分组经过这些不同的路径传输，在网络流量不同时也会使用不同的传输时延，从而造成接收端接收的数据分组顺序与发送端不一致。

综上所述，因特网数据报传输方式既不能保证稳定的传输带宽和传输时延，也不能保证数据分组传输的正确性。因特网数据传输服务的宗旨是让网络上的所有用户得到同等的服务质量，而不是让某些幸运的用户独享网络服务，并拒绝其他用户的使用。数据报传输方式也被称为不可靠的数据服务或尽力而为服务。因特网采用数据报传输方式的另一个原因是，设计因特网的目的是互联各种网络使它们可以实现互通互联，而每一种连接在因特网上的网络都可能采用各不相同的网络技术。例如，有的网络能够为用户提供恒定的数据传输时延，而另外一些网络并不能提供这种服务保证，传输时延随网络状况变化而不同，那么互联网模型就不可能保证在固定时间内将分组从发送端传递到接收端。同样，有的网络可能会提供可靠的数据传输，还有一些网络也许并不需要也不提供这些服务，那么网络互联模型也的确没有必要用额外的网络资源对所传输的每个数据报都进行确认以实现可靠的数据传输。实际上因特网互联这些不同技术的网络服务原则就是尽可能只提供最简单而必要的服务，而将其他服务质量保证的工作留给端系统的高层去处理，这样端系统可以根据不同的应用需要采用不同的高层协议以达到某些服务保证。

因特网中，**传输控制协议**（Transmission Control Protocol，TCP）和某些应用层协议从不同的方面弥补了 IP 数据报传输过程的缺陷。比如，TCP 协议能够实现端到端的可靠数据传输，通过 TCP 首部的发送数据编号、确认号、窗口大小等信息，端系统很容易了解到数据分组在因特网中传输的正确性，对于出现传输差错或丢失的数据分组可以随时进行重传。对于某些要求稳定时延的网络应用（如 IP 电话等），为了弥补 IP 数据报传输不能保证恒定时延的问题，常用的办法是端系统通过运行多媒体数据传输协议为这种数据分组添加时间戳（即该数据分组自身携带其形成时的时间参数），接收端根据每个分组的时间戳参数尽可能地以稳定的速度播放所接收的数据。关于高层协议我们将在后面的章节中进行更深一步的学习。

5.2 因特网协议

本节将介绍几方面的内容，包括 IP 数据报的分组组成格式、因特网 IP 编址与寻址方案、IP 地址到 MAC 地址转换的地址解析协议（Address Resolution Protocol，ARP），以及因特网控制消息协议（Internet Control Message Protocol，ICMP）。下一节将介绍因特网路由器之间交换路径信息使用的因特网路由协议以及支撑这些路由协议的选路算法。

5.2.1 IP 数据报

1. IP 数据报格式

为了能够统一不同网络技术数据传输所用的数据分组格式，因特网采用统一的 IP 分组在网络或子网之间进行数据传输。IP 协议有两个版本，IPv4 和 IPv6。现有的因特网是在 IPv4 协议的基础上运行。IPv6（RFC 1883）是下一版本的因特网协议，目前还处于试验阶段。它的提出解决了 IPv4 定义的地址空间不足的问题，同时新的版本还考虑了在 IPv4 中解决不好的其他问题，如服务质量、安全性保证等。这里主要讲解 IPv4，图 5-5 为 IPv4

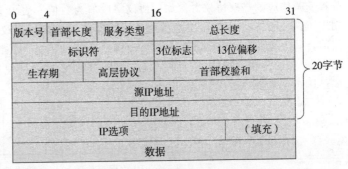

图 5-5 IPv4 数据报分组格式

数据报分组标准格式。

版本号（4 位）

这个字段规定了数据报的协议版本，路由器将根据这个版本解释 IP 数据报的各字段格式和意义。不同的 IP 版本使用不同的分组格式，目前使用的 IP 版本为 IPv4。

首部长度（4 位）

当 IP 数据报中不包含 IP 选项时，首部长度固定为 20 个字节。如果 IP 数据报包含一部分 IP 选项时（IP 选项不定长），路由器和主机便依据这个首部长度找到 IP 数据的开始点，IP 首部长度以 4 字节为一个长度单位。例如，首部长度为 5 时，表示数据报的首部长度为 4×5＝20 个字节，不包含 IP 选项。

服务类型（8 位）

服务类型由 8 位组成，其中包含了 3 位优先权子字段、4 位服务类型子字段和 1 位保留子字段。优先权字段将 IP 数据报分成 8 个优先级，路由器可以根据 IP 数据报的优先级提供不同的服务。服务类型字段分别用于表示该数据报希望得到最小时延、最大吞吐量、最高可靠性和最小费用的传输服务，在一个 IP 数据报中，这个字段只能有 1 位置为"1"，如果没有位被置"1"，则表示这个数据报只需要一般数据传输报服务。第 3 章曾经提到为了能够提高因特网服务质量，"区分服务"DiffServ 通过将因特网中的数据分组进行分类，使得不同类别的数据分组在因特网中传输得到不同的服务质量，IP 数据报的服务类型字段是实现 DiffServ 的基础。在实际应用中，大多数 TCP/IP 的实际应用并不支持和使用这个字段。

总长度（16 位）

总长度记录了 IP 数据报首部和数据部分的总长度。

标识、标志、偏移量（共 32 位）

这三个字段用于 IP 数据报的分组与重组。我们知道每一种网络技术对所传输的数据分组都有一个最长限制。比如以太网中规定数据帧最长为 1500 字节。当 IP 数据报长度超出 1500 字节时，就要将这个过长的 IP 数据报分割成几个长度为 1500 字节或更短的 IP 数据报进行传输，这些被分割的 IP 数据报称为 **IP 分片**。IP 数据分片在接收端节点被重新组合后提交高层处理。为了能够更准确地将 IP 数据分片还原成原始的 IP 数据报，设立了 IP 数据报的标识、标志、偏移量字段。关于 IP 分片我们将在后面详细讨论。

生存期（8 位）

这个字段的设立是防止某个 IP 数据报因某种原因在网络中被无限制地转发而造成循环。发送端构建一个 IP 数据报时设置一个生存期，IP 数据报每经过一个路由器时，生存期参数就被递减 1。当一个 IP 数据报的生存期被递减至 0 时，路由器便不再转发这个 IP 数据报而将其丢弃，同时将这种丢弃操作通知发送该数据报的源节点。

协议字段（8 位）

协议字段是 IP 协议与高层协议之间的传递接口。IP 数据报的接收者根据协议字段将数据部分提交给相应的高层协议。例如，协议字段值为数值 6 表示上层传输协议是 TCP 协议。图 5-6 中列出了部分因特网中使用 IP 数据报进行数据传输的高层协议在 IP 数据报协议字段中所对应的协议值，其中 ICMP 和 IGMP 是本章后面将要介绍的因特网控制消息协议和因特网组播协议；TCP 和 UDP 为两种传输层协议；而 EGP、IGP、OSPF 是 3 种使用 IP 数据报进行数据传输的路由协议；IPv6 为新版本的 IP 数据报。

协议名	ICMP	IGMP	TCP	EGP	IGP	UDP	IPv6	OSPF
字段值	1	2	6	8	9	17	41	89

图 5-6　IP 数据报协议号与高层协议对应关系

这里简要解释 IP 数据报的协议字段为 IPv6 的情况，此时说明这个 IP 数据报所携带的数据载荷是一个 IPv6 的数据报。为什么要用一个 IPv4 数据报封装一个 IPv6 的数据报呢？这是因为新版因特网数据报 IPv6 和 IPv4 格式完全不同，目前因特网主干网路由节点主要支持 IPv4。随着 IPv6 网络的发展，出现了许多局部范围的 IPv6 网络，这些孤立的"IPv6 岛"相互连通必须通过现有的 IPv4 主干网络相连。这就引发了如何使用现有 IPv4 网络传输 IPv6 数据报的问题。

一种做法是采用隧道技术⊖，如图 5-7 所示。路由器 A 和 F 为两个 IPv6 路由器，从 A 转发到 F 的 IPv6 数据报需要通过一个 IPv4 网络。路由器 B 和 E 分别为进入这个 IPv4 网络的源点（入口）和终点（出口），是一种具有特殊分组格式转换功能的路由器。隧道技术的工作原理是 IPv6 路由器转发的 IPv6 数据报到达路由器 B 时，路由器 B 将 IPv6 数据报封装成 IPv4 数据报，这个 IPv4 数据报的源地址和目的地址分别是路由器 B 和 E，即隧道入口和出口的 IPv4 地址。当这个 IPv4 数据

图 5-7　采用隧道技术用 IPv4 网络传输 IPv6 数据报

报到达隧道出口路由器 E 时，E 将 IPv6 分组取出转发给路由器 F，最终实现 IPv6 数据分组在 IPv4 网络中的传输。

因特网还采用其他技术利用现有网络设施传输 IPv6 数据，如双 IP 协议栈技术。基本思想是一个主机或路由器中同时使用 IPv4 和 IPv6 两个协议栈。这类主机或路由器既拥有 IPv4 地址，也拥有 IPv6 地址，既能与支持 IPv4 协议的主机通信，又能与支持 IPv6 协议的主机通信。IPv6 比 IPv4 具有明显的优势，但是要想在短时间内将因特网和各个企业网络中的所有系统全部从 IPv4 升级到 IPv6 是不现实的。因此，IPv6 与 IPv4 系统在相当一个时期内会在因特网中共存，而隧道技术和双协议栈技术则是 IPv4 向 IPv6 过渡的主要技术方案。

IP 首部校验和（16 位）

该字段是 IP 数据报首部的校验和，目的是防止 IP 数据报首部信息发生传输差错，如 IP 目的地址出错，而误将 IP 数据报传输到其他网络中。IP 首部校验和计算采用 2.5.3 节中介绍的校验和计算方法。IP 首部的校验和字段最初由发送数据的主机计算并填充，由于路由器对所接收的 IP 分组都会递减其首部的生存期时间值，因此每个转发 IP 数据报的路由器需要重新计算校验和，并将其填入转发的 IP 数据报首部。

源地址与目的地址（32 位）

一个 IPv4 地址占用 4 字节（32 位），每个 IP 数据报包含产生 IP 数据报的源端点和目的端点 IP 地址。需要注意的是，因特网中所有进行数据发送或接收操作的设备（包括主机和路由器等）都必须至少分配有一个 IP 地址，这是发送端和接收端能够通过因特网实现数据信息交换的基础。IPv4 采用 32 位地址空间可以产生 2^{32} 个 IP 地址，后面我们会讲到并不是所有的这些地址都可以作为 IP 地址使用。显然这个地址空间在因特网高速发展的今天是远远不够的，新版 IPv6 采用了长度为 128 位的 IP 地址，彻底解决了 IPv4 地址不足的难题。128 位的地址空间是相当大的，一个夸张的说法是可以让地球上的每一粒沙子都分配一个 IP 地址。

IP 选项（不定长）

IP 选项为 IP 数据报的传输提供某些特殊服务，例如记录路由选项要求每个转发该数据报的路由器能够将其 IP 地址记入该数据报首部的选项字段内，记录时间戳选项要求每个路由器将转发分组的时间记入分组选项内等。并不是所有的 IP 数据报都需要这种服务，由于 IP 选项增加了路

⊖　隧道技术是使用一种协议来封装另一种协议的技术。隧道的一端（入口）负责对数据分组进行封装，使封装后的分组能够在网络中传输，隧道的另一端（出口）拆封相应的封装。

由器的处理时间,在实际网络中很少被用到,因此 IPv6 首部也不再采用选项。

IP 数据部分(不定长)

IP 数据部分是 IP 数据报所携带的高层数据,可以包括端系统产生的传输层数据、路由器之间传递的路由信息以及一些控制消息等。

通过对 IP 数据分组格式的讨论,可以看到 IP 数据分组格式非常简单,这正是因特网实现不同网络互联的基本思想,设置 IP 层的唯一目的就是路由器能够为 IP 数据报选择传输路径,而对于数据传输的服务质量(如可靠性、数据率、时延等),以及不同网络所采取物理链路和数据链路技术,将依靠其他层次协议或技术来实现。

2. IP 数据报封装、分片和重装

因特网中计算机以及路由器之间以 IP 数据报分组格式进行数据传输。通常情况下这些数据报并不是直接从源节点传输到目的节点,而是穿过由因特网路由器连接的不同的网络和链路,在穿越这些不同的网络链路时,IP 数据报需要被封装成相应的帧格式才可以实现在这些数据链路上传输。如图 5-8 所示,在一段链路上,IP 数据报作为该链路帧结构的数据部分,链路帧首部包含这段链路的地址信息(如 MAC 地址)、数据类型(表明帧数据部分的协议,可以是 IP 或其他协议)以及帧校验码等信息。

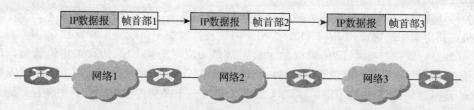

图 5-8　IP 数据报经过不同数据链路被封装成不同的数据帧

每一种物理网络或数据链路对其所能承载的数据帧的最大长度都有一个限制 MTU(Maximum Transmission Unit)。我们知道以太网的 MTU 是 1500 字节,大多数据广域网的 MTU 则小于 1500 字节。当 IP 数据报从一个 MTU 较大的链路转发到 MTU 较小的链路,就可能会造成新封装的数据帧过长并超出链路的 MTU,此时必须对超长的 IP 数据报进行分片。IP 分片工作由网络中路由器根据 IP 数据报长度以及数据报输出链路的 MTU 决定并实现,这些 IP 分片会在该 IP 数据报的目的节点进行重组,还原成原始的数据报,数据部分提交高层协议。IP 数据报分片过程举例如图 5-9 所示。

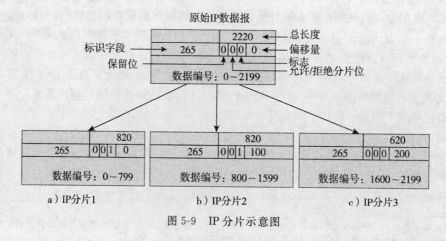

图 5-9　IP 分片示意图

图 5-9 中，原始 IP 数据报数据部分长度为 2200 字节，加上 20 字节首部信息（假设没有 IP 选项）总长度为 2220 字节。假设这个 IP 数据报经过一个 MTU 为 820 的数据链路，原始数据报被分成 3 个 IP 分片，分片数据部分长度分别为 800、800 和 600（加上 IP 首部之后，总长度分别为 820、820、620）。每个 IP 分片首部信息除了标志字段和偏移量字段，其他字段均复制原始 IP 数据报的首部信息（当然校验和需要重新计算），标识字段 265 是每个原始 IP 数据报都有的数据报 ID，接收端可以根据这个 ID 判断若干 IP 分片属于一个原始 IP 数据报。标志字段用于区别这些 IP 分片是不是最后一个分片，如果不是最后一个分片，标志字段设置为"1"，否则标志字段为"0"，接收端根据这个字段判断是否已经接收到某个数据报的所有分片。允许/拒绝分片位置"1"表示不允许转发设备对原始数据报分片，对于该位置"1"的数据报，如果其总长度超过输出链路要求的 MTU，转发设备返回源主机一个错误消息（ICMP 消息），并丢弃数据报。偏移量字段记录了每个 IP 分片数据部分对于原始数据报数据的偏移位置，注意，这里偏移量是以 8 个字节为单位的，例如上图中第 2 个分片数据部分从第 800 个字节开始，则偏移量设置为 100。

因为 IP 为用户提供的是不可靠的数据报传输，每个 IP 数据报或 IP 数据分片都会面临着被丢失或者传输差错，那么当一个 IP 数据报的某一个分片出现了丢失或差错时，其他的分片即便是完全正确地到达目的节点也不可能被重组并恢复成原始的 IP 数据，因此这些 IP 分片也只能被丢弃，这个缺少的 IP 数据报将会通过高层检测到并决定是否要求发送方重新发送这个 IP 数据报。

5.2.2 IP 地址及寻址

IP 地址是因特网为每一个通过互联网实现数据通信的计算机主机或路由器等网络设备所分配的地址标记，每个参加数据通信的主机都需要有一个全球唯一的 IP 地址才可以将其数据信息构建成 IP 数据报并通过因特网传送到目的节点。IP 地址的特点不仅仅表现在它的唯一性，更重要的是 IP 地址是有结构的。这种结构体现在 IP 地址由两部分组成：网络号和主机号。网络号也称为网络地址或 IP 地址前缀，标记使用这个 IP 地址的主机所在的网络，任何一个连入因特网的主机首先都要先连接到某个网络上，比如校园网中某个以太网或某个因特网服务提供商 ISP 提供的接入网等。IP 地址的主机号用于指定网络中的主机标识。IP 地址的唯一性体现在连接因特网上的任何一个网络都具有唯一的网络地址标识，并且连接在每个网络上的任何一个主机也都具有唯一的主机号。

IP 地址的这种结构性为因特网中路由器进行数据报选路提供了基础。事实上，路由器所维护的路由表信息是 IP 网络地址与路由器输出端口的对应关系，当某个 IP 数据报从路由器某个端口输入时，路由器用这个数据报的目的 IP 地址在其路由表中找到相匹配的网络地址，并从这个网络地址所对应的端口输出这个数据报，而对于目的 IP 地址的主机号并不需要了解。5.1 节介绍了路由器的基本结构，并了解到路由器在每个端口与不同的网络相连接时，都要采用那些端口所连接的网络或链路所要求的物理链路和数据链路技术。路由器的各个端口还需要具备其所连接网络的网络接口技术，换句话说，路由器每个与其网络连接的端口都需要一个 IP 地址，并且这个 IP 地址的网络号与该端口所连接网络的网络地址相同，而主机号必须保证与这个网络上其他设备的主机号不发生重复。图 5-10 描述了一个路由器连接三个网络的网络接口。

图 5-10 中，路由器有 3 个端口，分别连接到 3 个子网 LAN1、LAN2 和 LAN3，这 3 个子网的网络地址为 168.1.1.0/24、

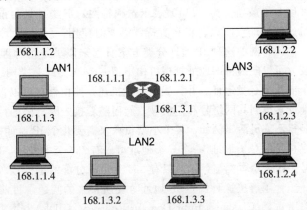

图 5-10　路由器每个端口连接一个以太网

168.1.2.0/24 和 168.1.3.0/24。一个 IP 地址在计算机中用 32 位 4 个字节二进制数表示，为方便识别，人们通常用点隔开 4 个十进制数据表示（计算机中再转换成标准格式）。如在图 5-10 中，LAN1 中的一个主机 IP 为 168.1.1.2。168.1.1.0/24 是一种 IP 地址表示网络号的方法，表示 IP 地址的前 24 位是网络地址，后 8 位是网络中的主机地址。LAN1 中的主机（包括路由器与 LAN1 相连的那个端口）都有相同的网络号，即它们的 IP 地址中的前 3 个字节为 168.1.1，最后一个字节各不相同，分别为 1、2、3、4。LAN2 和 LAN3 用同样的方法为主机设定 IP 地址。为了能够连接 3 个使用不同网络地址的 LAN，路由器在 3 个网络接口分别使用 3 个不同的 IP 地址。

1. IP 地址分类

因特网 IPv4 用 32 位 4 个字节二进制数表示一个 IP 地址。IP 地址由网络地址和主机号组成，那么非常关键的是要体现出 IP 地址的哪一部分表示网络号，哪一部分表示主机号。为此，因特网的设计者将 IP 地址分成 A、B、C 三种不同的类型，每一种类型都定义不同比特数的网络部分和主机部分。如图 5-11 所示，IP 地址中最高比特为"0"、"10"和"110"分别表示 A 类、B 类和 C 类地址。A 类地址用一个高位字节表示网络号，去掉一个最高位"0"（表示 A 类），共有 7 位网络号，可以覆盖 2^7 个网络地址，每个网络可以覆盖 2^{24} 个主机地址；B 类地址用两个高位字节表示网络号，去掉两个最高位"10"（表示 B 类地址），共有 14 位网络号，可以覆盖 2^{14} 个网络地址，每个网络可以覆盖 2^{16} 个主机地址；C 类地址用 3 个高位字节表示网络号，去掉三个最高位"110"（表示 C 类），共有 21 位网络号可以覆盖 2^{21} 个网络地址，每个网络可以覆盖 2^8 个主机地址。

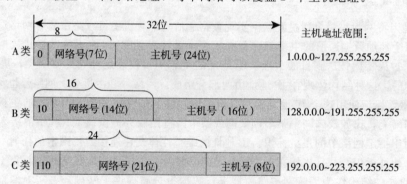

图 5-11　IP 地址按 A、B、C 分类

除了 A、B、C 这 3 种类型 IP 地址，因特网还定义了 D 和 E 两类地址。D 类地址以 IP 地址的 4 位最高位为"1110"表示 IP 组播地址，可以覆盖 2^{28} 个组播地址。IP 组播技术是将 IP 数据报从一个源主机传送到一个主机组，这个包含多个主机的主机组由一个单独的 IP 组播地址标识。E 类地址以 5 位最高位为"11110"表示，因特网对 E 类地址目前并没有定义和分配，当时设计的用意是保留这些地址空间以备将来有特殊需要时使用。

因特网的这种 IP 地址分类方案看起来似乎是很合理，对于拥有很多内部用户的大型机构或学校，可以向因特网地址管理机构申请一个 A 类或 B 类网络地址，而小型的机构或组织则可以申请一个或几个 C 类地址。并且无论是主机还是路由器都可以很方便地根据一个 IP 地址判断出它是哪一类地址，得到其网络号和主机号。然而随着接入因特网的用户越来越多，这种固定的地址方案也就越显得不够灵活。例如，某个小型机构仅需要几个 IP 地址构建一个局域网，却要申请 1 个包含 254 个主机号的 C 类地址（一个 C 类地址可以有 256 个主机号，但全 1 的主机号作为广播地址，全 0 的主机号用于表示本网络，因此只有 254 个可以分配的主机号），而造成很多 IP 地址空间的浪费。

为了解决这种固定 IP 地址分类所带来的问题，目前因特网采用的地址分配策略为无类别域间路由选择（Classless Inter-Domain Routing，CIDR）方案。CIDR 打破了传统的固定地址分配方案，可以根据不同的需要用 32 位 IP 地址中任意位数表示网络号和主机号。其表示方式为 a.b.c.d/x，其中 x 表示地址中的高 x 位为网络号，其余的 32-x 位为主机号。如图 5-10 中 LAN1 的网络地址可以用 168.1.1.0/24 表示，意味着 IP 地址的高 24 位为网络号，其余的 8 位为主机号。采用 CIDR 地址分配方案有两大优势：因为能够以较小增量单位分配地址，而不像传统的 A、B、C 分类只能用 IP 地址中固定的 8 位、16 位和 24 位标识网络地址，拥有不同网络规模的机构可以很方便地向因特网地址管理中心申请不同位数的网络号，从而大大减少了地址空间的浪费；另外，CIDR 地址分配原则能够有效地汇集路由信息，减少路由器中路由表的记录数。我们可以通过一个地址分配实例来理解这一点。假设某机构需要 16 个 C 类地址空间，采用地址分类法需要申请 16 个 C 类地址，比如从 C 类地址 223.4.16.0（11011111 00000100 00010000 00000000）到 223.4.31.255（11011111 00000100 00011111 11111111）。那么相应的路由表中也要存放 16 条对应的路由信息记录，分别存放这 16 个 C 类网络地址与同一输出端口的路径对应关系。如果采用 CIDR 地址分配策略，该机构可以申请一个连续的地址空间：223.4.16.0/20（11011111 00000100 0001xxxx xxxxxxxx），这是一个用高 20 位(11011111 00000100 0001)来标识网络号的地址空间。该机构的所有主机均使用这个网络号，因此机构以外路由器的路由表只需要一条路由记录便可以为指向这个机构的所有数据报选路，这种路由记录的汇集将大大提高路径查询的效率。

当然，CIDR 地址本身的无类别性，使路由器并不能简单地从一个 IP 地址提取其网络地址，因此要求支持 CIDR 地址策略的路由信息记录同时标记每个网络地址的位数(前缀)，如 192.4/16(16 位网络号)，223.4.16/24(24 位网络号)等等。另外，CIDR 的无类别性可能会导致同一个 IP 地址与多个路由记录相匹配，例如，路由器可能包含两条记录，网络前缀 223.4/16 和 223.4.16/24[⊖]，那么 IP 地址 223.4.16.7 同时与这两个网络地址相匹配，此时路由器采用"最长匹配法"来为这个地址选择匹配的路由记录，即选择与该地址相匹配的位数最多的路由记录 223.4.16/24，并转发该数据分组。

2. 子网和子网掩码

根据网络规模的不同，机构可以向因特网地址管理中心申请包含不同地址空间的网络地址。现在我们继续使用刚刚用过的例子，某机构申请到一个 20 位的网络地址，意味着在该机构网络中可以连接 $2^{12}-2$ 个主机，这些主机都共享同一个网络地址。那么是不是因为这些主机都使用同一个网络号而需要把它们都连接在一个网络上呢？如图 5-12 所示，使用网络地址 223.4.16.0/20 的校园网将所有的主机连接在同一个网络上，不管采用哪一种网络技术，这将是一个巨大而笨重并且根本无法正常工作的网络。

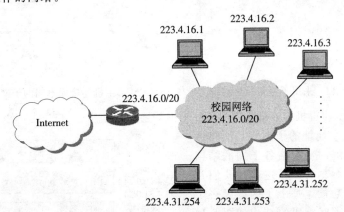

图 5-12　将网络 223.4.16.0/20 上所有的主机连接在同一个网络上

⊖ CIDR 地址策略成立的前提是，地址根据网络拓扑来分配，将连续的一组网络地址分配给一个服务提供商 ISP，然后再由 ISP 负责为其用户划分这些地址。例如，一个 ISP 被分配 223.4/16 的地址块，这个地址块作为一个整组的网络地址，对于该服务提供商 ISP 外部的路由表只需要通过一个表项 223.4/16 来分辨相应的路由。但有时这种地址分配策略并不能被完全满足，因此才会出现上述的情况。

另一种想法是将这个比较大的网络分成若干个较小的网络,每个网络连接一部分主机。一种做法是申请若干个更多位数的网络号,比如该机构计划在这个 12 位地址空间的基础上构建 16 个网络,那么取代申请一个 20 位的网络号,申请 16 个 24 位的网络号,使每个网络号最多可以连接 254 个主机。这种方案的最大缺陷是使路由器的路由表因为要包含机构网络内部每个网络的路径信息而变得非常庞大,而且机构内部的网络结构变化也会引起相关路由表的变化,是一个不可取的方案。因特网采用将一个网络划分成若干子网的技术解决这个问题,基本思想是仍然使用一个网络号,把具有这个网络号的 IP 地址再次分配给几个子网,每个子网具有相同的网络号和不同的子网号。从 IP 地址结构看,各个子网的网络号位数保持不变,但是将主机号再分为两部分:子网号和主机号。如图 5-13 所示,20 位网络号保持不变,12 位主机号中分出高 4 位作为子网号,共能标识 16 个子网,最后 8 位标识每个子网内连接的主机,即每个子网可以连接 254 个主机。经过这种子网划分后的子网分别为 223.4.16.0/24、223.4.17.0/24、……、223.4.31.0/24。图 5-13 只画出了其中的两个子网 223.4.16.0/24 和 223.4.17.0/24,这两个子网分别连接在路由器的两个端口上,每个子网上主机(包括路由器连接该子网的端口)都有相同的网络号和子网号,以及不同的主机号。

采用子网划分的优势可以体现在以下几个方面:

- 因特网中的路由器仍然按照 IP 地址的网络号为数据报选择路径,并不需要了解这个地址是属于目的网络中的哪一个子网。机构内部子网划分结构的改变也不会改变或增添因特网路由器中的路径信息。
- 机构内部子网之间的数据传输通过内部路由器的路径选择实现。为了实现内部网络与外部网络之间的数据交换,内部网络系统需要设置一个或多个路由器除了具有内部选路功能,还要保持能够与外部其他网络之间交换选路信息,负责网络系统内部与外部之间数据交换的路径选择。
- 如何划分子网以及组建内部网络仅仅由机构内部管理控制,通常内部网络可以根据内部的管理机构分支部门或网络所能够提供的应用等不同的分配方案划分内部网络。内部网络改建或扩充引起的结构变化和路由信息变化也只会影响网络系统内路由信息的变化。

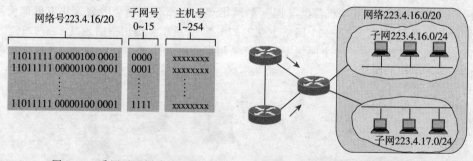

图 5-13   采用子网划分将网络 223.4.16.0/20 上主机连接到不同的子网上

引入了子网技术使得机构内部各部门能够根据需要灵活地组建自己的子网。但是如何从一个 IP 地址中判断出这个地址的子网号,使路由器能够更有效地了解内部网络各子网的结构而实现子网之间的数据转发?这就是我们常提到的子网掩码的功能。每个子网设置一个统一的子网掩码,子网掩码的结构如图 5-14 所示,由若干高位为"1"和若干低位为"0"的 32 位组成,为"1"的高位数等于子网的网络号

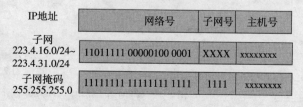

图 5-14   子网掩码工作原理

和子网号位数之和,其余低位为"0"。图 5-14 中,网络地址为 223.4.16.0/20 的网络进一步划分若干个子网,子网掩码为 255.255.255.0,意味着划分子网后该网络的网络号与子网号共占整个

IP 地址的高 24 位，即 223.4.16.0/24～223.4.31.0/24，则其余的低 8 位用于同一子网内的主机识别。通过子网掩码可以从一个给定的 IP 地址中得到该 IP 地址所在的子网地址，具体做法是用这个 IP 地址与该 IP 地址所使用的子网掩码进行与运算。例如，IP 地址为 223.4.16.1，其所在子网的子网掩码为 255.255.255.0，用 IP 地址与其子网掩码相与，得到结果为 223.4.16.0，表明地址 223.4.16.1 所在子网的子网地址为 223.4.16/24。

划分子网之后，路由器的工作也发生了变化。图 5-2 中路由器的路径信息表记录了目的网络地址与路由器输出端口的映射关系，而引入子网的概念后，为了能够确定目的子网的地址，路由器的路径表需要为每条记录添加子网掩码信息，因此每个路径记录信息应该包含：子网地址、子网掩码和输出端口。

我们通过一个例子进一步了解子网掩码的作用。图 5-15 中由路由器 R1 和 R2 划分出 3 个子网，子网号和子网掩码分别如图所示。每个子网内的主机都分别有一个 IP 地址和一个共同的子网掩码，任一主机用其 IP 地址与该子网的子网掩码相与便得到所在子网的子网地址。假设此时子网 1 中主机 H1 发送数据报到主机 H2，H1 首先要确定 H2 是否与其在同一个子网上，用目的节点 H2 的地址 223.4.16.12 和 H1 本身所在子网的掩码 255.255.255.128 相与，得到地址 223.4.16.0/25。这个结果与 H1 本身地址 223.4.16.13 和子网掩码 255.255.255.128 相与的结果相同，说明这个目的节点与 H1 在同一子网上，因此 H1 可以构建以太网数据帧封装其 IP 数据报，这个以太网帧的源地址为 H1 的 MAC 地址，目的地址为 H2 的 MAC 地址。

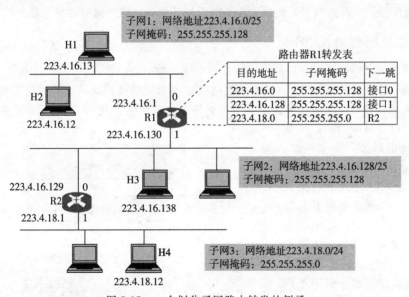

图 5-15　一个划分子网路由转发的例子

第二种情况是主机 H1 要发送数据到子网 2 中的主机 H3 上。类似地，H1 首先用 H3 的 IP 地址 223.4.16.138 与 H1 子网掩码 255.255.255.128 相与，得到结果 223.4.16.128/25，这个结果与 H1 的子网地址 223.4.16.0/25 不同，说明 H3 并不在同一子网上，此时 H1 需要将该数据分组通过路由器 R1 转发，因此构建目的地址为路由器 R1 的 MAC 地址的数据帧来封装其 IP 数据报。假设此时路由器 R1 的路径转发表已经设置成如图 5-15 中所示，R1 转发表包含 3 条记录，分别表示 3 个目的子网在 R1 中所对应的输出端口。从 H1 到 H3 的数据报通过 R1 时，R1 用这个数据报的目的地址(H3 的地址 223.4.16.138)依次与路由表中各个记录的子网掩码进行与运算，结果得到的子网地址和第二条记录的子网地址 223.4.16.128 相匹配，因此这条记录所指示的输出端口就是该数据报的输出路径。类似地，当 H1 发送数据到 H4 时，通过路由器 R1 的路径表查询，第 3 条记录和 H4 的 IP 地址吻合，因此该数据报从路由器通往 R2 的路径转发。仔细观察 R1 的转发表会发现下一跳输出端口中接口 1 和 R2 实际上都指向同一个端口，但意义却不同。具体来说是它们所形成的数据帧不同，从接口 1 输出的数据帧目的地址为 H3 的 MAC 地址，而从 R2 输出的数据帧目的地址为 R2 的 MAC 地址。

对于图 5-15 的另一点说明是，R1 转发表中还应该多一条记录，通常称为默认路径。默认路径的作用是如果在路径表中查不到相匹配的记录时，就将数据报从默认路径所指的端口转发出去。例如，子网 1 中某个主机发送数据到一个外部网络上的某个主机时，数据报需要经过 R1 转发，R1 路径表并不包含指向这个外部网络的转发端口，便可以将该数据报从默认路径端口转发出去。通常情况下，路由器的默认路径端口是指向该路由器的上一级路由器，这样经过几次默认路由转发，数据报被转发到这个内部网络系统中负责为目的地址为内部系统以外的数据报选路转发的路由器上，并经过外部网络系统的路由转发最终到达目的节点。

以下我们从 IP 地址结构的角度讨论网络和子网的概念，习惯上网络是指 IP 地址中网络号所标识的网络。例如，某个大学申请了一个 16 位的网络号如 223.4.0.0/16，整个大学所构建的校园网统称为地址为 223.4.0.0/16 的网络。子网是保持这个网络号不变进一步划分的更小的网络单元，如上述网络用 8 位标识一个子网，223.4.0.0/24 表示一个子网地址，所有 IP 地址为 223.4.0.1～223.4.0.254 的主机或路由器均连接在这个子网上。结合第 4 章讨论的以太网技术，在连接结构上，一个子网可以由多个集线器或局域网交换机（二层交换机）连接不同的主机构成，意味着一个子网有一个共同的广播域，但可能通过局域网交换机分隔成不同的冲突域。连接一个子网的路由器作为该子网的网关，负责转发子网内与子网外网络之间的数据传输。

5.2.3　IP 地址解析协议 ARP

IP 数据报是互联网络之间进行数据传输使用的统一数据分组格式，5.2.1 节中讲到 IP 数据报不依赖于任何一种物理网络，同样，这种分组格式也不可能直接在某种物理网络中传输，只有将 IP 数据报封装成各种物理网络或链路所要求的帧格式，才能够实现 IP 数据报在这些物理网络或链路上传输。以局域网为例，当某个主机发送数据到另一个主机时，发送主机以数据报的形式将发送数据构成 IP 分组，要使这个数据报能够在以太网中传输，要将其封装成以太网帧，而构建 MAC 帧的前提是发送主机必须知道接收主机的 MAC 地址。ARP（Address Resolution Protocol）协议就是在同一子网内通过某个主机的 IP 地址而得到其 MAC 地址的协议。ARP 协议在 RFC826 中描述。

连接在以太网上的所有主机都能够运行 ARP 协议，ARP 分组封装在以太网数据帧的数据部分，如图 5-16a 所示。ARP 分组首部信息主要包括 ARP 分组类型和地址解析类型，数据部分则携带相应的地址信息。ARP 分组定义了两种基本的分组类型：ARP 请求和 ARP 响应。

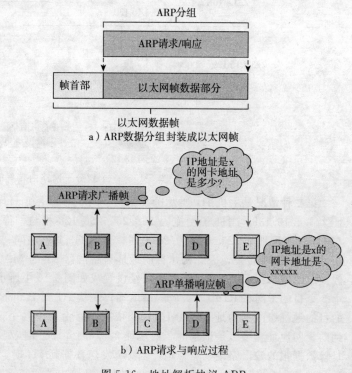

a）ARP 数据分组封装成以太网帧

b）ARP 请求与响应过程

图 5-16　地址解析协议 ARP

ARP 地址解析类型标识一个 ARP 分组需要解析的地址类型，如以太网中使用 ARP 协议实现 IP 地址对 MAC 地址解析，而其他网络可能会使用 ARP 实现另一种协议地址对其他某种物理地址的解析。图 5-16b 描述了 ARP 地址解析过程。假设主机 B 要发送数据到同一子网中的主机 D，在不知道 D 的 MAC 地址的情况下，B 首先向子网中发送一个 ARP 请求广播数据帧，其中数据部分包含主机 D 的 IP 地址。网络中所有的主机都会收到这个 ARP 广播帧并解读，只有 D 确认这个 ARP 请求所含的 IP 地址与自身匹配，因此向 B 返回一个 ARP 响应帧，其中数据部分包含 D 的 MAC 地址。注意，此时由 D 发出的 ARP 响应帧不再使用广播形式，因为主机 D 已经从接收到的 ARP 请求帧中了解到请求 ARP 服务的主机 B 的 MAC 地址，因此能够构建目的 MAC 地址为 B 的单播数据帧。通过这个 ARP 请求与响应，主机 B 了解到主机 D 的 MAC 地址，然后可以进一步将 IP 数据报封装成以太网数据帧。

以太网中当某个主机通过 ARP 得到目的主机的 MAC 地址时，会将这个地址对（IP 地址与 MAC 地址的对应关系）放入自己的 ARP 缓存表中缓存，每次需要询问其他主机的 MAC 地址时，首先查询其 ARP 缓存表，如果缓存表中没有查到相应的 MAC 地址再运行 ARP 协议向子网询问，这样可以减少 ARP 地址解析造成的处理时间。为了避免 ARP 缓存表中的数据老化问题，采用更新机制，在一段时间内如果表中的某一行记录没有使用便被清除掉。

当发送主机和接收主机不在同一个子网时，如何使用 ARP 协议得到目的主机的 MAC 地址？例如，图 5-15 中主机 H1 到 H3 的数据传输，在判断目的主机 H3 位于不同的子网时，主机 H1 需要将 IP 数据报通过路由器 R1 转发到目的主机，因此要将 IP 数据报封装成目的 MAC 为路由器 R1 的数据帧。通过 ARP 协议 H1 可以得到路由器 R1 的 MAC 地址，并将数据报封装在目的 MAC 为 R1 的以太网数据帧中发出。同理，采用 ARP 协议，R1 得到连接在其端口 1 子网中 H3 的 MAC 地址，将这个 IP 数据报封装成目的 MAC 地址为 H3 的数据帧发出。最终，H3 接收到这个数据帧。

因特网还定义了反向地址解析协议（Reverse Address Resolution Protocol，RARP），实现过程与 ARP 非常相似，目的是通过某个主机的 MAC 物理地址解析出相应的 IP 地址，例如，局域网中某台主机只知道自身的物理地址而不知道 IP 地址，则可以通过 RARP 协议发出征求自身 IP 地址的广播请求。RARP 服务器维持着一个本网物理地址与 IP 地址的映射表，并负责应答 RARP 请求。

5.2.4 特殊的 IP 地址、私有地址以及 IP 地址分配

因特网定义了一些特殊的网络号和主机号，这部分网络号及主机号作为特殊使用，不能分配给任何子网或主机。以下简述这些特殊的 IP 地址及其用途。

- 默认路径地址 0.0.0.0。实际上这个地址并不表示某个主机地址，而是表示一种类型的地址集合。每个路径表除了正常的路径信息记录以外，都包含有这样一条记录，即网络地址号为 0.0.0.0 及其对应的输出路径。这是一条默认路径记录，当路由器在路径表中查不到目的地址的输出路径时，将数据报从地址为 0.0.0.0 所指的端口输出。
- 广播地址 255.255.255.255。这是一个广播地址，目的地址为 255.255.255.255 的数据报将会发送到子网内的所有主机。负责该子网数据转发的路由器不会向其他网络转发这个广播数据报。这个地址也称为有限广播地址。典型的应用是当某个主机刚接入到一个子网时，向本网发送广播数据报以寻求某些服务，例如，通过动态主机配置协议（Dynamic Host Configuration Protocol，DHCP），请求一个 IP 地址和网络配置服务等。
- 特定子网的广播地址。保持网络（子网）地址不变，主机号为全 1（如网络 223.4.16.0/24 的广播地址为 223.4.16.255）表示向网络地址所指定的子网所有主机发送广播数据报。当 IP 数据报的目的地址为一个特定子网广播地址时，路由器能够将这个 IP 数据报通过正常的选路和转发操作传递到目的子网，再由这个目的子网路由器向子网内发送广播帧。
- 子网地址。当主机号为 0 时，表示一个子网（如网络 192.4.16.0/24 可以用 192.4.16.0 表示）。这种地址通常不出现在 IP 数据报的目的地址字段，而主要用于路由器的选路记录表中。

- 回路地址 127. x. x. x。这个地址用于提供主机本身网络配置和协议栈内部回路的测试。目的地址为 127. x. x. x 的数据报不会被主机发送到网络中，而是直接从发送接口传送到主机的接收接口，用于检测主机的发送和接收操作。
- 公有地址和私有地址。IP 地址空间中 2^{32} 个地址分公有地址和私有地址。**公有地址**（也称为公网地址）是由因特网地址管理机构 ICANN（Internet Corporation for Assigned Names and Numbers）统一管理并分配给注册用户，是广域网范畴内的主机标识，持有公有地址的主机接入因特网后能够直接与其他因特网用户进行数据通信。**私有地址**（也称为专网地址）属于非注册地址，是局域网范畴内的主机标识，专门为组织机构内部使用，持私有地址的主机不能直接通过因特网与机构以外的主机进行数据通信。因特网所定义的 IPv4 私有地址空间如图 5-17 所示。因特网私有地址分配在 RFC 1597 中进行了描述。

任何机构内部都可以使用图 5-17 中所列的私有地址空间，将这些私有地址分配给内部网络上的主机，只需要在企业网内部保证其唯一性。将 IP 地址空间的一部分留出来作为私有地址，使得这部分地址空间能够在不同的机构内部重复使用，在一定程度上

类别	网络号	地址范围
A类	10.0.0.0/8	10.0.0.0~10.255.255.255
B类	172.16.0.0/12	172.16.0.0~172.31.255.255
C类	192.168.0.0/16	192.168.0.0~192.168.255.255

图 5-17　IPv4 定义的私有地址

缓解了因特网地址紧张的现状。为了能够实现与其他外部网络的数据通信，持私有地址的主机需要首先将其私有地址转换成公有地址，因特网中私有地址和公有地址相互转换通过网络地址转换协议（Network Address Translation，NAT）实现。我们将在下一节学习 NAT 协议的实现原理。

在讨论了一系列与 IP 地址相关的问题之后，我们来看看因特网对 IP 地址的分配与管理方法。国际互联网 IP 地址由互联网名字与编号分配机构 ICANN 进行分配管理。ICANN 是一个采用国际化组织形式的非营利性机构，主要负责全球互联网域名系统和 IP 地址资源及协议参数的协调、管理与分配工作，同时协调与互联网有关的技术和政策性事务。ICANN 并不直接面向用户分配 IP 地址，而是先把地址分配给地域性的 IP 地址管理机构 RIR（Regional Internet Registry）。这些地域性的 IP 地址管理机构目前有 5 个：北美地区（ARIN）、拉丁美洲（LACNIC）、欧洲地区（RIPE NCC）、亚太地区（APNIC）和非洲地区（AFRINIC）。在地域性管理机构之下是国家级注册机构和本地区注册机构，我国的国家级注册机构是中国互联网络信息中心 CNNIC（China Internet Network Information Center）。地域性地址管理机构负责将地址空间分配给下一级注册组织或者 ISP，同时授权他们进行地址空间的指定和分配的权利。

ICANN 的另一个职能是承担域名系统管理。因特网使用全球统一注册分配的 IP 地址标识主机或服务器，正如我们日常生活不习惯用数字编码来标识一个地方，而更喜欢赋予每个地方一个生动而易读易记的名称，因特网中用户也可以直接使用域名来标识服务器或服务器所提供的服务。网络中的设备并不认识域名，客户端发出服务请求之前首先要通过域名服务系统 DNS（Domain Name System）将域名转换成所对应的 IP 地址。域名服务系统将域名空间划分成独立的管理结构：根级域名、顶级域名、地区级域名以及本地域名等，ICANN 负责根级域名和顶级域名系统的管理，以及根域名服务器系统的管理。

5.2.5　网络地址转换 NAT

专用网络内部主机可以使用私有地址进行数据通信。这在一定程度上缓解了 IP 地址短缺的问题。但是这些私有地址并不能够在公共因特网中使用，为了实现与内部网络以外的主机通信，需要通过地址转换协议 NAT 将私有地址转换成经过正式注册的公有 IP 地址。网络地址转换 NAT 是 IETF 制定的标准（RFC 1631）。通常 NAT 地址转换设备有两个网络接口，一个以公有 IP 地址

身份连接外部网络，另一个以私有地址身份连接内部使用私有地址的网络，并作为这个私有网络子网的网关，如图 5-18 所示。NAT 网关以公有地址 223.76.29.7 与外部网络相连，内部连接使用私有地址 10.0.0.x 的子网，主机地址分别为 10.0.0.1、10.0.0.2……，NAT 网关连接内部网络的私有地址为 10.0.0.4。这些主机在子网内进行数据通信时，可以直接使用其私有地址进行 ARP 地址解析，实现主机之间的数据通信。子网内部主机与外部主机进行数据通信时，通过 NAT 协议将私有地址转换成公有地址。

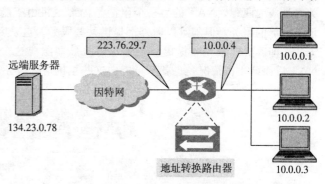

图 5-18　NAT 设备作为子网网关连接子网和外部网络

    NAT 的工作原理非常简单。子网内的主机发送数据到外部网络时，这个数据报通过 NAT 网关，数据报的源 IP 地址被修改成 NAT 网关连接外部网络使用的公有 IP 地址，对于目的节点来说这个数据报似乎是 NAT 网关发送出去的。而对于从目的节点返回来的数据报到达 NAT 网关时，数据报的目的地址再被 NAT 网关修改成子网内发出原始数据报主机的私有地址，对于这个主机来说，这个数据报又似乎是直接从外部网络某个主机直接发送过来的。与普通的路由器相比，除了选路与转发，NAT 网关还有特殊的任务，就是为从内部发送到外部的数据分组修改源地址，以及为从外部发送到内部的数据分组修改目的地址。

    现在我们举例说明 NAT 网关地址转换的实现过程。

- NAT 设备对输出数据报的处理。假设内部主机 10.0.0.1 向一个外部服务器请求一个 Web 服务，这个服务器 IP 地址为 134.23.0.78。主机 10.0.0.1 的应用进程所产生的 Web 服务请求被封装在 IP 数据报中发送，源地址为 10.0.0.1，目的地址为服务器的 IP 地址 134.23.0.78。当这个 IP 数据报到达 NAT 网关时，NAT 网关会修改该数据报的两个内容：①将源 IP 地址 10.0.0.1 改成 NAT 网关的公有地址 223.76.29.7；②自动生成一个端口号 5001，并用这个端口号替代封装在该 IP 数据报数据部分的传输层首部端口号（port）字段的值 3345⊖。如图 5-19a 所示，NAT 网关维护一个 NAT 转发表，记录了从内部主机发送出的数据报原始地址和端口号信息与经过修改之后的地址和端口号对应关系，目的是在接收到来自服务器的响应数据报时，能够通过这个转换表查找出对应的原始的地址和端口号信息，将从服务器返回的数据报正确地返回给相应的内部主机。

- NAT 设备对输入数据报的处理。服务器接收到数据报时，认为自己是在和一台具有公有地址 223.76.29.7 的计算机进行通信，产生的响应数据报目的地址为 NAT 网关、目的端口号为 NAT 网关生成的端口号。当该数据报返回到 NAT 网关时，NAT 网关再根据其内部维护的转换表查出具有目的地址 223.76.29.7、端口号 5001 的数据报所对应的内部目的地址应该是 10.0.0.1、端口号为 3345，并将数据报修改之后发送到内部主机 10.0.0.1。对于主机 10.0.0.1 来说，这个数据报的地址和端口号都与其原始状态相符合，便可以将数据提交相应的应用进程。这个转换过程在图 5-19b 中描述。

    通过在内部使用非注册的 IP 地址，并将它们转换为一小部分外部注册的 IP 地址，减少了 IP 地址注册的费用，也是解决 IPv4 地址短缺的辅助措施。但 NAT 地址转换需要对每个方向接收的

⊖ 端口号是端系统内部识别不同应用进程的标识，设置在传输层 TCP 或 UDP 的首部。两个彼此通信的端系统可能同时还分别在与其他的端系统进行数据通信，因此端系统上都可能会有多个应用进程同时发送数据或接收数据，为了能够区别这些不同的进程，将所接收的数据提交给正确的应用进程，端系统为每个应用进程设置一个端口号，相互通信的端系统进程通过发送端口号和接收端口号彼此识别。

每一个数据报进行地址及端口号修改，增加了 NAT 网关的处理时间，数据流量增加时，NAT 网关容易成为瓶颈。NAT 的另一个限制是内部主机由于隐藏在 NAT 网关的后面，通过 NAT 可以请求外部的服务，但却难以向外部提供某些服务。这是因为因特网服务模式主要基于客户/服务器方式，即客户向服务器提出服务请求，服务器响应这个请求并提供服务。如果外部不能够了解 NAT 后面的主机情况，也就不可能向这些主机请求服务。

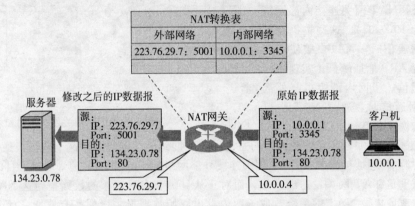

a）NAT网关修改输出数据报的源地址和端口号信息

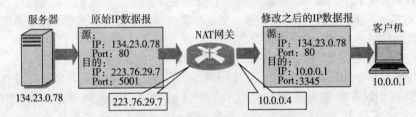

b）NAT网关修改输入数据报的目的地址和端口号信息

图 5-19   NAT 转发输入和输出数据报的过程

5.2.6   因特网控制消息协议 ICMP

IP 数据报在因特网中传输可能会发生丢失、乱序或者传输差错等问题，这类问题可以借助于端系统的传输层（TCP）来得到修正。但传输层并不能为用户传递 IP 数据报在因特网中传输时可能出现的一些异常情况的报告，比如某个用户发出的数据报目的地址不存在，路由器不能为它找到一个正确的输出路径，发生这种情况时必须能够及时通知用户，以免用户进程无休止地等待服务器响应。因特网 TCP/IP 协议族中的控制消息协议 ICMP，主要用于在主机或者路由器之间传递控制消息。比如上述情况可以由某个路由器向用户发送一个 ICMP 消息，通知用户其所请求的服务器目标地址不可达。ICMP 能够传递的控制消息主要包括：差错报告、目标可达性测试、路由信息通知、网络性能测试等等。

ICMP 报文可以由主机或者路由器产生，比如某个路由器接收到一个目的网络不可达的数据报便构建一个 ICMP 报文发送到这个数据报的发送端，一个服务器收到一个并不存在的服务请求（服务器本身并不提供所请求的服务）也可以产生一个 ICMP 报文发送到请求服务的客户端。ICMP 报文还可以由主机或路由器主动发出以测试通往某个主机或路由的网络可通性。命令"ping x. x. x. x"是一个应用层常用的网络测试命令，能够测试从本主机到 IP 地址为 x. x. x. x 的主机之间的网络连通状况。通过命令"ping"，本主机向目标主机发送一连串的 ICMP 报文，称为回送请求数据包，目标主机收到回送请求后返回相应的 ICMP 响应报文，通过这个过程可以判断网络的响应时间和本机与目标主机连通性。

ICMP 的报文格式如图 5-20 所示。ICMP 报文作为 IP 数据报的数据部分封装成一个 IP 数据报。数据报的源 IP 地址为产生 ICMP 报文的节点如路由器或主机，目的 IP 地址可能是发送 ICMP 请求的主机，或者是某个主机其发出的数据报在网络传输过程中出现异常情况。ICMP 报文分两种基本的类型：差错报告和询问报文。IC-MP 首部类型字段标明 ICMP 控制消息的类型，如类型字段值为"3"表示该 ICMP 报文是一个"终点不可达"的差错报告；类型字段为"10"或"9"则表示 ICMP 路由询问报文和路由请求报文。代码字段是针对每一种类型的子类型，例如对于"终点不可达"差错类型又可以细分为主机不可达(目的网络并没有所要求的主机号)、协议不可达(目的端节点不能支持 IP 数据报首部协议字段中所标识的高层协议)、端口不可达(目的

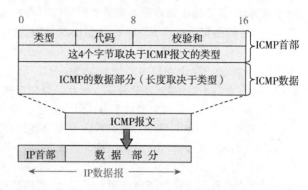

图 5-20　ICMP 报文格式

主机没有提供此端口的服务)等，接收端可以根据这些不可达的类型提示用户不同的信息。ICMP 首部另有 4 字节，根据不同的类型设置不同的字段含义。例如，ICMP 询问报文中需要设置标识符字段(2 字节)和序列号(2 字节)字段，对方返回的响应报文保留这部分信息不变，ICMP 询问方通过这部分识别信息将所接收的响应报文提交给相应的 ICMP 询问请求进程。差错类型的 ICMP 报文并不需要设置标识符和序列号字段，发送时直接将这 4 个字节置为"0"。ICMP 数据部分内容同样由不同的类型而决定。例如，对于差错类型的 ICMP 报文，数据部分包含两部分信息：①引发这条 ICMP 差错消息的原始 IP 数据报的首部信息，目的是使接收到该 ICMP 报文的主机能够了解哪一个数据报出了相应的问题；②引发此 ICMP 消息的 IP 数据报数据部分前 8 个字节，这通常包含了传输层 TCP 或者 UDP 首部的端口号，利用这些信息，接收端可以更进一步了解是那些应用出了问题。对于其他一些类型的 ICMP 报文如询问请求及响应等的数据部分可以省略。

ICMP 协议是因特网提供的针对数据传输异常的控制消息，利用 ICMP 也可以实现一些特殊的功能。ICMP 协议能够实现一个非常重要的功能是可以用来寻找整条路径中所支持的**最大传输单元** MTU。每段数据链路都有一个最长数据帧的限制 MTU，当一个 IP 数据报封装成的数据帧超出某段链路的 MTU 时，必须将这个数据报进行分片。通过 ICMP 控制消息，主机可以了解到整条路径所支持的 MTU 中最小的一个，并以这个 MTU 为参考长度构建 IP 数据报，这样数据报在整个路径中不需要进行分片，从而减少了网络由于对 IP 数据报进行分片所造成的网络资源浪费和额外的处理时延。这个功能的实现是利用 IP 数据报首部的一个禁止对数据报分片的标志位，当网络中某个路由器收到一个 IP 数据报，其首部禁止分片的标志位置"1"，而分组长度又超出了路由器输出链路的 MTU 时，路由器便会向这个数据报的源主机发送一个"需要对禁止分片的数据报进行分片"类型的 ICMP 差错消息，主机可以根据这个消息减小其发送数据报的长度，使其能够适应这段路径的 MTU 要求。

利用 ICMP 协议实现的另一个重要功能是跟踪数据报从源主机到任何一个目的主机所经过的所有路由器。每个 IP 数据报首部都设置一个生存期字段 TTL，数据报每经过一个路由器其生存期递减 1，当数据报的生存期递减至 0 时，路由器不再继续转发这个数据报并将其丢弃，同时向源端点发送一个类型为"生存期为 0"的 ICMP 差错消息。这种 ICMP 差错消息可以用来跟踪数据报从源主机到任何一个目的主机所经过的所有路由器，是一种非常有用的检测路由器工作状态的检测方式。在源主机用命令"tracert x. x. x. x"(Linux 环境中用 traceroute)可检测出从源主机到 IP 地址为 x. x. x. x 的目标主机之间经过的所有路由器。我们简述这种路由追踪功能的实现过程，在接收到这个命令之后，源主机会向目标主机发送一批普通的 IP 数据报，这些 IP 数据报所携带的数据都是采用 UDP 传输协议的报文段(UDP 是另一种传输层协议，实现端节点之间的尽力而为数据

传输）。与正常 IP 数据报传输所不同的是：①这些 IP 数据报的生存期依次递增 1，分别为 1、2、3、…；②每个数据报携带的 UDP 报文首部都包含一个不可达的端口号，意味着目标主机并没有一个应用进程在这个端口上等待接收数据。这样，第 1 个 TTL 为 1 的数据报在经过第一个路由器时递减为 0，这个路由器在丢弃该数据报的同时向源主机发出一个类型为"生存期为 0"的 ICMP 差错报告，源主机根据承载该 ICMP 的数据报源 IP 地址可以得到第一个路由器的 IP 地址；以此类推，TTL 为 2 的数据将被第二个路由器丢弃并返回一个 ICMP 差错报告；源主机持续发送这些数据报并依次得到发送 ICMP 的路由器地址，最终一个 TTL 递增的数据将到达目标主机，因为数据报携带的是一个端口不可达的 UDP 数据，因此，目标主机返回源主机一个类型为"端口不可达"的 ICMP 差错报告，源主机通过这个端口不可达 ICMP 差错报告可以判断数据报已经到达终点，便不再继续发送 IP 数据报了。通过这个过程，源主机可以得到整个路径所有路由器的 IP 地址。

我们讨论了几种 ICMP 控制消息，除此之外，ICMP 还有一些其他的功能，如 ICMP 时间戳请求/响应消息允许系统向另一个系统查询当前时间；ICMP 地址掩码请求/响应用于无盘系统在引导过程中获取所在子网的子网掩码；移动 IP 利用扩展的 ICMP 路由器发现机制，为移动主机找到一个合适的外地代理，最终实现移动主机在移动过程中能够保持使用固定的 IP 地址，等等。

至此，我们讨论了因特网网络互联结构和服务模式，并学习了因特网协议栈中几个重要的协议，这些协议与因特网协议 IP 一起共同协作，最终实现将各种网络应用形成的数据以 IP 数据报的形式在互联网中传输。

5.3 路由选路算法

本节进一步深入讨论因特网中建立并维护路由转发表所依托的选路算法。如图 5-21 所示，两个主机进行数据通信，其间存在着多条相通的路径，路由选路算法的目的就是要从源主机所在的网络到目的主机所在的网络的所有路径中找到一条"最佳"的路径。

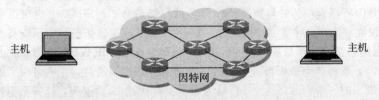

路由器连接不同网络

主机　　　　　　　　　　　　　　　　　　　主机

因特网

图 5-21　路由器为数据报选择一个最佳路径

什么是一条最佳的路径呢？不同的路由算法采用不同的度量标准来衡量路径的好坏。常用的度量值包括：

- 路径长度，即一段链路的物理长度，但通常也指数据报从源主机到目的主机所经过的路由器的个数（跳数）。
- 可靠性或可用性，可用性或可靠性可以指链路的误码率，也可以指网络出现故障时的修复能力和恢复速度等，并依据这些因素为每一条网络链路设定相应的度量值。
- 传输时延，传输时延是指通过网络把数据报从一个节点移动到另一个节点所需要的时间总和，有许多因素可以影响传输时延，如链路带宽、路由器负载、网络拥挤状况以及数据报传输所需要经过的物理距离等。
- 带宽，即一条网络链路所能提供的数据传输能力，虽然带宽反映了一条链路所能够提供的最大速率，但是有时使用高宽带连接的路由并不一定是最好路径。例如，数据报在一条负载很重的高速链路等待转发的时间可能会很长。
- 负载，负载是指网络流量，负载会直接影响网络的传输能力。

- 通信成本，通信成本是另外一种非常重要的路由度量标准。

路由算法可以采用一个独立的或几个度量标准综合起来一起作为最佳路径的选路依据。例如，下面将要介绍的距离向量选路算法只用一个独立的度量标准计算路径的成本，认为从源主机到目的主机途经路由器最少的路径是**最佳路径**。有时最佳路径在因特网中也称为**最短路径**或者**成本最低路径**，意思都是采用某种选路算法所计算出的最优路径。选择一种选路算法时不仅要考虑它本身所选用的度量标准，还要力求降低算法本身的复杂性以及其对网络资源的消耗，选路算法的快速聚敛能力也是实际网络中采用不同选路算法所关心的主要因素。网络中路由器的链路状态可能会随时发生变化，因此要求路由器将变化的路径信息向其他路由器通告，使得网络中的路由器重新计算最优路径，并最终使所有路由器对新路径达成一致。网络中所有路由器完成一次确定最佳路径的过程也称为路由算法的收敛过程。

网络中应用图论的知识解决路径选择问题。图 5-22 给出了讨论路由选路算法常用的图形，图中所有的点代表路由器，边对应于网络中的链路，每条边的值可以看成网络中每条链路的开销（cost），开销是根据不同的度量标准或者这些标准的组合所赋予一条链路的度量值。对于一个已经给定链路开销的网络，选路算法最基本的问题就是找出任意两个节点之间开销最小的路径，而每条路径的开销可以认为是这条路径上所有链路的开销之和。例如图 5-22 中从节点 a 到 f 可以有很多路径，如路径 acf 总开销为 $5+5=10$，路径 adef 总开销为 $1+1+2=4$ 等。从 a 到 f 所有路径中，adef 路径的总开销 4 为最小。如果此时路由器 a 所在的子网中某个主机发送数据到 f 所在子网的某个主机，网络将会为这一组数据报选择开销最小的路径 adef。这

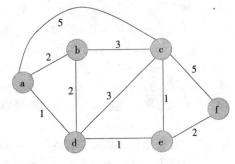

图 5-22　用一个图形表示网络

意味着路由器 a 中路由表把目的地址为 f 所在的子网的数据报指向其连接 d 的输出链路；而 d 的路由表会将同样的数据报指向其连接 e 的输出链路；最后 e 将这组数据报指向连接 f 的输出链路。

当网络中每条链路开销设置好后，路由器也可以根据网络的配置情况预先设定其路由表，并且在整个网络的运行过程中使用这个预先设定好的路由表为数据报进行选路，这种路由方式称为**静态路由**。静态路由很难适应网络的变化，比如网络节点或链路出现故障时，网络中出现增减节点而造成链路变化时，或者网络负载发生变化时，静态路由表不会根据这些变化引起的链路消费变化来动态调整其选路信息。例如，某条开销最低的路径在某一时刻有大量的突发数据流量，已经造成这条路径上的数据分组等待时间过长甚至出现分组丢失，而静态路由方式仍然会继续向这条路径转发数据分组，从而更加重这条路径的问题。大多数实际网络采用**动态路由**方式，通过运行在路由器之间的路由协议，路由器能够根据网络系统的运行情况（比如链路故障、负载或链路变化等）动态更新其路由表。

下面我们将研究两种主要的动态选路算法：**链路状态选路算法**和**距离向量选路算法**。

5.3.1　链路状态选路算法

链路状态选路算法以 Dijkstra 算法为基础，Dijkstra 算法以其发明者而命名。参照图 5-22，如果用图中各个边的值表示节点之间的路径开销，Dijkstra 算法的基本思想是计算出从图中每个节点到其他所有节点的最低开销路径。

继续使用图 5-22，我们讨论通过 Dijkstra 算法计算从节点 a 到图中所有其他节点的最低开销路径的实现过程。首先对 Dijkstra 算法计算过程中用到的变量作如下说明，设 N 为一个节点子集，初始状态时 N 只包括源节点 a；$P_{cost}(a, v)$ 为从源点 a 到目的节点 v 的最低开销路径的消费；L_{cost} (w, v) 为从节点 w 到节点 v 的链路开销，其中，w 和 v 可以是图 5-22 中任何相邻的节点。

Dijkstra算法描述如下：

1)初始化 N＝{a}，对于图中的所有节点 v，

如果 a 与 v 直接连接，$P_{cost}(a, v)＝L_{cost}(a, v)$；

否则，$P_{cost}(a, v)＝\infty$；

2)寻找一个不在 N 的点 w，使其满足 $P_{cost}(a, w)$ 为最小，并作如下操作：

N← 节点 w；

$P_{cost}(a, v)＝Min\{P_{cost}(a, v), P_{cost}(a, w)＋L_{cost}(w, v)\}$；

3)重复第 2 步，直到 N 包括所有节点。

我们利用表 5-1 说明通过以上步骤计算图 5-22 中节点 a 到其他所有节点的最短路径。第一步，N 的初始状态包含节点 a，表 5-1 中第 1 行列出了此时节点 a 到各个其他节点的 $P_{cost}(a, v)$，a 与 3 个节点 b、c、d 直接相连，开销分别为 2、5、1，a 与另外两个节点 e 和 f 不直接连接，开销暂时为无穷大。第二步包含两个操作，首先选择一个不在 N 中的节点，使 a 到该节点的开销最低，由于 a 到相邻节点 b、c、d 的开销以 a 到 d 为最低，因此选择节点 d 进入子集 N，使得 N 成为{ad}。下一步通过这个新加入的节点 d 更新 a 到其他所有节点的开销，例如初始状态时 a 到 c 的开销为 5，如果经过新选入 N 的节点 d，即路径 adc，则使得 a 到 c 的开销 $P_{cost}(a, c)$ 减少至 4，类似地，$P_{cost}(a, e)$ 更新成 2。图中第 2 行描述了这一步操作的结果。接下来继续重复第二步，表 5-1 中的第 3~6 行为分别选择 e、b、c、f 进入子集 N，以及对应的 $P_{cost}(a, v)$ 的更新结果，图中将 P_{cost} 没有更新的值省略。通过这个计算过程最终计算出节点 a 到图中所有其他节点的最低开销路径，$P_{cost}(a, b)＝2$，$P_{cost}(a, c)＝3$，$P_{cost}(a, d)＝1$，$P_{cost}(a, e)＝2$，$P_{cost}(a, f)＝4$。通过上述过程，也同时计算出这些最低开销的完整路径。例如，a 到 f 的最低开销由第三步更新为 $P_{cost}(a, f)＝4$，即 $P_{cost}(a, f)＝P_{cost}(a, e)＋L_{cost}(e, f)＝4$，其中节点 e 是这一步操作中新选择进入 N 的节点，即由 a 到 f 最低开销路径通过节点 e 达到。类似地，由 a 到 e 最低消费 $P_{cost}(a, e)＝P_{cost}(a, d)＋L_{cost}(d, e)＝2$，意味着由 a 到 e 的最低开销路径通过节点 d 达到，这样依次类推最终得到 a 到 f 最低开销的完整路径为 adef。

表 5-1 运行 Dijkstra 算法计算节点 a 到其他节点最短路径

步骤	N	选择节点	$P_{cost}(a, b)$	$P_{cost}(a, c)$	$P_{cost}(a, d)$	$P_{cost}(a, e)$	$P_{cost}(a, f)$
1	a	a	2	5	1	∞	∞
2	ad	d		4		2	∞
3	ade	e		3			4
4	adeb	b					
5	adebc	c					
6	adebcf	f					

Dijkstra 算法能够计算出从某个节点到其他所有节点的最低开销，以及这个最低开销的完整路径。这就意味着采用 Dijkstra 算法，网络中的每个路由器在获取到了其他路由器的最低开销之后，能够完全了解这个最低开销路径都通过哪些路由器，进而掌握网络中路由器之间连接的拓扑结构。能够掌握网络的拓扑结构对路由选路操作有很大的帮助，最大的优势是当网络存在某些冗余路径时，可以避开路由环路，同时，当网络中出现某些链路或节点故障时，也可以灵活地选择其他路径以避开这些出现故障的路径。

5.3.2 距离向量选路算法

距离向量选路算法是一种分布式选路算法，基本思想是网络中每个节点(路由器)向其直接连

接的相邻节点发送路由信息，信息包括从该节点到相邻节点的链路开销等信息，每个节点在收到其相邻节点的路由信息之后，用这些信息更新其自身的路由信息，然后再将这个更新后的路由信息继续向相邻节点传送，这个过程重复若干次之后，直到路由器从相邻路由器接收的路由信息趋于稳定，这样每个路由器可以通过所接收的信息计算出到达网络中其他节点的最低路径开销。与链路状态算法不同的是，采用这种距离向量算法，网络中每个节点能够了解到通过相邻节点可以通达到网络中其他节点的最低开销，而并不能够完全了解到达这些其他节点的完整路径。

距离向量选路算法描述如下，用 $D_x(y)$ 表示当前计算的节点 x 到节点 y 的最低开销，$c(x, y)$ 为节点 x 到节点 y 的链路开销值，使用距离向量算法计算节点 x 到所有其他节点最短路径算法为：

1）初始化节点 x 到其他节点 y 的路径开销如下：

如果 y 为 x 的相邻节点，$D_x(y)=c(x, y)$；

如果 y 不是 x 的相邻节点，$D_x(y)=\infty$。

2）x 发送其路径信息，并等待从相邻节点 w 发来的路径信息，作如下更新操作：

$D_x(y)=\min\{D_x(y), D_x(w)+c(w, y)\}$；

3）重复步骤 2，直到 x 从相邻节点接收的信息不再有更新。

以下我们通过一个实例了解距离向量选路算法的实现过程，如图 5-23 所示，3 个节点 a、b、c 以一定开销的链路相连接。

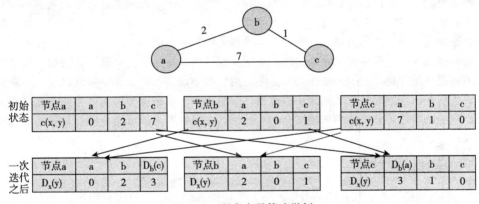

图 5-23　距离向量算法举例

如图 5-23 所示，初始状态时，节点 a 到其他节点的路径开销分别为 $c(a, a)=0$、$c(a, b)=2$、$c(a, c)=7$，节点 b 到其他节点路径开销为 $c(b, a)=2$、$c(b, b)=0$、$c(b, c)=1$，节点 c 到其他节点的路径开销为 $c(c, a)=7$、$c(c, b)=1$、$c(c, c)=0$。运行上述算法中的步骤 2，节点 a、b、c 将其初始的路径开销信息发送给其相邻节点，同时从相邻节点接收路径开销信息并更新自身的路径开销，如节点 a 收到节点 b 能够以 1 的路径开销到达节点 c，即 $D_b(c)=1$，意味着如果 a 通过节点 b 到达 c，路经开销为 $D_a(c)=c(a, b)+D_b(c)=2+1=3$，这个开销要优于最初的 $c(a, c)$ 为 7 的路径开销。因此，节点 a 用通过 b 到达 c 的最新路径更新其初始路径，并继续将此更新的路径消息向相邻节点传播。这个传播过程一直持续到每个节点都不会再收到新的路径信息为止。图 5-24 列出了初始状态和经过一次迭代之后各个节点到其他节点的最短路径表。

通过这个实例可以看到距离向量选路算法有两个特点：一是距离向量算法需要经过多次迭代过程，使每个节点逐步了解到从该节点到网络中其他所有节点的可达性信息和最低开销路径信息；二是网络中每个节点只能够了解通过哪个相邻节点到达其他节点拥有最低开销，并不了解这个最低开销路径的全局结构，也就是说，每个节点对于每一条路径的了解仅停止在其相邻节点上，至于相邻节点再进一步经过哪些节点构成整个路径，就无法了解了。与能够了解全局网络拓扑结构的链路状态算法相比，距离向量选路算法实现简单，但由于不能够了解全局网络的拓扑结构，当某个节点出现故障或路径信息发生变化时，距离向量选路算法容易引起路径信息传播环路，也称为**无穷大问题**，我们将在 5.5 节中进一步讨论这两种选路算法在实际应用中的特点。

5.4　因特网路由层次结构

我们介绍了两种在网络中选择最佳路径的路由算法：链路状态选路算法和距离向量选路算法。这两种算法的实现都是将网络看作是一个相互连接的路由器的集合，并且集合中任何一个路由器执行同一种选路算法获得两个节点间的最佳路径或者最低开销路径。对于能够互连各种异构网络的全球因特网来说，由于下面所述的原因，不可能要求所有的路由器都运行同一种选路算法，更不可能让所有的路由器都了解通往其他路由器的最短路径。

- 如果让因特网上的每个路由器存放连接在因特网上的所有目的网络的路由信息，每台路由器的路由表将需要巨大容量的内存，并且为数据分组查找输出路径也会使用相当可观的查询时间。更糟糕的是，路由器动态更新其路由表中的选路信息时，按照我们上述对两种算法计算过程的讨论，在整个因特网范围内运行这种算法，其收敛速度是可想而知的。

- 因特网由不同类型的网络组成，从逻辑结构上看可以分为国际因特网主干网、国家级主干网、各种接入网以及各种组织机构自己组建的专用网。从组织机构上看，主干网和区域性网络分别由不同的授权机构运营管理，并作为 ISP 为下一级网络或者专用网提供因特网接入服务。从网络技术特点看，这些网络都有各自不同的运行规范，采用不同的底层技术和链路协议，网络中的流量、带宽、延时等都可能完全不同。上述这些差异不仅使各种网络之间达成统一的选路算法存在困难，更重要的是这些网络对决定选路算法的度量值也会有不同的理解。比如对于一个比较靠近终端用户的小规模 ISP 所在的网络来说，可能认为几兆数据率的链路是一个开销最小的链路，而对于主干网来说却可能认为几千兆甚至更高数据率的链路才是开销最小的链路。由此可见，在因特网上不可能使用一种统一的选路算法来获得最短路径。

5.4.1　因特网自治系统

鉴于我们前面的分析，从选路的角度出发，因特网将处于一个管理机构控制之下的网络和路由器群划分成一个**自治系统**（Autonomous System，AS）。一个自治系统可以是一个由企业主干网互连多个局域网组成的企业网或校园网，也可以是因特网的一个或几个服务商 ISP 提供的网络。一个自治系统既是一个管理域同时也是一个路由选择域，每个 AS 能够按自己的愿望管理网络并运行自己选择的域内选路算法和路由协议。采用自治系统路由选择域使得发生在各个 AS 中的域内路由选择互相分离，并且互不影响。例如，某个 AS 选择使用某种域内路由协议，内部所有的路由器通过这种路由协议维护该 AS 内节点之间的路径信息，实现网络内部源节点到目的节点的选路与转发。而这些内部的路径选择信息及其动态变化信息仅限于该 AS 内部路由器之间传播，这种传播并不需要扩展到 AS 以外的其他 AS。这就限制了选路算法的收敛时间无限增大，同时也减小了 AS 内部路由器的路径信息量。当然，为了实现 AS 内部与外部的数据交换，每个 AS 内还需要设定一个或几个路由器能够与其他 AS 连接，并参加 AS 之间的路径选择和路由信息更新，负责转发目的地址不在本 AS 内的数据分组。

采用自治系统的思想，因特网可以看成是各种 AS 的互联集合，因特网路由选择的问题便可以分成自治系统内的路由选择和自治系统之间的路由选择。

如图 5-24 所示，每个 AS 内部使用的路由协议称为**内部网关协议**（Interior Gateway Protocol，IGP），因特网中常用的内部网关协议有（Routing Information Protocol，RIP）和 OSPF（Open Shortest Path First)等，接下来介绍这两种内部网关协议，它们分别基于距离向量和链路状态选路算法。每个 AS 都有一个或几个路由器与其他 AS 连接，除了参加各自内部的路由选路工作，它们更主要的任务是实现 AS 内部主机与其他 AS 中主机之间进行数据交换时的路由选择，具备这种功能的路由器称为**边界路由器**。每个 AS 的边界路由器之间为了交换路由信息需要使用共同的路由协议，称为**外部网关协议**（Exterior Gateway Protocol，EGP）。目前因特网使用的外部网关协议是**边界网关协议**（Border Gateway Protocol，BGP），关于 BGP 我们也将很快会学习到。

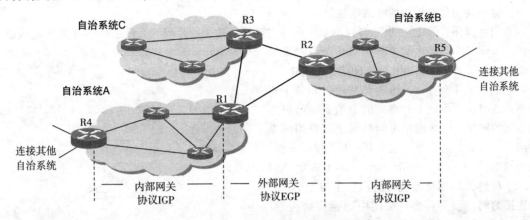

图 5-24   因特网由不同的自治系统相互连接构成

图 5-24 由 3 个自治系统 A、B、C 组成，这 3 个自治系统通过边界路由器 R1、R2、R3 相互连接。每个自治系统可能包含多个边界路由器分别与不同的 AS 相连，如图 5-24 中的自治系统 A 中 R4 和 B 中 R5 也作为边界路由器连接其他 AS。边界路由器利用 BGP 外部网关路由协议将它可以通达的网络（实际上是网络前缀，如 223.4.16/20）通告和它相连的其他 AS 中的边界网关路由器。例如图中边界路由器 R1 将它的网络可达性信息通告给自治系统 B 和 C 中的边界路由器 R2 和 R3，而这种可达性信息包括自治系统 A 内部路由器所连接的网络，也包括自制系统 A 中其他边界网关路由器如 R4 所能够通达到其他 AS 连接网络的可达性。在经过了这种 AS 之间可达性信息交换之后，AS 中的边界路由器便可以根据其所收集到的路径信息为它所在的 AS 内发出的目的地址是其他 AS 连接网络的数据分组选择一条可通的并且是最好的路径。

还有一种特殊的边界网关协议，称为**内部边界网关协议**（Internal Border Gateway Protocol，IBGP）。用于 AS 的边界路由器向 AS 内部路由器通告其 AS 间的可达性信息。如果一个自治系统只有一个边界路由器，自治系统内的路由器只要将这个边界路由器设置成缺省路由，便可以很容易地将目的地址为其他 AS 的数据分组发送到这个边界路由器上。然而当一个 AS 中有两个或者更多的边界路由器时，每个边界路由器可以通过连接不同的 AS 通达不同的目的网络。这时内部路由器转发目的地址为自治系统以外的数据分组时，一定要对每个边界路由器可以通达的网络有所了解，以便决定将数据分组发送到自治系统的哪一个边界路由器。因此每个边界路由器还有一项任务就是向其所在的 AS 内部路由器通告它的可达性信息，这种通告采用内部边界网关协议 IB-GP。IBGP 消息可以实现两个功能：第一，自治系统内部路由器能够了解每个边界路由器可以通达的网络，并将目的地址为自治系统以外的数据分组发送到不同的边界路由器转发；第二，自治系统内部不同的边界路由器可以相互了解其可达性信息，并将这些路由信息传递到其他的 AS 中的边界路由器，实现不同 AS 的数据转发。

5.4.2   自治系统内与自治系统间的路由选择

一个自治系统内的路由器（包括边界路由器），作为一个整体选择某种选路算法，AS 内的路由器定期运行选定的内部路由算法更新其路径表。因为选路算法仅限定在 AS 内部运行，动态路由更新的收敛速度可以得到一定的控制。每个 AS 内路由器中保存的路径信息主要限于 AS 内部的路径信息，以及部分 AS 以外的路径信息。这些 AS 外的路径信息是 AS 边界路由器向其所在 AS 内路由器传达的，AS 内部路由器并不参与 AS 外部路由更新，而只是收集经过边界路由器聚合之后的外部路径信息，这并不会影响 AS 内路由更新的收敛速度。后面我们会讲到 AS 内部还可以再分隔成不同的路由域，路径更新操作可以限制在一个路由域中进行，从而再次减小选路算法的运行范围，提高路由信息更新的收敛速度。

我们通过图 5-25 进一步了解自治系统之间实现路由选择的过程。假设图 5-25 中主干网构成一个自治系统 AS1，地区级 ISP 组成两个自治系统 AS2 和 AS3，本地 ISP 由 4 个自治系统 AS4～AS7 组成。其中每个 AS 由内部路由器和若干边界路由器组成。本地 ISP 组成的自治系统可以连接不同的网络，这些网络可能是属于某机构的专用网，也可能是某个下一层 ISP。为了叙述方便，图中简单地用 net1、net2、net3、net4 表示 AS4～AS7 所连接的网络地址，而事实上每个 AS 能够连接的网络要多得多。从图中的连接结构看，AS1、AS2 和 AS3 属于中转 AS，肩负着为不同的 AS 转发数据分组的重任；而 AS4～AS7 只负责转发目的地址或源地址网络前缀属于这个 AS

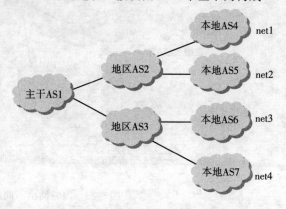

图 5-25　不同 AS 之间的路由选择

的分组，不为其他 AS 提供数据转发服务。自治系统 AS1～AS7 内部均可以运行各自的内部网关协议实现 AS 内部的路由选路。通过边界网关协议如 BGP 协议，本地 ISP 构成的 AS4 将其可以通达到网络 net1 的可达性信息通告地区 ISP 所在自治系统 AS2，同样 AS5 也将其到网络 net2 的可达性信息通告 AS2。AS2 便通过其边界路由器向其他 AS 传播这样的路由信息：从 AS2 可以到达网络 net1 和 net2。主干 AS1 收到这个可达性信息，再将这个信息通告给 AS3，同时将从 AS3 得到的能够通往网络 net3 和 net4 的可达性信息通告给其他 AS。通过这样的路径更新和通告，主干 AS1 知道通过 AS2 可以到达网络 net1 和 net2，通过 AS3 可以到达网络 net3 和 net4；AS2 知道通过主干 AS1 可以到达网络 net3 和 net4；AS3 知道通过主干 AS1 可以到达网络 net1 和 net2，等等。假如网络 net1 某个主机发送数据报到网络 net4 上，这个数据报首先被传送到 AS4 的边界路由器上，边界路由器通过 BGP 交换的路径信息知道 AS2 可以通达到这个目的网络，便将数据报传送到 AS2 的边界路由器，AS2 知道 AS1 可以通达到目的网络，将数据报再传送到 AS1 边界路由器，同样 AS1 将数据报传送到 AS3，最后 AS3 将这个数据报传送到目的网络所在的 AS7 的边界路由器上，最终 AS7 使用内部网关协议将数据报从边界路由器传送到连接目的网络 net4 的内部路由器。

通过上述例子，可以将因特网中的 AS 分成不同的几种类型：

- 末端 AS。这种 AS 只连接到一个其他 AS（它的上一级 AS），只负责传输本地的局部通信，并不承担为其他 AS 转发数据的任务，图 5-25 中的 AS4～AS7 属于这种末端 AS。
- 多宿主 AS。多宿主 AS 可以连接到超过一个的其他 AS，但同样没有义务作为过渡 AS 转发其他 AS 的数据流量，连接多个 AS 只是为了能够为发送到不同 AS 的内部分组选择不同的路径。
- 中转 AS。中转 AS 连接到超过一个的其他 AS，可以传输本地数据和中转流量。因特网主干网和大部分因特网服务提供网络构成的 AS 属于这种中转 AS。事实上一些分属不同网络运营商的因特网服务提供网络相互之间通过协商达成某种协议，可以互相作为对方的中转 AS。例如，图 5-25 中 AS2 和 AS3 可以在达成共识的前提下，彼此互为对方的中转 AS，这样它们之间的数据转发就不必再经过 AS1，而可以直接转发了。

5.5 因特网路由协议

本节将介绍因特网中几个比较典型的路由协议，它们分别应用于因特网的自治系统内部和自治系统之间。

5.5.1 因特网自治系统内路由协议：RIP

路由选择信息协议(Routing Information Protocol，RIP)是因特网自治系统内部最广泛使用的路由协议之一(RIP 在 RFC 2453 中描述)。它是建立在距离向量选路算法基础上的路由协议规范。RIP 的基本实现方法是在一个自治系统内部每个路由器向其相邻的路由器发布它的可达性信息，当然这种可达性信息最初只是每个路由器能够直接连接到的网络。路由器每收集到相邻路由器的路径信息后便更新其自身的路径信息，然后再次发布其更新过的可达性信息。通过每个路由器多次收集并更新然后再发布的过程，网络中每个路由器便可以获得通往这个自治系统每个目的网络的路径信息。为了确定一条路径的开销，RIP 简单地用到达目的网络经过路由器的个数(也称为跳数)来度量每一条路径，因此如果从某个路由器到达某个目的网络有多条路径，路由器选择跳数最少的路径填写其路径表。下面我们通过图 5-26 的网络示例进一步了解 RIP 的工作原理。

图 5-26 中由 3 个路由器 R1、R2、R3 连接 6 个网络，网络 1～6。假设路由器到其直接连接的网络跳数为 1，经过另一个路由器能够到达的网络跳数增加为 2，依此类推，上图中从路由器 R1 到网络 1 和 2 的路径度量值为 1 跳，而 R1 到网络 3 经过路由器 R3 转发，因此路径度量值增加为 2 跳等。初始状态时，每个路由器仅有到直接连接的网络的路径，并且跳数均为 1。RIP 中定义路由器不能到达的网络跳数为无穷大。图 5-27 记录了图 5-26 中 3 个路由器初始状态时的路径表，每条记录包括：目的子网、经过的下一跳路由器、到达子网的总跳数。实际网络中路由器向其相邻路由器发布它的路由信息时也主要包含这些信息。

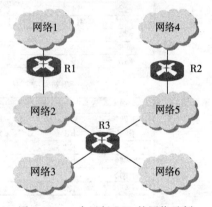

图 5-26 一个运行 RIP 的网络示例

路由器 R1、R2、R3 分别将图 5-27 描述的初始路径状态信息发送到相邻路由器，图 5-28a 描述了这 3 个路由器收到相邻路由器发送出的路径信息后经过更新的转发表。以路由器 R3 为例，它会从相邻路由器 R1 和 R2 接收路径信息，R1 的路径信息中包括跳数为 1 到达网络 1 的路径，路由器 R3 因此更新其路径表，添加一条经过路由器 R1 通往网络 1 的路径。由于它是通过另一个路由器到达，因此跳数增 1，成为 2。同理，R3 增加通过 R2 达到网络 4 跳数为 2 的路径信息。对于来自相邻路由器到达某个网络跳数相同或跳数更多的路径信息，路由器则保留原记录不变。例如，R3 的初始状态路径信息到达网络 2 的跳数为 1，接收到 R1 到达网络 2 的路径跳数也为 1，如果 R3 通过 R1 到网络 2 则跳数增为 2，此时 R3 会保留原来到达子网 2 跳数为 1 的更好的路径。类似地，路由器 R1 和 R2 也用跳数更少的路径更新其自身的路由表。这样经过多次不断的更新，路由器 R1、R2、R3 最终完善了它们到达每一个子网的路径转发表，如图 5-28b 所示。

采用 RIP 协议，路由器从邻居接收路径信息，更新自身的路径转发表，再将其更新的路径信息通知相邻路由器，这个过程重复进行直到再没有更新的信息发送为止。因特网路由器使用传输层协议 UDP 构建 RIP 报文，如图 5-29 所示。RIP 报文包含自身的首部信息，主要包括使用的 RIP 版本号以及类型。RIP 有两种报文类型：请求相邻路由信息的请求类型和响应其他路由器请求的响应类型。RIP 数据部分是由一系列的网络地址与对应的路径开销组成的路径信息。传输层协议 UDP 不能提供可靠的数据传输服务，意味着 RIP 报文在网络中传输同样会出现差错或丢失的情况，从这个角度看，RIP 也许并不十分可靠。因为 RIP 要求每 30 秒进行一次更新，因此某一次传输差错并不会对网络造成很坏的影响。

路由器R1转发表

目的子网	下一跳路由器	到目的子网跳数
子网1	R1	1
子网2	R1	1
子网3	—	∞
子网4	—	∞
子网5	—	∞
子网6	—	∞

路由器R2转发表

目的子网	下一跳路由器	到目的子网跳数
子网1	—	∞
子网2	—	∞
子网3	—	∞
子网4	R2	1
子网5	R2	1
子网6	—	∞

路由器R3转发表

目的子网	下一跳路由器	到目的子网跳数
子网1	—	∞
子网2	R3	1
子网3	R3	1
子网4	—	∞
子网5	R3	1
子网6	R3	1

图 5-27   初始状态每个路由器的转发表

路由器R1转发表

目的子网	下一个路由器	到目的子网跳数
子网1	R1	1
子网2	R1	1
子网3	R3	2
子网4	—	∞
子网5	R3	2
子网6	R3	2

路由器R1转发表

目的子网	下一个路由器	到目的子网跳数
子网1	R1	1
子网2	R1	1
子网3	R3	2
子网4	R3	3
子网5	R3	2
子网6	R3	2

路由器R2转发表

目的子网	下一个路由器	到目的子网跳数
子网1	—	∞
子网2	R3	2
子网3	R3	2
子网4	R2	1
子网5	R2	1
子网6	R3	2

路由器R2转发表

目的子网	下一个路由器	到目的子网跳数
子网1	R3	3
子网2	R3	2
子网3	R3	2
子网4	R2	1
子网5	R2	1
子网6	R3	2

路由器R3转发表

目的子网	下一个路由器	到目的子网跳数
子网1	R1	2
子网2	R3	1
子网3	R3	1
子网4	R2	2
子网5	R3	1
子网6	R3	1

路由器R3转发表

目的子网	下一个路由器	到目的子网跳数
子网1	R1	2
子网2	R3	1
子网3	R3	1
子网4	R2	2
子网5	R3	1
子网6	R3	1

a）一次迭代以后的路由表   b）二次迭代以后的路由表

图 5-28   迭代之后形成的路由表

　　RIP 的不足之处是路由器只能了解通过其相邻路由器可以到达某个目的网络，并不清楚整个网络的拓扑结构，在路径信息发生变化而更新路由表时，容易引起路由环路，路由环路问题也被称为**无穷大问题**。我们通过图 5-30 说明无穷大问题，假设路由器 b 通过网络 1 和网络 2 连接到路由器 a 和 c，设由 b 到 a 和 b 到 c 的路径开销均为 1。以 $D_x(y)$ 表示由 x 到 y 的路径开销，通过运行 RIP 协议，得到 $D_b(a)=1$、

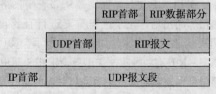

图 5-29   RIP 的报文封装在 UDP 报文段中

$D_b(c)=1$、$D_c(a)=2$（通过路由器 b 到达），等等。假设某时刻由 b 到 a 的网络 1 因故障而中断，我们希望的操作是 b 检测到这个故障后更新其通往 a 的路径开销为无穷大：$D_b(a)=\infty$，然后将这个更新的路径消息向其他相邻路由器发布，其他路由器再用这个新的路径消息更新自身路由表。然而实际情况可能并非如此，试想如果此时 b 恰好收到来自 c 的路径更新消息，其中包括由 c 到 a 开销为 2 的路径，尽管这条路径是通过 b 到达 a，由于 RIP 本身协议简单，更新的路径消息只包含网络和到达该网络的路径开销，因此 b 误认为 c 有一条更好的到达 a 的路径，而并不清楚这条路径是由它自己发出的，便用这个路径信息更新其路由表，得到 $D_b(a)=2+1=3$（RIP 每多加一个路由器路径开销增 1）。接下来 b 再次将这个新得到的路径发布出去，c 得到该路径消息了解到由 b 到 a 的路径发生了变化，于是更新其路由表到达 a 的路径记录为：$D_c(a)=3+1=4$，b 和 c 这两个路由器将会一直无止境地更新这个递增的到达 a 的路径消息，这正是 RIP 的无穷大问题。为了解决 RIP 无穷大问题，RIP 规定网络最大路径开销值为 16，16 在 RIP 协议中意味着无穷大，通过对最大路径开销值加以限定，上述 b 和 c 的循环路径更新过程也被限定在 16 次内，之后 b 和 c 均将路由表中通往 a 的路径开销设置为无穷大，停止继续更新这条路径。RIP 将最大开销定为 16，同时也限制了 AS 的网络规模，即所有路径最多不能超过 16 个路由器。鉴于 RIP 的简单性和较慢的收敛速度，它比较适用于小规模的 AS。

图 5-30 RIP 的无穷大问题

5.5.2 因特网自治系统内路由协议：OSPF

开放最短路径优先 OSPF（Open Shortest Path First，RFC 1131）协议是目前非常活跃的自治系统内部路由协议，OSPF 在一定程度上弥补了 RIP 路由信息选择协议较难适应更大型的网络规模并且收敛速度慢的缺陷。与 RIP 不同，采用 OSPF 路由协议的自治系统，每个路由器能够掌握整个网络路由器之间完整的连接拓扑结构。OSPF 路由协议的另一个重要特点是能够将一个 AS 再次划分成几个区域，每个区域称为一个路由域。一个路由域内所有的 OSPF 路由器都动态维护一个链路状态信息数据库，存放整个路由域中每条链路由哪两个路由器连接构成，以及每条链路的链路开销等信息。通过这个链路状态信息数据库，每个路由器能够勾画出所在的路由域完整的网络连接拓扑结构，并计算出通往每一个目的网络的最低开销路径。

OSPF 协议的核心算法是前面的链路状态选路算法，即 Dijkstra 最低开销路径算法，Dijkstra 算法将每一个路由器作为根（root）来确定它到网络中每一个路由器的最短路径树。在 OSPF 路由协议中，路由器至每一个目的路由器的最短路径也称为最低开销路径，路径开销是组成该路径的每一段链路开销的总和。网络中每段链路开销由网络管理员设置，参考的指标可以是链路带宽、距离、流量等。比如可以将吞吐量较高的链路设置为低开销链路以鼓励使用高带宽链路，或者可以简单地将每段链路开销统一设置为 1，便可以实现像 RIP 那样以路径中经过最少的路由器（最少跳数）为一个最低开销路径。具体怎样设置链路的开销值由网管员根据其网络情况而定，并不影响 OSPF 协议的运行。

1. OSPF 链路状态通告数据包

OSPF 路由器如何能够获得描绘网络拓扑结构的链路状态信息数据库？当网络处于初始状态或网络结构发生变化时，OSPF 路由器会产生一种链路状态通告数据包（Link State Advertisement，LSA），LSA 数据包包含该路由器与其他所有路由器连接的链路状态信息，包括：源路由器（它自己）地址、相邻路由器地址以及到相邻路由器的链路开销等信息。OSPF 路由器将 LSA 数据包广播传送给某一区域内的所有其他路由器，这是通过每个路由器首先将 LSA 数据包传送给相邻的路由器，再由这些相邻的路由器将接收到的 LSA 数据包的副本继续传送到与它们相邻的路由器中，直到最终网络中所有的路由器都得到该 LSA 数据包(接下来我们对这种广播做进一步解释)。每个路由器根据其接收到的 LSA 数据包更新自身的链路状态数据库，到网络重新稳定下来或者说 OSPF 路由协议收敛下来之后，每个路由器根据这个链路状态数据库计算出从该路由器到区域内每个其他目的路由器的最低开销，以及这个最低开销的完整路径，以此构建路由器的路由表。这个过程正如 5.2 节中讨论的链路状态选路算法的实现过程。

LSA 数据包以广播形式向网络中所有的路由器传送，正如我们在 4.3 节中讨论网桥回路造成的"广播风暴"问题，LSA 数据包在网络中被路由器广播同样面临着回路引起的"广播风暴"。为了避免 LSA 数据包被路由器循环转发，OSPF 采取的措施是产生 LSA 数据包的源路由器为 LSA 数据包设置一个标识符随 LSA 一同发出，其他路由器接收到这个 LSA 数据包时首先查找它是否已经接收过以该标识符标记的 LSA。如果没有则记录这个标识符，然后向除去接收到该 LSA 的所有其他端口广播这个 LSA 数据包，否则路由器不会进一步转发该 LSA 数据包，而将其丢弃。这样，可以保证同一个 LSA 数据包在网络中的路由器中只被广播传送一次。尽管如此，LSA 数据包广播仍然会消耗大量的网络资源，因此 OSPF 只是在网络链路状态发生变化时才广播传送这种数据包。

OSPF 链路状态信息数据包直接使用 IP 数据报封装，这种传输结构有些像我们前面介绍过的 ICMP 协议。IP 数据报的本身并不携带任何控制或确认等字段，并且不能实现可靠的数据传输。为了提高 OSPF 数据包传输的可靠性，OSPF 数据包首部设置了数据校验与分组确认控制字段以实现可靠的数据传输，OSPF 首部还包含其他控制信息以实现路由器之间对 LSA 数据包的请求、响应、发布等控制操作。为了节省网络开销，OSPF 只在网络链路状态发生变化时广播传送 LSA 数据包，但定期会询问并掌握相邻路由器的活动状态。OSPF 是一个非常复杂的路由协议，这里我们并不对其报文格式和协议运行的细节做更详细的说明，而是以了解它在一个自治系统内的路由实现方法为主要学习目的。

2. OSPF 层次化路由结构

OSPF 支持层次化路由结构，如图 5-31 所示，将一个自治系统划分为几个路由区域(area)。每一个区域中的路由器在区域范围内运行 OSPF 路由协议，这意味着每一个区域中的路由器都拥有该区域独立的链路状态数据库，这个链路状态数据库在这个区域以外是不可见的。通过将 AS 划分成多个区域，能够使链路状态通告数据包的广播传送限定在一个区域范围之内，这样可以降低网络中传播路由状态信息所占用的链路资源，并且提高路由协议的收敛速度。

如图 5-31 所示，一个 AS 通常被划分为一个骨干区域和一些连接着不同目的网络的路由区域。骨干区域中路由器的主要工作是为 AS 内其他区域之间的数据流选路，以及为 AS 内到 AS 以外其他 AS 的数据流选路。

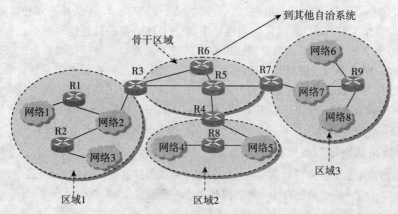

图 5-31 OSPF 能够支持将一个 AS 分成不同的路由区域

骨干区域中的一些路由器，如图 5-31 骨干区域中的 R3、R4、R7，它们同时连接着一个或多个其他的路由区域，负责将这些区域中向所在区域以外的分组转发选路，这些路由器也称为**区域边界路由器**。例如，图中 R3 既是骨干区域中的路由器，同时又承担区域 1 的边界路由器，如果区域 1 中某个网络上的主机发送数据到区域 2 中一个网络上的主机，这个数据分组首先在区域 1 被路由到该区域的边界路由器 R3 上，再由 R3 通过骨干区域的路由选择将分组路由到连接目的网络所在区域 2 的边界路由器 R4 上，最后由 R4 根据区域 2 的内部路由选路将分组路由到目的网络。为了能够这样做，每个区域上的边界路由器参加所在区域内的路由选路工作，同时负责将从该区域中所得到的链路状态信息进行汇总，并将汇总信息以链路状态广播数据包的形式在骨干区域内广播。这样当所有的区域路由计算趋于稳定时，骨干区域上的路由器都能够了解到通过相应的边界路由器到达整个 AS 中任何一个目的网络的开销，并能够为数据分组选择开销最低的路径。

对于目的地址为 AS 以外的数据分组，所有的路由区域同样将分组通过区域边界路由器转发到骨干区域，再由骨干区域中 AS 边界路由器负责将分组转发到 AS 以外的其他 AS 中。

采用 OSPF 层次划分结构，一个 AS 中的路由器也可以按其功能分成几种不同的类型。

- 区域内部路由器。一个内部路由器上仅仅运行其所属区域的 OSPF 运算法则。图 5-31 中区域 1 中的 R1 和 R2 为区域内部路由器。
- 区域边界路由器。当一个路由器与多个区域相连时成为区域边界路由器，通常情况下边界路由器连接骨干区域和其他区域，如图 5-31 中的路由器 R3、R4 和 R7。区域边界路由器拥有所在区域的网络连接结构信息，并负责将它所在区域的链路状态信息汇总后再向骨干区域其他路由器广播。
- 骨干路由器。骨干区域由一些连接其他区域的区域边界路由器和非边界路由器组成，图 5-31 中的 R3、R4、R5、R6、R7 均为骨干路由器。每个骨干路由器虽然不会收到其他区域路由器的链路状态广播数据包，却能够从边界路由器的汇总链路状态信息中了解到任何区域中某个目的网络的路径和最低开销。
- AS 边界路由器。AS 边界路由器是与 AS 外部的路由器互相交换路由信息的 OSPF 路由器，如图 5-31 中 R6。AS 边界路由器同时运行 AS 内部网关协议和 AS 之间外部网关协议。

相对于其他路由协议，OSPF 有许多优点。第一，将一个自治系统划分成若干个区域，每个区域根据自己的拓扑结构计算最短路径，在很大程度上减少了 OSPF 路由协议链路状态广播数据包的传播范围，大大提高了链路状态变化更新的收敛速度。第二，OSPF 提供了负载均衡功能，如果计算出到某个目的网络有若干条相同开销的路由，OSPF 路由器会把通信流量均匀地分配给这几条路径，使得数据能够沿着几条路径传送出去。第三，由于能够了解整个网络的拓扑结构，OSPF 对网络的结构变化可以迅速地做出反应，进行相应调整，并且可以避免像 RIP 那样的路由环路问题。尽管 OSPF 有着上述种种优点，但它却并不能完全替代 RIP，因为 OSPF 算法本身也存在着缺陷和局限性。最主要的是它开销比较大，这种开销主要体现在每台路由器都必须保存并维护整个网络的拓扑结构信息数据库，消费了大量 CPU 资源和网络资源。而 RIP 采用基于距离向量算法的路由协议，易于配置、管理和实现，在较小型 AS 中应用更为广泛。

5.5.3 因特网自治系统间路由协议：BGP

我们刚刚学习了两种典型的因特网自治系统内部路由协议：RIP 和 OSPF 路由协议，为了实现自治系统之间的数据交换，每个自治系统的 AS 边界路由器互相连接，并通过自治系统间路由协议相互交换路径可达性信息，最终实现因特网中任意两个自治系统之间进行数据交换。因特网中采用边界网关协议 BGP(Border Gateway Protocol)作为自治系统之间的路由协议，从 1989 年 IETF 工作组公布 BGP 协议的版本 1(BGP-1)，到 1995 年制定出的最新版本 BGP-4(BGP-4 在 RFC 1771 中描述)，BGP 在不断的发展过程中逐渐成为因特网路由体系结构的基础，BGP-4 是目前因特网上使用的自治系统间路由协议。

不同自治系统边界路由器采用 BGP 协议相互交换可达性信息，构建自身的路由表。我们通过图 5-32学习自治系统之间的路由选路特点。4 个自治系统 A、B、C、D 通过边界路由器 R1～R5 相互连接，运行 BGP 构成一个自治系统之间的网络路由体系，直接相连的边界路由器也称为**对等实体**，图中 R1、R2、R3 互为对等实体，R1 和 R5 为对等实体。在网络构建的初始阶段，每个边界路由器向其对等实体发布它的可达性信息(可以到达的网络前缀)，同时也从对等实体接收到这些相邻的边界路由器的可达性信息，在扩充了自身的可达性信息后再次向对等实体通告其更新的可达性路由信息，这个过程一直持续直到从对等实体接收到的可达性信息不再有新的路由信息。图 5-32 中当 AS 边界路由信息发布趋于稳定时，R2 应该包含以下可达性信息：①经过 R1 可以到达自治系统 A 连接的网络；②经过 R1 可以到达与自治系统 D 连接的网络；③经过 R1 可以到达与自治系统 A 和 D 连接的其他 AS 可以到达的网络；④经过 R3 可以到达自治系统 C 连接的网络以及所有与 C 连接的 AS 可以到达的网络；⑤图中 R2 还有未画出的 AS 连接结构，因此也会获取从这些连接中得到的可达性信息。

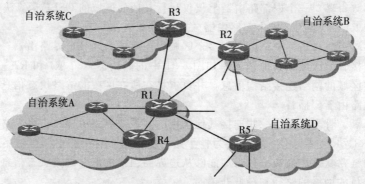

图 5-32   自治系统之间使用 BGP 交换可达性信息

从某种意义上说，BGP 协议与内部网关协议 RIP 的实现过程有些类似，都是对等实体相互交换可达性信息，并在更新和扩充了自身的可达性信息后再次向对等实体通告，直到从对等实体接收到的路由不再有新的路由信息。但 BGP 和 RIP 有两个不同之处。第一，在系统趋于稳定之后，BGP 路由器仅仅向其对等实体发布更新的可达性路由信息，并不会像 RIP 路由器那样定期发布整个路由表。第二，使用 RIP 的路由器因不能够了解整个网络的连接结构，当网络连接出现变化时，会引发路由环路问题。为了避免路由环路(某个 AS 从其他 AS 收到由自己发出的可达性信息，再用此信息更新自己的可达性信息)，每个边界路由器发出的可达性信息都包含该边界路由器所在的 AS 编号，AS 编号是因特网为每个自治系统所分配的唯一的自治系统标识符号。

当 BGP 路由器从对等实体导入一条可达性路由信息，并且决定把它通告给对等互联关系中的一个伙伴时，首先把自己的 AS 号追加到这条可达性信息中，随着这条路由信息被传播得越来越远离源 AS，它就提供了一条可行的到达源 AS 的"路径"。BGP 中的路径信息是从源路由器到目的路由器所穿越的 AS 号列表，这与链路状态路由协议 OSPF 中每个域内 OSPF 路由器包含网络所有链路状态信息有着不同的概念。OSPF 拥有整个网络的拓扑结构并能计算出最低开销路径，而 BGP 仅有的是 AS 的互联结构，正如后面我们将会讲到的，对于 AS 之间的路由选择来说，选择一条可达的路径，其实际意义远大于选择一条最低开销的路径。可以说 BGP 在一定程度上综合了距离向量算法和链路状态算法的优点，是一种路径向量协议。

在对 BGP 有了一些基本了解后，我们来看看它的实现特点。

- BGP 的多条路径问题。每个 AS 可以运行自己的内部协议，并且可以选择使用不同的网络链路度量标准。这就意味着计算一条穿越多个 AS 的路径开销是不可能的。比如一个度量值为 600 的路径开销对于某个 AS 来说可能是最好的，而对于另一个 AS 有可能是很差的，因此 BGP 更注重的是路径的可达性。然而当 BGP 对于同一个目的网络存在多条路径时，BGP 也可以实现某种意义的最低开销路径选择。常用的做法是效仿 RIP，在存在多条路径的前提下选择一条穿越 AS 最少的(注意 RIP 是选择经过路由器跳数最少的)。对于 BGP 一些其他的路径选择策略，已经超出了这本书的范围，这里不做更详细的讨论。

- 限制中转。BGP 向其对等实体发布可达性信息，目的是通过这些路由器相互转发数据分组，最终将数据分组从源网络传递到目的网络。然而，由于 AS 属于不同的运营管理机构，对于 AS 之间的相互数据转发也存在一些实际问题，比如运营机制的差别、网络设施的不同，以及相互信任程度等，这些因素都直接影响着 AS 之间的路由信息交换。作为限制或有选择地为其他 AS 中转数据分组的措施，AS 边界路由器可以有选择地将其可达性路径信息通告给其他 AS。
- BGP 用 TCP 协议封装。BGP 数据被封装在因特网传输层协议 TCP 中进行传输，由于传输层协议 TCP 本身设置了对链路连接的请求和释放、对传输数据的确认以及对数据发送与接收控制等功能，BGP 协议本身可以不必关心这些传输控制操作。相对来说，它比 OSPF 要简单得多。

内部边界网关协议

最后我们来讨论 BGP 的一种特殊用法：内部 BGP 协议 IBGP(Internal BGP)。IBGP 的主要作用是 AS 边界路由器向所在 AS 内部路由器提供 AS 以外的路由信息，使 AS 内部路由器在转发目的地址为 AS 以外的数据分组时清楚应该转发到哪一个边界路由器上。在同一个 AS 内两台路由器之间的 BGP 会话被称为内部 BGP(IBGP)会话，而 AS 之间的路由会话也就被称为外部 BGP(EBGP)会话。实际上，为了在 AS 内部路由器之间建立一个 IBGP 对等互联，AS 网络要包含一个运行 IBGP 的核心网络，典型的做法是 AS 内部骨干网作为 IBGP 的核心网络。回想我们前面学习过的 OSPF，AS 中每个路由区域通过区域的边界路由器将区域以外或是 AS 以外的数据分组转发到该 AS 的骨干网上，这就要求骨干网路由器不仅要运行 OSPF 路由协议了解 AS 内各个区域的选路信息，还要运行 IBGP 协议以便能够从该 AS 的边界路由器获取 AS 之间的选路信息。

在 AS 内部路由器之间传递 AS 之间路由信息采用 IBGP 而不是 EBGP，其主要原因是在 AS 内部与 AS 之间运行路由协议有不同的特点。比如 AS 边界路由通过 BGP 向外部通告可达性信息时，会将所在的 AS 编号加入路径信息，以避免产生路由环路。但这种避免环路的措施在 AS 内部并不适用，因为当 AS 之间的路由信息在 AS 内部发送时，AS 号并不会被改变。为了避免内部路由互联实体之间产生路由环路，BGP 协议要求一个路由器通过 IBGP 学到的路由，不再向其他 IBGP 邻居广播，所以一个 AS 内所有参加 IBGP 协议的路由器彼此建立连接(即相互成网状连接)，从而保证路由信息能够正确地传送到每一个路由器。

至此，我们完成了对因特网中 AS 内部路由协议 RIP 和 OSPF 以及 AS 之间路由协议 BGP 的基本介绍。无论是 AS 内部路由协议还是 AS 之间的路由协议实际上都比我们所介绍的要复杂得多，我们省略了一些路由协议的实现细节，将重点放在对因特网基本选路机制的理解。

5.6 IP 组播技术

因特网中 IP 数据报传输也可以实现单播、广播和组播等不同的传输方式。

5.6.1 IP 组播的概念

从概念上说，IP 单播是一个发送端向另一个接收端发送数据，到目前为止，前面所接触到的 IP 数据传输大多是这种一对一的单播形式。IP 广播是一个发送源向指定网络内所有主机发送数据，5.2.4 节讨论了几种特殊的 IP 地址，目的地址为全"1"的有限广播向所在子网所有的主机发送数据报，目的地址为指定子网的广播向特定子网所有主机发送数据报。IP组播（IP Multicast，IETF RFC1112）是一个发送源向一个组播群组的主机集合传输数据报，这个群组中的主机成员可以分布于各个独立的物理网络上，组播数据报使用 D 类组播地址为目的地址，所有加入一个组播组的主机都共享一个 D 类组播地址，IP 组播也称为 IP 多播。

对于单播路由选路，每个路由器按照 IP 分组的目的地址为分组选择路径，然后将分组从某个输出端口转发，最终将数据报传送到目的地，如图 5-33a 所示。而路由器对 IP 广播和组播分组的选路处理与单播不同，支持广播或组播选路的路由器从某个端口接收数据分组，根据分组的目的地址查询路由表，可能会向多个其他端口转发该数据分组的副本。广播路由选路将广播分组向指定区域内的所有主机转发，路由器将接收分组的副本向通往这些目的主机网络的所有端口转发，组播路由选路则向所有能够到达组播组主机所在网络的端口复制并转发分组。如图 5-33b 所示，假设主机 A、B、C、D 属于一个组播组，位于不同的目的网络，服务器向这个组播组发送数据，组播数据分组在路由器中被复制并转发，最终使得这个组播组中所有主机都接收到这个组播分组。

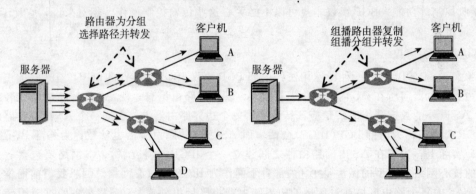

a）单播路由器转发IP数据分组   b）组播路由器复制并转发组播数据分组

图 5-33   单播路由选路和组播路由选路

图 5-33 中，假设客户 A、B、C、D 正在向服务器请求同一种服务，如在线直播视频服务。采用图 5-33a 所示的单播方式，服务器分别向这些客户发送单播数据分组，即内容完全一样的视频流，这种重复的视频流会在网络中的许多链路上出现。这对服务器的处理资源和网络资源都会造成浪费，特别是在客户群非常大时，会大大降低服务器能够服务的客户量。采用图 5-33b 所示的组播方式，从服务器到目的主机集合的传输过程中，同样的数据分组在所经过的网络链路中只出现一次，必要时组播分组在路由器中被复制并转发。与单播方式相比，组播大大节省了服务器和网络资源，能够同时向更多的用户提供服务。

实现图 5-33b 所描述的组播技术，需要解决两个最基本的问题：第一，有效地管理和控制主机加入或离开一个组播组；第二，网络中的路由器能够支持组播路径选择，使得连接在不同物理网络中的组成员都能接收到相应的组播分组。以下我们针对这两个方面讨论 IP 组播技术。

5.6.2 IP 组管理协议 IGMP

IP 组播是 IP 数据报从一个发送源向一个"主机组"传送，这个包含多个主机的主机组由一个单独的 D 类 IP 组播地址标识，D 类组播地址范围是 224.0.0.0～239.255.255.255。每个组播组可能包含分布在不同网络上的多个主机，这些主机分别属于不同的子网，本身拥有不同的单播 IP 地址，同时它们又共同属于某一个组播组。如图 5-34 所示，图中深色的主机是组地址为 232.160.30.18 的组播组成员，不管是组播组内的成员或者另外任何网络中的主机发送一个目的地址为这个组地址的数据报，都会被该组播组中的所有成员接收到。实际上组播数据报与单播数据报格式完全一样，只是组播数据报的目的地址是一个组地址，指向一组目的主机。

路由器为了能够实现向子网内的组成员转发组播数据报，必须确定在本地网络上是否有某些主机加入了某个组播组。因特网组管理协议 IGMP(RFC 2236)是本地路由器与主机之间使用的组管理协议，用于管理子网中的主机进入或者离开某个组播组。

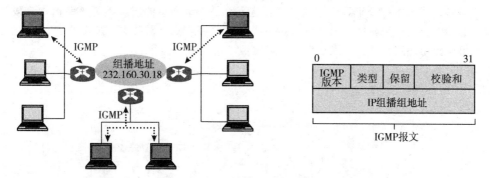

图 5-34　本地路由器通过 IGMP 管理子网主机加入或离开一个组

IGMP 直接封装在 IP 数据报中，在 IP 首部采用协议号为 2 表示携带 IGMP 数据。IGMP 协议包含 3 种报文类型：①主机成员询问(membership_query)，由本地路由器向所连接的子网发送，询问网络中的主机是否属于某个组播组；②主机成员报告(membership_report)，由子网中的主机发送给本地路由器，报告其加入某个组播组；③主机成员离开(membership_leave)，当某个主机决定离开某个组时，发送这种类型的 IGMP 报文通知本地路由器。

要实现组播数据从源节点到组播主机的数据传输，拥有本地组播组主机信息的路由器必须将通过 IGMP 了解到的信息通告网络中其他的组播路由器，组播路由器构建相应的组播路由表，在发送源和组播组成员之间形成转发路径，能够将组播分组从源节点转发到连接组播组主机的子网上，再由支持组播的本地路由器传送到属于该组播组的主机上⊖。

5.6.3　IP 组播路由选路

对于单播，IP 数据报通过 IP 数据报首部的生存期(TTL)字段来避免因路由环路而造成数据报在网络中无限循环，这种方法对于组播并不适用，组播路由器可能会复制出大量的组播数据分组，这些复制的数据分组传送到下一个路由器可能又被再次复制，如果出现环路造成整个网络"广播风暴"，其危害要比单播严重得多。在设计组播路由时，为了能够避免路由环路，路由器需要为组播组构造一棵连接所有组播组成员的组播分布树，根据这棵树，路由器得出转发分组的一条唯一路径。

组播树又分为**源分布树**(source distribution tree)和**共享分布树**(shared distribution tree)。源分布树是以组播源作为树根，由组播源到每个组成员的最短路径构成转发树。共享分布树则是选择某个路由器作为分布树的根，该路由器称为会聚点(Rendezvous Point，RP)，由 RP 到所有组成员的最短路径构成转发树。使用共享分布树时，组播源需要首先把组播分组发送给根路由器，再由根路由器转发给其他的组成员。

组播路由协议的主要任务就是构造组播分布树。为了保证组播信息都是通过最短路径到达组播主机，组播路由器在转发组播分组时，要利用其维护的单播路由表查看组播数据包到达的端口是否处于本路由器到源的最短路径上，也就是说组播分组的源地址同样参与到组播路由的转发操作中。组播路由器根据组播分组的源和目的地址确定其组播分布树的上游和下游邻接节点，将分组沿着远离分布树根的方向进行转发。这种组播路由转发方法也称为反向路径转发(Reverse Path

---

⊖　IP 组播数据包在子网内被封装成目的 MAC 地址为组地址的以太网数据帧，最终传送到子网内的组成员主机。IP 组地址与以太网 MAC 组地址的映射关系参考 4.2.2 节的讨论。

Forwarding，RPF)。其目的是避免路由器在转发组播分组时产生环路。RPF 过程如图 5-35 所示，路由器 B 接收到一个组播分组，B 首先根据该组播分组的源地址和路由器维护的单播路由表反向查找，如果这个发送源到该路由器的最短单播路径端口正是这个组播分组到达的端口，反向检查成功，路由器 B 继续向其相邻并能够到达组播组主机的路由器转发组播分组。类似地，路由器 C 接收到从 B 转发来的组播分组，但经过检查，这个组播分组到达的端口不是该路由器到发送源的最短路径的端口，因此丢弃这个组播分组，不再向其他邻近路由器转发。RPF 保证了构建的组播树中不会出现路由环路，并且从发送源到所有接收者都是最短路径。

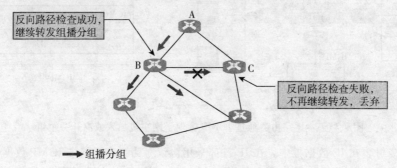

图 5-35　反向路径转发示意图

　　剪枝方法是组播路由转发常用的另一种方法，目的是将组播树中没有组播主机的路由器从分布树中修剪掉，以减小组播树的规模。其操作过程是，如果一个收到组播分组的路由器没有相连的主机加入该组播组，则向它上游路由器发送一个剪枝报文，当一台路由器从它的每个下游路由器收到剪枝报文，则它就能再向它的上游转发一个剪枝报文，收到下游路由器的剪枝报文后，路由器不会再向其转发组播分组。如图 5-36 所示，在没有经过修剪时，路由器 B 向其相邻路由器 C 和 D 转发组播分组。路由器 C 和 D 没有组播组成员，因此向其上游 B 发送剪枝报文，B 再向它的上游 A 发送剪枝报文，最终路由器 A 不会再向被剪枝的路由器 B 转发组播分组。

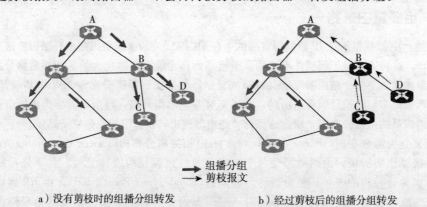

a）没有剪枝时的组播分组转发　　　　　　b）经过剪枝后的组播分组转发

图 5-36　剪枝方法示意图

　　以下介绍几种实际网络中采用的组播路由协议。

　　距离向量组播路由协议 DVMRP(Distance Vector Multicast Routing Protocol)。DVMRP 是基于单播路由使用距离向量算法的协议，它构建以发送源为根的源分布树，采用反向路径方法避免路由环路，采用剪枝方法将组播树中没有组播主机的路由器修剪掉，以减少不必要的组播传输。DVMRP 适合组播主机分布密集的网络，是第一个支持组播功能的路由协议，应用在组播骨干网 Mbone 上。

　　协议无关组播协议 PIM(Protocol Independent Multicasting)。PIM 是一种标准的组播路由协议，能够在因特网上提供可扩展的域间组播路由而不依赖于任何特定的单播路由协议。PIM 有两种运行模式：独立组播密集模式协议（Protocol Independent Multicasting-Dense Mode，PIM-DM，RFC 3973），独立组播稀疏模式协议（Protocol Independent Multicasting-Sparse Mode，PIM-SM，RFC 2362）：

- PIM-DM 与 DVMRP 类似，但不依赖于某一种单播路由，它构建基于发送源的源分布树，将组播包向所有下行端口转发，直到不需要的分支从树中被修剪掉。
- PIM-SM 为每个组播组构建一棵组共享树，PIM-SM 模式默认大部分子网都不需要接收组播数据包，只向明确指定需要接收组播包的子网转发。为了能够接收特定组的组播数据，这些主机所在子网的组播路由器必须向该组对应的汇聚点发送加入消息，加入消息经过其他路由器转发到达根部，所经过的路径就变成了共享树的分支。PIM-SM 同样采用剪枝报文将某些退出组播组的分支修剪掉。

最后需要指出的是，IP 组播并没有得到大规模的应用，主要原因是 IP 组播体系结构缺乏可扩展性，路由器需要为每个活动的组维护路由状态信息，而且这些组播地址不能聚合，网络中大量的活动组将需要路由器巨大的存储和处理开销，人们还没有研究出有效的办法来解决这个问题。

5.7 小结

本章我们以互联各种异构网络为出发点，介绍了因特网互联协议和路由机制。因特网协议 IP 是运行在各种物理网络之上的网络互联协议，它将各种物理网络的不同传输技术屏蔽，使得任何一种网络上运行因特网协议的主机都可以相互进行数据通信。因特网协议由一系列的协议组成，包括地址解析协议 ARP、因特网消息控制协议 ICMP、网络地址转换协议 NAT，等等，它们是因特网能够正常运转不可缺少的部分。

路由器的功能是为来自不同网络上的数据分组选择路由，使得这些数据分组能够穿越不同的网络，从而准确而快速地到达目的网络。为了实现这个功能，路由器之间采用选路算法交换路径信息来维持路径转发表（路由表），并根据路径转发表为数据分组选择路径。因特网将处于一个管理机构控制之下的网络和路由器群划分成一个自治系统，一个自治系统内部的路由器通常要执行同一种选路算法。它们通过这个选定的选路算法交换内部路径信息，实现内部子网之间的数据转发。自治系统之间则通过外部路由协议（因特网采用 BGP）交换自治系统之间的路径信息，实现自治系统之间的选路操作。自治系统内的路由选择和自治系统之间的路由选择共同实现因特网的路由选路操作。

最后，我们简单介绍了因特网组播技术，组播技术主要应用于多媒体网络应用，如视频直播、视频会议等。采用组播技术，由一个发送源向一组接收主机发送数据，能够提高网络资源的利用效率，同时为更多的用户提供网络服务。组播组管理 IGMP 和组播路由选路是 IP 组播的主要组成部分。我们简述了几种组播选路算法，包括距离向量组播路由协议 DVMRP、协议无关组播协议 PIM，其中 DVMRP 应用于基于因特网的组播主干网 MBone 上。

至此，我们已经学习了节点之间数据链路传输技术，网络中的数据传输与转发技术，网数互联技术。依据因特网体系结构，我们已经完成了网络层以下的数据通信协议和技术的学习，这些通信协议和数据传输技术实现了将数据分组从源节点经过不同的网络传送到目的节点的功能。下一章将介绍端系统之间的通信协议；传输层协议。端系统之间的通信协议屏蔽了数据在不同网络和链路上传输的细节，目的是为各种网络应用提供质量保证。

◤■□■ 练习题

5.1 从 IP 地址的角度解释什么是网络，什么是子网。查看你的主机配置，通过主机的 IP 地址和子网掩码了解你所在的子网地址是什么。你了解你所使用的 IP 地址的网络地址是什么吗？访问http://www.whoisip.com/网站，输入你使用的 IP 地址，看看你的网络地址是什么。

5.2 请解释什么是 IP 协议、ARP 协议、ICMP 协议和 IGMP 协议，说明这几种协议的用途。使用 Wireshark 工具在你的以太网中捕捉数据分组，看是否能够捕获到上述协议分组，了解它们的分组格式，哪些是封装在 IP 数据报中的，哪些是直接封装在以太网数据帧中的？并分析这些分组的用途。

5.3 一台计算机刚刚接入到一个以太网，那么这个以太网中其他的节点怎样才能够获得这台新加入网络的计算机的 MAC 地址以便可以相互通信。

5.4 了解 ICMP 提供的跟踪路由网络功能，在 Windows 系统中运行应用程序"tracert x.x.x.x"，其中 x.x.x.x 是一个外网的主机地址，看看会有什么情况发生，更进一步，可以通过 Wireshark 工具查看相关 IP 数据的 TTL 字段，你会发现什么？

5.5 通过 Windows 提供的 ARP 命令学习 ARP 协议。在 DOS 下输入"arp"命令，会显示 ARP 命令的详细用法。首先清除 ARP 缓存记录，使用 ICMP 提供的回送请求网络测试命令"ping"，向一个本子网内的主机发送"ping"命令，查看 ARP 缓存，请问增加了什么记录？再向一个子网以外的主机发送"ping"命令，查看 ARP 缓存，请问与上述结果有什么不同？

5.6 通过 Wireshark 网络检测工具了解子网掩码的作用。完成以下操作：
1) 对于 5.5 题中的两种情况，用 Wireshark 工具查看本主机所发出的 ARP 请求和接收到的 ARP 响应报文，本主机分别对哪个主机进行地址解析，为什么？
2) 先清除 ARP 缓存，修改你的子网掩码，使得你子网内的某个主机与你新的子网掩码进行"与"操作后不在同一子网之内，向该目的主机发送回送请求，请问有什么结果？用 Wireshark 查看 ARP 请求和响应，解释上述结果。

5.7 假设某个子网地址为 192.4.16.0/24，该子网中所有主机可以取地址范围为 192.4.16.1～192.4.16.254 的 IP 地址，但某个接入到该子网的主机不小心将 IP 地址设置成 192.4.15.15，请问这个主机能够与该子网之外的主机通信吗？同一个子网的主机呢？

5.8 IP 有哪些特殊的地址？它们各有什么用途？请解释下列特殊地址的含义：网络地址为 0，网络地址为全 1，主机地址为 0，主机地址为全 1，IP 地址为全 1。

5.9 试列出三种能够缓解目前 IPv4 地址即将耗尽的措施，并加以解释。

5.10 假设主机 A 和主机 B 在同一个以太网中分配了相同的 IP，B 在 A 之后启动。请问 A 的现有连接会怎样？解释如何解决这个问题。

5.11 下图中主机 H1 要发送一个分组给主机 H2，请详细描述在这个过程中数据单元的目的地址变化情况(包括目的 IP 地址和目的硬件地址)和中间发生的所有地址解析过程。

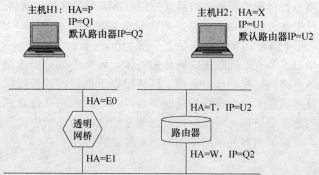

5.12 一台路由器连接三个子网，子网掩码均为 255.255.255.0。根据下图中给出的参数回答下列问题：
1) 该网络连接使用的是哪一类 IP 地址？
2) 系统管理员将计算机 D、E 按图中所示连入网络并分配了 IP 地址后，发现这两台机器上的网络应用程序不能够正常通信。为什么？如何改正？
3) 如果你在主机 C 上要发送一个 IP 分组，使得主机 D 和主机 E 都会接收它，而子网 2 和子网 3 上的主机都不会接收它，那么该 IP 分组应该填写什么样的目标 IP 地址？

4) 假设 C 不小心将其子网掩码设置成了 255.255.0.0，再假设 C 此时 ARP 缓存被清除，如果 C 要发送数据分组到 A，A 能收到吗？如果 C 将子网掩码设置成 255.255.255.128，且 C 的 ARP 缓存清零，C 发送数据到 D，D 能收到吗？

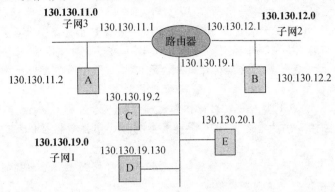

5.13 NAT 技术能够让使用私有地址的主机与外部主机进行通信，解释 NAT 网关的工作原理。某些应用协议，如会话初始协议 SIP(通过 SIP 报文，IP 电话的通话双方得到对方的 IP 地址和端口号等信息)，应用层数据部分封装了本地 IP 地址和端口号信息，接收端需要利用这些信息构建应答。请解释为什么 NAT 不能很好地支持这类网络应用，而需要借助于其他服务器的帮助。

5.14 假设一个路由器建立了如下表所示的路由表。这个路由器可以直接通过接口 0 和 1 传送分组，或者可以将分组发往路由器 R2、R3、R4。请描述当分组的目的地址为以下这些地址时，此路由器将怎样做？

1) 128.96.39.10；
2) 128.96.40.12；
3) 128.96.40.151；
4) 192.4.153.17；
5) 192.4.153.90。

子网号	子网掩码	下一跳
128.96.39.0	255.255.255.128	接口 0
128.96.39.128	255.255.255.128	接口 1
128.96.40.0	255.255.255.128	R2
192.4.153.0	255.255.255.192	R3
缺省		R4

5.15 如下图所示的网络，路由器 R1、R2、R3 分别连接不同的子网，并且支持 CIDR 编址方案，各子网的地址如图所示，假设图中路由器均已建立好了各自的转发表。请你填写 R1 的路由转发表，使得连接在子网 1、子网 2、子网 3 上的所有主机能够通过路由器转发实现数据通信，假设所有到其他网络的数据通信都通过 R3 转发。

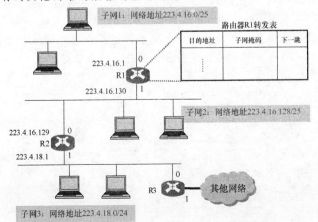

5.16 什么是自治系统？为什么每个自治系统都设置一个唯一的 AS 标识符号？要了解你所在的

网络属于哪一个自治系统以及自治系统编号是什么，访问网站 http://asn.cymru.com/，输入你的 IP 地址或网络中某个服务器的域名，看看你所在网络是属于哪一个 AS，AS 编号是什么？

5.17 讨论因特网自治系统内部路由协议 RIP 和 OSPF，它们分别使用什么协议封装，各有什么特点，以及如何处理路由环路问题。

5.18 外部网关协议 BGP 使用什么传输协议？BGP 如何避免路由环路？什么是内部边界网关协议 IBGP？IBGP 有什么用？为什么不能直接使用 BGP 在 AS 内部传递外部路径信息？

5.19 我们在第 1 章讨论因特网层次结构时谈到，路由器工作在网络层。而本章所学习的路由协议又作为高层应用协议，采用不同的传输层协议或 IP 协议封装，如 RIP 用 UDP 封装，BGP 和 IBGP 采用 TCP 封装等，对此你如何解释？

5.20 什么是 IP 组播技术？讨论路由器对 IP 单播数据报、组播数据报以及广播数据报的转发操作有什么不同。

5.21 IP 单播路由选路和组播路由选路分别如何避免路由环路？为什么组播路由选路要关心组播分组的源？解释什么是反向路径算法。

5.22 对于 IP 单播，在以太网中通过 ARP 协议完成由 IP 地址到 MAC 地址的转换，实现以太网单播帧传输。对于 IP 组播来说，如何将一个 IP 组播地址映射到以太网的 MAC 组地址？假设以太网中有些主机属于一个 IP 组地址为 224.0.1.10 的组播组，对应的 MAC 组地址是什么？

5.23 试想如果不同 IP 子网间进行广播，路由器向多个端口复制并转发分组，是否也会出现路由环路？结合我们所学过的避免环路的一些措施，从以下几个方面谈谈 IP 子网间的广播如何避免环路。
    1) 采用 4.3.1 节讨论的最小生成树算法；
    2) 采用 BGP 通过 AS 标号避免环路的策略；
    3) 采用 5.6 节中的反向路径检查算法。

5.24 5.2.1 节中谈到隧道技术，IPv6 数据报在 IPv4 网络中被封装在 IPv4 数据报中传输。Mbone 是在因特网环境下采用隧道技术建立的组播主干网。请解释当 Mbone 上一个组播节点向另一个组播节点转发数据分组时，需要如何封装 IP 组播分组，才能使其穿越普通的因特网路由器到达另一个组播节点。

5.25 GNS3(Graphical Network Simulator)是一款优秀的具有图形化界面可以仿真复杂网络的开源软件，其官方网站为 http://www.gns3.net。GNS3 在计算机中构建 Cisco IOS(Internetwork Operating System)的虚拟机，能够使用 IOS 所支持的所有命令和参数，可视化地设计实验网络拓扑，实现对 Cisco 路由器的模拟。在 GNS3 官方网站下载并安装该软件，阅读该网站提供的相关使用说明，尝试设计一个简单的网络拓扑，通过这个实践学习路由器的基本设置命令，以及路由协议和路由器对分组的转发过程等等。

第 6 章

端系统之间的数据传输协议

通过因特网提供的数据传输服务,计算机端系统之间可以实现许多网络应用,如文件传输、电子邮件、Web 网页浏览服务等。然而端系统上的应用程序并不能直接使用在因特网上传输的 IP 数据报,主要有两个原因。第一,因特网数据报传输所提供的是一种不可靠的服务模型,IP 数据报在传输过程中可能会出现分组丢失、传输差错、分组到达的次序与发送次序不一致等一系列问题。对于某些应用来说,例如两个端系统之间传输一个文件,最基本的要求就是传输数据一定要可靠。第二,IP 数据报所携带的 IP 地址使得因特网路由器能够准确地将数据报从源节点传递到目的节点。但是到达目的节点之后,IP 数据报本身并不能够确定携带的数据应该递交给目的主机的哪一个应用程序。例如,一个主机同时与其他主机进行文件传输和 Web 应用等多个网络应用,这些应用涉及的数据通信均以 IP 数据分组形式在因特网中传输,直接从所接收的 IP 数据报本身并不能确定其所携带的数据应该提交给哪一个应用程序。这就像邮政系统为客户传递邮件,邮政系统通过邮件上提供的邮政地址将邮件传送到目的地,但是这个邮件应该由谁来领取,则要看邮件的收件人是谁。

端系统网络应用与 IP 数据报之间应该设置另一种协议,任务是能够提供一种与端系统应用程序的接口,准确地将从网络中接收的数据递交给不同的应用程序,并且能够在必要时为网络应用提供可靠的数据传输服务质量保障。我们称这种协议为端系统传输协议,端系统传输协议运行在发送数据和接收数据的终端上,因此也称为端到端的协议。如图 6-1 所示,通过运行端系统传输协议,发送端和接收端之间建立起一个可以相互通话的逻辑通道。通过这个逻辑通道,端系统能够准确地将从网络中接收的 IP 数据报递交给某个应用程序,同时能够对网络中传输的 IP 数据报进行差错控制,而网络并不需要了解端系统之间的这些对话。因特网提供了两种端到端的传输对话协议:**传输控制协议**(Transmission Control Protocol,TCP)和**用户数据报协议**(User Datagram Protocol,UDP)。这两种协议的区别在于 TCP 对所接收的 IP 数据报通过差错校验、确认重传以及流量控制等控制机制,实现端系统之间完全可靠的数据传输。而 UDP 并不能够为端系统提供这种可靠的数据传输控制服务,其唯一的功能就是提供一种识别机制,能够区分属于不同网络应用的数据,并将接收的数据递交给相应的应用程序。当然 TCP 也必须具备这种应用程序识别的功能。

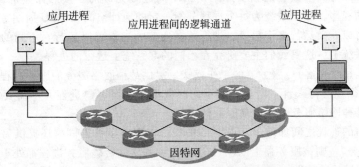

图 6-1 传输协议建立端系统之间的逻辑数据通道

本章主要介绍传输协议 TCP 和 UDP 的协议规范和性能特点,包括端系统之间建立 TCP 逻辑连接、TCP 实现端系统之间的可靠数据传输、TCP 窗口机制控制网络流量等。通过理解 TCP 协议中设置的流量控制机制，我们将进一步讨论网络中的拥塞控制方法。为了更好地理解传输协议为网络应用所提供的服务，在本章的开始部分，我们将阐述网络应用的实现原理，并在本章的后面介绍网络应用与网络之间的接口，即套接字的使用方法。套接字是几乎所有的操作系统都提供的网络接口，任何一种网络应用向网络发送数据或从网络中接收数据都通过套接字接口实现。

6.1　端系统传输协议概述

本节首先分析端系统如何实现一种网络应用，然后进一步讨论端到端的传输协议能够为这些网络应用提供什么样的服务。

6.1.1　网络应用的实现

简单地说，网络应用就是在客户端和服务器分别运行不同的网络应用程序，借助于网络提供的数据通信基础设施，端系统上运行的应用程序彼此交换相应的通信信息，进而实现不同的应用操作。如图 6-2 所示的 Web 服务，两个互相通信的应用程序，一个是运行在请求 Web 网页服务的客户端浏览器，另一个是运行在提供网页服务的 Web 服务器。HTTP(HyperText Transfer Protocol)超文本传输协议，定义了客户端和 Web 服务器的应用程序彼此之间交换信息要遵循的规范，端系统按照这种规范构造发送的数据信息，同时也依据这个规范理解所接收到的数据信息。

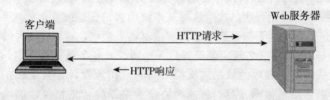

图 6-2　Web 服务通过 HTTP 请求和响应实现

客户端和服务器的应用程序按照某种协议规范彼此交换数据信息，并不需要关心这些信息是如何被分割成数据分组在网络中传输，又怎样能够从发送端穿越不同的网络和链路到达接收端，或者这些数据分组是否在传输过程中出现了某些传输差错等细节问题，而是将所有这些数据传输的相关工作交给底层来完成。作为应用层和底层网络数据传输服务的接口，传输层协议负责将端系统应用程序产生的数据信息传递到底层(网络层)并发送到网络上，以及从底层(网络层)获得从其他端系统发来的数据并提交给应用程序。

1. 进程和端口号

端系统应用程序之间的数据通信实际上是由不同进程完成的。按照计算机操作系统的术语，进程即为运行着的程序。操作系统为每个进程分配一定的地址空间和 CPU 周期等资源，从而实现在一台计算机上可以并发运行多个程序。进行数据通信的进程可以运行在不同的端系统，也可以运行在同一个端系统上。这里我们主要研究在不同的端系统上运行的进程。

大部分网络应用采用客户/服务器的工作模式，提供某种网络服务的服务进程自始至终都应该处于运行状态⊖，循环等待来自不同客户进程的服务请求；而客户进程并不需要一直处于启动状态，只要在需要某种网络服务时才启动服务请求。

两个彼此通信的进程之间如何相互识别？假如某个 Web 服务器同时还提供另外的服务如文件传输服务(FTP 服务)，则该服务器上的 Web 服务进程和文件传输服务进程都处于等待服务请求的启动状态。当它从网络上接收到一个数据报时，该转给哪个服务进程去处理呢？为了解决这个问

⊖　具体来说，它们通常都是以所谓"守护进程"的方式运行着，随着操作系统的启动而启动。如果没有特别的干预，就会像操作系统那样总是处于运行状态。

题，网络操作系统为不同的网络应用提供了端口号作为区分不同的网络通信进程的标识。端口号是 16 位数字，为 0～65 535 之间的整数。每个通信进程在产生时都同时被设定一个端口号，并且所设定的端口号在同一个端系统上保持唯一。端口号也是成对出现的，包括源进程端口号和目的进程端口号。端口号使得进行数据通信的两个进程能够相互识别，如图 6-3 所示，客户端运行的所有客户进程都分别对应一个能够唯一识别这些进程的端口号，同样，服务器所有运行的服务器进程也都分别对应一个唯一识别不同服务进程的端口号。客户进程向某个服务器请求一种服务时，请求信息中指明服务器某个特定的端口号，服务器便可以将所接收的服务请求提交对应该端口号的服务进程。每个客户进程也会随机产生一个客户进程端口

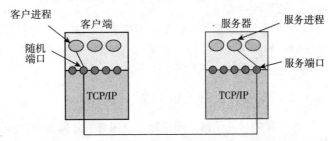

图 6-3　客户进程和服务进程使用端口号相互识别

号，并随客户端请求信息一同发出，服务器返回的服务响应以这个客户进程端口号为目的端口，作为识别客户进程的标记。在服务器方，原则上每个应用可以自己定义所用的端口号(不能与其他应用重复)，但是为了应用方便，一些常用的网络服务都有默认的固定端口号。例如，Web 服务使用端口号 80，文件传输服务(FTP)使用端口号 20 和 21，简单邮件通信服务(SMTP)使用端口号 25 等。

事实上对于各种网络应用来说，客户进程和服务进程本身并不需要为所发送的数据信息添加端口号或 IP 地址信息，这些工作通过传输层和网络层对应用数据(如 HTTP 请求和响应)进行协议封装而实现。传输层为应用数据添加端口号，TCP 传输控制协议还为应用层数据添加其他的控制信息，用于实现可靠的数据传输服务；网络层为数据分组添加 IP 地址等信息，使得数据分组能够从发送端经过不同的网络传送到接收端。例如，当浏览器启动一个 Web 服务请求进程，构建相应的 HTTP 请求报文，会将服务器的 IP 地址、服务器端口号 80 以及浏览器进程端口号等信息同 HTTP 请求报文一同传递给 TCP 传输控制层。然后浏览器将所有的传输控制权完全交给传输层，而不必了解这个 HTTP 请求的所有分组封装和传输控制等细节。类似地，Web 服务器的网络层和传输层经过相应的处理之后，将目的端口号为 80 的数据分组提取出来，删去端口号和其他控制信息，将还原的客户 HTTP 请求提交 Web 应用进程处理。

2. 套接字

套接字(socket)是操作系统为网络应用进程提供的数据通信接口，也可以说是网络应用程序与传输层之间的交界面，定义了网络通信进程向传输层传递数据(发送数据)和从传输层获取数据(接收数据)的接口。套接字最初由 UC Berkley 大学开发作为 UNIX 操作系统的一部分，目前许多供应商也提供了一个允许程序在非 UNIX 系统上使用套接字的程序库，为该系统上的应用进程提供数据通信接口。套接字已经成为一个事实上的标准。

套接字是应用进程与传输层之间的数据接口，如图 6-4 所示。应用进程通过向套接字中传递数据信息实现数据发送，并通过从相应的套接字中获取数据实现数据接收。当发送进程把某个消息送入一个套接字时，这个消

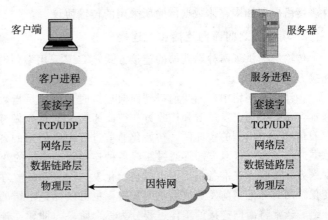

图 6-4　应用进程通过套接字彼此交换数据

息便经过传输层、网络层、链路层的协议控制，之后发送到网络上。发送进程并不需要关心消息进入套接字以后的细节，如传输层对原始消息的可靠性保障、数据分组的封装、分组在网络中传输等。类似地，接收进程也不必关心这些数据分组传输、差错恢复以及将分组还原成原始的服务请求或响应消息等细节，接收端传输层将数据分组进行拆封及合并之后通过套接字接口直接将消息交付给接收进程。

为了便于应用进程的调用，套接字采用类似于进程和文件之间进行数据交换的操作习惯，套接字操作的基本过程分为：创建一个套接字、从套接字中读数据(数据接收)、向套接字中写数据(数据发送)和关闭一个套接字等等。

6.1.2   传输协议的主要功能

以上我们讨论了网络应用通过应用进程之间彼此交换相应的数据信息而实现，应用进程调用套接字函数实现数据发送和接收。在对网络应用的实现过程有了一个大体的了解之后，我们来分析传输协议能够为不同的网络应用所提供的主要功能。

1. 传输协议提供可靠的或尽力而为的传输服务

因特网传输层定义了两种服务质量不同的协议，传输控制协议 TCP 为网络应用提供可靠的数据传输服务，用户数据报协议 UDP 为网络应用提供尽力而为的数据传输服务。

如何实现可靠的数据传输服务？回顾第 2 章讲述的实现一个可靠的数据传输链路，可以通过几种控制机制：①接收方确认每一个分组，发送方重传出现传输差错的分组；②设置定时机制处理丢失的数据或确认；③设置流量控制机制以避免接收方缓存溢出。TCP 实现端系统可靠的数据传输也是基于类似的控制机制，不同的是这些控制是在彼此通信的两个端系统上进行，而不是在传输网络中直接连接的节点之间运行。TCP 协议通过协议本身所提供的差错控制机制，将从因特网接收的不可靠的 IP 数据报修复成为可靠的数据，意味着经过端系统 TCP 协议处理之后再提交给不同网络应用的数据是无差错、无重复、无丢失以及无次序混乱的可靠数据。

TCP 提供的另一个功能是控制发送端发送数据的速度，当接收端本身处理速度下降或网络负载过高并已经造成数据分组丢失时，TCP 发送端相应调整其发送数据的速度以适应网络的处理能力或接收端的接收能力。

UDP 协议向网络应用提供一种最基本的服务，在接收端将从网络中接收到的数据分组拆封并交付到不同的网络应用中，在发送端从不同的网络应用中提取数据，并封装成传输层报文后发送到网络中(这也是 TCP 功能的一部分)。UDP 不提供数据传输的可靠性服务，也不提供对端系统数据传输的流量控制，因为省略了这些控制操作，UDP 的传输效率要比 TCP 协议高很多，成为许多网络应用如多媒体数据传输所采用的传输协议。

2. 端系统之间面向连接和无连接服务

传输层提供了两种端到端的连接方式，TCP 采用端到端面向连接方式，UDP 采用端到端的无连接方式。

在计算机网络中，当我们提到面向连接时，往往是指数据传输的一种工作方式。它包含两个基本含义。第一，发送方和接收方在彼此通信之前首先做好一系列的准备工作。例如，设置双方在通信过程中用到的缓冲区，初始化通信过程中将使用的各种状态变量和控制变量等。第二，在数据通信过程中，双方能够通过跟踪各种连接状态变量的变化，控制具体的数据传输操作。例如，发送方和接收方在准备过程中可以初始化发送序号和接收序号，这些序号在数据传输过程中不断变化，用于标记当前发送或接收的数据，也可以标记出错的数据分组，使得发送方重新传送出错分组。通常将面向连接的工作过程分为三个阶段，即建立连接阶段、数据传输阶段和释放连接阶段。在建立连接阶段，通信双方通过交换一定的信息完成相应的准备工作；在数据传输阶段，双方在准备工作的基础上进行实质性的数据传输；而释放连接阶段是双方结束了一个通信过程[⊖]，释放掉所有该通信过程用到的各种资源（包括准备阶段系统为这个通信分配的各种资源）。对应于面向连接的工作方式，无连接方式则意味着通信双方并不需要任何通信准备工作，也不提供通信过程的任何控制操作，发送方直接向接收方发送数据。显然，无连接工作方式并没有面向连接中的建立连接阶段和释放连接阶段。

现在我们来讨论 TCP 的面向连接工作方式。以使用 TCP 作为传输协议的万维网 Web 服务为例，客户端和服务器通过 TCP 面向连接工作方式传输 HTTP 请求和响应，如图 6-5 所示。在客户端向服务器发送 HTTP 请求之前，双方首先建立一个 TCP 连接。在这个过程中，双方为这个连接分配所需的各种资源，并对一些用于跟踪或控制整个通信过程的变量进行初始化。如果这个 TCP 连接能够成功地建立，客户端和服务器便可以开始发送和接收 HTTP 请求或响应报文，如果因为某一方的问题致使这个 TCP 连接不能够建立，双方也不可能继续接下来的数据传输操作。当结束了一

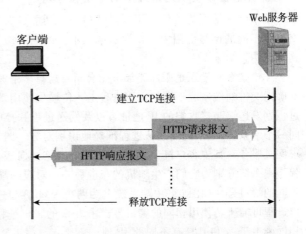

图 6-5　TCP 面向连接工作方式

系列的 HTTP 请求和响应之后，双方经过释放连接阶段释放掉用于此连接的各种资源。

面向连接可以理解为通信双方在整个通信过程中都维护一个"连接状态"，这个"连接状态"包含一系列的状态变量，通信双方通过这些状态变量的变化来控制通信操作。对于 TCP 面向连接方式，相应的"连接状态"主要包括：

- 发送和接收序号。发送和接收序号是实现可靠数据传输而进行确认或重传机制的基础。
- 窗口变量。第 2 章我们讨论过滑动窗口流量控制机制，它同样应用在 TCP 协议中。
- 定时变量。TCP 包含一系列的定时变量，用于各种操作的定时启动。例如，重传定时用于启动一个分组重传操作；释放连接定时会启动一个释放连接的请求，当对方在一定的时间内没有数据发送时，便可以发送这样的请求来结束相应的 TCP 连接。
- 缓冲区的缓冲状态。发送缓冲区和接收缓冲区用于暂时存放发送数据或接收数据，描述缓冲区状态的变量变化会直接影响 TCP 发送或接收的操作。例如，当接收缓冲区存满了已接收的数据时，要马上通知发送方暂缓发送数据，以免接收缓冲区数据溢出。

后面我们会逐步了解到，TCP 的"连接状态"要比上述所列出的复杂得多。当结束一个 TCP 连接时，相应的"连接状态"也被完全释放掉。

UDP 采用无连接的工作方式进行数据传输服务。UDP 发送方和接收方之间的数据通信没有任何连接状态，UDP 发送方直接将每个 UDP 报文段发送到接收方，接收方不需要为接收到的 UDP 报文段保存任何状态变量，只是单独对其进行差错校验处理之后提交高层应用。无连接的 UDP 不能够提供确认重传操作、流量控制操作以及各种通过定时启动的对通信的控制操作。UDP 发送端发出的数据可能被接收方接收并处理，也可能因接收方处理的请求过多而被拒绝，或者被网络丢弃，UDP 发送端无从了解这些情况，依然继续它的发送操作。

以上讨论的 TCP 面向连接和 UDP 无连接传输方式，是针对发送端和接收端而言。TCP 面向连接的连接状态完全保留在端系统上，网络中的路由器或交换机并不了解。第 3 章讨论分组交换技术时，也曾经提到过基于面向连接的虚电路和无连接的数据报交换网络。然而"连接"的含义对传

⊖　一个通信过程并不意味着单一的一次数据通信，后面我们将介绍，对于面向连接的 TCP 来说，通信过程的结束可以由任何一方提出请求，另一方响应这个请求而完成。

输网络和端系统来说有所不同。对于一种传输网络，面向连接意味着从网络的某个源节点到目的节点所经过的所有其他节点都需要为该数据连接建立并保留连接状态。而采用数据报传输方式的网络，是基于一种无连接的工作模式，没有建立连接阶段，路由器也不会为相应的数据传输保留任何通信状态，数据分组都可以直接进入网络，路由器根据数据分组携带的 IP 地址为分组选择路径。

3. 传输协议实现网络应用的复用和分用

端系统传输层为网络应用提供的另一个功能是在接收端将从网络中接收到的数据分组拆封并交付到不同的网络应用中，在发送端从不同的网络应用中接收数据，并封装成传输层报文后发送到网络中。

无论是客户端还是服务器都可能会同时运行多个通信进程。为了能够将从网络中接收到的数据准确地交付到端系统不同的应用进程上，传输层使用端口号字段作为不同网络应用进程的标识。通过识别发送端与接收端的 IP 地址，以及发送进程和接收进程的端口号，可以使不同端系统（或者是同一个端系统）中不同的通信进程准确地识别对方。图 6-6 中客户机 A 和 B 同时向 Web 服务器 C 请求网页服务，其中客户机 B 同时启动两个浏览器向服务器 C 请求不同的网页。对于这 3 个客户进程，端系统分别为它们产生随机的与进程一一对应的端口号。同一端系统会为不同的应用进程分配不同的端口号，如图 6-6 中端系统 B 为两个 Web 客户进程分配端口号 x 和 y，而不同端系统上的客户进程可能碰巧使用相同的端口号。主机 A 的客户进程使用的端口号 x 与 B 的一个客户进程端口号相同。由于 A 和 B 具有不同的 IP 地址，即便端口号相同，这两个客户进程仍然能够被服务进程唯一识别。这 3 个进程的目的 IP 和目的端口号相同，都是指向服务器 C 端口号为 80 的 Web 服务。服务器进程可以通过这 3 个请求的源 IP 和源端口号来区分不同的服务请求进程，并将相应的服务响应数据信息准确地返回给不同的请求进程。

传输层将不同的应用数据封装成端口号不同的传输层数据（TCP或 UDP），这个过程称为传输层对应用数据的**多路复用**过程；当从网

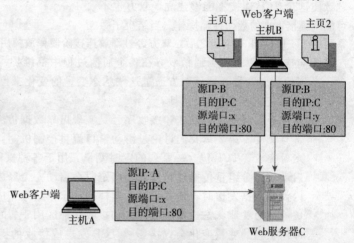

图 6-6 TCP 进程复用和分用的例子

络层接收到数据时，传输层根据报文不同的端口号再将数据信息交付给不同的网络应用，这个过程称为传输层对网络应用进行**多路分解**的过程。图 6-7 描述了传输层多路复用和多路分用的过程。

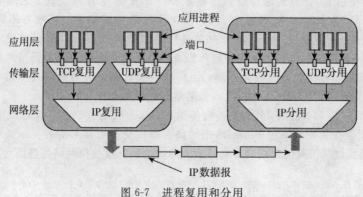

图 6-7 进程复用和分用

我们在前面讲述过应用进程通过写套接字将数据信息传递到传输层，通过读套接字从传输层提取数据信息。因此在发送端，传输层从不同的套接字中收集消息数据，并对每个消息数据进行分段，封装上包含端口号的首部信息，形成传输层报文段；在接收端，传输层再按照报文段中端口号将这些数据经过重合后交付给相应的套接字缓冲区，以便网络应用进程提取。

图 6-7 中 IP 复用指发送端网络层为不同端口号、不同协议（TCP 或 UDP）的传输层报文段添加 IP 首部信息，封装成 IP 数据报并发送；而 IP 分用则指接收端将接收的 IP 数据报进行拆封，并将拆封得到的传输层数据递交给相应的传输层协议处理（TCP 或 UDP）。

6.2　用户数据报协议 UDP

在了解了传输层为实现端系统上的各种网络应用所能够提供的服务之后，本节将介绍传输协议 UDP，包括 UDP 协议的特点、报文格式以及哪些网络应用使用 UDP 作为传输协议等。

6.2.1　UDP 报文格式

作为传输协议，UDP 仅仅为网络应用提供了最基本的服务，实现端系统不同网络应用的多路复用和分用。使用 UDP 协议封装应用数据信息时，报文首部除了存放用于识别应用进程的端口号和校验码之外，不添加任何其他控制信息如报文序号、确认信息、连接控制等，UDP 接收端只对接收报文做简单的差错校验，丢弃出现差错的 UDP 报文，根据端口号将正确的 UDP 数据交付到不同的应用进程中。UDP 不会对 IP 数据报在传输过程中出现的传输差错进行修复，从而不能够为应用进程提供可靠的数据传输服务。

图 6-8 为 UDP 报文格式，UDP 首部非常简单，16 位源端口号和目的端口号用于实现应用进程的多路复用和分用，16 位报文长度记录了整个 UDP 报文段的长度，16 位校验和是整个 UDP 报文加上部分 IP 首部字段的检查和。因为 IP 数据报包含源地址和目的地址信息，因此 UDP 报文并不需要再包含地址信息。

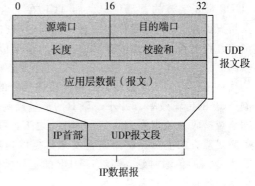

图 6-8　UDP 报文格式

UDP 校验和计算还包含了 IP 首部的 3 个字段：IP 源地址、IP 目的地址和 IP 数据报类型。其原因是 UDP 本身并不包含 IP 地址和类型信息，如果分组在传输过程中 IP 地址部分出现了传输差错，就会造成分组被传送到错误目的端系统，将 IP 地址信息与 UDP 报文段一同进行校验和计算便能够校验出这种差错。UDP 报文段的校验方法采用 2.5.3 节中描述的校验和方法，即将 UDP 报文段加上部分 IP 数据报首部信息每两个字节当作一个 16 位的整数，并将这一系列的整数求和形成校验和码。接收端通过对接收数据作同样的求和操作，并将求和的结果与发送数据分组中的校验和相比较判断数据的正确性。

UDP 报文首部只有固定的 64 位（8 字节），并且实现过程非常简单。相比之下，TCP 协议从报文格式到控制管理的实现都要复杂得多。接下来我们进一步讨论 UDP 的特点，以及 UDP 在因特网中的应用价值。

6.2.2　无连接 UDP 的特点

首先，UDP 不能向应用进程提交可靠的数据传输服务，UDP 本身对所接收的数据只作基本的差错校验，并丢弃出现传输差错的分组，而不对出错的分组作相应的修正处理。因此由 UDP 传输协议提交到高层的数据可能存在分组缺少（由于分组丢失）、重复或次序混乱等问题。针对 UDP

不可靠的数据传输特点，大部分使用 UDP 的网络应用对数据传输差错并不十分敏感，即在一定程度内的数据传输差错并不会给相应的应用造成很大的影响。

UDP 传输是一种无连接的传输方式，通信双方并不为某一组数据通信保存相应的连接状态。事实上接收端为每一个接收端口设置一个公共的接收缓冲区，所有发送到这个端口的 UDP 数据都暂时存放在对应该端口的缓冲区中，如图 6-9 所示。某个服务器提供的网络服务使用 UDP 传输协议，UDP 数据到达服务器时在各端口所设置的缓冲区中排队等待处理。如果某个端口因等待处理的服务请求过多使得缓冲区溢出，TCP 接收可以通过减小接收窗口值通知客户端 TCP 减缓发送数据速率，而采用 UDP 接收数据的服务器只是将新来的数据丢弃。客户进程并不知道其发送的数据因服务器的处理能力有限已经被丢弃，还是会继续发送数据，而不会减慢发送速度或暂停数据发送。

UDP 的另一个重要特点是，由于不需要为数据传输建立连接、跟踪或保持连接状态，报文格式和传输控制都比 TCP 要简单得多，大大节省了网络传输资源和端系统的处理资源。在网络状况一致的前提下，数据传输速率比 TCP 要高（这里我们指的是单位时间内传输的分组数，应与第 2 章中谈到的数据率 bps 区分开），并且分组传输时延也比 TCP 稳定。我们可以从几个方面理解这个问题。一方面，UDP 首部长度要比 TCP 短得多（UDP 有 8 字节的首部信息，而 TCP 在不含选项的情况下含 20 个字节首部信息，加入选项时的首部信息将更长），因此相对来说有效的数据传输率

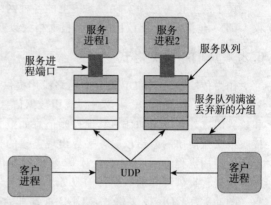

图 6-9　UDP 报文段可能会被接收端丢弃

较高。另一方面，TCP 数据传输包含许多必要控制操作，以保证数据传输的可靠性。例如，TCP 的确认重传控制要求接收方对每个正确接收的数据进行确认，等待确认和重传出错的分组都会影响 TCP 的传输效率。另外，TCP 的流量控制机制同样会随时改变发送方发送数据的速度，以适应网络或接收方处理能力的变化。相比之下，UDP 并没有这些控制操作，不必等待确认，也不必为了满足双方的流量控制而调整发送数据的速度，因此能够达到高于 TCP 的数据传输率，以及比 TCP 稳定的传输时延。当然，UDP 的这种特性是有代价的，UDP 向应用进程提交的数据不能保证传输数据的可靠无误。

6.2.3　UDP 的应用

什么样的网络应用更喜欢使用无连接的 UDP 呢？一般来说通信信息量较少、需要传输速度快并且对时延比较敏感的应用更适合使用 UDP 传输服务。常见的 UDP 应用有域名服务系统（Domain Name System，DNS）、简单网络管理协议（Simple Network Management Protocol，SNMP）及 IP 电话等多媒体网络应用。

IP 电话及其他多媒体网络应用使用 UDP 作为传输协议，主要因为 UDP 传输不提供任何控制机制，因此数据传输速率较 TCP 要高，并且 UDP 数据传输的时延稳定性也强于 TCP。

我们通过图 6-10 分析发送端采用 UDP 和 TCP 协议发送数据的特点。图 6-10a 中发送端发送 UDP 报文段不受任何控制影响，因而能够以恒定的速率（即固定的时间间隔）发送 UDP 报文段。而图 6-10b 中发送端发送 TCP 报文段，发送数据的速率会受到几个因素的影响。例如，等待接收方对数据分组的确认会减慢发送方继续发送数据的速度，窗口控制机制同样会改变 TCP 发送端的发送速度。除此之外，对于某个出错分组的重传操作更是改变了传输过程分组的连贯性，因此，TCP 不能做到以稳定的发送数据速率发送数据。

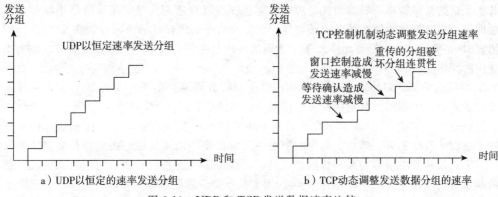

图 6-10   UDP 和 TCP 发送数据速率比较

通过图 6-10 可以看到，对于发送数据来说，UDP 能够以稳定的发送速率发送数据，而 TCP 不能。这是多媒体网络应用选择 UDP 传输协议的重要原因，但是单靠简单的 UDP 协议并不能够达到令人满意的效果。主要表现在两个方面。第一，图 6-10 只能说明 UDP 发送端能够以恒定的发送速率发送每个报文段，并不意味着这些报文段能够以稳定的传输时延到达接收端。由于因特网的尽力而为工作模式，使用 UDP 进行数据传输仍然会面临数据传输时延不稳定的问题。第二，UDP 对数据传输差错和数据丢失没有任何控制和修复功能，网络出现较严重的拥塞时，会导致 UDP 的数据丢失率明显增高。多媒体网络应用对偶尔出现的数据丢失并不敏感，但大量的连续的数据丢失会造成视频或音频的数据间断甚至使接收端很难理解所接收的数据。为了弥补 UDP 传输数据的不足，实际应用中采用了许多解决方案，例如，在 UDP 和应用层之间加设多媒体传输协议层，加强对接收数据的实时播放和差错修复功能，关于多媒体网络应用技术，我们将在第 7 章进一步讨论。

DNS 和 SNMP 使用 UDP 的主要原因是，这两个网络应用非常频繁地出现在网络中，因此对传输速率要求比较高。选择 UDP 作为传输协议并不意味着这两种网络服务就不需要可靠的数据传输。随着传输技术的发展，目前数据传输的比特差错率已经很低，实际网络中出现的大部分传输差错主要是因网络拥塞而造成的丢包、乱序和重复传输。上述两种网络应用通常的通信信息量较少，可以封装在一个 UDP 报文段中，因此并不会出现传输过程中的分组次序混乱问题。然而，分组丢失仍然是难免的。首先我们分析数据分组丢失对这类网络应用会造成什么影响，DNS 用于实现域名服务，包括 DNS 请求报文和 DNS 响应报文；而 SNMP 用于网络管理应用，同样包括由管理服务器发出的请求报文和被管理主机返回的响应报文。无论是请求报文还是响应报文在网络中丢失，对于网络应用来说并不会造成严重的影响，或者说这种差错只会造成操作方面的影响，而不会给用户带来误导的信息。比如 DNS 客户进程发送一个 DNS 服务请求，正在等待的服务响应被网络丢弃，客户进程在指定时间内收不到 DNS 服务响应，可以提示客户端系统用户，并由用户决定是否需要再次请求服务。

另一种采用 UDP 传输协议的情况是，网络应用希望得到可靠的数据传输，但不想通过 TCP 来实现，因此仍然选择 UDP 传输协议。不同的是应用进程本身添加适当的确认和重传控制功能，可以在某种程度上提高 UDP 数据传输的可靠性，同时又避免了使用复杂的 TCP 传输协议。虽然这样做会增加应用程序的复杂程度，但也可以给我们一种提示：网络协议层次可以通过相互补充而实现某种特定的网络应用。

6.3   传输控制协议 TCP

UDP 虽然具有简单并且传输处理速度快的优势，但是它不能提供可靠的数据传输也限制了很多网络应用选用 UDP 作为传输协议。实际上因特网上大部分我们熟悉的网络应用都采用可靠的、面向连接的传输控制协议 TCP。对于很多网络应用来说，数据能否在网络中正确传输是首要问题，其次才是数据传输率、资源消耗、协议的复杂程度以及通用性等。虽然网络中也存在其他一些能够提供可靠数据传输服务的端对端协议，而正是由于面向连接的传输控制协议 TCP 和因特网互联协议 IP 完美的结合，很好地实现了许多网络应用，才使得 TCP/IP 能够脱颖而出成为当今最广泛使用的网络协议。

　　TCP 提供端系统之间的面向连接服务，即在进行数据通信的两个端系统上建立一种连接状态，并在通信过程中利用这些连接状态管控属于该连接的数据通信。为什么 TCP 要采用面向连接服务？我们已经非常清楚 IP 数据报在因特网中传输的不可靠性，也清楚 TCP 最基本的任务是使应用程序能够从数据丢失、错传、乱序的顾虑中解脱出来。而实现可靠的数据传输需要确认、超时重传、丢包及重复鉴别等一系列传输控制机制，以及实现这些控制所需要的状态变量。通过为通信的端系统进程建立一个 TCP 连接，将所需要的控制变量和缓存面向该连接，那么这两个进程之间的数据通信就可以共享这个 TCP 连接所设立的所有资源，包括缓存、控制变量和状态变量等。属于一个 TCP 连接的数据就像一个连续的数据流从源端点流向目的端点，直到通信结束，TCP 连接连同其所建立的资源被释放，如图 6-11 所示。这也是为什么面向连接和可靠数据传输常常并存在某一种技术中，而无连接又和不可靠的数据传输并存在一种技术中。

6.3.1　TCP 报文结构概述

　　图 6-12 为 TCP 报文结构。其中端口号和校验和字段的含义和用法与 UDP 完全一致。以下我们简单介绍 TCP 其他字段的含义和用途。

1. 发送序号和确认序号

　　为了能够跟踪端系统之间的数据通信是否有差错发生，TCP 对每一个传输的字节进行 32 位的编号，这个编号并不一定从 0

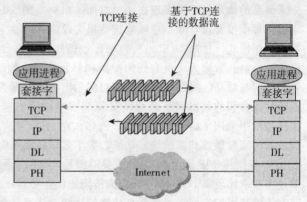

图 6-11　TCP 面向连接方式

开始，但在整个 TCP 连接过程中保持连续，并且每个 TCP 连接都设定一个最大的生存周期（即每个 TCP 报文段在网络中传输所用的最长时间），在该生存周期之内字节的编号不能重复（稍后我们会解释原因）。每个 TCP 连接都有相应的发送缓冲和接收缓冲，发送数据时 TCP 从发送缓冲中取出一定数目的待发送字节并为其添加 TCP 首部信息构成一个 TCP 报文段，同时将这组数据的第一个字节的编号设置为这个 TCP 报文的发送序号。如某个 TCP 发送序号为2000，报文包含 1400 个字节数据，则这个 TCP 连接产生的下一个 TCP 报文段的发送序号为2000＋1400＝3400。这样 TCP 的接收端能够通过跟踪所接收 TCP 报文的发送序号判断是否有数据报文丢失、重复或乱序等情况，并做出相应的修正。

　　确认序号也称为接收序号，是 TCP 接收端通知发送端希望接收的下一个 TCP 报文序号（即对方的发送序号），它传给对方的隐含信息是截止到这个接收序号之前的

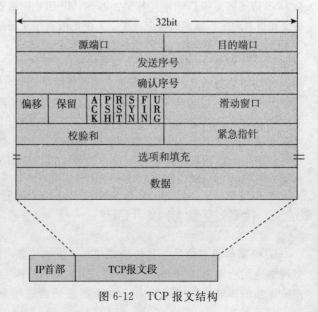

图 6-12　TCP 报文结构

所有对方发出的 TCP 报文已经被正确接收，对方可以继续发送下一个 TCP 报文了。每个 TCP 报文段都设置发送序号和确认序号，接收方可以将对接收数据的确认信息与要发送的 TCP 数据一起构成一个 TCP 报文段，使端系统传输数据的同时捎带着将确认信息或其他控制信息传递到对方，而不用单独传送一个确认报文。我们可以通过图 6-13 中的例子更形象地了解 TCP 发送和确认序号的实现方法，用 seq 表示发送序号，ack 表示确认序号。

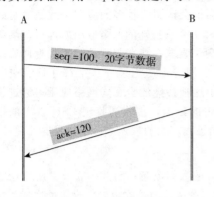 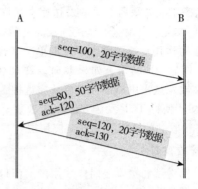

a）单独确认正确接收的数据   b）将确认信息放在要发送的数据中一起发送

图 6-13   TCP 通过发送序号和确认序号发送或确认数据

假设图 6-13 中系统 A 和 B 已经建立了 TCP 连接。图 6-13a 中，A 发送一个发送序号为 100 包括 20 个字节的 TCP 报文段，B 收到这个 TCP，假设校验正确，B 可以返回 A 一个确认序号为 120 的 TCP 确认报文，意思是告诉 A 它已经正确接收到序号为 120 号以前的报文，A 可以继续发送序号为 120 的新报文了。图 6-13b 描述了另一种情况，在正确接收到 A 的报文后，B 恰好此时也有数据要发送给 A，那么 B 可以将对接收到 A 的报文确认放在它要发给 A 的数据报文中。B 发出的报文发送序号为 80 说明这个报文的数据部分从序号 80 开始，而确认序号为 120 则是对刚刚接收到来自 A 的发送序号为 100 字节数为 20 的报文的正确确认。同样 A 可以将对 B 发出的报文确认信息和它本身的数据一起发出。通过这个例子我们可以看到 TCP 传输实际上是一个双方向的，即全双工的工作方式。

TCP 发送序号和接收序号各占 32 位，能够包含 2^{32} 个字节，这并不意味着一个 TCP 连接就只能传输这么多字节的数据信息。实际上对于一个 TCP 连接，只要保证在一个 TCP 报文段的最大生存期内没有重复使用发送序号就可以。例如，一个序号为 x 的 TCP 报文段在某个时刻被发送出去，一段时间以后同一个连接的另一个序号为 x 的报文段又被发出，注意此时这个序号 x 是从上次序号 x 出现以后发送端已经发送了 2^{32} 个字节数据，如果此时第一个序号为 x 的报文段还没有被接收端正确接收，便出现 TCP 的序号回绕问题。此时接收端并不能判断这两个序号均为 x 的 TCP 报文段是不同的报文段还是超时重传的同一个报文段，因此引起接收端的处理困难。序号回绕问题常出现在传输距离长并且传输带宽高的网络中，为了满足更大的 TCP 序号空间需求，TCP 提供一种扩展功能，能够解决 TCP 的序号回绕问题，这种扩展功能在 TCP 的扩展首部中定义。

2. 控制位

TCP 的 6 位控制位完成 TCP 的主要传输控制功能。其中确认位 ACK 置 1 表明 TCP 报文首部中确认序号字段为有效序号。当接收到一个 TCP 报文其 ACK 为 1 时，表示对方已经正确接收到这个确认号之前的所有字节，并希望这一方继续发送从该确认号开始以后的数据。ACK 为 0 的 TCP 报文确认序号为无效值，此时接收端不需要理会这个确认序号。

建立连接位 SYN、释放连接位 FIN、拒绝连接位 RST 以及 ACK 位相互配合使用，实现 TCP 建立连接、释放连接和拒绝连接的控制功能。我们将在 6.3.2 节中讨论 TCP 的建立连接和释放连接过程。

URG 控制位置 1 表示本数据段包含紧急数据，紧急数据不一定占据整个 TCP 数据部分，当 TCP 只有一部分数据为紧急数据时，放在 TCP 数据部分的前部，并用 TCP 首部的紧急指针字段指明从数据部分什么地方开始是非紧急数据。

PSH 控制位用于启动 TCP 单独的直接发送和数据提交机制，即 TCP 发送端从应用进程得到一部分数据便立即对其进行封装和发送，而接收端接收到相应的数据也立即提交应用进程。通常在默认状态下，如果所要求的发送速率允许，TCP 发送端都会试图将较多的应用进程数据封装在一个 TCP 报文段中发送，以达到较高的数据传输率。而对于某些特殊的网络应用如远程终端 Telnet，要求每次用户通过键盘输入的单个字符要马上传送到接收端，并在收到接收端的返回确认和响应时，回显响应结果。如果此时发送端仍然试图等待应用进程产生多一些字符并封装成一个 TCP 报文段发送，用户端将很难适应这种工作效果。对于这种特殊的交互式网络应用，通过设置控制位 PSH 使得 TCP 发送方能够单独发送从应用层产生的数据，接收端收到 PSH 置 1 的报文段，会将接收到的数据马上提交应用层，并对接收端应用进程产生的数据进行单独发送处理。

3. 接收窗口

TCP 发送端和接收端同样采用滑动窗口机制控制双方的数据流量，与 2.4.3 节中所讨论的流量控制方法有所不同，TCP 的窗口控制机制由 TCP 报文本身携带的接收窗口字段协助实现，窗口字段值的含义是接收方通告发送方可以最多发送的字节数。这个窗口值在每一个 TCP 报文中都有，可以使发送端能够更快地适应接收能力的变化。

4. TCP 选项

TCP 选项字段为 TCP 提供了一些扩展功能。例如前面提到的序号回绕问题就可以通过选项中的时间戳字段解决，TCP 发送的每个报文段包含一个单调递增的时间戳选项字段，利用这个选项，接收端能够判断出所接收的报文段是重复接收的还是新的。实际上对于一般使用的网络应用并不存在序号回绕问题，因此这个对序号回绕的扩展功能比较常用在带宽较高长距离传输网络上。

选项字段提供的另一个扩展功能是将 TCP 接收窗口增大，正常情况下接收窗口为 16 位。如果需要发送方能够连续发送的字节数大于 2^{16} 个字节，可以利用窗口因子选项字段扩展 16 位接收窗口。关于 TCP 的选项扩展功能可进一步参阅 RFC 973、RFC 1323 文档。

6.3.2　TCP 连接管理

本节介绍 TCP 的连接和释放过程。首先我们来看看 TCP 如何利用其控制位建立一个连接。

1. 建立一个连接

端系统通过 TCP 进行数据通信之前首先建立一个 TCP 连接，初始化通信过程将使用的各种状态变量和控制变量，并在通信过程中利用这些连接状态管控这个连接的数据通信。图 6-14 描述了 TCP 端系统之间采用三次握手信号建立一个 TCP 连接的过程。假设客户端 A 向服务器 B 请求一个 TCP 连接。这里以 SYN、ACK 表示 TCP 报文中的控制位，以 seq、ack 分别表示 TCP 的发送序号和确认序号。连接过程分为以下三步：

1）A 向 B 发送一个 SYN 置 1 的 TCP 连接请求报文，并产生一个随机发送序号 x。如果连接成功，A 将以 x 作为其发送序号的初始值：seq＝x。

2）如果这个 TCP 请求安全并正确地到达 B，B 接受 A 的连接请求，就返回一个 SYN 和 ACK 控制位均置 1 的 TCP 连接响应报文，表明该报文是一个响应 TCP 的 SYN

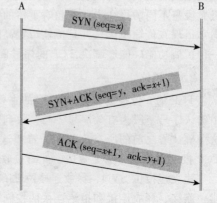

图 6-14　TCP 建立连接的三次握手过程

连接请求的回应。在这个回应 TCP 中，B 设置一个随机发送序号 seq＝y 作为它的发送序号初始值，同时用确认序号 ack＝$x+1$ 表明正确收到 A 的序号为 x 的连接请求。

3）下一步当 A 收到 B 的请求应答后，返回一个 ACK 置 1，确认序号 ack＝$y+1$ 的 TCP 报文，表明收到 B 对连接的应答，发送序号 seq＝$x+1$ 表明这个 TCP 所携带的数据从序号 $x+1$ 开始。此时，双方就可以使用协定好的参数以及各自分配的资源进行正常的数据通信了。

TCP 的三次握手实际上是一种非对称的活动，一个 TCP 连接由客户端主动提出，服务器被动响应而实现。通过握手确保双方在进行数据通信之前交换握手信息，例如双方随机产生的初始发送序号 seq。通过应答报文中确认序号对所接收报文的序号确认，双方可以确定连接成功，进入连接成立阶段。TCP 连接阶段的握手信息还包括双方所设置的接收窗口，即对方能够最多连续发送（其间不需要逐个分组确认）的字节数。

图 6-14 所描述的是一个正常的 TCP 连接过程。我们所使用的网络并不是一个十分可靠的网络，不光是数据信息，控制信息同样面临着丢失或出错的困扰。用于 TCP 连接的这三个连接报文都有可能会被网络丢失，或者超时到达，TCP 必须具备完善的连接管理机制来处理这种情况。图 6-15 描述了 TCP 建立连接过程中，对丢失报文的修正过程。

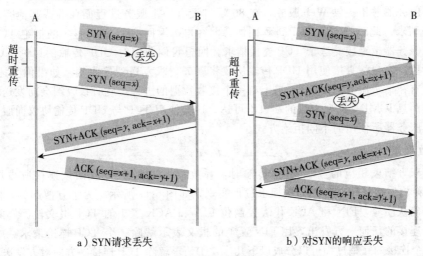

a）SYN请求丢失 b）对SYN的响应丢失

图 6-15 对于建立连接阶段报文丢失的处理

图 6-15a 的情况是客户端 A 向 B 发出的 TCP 连接请求 SYN 报文不幸被网络丢弃了。没有收到 B 发来的 ACK 响应报文，A 启动超时重传这个 SYN 报文。如果这次重传成功，后面继续正常的三次握手连接过程。图 6-15b 的情况是 A 发出的 SYN 正确到达，但 B 返回的 ACK 响应报文丢失。此时 A 未收到 B 的响应，认为 B 并没有接收到它的 SYN 请求，同样启动超时重传机制重新发送 SYN。此时会导致 B 收到两个完全相同的 SYN 报文，TCP 协议规范对于这种收到同一源相同报文的情况处理方法是让接收方再次返回对该报文的响应，同时丢弃这个重复报文。连续收到相同的报文说明发送端定时范围内没有收到对该报文的正确确认，只有让接收端再次返回一个确认才能终止发送方继续发送这个报文。

试想如果图 6-15a 和图 6-15b 所丢失的数据实际上并没有真正的丢失，过了一段时间它们又准确地被传送到目的地，而且此时这个 TCP 连接还没有被断开。TCP 将如何处理这些迟到的同时也是被遗忘的数据呢？对于图 6-15a 来说，B 收到这个迟来的 SYN 请求，并不了解它是一个在网络中游荡了很久并且没有意义的报文。B 会将其作为一个新的 TCP 连接请求，并返回一个相应的 ACK 握手报文。对 A 来说并没有这个请求连接的状态，因此会发送一个 RST 报文给 B 拒绝这个连接请求，如图 6-16a 所示。对于图 6-15b，当 A 收到很久以前的 ACK 响应报文，对照其所维护的 TCP 连接状态变量，也没有与这个 ACK 相匹配的，因此返回一个 RST 拒绝报文，如图 6-16b 所示。

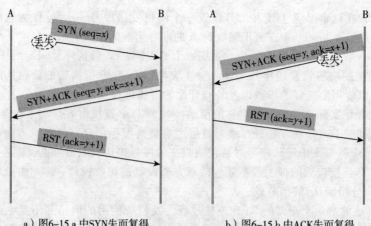

a）图6-15 a 中SYN失而复得   b）图6-15 b 中ACK失而复得

图 6-16   对于迟来的 TCP 连接报文处理

再考虑另外一种情况，如果一个 SYN 请求从客户端发送到服务器，请求一个 80 端口 Web 服务。但这台服务器并不提供 Web 服务，在 80 端口没有一个服务进程循环等待其他客户端发来的 HTTP 服务请求。此时服务器 TCP 进程同样会向客户机返回一个 RST 置 1 的拒绝 TCP 连接的报文，表示该服务器拒绝接受这个 TCP 连接请求。回想我们前面对 UDP 传输的讨论，UDP 并没有建立连接阶段，客户端直接使用 UDP 传输协议将服务请求发送到接收端。如果像上述情况一样，接收端并没有在请求服务的 UDP 端口上有一个接收数据的进程，此时接收端会向发送端发送一个因特网控制消息 ICMP，类型为目的端口不可达。这是使用 TCP 与 UDP 传输协议向服务器发送请求报文时，服务器所使用的不同拒绝方式。

2. 释放连接

当通信双方结束相应的 TCP 数据传输时，释放掉 TCP 连接并收回该连接所占用的各种资源$^\ominus$。TCP 释放连接采用对称的四次握手过程实现，如图 6-17 所示。为了方便起见，图中省去了发送序号和确认序号，FIN 和 ACK 代表控制位 FIN 和 ACK 置 1 的 TCP 报文段。解除一个 TCP 连接可以从连接的任何一方发出，用 FIN 置 1 的报文表示解除一个 TCP 连接请求。如图 6-17 所示，解除一个连接的完整过程可以分成以下几步：①请求解除 TCP 连接一方向对方发送 FIN 报文表示请求关闭 TCP 连接，当一方发送一个 FIN 报文之后便不会再向对方发送数据，但仍有可能还会接收到对方的数据，因为此时对方可能还没有关闭 TCP 连接。②接收到对方解除 TCP 连接的 FIN 请求之后，接收方返回一个对该请求的确认，以及一个由接收方发出的 FIN 报文。当双方都接收到对方的 FIN 解除连接请求以及对 FIN 报文的正确确认之后，完成第一个连接释放过程，此时双方都不会再使用该连接发送数据。③为了避免丢失数据，TCP 完成第一个释放连接过程后仍继续维持连接状态一段时间，目的是继续接收属于这个 TCP 连接的数据。这个时间选择为一个 IP 数据报在因特网上可能存活的最大生存期 TTL 的两倍(约 120 秒)。之后，双方完成第二个释放连接过程，才算真正解除一个 TCP 连接，此时双方释放掉用于该连接的所有资源。

图 6-17 描述了 3 种 TCP 释放过程。图 6-17a 是一个正常的四次握手释放过程，图6-17b 中 B 端将对 FIN 的确认 ACK 和 B 要发送的 FIN 放在同一个 TCP 报文中，这似乎是将 4 次握手的释放过程转换成了 3 次握手，但其所包含的实际意义仍然是 4 种握手信号，人们仍习惯于称其为 4 次握手信号。图 6-17c 是双方恰好在同一时刻向对方发出释放连接报文，同理，双方在收到对方的 FIN 报文后分别返回确认 ACK，其他过程与正常释放完全一致。

$\ominus$ 何时解除一个 TCP 连接由使用该连接的应用进程决定。当应用进程关闭一个 TCP 套接字时，便解除了相应的
　　TCP 连接，通过 TCP 连接释放过程释放 TCP 连接所占用的资源。

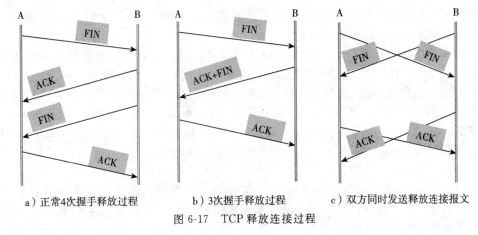

a) 正常4次握手释放过程　　　b) 3次握手释放过程　　　c) 双方同时发送释放连接报文

图 6-17　TCP 释放连接过程

TCP 释放过程同样会面临报文丢失的问题。如图 6-17a 中，假如 A 发出的第一个 FIN 不幸丢失，A 通过超时重传重新向 B 发送一个 FIN，直到接收到 B 对该 FIN 的 ACK 确认。当 A 收到 B 对 FIN 的 ACK 确认之后，便启动一个释放连接的定时器，这之后的数据丢失并不会影响 A 的操作，即便这期间 A 没有收到任何 TCP 报文，定时器超时后仍然关闭连接。对于 B 端，在收到 A 的 FIN 后就同时启动释放连接定时器，同样在定时器超时发生时，不管是否接收到来自 A 的确认报文，都会关闭连接。

还有一种释放连接的情况是通信的某一方很长一段时间并没有数据发出。比如一个 Web 客户与服务器建立连接之后，客户机系统出现故障不能运行正常关闭连接程序。如果 Web 服务器一直等待客户机首先提出释放连接，则会一直等待并浪费其内部资源。为此 TCP 为端系统提供一种特殊的定时操作，即如果在一定时间内没有收到对方的数据或应答，就会强行中断一个 TCP 连接。

6.3.3　可靠的数据传输

我们在第 2 章用了相当的篇幅讲述如何实现直接连接的节点之间可靠的数据传输。基本思想是：

- 确认机制。接收方对所接收的每个数据分组进行确认。发送方对确认错误的数据分组进行重新发送。
- 超时重传。为了解决数据丢失的问题，发送方每发送一个数据分组都启动一个超时定时器，如果在定时时间所设置的范围内还没有收到接收方对这个数据的确认信息，就认为该数据分组被网络丢失，启动重传操作重新传输该数据分组。
- 滑动窗口机制。滑动窗口机制限制发送方在未收到正确确认之前可以连续发送的分组数。目的是控制发送方发送数据的速率，防止发送方发送数据速率过快而引起接收方的接收缓冲区数据溢出。

1. 计算 TCP 的超时间隔 RTO

TCP 实现端系统之间可靠的数据传输采用基本相同的设计思想，但是端系统之间与直接连接节点之间的数据传输有一个最大的不同点，就是端系统之间数据传输是需要穿越不同的网络和链路，这就意味着两个通信端点之间的往返传输时延 RTT(Round Trip Time)(RTT 定义为发送方从发出一个数据分组到接收到对方对这个数据分组的确认所用的时间)是一个不确定的数，它会随着网络负载的变化而变化，网络负载较小时，往返时延也会比较小，反之就会变得相对比较大。超时间隔 RTO(retransmission timeout)通常基于节点之间的往返传输时延，对于往返时延相对比较稳定的单链路节点来说，RTO 只要设置成比最坏情况下的往返时延略微大一点就可以，而 TCP 端系统之间 RTT 的不确定性对设置超时重传定时器是一个很大的挑战。如果 RTO 值设置过小会使发送端还没有收到确认就启动超时重传，造成不必要的重传；而 RTO 设置过大又会导致发送端浪费大量的等待时间才开始重传被破坏或丢失的数据分组。因此，TCP 的超时重传机制中，RTO 的设定要随网络负载的变化而动态调整。

以下我们简单地描述 TCP 超时间隔 RTO 的动态计算方法，更详细的内容可以参考 RFC 1122、RFC 2988 文档。当发送端开始发送数据分组时，TCP 首先为它设置一个比较大的超时间隔，同时测算从该数据分组发出到接收到对这个数据分组的确认所用往返时延 RTT。因为 RTT 随着网络负载的变化会有一定的波动性，因此采取对所测的 RTT 取平均值的方法来估算当前比较接近的 RTT 值。以下用 RTT_{sample} 表示每次测出的 RTT，用 $RTT_{estimate}$ 表示对 RTT 取平均而估算出的 RTT，RFC 1122 中建议采用下式计算 TCP 的动态 RTT：

$$RTT_{estimate} = \alpha \times RTT_{estimate} + (1-\alpha) \times RTT_{sample} \tag{6-1}$$

式(6-1)中，RTT 的新估算值由当前的 RTT 估算值和新得到的 RTT 测量值加权组合而得。加权值 α 的选择体现出估算的 RTT 更倾向于最新实际测量的 RTT 还是平均 RTT，TCP 规范建议 α 值应该设置在 $0.8 \sim 0.9$ 之间。

仔细分析上述式(6-1)估算 RTT 的方法，会发现有两个明显的问题。第一，这个 RTT 估算方法主要根据发送端发送出一个 TCP 报文段到接收到对该报文段的确认计算当前的 RTT。然而如果某个 TCP 报文段出现传输差错或丢失，接收端便不会对该出错的报文段进行确认，而只能等接收到正确的重传数据时才会向发送端返回对该报文段的确认。此时，发送端实际测量出的 RTT 已经对估算 RTT 失去意义，为此，对式(6-1)所加的限制是只测量一次传输成功的 RTT 值，而忽略对重传数据的 RTT 测量值⊖。第二，式(6-1)中并没有考虑实际测量到的 RTT 的变化程度对 RTT 估算的影响。比如，当相近几次得到的 RTT 测量值相差较大时，说明此时网络的不稳定性也比较大，为了能够适应这种不稳定性，应该将超时定时设置得偏大一些；反之，则说明网络相对比较稳定，可以将超时定时设置得小一些。在考虑了 RTT 的波动程度对超时定时的影响之后，对式(6-1)做相应的改动，设 RTT 测量值与 RTT 估算值的动态偏差为 $RTT_{variation}$，$RTT_{variation}$ 计算如下：

$$RTT_{variation} = (1-\beta) \times RTT_{variation} + \beta \times |RTT_{sample} - RTT_{estiamte}| \tag{6-2}$$

式(6-2)得到 $RTT_{estimate}$ 和 RTT_{sample} 动态偏差的加权平均计算方法，加权系数 β 的推荐值为 0.25。最后，超时重传定时器 RTO 值的计算应该设置为 $RTT_{estimate}$ 加上一个余量，这个余量可以通过 $RTT_{variation}$ 来调节。当 $RTT_{variation}$ 较大时，网络的稳定性相对较差，超时定时也会偏离 $RTT_{estimate}$ 比较多，应该设置成相对大一些；而 $RTT_{variation}$ 较小时，网络稳定性相对较好，超时定时器应该比较接近 $RTT_{estimate}$。综合这些因素，TCP 用下列(式 6-3)计算动态超时间隔 RTO 的值：

$$RTO = RTT_{estimate} + 4 \times RTT_{variation} \tag{6-3}$$

式(6-3)中，超时间隔 RTO 在网络相对稳定时，取值接近于 $RTT_{estimate}$，而网络稳定性较差时，RTT 的波动程度 $RTT_{variation}$ 会较大程度地影响超时计算的结果。

2. TCP 确认机制

基于上述 TCP 超时间隔计算方法，TCP 通过确认重传机制实现对传输差错和数据丢失的控制和修复处理。

与我们第 2 章讲述的确认机制相比，TCP 确认机制有如下几个特点：

- TCP 通过首部确认序号实现正确确认和差错确认。假设接收端收到序号为 x 字节数为 y 的 TCP 报文段，如果校验正确，则返回一个确认号为 $x+y$ 的确认报文，表明正确接收到序号为 x 的报文，希望继续接收序号为 $x+y$ 的下一个报文段。反之，如果对序号为 x 的报文段校验出错，接收端返回报文的确认序号仍然为 x，隐含序号为 x 的报文段出了问题，发送端收到确认号为 x 的冗余确认报文可以断定发送序号为 x 的报文出现传输差错或丢

⊖ 这条限制也被称为 Karn 算法(Karn's algorithm)。
⊜ 式(6-2)对于 RTT 偏差的计算也称为 Jacobson 算法(Jacobson's algorithm)。

失，因此重新发送该报文。上述过程如图 6-18a 和图 6-18b 所示。

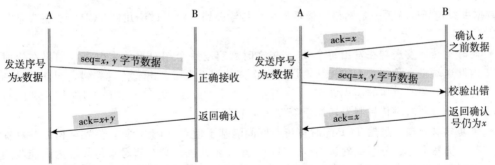

a）正确接收序号为x的报文，返回确认序号为x+y　　　b）序号为x报文段出错，返回确认序号仍为x

图 6-18　TCP 对正确接收确认和传输差错确认

- TCP 采用延时确认来提高传输效率。延时确认意味着接收端并不立即对每个正确接收的 TCP 报文段产生确认报文，规定最长能够延时 500ms 之后返回确认报文。这个延时时间段内，如果接收端应用层正好产生响应数据，便可以将响应数据与对所接收数据的确认封装成一个 TCP 报文返回给发送端。即便接收端应用层没有响应数据产生，在此延时阶段，接收端也可能会陆续接收到多个 TCP 报文段，采用累计确认可以通过一个确认报文确认多个正确接收的 TCP 报文段，从而减少发送确认报文的个数。如图 6-19 所示，发送端连续发送了序号为 1000、2000 和 3000 字节数均为 1000 的 TCP 报文，接收端正确收到前两个报文段，延时确认，并在正确收到第三个报文后返回一个确认号为 4000 的确认报文，意味着接收端正确接收到这三个 TCP 报文段，希望发送端继续发送序号为 4000 的新报文段。RFC 1122 中建议，TCP 接收端应该每隔一个满尺寸的 TCP 报文段生成一个累计确认，并且同时满足最长确认延时不超过 500ms 的限制。

- 有些情况发生时 TCP 必须立即返回确认。TCP 规范要求接收端在以下几种情况下不再延时确认，要立即返回发送端一个确认，目的是为了让发送端及早了解接收端对数据的接收情况，并采取相应的处理措施。第一种情况，收到一个未按正常顺序到达的报文段（序号混乱），说明它前面的报文段有可能丢失，此时接收端立即返回一个确认，确认号为所缺少报文段的序号，并且要求在没有

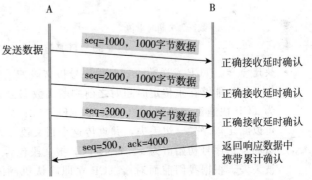

图 6-19　TCP 采用延时确认累计确认多个正确接收的
TCP 报文段，并且这个确认与序号为 500 的
数据段封装在同一个 TCP 报文段中由接收端发出

收到这个缺少的报文段之前，TCP 接收端每收到一个较大序号的报文段都立即返回一个对缺少报文的确认，这种设计能够让发送方在接收到对某个报文的多次重复确认之后断定相应的报文丢失，并启动重传操作。第二种情况，收到重复的报文，立即返回对该重复报文的确认。另一种情况是当接收到某个缺少的报文时，立即返回确认，此时的确认号可以是正确接收报文中序号最大的。接下来我们进一步讨论 TCP 这种立即确认机制的功效。

3. TCP 超时重传和快速重传机制

数据丢失包括确认丢失是网络中最常发生的传输差错。以下讨论几种 TCP 对于丢失数据的处理方法。

- 超时重传。发送端在发出每个 TCP 报文时就启动一个超时重传定时器，如果在定时时间内发送端没有收到对方的确认，认为发送的数据丢失或者出现传输差错，因此启动超时重传操作。超时重传的实现如图 6-20 所示，图 6-20a 中，发送端发送的序号为 92 的报文丢失，通过超时重传机制发送端重新发送这个报文。

- 重复接收处理。虽然 TCP 超时重传时间间隔基于动态 RTT 计算，但实际网络波动性较强时，仍然会造成分组或确认的传输延时突增，致使发送端在超时重传间隔内未能收到对发送报文的正确确认而启动超时重传，结果是接收端收到相同序号的重复数据。接收端对重复收到的报文直接丢弃，同时会立即向发送端返回一个对该分组的正确确认，目的是让发送端了解接收端已正确收到这个分组。如图 6-20b 所示，接收端正确收到序号为 92 的报文段，但对该报文的确认报文丢失，发送端在超时定时内没有收到确认便启动重传操作，致使接收端收到两个相同的序号为 92 的报文。接收端丢弃这个重复收到的数据报文，再重新返回一个确认号为 100 的确认报文，通知发送端已经正确接收到序号为 92 的报文段。

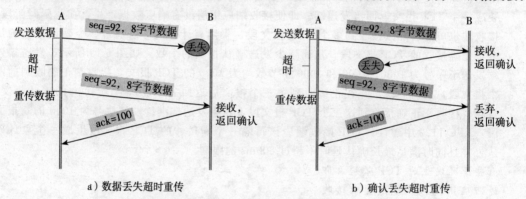

a）数据丢失超时重传   b）确认丢失超时重传

图 6-20   TCP 超时重传控制机制

- 快速重传。TCP 发送端收到对某序号报文段的重复确认时，说明相应序号的报文段可能丢失，如果能够在重传定时超时之前判断出数据丢失，便可以较早地启动重传操作，因此称为 TCP **快速重传机制**。TCP 规范（RFC 2581）定义发送端收到对某序号 3 个重复确认时，可以断定该序号分组丢失，并重传这个报文段⊖。我们通过图 6-21 描述这个过程，假设发送端发送序号初始值为 x，每个 TCP 报文段包含 512 字节，并假设序号为 $x+1024$ 的分组被丢失。根据我们前面对于 TCP 立即确认机制的讨论，当序号为 $x+1024$ 的报文丢失，接收端在正确接收到该报文后面序号为 $x+1536$、$x+2048$ 的报文时，都会立即返回确认号为 $x+1024$ 的确认报文，TCP 发送端收到 3 个对 $x+1024$ 的重复确认后，启动重发操作重新发送这个被丢失的报文段。接收到这个报文段之后，接收端对目前为止正确接收的次序正确且序号最高报文段 $x+2560$ 进行确认，确认号为 $x+3072$，收到这个确认后，发送端继续发送序号为 $x+3072$ 的报文。

TCP 快速重传通过收到 3 个对某报文段的冗余确认而判定相应的 TCP 报文丢失，因此启动重传操作。RFC 3042 中提到，在对于一个 Web 服务器所有重传报文的追踪测量中，56％重传操作

⊖ 因为某个分组延时到达同样会导致接收端接收的分组次序混乱，致使接收端对缺少的分组产生重复确认，因此 TCP 规范要求发送端在收到对某个报文段 3 个重复确认之后才启动重传操作，认为少于 3 个的重复确认则可能由于传输延时而引起。

由重传定时器超时启动，而 44% 的重传操作在重传定时超时之前由 TCP 快速重传机制启动。

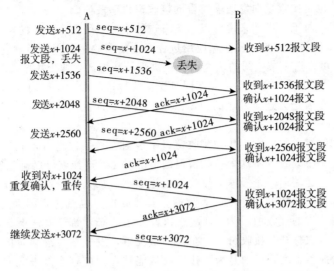

图 6-21   收到确认号为 $x+1024$ 的冗余确认，重传这个 TCP 报文段

6.3.4   TCP 的滑动窗口控制机制

TCP 通信双方在建立连接阶段都分配一个发送缓冲区和接收缓冲区。发送缓冲区用于存放从发送端应用进程传递下来的应用数据，TCP 发送进程负责将这些数据进行封装，并依次发送。接收缓冲区则存放由 TCP 接收进程从网络中接收到的数据，等待应用进程提取。由于通信双方处理数据的速度不同，发送缓冲和接收缓冲空间的分配不同，就需要一种控制机制能够限制发送数据的速度，以免造成接收方的接收缓冲数据溢出。

TCP 的滑动窗口控制机制与 2.4.3 节中介绍的数据链路滑动窗口控制机制略有不同。TCP 报文首部设置一个接收窗口字段，它与 TCP 两个端系统的发送缓冲区和接收缓冲区共同实现流量控制。

图 6-22 为两个端系统的发送缓冲区和接收缓冲区的示意图，为了更方便理解，我们也将应用进程对缓冲区数据的读取操作考虑在内。

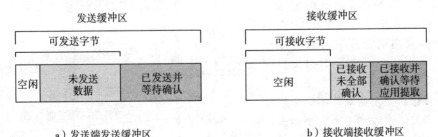

a）发送端发送缓冲区   b）接收端接收缓冲区

图 6-22   发送缓冲区和接收缓冲区

发送缓冲区空间占用的情况分为三类：①存放已经发送并等待确认的数据，这些数据暂时还不能从发送缓冲区中删除，因为如果收到对某个数据段的错误确认时，超时重传操作还需要从这个缓存中取出数据重新发送；②来自应用进程未发送的数据，等待发送进程的发送处理；③空闲空间，可能是因为应用进程数据产生较慢而留出发送缓冲的空闲。我们同样将接收缓冲区也分成三类：①已正确接收并等待应用进程提取的数据，在应用进程取出这些数据之前仍然占用接收缓冲；②已经接收但不完全正确，这种情况可以理解成所接收的数据中某一部分因为差错或丢失正

等待对方重传，因此这部分数据并不能提交应用进程；③空闲空间，这是接收端目前还可以继续使用接收数据空间，也是接收端向发送端通告的接收窗口字段值。

针对上面的分析，对于发送端来说可以连续发送的字节数受两个因素的限制：

- 应用进程产生数据的速度。发送端应用进程产生数据的速度直接影响它的发送速度，如图 6-22a 所示，可发送字节空间的填充由应用进程的数据产生速度决定。
- 接收端所要求的发送速度。发送速度同时受接收方接收缓冲区当前空闲空间影响。如图 6-22b 所示，如果发送方连续发送的数据量超出接收缓冲区的空闲空间，势必造成接收缓冲区数据溢出。

接收端将其空闲缓存空间的大小作为接收窗口字段值发送给发送方，发送方在其未发送存储数据空间内可以选择小于或者等于这个接收窗口的字节发送，这样就可以避免接收端的数据溢出。如果碰巧一个快速的发送端向一个慢速的接收端发送数据，那么接收端在最开始所设置的接收窗口可能比较大，随着接收端的处理速度越来越慢，其接收窗口也就变得越来越小，直到为 0。此时，接收端向发送端通告的接收窗口为 0。这意味着发送端必须暂停发送操作，直到接收端有一部分接收空间之后，再次打开其接收窗口。在这种情况下，发送端会继续向接收端不断地发送一个字节的数据，称为探测报文，目的是为了让接收端能够在回应这个短报文的同时，将其重新开启接收窗口的信息发送给发送端。这样做的原因是 TCP 并没有单独设立控制报文，所有的控制信息都随同 TCP 数据一起发送，如果发送端不发送任何信息，接收端就没有机会将其重新打开的窗口信息发送给发送端。探测报文的数据非常可能被接收端丢弃，这可以通过以后的确认重传过程来修复。图 6-23 描述了上述滑动窗口的工作过程。

以上我们讨论了滑动窗口控制机制对 TCP 发送端发送数据速率的限定，省略了具体的操作过程描述，因那部分内容与 2.4.3 节中讨论的窗口控制实现过程类似。TCP 的这种窗口控制机制在实际的实现过程中还存在一个问题。假如某个时刻 TCP 接收端的应用进程处理速度较慢，接收端关闭接收窗口使发送端暂停发送数据，如图 6-24a 所示。下一时刻接收端应用进程从接收缓冲区中提取了很小一部分数据，因此会释放一小部分的接收缓冲空间，使得接收端能够像发送端开放这一小部分的接收窗口，如图 6-24b 所示。对于这种情况，发送端可以有两种做法，一种做法是完全依赖于窗口的控制，在收到接收端重新开启的窗口之后，就以窗口的大小封装 TCP 报文段并发送，即便这个窗口只有一个字节的大小。另一种做法是发送端并不完全依赖于窗口，当发送端收到一个较小的窗口时，暂时不发送数据，而是等待一段时间使对方再传来一个较大的窗口，即

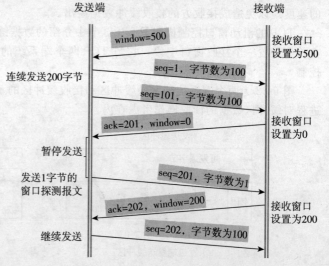

图 6-23　TCP 通过滑动窗口机制控制发送流量

接收端应用进程又提取了一些接收数据并空出较大的可接收数据空间时，再封装包含较多数据量的 TCP 报文段进行发送。前一种做法会在网络中产生大量的短报文段，因为每个 TCP 报文段包含至少 20 字节的 IP 首部和 20 字节 TCP 首部信息，因此短报文会使网络传输效率大大降低，这种完全依据窗口大小控制数据发送的问题也被称为**傻瓜窗口症状**（silly window syndrome）。对于后一种策略，关键问题是如何能够设计一个有效的控制机制，使发送端能够决定何时发送数据，目标是既能够控制发送端发送短报文段，又能够不影响某些需要传送这种短报文段的网络应用。

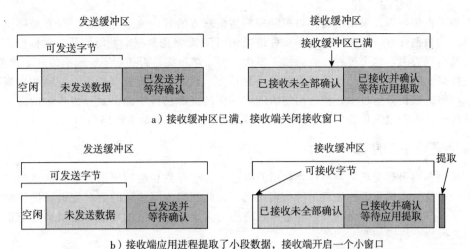

a）接收缓冲区已满，接收端关闭接收窗口

b）接收端应用进程提取了小段数据，接收端开启一个小窗口

图 6-24　接收端每次只向发送端开一个小窗口引致傻瓜窗口问题

对于 TCP 傻瓜窗口症状有两种基本的解决策略，一种是从接收端考虑，即对于非交互式的普通应用，接收端缓冲区释放出小部分空间时，暂时先不通告这个较小的窗口，而是等接收缓冲空间积累到足够大时，再将一个较大的窗口值发送给发送方。这里提到的足够大通常以一个 TCP 报文的**最大报文长度**（Maximum Segment Size，MSS）为标准，即一个 TCP 报文保持在底层传输过程中不需要被分片的最大长度。另一种策略则通过发送端本身控制数据发送，即发送方在接收到一个较小的窗口时，并不一定马上按照这个窗口的大小封装 TCP 数据，而是根据不同的情况来决定其发送操作。Nagle 算法（RFC 1122）是 TCP 发送端处理傻瓜窗口症状使用的较为典型的策略，主要方法是：

- 如果发送方得到的窗口大小以及发送缓冲区中等待发送的数据量都比一个 TCP 的 MSS 要大，则不存在短报文段问题，可以直接发送。
- 如果发送端收到的窗口比一个 MSS 小，并且发送缓冲区中仍然存有一些已发送但未被确认的数据，说明接收端会继续向发送端发送确认，并且在这些最新发送过来的确认中可能会增大窗口。此时，发送端暂时不发送数据，而是等待接收端更新一个较大的窗口时才发送。
- 如果发送端接收到的窗口比一个 MSS 小，但发送缓冲区中并没有已发送但未被确认的数据，此时接收端不会再继续传送一个包含新的窗口更新的确认，因此发送端不再等待更大的窗口更新，而将依据窗口大小封装 TCP 报文段并发送。

上述策略对 TCP 窗口控制机制提供了有效的补充方案，并且在实际应用中应用进程还可以灵活地通过套接字提供的参数选项来选择是否采用这种策略。

TCP 滑动窗口控制机制使得 TCP 发送端能够依据接收端对数据的接收能力动态调整发送数据的速率，有效地实现了 TCP 发送端的流量控制。事实上 TCP 的发送端的流量同时还受另一个因素的影响，即网络的拥塞程度。如果网络超负荷而出现较严重的拥塞，将会造成网络中传输的分组丢失率提高，因此明智的选择是让 TCP 发送端暂时减缓发送数据速率，以免网络拥塞现象进一步恶化，最终导致整个网络不能正常工作。下一节将介绍 TCP 连接同时还维护了另一个窗口控制机制，即拥塞窗口控制机制。拥塞窗口通过对网络拥塞的监测来调整和限定 TCP 发送端的发送流量。针对于拥塞窗口，本节所提到的滑动窗口也称为接收窗口控制机制，接收窗口是针对接收端的处理能力来控制数据发送流量。

6.4　TCP 的拥塞控制原理

6.3 节详细讨论了 TCP 传输控制协议的实现方法。通过对所有接收数据的正确确认、对丢失数据进行超时重传，以及采用滑动窗口机制控制通信双方的数据流量等措施，TCP 最终实现端系统之间可靠的数据传输。现在试想这样一种情况，当 TCP 发送数据端发出的某个数据段丢失，超时重传后又出现丢失，这个过程一直持续了多次。那么端系统是否还要不断地重传这个数据段呢？连续丢失数据实际上是网络传递给端系统的一种信号，就是网络出现了拥塞，更确切地说，就是此时进入网络的数据分组过多，使得网络所能够提供的资源已经不能满足分组传输的需求。如果此时端系统还是不停地重传丢失或延时到达的数据分组，则只会加重网络的拥塞。

6.4.1 拥塞产生的原因

正如车辆多会引起交通堵塞一样，数据分组过多也会导致传输网络的拥塞。网络的基本使命是将数据分组从一个端系统传递到另一个端系统，为此网络为所传输的数据分组提供传输链路和转发设备等共享资源。当网络的资源容量和处理能力大于网络负载的需求时，网络处于正常运转状态，反之网络会出现拥塞。

对于网络拥塞所产生的后果可以归纳为以下几点。

- 数据丢失。当路由器端口的缓冲队列充满时，会造成数据溢出。更糟糕的是，被丢弃的数据分组还会引发 TCP 端系统的超时重传，如果拥塞现象并没有得到缓解，超时重传的数据分组将再次被丢弃，同时又进一步加重了网络的拥塞程度。
- 时延增加。路由器端口缓冲区中即使没有被丢弃而侥幸进入队列的分组，也会因排队等待输出链路的分组过多而增加等待时延，从而使端系统之间的数据传输时延加大，最终影响到应用进程的请求和响应速度。
- 资源浪费。网络拥塞造成网络资源的浪费可以从两个方面理解。一方面，被丢弃的数据分组将引发端系统对某个数据分组频繁地多次重传，对网络资源和端系统资源都是很大的浪费；另一方面，有时拥塞可能只发生在从源到目的路径中的某一个路由器上。数据分组能够顺利并正常地通过其他路由器，却在某一个路由器上遭遇长时间排队等待甚至被丢弃。此时由于个别路由器端口链路的拥塞而使得其他能够正常转发数据分组的路由器资源也因此被浪费。
- 网络应用性能下降。网络拥塞将直接影响通过网络传输实现的各种网络应用，较轻微的影响是增加网络应用的响应时延，而严重的则会终止网络应用正常运行。

显然，有效地控制网络拥塞是各种网络应用能够正常运行的基本保障。网络拥塞的根本原因是端系统向网络发送的数据量超出了网络能够承载的容量和处理能力。因此，仅对网络硬件设施进行改善，包括提高链路带宽和路由器处理能力，只能缓解局部的拥塞问题，并不能从根本上解决和控制网络拥塞。

不同的网络服务模型采用不同的策略控制网络拥塞，大致分为基于网络实现的拥塞控制和基于端系统实现的拥塞控制：

- 面向连接的虚电路服务模式采用基于网络实现的拥塞控制。虚电路网络通过建立虚电路连接，为用户数据传输预定传输过程中所需要的网络资源，因此网络对所拥有的资源能够做到统一的管理和控制。网络拥塞控制主要由网络管理中心和网络交换设备路由器或交换机实现。如果网络出现拥塞，交换设备将根据不同的策略首先选择丢弃较低优先级的数据分组，而保证传输较高优先级的分组。对于某些网络，在检测出即将产生网络拥塞的同时，交换机还会将相应的拥塞标记设置在转发的数据分组中，使得端系统接收到这个分组时，能够及时地了解网络的拥塞状况，并相应地减慢发送数据速率。
- 无连接的因特网数据报模式采用端系统实现的拥塞控制。因特网是基于尽力而为的数据报传输方式，网络并不存在控制数据传输服务的中央集成控制机制，因此很难根据网络资源的使用情况限制用户的数据传输量。因特网的拥塞控制主要依靠端系统自身的管理控制机制实现，端系统通过丢包现象和往返时延的增加来判断网络出现某种程度的拥塞，并调节其发送数据的速度。

综上所述，无论是采用哪一种网络拥塞控制机制，最有效的办法都是在发生拥塞或即将发送拥塞时，能够使端系统减慢或停止向网络中发送数据，并且在网络恢复正常后，也恢复正常的速度向网络发送数据。

6.4.2 TCP 拥塞控制

TCP 拥塞控制的基本策略是发送端通过跟踪传输数据的丢失现象和往返时延的变化确定网络的传输能力，并以此来调整发送数据率。6.3.4 节介绍了 TCP 流量控制机制，TCP 发送数据率受接收端设置的接收窗口的限制。TCP 拥塞控制机制使得 TCP 发送端发送数据率又多了一个限制：TCP 发送数据率不能超过 TCP 拥塞窗口的大小。拥塞窗口是每个 TCP 端系统在建立连接时建立的拥塞控制变量，同样定义为发送端可以连续发送的字节数。拥塞窗口存放在 TCP 端系统上，随网络传输能力变化而变化，当网络负载较小时，拥塞窗口可以设置得比较大，反之就要调整成相对较小的字节数。

TCP 发送数据率同时受接收窗口和拥塞窗口的限制，如果这两个窗口不一致时，TCP 选择其中较小的一个窗口作为其发送数据率。以下我们讨论几种 TCP 拥塞窗口的控制方法，详细内容可以参阅 RFC 2851。

1. 慢启动和拥塞避免

慢启动和**拥塞避免**是 TCP 拥塞控制所采用的两种控制手段。

慢启动拥塞控制是指 TCP 发送端先以一个较低的数据率发送数据，在超时定时之内检测到对所发送数据的正确确认之后，再增加发送数据的速率，这里发送数据率可以理解为在收到确认之前发送端能够连续发送的字节数。

TCP 慢启动拥塞控制如图 6-25a 所示，通信双方建立一个 TCP 连接之后，发送端首先采用一个最保守的拥塞窗口开始发送数据，大小为 1 个 TCP 最长报文长度 MSS。TCP 发送端以这个拥塞窗口限定的数据率发送数据，最开始只发送 1 个 TCP 报文段，如果在重传定时超时之前收到对该数据段的正确确认，则成倍增加这个拥塞窗口使其变为 2 个 MSS 的长度；连续发送的两个 TCP 数据段仍然没有发生丢失，则拥塞窗口成倍增加变为 4 个 MSS[⊖]……当然这个过程不可能一直持续下去，当拥塞窗口呈指数增加到一定程度时，势必会引起因数据丢失或时延增加而产生的超时重传。比如网络对某个 TCP 连接的端系统所能够提供的最大数据传输率是在一个往返时延内连续传输 20 个 TCP 数据段，那么当拥塞窗口增加到 16 个报文段时还不会出现数据丢失，但发送端在将拥塞窗口成倍增至 32 个报文段时，发送端便会检测到数据分组的丢失。此时意味着慢启动拥塞控制阶段结束。

TCP 拥塞控制的另一个阶段称为拥塞避免阶段，如图 6-25b 所示。拥塞避免阶段不同于 TCP 的慢启动中发送数据速率成倍增长，而是采用每次增加 1 个 MSS 的递增方式。如图 6-25b 中，最开始拥塞窗口为 4 个 MSS，发送端以这个窗口速率发送数据，如果此时没有发生数据丢失，则将拥塞窗口增加 1 个 MSS 至 5 个 MSS 大小，并继续以新的数据率发送数据。拥塞避免阶段每次将拥塞窗口增加 1 个 MSS[⊖]，发送过程一直持续，直到发送端检测到数据丢失。

以上我们阐述了 TCP 拥塞控制使用的两种基本控制方法，实际中的 TCP 拥塞控制机制是结合这两种对 TCP 发送速率的控制而实现的。慢启动控制方式通常用于 TCP 连接刚刚建立并开始进行数据传输时，由于发送端并不了解网络对数据的传输能力，采用以较小的拥塞控制窗口为开始传输数据的速率，呈指数增长使得 TCP 发送端较快地从慢启动阶段调整到更接近网络所能够为

⊖ 实际的慢启动阶段，拥塞窗口并不是要在收到对整个窗口数据的所有确认后才成倍增加，而是每收到一个确认，拥塞窗口就增加 1 个 MSS 字节的发送量。

⊖ 同理，拥塞避免阶段，拥塞窗口的实际增加规律是，源端按拥塞窗口的大小发送数据，每收到一个确认，拥塞窗口就增加 MSS/cwnd 字节的发送量，cwnd 为拥塞窗口的值。

端系统提供的传输能力的状态。拥塞避免控制方式主要用于 TCP 发送端所发送的数据率已经趋于网络所能够提供的数据率，因此采用每次递增 1 个 MSS 的方法。

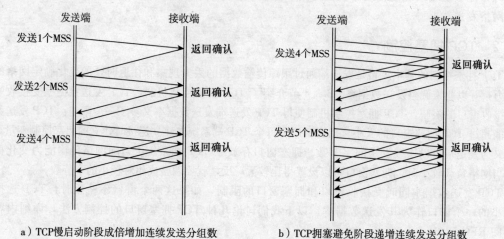

a）TCP慢启动阶段成倍增加连续发送分组数 　　 b）TCP拥塞避免阶段递增连续发送分组数

图 6-25　TCP 慢启动和拥塞避免控制机制

2. TCP 拥塞控制

TCP 拥塞控制通过数据丢失调整拥塞窗口。针对这一特点，TCP 的拥塞控制在慢启动和拥塞避免的基础上也加以调整，实现更准确、更快速地适应网络变化的拥塞控制方法。

首先我们分析 TCP 检测数据丢失所使用的方法。TCP 发送端可以通过两种方式检测到发送的数据在网络中丢失，一种是通过超时定时器，在超时定时内未收到对发送数据的正确确认，则判定所发的数据丢失，如图 6-26a 所示。另一种方式如图 6-26b 所示，当发送端连续收到多个对其发出的某个数据分组的重复确认时，同样可以判定该分组在传输过程中出了问题。我们曾经讨论过当 TCP 接收端检测出有差错的分组或缺少的分组时，会向发送端重复确认这个出问题的分组，以通知发送方重传该分组。目前网络中大部分的传输差错主要由数据分组丢失而引起。因此，对于图 6-26b 中的情况，发送方重复收到确认号为 100 的确认则可以判定发送序号为 100 的分组丢失。

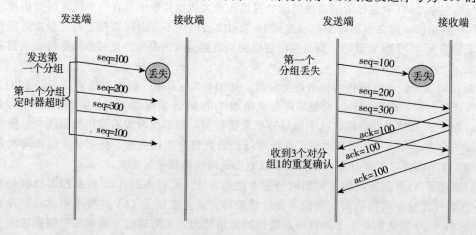

a）通过超时定时器检测到分组丢失　　　 b）通过收到对同一分组的重复确认检测到分组丢失

图 6-26　不同的分组丢失意味着不同的网络拥塞状态

图 6-26 中所示的两种分组丢失情况对端系统所提供的是不同的网络拥塞状况。通过超时检测到分组丢失，说明发送端既收不到接收端对该分组的正确确认，也收不到对该分组的错误确认（重

复确认），通常意味着网络发生了某种程度的拥塞，端系统发出的大部分分组都不能正常地传输到接收方。为了能够尽快地使网络从这种拥塞状况中恢复，TCP 发送端采用的控制方式是迅速减小

拥塞控制窗口至最小值，1 个 MSS，然后进入慢启动阶段，再从慢启动阶段转入拥塞避免阶段，如图 6-27 所示。TCP 发送端开始以 1 个 MSS 开始慢启动阶段，在没有检测到分组丢失的情况下，当拥塞控制窗口达到某个阈值时，TCP 发送端进入拥塞避免阶段。这个阈值也称为**慢启动阈值**（Slow Start Threshold, SST），TCP 规范建议 SST 最初可以选得比较大，如 64KB，每当发生分组丢失时，SST 更新为当前拥塞窗口值的 1/2。假如图 6-27 中数据丢失时（超时启动时）的拥塞窗口值为 24 个 MSS，意味着下一次的慢启动阈值为 12 个 MSS。在拥塞避免阶段，TCP 发送端每次接收到正确确认后递增拥塞窗口，直到发送端再次检测到超时。

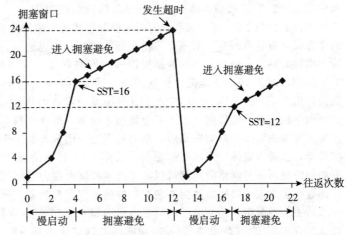

图 6-27　TCP 对于超时检测到的分组丢失采用的拥塞控制

对于重复确认检测到的分组丢失，TCP 对上述控制方法进行相应的调整，采用一种称为快速重传和快速恢复的拥塞控制方法，如图 6-28 所示。根据我们前面 6.3.3 节的讨论，接收端收到丢失数据段之后的所有数据段都将触发其对丢失数据段的重复确认，发送端能够收到多个冗余确认说明接收端在短缺某个数据段之后仍陆续收到后来发送的数据段。因此，网络的状况可能是有轻微的拥塞迹象，部分分组正在被网络丢弃，但网络仍然能够维持一定程度的分组传输。此时，并不需要让 TCP 的发送端将拥塞控制窗口减小到最小值，TCP 采用的办法是将拥塞控制窗口减小到某个大于 1 个 MSS 的值，然后直接进入拥塞避免阶段。如图 6-28 所示，TCP 发送端从慢启动阶段进入拥塞避免阶段，在拥塞窗口达到 24 个 MSS 时检测到对第某个分组的 3 个重复确认，TCP

将慢启动阈值和拥塞窗口均减少到发生数据丢失时拥塞窗口的一半，即 12 个 MSS，继续采用拥塞避免方式控制拥塞窗口，直到检测到下一个分组丢失。

完整的 TCP 快速重发和快速恢复拥塞算法是对上述控制过程稍加修改而成的。在检测到对某个分组的 3 个重复确认时，考虑到能够收到重复确认说明接收端自丢失的数据分组后又已经陆续收到了若干个分组，TCP 因此判定网络还能容纳更多的数据段，于是每再收到一个重复确认，拥塞窗口增加 1 个 MSS 值的大小，直到

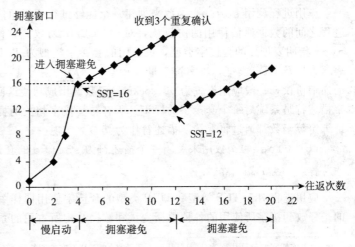

图 6-28　TCP 快速重传与快速恢复

收到一个对新数据段的确认，TCP 再将拥塞窗口设置回到慢启动阈值，进入拥塞避免控制。

综上所述，TCP 的拥塞窗口控制在连接刚刚建立时，采用慢启动呈指数增长拥塞窗口的大小。当出现数据丢失时，如果是通过超时检测到数据丢失，则采用图 6-27 中的慢启动和拥塞避免

控制机制控制拥塞窗口的大小[⊖]；如果是通过接收到对同一数据分组的重复确认检测到数据丢失，则采用图 6-28 中快速重传和快速恢复策略控制拥塞窗口[⊖]。实践证明这种拥塞控制机制能够较好地使端系统的发送数据率动态适应网络传输能力的变化。

然而，仅仅依靠 TCP 端系统的拥塞控制很难为网络用户提供良好的服务质量保证，我们可以从两个方面来看这个问题。第一，TCP 拥塞控制的核心思想是，在网络承载的数据量过高时，发送端减少单位时间内向网络发送的数据量以缓解网络拥塞。这种基于端系统控制拥塞的思想对于 UDP 并不适用，因为 UDP 不能提供拥塞控制。试想如果某一时刻网络出现拥塞，并且此时恰好绝大多数的网络应用使用 UDP 传输协议。UDP 端系统没有网络拥塞的意识，不停地向网络中发送数据。此时网络拥塞不可能得到缓解，丢包将越来越多，也许直到用户无法忍受端系统的应用进程的响应速度或传输质量才中断数据通信。早期的网络应用多数采用 TCP 传输控制协议，如文件传输、电子邮件等，随着多媒体应用越来越流行，采用 UDP 传输协议的网络应用也变得越来越普遍。因此研究如何使任何一种网络应用都可以实现拥塞控制也成为当前的热门课题。第二，TCP 拥塞控制通过检测数据丢失来了解网络的拥塞状况，检测到拥塞与拥塞实际发生存在一定的延时。并且为了让对方重传丢失的分组，还要继续向网络中发送额外的数据包（重复确认）而加重拥塞程度[⊖]。

增强中间节点（路由器）的控制功能越来越被认为是一种有效的拥塞控制手段。例如，通过路由器将某种拥塞标志设置在转发的分组中，使得目的端能够及早了解到拥塞可能即将发生，并通知发送端降低发送数据率，这个过程需要一个 RTT，比 TCP 重复确认检测方法更为有效。此外，针对中间节点的主动队列管理算法的研究也成为拥塞控制研究的热点。

6.5 套接字编程介绍

套接字（socket）是操作系统为应用进程之间进行数据信息交换提供的接口。

面向连接的传输控制协议 TCP 和无连接的用户数据报协议 UDP 为网络应用提供完全不同的数据传输服务。作为应用进程和传输层之间的接口，TCP 类型的套接字和 UDP 类型的套接字也有不同的调用过程。以下我们介绍一些基于 Linux 环境中的常用套接字函数。

1. 创建及关闭一个套接字

```
int socket(int family,int type,int protocol);
```

应用进程调用 socket 函数来创建一个能够进行网络通信的套接字。参数 family 指定应用进程之间的数据通信使用的协议族，对于 TCP/IP 协议族，使用字符常量 AF_INET 表示。参数 type 指明要创建的套接字类型，最常用的套接字类型为 TCP 类型，以字符常量 SOCK_STREAM 表示；以及 UDP 类型，以字符常量 SOCK_DGRAM 表示。参数 protocol 则指明应用进程所使用的通信协议，一般应用设置为 0。socket() 函数调用成功便返回一个短整型的套接字描述符，套接字描述符是系统对每个套接字的标识，所有与套接字相关的操作，如读或写套接字、套接字的地址绑定等函数都通过将套接字描述符作为其参数实现。

以下 close() 函数用来关闭一个描述符为 socksd 的套接字。

```
int close(int socksd);
```

应用进程对于 TCP 类型和 UDP 类型的套接字使用同样关闭函数关闭。套接字关闭函数的目的是释放套接字所使用的各种数据变量和数据结构所占用的系统资源，结束进程之间的数据发送

⊖　该拥塞控制算法称为 TCP Tahoe，是最早的 TCP 拥塞控制算法。

⊖　这种算法称为 TCP Reno，它在 Tahoe 中加入快速恢复机制，改善了网络的吞吐量，是目前最广为使用的 TCP 拥塞控制算法。

⊖　TCP Vegas 是一种新的拥塞控制算法，使用分组的往返时延为拥塞度量，决定是否增加或减少拥塞窗口的值。Vegas 在减少丢包率和增加吞吐量等方面都比 TCP Reno 有所提高，然而在与 TCP Reno 共存时，Vegas 远远竞争不过 Reno。如果所有的 TCP 都采用 Vegas 拥塞控制方式的话，之间的公平性会更好。

和接收操作。套接字关闭函数 close() 执行成功时返回整数 0，否则说明关闭过程出现错误。

2. 套接字绑定函数 bind( )

```
int bind(int socksd,const struct sockaddr * addr, int sizeofaddr);
```

套接字绑定函数 bind() 一般用于服务器进程，当服务进程成功地创建了一个套接字之后，通过调用 bind() 函数为所创建的套接字绑定相应的 IP 地址和一个特定的端口号。成功之后，系统将该套接字的描述符与所绑定的地址结构相关联，这个地址结构包含一个指定的或非指定的 IP 地址，以及一个特定的端口号。当 IP 地址用符号常量 INADDR_ANY 表示时，说明这个套接字可以接收从其他任何端系统发来的服务请求。bind() 函数中第一个参数指明待绑定的套接字描述符，第二个参数指明一个地址结构 sockaddr，下一个参数为该地址结构的长度。sockaddr 的地址结构描述如下：

```
struct sockaddr {
    u_char sa_len;              /* 地址长度* /
    u_char sa_family;           /* 定义该地址的协议族* /
    char sa_data[14];           /* 地址字串* /
};
```

其中，sa_len 表示地址长度，sa_family 表示地址所属的协议族，用字符常量 AF_INET 表示地址为 TCP/IP 协议所定义的 IP 地址。sa_data 是对具体地址的描述。因特网协议对 sa_data 地址格式的定义为 sockaddr_in，结构如下所示：

```
struct sockaddr_in {
u_char sin_len;                 /* 地址总长* /
u_char sin_family;              /* 定义该地址的协议族* /
u_short sin_port;               /* 使用的协议端口号* /
struct in_addr sin_addr;        /* 主机地址* /
char sin_zero[8];               /* 因特网协议未使用这个变量，置 0* /
};
```

其中 sin_len 和 sin_family 与 sockaddr 结构中的意义相同；sin_port 指明该套接字所对应的传输层端口号，服务进程将在这个端口上接收其他进程发送的请求消息；in_addr 结构体中只有一个整型变量 s_addr，表示一个 IP 地址。套接字提供了一些地址转换函数，例如，函数 inet_aton() 用来将以字串表示的地址(如 133.197.22.4)转换成能够在计算机中使用的整数值；类似地，函数 htons() 将端口号从十进制数转换成计算机中使用的整型数；gethostbyname() 可以将一个域名表示的主机如 pku. edu. cn 转换成 IP 地址。对于不需要确定的 IP 地址，采用字符常量 INADDR_ANY 表示。以下列出了一个 bind() 函数将某个套接字与相应的地址结构绑定的过程：

```
struct sockaddr_in saddr;                              /* 定义服务进程使用的源地址结构 saddr* /
bzero(&saddr, sizeof(saddr));                          /* 首先将地址结构清 0* /
saddr.sin_family = AF_INET;                            /* 定义地址结构的协议族* /
saddr.sin_port = htons(8000);                          /* 设定一个端口号，并转换成十六进制整数* /
saddr.sin_addr.s_addr = INADDR_ANY;                    /* 设定任意地址* /
bind(Listensocket, (struct sockaddr * )&saddr, sizeof(saddr));
/* 将描述符为 Listensocket 的套接字与所定义的地址结构绑定* /
```

bind() 函数调用成功返回整数 0，否则视为调用出错。

3. 套接字监听函数 listen( )

```
int listen(int socksd,int requestnumber);
```

监听函数 listen() 被 TCP 服务器进程调用，当通过绑定函数 bind() 完成了对套接字的地址结构绑定之后，服务进程调用 listen() 函数在指定的端口上等待接收客户进程的 TCP 连接请求。第一个参数 socksd 是服务进程经过地址绑定用于监听的套接字，第二个参数 requestnumber 指明处于请求监听状态的套接字 socksd 能够最多处理的连接请求数。listen()函数执行成功时返回整数 0，否则说明处理失败。

4. 连接请求函数 connect( )

```
int connect(int socksd,const struct sockaddr * addr,int addrlen);
```

连接请求函数 connect()由 TCP 客户进程调用，目的是与服务器进程中正在监听的套接字进行连接。connect()函数中第一个参数为客户进程创建的用于发送和接收数据的套接字描述符。后两个参数是指向地址结构的指针和地址结构的长度，这里的地址结构与上述 bind()中的地址结构完全相同，此处地址结构中的值为指定服务器的地址和端口号信息。如果连接成功，connect()返回整数 0，否则说明连接请求失败。下面是一个例子：

```
struct sockaddr_in daddr;                              /* 定义一个目的端点地址结构 * /
bzero(&daddr, sizeof(daddr));                          /* 首先将地址结构清 0 * /
daddr.sin_family= AF_INET;                             /* 定义协议族 * /
daddr.sin_port= htons(8000);                           /* 设置目的端口号为 8000 * /
daddr.sin_addr.s_addr= inet_addr("133.197.22.4");      /* 设定服务器目的地址 * /
connect(ClientSocket, (struct sockaddr * ) &daddr, sizeof(daddr));
/* 使用描述符为 ClientSocket 的套接字与服务器建立连接请求 * /
```

5. 接受连接函数 accept( )

```
int newsock= accept(int socksd,struct sockaddr * addr,int * addrlen);
```

accept()函数由 TCP 服务进程调用，TCP 服务进程在指定端口上监听到一个客户进程 connect()连接请求时，转入 accept()接受连接函数。如果 accept()成功调用，则返回一个新创建的套接字描述符，即上面的 newsock。accept()函数中第一个参数为进程正在使用的监听套接字描述符；第二个参数是一个指向套接字地址结构的指针，accept()函数的成功调用会在指针 addr 的域中填入请求建立连接的客户地址信息(IP 地址和端口号)；最后一个参数为指向该地址结构长度的整型指针。服务进程将使用这个新建的套接字与客户进程进行数据通信，而监听套接字仍然作为服务进程用于监听连接请求的套接字，继续在指定端口上监听新的客户连接请求。下面是一个 accept()函数调用的例子：

```
struct sockaddr_in daddr;                              /* 定义一个新的地址结构 * /
int addrlen;
addrlen= sizeof(daddr);                                /* 定义地址结构的长度 * /
ServerSocket= accept(ListenSocket,
    (struct sockaddr * )&daddr, &addrlen);  /* 调用 accept()，创建新套接字
    ServerSocket，并将客户的地址信息填入地址结构 daddr 中* /
```

上面介绍的服务器端调用的 listen()和 accept()以及客户端调用的 connect()都是针对面向连接的 TCP 协议所设计的，这几个过程实现客户端和服务器的 TCP 建立连接过程，之后客户端和服务器端通过各自的套接字进行数据交换，注意此时服务器使用 accept()函数新创建的套接字与客户通信。当通信结束时，双方关闭套接字，而服务器的监听套接字则一直处于监听状态，不能被关闭。显然，对于 UDP 数据传输来说，并不需要这几个过程，UDP 传输在服务器对所创建的套接字进行绑定之后，就可以进行数据通信了。

6. 发送数据函数 send( )和接收函数 recv( )

```
int send(int socksd,char * buf,int len,int flags);
int recv(int socksd,char * buf,int len,int flags);
```

发送函数 send()用于 TCP 连接的客户进程和服务器进程向另一端发送数据。当客户进程成功地调用 TCP 连接请求函数 connect()之后，便可以调用 send()函数向服务进程发送数据，服

务进程使用函数 revc() 接收数据。send() 函数第一个参数指定发送数据所用的套接字描述符；第二个参数指明一个存放发送数据的缓冲区；第三个参数指明实际要发送数据的字节数；第四个参数一般置 0，对于这个参数的其他设置用于其他系统操作。如果 send() 函数调用成功，返回实际传送的字节数，否则视为 send() 函数出现操作错误。

接收函数 recv() 同样用于 TCP 连接的客户进程或服务器进程从另一端接收数据。该函数的第一个参数指定接收端套接字描述符；第二个参数指明一个缓冲区，该缓冲区用来存放 recv() 函数接收到的数据；第三个参数指明缓冲区的长度；第四个参数同样置为 0。recv() 函数返回实际接收到的字节数，如果 recv() 调用过程出错，则返回相应的错误标记号。

7. 发送函数 sendto() 和接收函数 recvfrom()

```
sendto(int socksd,char * buf,int buflen,int flag,sockaddr * destaddr,
        int addrlen);
recvfrom(int socksd,char * buf,int * buflen,int flag,sockaddr * sourceaddr,
        int addrlen);
```

发送函数 sendto() 和接收函数 recvfrom() 主要用于使用 UDP 传输协议进行数据发送和接收。从上式中可以看出，这两个函数与 send() 和 recv() 的不同之处在于，函数增加了套接字地址结构参数。这是因为 UDP 传输协议不需要建立连接阶段，在双方创建好了相应的套接字之后便可以通过这两个函数发送或接收数据。因为没有调用建立连接函数使得相应的套接字与地址结构相关联，因此 sendto() 和 recvfrom() 函数将套接字地址结构作为函数的参数。

以上我们介绍了几个基本的套接字函数和它们的用法，图 6-29 描述了客户和服务进程调用 TCP 套接字函数实现数据传输的流程图，图 6-30 是双方调用 UDP 套接字函数实现数据传输的流程图。基于这两个流程图，可以很容易构建最简单的数据发送和接收进程。

图 6-29 中，在客户进程调用 connect() 和服务进程调用 accept() 之后，双方已经通过了 TCP 的 3 次握手信号并建立了 TCP 连接。接下来使用 read()/write() 或上述 recv()/send() 进行实际的数据发送和接收操作。最后通过关闭套接字，双方释放掉这个 TCP 连接。

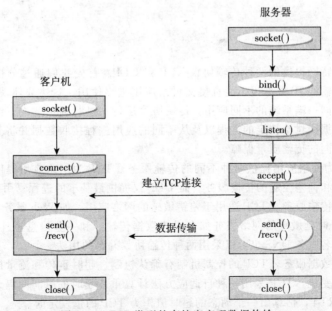

图 6-29　TCP 类型的套接字实现数据传输

图 6-30 中，应用进程通过 UDP 进行数据传输。双方创建好相应的套接字之后便可以开始实际的数据发送和接收操作，而不需要调用相应的建立连接套接字函数，接收和发送使用函数 recvfrom()和 sendto()，并通过这两个函数的参数传递套接字的地址结构。

图 6-29 和图 6-30 是实现数据传输的基本操作，事实上套接字函数能够提供的功能远比这些丰富。例如，上述这两个流程图所实现的实际上是一种阻塞式的工作方式，意思是当应用进程试图进行数据发送或接收时，如果此时并没有准备好的数据可以发送，或者暂时没有收到数据，进程便进入等待状态，直到有数据发送或有数据接收。假如我们要实现一个能够提供聊天功能的服务器，服务器应该能够轮流查询与各个客户端建立的套接字，一旦有可接收的数据就马上接收，同时还要随时查看是否有新的客户端试图建立连接，而不是为了等待某一个客户端的数据而被阻塞。套接字提供的 select() 函数能够较好地处理这种多个发送和接收同时发生的情况，采用 select() 函数可以对多个阻塞操作进行统一管理，使得进程并不会被阻塞在某一个事件中，当 select() 所管理的任何一个事件发生时，便可以马上处理。我们省略关于套接字更详细的介绍。

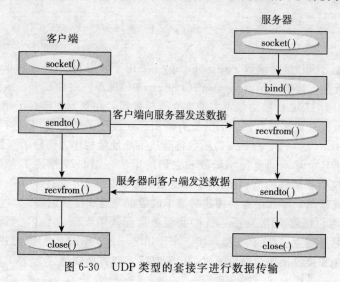

图 6-30　UDP 类型的套接字进行数据传输

6.6　小结

本章讨论了因特网提供的两种传输协议 TCP 和 UDP。首先我们通过分析网络应用的实现过程认识到网络中传输的 IP 数据报不能直接交付给应用进程使用，这主要体现在 IP 数据传输的不可靠性和无法区别同一端系统的不同应用。传输协议运行在进行通信的端系统上，主要任务是将从网络中接收的数据交付给特定的进程以及从不同的应用进程接收数据并将其转交给底层，同时为应用进程提供不同的传输质量保障。

TCP 和 UDP 为网络应用提供两种不同的传输服务。TCP 为网络应用提供面向连接的、可靠的、具备流量控制和拥塞控制的传输服务。而 UDP 仅提供最基本的进程复用和分用服务，是一种无连接的尽力而为传输服务。TCP 适用于差错敏感的网络应用，如 Web 服务、文件传输、电子邮件等；UDP 适用于时延敏感的网络服务如多媒体数据传输，和一些信息短且速度要求高的应用。在有些应用中如域名服务 DNS 也可以采用两种传输协议并存的用法。

为保证可靠的数据服务，TCP 的控制机制有确认机制、超时重传和流量控制等。为了能够适应网络传输时延的变化，TCP 采用一种自适应方法计算重传超时的时间间隔。这种方案通过测量当前 TCP 报文的 RTT，估算出一个动态的超时值作为 TCP 的重发定时。

我们学习了 TCP 的拥塞控制机制，TCP 拥塞控制机制通过端系统对数据丢失的跟踪来调整其发送数据的数据率，使其在网络发生拥塞时降低发送数据率，并在拥塞得到缓解时提高发送数据率。

实际上 TCP 是一个非常复杂的协议，我们仅仅是讨论了它最基本的方面。也正是这个原因，各种操作系统都将 TCP 的这些复杂性对网络应用屏蔽起来，而以套接字作为应用进程与传输层的接口。本章的最后简单介绍了套接字的基本函数，展现了应用进程实现 TCP 数据传输和 UDP 数据传输调用套接字函数的基本过程。在读者学习了 TCP 和 UDP 传输协议之后，对套接字编程的理解和掌握也显得非常直观。

练习题

6.1　因特网尽力而为的数据报传输服务只提供最基本的数据转发操作，而对这种转发的质量控制则完全交给端系统完成。解释传输控制协议 TCP 能够提供哪些提高因特网数据传输服务质量的功能，另一个传输协议 UDP 能够提供什么服务。

6.2　什么是面向连接和无连接方式？TCP 的面向连接服务与虚电路面向连接服务有什么不同？UDP 的无连接与因特网的无连接又有何不同？你还能够列举一些其他的面向连接或无连接方式吗？

6.3　为什么说 TCP 是基于流的传输协议，而 UDP 是基于报文的传输协议？

6.4　运行在一台机器上的进程用什么方式来识别运行在另一台机器上的进程？

6.5　假设某个使用 TCP 传输协议的客户进程向服务器某个端口请求服务，但该服务器在这个端口上并没有提供服务的服务进程，服务器端将如何处理客户的服务请求？如果应用进程使用 UDP 传输协议会怎样？为什么？

6.6　假设向因特网发送两个 IP 数据报，每个数据报携带不同的 UDP 数据段。第一个数据报的源 IP 地址为 A1，目的地址为 B，源端口为 P1，目的端口为 T。第二个数据报的源 IP 地址为 A2，目的地址为 B，源端口为 P2，目的端口为 T。假设 A1 和 A2 不同，P1 和 P2 不同。假设这两个数据报都到达它们的目的地址，这两个 UDP 数据报会被同一个套接字接收吗？如果 IP 数据报携带的是 TCP 数据段呢？

6.7　为什么 TCP 采用 3 次握手建立连接？如果是 2 次握手会怎样？为什么采用 4 次握手释放 TCP 连接？如果是 3 次又会怎样？

6.8　在使用 TCP 传送数据时，如果有一个确认报文丢失了，也不一定会引起对方数据的重传。试说明为什么。

6.9　为什么 TCP 规范要求发送方在收到对某个数据段的 3 个冗余确认时，才能够确定相应的数据段丢失，而启动重传操作，少于 3 个的冗余确认可能是什么原因引起的？

6.10　假设主机 A 通过 TCP 连接向主机 B 连续发送两个报文段。第一个报文段序号为 90，第二个报文段序号为 110。第一个报文段有多少数据？假设第一个报文段丢失而第二个报文段到达主机 B。主机 B 发往 A 的确认中，确认号应该是多少？

6.11　UDP 是一种不可靠的无连接的传输协议，为什么对于实时性要求较高的多媒体网络应用，选择 UDP 作为传输协议更好？

6.12　为什么域名服务系统 DNS 选择 UDP 作为传输协议？是因为 DNS 服务不需要可靠的数据传输吗？如果 DNS 报文过长需要封装在多个 UDP 报文段中，仍然采用 UDP 传输协议会有什么后果，如何解决？

6.13　Web 应用协议 HTTP 选择 TCP 作为传输协议，实现可靠的数据传输服务。假设单个的 HTTP 请求和响应都能够被封装在一个报文段中，并且网络通畅，试讨论使用 TCP 传输还是 UDP 传输比较好，简述你的理由。

6.14　请设计一个应用协议，该应用协议使用 UDP 作为传输协议，实现客户端和服务器端可靠的文件传输。（提示：在应用层进行差错校验、丢失检查、乱序检查、超时重传等差错控制，可以选择最简单的停等协议。）

6.15 MSN 和 QQ 分别是 Microsoft 和腾讯提供的两款即时聊天软件，MSN 使用 TCP 作为传输协议，而 QQ 采用 UDP 作为传输协议。分别使用这两个软件，感觉一下它们的响应速度有什么不同。在同样的网络环境下用这两个软件传输同样一个文件，在网络比较畅通的情况下，哪个更快些？在网络不太畅通的情况下，哪个更快些？解释你的结果。

6.16 网络拥塞是由于网络资源短缺而造成的，为什么单方面增加网络资源如提高链路带宽、加强网络设备的处理能力等并不能从根本上解决网络拥塞的问题？

6.17 RFC 2581 是一篇描述 TCP 拥塞控制机制的重要文档，阅读这个文档，进一步了解 TCP 拥塞控制算法。

6.18 简述 TCP 的慢启动/拥塞避免算法、TCP 快速重发和快速恢复拥塞算法，它们分别在什么情况下启用？

6.19 TCP Vegas 是一种新的拥塞控制算法，使用分组的往返时延而不是丢包作为拥塞度量，决定是否增加或减少拥塞窗口的值。讨论为什么 Vegas 在减少丢包率和增加吞吐量等方面都比 TCP Reno 有所提高。为什么 TCP Vegas 在与 TCP Reno 共存时，又竞争不过 Reno？

6.20 通信信道速率为 1Gbps，端到端时延是 1ms。TCP 的发送窗口为 65 535 字节。试问：可能达到的最大吞吐量是多少？信道的利用率是多少？

6.21 在高速长距离数据传输中采用 TCP 传输控制协议，并不能够达到较高的吞吐量。某个高速长距离光网络通信，设数据率为 40Gbps，往返时延为 300ms，TCP 的发送窗口为 65 535 字节，计算可能达到的最大吞吐量是多少？信道的利用率是多少？

6.22 继续 6.21 题，如果采用 TCP 扩展首部将 TCP 窗口和序号字段都增大会相应提高信道的吞吐量，但 TCP 的确认机制、流量控制、拥塞控制机制等仍然限制了其在高速长距离网络中的吞吐量，试对上述几个部分进行讨论。

6.23 TCP 拥塞控制机制基于丢包控制拥塞窗口的数据量，它在出错率很低、丢包的主要原因是网络拥塞的网络上比较成功。对于无线网络中的数据传输，丢包更主要的原因是位出错、可用带宽小、信号衰减等，讨论 TCP 拥塞控制机制在无线网络中会有什么问题，你能提出什么改进方案吗？

6.24 针对上述问题，网络研究人员开展了多方面的研究工作以提高 TCP 的传输性能。例如，加州理工学院的科研人员开发出一个命名为快速 TCP 的新协议，它使用排队延迟作为拥塞控制信号（而不是传统的通过数据报丢失判断拥塞）。访问网站 http://netlab.caltech.edu/FAST/，了解快速 TCP 的主要思想。

6.25 熟悉本章最后介绍的 socket 基本函数。选择你熟悉的程序设计语言，实现一个最简单的服务器端和客户端，如实现通信双方的字符串传输或传输一个文件。要求：

1）分别使用 TCP 和 UDP 实现，体会 TCP 和 UDP 不同的函数调用方法；

2）通过多线程实现服务器端多用户的并行处理，通过 socket 接口提供的 select() 实现服务器端的并发处理；

3）当使用 TCP 或 UDP 实现文件传输时，记录所用的处理时间，它们有什么不同？使用 UDP 传输文件会有什么问题？如何解决？

6.26 NS2(Network Simulator version 2)是由 UC Berkeley 和 VINT(Virtual InterNetwork Testbed)项目组联合开发的面向对象的网络仿真器（其官方网站为 http://www.isi.edu/nsnam/ns/），NS2 本身有一个虚拟时钟，所有的仿真都由离散事件驱动。NS2 可以实现网络拓扑仿真、协议仿真和通信量仿真等，并产生基于文本的跟踪文件。对这些文件中的数据加以处理，能够帮助使用者分析和理解某种网络协议的特点和性能，它们是学习和设计网络协议的有效工具。到 NS2 官方网站下载并安装 NS2，初步了解其使用方法，尝试仿真 TCP 协议的拥塞控制机制，如 TCP Reno、TCP Vegas、TCP Sack 等，分析所生成的跟踪文件，进一步理解 TCP 的拥塞控制机制。

网 络 应 用

网络应用通过端系统上运行的应用程序来实现。提供应用服务的一端称为服务器，运行服务器程序；使用应用服务的一端称为客户端，运行客户程序，如图 7-1 所示。应用程序开发人员可以按照需求编写服务器程序和客户程序，使它们分别运行在网络上的服务器和客户端上，实现各种不同特色的网络应用。

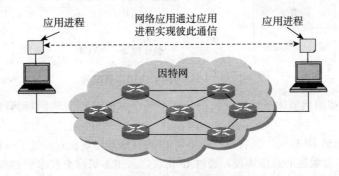

图 7-1　端系统之间应用进程相互通信

本章的重点并不是介绍如何编写网络应用程序，而是研究实现各种网络应用所依托的网络技术。首先我们来分析实现一种网络应用应该具备的基本条件。

第一，服务器和客户端之间的数据连通性。网络应用本质上是实现应用服务提供者和应用服务使用者之间的数据信息交流，这种信息交流借助于底层物理网络的组网硬件和协议软件提供的通信服务而实现。通过前面章节所学习的链路技术、网络互联技术和端系统之间的传输控制技术，端系统之间的信息交流可以不用关心数据信息以什么样的底层网络技术从一个节点传到另一个节点，从一个网络转发到另一个网络。网络应用只需要选择一种传输服务，例如对于数据信息传输的可靠性要求高的应用可以选择 TCP 传输协议，而对于数据信息传输的时延稳定性要求较高的多媒体应用则可以选择 UDP 传输协议，最终利用因特网通信基础设施实现端系统之间的信息交流。

第二，服务器和客户端之间的信息交换。实现每一种网络应用，通信双方必须按照双方都能够理解的规范交换或处理数据，这种应用程序之间遵循的规范也称为网络应用协议。应用协议包括通信双方请求或响应服务的信息格式、控制命令和对所传数据信息的必要说明等。例如，超文本传输协议（HyperText Transfer Protocol，HTTP）是 Web 服务器与客户浏览器之间的信息交换协议，它定义了一组 Web“请求/响应”会话规范。常用的网络应用协议还有：域名服务 DNS，定义了客户端向域名服务器请求域名解析服务的信息交换规范；文件传输协议 FTP，定义了请求文件的客户端从提供文件的服务器获取文件的操作规范等。

第三，系统支持。我们将端系统应用程序中处理彼此通信以外的所有其他组件称为系统支持。例如双方用户界面的支持、文件处理、数据库查找、数据文件的压缩或解压以及音频视频的编码与解码等技术。这部分内容不在本书详细讨论。

本章将介绍几种典型的网络应用，研究这些应用的实现原理、采用的应用协议以及实现这些应用所依托的网络技术等内容。

7.1 网络应用概述

7.1.1 网络应用体系结构

我们都使用过很多网络应用，如电子邮件、虚拟终端、文件传输和 IP 电话等。所有这些网络应用能够在连接于不同网络上、运行不同操作系统的端系统上实现，是因为它们都是以因特网 TCP/IP 为核心协议。图 7-2 从网络应用的角度描述了因特网的体系结构。

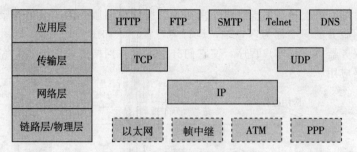

图 7-2　因特网网络应用体系结构

基于图 7-2 描述的网络体系结构，我们从以下几个方面分析实现因特网网络应用所依托的网络技术：

- 简单而灵活的 IP 协议。因特网互联协议 IP 的灵活性体现在它定义了一种能够在不同的物理网络之间传输数据的通信协议，通过 IP 协议，采用不同网络技术的物理网络（如图 7-2 中的以太网、帧中继或 ATM 网等）能够相互连通，构成一个覆盖全球的虚拟网络。IP 的简单性体现在它为网络用户提供一种最基本的尽力而为数据传输服务，这种服务的基本目标是将 IP 数据分组准确地送到目的地，而数据分组是否能够无误地到达目的地则不是它的责任。因特网提供这种简单的数据报服务便于端系统根据不同的网络应用需要而使用不同的传输协议。
- 可靠的 TCP 和尽力而为的 UDP 传输服务。TCP 和 UDP 是因特网提供的两种不同的数据传输控制服务。TCP 协议通过端系统之间对所传输数据进行确认重传和流量控制等机制，将不可靠的 IP 数据报转换为可靠的数据交付给相应的应用进程，最终实现应用进程之间可靠的数据传输。UDP 仅提供端系统之间最简单的传输服务，虽然不能够保证数据的可靠性，但是它的协议简单、处理速度快、传输时延比 TCP 稳定等特点也是很多网络应用所追求的目标。
- 网络应用协议。应用协议是端系统应用进程之间彼此交换信息的格式和规范，如图 7-2 中的 HTTP、FTP、DNS 等都是实现不同应用的应用层协议。传输协议和网络互联协议都是面向分组的协议，这些协议并不了解所传输的数据分组内容，网络层所关心的是如何将分组从发送端传递到接收端，而传输层关注的是如何依据应用对数据传输的质量要求将网络中传输的分组递交给相应的应用程序。网络应用协议是面向消息的协议，意味着应用协议定义的应用报文对于端系统的应用进程来说都包含着完整的意义。应用进程通过这些应用报文中的数据信息和控制信息完全可以确定其下一步的操作。

因特网的体系结构有效地简化了网络各组成部分的功能，基于底层网络的技术支持和端系统提供的传输协议，使网络应用并不需要过多地考虑数据在网络中传输的过程，只需要按照一定的应用协议规范彼此交换信息。

7.1.2 网络应用的服务模式

最典型的网络应用服务模式是客户/服务器（Client/Server，C/S）应用模式，前面的章节已经多次提到这种基本的服务模式。如图 7-3 所示，一台提供 Web 服务的 Web 服务器向若干客户提供 Web 服务，Web 资源存放在 Web 服务器中，客户端通过向服务器请求 Web 资源服务而得到所需要的 Web 资源。在基于 C/S 模式的应用系统中，服务器是整个应用系统的资源存储、用户管理以及数据运算的中心，是实现这些相关网络应用的核心所在。客户端对服务器有相当程度的依赖性，它的主要任务是完成服务请求的发送以及展示所接收到的各种信息。客户/服务器应用模式中，服务器与客户端的任务分工不同，并且界限明显。

我们常用的采用这种客户/服务器模式的网络应用还包括域名解析服务、文件传输服务、电子邮件服务，等等。除此之外，我们也可以编写自己的客户端和服务器端网络应用程序，实现不同目的的网络应用。

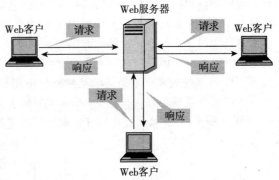

图 7-3　集中式客户/服务器模式

不同于集中式 C/S 服务模式，对等网络（Peer-to-Peer，P2P）是近年来广受关注的一种分布式服务模式，例如最早在美国出现的 Napster，现在比较流行的 Skype，以及北京大学开发的 Maze，等等。P2P 的基本特点是整个网络不存在明显的中心服务器，网络中的资源和服务分散在所有的用户节点上，每个用户节点既是网络服务的提供者，同时也是网络服务的使用者。网络应用中的信息传输和服务实现直接在用户节点之间进行，可以无需中间环节和服务器的介入。

典型的对等网络应用是 P2P 文件共享系统，如图 7-4 所示，连接在不同物理网络的用户计算机 A~F 以某种结构相互连接，自主构成一个对等网络文件共享系统。每个节点都可以将自己的一部分文件资源如 MP3 歌曲提供给其他节点共享，也可以从其他节点直接获取另外的共享文件资源。对等网络中提供共享文件的节点并不是专门提供这种服务的固定服务器，而是动态加入或离开对等网络的用户节点。

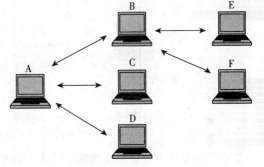

图 7-4　一种对等网络文件共享系统示意图

与客户/服务器模式相比，P2P 模式中，网络的资源和服务分散在所有用户节点上，信息的传输和服务的实现都直接在这些用户节点之间进行，这不仅仅意味着能够共享的资源更丰富，而且整个系统对中央服务器的依赖性明显降低。在客户/服务器模式中，系统能够容纳的用户数量和提供服务的能力受服务器的资源和局部网络负载状况的限制。而 P2P 网络中，随着用户的加入，不仅服务的需求增加了，系统整体的资源和服务能力也在同步地扩充。P2P 网络中用户的计算能力和网络带宽都相差较大，同时，用户加入或离开 P2P 网络也有很大的随意性，因此如何在这种环境中实现优化的资源管理和负载平衡是 P2P 网络技术的关键。

在了解了网络应用的一些基本特点之后，我们接下来选择一些具有代表性的网络应用，包括域名服务系统、Web 服务系统、多媒体网络应用以及对等网络应用模式，深入研究它们的主要技术特点，包括网络应用的实现原理以及相应的底层技术支持。

7.2　域名服务系统 DNS

通过 TCP/IP 协议进行数据通信的主机或者网络设备都要拥有一个 IP 地址，才能够被网络中的其他主机或通信设备所识别，实现数据通信。为了便于记忆和使用，人们倾向于赋予某些主机（特别是提供服务的服务器)能够体现其特征和含义的名称，称为主机的域名。例如，提供免费邮箱服务的邮件服务器域名 hotmail. com，提供各种技术名词解释服务的服务器域名 www. wikipedia. com(维基百科)，提供博客服务的服务器域名 www. myspace. com(我的空间)等。定义了域名之后，用户在请求各种网络应用服务时可以直接使用这些名称，而不用再记住枯燥的 IP 地址了。

但网络是不认识域名的，它们只认识 IP 地址。因此必须有一种翻译机制，将用户使用的域名转换成网络使用的 IP 地址。因特网提供的域名系统 DNS(RFC 1591)就是这样一种机制，其主要任务是为客户提供将一个特定的域名解析为所对应的 IP 地址。DNS 系统服务器由一组分布式域名服务器主机组合而成，这些域名服务器所维护的域名信息构建成一个分布式域名数据库，该数据库包含了所有向因特网名字与编号分配机构 ICANN 正式注册过的所有域名与其 IP 地址的映射关系。DNS 系统的客户端是请求某种网络应用服务的客户。例如，图 7-5 中客户浏览器在接收用户一个以服务器域名方式提出的 Web 服务请求时，首先要向 DNS 服务系统请求域名解析服务，得到 Web 服务器的 IP 地址之后才能向该服务器提出 Web 服务请求。

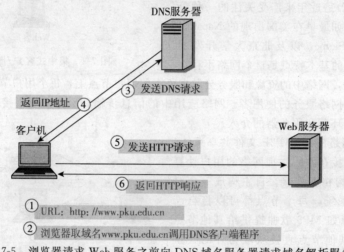

图 7-5　浏览器请求 Web 服务之前向 DNS 域名服务器请求域名解析服务

DNS 服务系统由分层结构的域名服务器组成，每个域名服务器提供整个域名系统分布式数据库的部分域名信息。图 7-5 中所示的域名服务器可能不能直接提供客户所请求的域名解析服务，此时这个域名服务器暂时作为另一个上层域名服务的客户端并请求 DNS 服务，经过这样多次的 DNS 服务请求，最终得到域名对应的 IP 地址解析，返回给最初请求 DNS 解析服务的客户端浏览器。除了浏览器应用程序，其他任何应用程序同样可以向域名服务器请求 DNS 服务，几乎所有的操作系统都提供 DNS 客户端软件，它作为一个库程序供应用程序调用。在很多基于 UNIX 的系统中，应用程序调用 gethostbyname()系统函数实现一个域名解析操作，函数 gethostbyname()启动一个域名服务客户进程，与域名服务器的服务进程彼此通信，最终得到对请求域名的解析服务。

域名客户端和服务器端使用的应用协议称为 DNS 协议。DNS 协议运行在 UDP 之上，使用固定端口号 53，所有提供域名服务的域名服务器均在 53 号端口无间断地运行 DNS 服务进程，等待接收并处理 DNS 服务请求。DNS 选择 UDP 作为其传输协议的主要原因是：简单而快速的 UDP 能够大大提高 DNS 服务的响应速度。DNS 报文比较短，通常能够封装在一个 UDP 报文段中，即便丢失，也不会对客户端造成重大影响。DNS 服务请求和响应主要采用 UDP 传输协议，当 DNS 报文较长时，也会选择使用 TCP 传输控制协议，同样使用端口号 53。

7.2.1　域名服务的层次结构

如图 7-6 所示，DNS 系统提供一种分布式的层次域名结构。位于最顶层的域名称为顶级域名，顶级域名有两种划分方法：按地理区域划分和按机构分类划分。地理域是为每个国家或地区所设置，如中国是 cn，美国是 us，日本是 jp 等。机构分类域定义了不同的机构分类，主要包括：com（商业组织）、edu（教育机构）、gov（政府机构）、ac（学术机构）等。顶级域名下定义了二级域名结构，如在中国的顶级域名 cn 下又设立了 com、net、org、gov、edu 等组织机构类二级域名，以及按照各个行政区划分的地理域名，如 bj(北京)、sh(上海)等。采用同样的思想可以继续定义三级或四级域名。域名的层次结构可以看成一个树结构，一个完整的域名由树叶到树根的路径节点用点"."分隔而构成。如图中的域名 cs. pku. edu. cn、yahoo. com 等。

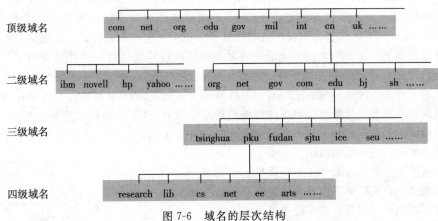

图 7-6　域名的层次结构

1. 域名服务器层次结构

　　上述分布式的域名层次模型是因特网 DNS 服务系统实现域名地址解析的基础，它将整个因特网的域名空间分成许多可以独立管理的子域，每个子域由自己的域名服务器负责管理。这意味着域名服务器维护其管辖子域的所有主机域名与 IP 地址的映射信息，并且负责向整个因特网用户提供包含在该子域中的域名的解析服务。基于这种思想，因特网 DNS 服务系统由许多分布在全世界不同地理区域、由不同管理机构负责管理的域名服务器共同协作提供域名服务。如图 7-7 所示，根域名服务器具有指向驻留顶级域名的域名服务器的初始指针，目前全球共有十几台根域名服务器，其中大部分位于北美洲，这些根域名服务器的 IP 地址向所有因特网用户公开，是实现整个域名解析服务的基础。管辖所有顶级域名 com、edu、gov、cn、uk 等的域名服务器也被称为顶级域名服务器。图 7-7 中的 com 域名服务器、org 域名服务器和 cn 域名服务器等都属于顶级域名服务器。从原理上讲，当某个客户希望解析一个后缀为".com"域名的 IP 地址时，这个请求首先会送到根域名服务器上，并从根域名服务器得到负责管辖".com"子域的顶级 DNS 服务器的 IP 地址，然后客户再向这个顶级服务器继续询问直到获得最终的 IP 地址。在实际中，并不是所有的域名请求都需要通过根或顶级域名服务器，域名服务请求可以采用缓存技术，将上次得到的域名信息暂存起来，以待再次请求时可以直接使用，而不必每次都花费时间请求同样的信息。

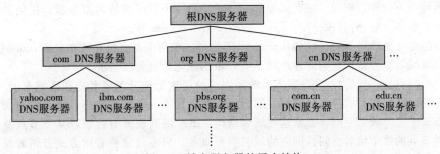

图 7-7　域名服务器的层次结构

顶级域名服务器下面还可以连接多层域名服务器，例如管辖中国域名的顶级 cn 域名服务器又可以作为后缀为".cn"的中国域名的根域名服务器，提供在它的分支下面的"com.cn"、"edu.cn"、"org.cn"等域名服务器的指针。

2. 域名的授权机制

顶级域名由因特网名字与编号分配机构直接管理和控制，它负责注册和审批新的顶级域名以及委托并授权其下一级管理机构控制管理顶级以下的域名。该组织还负责根和顶级域名服务器的日常维护工作。中国互联网信息中心（China Internet Network Information Center，CNNIC）作为中国的国家顶级域名 cn 的注册管理机构，负责 cn 域名根服务器和顶级服务器的日常维护和运行，以及管理并审批 cn 域下的域名使用权。域名注册管理机构审批一个域名时，在确认这个域名符合域的分类规范前提下，还要审查这个申请的域名是否已经被其他机构正式注册使用了，原则上域名的使用是采用先来先服务的基本策略。这就是为什么大部分美国的企业和组织机构所使用的域名并不需要加上代表美国的地域标记"us"。因特网始于美国，DNS 服务系统也最早在美国国内开始向公共网络用户服务，当然也是美国的组织机构最早向 ICANN 申请域名注册，当 ICANN 意识到需要使用地域标记来扩展越来越多的域名需求时，许多美国的机构已经注册并使用了这些不需要地域标记的域名，因此也就沿用下来了。

当某个组织机构向所属域名注册管理机构申请注册一个域名之后，便得到了以这个域名为后缀的所有域名。该机构可以根据需要来决定是否引入进一步的域名层次结构，设立属于这个域的子域。我们可以通过图 7-8 进一步讨论这个问题，图 7-8 中以树结构表示一个层次域名系统，两个使用域名 a 和 b 的公司在顶级域名 com 层次之下，分别构成域名 a.com 和 b.com。不同的是，公司 a 是一个规模比较大的公司，计划在其公司内部不同的分支机构继续使用层次化域名。而公司 b 的规模相对较小，并不需要进一步设立内部域名结构。我们来分析公司 a 和 b 所对应的两种不同的 DNS 实现方法。

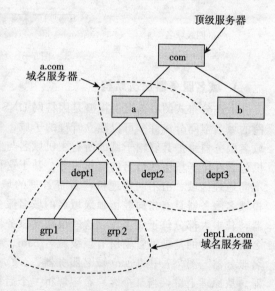

图 7-8　域名层次结构和管理机制

公司 a 向上级域名管理机构注册申请了域名 a.com 之后，域名 a.com 的地址映射信息记录就被插入 com 顶级域名服务器的数据库中。需要注意的是，a.com 本身是一个域名服务器的域名，它包含域名 a.com 之下的域名信息，如 dept1.a.com、dept2.a.com 等。这些下一级域名信息不需要向上层顶级 com 域名服务器报告，地址解析服务也直接由 a.com 域名服务器提供。也就是说 a 公司成功地申请到 a.com 这个域名之后，就具有了属于这个域的所有域名的使用和分配权。这种域名层次可以继续向下延伸。例如，域名 dept1.a.com 又是一个下一级域名服务器，提供其管理域之内的域名解析服务，如 grp1.dept1.a.com、grp2.dept1.a.com 等。

公司 b 的情况比较简单，其域名 b.com 与 IP 地址的映射关系直接存放在顶级 com 域名服务器中，由其顶级域名服务器负责响应客户对于 b.com 的域名地址解析请求。

通过上面的讨论，我们对 DNS 服务系统采用这种层次结构分割域名管理区域有了一个了解。如果将域名的层次结构看成一个树结构，那么每个节点代表一个域名空间，这个节点所连接的所有子树都归属于这个域名空间。根据这种域名结构，每个域名服务器管辖着某个节点及该节点所连接的子树节点的整个域名空间范围内的域名解析服务。只不过这种管辖方式分两种情况。一种是直接管理某些域名，并能够为客户提供某个域名的地址解析，此时该域名服务器称为这个域名的**权威域名服务器**。例如图 7-8 中，com 域名服务器是域名 a. com 和 b. com 的权威域名服务器，而 a. com 又是 dept1. a. com、dept2. a. com 和 dept3. a. com 的权威域名服务器。另一种情况是域名服务器将域名空间的一部分域名管理授权给其下一层的域名服务器，此时在接收到域名请求时这个域名服务器只能够提供其下一层域名服务器的地址解析。客户需要进一步向下一层域名服务器继续询问来得到最终的主机域名解析。

域名服务系统中，权威域名服务器起着很重要的作用。它是最终向客户提供某个域名解析服务的服务器。为此，当某个组织机构注册了一个域名之后，一定要将这个域名的地址映射信息插入该域名的权威域名服务器数据库中，才可以使公众网络用户得到对该域名的地址解析。

3. DNS 系统服务的实现

现在我们来看一个网络应用软件是怎样通过域名服务系统得到 IP 地址的。实际上，网络应用软件并不知道域名服务器对域名的具体管辖情况，但是它知道通过根域名服务器可以得到任何注册域名的地址解析服务。因此在没有任何缓冲的情况下，它会先向根域名服务器提出服务请求，然后从根域名服务器回答的信息中得到顶级 DNS 服务器的地址，再向这个顶级域名服务器请求服务。这个过程可能会重复多次直到最终从域名的权威域名服务器得到其 IP 地址解析。

事实上网络应用软件并不直接作为客户端向域名服务器请求服务，而是把这个任务交给**本地域名服务器**去做。本地域名服务器除了缓冲一些曾经查找过的域名解析信息以外，本身并不授权管理任何域名。它扮演着两个角色，一个是作为服务器接收端系统应用程序对某个域名的服务请求，另一个是作为客户端向 DNS 服务系统请求对该域名的地址解析服务，然后再将域名的最终解析结果返回给端系统的应用程序。图 7-9 是一个通过本地域名服务器解析图 7-8 中域名服务器 dept1. a. com 所管辖域名的解析过程。

图 7-9 中，假设客户端需要解析图 7-8 中的域名 grp1. dept1. a. com，发送域名请求到本地域名服务器，本地 DNS 服务器向根域名服务器请求管辖 com 的顶级域名服务器，之后本地域名服务器向 com 顶级 DNS 服务器请求域名 grp1. dept1. a. com 的解析服务。注意此时本地域名服务器并不了解 grp1. dept1. a. com 在顶级域名服务器中的记录结构，顶级域名服务器会试图匹配这个请求，并将能够在最大限度上匹配这个域名的域名 a. com 的记录返回，在返回记录类型中注明这是一个下一层

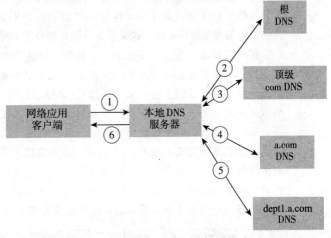

图 7-9 通过本地域名服务器请求域名解析服务过程

域名服务器的地址映射，而不是一个主机的地址映射。本地域名服务器因此再次向这个域名服务器提出域名解析请求，直到最终从域名为 dept1. a. com 的域名服务器中得到主机的 IP 地址，返回客户端。

本地域名服务器一般都设置在用户网络附近，每个大型的企业网络或校园网络都配置了自己的本地 DNS 服务器，较高层的因特网服务提供商也同样会设置本地域名服务器。相对规模较小的机构网络可以用其上层 ISP 所提供的本地域名服务器实现域名服务。正如我们前面所提到的，本地域名服务器每完成一次域名请求服务都会将这个域名信息缓冲在其缓冲区内，以备下一次有同样的域名请求时可以直接将这些域名信息提供给客户应用程序。当然这些缓冲的内容需要设置一定的生存期(TTL)，以适应域名或相应的 IP 地址信息的更新。

无论是本地域名服务器还是前面提到的域名服务系统中的其他域名服务器，通常需要在一个区内设置多台服务器，这样做主要有两个目的：一是可以提高域名解析系统的可靠性，当其中有

某台域名服务器出现故障时，所有的域名请求能够转发给其他的域名服务器；二是可以将域名请求服务分担到多台服务器上，提高整个系统域名解析的能力和效率，并且可以根据需要将多台域名服务器放置到不同的地方，也可以为用户提供地理位置的就近解析服务。

7.2.2　DNS 协议

DNS 协议定义了客户端和服务器交换 DNS 域名服务信息的报文格式。DNS 主要使用 UDP 作为传输协议，在某些特殊情况下也使用 TCP 作为传输协议，端口号均使用 53。DNS 定义了两种类型的报文：查询报文和应答报文，由 12 字节 DNS 首部和若干条 DNS 记录组成，如图 7-10 所示。

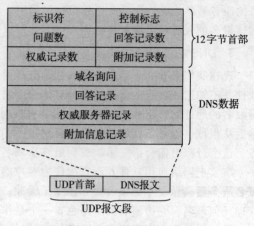

图 7-10　DNS 报文格式

DNS 首部信息主要包括：

- 2 字节的标识符。由请求 DNS 域名服务的客户程序产生的一个随机数，客户生成查询报文时，对此域任意取值。服务器在应答报文中原封不动地回送该值。这样，当一个客户中存在多个域名查询时，通过标识符字段能够将应答报文与相应的查询请求一一对应。采用标识符字段是因为 UDP 并不提供面向连接服务，每个请求和响应在 UDP 相应的端口上进行单独操作，因此 DNS 采用报文标识符来匹配 DNS 请求和响应。当 DNS 报文较长而必须被封装在几个 UDP 报文段中时，这种 DNS 标识符并不能胜任这项工作，例如，它不能确保所提交的一组应答报文顺序正确，也无丢失，因此较长的 DNS 请求和响应改用 TCP 作为传输协议。

- 2 字节控制标志。包含一些控制位，控制并描述双方请求与响应的具体操作。例如，表明 DNS 报文是询问报文还是应答报文的标志位，表明 DNS 报文是从所请求域名的权威 DNS 返回的记录还是从一个普通的上层 DNS 返回的记录标志位等。控制标志中还有一个控制位用于选择域名服务使用的请求方式，DNS 提供两种基本的请求服务方式，图 7-9 所描述的由本地域名服务器分别向其他域名服务器发出请求询问域名地址，称为**迭代域名请求方式**。另一种请求方式称为**递归域名请求方式**，如图 7-11 所示，由本地域名服务器向根服务器发出请求，再由根服务器向顶级服务器发出请求，之后顶级服务器再向它的下一层服务器发出请求，直到该请求最后到达请求域名的权威服务器，再由这个权威服务器将包含主机域名信息的 DNS 报文反向逐步返回，最终通过根服务器将结果返回给本地服务器，由本地服务器返回客户端。

图 7-11　DNS 递归请求方式

- 4 个记录数字段。各占 2 字节，分别记录了报文中所包含不同记录的记录数。

DNS 报文的数据部分主要包含从域名服务器得到的各种记录。

每个域名服务器都维护一个能够提供 DNS 域名信息服务的资源记录（resource record）数据库。数据库中的记录主要由以下几个元素组成：域名 NAME、记录类型 TYPE、值 VALUE、生存期 TTL 和使用实体 CLASS。DNS 定义了 4 种主要的记录类型，如图 7-12 所示，对于每一种类型 TYPE 的记录，相应的域名 NAME 和值 VALUE 都有不同的含义。生存期字段 TTL 定义了 DNS 记录能够被缓存的最长时间周期，而使用实体字段则用于表明记录可以允许除 ICANN 以外的其他实体定义有效的记录类型，目前 DNS 的使用实体主要为因特网域名服务，以"IN"标记。

TYPE	NAME	VALUE
A	主机名	地址
NS	域名	DNS域名
CNAME	主机别名	主机规范名
MX	邮件服务器别名	邮件服务器域名

图 7-12   DNS 定义的几种记录类型及对应的字段含义

以下我们分析 DNS 资源记录中的几种类型的特点和功能：

- 类型 A。当 DNS 记录类型为 A 时，表明该记录中的域名字段 NAME 为一个主机域名，VALUE 字段表示该主机所对应的 IP 地址。例如，一条被简化了的 DNS 记录为 <A, pku. edu. cn，162. 105. 129. 29>，表明域名为 pku. edu. cn 的主机所对应的 IP 地址为 162. 105. 129. 29。此时说明这条 DNS 记录信息直接包含一个主机域名所对应的 IP 地址。

- 类型 NS。类型为 NS 的记录表明该记录是一个域名服务器记录，域名字段 NAME 表示一个域，VALUE 字段指明包含这个域的域名服务器名，这条记录通常还附带另一条类型为 A 的记录，以指明该域名服务器的 IP 地址。例如，客户向顶级 DNS 系统询问域名 a. mydomain. com. cn，顶级域名服务器查找到该域名空间位于域名为 ns. mydomain. com. cn 的域名服务器中，于是返回记录<NS, mydomain. com. cn，ns. mydomain. com. cn>和记录<A, ns. mydomain. com. cn，x. x. x. x>。前一条记录说明 mydomain. com. cn 所定义的域名空间在下一级域名服务器 ns. mydomain. com. cn 中描述，后一条记录指明域名为 ns. mydomain. com. cn 的服务器的 IP 地址为 x. x. x. x。NS 类型的记录并不能够直接返回被请求域名的地址解析，而是返回一个域名服务器的地址解析，本地域名服务器接收到这个 NS 记录后，继续向这个域名服务器发送请求询问，直到最终从所请求的域名的权威服务器中得到一个类型为 A 的主机域名记录。

- 类型 CNAME。DNS 的 CNAME 类型为因特网主机提供了别名服务的功能，通常具有复杂主机名的主机可以采用简单易记忆的别名供网络用户使用。例如，主机名为 server1. mydomain. com 的主机有一个更易于记忆的别名：mydomain. com，网络用户可以简单地使用这个主机别名向主机 server1. mydomain. com 请求服务。主机名 server1. mydomain. com 称为正规主机名（canonical hostname），主机名 mydomain. com 称为别名（alias hostname）。当客户使用一个别名向 DNS 询问地址信息时，请求过程与使用正规主机名询问完全一样，只是最终从权威 DNS 返回的信息记录中多了一条说明主机别名和正规名的记录，如上述例子中对于 mydomain. com 的域名请求的返回记录将包括两条记录：< CNAME，mydomain. com，server1. mydomain. com > 和 < A, server1. mydomain. com，x. x. x. x>。前一条记录说明这个别名对应的正规域名为 server1. mydomain. com，后一条记录则给出这个正规域名所对应的 IP 地址 x. x. x. x。

- 类型 MX。许多情况下，一个机构的 Web 服务器和电子邮件服务器使用相同的域名，例如，某公司向公共用户提供的邮件服务器域名为 mydomain. com（如邮件地址 username@ mydomain. com），与该公司的 Web 服务器域名 http：// www. mydomain. com 完全相同。而实际邮件服务和 Web 服务可能由不同的服务器提供，并且这些不同的服务器通常都有更复杂的正规域名。MX 类型的 DNS 记录为客户返回该邮件服务器别名对应的正规域名记录，以及该正规域名所对应的 IP 地址。例如，上述例子中将从相应的 DNS 中返回记录 <MX, mydomain. com，mail. mydomain. com>和记录<A, mail. mydomain. com，x. x. x. x>。前一条记录说明域名 mydomain. com 对应的邮件服务器的正规域名为 mail. mydomain. com，

第二条记录说明这个正规域名所对应的 IP 地址 x. x. x. x。

为了能够尽量减少网络中 DNS 报文的请求和响应，每条 DNS 记录使用 TTL 字段指出该资源记录在多长时间内是有效的。TTL 字段随同类型、名称和解析值等信息一同被存放在请求 DNS 服务的本地 DNS 服务器缓冲区内。在 TTL 所规定的时间范围内，这个本地 DNS 服务器可以直接将其缓冲的域名信息返回给客户；当 TTL 时间超过时，其所对应的缓冲资源记录被 DNS 系统删除。这样设计的目的是防止某个域名或者其对应的 IP 地址发生变化时，本地 DNS 仍然保留着旧的域名地址信息，并将这些已经过时的信息返回给客户。

7.2.3 利用 DNS 服务实现负载分配

因特网 DNS 服务系统除了能够提供域名对应 IP 地址的解析服务之外，还能够用来完成另一种非常有意义的工作，即在多台提供同一种服务的服务器机群之间进行负载分配。通常对于有大量用户服务请求的网络应用(例如大型门户网站)，单台服务器很难应付过重的访问负载，因而服务需要由多台服务器共同协作完成。这些服务器共享同一个域名，分别使用不同的 IP 地址，服务信息内容在这些服务器上复制，分担对访问请求的响应。这里的问题是：如何自动实现一个共享域名向多个 IP 地址的选择性映射？

轮流分配负载是 DNS 提供的最基本的负载分配方案。当一个域名对应多个 IP 地址时，所有这些地址与该域名的映射关系都被存在 DNS 数据库的资源记录中。对于这个域名的解析请求，DNS 系统将返回全部的地址解析记录，并且在返回记录中，很容易做到轮流将不同的 IP 地址作为第一条记录，通常浏览器会提取 DNS 响应报文中的第一个 IP 地址，发送 HTTP 请求，因此实现了多个服务器轮流提供服务。例如，某个 Web 服务提供商使用两台不同的服务器提供 Web 服务，如图 7-13 所示。假设这两台 Web 服务器对外使用同一个域名：mydomain. com，并分别使用不同的 IP 地址：IP1 和 IP2，这些域名信息全部被存放在域 mydomain. com 的权威域名服务器中。当客户向 DNS 系统询问域名 mydomain. com 时，这个权威域名服务器将返回与这个域相关的两个 IP 地址记录。通过简单的处理，DNS 可以使每次响应的地址记录顺序轮转，即如果这一次的 DNS 响应中 Server1 的记录放在首条，则下一次的 DNS 响应中又将 Server2 的记录放在首条。而且往往在访问 Web 站点时，浏览器会把 HTTP 请求发送给从 DNS 响应报文中得到的第一条记录对应的 IP 地址，这样，DNS 域名系统便轮流地将对 mydomain. com 的访问负载分配在 Server1 和 Server2 上。

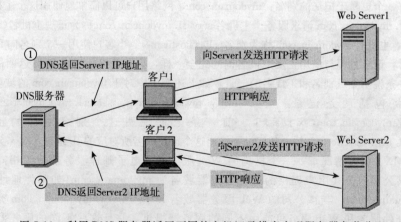

图 7-13 利用 DNS 服务器返回不同的主机记录排序实现服务器负载分配

实际中，对于多台服务器共同提供某一种网络服务，也可以改造域名服务器使其可以根据一定的检测结果和算法将同一域名解析成不同的 IP 地址，实现更复杂的负载分配方案。例如，使域名服务器与这些提供某种服务的多台服务器保持实时的交互，便可以使得域名服务器实时地了解每一个服务器当前的负载状况和内部资源使用情况等,并根据这些信息从 DNS 返回给客户一个当前最适合提供客户服务的服务器 IP 地址。通过 DNS 系统为客户选择一个最合适的服务器已经成为 DNS 服务系统的另一个重要职能。

7.3 万维网

万维网是一个以因特网为基础的庞大的信息网络,它将因特网上提供各种信息资源的万维网服务器(也称 Web 服务器)连接起来,使得所有连接在因特网上的计算机用户能够方便快捷地在这个庞大的信息资源网络中选择自己喜好的内容访问。实际中,任何计算机用户都可以通过使用某种 Web 浏览器来访问因特网上的 Web 信息。只要在用户浏览器地址栏中定位某个 Web 服务器以及该服务器所提供的相应 Web 文件,就可以从这个 Web 服务器上获取相应的 Web 信息,并通过浏览器将这些信息显示出来。

万维网作为一种网络应用服务,采用客户/服务器网络应用服务模型。在深入讨论万维网服务之前,我们首先简要介绍实现 Web 服务的几个基本组成部分。

7.3.1 万维网的基本组成

图 7-14 描述了万维网的基本组成部分,实现 Web 服务的组成部分主要包括:提供 Web 信息服务的 Web 服务器、从 Web 服务器获取各种 Web 信息的浏览器、定义服务器和浏览器之间交换数据信息规范的 HTTP 协议,以及 Web 服务器所提供的网页文件。以下我们分别简述这些组成部分的主要功能。

1. Web 服务器

Web 服务器是一个应用软件,运行在因特网上提供 Web 信息服务的服务器计算机中,主要任务是管理和储存各种信息资源,并负责接收来自不同客户端的服务请求,通过相应的处理操作组织并制作返回信息。

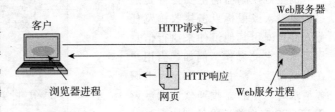

图 7-14　Web 服务的基本组成部分

Web 服务器除了在服务器端系统上维护一些静态的网页文件,还可以通过运行相应的脚本或程序产生动态网页文件,再将这些动态网页文件返回客户端。例如,某个公司网站(Web 服务器)向公众提供一些免费资讯服务,但首先要求用户填写一张免费资讯的请求表单,如个人姓名和邮件地址等,之后点击提交。服务器接收到用户填写的表单之后,可能会将用户信息存入数据库中,通过邮件发给这个用户一份免费资讯,向用户返回相关的信息,等等。这些工作都要求 Web 服务器调用其他应用程序完成。Web 服务器上用于实现这些功能的应用程序或脚本被称为通用网关接口(Common Gateway Interface,CGI),CGI 是一个标准化接口,定义了 Web 服务器与后端程序或脚本的通信规则。CGI 作为 Web 服务器的外部程序,启动另一个过程。CGI 应用程序与 Web 服务器的关系如图 7-15 所示。

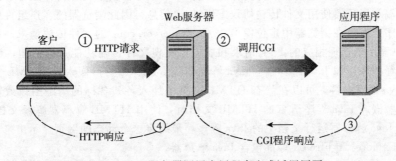

图 7-15　Web 服务器调用应用程序生成返回网页

图 7-15 中，浏览器向服务器发送一个 HTTP 请求，服务器接收到该请求之后，调用相应的 CGI 应用程序，并根据 CGI 应用程序返回的信息构建返回网页内容，最后将这个动态产生的网页返回客户端。还有一种脚本能够嵌入在网页文件（HTML 文件）中，Web 服务器本身能够理解并执行这些脚本程序而生成动态网页，这种脚本有 PHP、JSP、ASP 等，当网页嵌入这些脚本后，网页名后缀也相应改成 php、jsp、asp 等。

2. Web 浏览器

Web 客户端通过各种 Web 浏览器程序实现。浏览器的主要任务是承接用户计算机的 Web 请求，并将 Web 请求发送给相应的 Web 服务器，接收 Web 服务器的响应，再将这些信息显示给用户。统一资源定位器 URL（Uniform Resource Locator）是因特网上标准的资源的地址，用户向浏览器地址栏输入 URL 请求 Web 服务。一个 URL 的标准格式包括请求服务使用的协议、服务器地址、服务器端口号、请求文档的路径和名称这几部分。例如 URL 为 http://mywebserver.com 表明通过 HTTP 协议向服务器 mywebserver.com 请求 Web 服务，此时省略了服务器的端口号和访问的文档路径及名称信息，一个不成文的规定是所有的 Web 服务器均使用端口号 80 作为缺省端口号，如果没有特别注明，浏览器程序会自动为上述 URL 添加上端口号 80；而对于 URL 中省略的文档路径和文档名称信息，服务器的处理是自动将其网页主目录中的 Web 文档 index.html 作为缺省网页响应用户的请求。

浏览器的基本结构如图 7-16 所示，主要由一组客户、一组解释程序以及一个管理这些客户和解释程序的控制器组成。

浏览器控制器的主要任务是通过键盘输入或鼠标点击接收浏览任务，并且调用其他组件来执行信息显示所要求的操作。例如，当用户在浏览器地址栏中定位一个 Web 服务请求时，控制器收到该请求后调用 HTTP 客户程序来处理这个 Web 请求，HTTP 客户负责向指定的服务器发送 HTTP 请求以及从该服务器接收 HTTP 响应。当从远程服务器上取回所需的文档时，HTTP 客户将控制交还浏览器的控制器，由

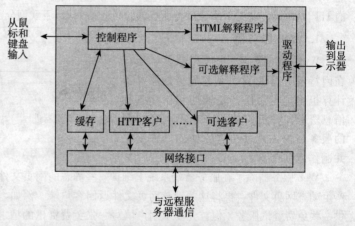

图 7-16　Web 浏览器结构示意图

控制器根据所接收文档的编码格式调用相应的解释器向用户显示该文档。HTML 解释器通过标准的 HTML 语法解释将 HTML 文件转换成相应的显示控制格式，并驱动硬件显示。

浏览器除包含 HTTP 客户和 HTML 解释程序之外，还可以包含使浏览器执行额外任务的组件。例如，可以通过浏览器向提供文件传输服务的 FTP 服务器请求文件传输服务，由于文件传输服务要求客户端和服务器使用文件传输协议 FTP 传递信息，因此浏览器的客户组件中必须包含文件传输客户程序。通过在浏览器中定位像 ftp://myftpserver.com/ 的文件传输请求，浏览器控制器调用 FTP 客户程序来处理相应的 FTP 请求和响应，实现文件传输功能。类似地，浏览器也可以包含其他的解释程序，如 Java 解释器。Java 解释器负责解释（运行）嵌入在 HTML 文档中的 Java 程序。利用 Java 编程语言，可以在静态 HTML 网页中加入各式各样的动态图像或窗口效果。浏览器接收到这些嵌入 Java 程序语言的 HTML 文档时，使用 HTML 解释器解释文档中的 HTML 部分，并通过 Java 解释器运行文档中的 Java 程序，最终将这个动态的网页显示出来。常用的浏览器如 Internet Explorer 和 Firefox 等都包含 Java 解释器。

浏览器程序在工作过程中也会启动用户计算机中运行的其他应用程序，例如，当接收到一个

"rm"格式的视频文件时，浏览器会启动能够播放这种格式的 Real Player 播放器，以实现对这种视频文件的播放。

3. 超文本传输协议 HTTP

万维网的另一个重要组成部分是超文本传输协议 HTTP，HTTP 定义了 Web 服务器和浏览器之间信息交换的格式规范。运行在不同操作系统上的客户浏览器程序(实际上是浏览器中的 HTTP 客户程序)和 Web 服务器程序通过 HTTP 协议实现彼此之间的信息交流和理解。HTTP 协议是一种非常简单而直观的网络应用协议，主要定义了两种报文格式：一种是 HTTP 请求报文，定义了浏览器向 Web 服务器请求 Web 服务时所使用的报文格式；另一种是 HTTP 响应报文，定义了 Web 服务器将相应的信息文件返回给用户浏览器所使用的报文格式。HTTP 请求报文主要包括所使用的 HTTP 版本号、请求服务器名和文档名以及浏览器本身的特性等信息。服务器解读这个 HTTP 请求，组织并封装 HTTP 响应报文返回客户端。响应报文主要包含用户请求的文档，以及对该文档类型的描述等信息。依据 HTTP 响应报文中的描述信息，浏览器控制器启动正确的解释器来解释文档或运行文档中的程序。我们将在后面进一步讨论 HTTP 协议的细节。

4. Web 网页

Web 网页是采用超文本标记语言 HTML(HyperText Markup Language)格式形成的文件。每一个 Web 页面(Web page)可以由多个对象(object)构成，一个对象是可以由单个 URL 指定的文件，如 HTML 文件、JPG 图像、GIF 图像、Java 程序、语音片段等。大多数 Web 页面由一个基本的 HTML 文件和若干个所引用的对象构成。HTML 文件中通过 URL 链接来引用本页面的其他对象。

HTML 文档又分静态和动态文档。静态 HTML 文档由标准的 HTML 语言构成，并不需要通过服务器或用户浏览器即时运算或处理生成。用户对一个静态 HTML 文档发出访问请求后，服务器只是简单地将该文档传输到客户端。动态 HTML 文档是在用户请求 Web 服务的同时由两种方式即时产生的，一种方式是 Web 服务器解读来自用户的 Web 服务请求，并通过运行相应的处理程序，生成相应的 HTML 响应文档，如前面提到的服务器通过运行 CGI 程序而产生返回文档；另一种方式是服务器将生成动态 HTML 网页的任务留给用户浏览器，在响应用户的 HTML 文档中嵌入相应的程序，由用户端浏览器解释并运行这部分程序以生成相应的动态页面，前面所提到的浏览器的各种可选解释器便是基于这种动态网页的实现而设置的。

7.3.2 HTTP 协议

HTTP 报文传输采用 TCP 传输控制协议，这意味着客户端和服务器应用程序发出的每个 HTTP 报文都将正确无误地传输到对方，因而 HTTP 协议本身并不需要考虑数据的传输差错问题，这使得 HTTP 协议变得非常简单。以下我们分别讨论两种基本的 HTTP 报文格式：HTTP 请求报文和 HTTP 响应报文，以及 HTTP 协议的特点。

1. HTTP 请求报文结构

当用户浏览器接受一个特定的 URL 时，客户程序构建 HTTP 请求报文并将这个报文发送到相应的 Web 服务器上。图 7-17 描述了 HTTP 请求报文的统一格式，由一个请求行、若干参数首部说明行、一个空行和请求报文数据部分组成。请求行和首部行构成 HTTP 报文的首部，通常情况下请求报文只包含请

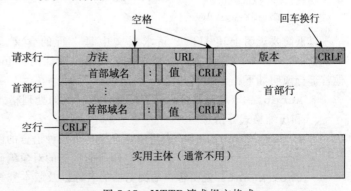

图 7-17　HTTP 请求报文格式

求首部信息，而不包含数据部分。

　　HTTP 请求报文请求行主要包含三部分信息：请求方法、URL 和所使用的 HTTP 版本号。HTTP 定义了多种请求操作方法，如方法 GET 用于从 Web 服务器上获取某个指定的网页。而方法 HEAD 用于从服务器获取某个指定网页的状态信息，而并不需要传送整个网页。HEAD 请求方法能够提供对指定网页的有效性、可到达性，以及被修改更新情况的检测，其典型的应用是在 Web 缓存技术中，为了减少网络的数据通信流量，节省网络通信资源，浏览器或 Web 缓存服务器会将曾经获取的网页缓存起来，以便下次用户请求同一个服务器的相同网页时可以直接从缓存中得到网页。为了确保缓冲区中的网页仍然是最新版本，可以向 Web 服务器发出 HEAD 请求，并从服务器对该请求的响应报文中得到网页被更新的情况，决定是否可以直接使用缓冲区中保存的网页。GET 和 HEAD 两种方法是 HTTP 最频繁使用的请求方法，除此之外，HTTP 还定义了其他的请求方法，如表 7-1 所示。

表 7-1　HTTP 请求方法列表

方　　法	描　　述
GET	向 Web 服务器请求一个文件
POST	向 Web 服务器发送数据让 Web 服务器进行处理
PUT	向 Web 服务器发送数据并存储在 Web 服务器内部
HEAD	检查一个文件的状态信息
DELETE	从 Web 服务器上删除一个文件
CONNECT	对通道提供支持
TRACE	跟踪到服务器的路径
OPTIONS	查询 Web 服务器的性能

　　HTTP 请求报文包含若干首部行，它们描述了对请求网页的一些限定，每个首部行由域名（字段名）和对应的值组成，用符号"："隔开。以下是一个 HTTP 请求报文实例，通过在浏览器中定位 http://www.pku.edu.cn 而产生的请求报文如下：

```
GET/index.html/HTTP/1.1
Accept:image/gif,image/x-xbitmap, image/jpeg,image/pjpeg,
        application/x-shockwave-flash,application/msword,
        application/vnd.ms-powerpoint,application/vnd.ms-excel, * /*
Accept-Language:zh-cn
Accept-Encoding:gzip, deflate
User-Agent:Mozilla/4.0 (compatible; MSIE 6.0;Windows NT 5.1;SV1;
        Tablet PC 1.7; .NET CLR 1.0.3705;.NET CLR 1.1.4322)
Host:www.pku.edu.cn
Connection:Keep-Alive
```

　　以下简要说明上述 HTTP 请求报文中每一行的含义。第一行请求方法"GET"向域名为 www.pku.edu.cn 的 Web 服务器请求主页目录中默认网页 index.html，使用 HTTP1.1 版本。其他首部行说明如下：

- Accept：该域说明客户能够接受各种对象的处理格式，如各种文字、图像、媒体的编码和压缩格式等信息。
- Accept-Language：表明用户选择基于某种语言的网页。
- Accept-Encoding：表示客户端所能接受的对象编码或压缩方式。
- User-Agent：说明客户端浏览器的名称以及版本号等信息。
- Host：指 Web 服务器的主机名，该参数的值直接从 URL 中获取，可以是服务器的域名，也可以是一个服务器的 IP 地址。

- Connection：这个域对应两种值：关闭（close）和保持连接（keep-alive）。表明客户端每获取一个 Web 对象之后，是否关闭相应的 TCP 连接，我们将在后面进一步讨论这个问题。

HTTP 请求报文还可以包含多种其他的首部行，如 Content-Length（内容长度）、Content-Type（内容类型）等，较详细的说明请参阅 RFC 2068。

2. HTTP 响应报文结构

HTTP 响应报文由 Web 服务器在接收到客户 HTTP 请求报文时，根据请求报文的内容产生并返回。响应报文将请求报文的首行请求方法替换成相应的状态行，描述 Web 服务器对某个请求报文的响应状况，其他部分与请求报文格式基本相同。HTTP 响应报文的通用格式如图 7-18 所示，状态行包括版本号、状态编码以及描述响应状态的短语。如一个典型的状态行"HTTP/1.1 200 OK"，表示服务器使用 HTTP/1.1 版本，"200 OK"表示接收到的请求正常，并返回所请求的信息。HTTP 响应报文其他首部行主要包含响应的文件类型、数据部分长度、修改属性等信息。实体（数据部分）包含响应数据文件，可以是包含了多个对象的静态 HTML 文件，或是嵌入了其他程序或脚本的动态 HTML 文件。

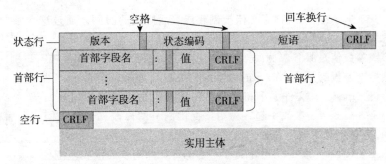

图 7-18　HTTP 响应报文通用格式

HTTP 定义了多种响应状态信息，以便客户端能够了解到服务器对其 HTTP 请求的处理情况，表 7-2 描述几种基本的 HTTP 响应状态信息。

表 7-2 中描述了以不同数字开头的 5 种响应代码，每一种代码又可以细分成多种基于这一类状态的子状态。常用的一些响应状态行包括"200 OK"表示请求成功，信息包含在响应报文中；"301 Moved Permanently"表示请求的对象已经被永久地转移到一个新的地址（URL），这种类型的响应报文同时还包含一个指向该对象的新的 URL，通过响应报文首部行"Location："指明；"304 Mot Modified"说明所请求的文档并没有被修改过，这个响应状态是针对一个包含"If Modified Since：xxxxxx"请求行的请求报文的响应，用于宣布某个文档在请求报文所指定的时间范围内并没有被修改过，我们将在后面 Web 缓存技术中进一步讨论 HTTP 的这种属性；状态"400 Bad Request"表示服务器接收到一个错误的 HTTP 请求，无法提供响应报文；而"404 Not Found"表示服务器并没有所请求的文档等。

表 7-2　HTTP 响应报文状态信息表

代　码	类　型	说　明
1××	通知	通知客户接收到请求，并且正在进行处理
2××	成功	表示访问成功
3××	重定向	指明该请求需要完成的进一步操作
4××	客户差错	客户请求差错或无法完成该请求
5××	服务器差错	服务器出现错误，无法完成相应的请求

以下是一个 HTTP 响应报文的实例，是域名为 www. pku. edu. cn 的 Web 服务器对 HTTP 请求：http://www. pku. edu. cn 响应报文。

```
HTTP/1.1 200 OK
Date:Wed,05 Dec 2007 04:39:42 GMT
Server:Apache/2.0.52 (Red Hat)
Last-Modified:Fri, 30 Nov 2007 01:29:03 GMT
ETag:"1c0db-e5e-5b1155c0"
Accept-Ranges:bytes
Content-Length:3678
Connection:close
Content-Type:text/html;charset= GB2312
```

上述 HTTP 响应报文第一行状态行"HTTP/1.1 200 OK"表示请求成功。其他首部行简要说明如下：

- Date：描述消息产生的日期和时间。
- Server：描述 Web 服务器的基本特征，如服务器使用的 Web 服务器软件、版本号等信息。
- Last-Modified：记录响应文档被创建或最后修改的时间。通过这个参数可以判断网页是否被更新过，是 Web 缓存技术中用到的参数。
- ETag：该参数值是服务器为每个网页产生的标识符，ETag 能够唯一识别一个网页。HTTP/1.1 标准并没有规定 Etag 的内容如何实现，Apache Web 服务器通过对一个 Web 文件索引节点值(inode)、文件大小和修改时间等参数进行散列生成 ETag。ETag 通常与网页的 Last-Modified 参数一起，为用户提供网页的修改属性。我们将在后面介绍 Web 缓存技术时进一步介绍这个参数的用途。
- Accept-Ranges：该字段允许服务器给出对资源请求的接收范围。
- Content-Length：说明响应数据实体的数据长度。
- Connection：该首部行的意义与 HTTP 请求报文相应的首部行相同，从服务器角度提出采用 HTTP 的持续连接或非持续连接。
- Content-Type：说明响应报文中数据实体的文件类型，如典型的文件类型"text/html; charset= GB2312"表示响应文件类型为 HTML，字符集为简体中文 GB2312。

HTTP 响应报文同样还包含一些其他的首部行，这里不再一一说明。

3. 使用 cookie 保存 HTTP 状态信息

HTTP 是一种无连接状态的协议，意味着浏览器和服务器并不维护彼此之间曾经发送或接收过的请求报文和响应报文的任何状态信息，每一次的 HTTP 请求和响应操作对于双方来说都是独立进行的。有些时候，出于商业目的，Web 服务器希望能够通过一种简便的途径来识别用户，并通过跟踪用户的访问进一步了解用户的兴趣爱好，以便能够在同一个客户再次访问该服务器时，为该用户提供一些针对性的信息，以促进该服务器的商业效果。例如，当某个用户访问一个图书交易网站时，该网站通过跟踪用户访问过或购买过的图书，可以了解该用户可能对哪些专业性书籍比较感兴趣，如果能够以某种方式识别这个用户，便可以在该用户再次访问网站时将一些相关的书讯信息提供给这个用户。

cookie 便是 Web 服务器用来识别不同客户的一种便捷方式。图 7-19 描述了 cookie 的工作过程。服务器在第一次接收某个用户的 HTTP 请求时，构建的 HTTP 响应报文中包含一个用于设置 cookie 的首部行如"set-cookie：1347836"。cookie 值"1347836"是一个对于服务器来说不会重复的整数，成为该用户在这个服务器中的识别标志，同时服务器会将这个用户标志以及该用户的访问行为记录并保存。用户浏览器接收到这个 HTTP 响应报文之后，会将这个 cookie 值保存在客

户计算机中，同时保存与这个 cookie 值相关联的服务器地址。当客户再次向同一个服务器发送
HTTP 请求时，浏览器中的控制机制会取出保存的 cookie 值"1347836"，并在请求报文中添加请求
参数行"cookie：1347836"。服务器接收到含 cookie 值的 HTTP 请求，便很容易从其保存的用
户相关信息库中识别出用户，掌握该用户的访问情况，以便进一步信息服务。

　　cookie 为服务器识别用户提供了简单方便的途径，但同时也带来了一些负面影响。例如，商
家网站为了达到其促销目的，一味地将大量广告信息随同响应报文一起返回给用户，使得用户感
觉很不舒服。而事实上，许多用户也并不希望自己访问 Web 的个人行为被他人私底下跟踪。常用
的浏览器通常都能够提供删除所有 cookie 的功能，通过某些浏览器插件也可以阻止服务器为用户
设置 cookie 的功能。

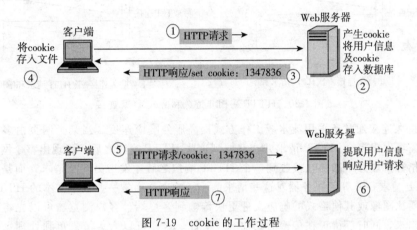

图 7-19　cookie 的工作过程

4. HTTP 使用持久/非持久 TCP 连接

　　HTTP 使用 TCP 传输控制协议实现请求或响应报文传输，客户端向服务器发出 HTTP 请求
之前，首先要和这个服务器建立一个 TCP 连接，之后的 HTTP 请求以及响应基于这个 TCP 连接
进行，最后双方释放这个 TCP 连接。试想如果服务器返回的 HTTP 响应网页文件中还包含若干
个到其他网页的链接，那么当用户点击这些链接时，浏览器便会向相应的服务器逐个发送新的
HTTP 请求报文以获取相应的网页，如果所有这些链接所指定的文件都处在相同的服务器时，客
户端是重新建立一些 TCP 连接还是继续使用已经建立好的 TCP 连接处理这些新的 HTTP 请求？
为每个 HTTP 请求建立新的 TCP 连接称为**非持久连接**，使用同一个 TCP 连接处理多个 HTTP 请
求称为**持久连接**。早期的 HTTP/1.0 版本采用非持久连接的策略，要求客户端和服务器为每一次
HTTP 请求和响应建立新的 TCP 连接，并在数据传输结束后拆除这个连接。非持久连接的特点是
实现比较简单，并且易于双方管理，但为每一个 HTTP 请求建立一个 TCP 连接，将占用双方较
多的处理资源。

　　目前使用的 HTTP/1.1 是基于持久连接方式的，采用持久连接能够加快网页文件的响应速
度。如图 7-20 所示，每个 TCP 连接需要建立连接的三次握手信号，如果为每个连接对象建立一
个 TCP 连接，那么每个对象传递之前都要经历一次 TCP 建立连接的时间延时，而采用持久连接，
则多个对象只经历一次 TCP 建立连接的延时。

　　采用持久连接的优势还体现在另一个方面。回想第 6 章介绍的 TCP 慢启动拥塞控制机制，
TCP 建立连接之后，发送方开始每次只向网络中发送一个长度不超过 MSS 的数据段，接收到对
方的正确确认之后，再逐渐增加每次发送数据的数量，直到经过若干个 RTT 之后，双方逐步调整
到正常的发送速度。采用非持久连接处理每一个 HTTP 请求，双方都需要经历一个 TCP 的慢启
动过程传输每个 HTTP 请求和响应，以调整双方的发送速度。而使用持久连接，双方只需要经过

一个慢启动过程，对于接下来的 HTTP 请求和响应可以直接进入拥塞避免阶段，这同样可以降低 HTTP 的响应时延。

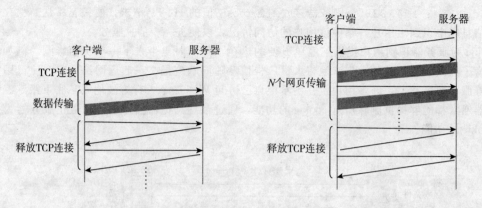

a）非持久连接一次HTTP请求和响应过程   b）持久连接N次HTTP请求和响应过程

图 7-20   HTTP 采用非持久和持久 TCP 连接

HTTP 持久连接通常还采用流水线工作方式提高服务响应速度。当某个网页由多个对象组成时，客户端需要发出多个 HTTP 请求并在获取到这些 HTTP 响应之后，展现出整个网页。流水线工作方式是指客户端并不需要在接收到一个 HTTP 响应之后才发送另一个请求，而是可以连续发出多个 HTTP 请求，并等待服务器对这些请求的一一响应，通常一些基于文本的 HTTP 响应由于文件较小，要比图像或其他格式的响应文件更快传输到客户端，客户浏览器可以先将接收到的响应文件显示出来，同时等待正在传输的其他响应文件。这样可以大大节省单独处理每个请求和响应所需要的等待时间，以更快速地浏览网页。

对于非持久连接来说，当服务器完成一个响应报文的数据传输之后，就可以向客户端发送释放连接请求，之后双方释放相应的 TCP 连接。采用持久连接方式，主要通过定时来决定是否释放一个 TCP 连接。双方在建立一个 TCP 连接时通常会为该连接设置一个定时，在定时之内可以利用这个 TCP 连接传送多个 HTTP 请求和响应，当定时时间到时，便请求关闭掉该 TCP 连接。

以上我们讨论了 Web 客户端进程和服务器进程之间彼此交换数据信息所使用的 HTTP 应用协议。最后需要指出的是如何确定 HTTP 请求报文和响应报文的首部参数。不同的浏览器或 Web 服务器将提供不同的设置接口。这些参数通常可以用手工方式实现对浏览器或服务器的设置。例如，双方均可以选择使用持久连接或非持久连接，选择双方能够接收的数据类型，以及对 cookie 使用的限定等。

7.3.3   Web 缓存技术（Web 代理服务器）

随着使用 HTTP 的用户越来越多，特别是对于一些用户访问频繁的 Web 服务器来说，如何能够更快地向用户提供网页，越来越成为人们所关心的问题。影响 Web 服务器响应速度的因素主要来自于两个方面，一是网络带宽的限制，当网络中的负载逐渐增多而导致端系统之间的传输时延增加甚至发生数据丢失时，TCP 的拥塞控制机制会相应地减慢端系统向网络中发送数据的速度，结果使得 HTTP 的请求和响应时延也相应增加。影响 Web 服务响应速度的另一个因素主要出自于服务器本身的处理能力，例如，某个服务器每秒钟能够处理几百个请求，如果每秒钟接收到的 HTTP 请求超出了这个范围，服务器只能先将暂时处理不了的请求存放在缓存队列中排队等待，这同样会增加服务器对每个请求的处理时延，甚至因排队等待的请求过多服务器不得不放弃某些 HTTP 请求。针对上述问题，网络研究人员提出了许多解决方案。Web 缓存和 Web 复制技术是非常有效的用于提高 Web 服务效率的策略，并且已经被广泛应用在 Web 领域。

  Web 缓存的基本思想是将请求到的 Web 网页存放到比较靠近用户的缓冲区中，当下一次用户再请求同一个服务器相同的网页文件时，便可以直接从缓冲区中取出这些文件返回给用户，而不必再向远端的服务器提出 HTTP 请求。缓存技术是使用专门的服务器缓存 Web 网页，并在需要时向用户提供这些缓存的网页，缓存服务器也称为 Web 代理服务器(Proxy Server)。代理服务器通常放置在距客户端比较近的地理位置，如设置在与用户同一个局域网或同一个园区网络上，或者设置在公共因特网负责向某个居民区提供因特网接入以及信息服务的 ISP 上。

  通过图 7-21 可以了解代理服务器的工作过程。代理服务器所在的网络中用户通过对浏览器进行设置可以使浏览器将所有的 HTTP 请求先发送到网络中的 Web 代理服务器上。代理服务器根据所接收到的请求查找其缓存的网页，如果发现缓存中存有所请求的网页，便直接将这个网页文件返回给这个用户浏览器；否则 Web 代理服务器再向指定的 Web 服务器提出一个新的 HTTP 请求，并在获取到相应的网页时，由代理服务器将得到的网页返回相应的用户。最后 Web 代理服务器会将这个新得到的网页保存在缓冲区中，以便下次再有同样的请求时，能够直接将缓冲区中保存的网页文件返回给用户。

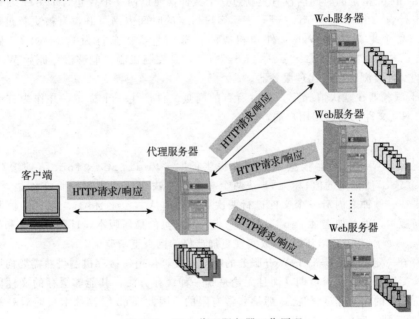

图 7-21 Web 代理服务器工作原理

  如图 7-21 所示，采用 Web 缓存技术，代理服务器作为 Web 服务器向用户提供 Web 响应服务。而另一方面，当代理服务器接收到一个没有被缓存的用户请求时，又作为指定 Web 服务器的客户向该 Web 服务器请求 Web 服务。用户和代理服务器之间以及代理服务器和指定 Web 服务器之间分别建立独立的 TCP 连接，并在相应的 TCP 上实现 HTTP 请求和响应操作。对于用户来说由于 Web 代理服务器常常位于距客户端较近的同一个局域网或园区网络环境中，如果能够直接从代理服务器中获取相应的 Web 网页，将会大大降低数据分组穿越因特网主干的负载，提高用户浏览网页的速度；同时也会在一定程度上降低 Web 服务器的响应处理负担，提高 Web 服务器的处理能力。

  Web 代理服务技术能够有效地提高 Web 服务响应效率，然而 Web 缓存必须要解决的一个关键问题是，能够确定其缓存的 Web 文件是不是原始 Web 服务器上的最新版本，以免将已经过期了的 Web 文件版本提供给用户。为此，HTTP/1.1 定义了一系列的用于实现这种缓存机制的首部参数。"Last-Modified"和"Expires"首部参数是对于某个 Web 网页文件的最后修改日期和有效期的声明，作为响应网页的首部行信息与网页文件一同返回给请求用户。例如，响应报文的首部行信息如下所示，它指明了该网页的最后修改时间以及有效期。

```
Last-Modified:Wed,14 May 2007 13:06:17 GMT
Expires:Fri,16 Jun 2007 13:06:17 GMT
```

Web 缓存机制在保存返回网页文件的同时，也会保存这部分首部信息。当接收到对相同网页的新请求时，根据这部分信息判断网页文件是否已经过期，决定是否需要重新向原始服务器请求相应的网页。实际中，许多 Web 服务器并不能够为所有的网页设置准确的"Expires"属性，此时可以利用 HTTP 所提供的条件请求功能确定缓存的 Web 文件是否过期。例如，Web 代理缓存了某个具有"Last-Modified"首部信息的网页文件，在接收到一个对该网页的请求时，可以向原始服务器发送条件请求来决定这个网页是否为最新版本。条件请求同样使用 GET 请求方法，并在请求报文的首部添加条件请求行"If-Modified-Since"，如：

```
GET/index.html/HTTP/1.1
If-Modified-Since:Wed,14 May 2007 13:06:17 GMT
```

上述 HTTP 请求首部省略了其他的首部信息，原始服务器接收到这个请求时，如果在"If-Modified-Since"指定的时间内没有更新过这个文件，便返回一个仅包含 HTTP 首部信息的响应报文，状态行为"304 Not Modify"，表示客户指定的时间内网页并没有被更新过，否则原始服务器会返回整个更新过的 Web 文件和相应的首部信息，状态行为"200 OK"。显然，使用"Last-Modified"和"If-Modified-Since"首部信息控制机制，能够避免原始 Web 服务器重复发送相同的文件给浏览器或代理服务器。

某些 Web 服务器在默认情况下，会对所有的网页文件产生一个标记，并作为首部参数字段 ETag 的值与网页文件一同返回用户端，如：

```
ETag:"56e0-5ae0-67b65b40"
```

通常情况下，Web 服务器根据条件请求提供的"If-Modified-Since"（即缓存文件中的"Last-Modified"所指定的值）和"ETag"两个参数值来决定所请求的网页文件是否已经更新，这是因为如果在一秒钟之内对一个文件进行两次更改，单从"Last-Modified"的值并不能体现出是否为最新版本，因此加上"ETag"参数进一步判断网页的最新版本，HTTP/1.1 利用 ETag 首部参数值和"Last-Modified"时间参数实现更加严格的网页更新验证。

Web 缓存在一定程度上提高了 Web 服务的响应速度，但由于缓存机制仍然需要向原始服务器发送请求以检测网页文件是否过期，而且无论是哪一种缓存方法，其能够缓存的文件信息量与庞大的因特网所提供的 Web 信息相比，都是非常有限的，因此 Web 缓存技术只能对一些被频繁访问的 Web 服务起到一定的加速作用。

7.4 多媒体网络应用

随着计算机网络的高速发展，因特网中的网络应用已经从最初的电子邮件、文件传输以及 Web 服务等逐步发展到通过因特网实现 IP 电话、视频电话会议、视频点播、电视直播和远程教育等多种形式的应用，这些集文本、数据、图像、音频和视频等各种数据格式于一体的数据类型称为多媒体数据，与多媒体数据相关的网络应用也称为多媒体网络应用。不同于传统的基于文件传输的网络应用，多媒体网络应用对数据传输有着特殊的要求。例如，将视频或音频信号转换成计算机数据形式，常需要占用较大的空间，一个持续几分钟的 MP3 格式音乐歌曲就需要几 MB。因此，如果通过因特网实时点播一首 MP3 歌曲，不仅要求有足够的网络带宽能够在几分钟之内将这几 MB 的数据从服务器传输到用户计算机，同时还要求实时媒体数据传输，即每个数据分组能够以相同的传输时延从发送方到达接收方，这样才能够使用户端将接收到的数据分组真实地恢复成原始的音频信号进行播放。本节将介绍因特网中多媒体网络应用技术，包括多媒体网络应用的特点、多媒体数据传输协议以及为实现因特网多媒体应用采取的措施。

7.4.1　图像、音频、视频的压缩

　　首先我们看计算机如何描述一幅图像。计算机采用二维像素(pixel)的矩阵形式描述一幅图像，每个像素可以用 1~8 位描述 2~256 个不同级别的灰度，以形成质量由低至高的黑白图像。每个像素也可以用 8、16 或 24 位来描述多种颜色的程度，形成彩色图像。例如，一幅图像以 1024×768(SVGA 分辨率，Super Video Graphics Array)二维像素组成，每个像素用 24 位(分别用 8 位表示红、蓝、绿的级别)描述颜色，则整幅图像共需要数据量 1024×768×24＝18.874368Mb。如果用 64kbps 的数据率传输这幅图像，则需要 18 874 368b/64 000bps＝295s＝4.9min。显然，用近 19Mb 的数据量来描述一幅图像无论是对于存储还是传输来说都显得过于庞大。事实上，上述描述一幅图像的方法只是为计算机显示和打印而提供的图像描述，而用于存储和传输的图像描述是在此基础上采取了基于不同方法的压缩技术，以较少的数据量来描述一幅图像，经过压缩的图像在显示或打印之前再通过解压过程的恢复，最终实现图像的显示或打印。

　　压缩技术的基本思想是用比较省数据量的方式表示相同的信息。对于一幅图像来说，如果某个区域内具有很多灰度和色彩都相同的像素，便形成一个性质相同的集合块。此时便可以用更简单的方法来描述这个区域的图像，如只用一个像素值和一些描述区域位置和大小的数值表示。目前已经有较多采用不同方法的图像压缩格式，如 JPG、GIF、BMP 等，其中 JPEG(JPG)是最为流行的图像格式之一，由从属于 ISO 和 ITU-T 的联合图像专家组(Joint Photograph Experts Group，JPEG)提出，并以该称号命名。压缩比最高可达 100∶1，在 40 倍以下时，解压后的视图效果与压缩前几乎一样。

　　视频可以看成是若干个静止图像的序列，其中每一幅图像称为视频中的一个帧，视频播放是以某个视频速度(单位时间内播放多少个帧)连续显示静止的图像。视频更需要采用压缩技术的预先处理，并且由于冗余度更大，通常可以得到更高的压缩比。视频压缩对于每一幅图像(每一帧)可以采用与静止图像相同的压缩技术实现，但除此之外，视频压缩还使用了大量的时间冗余压缩方法。MPEG 是目前最为流行的视频压缩技术之一，由 ISO 和 ITU-T 组建的运动图形专家组(Moving Photograph Experts Group，MPEG)制定，在借鉴了 JPEG 对于静止图像压缩处理方法的同时，运用了相邻图像间的时间冗余压缩技术。MPEG 标准包括 MPEG 视频、MPEG 音频以及视频和音频同步三个组成部分。MPEG 视频包含一系列的视频标准，如针对 CD-ROM 质量的 1.5Mbps 传输率的 MPEG-1 标准，针对高质量视频 DVD 的 6Mbps 传输速率的 MPEG-2 标准，MPEG-4 视频标准能够支持数据率在 4.8~64kbps 之间的低数据率多媒体传输，主要用于视频电话、数字电视、视频电子邮件等应用。

　　音频是多媒体数据的另一种表现形式。音频数据产生经过三个阶段：①对原始声音信号以一定的频率进行采样；②将所得的声音抽样结果进行数字化处理；③以一定位数的二进制数描述采样数据。对于固定电话语音系统采用的 PCM 标准，采样频率选择 8kHz，以 8 位描述每一个采样数据，对应的数据率为 64kbps。高保真立体声音乐频率范围是 20Hz~20kHz，要达到好的音质必须采用较高的采样频率。音乐光盘使用 44.1kHz 采样频率，以 16 位二进制数量化每一个取样值，数据率达到 705kbps。目前较为流行的音频压缩格式为 MPEG 音频标准，利用人听觉系统的感知局限，来确定音频信号中不会影响听觉的部分，并将这部分从信号中删除掉，信号恢复之后能够达到接近音乐光盘的音乐效果。目前最为流行的音乐压缩标准 MP3 全称为音频 MPEG-1 第三层标准，利用人类声学所独有的特点，对原始音频信号只保留人类听觉最灵敏的部分，从而得到 1∶10~1∶12 的压缩率，MP3 压缩后的数据率为 96kbps、128kbps 以及 160kbps。

　　以上我们简述了对音频和视频媒体的压缩以及当前较为普遍采用的一些压缩格式，事实上以某种格式对多媒体数据进行压缩只是完成了对原始音频或视频信号的捕捉和编辑，使其形成易于

存储和传输的媒体格式。接下来需要做的工作是如何在网络中传输这些媒体，以及在用户终端播放这些媒体。

7.4.2　多媒体应用概述

在进一步讨论多媒体网络应用之前，我们先分析实现多媒体应用主要包含的基本组件：

- 多媒体服务器。多媒体服务器的职能类似于我们曾经讨论过的 Web 服务器，本身拥有并维护一些多媒体资源，负责接受用户提出的多媒体服务请求，并向用户传送相应的音频或视频数据。
- 多媒体播放器。多媒体播放器实现对媒体的播放，主要功能是将所接收到的视频或音频格式进行解压处理以及必要的同步等其他处理，得到相应的视频和音频信号，以相应的速率将这些信号发送到主机的硬件设备如显卡和声卡上。播放器通常由用户浏览器启动，当用户通过浏览器访问多媒体服务器时，接收到媒体文件之后，根据媒体文件的格式启动相应的多媒体播放器。
- 多媒体数据传输控制协议。多媒体数据传输协议是在因特网传输层（TCP/UDP）和多媒体应用层之间架设的一层多媒体数据传输控制协议，目的是提高因特网中多媒体数据传输的实时性、时延稳定性以及数据传输的可靠性（此时的可靠性是针对 UDP 传输协议而言）。多媒体实时传输协议（Real-time Transport Protocol，RTP）和与其配套工作的实时传输控制协议（Real-time Transport Control Protocol，RTCP）是目前因特网环境中普遍采用的多媒体传输协议。
- 多媒体网络应用协议。多媒体网络应用协议为各种多媒体应用而设计，实现双方对媒体传输的管理与控制操作。例如，实时流协议（Real Time Streaming Protocol，RTSP）规范了多媒体播放器和多媒体服务器之间交换媒体数据的控制信息，实现对正在播放的媒体流进行暂停、快进、快退等控制操作。

以下我们讨论两种基本的多媒体应用方式，下载回放式和流式多媒体应用方式，并进一步分析它们各自的应用特点。

1. 下载回放多媒体应用方式

下载回放多媒体应用方式中，多媒体资源被预先存放在多媒体服务器中，用户根据需求随时向服务器请求多媒体服务，并从服务器下载整个多媒体文件，之后用户启动相应的播放工具播放多媒体，如图 7-22 所示。

图 7-22 中，直接使用 Web 服务器实现多媒体服务。用户端通过浏览器点击网页中指向某个多媒体文件的链接，之后开始从 Web 服务器下载该多媒体文件，当整个文件下载结束后，用户端浏览器根据

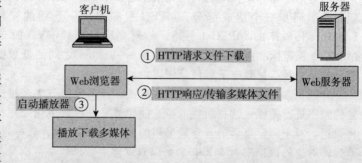

图 7-22　Web 服务器提供下载回放式多媒体服务

Web 的 HTTP 响应报文首部信息了解到这个多媒体文件的压缩格式等信息，并启动相应的播放器来播放该多媒体文件。

由 Web 服务器向用户提供视频或音频多媒体资源服务，事实上是通过浏览器和 Web 服务器完成一个多媒体文件的下载过程，主要特点为：

- Web 服务器和浏览器之间通过 HTTP 协议实现多媒体文件的数据传输。不需要运行多媒体数据传输协议。

- 客户端只能在下载完整个文件之后才可以开始播放媒体。
- 下载回放式多媒体网络应用对网络的带宽和时延稳定性没有特殊的要求。下载过程中用户端并没有开始播放媒体，当整个文件下载完成后，用户端播放器从本地文件系统中读取文件并进行解压等处理之后实现对媒体完全实时的播放，计算机 CPU 的处理速度可以很容易满足播放器所需要的处理和实时播放需求。

上述通过 Web 服务器实现多媒体服务的方式最大的缺陷就是用户必须首先将整个媒体文件接收到本地之后才可以开始视听，对于较大的媒体文件如一部电影或是一堂讲座，往往需要数小时的下载时间，这是许多用户所不能接受的。针对这样的缺点，现在的浏览器可以在识别了所传输的是多媒体文件后，不等下载完毕就启动播放器，从而得到较好的用户体验。多媒体服务还可以通过专门提供多媒体服务的流媒体服务器实现。

2. 流式多媒体应用方式

流式多媒体服务由专门提供流媒体服务的流媒体服务器提供，能够比 Web 服务器提供更多的易于多媒体文件传输和控制的功能。流媒体服务最大的特点是不再使用 HTTP 协议传输媒体，而是采用某种多媒体传输协议传送媒体，原始多媒体文件被分成多个段，每段携带相应的多媒体描述信息，封装成多媒体传输数据包，服务器实时发送这些多媒体数据包(也称为多媒体流)，用户对每一个数据包可以单独处理并播放，而不必等到将整个文件下载之后才开始播放。流媒体服务器还能够为用户提供控制播放操作的一些功能，如暂停、快进和快退等。图 7-23 描述了流式多媒体服务的实现过程。

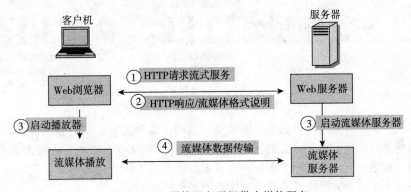

图 7-23　流媒体服务器提供多媒体服务

- 客户机访问 Web 服务器提供的 Web 服务，当点击某个多媒体链接时，Web 服务器接收到相应的 HTTP 请求，经过处理返回 HTTP 响应报文，这个响应报文包含媒体文件的一些描述信息，如媒体文件使用的压缩格式，提供媒体流式服务的服务器特征描述等信息。同时 Web 服务器启动相应的流媒体服务器。
- 用户浏览器分析 HTTP 响应报文之后，选择相应的播放工具，并将有关信息传递给播放器，这些信息包括流媒体服务器信息、媒体文件名以及媒体文件的各种描述信息等。
- 用户端的媒体播放器与服务器端的流媒体服务器直接进行流媒体传输和控制操作。为了达到更好的媒体播放效果，双方采用多媒体数据传输和应用协议，如前面提到的 RTP 以及控制双方交互性操作的 RTSP 等，这些协议通常使用传输速率较高的 UDP 作为传输层协议。

上述流式媒体服务方式能够提供一种边下载边播放的应用，是大部分网络用户更倾向使用的多媒体应用方式。这种应用方式更多地应用在网络电视直播、IP 电话或因特网视频电话会议等领域。

3. 多媒体网络应用的特点

我们介绍了两种多媒体服务方式，下载回放式以及边下载边播放的流式服务方式。前者对网络的性能并无特殊的要求，用户和服务器之间通过运行 HTTP 协议或其他文件传输协议，将整个文件下载之后，用户选择适当的播放工具开始播放媒体。而后者则对网络传输数据的性能有特殊的要求，我们从两个方面来讨论这个问题。

第一，要求网络能够提供较高的数据传输带宽，或者说分组能经过较短的传输时延到达接收端。交互式多媒体网络应用如视频会议、IP 电话等对时延比较敏感，如果双方通话的时延在 400ms 以上时，用户就能够感觉到，时延过大会影响正常的通话质量。提高主干网络和本地网络的数据传输速率能够减小数据分组的传输时延。

第二，要求网络能够实时传输媒体数据。实时数据传输要求发送端发送的每个承载媒体的数据包在网络中传输都经过相同的传输时延到达目的端，实时数据传输是实现多媒体网络应用的基本条件。我们来看因特网传输电话语音信号的例子，发送话音的一端首先要对原始语音信号进行数字化处理，包括采样、量化和编码处理过程，之后将得到的数据封装成数据包向接收端传送。假设发送端每 100ms 产生一个数据包，按照 8000Hz 的采样频率，每个数据包应该包含 $8000 \times 0.1 = 800$ 个语音样值，发送端以 100ms 的时间间隔发送这些数据包，如果接收端同样能够以 100ms 的时间间隔接收到每个数据包，那么经过处理便可以得到每个数据包中的样值，并且这些样值随时间变化的规律与原始语音信号一致，进而恢复出接近原始语音的信号。如图 7-24 所示，发送端发出的数据包经过因特网传输，不能以稳定的传输时延到达接收端，并且某些数据包在传输过程中还可能丢失，这些都会影响接收端还原真实的语音信号，使得对方听到的声音时快时慢，时有时无，很不舒服。

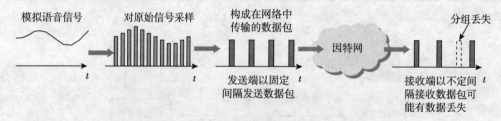

图 7-24   因特网传输数据产生数据丢失和传输时延不稳定

如上所述，多媒体应用对网络的基本要求是较高的传输带宽和稳定的传输时延，而当前因特网所能够提供的是对传输带宽、稳定时延以及数据可靠性都没有保障的尽力而为数据传输服务，面对这种挑战，网络研究人员提出了多种网络技术以提高基于因特网的多媒体网络应用服务质量和性能保障。接下来将分别讨论这些技术的实现原理和特点。

7.4.3   多媒体实时传输协议

1. 为什么需要多媒体传输协议

因特网提供了两种传输方式，可靠的 TCP 传输控制协议和尽力而为的 UDP 传输控制方式。采用 TCP 协议传输多媒体数据能够提供数据传输可靠性，使多媒体数据传输的质量相对较高，但使用 TCP 协议传输多媒体数据存在以下几个问题：①TCP 的确认和重传机制在一定程度上减慢了数据传输的速率，并且这种重传的分组对于实时性要求较高的多媒体数据意义不大；②TCP 根据网络的拥塞状况和接收窗口调整向网络中发送数据的速率，这同样会影响多媒体数据的实时传输；③TCP 发送端通过慢启动过程调整发送数据的速率，使得发送端发送速率在 TCP 刚刚建立连接时比较低。

与 TCP 相比，UDP 能够提供较高的数据率，并且不具备拥塞控制和慢启动功能，因此发送数据率相对稳定，但由于没有差错控制和流量控制机制，发送端在网络出现拥塞时不能及时检测到这种拥塞状况，仍然不停地向网络中发送数据，因而可能造成较高的丢包率，同样影响用户的视听效果。

多媒体实时传输协议 RTP(RFC 1889)是针对因特网上多媒体数据流的一个传输协议，由因特网工程任务组发布。RTP 的典型应用建立在 UDP 传输层之上，为多媒体数据传输提供时间信息和媒体流的序列号等额外信息,从而提高媒体流在因特网中的传输质量。

RTCP 是与 RTP 配合使用的实时传输控制协议,通过在当前应用进程之间交换一些控制信息,提供对 RTP 实时传输的控制管理和质量保证。例如,正在参与一个视频会议的每个会议成员,在会话期间周期性地相互传送 RTCP 控制包,包中含有每个会议成员已经发送的媒体数据包的数量、丢失数据包的数量等统计信息,会议成员可以利用这些信息动态地改变媒体传输速率,甚至改变有效载荷类型,以适应每个参会者对数据的处理能力和网络的传输能力。

2. RTP 和 RTCP 协议

图 7-25 描述了实时传输协议 RTP/RTCP 的体系结构。RTP/RTCP 数据包封装在 UDP 报文段中,作为 UDP 报文段的数据部分在因特网中进行传输,与因特网传输协议 UDP 共同完成多媒体的实时传输功能。RTP/RTCP 协议可以看成是一种通用的实时数据传输协议,可以用于多种不同的多媒体应用,传输多种不同格式的多媒体数据。RTP/RTCP 只提供协议框架,即 RTP/RTCP 本身只提供多媒体应用所需要的各种信息如报文的时间标签、序列号以及双方接收或发送数据的状态信息,而将如何利用这些信息进一步控制

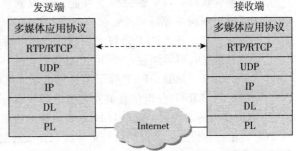

图 7-25 多媒体传输协议体系结构

和扩展多媒体应用的任务留给了多媒体应用进程去处理。例如,利用 RTP/RTCP 提供的传输数据信息和控制信息,应用层可以决定如何进行流量控制,如何处理丢失的数据分组,如何调整发送或接收的速度等。

图 7-26 描述了 RTP 数据包中首部主要字段信息。为简单起见,我们省略了 RTP 协议首部的部分细节,仅讨论 RTP 协议中比较关键的一些首部信息。

- 有效载荷类型。有效载荷类型字段指明媒体数据类型及其压缩格式,接收端通过这个字段内容了解媒体采用压缩格式,以便将接收的数据包恢复成原始音频/视频信号。RTP 能够支持多种媒体格式,音频格式主要包括电话语音系统的 PCM 编码、移动电话使用的 GSM 以及音乐编码格式

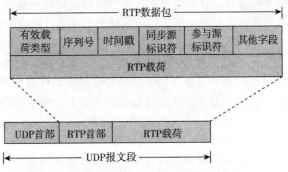

图 7-26 RTP 数据包主要包含的字段内容

  MPEG 等,视频格式包含用于视频电话系统的 H.261/H.263、MPEG1/2/4 等。
- 序列号。RTP 为产生的每一个数据包设置一个连续递增的序列号字段。序列号的主要功能是用于标识不同的 RTP 数据包,接收端通过检查接收数据包的序列号字段能够了解是否丢失了某些 RTP 数据包。RTP 本身并不提供修复数据包丢失的任何措施,而只是将数据丢失的信息向多媒体应用提供,并由应用层决定如何处理。不同的应用程序对于 RTP 包丢失会采用不同的处理方法,例如可以通过某些差错恢复技术重现被丢弃的数据包,以实现数据播放的连续性,如果丢包率较高,应用程序还可以选择另一种压缩比更高的媒体格式作为 RTP 的载荷,这样通过传输相对较少的数据量来适应网络的传输能力。
- 时间戳。时间戳参数是 RTP 协议的重要组成部分,由发送端在产生这个 RTP 数据包时产生。时间戳字段所描述的是视频/音频格式数据帧时间漂移量,而并非实际的时间。举例来说,如果发送端采用 PCM 编码技术处理语音信号,每秒钟产生 8000 个语音采样值,假设将这些采样

值组成 30ms 长的语音帧,那么每帧含 0.03s×8000＝240 个对原始语音信号的采样值。如果将每一个这种语音帧封装成一个 RTP 数据包,则某个 RTP 的时间戳为 t 时,紧接着该 RTP 的下一个 RTP 数据包的时间戳为 $t+240$,意味着这两个 RTP 播放时间间隔相差 240 个时间单位。发送方对于时间戳的处理是使时间戳值连续增长,即使在没有 RTP 数据包产生时(如语音的静默期),也需要保持时间戳的增长。接收端通过 RTP 包的时间戳信息实现实时播放。

- 同步源标识符。同步源标识符用于标识同一个节点所发出的不同的媒体流。这个标识符的作用有些像 TCP/UDP 的端口号,不同的是端口号用于识别端系统的应用进程,而同步源标识符用于识别端系统同一个应用进程中不同的媒体流。例如,当多个节点同时参加一个视频会议时,每个参会节点可能会接收到从其他任何一个与会节点发出的 RTP 媒体流,通过识别同步源标识符,接收节点能够将属于同一个媒体流的 RTP 数据包进行关联。

- 参与源标识符。RTP 协议允许在同一个会话中存在多个数据源,例如,视频会议中,为了节省带宽,可以通过一个 RTP 混合器将从多个源接收的媒体数据组合成一个 RTP 媒体流发送出来。此时,RTP 除了需要列出媒体流的同步源标识符,还需要列出参与源标识,即每个参与 RTP 分组信息的发言者的同步源标识符,用来表示 RTP 数据包的来源。

RTCP 实时传输控制协议是与 RTP 实时传输协议同时工作的协作协议。回想第 6 章曾经讨论过的 TCP 传输控制协议,通过确认与重传机制提供数据传输的可靠性保障,同时利用监测到的丢包现象动态调整 TCP 发送端的发送速度,从而实现 TCP 的流量控制和拥塞控制机制。实时传输协议 RTP 通常使用 UDP 作为传输层协议,UDP 并不会向发送端确认所接收的报文段,因此发送端也就无从了解其发送数据的速率是否适合接收端的处理能力,或者是否能够适应网络的传输能力。

RTCP 的基本功能是为使用 RTP 进行媒体实时传输的端系统提供必要的监控信息,参加 RTP 会话的终端能够通过这些监控信息提高实时媒体传输质量。RTCP 数据包携带有服务质量监控的必要信息,如 RTP 终端的 RTP 数据包丢失率、RTP 数据包的时延抖动情况,以及视频和音频的同步信息等,这些信息通过 RTCP 协议周期性地在 RTP 会话终端之间进行交换,发送端和接收端能够实时监控整个媒体传输的状况,并通过相应的措施对媒体传输质量进行管理和控制。

RTCP 能够提供的功能主要体现在以下两个方面:

- 发送端发送数据流量控制。RTCP 最重要的作用是为 RTP 会话提供流量控制机制。为了使发送端能够及时了解接收端接收媒体流数据的情况,参加 RTP 会话的接收端会周期性地向发送端发送该接收端的 RTCP 报告,RTCP 报告包含接收端已接收 RTP 数据包的最大序列号、丢失 RTP 数据包数目、时延抖动以及时间戳等重要信息。发送端根据这些信息可以了解 RTP 包的往返时延、丢包率和时延抖动等情况,并对发送速度进行动态调整以适应网络流量以及接收端处理能力的变化。例如,当发送端通过接收端的 RTCP 报告监测到较高的丢包率时,说明网络出现一定程度的拥塞现象,发送端可以相应地降低发送数据的速率以减少更严重的丢包,在不改变媒体实时传输的前提下,发送端可以通过改变有效载荷的类型,即改用更高压缩比的媒体类型传输以减少发送端的数据流量。

- 接收端接收数据同步控制。RTCP 的另一个关键作用是让接收方能够同步多个 RTP 流。例如,当某个媒体源需要同时传输音频和视频时,由于音频和视频采用不同的编码技术,RTP 会使用两个媒体流(这两个媒体流各自拥有不同的同步源标识符)分别进行传输。这两个流的时间戳将以不同的速率进行递增,为了保证声音与影像的一致性,接收方必须要同步这两个媒体流。为此,RTP 发送方周期性地向接收方发送 RTCP 同步信息,该 RTCP 数据包为每个传送源定义一个唯一标识数据源的规范名(canonical name),虽然由一个数据源发出的不同的流(音频和视频)具有不同的同步源标识符,但这些属于同一发送源的媒体流具有相同的规范名,这样接收方就知道哪些流是有关联的,并根据发送方的 RTCP 报告所包含的同步信息来协调两个流中的时间戳值。

以上我们简单阐述了实时传输（控制）协议 RTP/RTCP 的结构和功能。值得注意的是，RTP/RTCP 是一种通用的因特网多媒体实时传输协议，而并非针对某一种媒体的实时传输。例如，RTP 数据包为多媒体网络应用提供了时间戳以及分组序列号信息，并没有定义如何处理时延抖动以及分组丢失，而是将这些具体的操作留给相应的应用程序处理。类似地，RTCP 报告为端系统提供了 RTP 传输的各种监测信息，同样没有规范针对各种监测结果的具体操作，不同的应用程序自行决定如何根据 RTCP 得到的信息调整数据流量，或实现不同流的同步控制。

RTP/RTCP 最典型的应用是为因特网视频电话系统提供音频及视频数据传输服务。一些标准化组织相继制定出了一系列规范因特网电话业务的通用标准及相关协议。这些标准协议作为 RTP/RTCP 的高层协议，主要实现会话终端的电话呼叫控制、用户的定位和身份认证、会话媒体格式的描述以及对会话过程的管理控制等。由 IETF 制定的会话启动协议（Session Initiation Protocol，SIP）以及由 ITU 制定的 H.323 音频/视频会议通用标准是目前广泛使用的因特网电话和视频会议标准规范。两种标准都对因特网 IP 电话系统提出了完整的解决方案，但设计风格和使用特点有所不同。SIP 借鉴因特网应用协议的模式，将电话的呼叫和管理控制信息作为消息的首部信息进行封装，通话者之间或者通话者与注册服务器之间相互传递 SIP 消息，实现用户呼叫以及通话管理控制。SIP 将网络电话处理的复杂性推向了网络终端设备，因此更适于构建智能型的用户终端。H.323 标准采用传统的电话信令工作模式，在 H.323 系统中，终端主要为通信提供媒体数据，功能比较简单，而对呼叫控制、媒体传输控制等功能的实现则主要由网守来完成。H.323 系统体现了一种集中式、层次式的控制模式。关于 SIP 和 H.323 的标准细节已经超出了本书所讨论的范围，这里不做过多的讨论。

除此之外，RTP 也被用于多媒体视频直播系统，实现实时的数据传输服务。实际中也可以编写自己的多媒体应用程序，实现基于 RTP 数据传输的多媒体网络应用。一种最基本的方法是通过 UDP 套接字编程实现，发送端应用进程按照 RTP 的数据包格式将捕获的一组音频/视频数据添加上相应的首部信息封装成 RTP 数据包，然后将封装的数据包通过 UDP 套接字发送；接收端应用进程通过 UDP 套接字接收到 RTP 数据包之后，对其进行拆封，根据相应的首部信息对 RTP 的载荷部分进行解码和播放。另一种多媒体编程方法可以通过系统提供的 RTP 库实现，为方便编程，许多系统提供现成的 RTP 库。RTP 库为多媒体应用进程提供了 RTP 封装和拆封等操作细节，通过这个 API，发送端应用进程只要提供相应格式的媒体块及其属性如时间戳、序列号、媒体源标识符等信息，以及目的 IP 地址和端口号等信息，RTP 库函数便可以为应用进程提供 RTP 数据包的封装操作；同样，借助于 RTP API，在接收端也可以为应用进程提供 RTP 数据包接收以及拆封等操作。

7.4.4 缓存技术和分组差错恢复技术

实时传输协议 RTP 首部信息携带了原始媒体的时间戳参数和分组序号。时间戳描述了捕获原始音频或视频信号的时间特征，这些时间特征与媒体数据一同发送到接收端，接收端可以依据接收分组的时间戳信息以原始媒体被捕获的速率实时播放接收的媒体。RTP 携带的分组序号字段能够帮助接收端了解哪些分组在传输过程中被丢失，通过采用不同的数据包恢复技术恢复这些被丢失的分组，保证多媒体数据的完整性。

1. 缓存技术

通过 RTP 提供的时间戳参数实现实时播放，要求在播放之前接收端必须首先缓存一部分分组，如图 7-27 所示。因特网不能确保实时的数据传输服务，接收端也不可能以媒体数据包的发送速率接收到每一个 RTP 包，典型的做法是接收端并不马上播放所接收的数据分组，而是在接收并缓存积累了一定数量的分组之后，再从缓冲区中以恒定的速率取出分组，按照分组的时间戳参数播放。

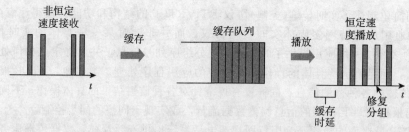

图 7-27　接收端经过缓存后实时播放媒体

图 7-27 中的缓存技术会给多媒体应用带来一定的时延，这正是我们在线点播或者直播某个媒体视频资源时所遇到的普遍现象。延时播放技术对于视频点播或直播应用来说是一个简单而有效的策略，接收端可以从所接收 RTP 包的速率以及 RTP 包的时间戳参数估算出与发送端之间的往返时延，并确定开始播放之前需要缓存的数据量。对于用户来说，等待一个秒级甚至分级的开始播放时延也是可以接受的。

但对于实时交互性的网络电话应用来说，如 IP 电话或多媒体视频会议应用，终端对于通话之前的时延比较敏感，相关试验表明人们对语音的时延敏感度在约 300ms 之内。因此，这类多媒体应用除使用缓存技术之外，更多的是通过动态调整实现实时播放。例如，通过传递 RTCP 实时传输控制消息，使通话者之间相互了解终端设备以及连接网络的状态信息，如数据传输时延、丢包统计、网络传输能力等信息，并根据这些信息来调整和控制发送方发送数据的速率以及发送方使用的媒体压缩处理格式。这种动态调整也利用了人类视觉和听觉的一些局限性，例如人耳对语音停顿期间的时延敏感度要低于语音峰值的敏感度。利用这个特性，接收端可以适当地调整语音静默期的时延，以适应实时播放的需求。

2. 分组丢失恢复技术

以电话语音数据传输为例，每个数据包包含一段时间的语音采样值，例如，以每秒钟 8000 次采样频率采样，100ms 长的数据包含 800 个语音样值，当一个分组丢失，连续的话音就丢失掉一个音素，过多的分组丢失将会造成语音质量下降，以致讲话者不能被对方理解。

TCP 传输控制协议通过确认和重传机制修正传输差错或丢失的分组，这种重传的数据包需要至少一个额外的往返时延到达接收端，往往已经超过了接收端的对丢失数据包的播放时间，因此这种差错处理并不适合多媒体应用。多媒体应用对于分组丢失或传输差错的处理主要是利用对已经接收到的分组来重建丢失或出错的分组。处理分组丢失是实现多媒体网络应用的关键技术，实际中也存在着多种恢复丢失分组的技术，以下我们简述几种纠错处理方法。

向前纠错法

向前纠错码 FEC(Forward Error Correction)是一种数据传输差错检验和恢复方法，有多种 FEC 码可用于数据差错恢复，其中最简单的是通过奇偶校验码实现。基本原理是为每 n 个媒体数据包添加一个奇偶校验分组，这个奇偶校验分组的每一个比特分别由这 n 个媒体数据包中相同比特纵向进行奇偶校验而得。发送端将这 $n+1$ 个数据包一同发送，如果其中一个数据包丢失，接收端可以对接收的 n 个数据包每一位进行纵向异或而恢复丢失的数据包。图 7-28 描述了这种 FEC 纠错码的实现过程，假设以 4 个原始数据分组为一组，序号分别为 1、2、3、4，将将这 4 个数据分组进行纵向比特的异或运算(即垂直奇偶校验操作)，得到分组 5，发送端将分组 5 与原始的分组 1~4 一同发送。假如分组 3 在网络传输过程中丢失，接收端根据数据包的序号察觉出丢失的分组，并通过对分组 1、2、4、5 逐位进行纵向异或运算可以恢复出丢失的分组 3。FEC 纠错方法通过每 n 个数据包额外传输一个 FEC 码数据包，可以解决并恢复 n 个数据分组中一个分组被丢失的问题，这种方式与媒体使用的编码方式无关。

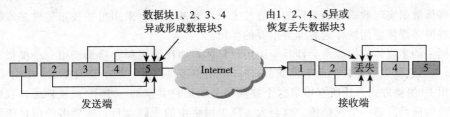

图 7-28   采用 FEC 码实现分组丢失恢复

另一种 FEC 的变通方法是，在每个连续发送的数据包中额外携带一些冗余信息，这些冗余信息是对前一个数据包较低分辨率(高压缩比)的描述。这样，如果接收端发现某个序号的原始数据包丢失，便可以通过后续分组的冗余信息重构被丢失的数据包，以保证接收数据的连续性和完整性。以上所述的两种 FEC 方法都是针对一定范围内仅有一个分组丢失的恢复方法，并不能处理连续分组丢失。

交织技术

以上讨论的两种分组恢复方法，当语音信号数据包发生大段连续的突发丢失时，其恢复效果也会大大降低。交织技术是针对因特网难以避免的突发连续丢包这种典型现象而提出，基本原理是采用交织技术打乱原始语音编码的发送顺序，即将一组实时产生的语音帧顺序打乱，放入不同的数据包中进行传输，由于连续的语音编码分别通过不同的分组交织传输，因此将大段的突发连续语音丢失转化为随机的小段丢失。如图 7-29 所示，假设将每个原始音频信号产生的语音数据编码被封装在 4 个数据包中，序号 1～16 表示实时产生的语音帧。将这 4 个原始数据包组成一组进行交织处理，简单地将每个原始数据包第一个语音帧组合形成第一个交织数据包，类似地，将每个原始数据包第二个语音帧组合形成第二个交织数据包，依次类推得到 4 个经过交织处理的发送数据包。假如发送流中的第 3 个数据包丢失，经过复原后得到的每个原始数据包中只损失掉原来数据的四分之一，因此对数据的播放并不会产生太大的影响。交织技术的弊端是增加了交织处理时延，交错到几个分组中的连续数据需要在接收端进行重新排列。与其他恢复技术相比，交织技术并没有引入额外的网络开销，并且能够处理连续分组丢失的问题，因此如果能够将交织技术产生的时延控制在一定的容许范围之内，可为一种很有吸引力的分组丢失恢复技术。

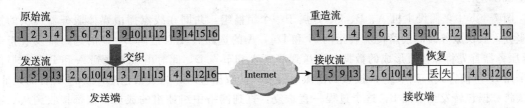

图 7-29   交织分组丢失恢复方法

以上所介绍的分组丢失恢复方法是基于发送端在数据发送之前对分组进行必要的预先处理，使得接收端能够依据这些处理对丢失的分组进行恢复。另一种策略是接收端不依赖于接收数据包携带的额外信息或者发送端的预先处理来恢复丢失分组，而是通过对所接收到的数据进行一系列的分析来估计出丢失的数据包，并以这种估计出的数据替代丢失的分组来修补原始信号，以保持数据的连贯性。最简单的修复方法是用丢失分组前正确接收到的分组来重播丢失分组。要达到更真实的效果，可以利用丢失分组之前以及之后接收到的分组特征来重建一个替代分组，以保证替代分组能够保持整个话音流的变化特征。这种根据声音的波形特征恢复丢失分组的方法与简单地重复播放相比，可以得到较好的话音质量。

7.4.5   组播技术应用

实时传输控制协议 RTP/RTCP，以及接收端采用的延时播放处理技术和分组丢失修复技术，是实现多媒体数据实时数据传输采用的核心技术。在此基础上，采用组播技术传输多媒体数据对于实现因特网多媒体应用同样起着非常重要的作用。

因特网中的多媒体应用经常会涉及一组用户群体，如在线视频直播系统由一个提供视频服务的服务器（当然也可以是这样的服务器集群）向一组用户提供视频。基于我们在 5.6 节对 IP 组播的讨论，采用 IP 组播方式，让所有申请这个视频服务的用户共享同一个 IP 组播地址，视频源服务器只要向该组播组发送一个视频流，这会大大减少网络中的视频流量，使更多的用户能够同时得到这个在线直播服务，如图 7-30a 所示。

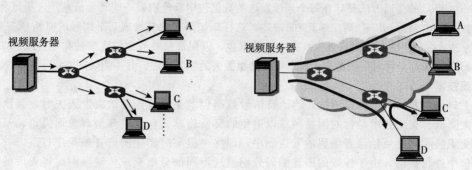

a）以IP组播方式传输视频流   b）以应用层组播方式传输视频流

图 7-30 采用 IP 组播和应用层组播进行数据传输

IP组播虽然提出了很好的网络数据传输模式，但并没得到很好的发展及广泛使用。主要原因是因特网中的路由器必需维护复杂的动态变化的多播树结构。为了避开让路由器直接处理多播数据，应用层组播技术的基本思想是把对组播数据的选路、复制和转发任务交给组播组中的成员主机完成。成员主机之间的数据传输依然采用 IP 单播模式，与单纯的单播方式不同的是，这些成员主机中都维护一个路径信息转发表，每个成员主机在接收到从其他成员主机发送来的数据分组时，根据其路径转发表决定是否需要将所接收的数据复制并转发到其他一个或多个组中的成员，如图 7-30b 所示。

图 7-30b 中，假设主机 A、B、C、D 属于一个组播组，共同在线点播由媒体服务器提供的视频服务，假设服务器的选路转发表指向 A 和 D⊖，A 的选路转发表指向 B，D 的选路转发表指向 C。服务器首先将媒体流形成的数据包发送到节点 A 和节点 D，此时由服务器到 A 和 D 的数据传输采用 IP 单播方式。当节点 A 接收到由服务器发来的数据包时，为数据包配置新的 IP 目的地址，继续将数据包转发至节点 B，这个过程一直重复，直到网络中组播组的成员节点都接收到从源服务器所发出的数据包。应用层组播是成员主机在 IP 网络之上构建的一个逻辑网络，连接在这个逻辑网络上的主机通过相应的自组织算法对接收分组进行路由和转发操作。IP 组播技术中，组播数据沿着物理链路由路由器负责复制和转发，而应用层组播技术中的数据则沿着主机（端系统）之间的逻辑链路，由主机实现对分组的复制和转发，当然，这些逻辑链路可能会经过相同的物理链路。

应用层组播将组成员节点自组织形成一个逻辑网络，组播系统主机之间通过相应的逻辑连接结构相互连接和识别，如果使用树的结构术语，这种逻辑连接结构使得每个节点能够识别它的父节点和子节点，从其父节点接收数据，并将所接收的数据继续转发到其子节点中，这个过程在应用层的组播组中进行，直到数据被传送到网络中的所有节点。

我们通过图 7-31 来讨论采用上述基于应用层组播实现视频直播系统，这实际上也是对等网络的思想。组播节点由用户主机组成，它们既是请求媒体服务的用户，同时又是向其他节点提供媒体服务的

⊖　这里提到应用层主机选路表不同于路由器的路由表，应用层组播主机维护的选路表建立在组播主机之间的某种逻辑连接结构之上，是基于某一种特定的网络应用，并且随着当前组播组中主机的变化而变化。

服务器，如图 7-31 所示，对等式应用层组播结构由一个提供某种视频直播内容的视频流服务器和一个正在收看这个视频内容的用户群组成。实现这个组播系统的关键是构造一个大规模的以视频流服务器为根的组播树，选择一个或多个用户节点直接从组播源接收数据，这些节点再分别将接收的数据传送到其他若干节点，直到组播网中的所有节点都得到从源点发出的数据。这种组播系统中，每个组播节点有 3 个基本任务：①作为用户接收从组播系统中其他节点传来的媒体流数据，启动相应的播放器播放媒体；②同时也作为一个转发系统，将所接收的媒体流数据转发到其他节点；③每个节点与系统中的其他一些节点维护相应的连接结构，通过彼此交换信息构建路径转发表，实现对数据的接收、选路和转发操作。

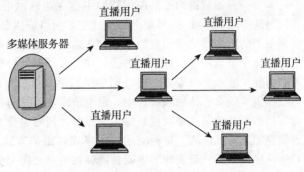

图 7-31　对等式应用层组播技术

采用对等式应用层组播技术，每个用户既是服务的请求者，同时也是服务的提供者，因而用户增多也同时意味着服务提供者增多，克服了基于固定服务器节点提供视频服务不能满足更多用户服务请求的问题，实际上，对于这种对等式的组播媒体服务模式来说，随着请求服务的用户增多，每个用户能够得到的媒体服务质量也相应增高。

应用层组播系统面临的最大挑战是，由用户构成的组播节点的处理能力和所在网络的性能都有很大差异，并且这些节点并不是组播网络中固定的服务提供者，意味着组播网络可能随时会有新的用户进入，或者现有用户离开，这对组播网络的管理控制以及每个节点的路径选择是一个很大的挑战。例如，由用户节点组成的组播网络中，每个节点从其他节点接收数据，在使用这些数据的同时还负责向另外一些节点转发这些数据，如果这个节点突然下线离开这个组播网络，那么正在向这个节点传送数据的节点要修改其路径转发表停止继续向该节点转发数据，同样，从这个节点接收数据的节点也要改从其他的节点接收数据。

目前有很多基于对等式应用层组播技术实现多媒体网络应用的成功案例，概括起来，它们主要涉及以下几方面的技术：

- 采用某种连接结构组织网络节点。图 7-31 是一种最简单的单源树结构，除此之外，还有多源树结构、网状结构等等。基于不同的连接结构，每个节点与其他一些节点连接，这些节点因此成为该节点的邻居节点。
- 每个节点与其邻居节点定期交换信息。每个节点与其邻居节点以"心跳"（heartbeat）方式定期交换信息，随时掌握对方的运行状态、邻居列表以及缓存的数据情况等信息。当发现一个邻居离开时，适当地调整其邻居节点以保证媒体流不因此而中断。同时，也可以通过邻居节点缓存的数据信息，采用相应的数据调度算法，选择从邻居节点得到相应的数据。
- 新节点通过登录特定服务器加入网络。新节点可以通过登录某个服务器获得一些用户列表，按照一定的选择机制选择一些节点进行连接而进入网络。

以上简述了采用对等式应用层组播实现多媒体网络应用的技术要点，对于这些技术的进一步的学习和研究可以参阅有关参考文献。

采用应用层组播技术，不需要借助于支持组播功能的网络和路由器，在很大程度上减少了大规模视频直播系统的数据流量，扩大了视频直播服务的在线用户数量。但应用层组播也存在着一定的局限性，首先，用户主机或服务器（端系统）对因特网的底层了解有限，因此节点参与组网时，只能基于探测获得的一些网络性能参数，如传输时延等，因此得到的逻辑链路很难充分利用质量较好的底层网络资源，并且不同于 IP 组播技术，应用层组播网络的多条链路（实际上是逻辑链路）可能经过同一条物理链路。

7.5 对等网络应用

本章一开始就提出了目前因特网中存在两种网络应用服务模式，客户/服务器模式和 P2P 对等网络服务模式。在客户/服务器模式中，网络应用服务由固定的服务器提供，客户端向这些提供网络服务的服务器请求相应的服务，并通过服务器的响应得到网络服务。在对等网络模式中，网络中的每个节点的地位都是对等的，并没有严格划分服务器和客户端。每个节点既可以充当服务器，为其他节点提供服务，同时也享用其他节点提供的服务。7.4.3 节中所讨论的采用应用层组播技术实现的多媒体视频服务中，每个请求视频直播服务的计算机节点都有两种身份，一种是作为客户端从其他节点接收视频媒体流播放，同时也作为另外一些节点的媒体流服务器，向这些节点提供相应的媒体流。这种应用层的多媒体组播方式实际上已经构成了一种对等网络服务模式。对等网络服务模式最大的特点就是能够在用户之间充分地共享各种资源，包括用户节点的信息资源，以及用户节点之间的网络链路资源、用户本身的存储资源及其计算和处理资源。

目前较为流行的基于对等网络的应用主要包括：文件共享、计算及存储共享、即时通讯、基于 P2P 技术的网络电视等。

7.5.1 对等网络概述

我们通过一个对等网络构成的文件共享系统分析 P2P 网络的体系结构。所谓文件共享系统是若干台用户计算机通过因特网在应用层以一定的结构相互连接，构成一个对等网络，如图 7-32a 所示，主机 p1 ~ p6 以一定的连接结构组成一个文件共享系统。每台计算机也可以称为对等网络中的一个对等点(peer)，每个对等点提供一部分本地文件资源供网络中的其他对等点共享。图 7-32a 中，主机 p1 提供共享文件 A，主机 p2 提供共享文件 B，等等，对等网络中的任何节点都可以从其他节点下载所需要的共享文件。不同于传统的客户/服务器模式，对等文件共享系统中，某个节点在开始下载某个文件之前，并不知道这个文件是不是存在于对等网络之中，如果存在的话也不知道具体是在哪个对等点上。并且正如我们后面将要讨论的，任何一种对等网络结构都不可能使所有的对等点相互连通，那么一个对等点将以什么样的方式了解到其他节点的存在，并从中找到所需要的某个文件呢？

在网络中定位一个对象是文件共享对等网络系统的关键技术，这个问题解决之后，接下来的工作模式与传统的客户/服务器模式完全一致，请求某个对象的对等点向提供该对象的对等点请求文件传输服务。例如，图 7-32a 中主机 p1 需要名字为 E 的对象，通过搜索得知对象 E 位于对等网络中另一个对等点节点 p5 上，主机 p1 可以通过某种文件传输协议从主机 p5 下载文件 E，此时 p1 作为文件传输的客户端向 p5 请求文件 E，而 p5 作为文件服务器向 p1 提供文件 E。

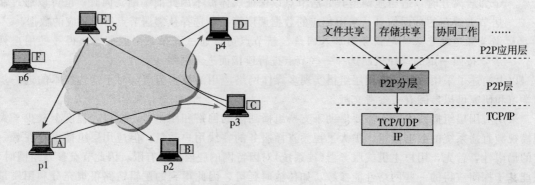

a）一个文件共享P2P网络系统示意图   b）P2P网络体系结构描述

图 7-32   文件共享系统通过对等服务模式实现

图 7-32b 描述了 P2P 文件共享系统的体系结构，P2P 对等网络体系结构在应用层与传输层之间多了一个 P2P 分层。P2P 分层通过对等主机节点之间运行相应的对等网络协议而实现，运行在传输层之上，目的是在对等节点之间构建某种逻辑连接结构，并且能够对动态加入和离开的对等节点进行控制和管理，为各种网络应用（如 7-32a 描述的文件共享）提供必要的准备工作。

P2P 网络基于两种最基本的连接结构，**集中目录式**连接结构和**非集中式**连接结构。集中式 P2P 模式由一个中心服务器来负责记录所有节点的共享信息，每个对等节点通过查询该服务器了解对等网络中拥有某个共享信息的主机地址，然后进一步向该主机请求共享文件。非集中式 P2P 模式中，对等网络中并没有固定的服务器负责记录和管理网络中的共享资源，任何节点查询某个文件可以向其相邻节点询问，再由相邻节点继续向它们的相邻节点询问，直到包含该文件的节点接收到这个查询消息，由这个节点向请求者返回反馈信息，最后请求者与这个节点建立连接并进行文件传输。例如，图 7-32a 中，当 p1 需要查询文件 E 时，首先向它的邻居 p2 和 p3 查询，p2 和 p3 收到该查询消息之后先检查本地是否存有请求的文件 E，并在本地未查到相应的文件时，再分别向它们的邻居 p4 和 p5 等其他邻居节点传递这个查询消息，当拥有文件 E 的节点 p5 接收到对文件 E 的查询消息后，从查询消息中获得发起这个查询消息的原始节点 p1 的地址信息，返回 p1 一个查询命中消息，最后 p1 可以直接从 p5 下载文件 E。对于非集中式对等网络模式，实践中还存在其他的资源定位方式，接下来我们会进一步讨论。

通过以上对 P2P 网络的讨论，可以说 P2P 网络实际上是一个以因特网为底层基础将若干个对等节点通过一定的连接结构相互连接构成的逻辑网络，不同于我们前面所讨论的各种其他网络，对等网络完全由对等主机（端系统）组成，通过软件的协作机制构成一个端到端的逻辑网络，实现对等节点之间的资源共享，因此也被称为是一个由软件所构造的覆盖层应用系统，或者**覆盖网络**（overlay network）。

7.5.2 对等网络拓扑结构

在典型的 P2P 网络中各种资源分布在每个独立的节点上，如何构造节点之间的逻辑连接拓扑结构，同时解决系统中所有节点的动态组织与管理包括节点的动态加入和离开、节点的差错恢复以及确认某个节点与其他相邻节点之间的连接关系等问题，将直接影响对等网络对共享资源的索引、查找、定位以及访问等一系列的技术实现。这里我们将重点讨论几种典型的 P2P 网络拓扑结构以及基于这些结构的相关技术。

1. 集中目录式 P2P 网络结构

集中目录式 P2P 结构是最早出现的 P2P 应用模式，典型的代表技术是用于共享 MP3 音乐文件的 Napster 系统[⊖]，以及北京大学开发的 Maze 系统。如图 7-33 所示，集中目录式 P2P 结构由一个（或者多个）中央服务器（用 S 表示）和一些对等节点（用 P 表示）组成。中央服务器的任务是：负责管理所有对等节点的动态登录或离开，维护一个动态节点列表；保存所有节点提供的共享文件索引目录以及文件存放的位置（主机地址）。任何主机需要定位一个文件时，首先向中央服务器发送文件查询消息，服务器依据其维护的节点和

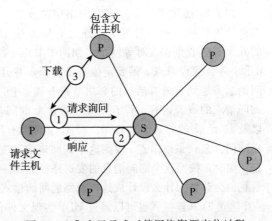

图 7-33　集中目录式对等网络资源定位过程

⊖　Napster 官方网站：http://www.napster.com。

共享资源信息，将包含该文件资源的节点信息（IP 地址和端口号信息）返回请求节点，之后请求节点从服务器的响应消息中选择其中一个包含请求文件的节点，与该节点建立连接并进行文件传输。事实上，在这种集中目录式模式中，用户节点向服务器的注册过程以及用户通过服务器进行文件检索过程仍然基于传统的客户/服务器模式，不同之处在于当服务器为用户定位了某个文件资源之后，实际的文件传输并不需要通过中央服务器，而是在对等节点之间进行的。

集中目录式 P2P 模式中，每个对等节点加入或退出网络时首先与对等网络的中心服务器取得联系，节点加入网络时首先向服务器通告所提供的共享资源目录及节点本身的地址和端口等信息，离开网络时向服务器通告离开，使得服务器能够及时更改网络中的用户资源记录。这样，任何对等节点都能够通过询问中心服务器来定位所需要的共享资源。集中目录 P2P 模式最大的优点是维护简单，资源发现效率高，但最大的问题也与传统客户/服务器结构类似，中心服务器容易造成单点故障，并且在规模较大时，可能会出现中央服务器的瓶颈问题。

2. 纯 P2P 结构

纯 P2P 模式作为一种非集中式对等模式，取消了集中目录式的中心服务器，每个加入到网络中的用户节点选择几个节点作为它的邻居节点，并与这些邻居节点建立端到端的逻辑连接关系，通过这种逻辑连接关系使得对等网络中的所有节点相互连通，构成一个逻辑覆盖的网络。纯 P2P 结构中的共享资源定位首先由请求节点向其邻居节点发送资源询问消息（query message），再由这些邻居节点向它们各自的邻居节点传递这些询问消息，直到消息传送到网络中某个节点包含所请求的资源，再由这个节点将请求的资源文件发送给请求者，这种通过邻居节点扩散传递询问消息的资源定位方法也被称为**洪泛定位模式**。

纯 P2P 拓扑结构的代表技术是 Gnutella 模型[⊖]，Gnutella 模型最初由 Gnutella 公司开发，目前 Gnutella 模型这一术语已经成为这一类对等网络模型的代表术语，所有遵守 Gnutella 协议的网络以及客户端软件统称 Gnutella。基于 Gnutella 模型的客户端软件非常多，著名的有 Shareaza、LimeWire 和 BearShare[⊖] 等等。我们通过图 7-34 了解 Gnutella 模型的洪泛式资源定位过程。

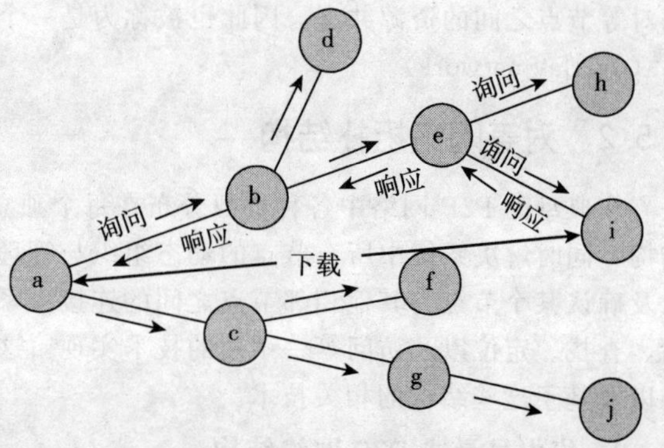

图 7-34 描述了一个纯 P2P 网络中部分节点的连接结构，每个对等节点通过它所连接

图 7-34　Gnutella 模型非集中式对等网络资源定位过程

的几个邻居节点连入对等网络。如图中节点 a 的邻居节点为节点 b 和 c，节点 b 的邻居节点为节点 d 和 e 等。假设节点 a 需要定位某个资源，并且这个资源在节点 i 上。首先节点 a 将对该资源的询问消息发送到它所有活动的邻居节点 b 和 c 上，b 和 c 接收到该询问消息后，检查本地是否有符合询问请求的资源内容，没有则继续将这个询问消息传送给它们的邻居节点 d、e（b 的邻居节点）以及 f、g（c 的邻居节点）；d、e、f、g 都没有所请求的资源文件，因此继续向各自的邻居节点传递询问消息；最终节点 i 收到这个询问请求，发现本地包含这个请求资源，便停止继续发送询问消息，同时，按照这个询问消息的发送路径返回一个查询命中消息（query hit message）给节点 a（稍后我们会解释为什么设计成这种原路返回的模式）；节点 a 接收到这个查询命中消息后直接与对等节点 i 建立 TCP 连接（也可以通过 UDP 实现文件传输），从节点 i 中下载所请求的资源文件，此时节

⊖　Gnutella 官方主页，http://gnutella. wego. com。

⊖　Shareaza 官方主页，http://www. shareaza. com。LimeWire 官方主页，http://www. limewire. com。BearShare 官方主页，http://www. bearshare. com。

点 a 和 i 直接通过某种应用协议如 HTTP 实现文件传输操作[⊖]。

以上我们描述了基于纯 P2P 网络模型的 Gnutella 系统中洪泛式资源定位过程。还有几个关键问题并没有提及，第一，一个节点最初如何连接到某个对等网络，并且确定它的邻居节点？第二，当网络已经成功地定位了某个资源，如何使网络中的其他节点尽快停止对该资源询问消息的进一步扩散，以避免不必要的网络资源浪费？第三，当出现不止一个对等节点包含请求资源时，如何选择其中某一个进行文件传输？

以 Gnutella 网络为例，一个新的对等节点可以通过访问某个特殊的站点所提供的对等主机列表服务机制来得到一个或多个活动的对等节点地址，并通过与它们建立相应的逻辑连接将自己接入 Gnutella 网络。这个新接入的对等主机首先主动探查网络中的其他对等主机，最终找到它的邻居对等节点（例如，可以通过探寻消息的传输时延等因素决定），同时每个对等节点可以周期性与邻居节点传递监测消息以确定对方是否仍然处于活动状态。对于上述第二个问题，Gnutella 网络中只有包含了请求资源的节点（如图 7-34 中的节点 i）能够了解请求资源已经被成功定位，并停止继续向其他节点扩散这种询问消息。而其他的节点无法得知资源已被命中，因此会继续向网络中扩散这个询问消息，最终通过询问消息中的生存期 TTL 属性值递减为 0 来终止对该询问消息的扩散。事实上，Gnutella 网络采用沿原路径返回命中消息，目的也是能够使该路径中的其他对等节点了解某个资源文件的转发路径，以便再次传递对相同资源的查询消息时可以选择性地扩散询问消息，减少不必要的网络资源浪费。除此之外，为了防止洪泛引发的资源查询消息回绕问题，询问消息中会附加每个消息的标识信息，目的是询问消息不会被转发过该消息的对等节点再次转发而造成环路。对于存在多个节点包含请求资源的情况，因为这些节点并不能够了解网络中是否存在其他节点含有请求资源，因此会相继向请求节点返回资源命中消息，请求节点选择其中一个节点进行文件传输操作。

纯 P2P 网络打破了集中式依赖中心服务器的工作模式，其扩展性和健壮性都比集中目录式更强，但也存在着一些关键问题：

- 纯 P2P 网络对所有资源没有统一的管理机制，只能通过节点洪泛式扩散查询消息来定位某个资源文件，这种消息扩散很容易造成急剧增加的网络流量，而导致网络拥塞。
- 即便某个节点已经能够定位一个资源文件并向请求节点返回命中消息，最初的询问消息仍然会继续通过其他节点扩散，直到询问消息的 TTL 递减为 0。这本身是一个很大的网络资源浪费，实际中通常将询问消息的 TTL 设置的较小如 10 以下，以减少过多地扩散询问消息。但这种设置又往往造成某些资源还未被定位，其查询消息的 TTL 就已经递减至 0 而停止继续查询了，这种机制对于较为稀少的资源文件命中率非常有限。

一种变通的 P2P 模式是将集中式和纯 P2P 模式相结合，综合集中式的快速共享资源查找和纯 P2P 不依赖中心服务器的优势，在一定程度上减少了询问消息的扩散程度，同时又能够较快地定位某个资源文件。我们接下来讨论这种混合模式的工作原理。

3. P2P 混合式结构

P2P 混合结构模型如图 7-35 所示，网络中的节点按其性能如计算能力、内存大小、连接带宽等指标分成普通节点和超级节点（super node）。每个超级节点与其临近的若干普通节点构成一个自治组，如图 7-35 中节点 S1～S5 分别为 5 个超级节点，构成对等网络中 5 个自治组。混合模式的工作过程分为两部分。首先，每个组内采用基于集中目录式的 P2P 模式，普通节点向其超级节

⊖ 对等节点之间传递这种资源查询消息实际上是一种广播传播方式，它类似于 5.5.2 节中 OSPF 路由区域内路由器之间广播传递链路状态通告数据包 LSA（Link State Advertisement），同样会面临"广播风暴"问题。Gnutella 采用类似 OSPF 广播传送的基本思想，为每个资源查询消息设定相应的标识符，对等节点接收到一个资源查询消息后，在确认这个消息不是从该节点转发出去的前提下，向除了发送该消息的所有其他邻居节点转发这个消息，对于已经转发过的查询消息，对等节点直接将其丢弃。

点报告各自拥有的共享资源，超级节点管理每个组内所有用户节点的文件列表，每个用户节点通

过组内的超级节点查询资源，并通过
超级节点的返回消息获得资源节点信
息，最后向拥有该资源的节点请求文
件传输服务。其次，整个 P2P 网络中
各个不同的组之间通过纯 P2P 模式将
超级节点连接起来。当某个超级节点
在本组内不能定位某个资源文件时，
采用纯 P2P 模式向它的邻居超级节点
转发询问消息，并且在接收到相应的
命中消息时将相关对等点的信息传送
给组内请求节点，随后由请求节点向
拥有资源的节点发送文件下载请求。

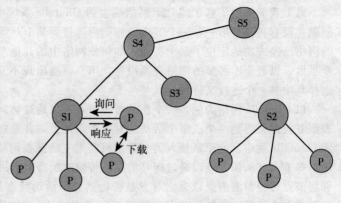

图 7-35　混合式对等网络模型资源定位过程

混合模式将普通节点的资源定位消息查询限定在组内，并将纯 P2P 式的询问消息扩散限定在超级
节点之间进行，如果每个超级节点能够连接几百个普通节点，这种结构将大大减少询问消息在网
络中的扩散程度，并且查询命中速度要比纯 P2P 模式快得多。

　　混合结构的 P2P 系统的典型代表为 KaZaA⊖。它由 KaZaA 公司开发，曾经是因特网最流行的
几款 P2P 文件共享软件之一。由于普通节点的文件查询首先在所属的组内进行，只有在查询结果
不充分的时候，再通过超级节点之间进行的洪泛式消息扩散进一步查询。基于混合模式的 P2P 网
络极为有效地缓解了纯 P2P 模式中使用泛洪算法带来的网络拥塞和查询迟缓等问题，然而，由于
超级节点本身的脆弱性也可能导致其组内的节点因此处于孤立状态。

　　以上所介绍的集中目录式 P2P 模式和非集中式的纯 P2P 和混合模式 P2P 都存在着一定的局限
性，这些局限性导致了结构化 P2P 网络模型的出现。

4. 结构化 P2P 网络结构

　　结构化 P2P 网络连接拓扑结构是指通过某种方式对于对等网络中的共享资源和对等节点进行
统一管理和控制，使得通过这种统一的管理控制模式，对等节点能够快速定位所需要的资源。相
对于结构化 P2P 网络模式，前面所讨论的 P2P 模式如纯 P2P 系统 Gnutella 也被称为**非结构化** P2P
网络模式，指对等节点上的共享资源并没有一种统一的管理模式，相应的资源定位也是基于洪泛
式的盲目查询实现，非结构化对等模式在效率和扩展性方面都有一定的局限性。

　　结构化 P2P 网络的核心思想是将网络中的每个节点按照某种全局的方式组织起来，典型的方
法是采用**分布式散列表**（Distributed Hash Table，DHT）技术，DHT 是一个由大量对等节点共同
维护的散列表。在基于分布式散列表 DHT 的 P2P 网络中，通过相应的散列函数算法将网络中的
所有共享资源以其名称为关键字映射成一个唯一的标识符 KID（Key Word ID），使得 hash
(filename) → KID，其中 filename 为资源名称；用同样的方法将网络中的所有节点以其 IP 地址为
关键字映射成唯一的标识符 NID（Node ID），使得 hash（IP_addr）→NID，其中 IP_addr 为每个节
点的 IP 地址。然后将每个资源文件分别存放在相应的网络节点上，前提是相应资源的 KID 与存
放该资源的节点 NID 相同或最接近。当对等节点需要查找某个资源文件时，先对这个资源文件名
进行同样算法的散列函数运算得到其 KID，然后在网络中查找与这个 KID 相同或最接近的 NID 节
点，最终从查找到的节点上取回文件。基于 DHT 技术的结构化 P2P 系统代表技术包括 Chord、
Pastry、Tapestry 和 CAN 等。

　　⊖　KaZaA Media Desktop，http://www.kazaa.com。

以 Chord 为例[⊖]，我们简述基于 DHT 结构化 P2P 网络的工作原理。如图 7-36 所示，经过散列函数运算，网络中每个节点由唯一的 NID 标识，如图 7-36 中用 N1、N8、N14、…，分别标识不同的网络节点，类似地，每个资源也由唯一的 KID 标识，如 K6、K28、K30、…，基于这种标识，系统中的节点和资源被组织在一个由 2^m 个 ID 构成的环形名字空间中，范围为 $0 \sim 2^m - 1$，m 为名字 ID 的位数。考虑到系统的可扩展性，以及减少多个节点或多个关键字经过散列后出现相同标识符的可能性，m 应该选择的足够大，简单起见，图 7-36 中的 ID 范围取 $0 \sim 63$，每个节点和资源 ID 由 6 位二进制数标识。经过系统预先处理，每个资源存放在与其 KID 相同或最接近的 NID 节点上，如图 7-36 中 KID 为 6 的资源（K6）被存放在 NID 为 8 的节点上（N8），同理，KID 为 28（K28）和 30（K30）的资源被存放在 NID 为 32（N32）的节点上等。节点查找一个资源时，首先用散列函数运算得到该资

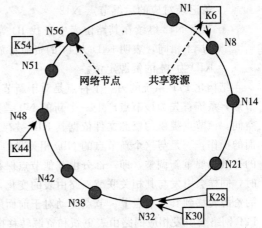

图 7-36　基于 DHT 的结构化 P2P 网络通过散列函数标识资源和网络节点

源的 ID，那么只要找到网络中与该 ID 最接近的节点，便成功地完成了资源定位的任务，接下来请求资源的节点直接从存放该资源的节点下载文件。

现在剩下的问题是请求某个资源的节点如何能够快速查找到存放该资源的节点。基于 DHT 技术的结构化 P2P 网络采用路由机制实现这种查找操作，基本思想是每个节点都维护一个路由表，路由表中包含一定数量的邻居节点，这些邻居节点与本地节点的 NID 具有某种关联性，当需要定位一个 KID 时，节点首先在路由表中查找与该 KID 最相近的 NID，并将询问消息传递到这个 NID 标识的节点上，新的节点继续查找其路由表，并再次将查询消息传递到与该 KID 最接近的 NID 节点上，这样，每经过一次路由，查询消息就向存放 KID 文件的节点更靠近一步，直到传递到存放 KID 资源的节点。

基于上述思想，不同的 P2P 系统采用不同的方法构建其路由表，以下我们简述 Chord 路由表的结构和路由过程：

- Chord 网络中，每个节点路由表包含 m 项记录，m 为节点或资源标识符 ID 的位数。每项记录主要包含三部分内容：名字 ID、后继节点以及后继节点 IP 及其端口号信息。标识符 ID 为 n 的节点路由表中第 i 项记录的名字 ID 为 $n+2^{i-1}$，其中 i 取值范围为：$1 \leqslant i \leqslant m$；某个 ID 的后继节点是标识符与这个 ID 最接近并且大于或等于该 ID 的节点。例如，图 7-36 中节点 N8 和 N42 的路由表如图 7-37 所示，表中省略了后继节点的 IP 地址以及端口号等信息。

名字 ID	后继节点
8+1	N14
8+2	N14
8+4	N14
8+8	N21
8+16	N32
8+32	N42

a）节点 N8 的路由表项

名字 ID	后继节点
42+1	N48
42+2	N48
42+4	N48
42+8	N51
42+16	N1
(42+32)mod 64＝10	N14

b）节点 N42 的路由表项

图 7-37　Chord 中节点的路由表项举例

⊖　Chord 工程介绍，http://pdos.csail.mit.edu/chord/.

- 假设此时节点 N8 要定位 KID 为 44 的资源 K44。首先在 N8 维护的路由表中查找 ID 小于 44 并且最接近 44 的表项，显然记录 8＋32 被选中，节点 N8 因此将该查询消息传递给这条记录对应的后继节点 N42。
- 节点 N42 继续在其路由表中查找 ID 等于或最接近 44 的记录，查到记录 42＋2 对应的 ID 与 44 相同，表明 KID 为 44 的资源存放在该记录指向的后继节点 N48 上。至此，完成对于 KID 为 44 的资源定位。

结构化 P2P 系统的另一个特点是对于新节点加入和现有节点离开需要特殊的处理。加入一个新节点，系统首先为该节点产生一个新的 NID，这个新节点会插入当前网络中由 NID 构成的名字 ID 空间，该节点提供的资源文件依据其 KID 被存放到其他相应的节点上。除此之外，还需要进行两方面的操作：一是与这个新节点的 NID 相关联的其他节点需要更新它们的路由表；二是某些共享资源的存放需要重新调整，即一部分由其他节点保存的资源要移动到新节点上。类似地，节点离开网络时，同样会引发与其相关联节点路由表的变化，以及资源的合并操作，即将存放在即将离开节点上的资源转移到其他节点上。节点变动对于前面所讨论的非结构化对等网络影响较小，而对于结构化 P2P 网络会引发相应的路由表更新和资源转移操作，以维持系统的正确性和有效性。

基于 DHT 结构化 P2P 网络最大的问题是维护机制比较复杂，节点频繁加入或退出都会导致较高的维护代价；另一个问题是 DHT 技术只能够支持精确关键词匹配的查询，无法支持内容或者语义等较复杂的查询。事实上，目前大量的 P2P 实际应用还是基于无结构的拓扑和洪泛式查询机制，而基于 DHT 技术的结构化 P2P 系统还缺乏在因特网中实现大规模部署的实例。

本节讨论了几种典型的对等网络拓扑结构，以及基于这些拓扑结构的共享资源定位原理和实现特点，这些内容构成了对等网络系统的核心技术，但并不是对等网络技术的全部，鉴于本章的主要目的是研究网络应用以及支持这些网络应用的底层网络技术，因此我们省略了对于对等网络一些技术细节的讨论。

7.6　小结

本章我们介绍了几种各具特色的因特网网络应用。从网络层次划分的角度来看，网络应用位于传输层之上，通过运行在不同端系统上的应用程序实现端系统之间的信息交换。这种信息交换规范由不同的网络应用协议所定义，如常用的应用协议包括 Web 服务协议 HTTP、域名服务协议 DNS、文件传输协议 FTP 等。

不同的网络应用对底层网络的数据传输服务有着不同的需求。基于文件或数据传输的网络应用属于比较传统的网络应用，这类应用对数据传输的可靠性要求较高，而对于数据传输的带宽以及传输时延的稳定性并没有严格的要求。因此，这类网络应用往往采用能够提供可靠数据传输服务的传输控制协议 TCP 传输。近些年在因特网中兴起了多媒体网络应用，如视频电话会议、视频直播或点播及 IP 电话等。多媒体网络应用对网络的数据传输有着不同的要求。这些要求可以归纳为较高的传输速率、较稳定的传输时延但能够容忍一定程度的差错率，基于这些特点，多媒体网络应用更适合选择简单且数据传输率较高的 UDP 作为传输协议。在此基础上，多媒体网络应用还采取一系列的措施提高因特网环境中多媒体应用效果。这些措施包括通过专门用于多媒体数据传输的实时传输协议（RTP/RTCP）传输多媒体数据，RTP 中的时间戳参数和分组序号为接收端实现实时数据播放以及分组丢失检测提供了支持；采用更先进的媒体压缩技术对原始的视频或音频信号进行编码，使得同样的媒体数据能够以较少的数据量在网络中传输；多种分组丢失修复技术被用在媒体的接收端，使得不需要通过重传数据分组便可以通过已接收到的分组重建被网络丢失的数据分组，以保证媒体数据的连贯性；IP 组播技术以及应用层组播技术是当前普遍用于提高多媒体网络应用效率的技术，组播技术大量减少了网络中传输重复分组数据量，提高了多媒体服务能够容纳的用户数量。

　　网络应用有两种基本的应用服务模式，客户/服务器模式和对等网络模式。客户/服务器模式通过固定的服务器向网络用户提供某种服务，是因特网网络应用的基本服务模式。对等模式的基本思想是将网络中的资源和服务分散在对等网络中的用户机上，每个用户既可以作为网络服务的使用者向其他用户请求某种服务，同时也可以作为网络服务的提供者向其他用户提供服务。对等网络服务模式不依赖于固定的服务器提供相应的服务，某些节点的单点故障并不会影响整个系统的正常运行。但对等网络中节点之间的连接拓扑结构动态维护以及快速查找共享资源仍然存在较大的研究与实现空间。我们介绍了几种基本的 P2P 拓扑结构，以及各种结构采用的资源定位原理和实现特点。

　　本章选择了几种代表性的网络应用进行讨论，目的是能够将因特网中网络应用所依托的各种网络技术展现给大家。实际上，一些在因特网中广泛使用的应用，如因特网邮件服务、文件传输服务、远程登录服务等，我们在此并未进一步介绍。原因是这些应用从对数据传输的质量要求和应用的服务模式看，非常类似于我们所讨论的 Web 服务和 DNS 服务，使用传统的客户/服务器模式，并且对数据传输的基本要求是数据的可靠性，而对于数据传输的速率和传输时延并没有严格的要求。所不同的仅仅是这些应用与 Web 或 DNS 应用使用不同的应用协议，实现不同的应用服务。

练习题

7.1　Telnet(RFC 854)是一种实现远程登录的网络应用，Telnet 可以作为一个非常有用的工具学习应用协议。例如，学习 HTTP 协议，在你的系统上输入命令：telnet mywebserver. com 80，之后再输入一行最简单的 HTTP 请求报文如：GET/index. html/HTTP/1.1＜空行＞，如果这个服务器和请求的文件存在，你会得到从该服务器上返回的包含首部信息的 HTTP 响应报文。你也可以用这个方法来进一步了解其他应用协议，只是你需要熟悉这个应用协议的各种请求报文采用的格式。

7.2　有很多网站提供对注册域名进行 IP 地址解析的服务，访问网站 http://network-tools.com/nslook，选择你所在的网络中常用的域名来查询。从返回的信息中了解 DNS 的资源记录结构，这个域名是一个别名吗？它对应的正规域名是什么？在返回信息中你还发现有其他记录吗？试分析这些记录的含义。

7.3　本地域名服务器使用高速缓存来存放最近用过的名字映射信息，以便客户请求时能直接返回而不必再询问上一级 DNS，当某主机的 IP 地址改变了，而本地 DNS 又缓存了其旧的 IP 地址，怎么办？

7.4　一个域名可以对应多个 IP 地址吗？解释什么情况下会用到一个域名对应多个 IP 地址的情况。我们知道一个域名解析只能指向一个 IP 地址，此时如何实现域名解析服务？

7.5　虚拟主机是把一台服务器划分成多个"虚拟"的服务器，每一个虚拟主机都具有独立的域名和完整的 Internet 服务器功能。多个虚拟主机可以共享同一个 IP 地址，即多个域名将解析出同一个 IP 地址。试分析这种具有多个虚拟主机的服务器如何能够区别这些不同的用户请求，并分别提供相应的服务。(提示：考虑 HTTP 请求报文中的 host 头的作用。)

7.6　HTTP 中 Location 命令行能够提供网页重定向功能。Web 服务器返回 HTTP 响应报文状态码为 301 时，表示请求网页永久转移到 Location 字段中的 URL，浏览器将自动重定向到这个 URL。讨论是否能够通过 DNS 的别名机制来实现这种重定向功能。如何实现？

7.7　假设一个 Web 站点通过集群 Web 服务器向客户提供服务，请你设计一种机制，使得这个服务器集群能够按照相应的度量(如当前服务器的负载)选择一个最合适服务器响应客户请求。

1) 讨论通过修改 HTTP 协议来实现这种机制；

2) 讨论在 DNS 中开发这种机制；

3) 讨论通过在浏览器中的插件实现这种机制。

7.8 如何理解 HTTP 协议是基于无连接的，Web 服务器采用什么方式能够跟踪客户的访问历史？

7.9 什么是 Web 高速缓存服务器？它的实现原理是什么？高速缓存怎样能够保证将最新的网页提供请求用户？

7.10 本章介绍了两种典型的网络应用，域名服务系统和万维网应用系统。除此之外，常用的网络应用还包括文件传输服务 FTP、简单邮件传输服务 SMTP、网络管理服务 SNMP 等。作为一个练习作业，了解这些网络应用的协议和实现原理。

7.11 继续 7.10 题，如果你能够注册为某个 FTP 服务器的用户，在你的系统上运行 FTP 应用程序，尝试一些文件传输的操作命令，用 Wireshark 捕获相应的报文，回答下列问题：

1) FTP 采用哪种传输层协议？

2) FTP 使用的端口号是多少？用几个端口号？

3) 为什么说 FTP 协议是不安全的？

7.12 继续 7.10 题，假设你通过 Microsoft Outlook 或其他邮件代理发送或接收邮件，下图描述了邮件在发送方 A 和接收方 B 之间的传输过程，回答下列问题：

1) 什么是邮件服务器？什么是用户邮件代理？

2) 在下图中标记简单邮件协议 SMTP 以及邮局协议 POP3 分别运行在哪一段，在邮件传输过程中起什么作用？

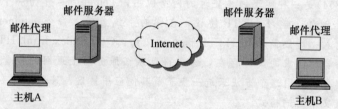

7.13 继续 7.10 题，某些邮件服务器提供基于 Web 环境的收发邮件服务，如 hotmail. com、yahoo. com 等等，用户可以直接通过浏览器接收或发送邮件，如下图所示，邮件在从发送方 A 到接收方 B 的传输过程与 7.12 题有什么不同？在下图中分别标出邮件在每一段上传输使用的协议。

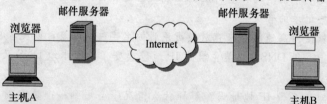

7.14 某机构为了限制内部用户访问外部流量，对于一般用户全部要求通过 Web 代理服务器访问机构以外的网站，某个来访者也通过这种方式访问外部。当这个来访者想要收发邮件时，却发现只能通过邮件服务器提供的 Web 服务收发邮件，而不能使用邮件代理，为什么？

7.15 IP 电话使用 TCP 还是 UDP 作为传输层协议更有效？为什么？为了能够减少电话语音在因特网上传输时出现的时延抖动和数据分组丢失，应该采取哪些措施？

7.16 多媒体传输协议 RTP 和 RTCP 运行在 UDP 上而不是 TCP 上，回答下列问题：

1) UDP 本身并不具备 TCP 的可靠性保障，RTP 如何解决丢包问题？

2) IP 数据报不能保障数据传输的稳定时延，RTP 如何解决？

3) UDP 本身不受 TCP 的拥塞控制机制的限制，这对 TCP 的通信量会有什么影响？RTP/RTCP 采取什么措施减小这些影响？

7.17 什么是应用层组播？应用层组播是否需要考虑网络本身的拓扑结构？应用层组播可能会在同一条链路上发送多个相同的分组吗？应用层组播与 IP 组播的本质区别是什么？为什么说应用层组播的效率要比 IP 组播的效率低？

7.18 选择一个你经常使用的 P2P 系统，如文件下载或视频直播系统，了解它的结构和实现原理，对照本章所介绍的几种 P2P 系统结构，说明它属于哪一类？有什么特点？

7.19 7.5.2 节中，我们例举了 Chord 系统中对等节点定位某个资源的实现过程，同样采用图7-36所示的 Chord 环，从节点 N21 定位资源 K54，从节点 N48 定位资源 K28。

7.20 通过 Socket 编程熟悉 HTTP 协议。

1）实现一个最基本的 Web 客户。编写一个 HTTP 客户程序，向某个 Web 服务器发送 HTTP请求，请求报文完全按照 HTTP 请求报文的格式，接收从 Web 服务器返回的信息并显示。运行该客户程序，观察返回报文的 HTTP 头信息。

2）实现一个最基本的 Web 服务器。编写一个 HTTP 服务器程序，在某个特定端口循环等待客户请求，接收到相应的请求后，按照 HTTP 响应报文格式返回 HTTP 首部信息和一行字符如"My Web Serve"。在客户端标准的浏览器中向这个服务器指定端口请求服务，看是否能够显示你设计的网页。

7.21 使用 Winsock 完成一个远程数据备份系统。

1）客户端的任务包括：连接服务器，如果尚未注册，则进行注册，如果已经完成注册，则输入用户名和密码进行登录；如果用户名或密码出错，给出提示，重新输入或退出；正确登录到服务器后，选择任务，如显示当前目录所有文件、上传新文件、下载文件等；用户选择"结束"退出系统。

2）服务器端的任务包括：接受客户端的连接，如果用户进行注册，则添加新用户名和密码；如果用户进行登录，则根据用户名和密码，判断是否可以登录，并返回确认信息；登录成功，接收客户端发来的命令，在服务器端执行，将结果返回给客户端（包括获取目录下所有文件信息并返回给客户端、接受并保存客户端上传的新文件、获取并将已保持文件传输给用户）；当用户选择"结束"时，结束该用户的会话，等待下一个用户请求。

3）请仔细设计上述每个环节的应用程序协议，例如用户注册协议可以包含以下字段：报文类型（用户注册），用户名，密码，等等。

第 8 章

网 络 安 全

前面的章节介绍了计算机网络的基本体系结构，以及基于这种体系结构的网络硬件设备和软件协议。因特网为各种网络应用提供了数据通信基础设施，在此基础上，客户端和服务器之间交换信息，实现不同的网络应用。本章介绍网络安全技术，并针对因特网中所存在的若干典型的安全隐患，提出相应的措施和解决方案。

网络安全对于不同的应用具有不同的含义。对于某些应用，在网络中传输的数据信息的保密性非常重要，例如，客户在网上购物向商家提供的银行信誉卡号等个人信息在网络传输过程中要求绝对安全。另一些应用，通信双方的身份鉴定也很重要，如对于一个限定使用权限的服务器，对请求远程登录的客户首先要鉴别其身份的合法性。即便是对上述安全保护措施无特殊要求的网络活动，无论是服务器端还是客户端仍然存在着不同程度的安全威胁，网络上的计算机都面临着各种恶意的入侵攻击，如果提供某种服务的服务器被攻击，可能会停止服务响应工作，甚至会提供错误的服务而导致严重的后果。

因特网会存在上述这些安全隐患，主要可以归纳为以下几个方面的原因。

第一，硬件资源和软件资源共享是网络应用的核心目的，也是导致网络不安全的主要因素。例如，用户通过局域网接入因特网，局域网的共享链路使得每个计算机节点发出的数据都会以广播的形式传输到网络中的所有其他节点，因此用户所传输的信息很容易被网络中的其他用户得到。此外，计算机系统之间的数据传输过程中会经过多个不同的网络、链路和转发节点，同样对用户传输的信息构成安全威胁。这些安全威胁包括对所传输信息的读取、修改和扣留等。

第二，因特网 TCP/IP 协议组是建立在相互信任的基础上，TCP/IP 协议组本身存在着一些安全漏洞。例如，因特网中的数据分组用 IP 地址标识目标节点，通过端口号标识目标节点上的某个应用进程。在没有其他安全机制保护的前提下，这种标识方式非常容易被欺骗。如节点 A 正在与节点 B 通信，欺骗者 C 可以用 A 的地址封装数据报冒充 A 与 B 通信，单从地址或端口号信息来识别接收的数据报，A 或 B 并不能识别冒充者 C。

第三，因特网的开放式服务为一些恶意攻击行为提供了可乘之机。例如，向公共用户提供各种服务的服务器如 Web 服务器、DNS 服务器或邮件服务器，成为许多攻击者的攻击目标。攻击者利用这类服务器向所有公共用户提供服务的特点，采用不同的攻击手段向这些服务器发起攻击，导致这些服务器不能够继续正常地提供服务，甚至反而提供错误的服务等。

本章将针对网络系统存在的安全隐患，介绍一些基本的网络安全技术和控制机制，包括数据加密技术、通信双方的身份认证和鉴定技术、数据在传输过程中的完整性保障技术，以及对于某个网络或者某个主机的访问控制技术。基于这些基本的网络安全措施，我们将学习几种目前因特网采用的安全协议和标准，包括所谓"极好的加密邮件协议"PGP(Pretty Good Privacy)、安全外壳协议 SSH (Secure Shell)、安全套接字协议 SSL(Secure Socket Layer)以及 IP 安全协议 IPSec(IP Security)。这些安全协议仍然以 TCP/IP 为基础，将安全机制封装在不同的层次结构中，满足不同级别和目标的安全保护需求。最后，我们将学习防火墙技术，防火墙是保护网络系统安全的重要技术，作为网络安全防护体系的大门，防火墙检测所有进出的数据包，依据相应的策略决定允许或拒绝某个数据包的通过，以提高网络系统对恶意攻击的防御能力。

8.1 数据加密技术

加密技术是实现各种网络安全控制机制的核心。采用不同的加密技术能够对原始信息进行重新编码，经过编码的数据（密文）隐藏了原始信息（明文）的真实内容。接收端通过加密的逆过程解密得到原始的数据信息，如图 8-1 所示。

8.1.1 明文、密文和密钥

数据加密的基本思想是通过相应的加密算法将原始数据（明文）转换成密文，密文再通过解密算法恢复成原始数据。用 M 表示原始明文消息，E 表示明文经过加密后生成的密文编码，encrypt() 和 decrypt() 分别表示加密算法和解密算法，则：

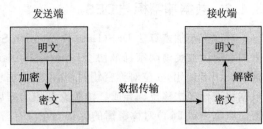

图 8-1 将原始数据加密进行传输

对明文加密得到密文，E＝encrypt(M)；

对密文解密得到明文，M＝decrypt(E)。

上述算法实现的关键是保持加密/解密算法的秘密性，这实际上是比较传统的加密方式。这种加密方式有两个主要缺陷：第一，它的保密性受到限制，如果某个加密算法被泄露，则相关的安全措施都将失去存在的意义；第二，这种独立的加密算法很难形成更优化的硬件或软件产品，以实现加密算法的质量控制和标准化。

为解决上述加密算法中的缺陷，现代密码学引入了密钥的概念。密钥是一组信息编码，密钥参与加密过程，与加密函数和明文共同"运算"形成密文，密钥同样参与解密过程，与解密函数和密文共同"运算"还原明文。如果用 K 表示密钥，则：

对明文和密钥进行加密运算得到密文 E＝encrypt(K, M)；

对密文和密钥进行解密运算得到明文 M＝decrypt(K, E)。

通过使用密钥，对于相同的信息和相同的加密算法，在选择不同的密钥时可以得到不同的密文。因此，基于密钥的加密方式，数据的安全性完全取决于密钥的安全性，而不是依赖于算法细节的安全性。这就意味着任何加密/解密的算法可以完全公开，并形成能够实现某种算法的标准化硬件和软件产品。密钥是密码技术中的重要组成部分，在安全系统中密钥的使用、管理和保护措施至关重要，密钥的失控将意味着密码系统的失效。

基于密钥的加密技术主要分为两类，**对称密钥**算法和**非对称密钥**算法。对称密钥算法中，加密过程和解密过程使用共同的密钥，如图 8-2a 所示。双方实现这种加密方式的前提是具有这个共同的密钥，后面我们会讲到直接在网络中传输这个密钥存在安全隐患。而非对称密钥算法中，加密过程和解密过程使用不同的密钥，如图 8-2b 所示。非对称密钥算法中，两个不同的密钥分别称

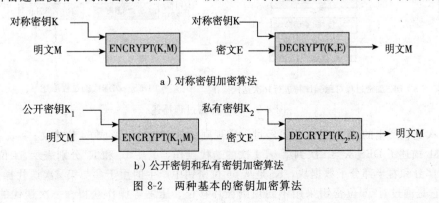

a）对称密钥加密算法

b）公开密钥和私有密钥加密算法

图 8-2 两种基本的密钥加密算法

为公开密钥(public key)和私有密钥(private key)。发送端使用公开密钥对原始信息进行加密,接收端通过私有密钥对密文进行解密,这样的优势是并不需要在网络中传输解密使用的私有密钥,而只需要将用于加密用的公开密钥传递给发送端,发送端用公开密钥对发送数据进行加密,接收端通过私有密钥对所接收的密文进行解密。即便是公开密钥在传输过程中被截取,因它并不能对密文解密,也不会构成安全威胁。

8.1.2　数据加密标准 DES

对称密钥加密算法 DES(Data Encryption Standard)是由 IBM 公司于 20 世纪 70 年代初发展起来的,随后被美国国家标准协会(American National Standard Institute,ANSI)承认,采纳为国家标准。DES 使用 56 位对称密钥对 64 位的数据块进行加密,使用的算法主要是基于对每个 64 位的数据块进行多次移位、异或、位扩充和位压缩以及排序等操作。DES 加密算法完全公开,它的保密性取决于对 56 位对称密钥的保密。在没有密钥的情况下,试图利用现有的资源在有限的时间内对密文进行破译是非常困难的。为了加强 DES 的保密性,以防通过某些特殊的专用硬件破译工具对 DES 算法造成的威胁,可以使用多个 56 位密钥对数据块进行多次 DES 加密。例如,三重 DES 加密系统 3DES 通过将数据加密三次,即执行三次的 DES 运算得到最终的密文。3DES 加密已经成为事实上的商业标准,被广泛地应用在金融、财务等领域。

DES 加密算法使用一个 56 位的对称密钥,对原始数据中的每 64 位数据块进行加密,加密过程如图 8-3 所示,主要由以下几部分组成:

1)首先对 64 位数据块按照相应的规则进行重新排序。

2)对这个重新排序后的数据块进行 16 次的迭代操作。每一次迭代过程中,由 56 位密钥每次产生一个 48 位的子密钥,该 48 位子密钥与 64 位数据块按照一定的规则进行位操作。生成 64 位数据块再作为下一次迭代计算中的数据块,与另一个由 56 位密码产生的 48 位的子密钥进行同样的操作。这样的操作过程继续 16 次。

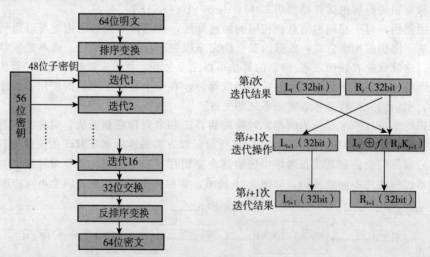

a)DES加密过程对每64比特进行16次迭代操作　　　　b)DES一次迭代的过程描述

图 8-3　DES 加密过程描述

3)16 次迭代产生的 64 位数据块再经过一定规则的排序,最后形成 64 位密文。

图 8-3b 描述了 DES 从第 i 次到第 $i+1$ 次的迭代操作,其中 L_i 和 R_i 分别表示 64 位数据块中 32 位左半部分和右半部分子数据块,K_i 是从 56 位密钥中产生的用于参与第 i 次迭代操作的 48 位子密钥,它是通过对 56 位密钥采用不同规则循环移位、压缩等操作获得。一次迭代的基本操作

是，第 $i+1$ 次迭代结果中 L_{i+1} 直接由第 i 次迭代结果的 R_i 形成，即 $L_{i+1}=R_i$；第 $i+1$ 次迭代的右 32 位 R_{i+1} 由第 i 次迭代结果中的 L_i 与另一个 32 位的数据块进行异或操作而得，这个 32 位的数据块是由 56 位密钥为本次迭代而产生的 48 位子密钥 K_{i+1} 与第 i 次迭代结果中 R_i 经过一定规则的操作而生成。图中用函数 $f()$ 来标记这个操作，这主要是用 48 位 K_i 与 32 位 R_i 进行一定规则的位运算得到，包括循环移位、位压缩、位扩展、位替代等等，最后得到 $R_{i+1}=L_i \oplus f(R_i，K_{i+1})$。

DES 的 16 次迭代操作完全采用相同的实现方法，所不同的是每次使用密钥生成的不同子密钥进行上述操作。DES 解密过程和加密过程基本一致，唯一不同的是解密过程所使用的子密钥顺序与加密过程相反，为 K_{16}、K_{15}、…、K_1。

对于一个大于 64 位的数据块，DES 加密算法将原始数据块分割成 64 位的加密组块，不足 64 位的组块采用填充技术凑成 64 位，用 56 位的密钥对每一个 64 位的组块进行 DES 加密。如图 8-4 所示，每一组 64 位的数据块经过 DES 加密产生的密文与下一个 64 位的明文块进行异或操作，形成下一个 64 位的组块。为了使第一个明文块也采用相同的操作过程，发送方随机产生一个 64 位的初始向量，作为不存在的密文 0 与明文 1 进行加密之前的异或操作。接收端的解密过程采用与发送端逆反的过程实现，密文 4 解密后与密文 3 异或得到明文 4，以此类推，最后密文 1 解密后与初始向量异或得到明文 1。

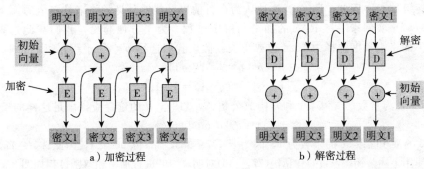

a）加密过程　　　　　　　　　　　b）解密过程

图 8-4　加密和解密的分组连接过程

DES 加密算法并没有相应的数学理论支持，目前对 DES 加密结果的破译方法只能通过搜索所有可能的 56 位密钥，并对它们进行逐一解密尝试。如果能够运用大量的计算资源并行操作来进行这种解密操作，则会大大降低破解一个密钥的计算时间。因此，定期更新 DES 密钥或者使用多重 DES 加密方式是提高 DES 加密算法安全性的主要措施。

DES 基于对称密钥加密算法，加密过程和解密过程均使用同一个密钥进行操作。对称密钥加密算法面临的一个关键问题是如何安全地将这个对称密钥传递给对方。如果通过网络传递密钥，密钥仍然存在被劫取的可能性，稍后我们将介绍认证机制为密钥传递提供了可靠的安全保障。

8.1.3　RSA 加密算法

不同于对称加密算法，非对称加密算法以相应的数学理论为基础，选择基于某种数学理论支持的两个数学上互补的密钥，使用一个密钥进行数据加密，另一个密钥实现数据解密。通常我们称用于加密的密钥为**公开密钥**或**公钥**（public key），用于解密的密钥为**私有密钥**或**私钥**（private/secret key）。非对称加密算法的优势是克服了对称密钥发放过程存在的安全隐患，通信双方只需要向对方传递用于加密的公钥，而将解密使用的私钥安全地存放在本机内，即便是他人能够有机会获取公钥，也不会对使用该公钥进行加密的密文造成任何安全威胁。

1. RSA 公开密钥加密算法

RSA 算法是目前最流行的一种公开密钥算法，由麻省理工学院的 3 名发明者 Rivest、Shamir 和 Adelman 共同研制开发，并因此而命名。RSA 算法利用了这样一个基本事实：目前还没有找到一个有效的算法来分解两个互为素数的乘积。两个数互为素数定义为这两个数没有大于 1 的公共因子。RSA 算法的描述如下：

1）选择两个互异的大素数 p 和 q，使它们相乘得到 $n=p\times q$；

2）选择一个小于 n 的数 e，使得 e 与 $(p-1)\times(q-1)$ 互为素数；

3）找出数 d，使得 d 与 e 的乘积减 1 能够被 $(p-1)\times(q-1)$ 整除；

4）RSA 的公钥由 e 和 n 组合构成，私钥由 d 和 n 组合构成。

如果以 M 表示原始明文，E 表示加密后的密文，RSA 加密和解密算法公式如下所示：

加密公式：$E=M^e \bmod n$

解密公式：$M=E^d \bmod n$

上述加密过程中，密文 E 通过对明文进行 e 次指数运算，再除以 n 得到的余数而获得；解密过程中，通过对密文进行 d 次指数运算，再将其结果除以 n 得到的余数即为明文 M。在拥有明文 M 及公钥 e 和 n 的前提下，密文 E 的计算可以很容易得出。但对于颠倒过来的解密运算过程，在只了解密文 E 及公钥 e 和 n 而没有掌握私钥 d 的情况下，却很难能够推算出明文 M。特别是当选择一个较长比特的密钥时，如 1024 位或者更长的 2048 位，此时意味着素数 p 和 q 也相对较大，仅从它们的乘积 n 中很难分解出 p 和 q，这使得推算私钥 d 进而破译密文的计算量远远超出了一般计算机的运算能力。因此，RSA 算法被认为在目前以及能够预见的将来是安全的。

我们通过一个实例来了解 RAS 的加密与解密过程，为了方便起见，我们在此选择较小的密钥，而实际中的密钥长度选择为 1024 位或更长。假设我们选择 $p=7$，$q=17$，则：

$$n=p\times q=7\times 17=119$$
$$(p-1)\times(q-1)=6\times 16=96$$

选择与 96 互为素数的 $e=5$，e 和 n 构成公钥 $(5，119)$，d 的选择应该满足这样的条件：

$$1=5\times d \bmod 96$$

即 d 与 5 的乘积除以 96 的余数为 1，因为 $5\times 77=385$，385 除 96 余 1，因此选 $d=77$，得到私钥 $(77，119)$。使用上述公钥 $(5，119)$ 和私钥 $(77，119)$ 对明文"19"进行加密和解密过程如图 8-5 所示。

2. RSA 实现数字签名

上述我们讨论了 RSA 加密和解密算法的实现过程。即用公钥对数据进行加密，用私钥对加密的数据进行解密。事实上 RSA 加密算法中，如果反过来使用私钥对原始数据进行加密，而用公钥进行解密，算法依然成立（读者可以对图 8-5 例子进行验算）。如果发送方使用自己的私钥对原始数据进行加密，

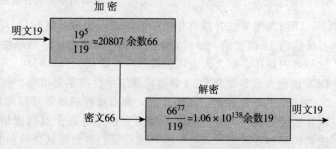

图 8-5　一个 RSA 的加密和解密的实例

而接收方通过发送方的公钥对加密数据进行解密，如图 8-6 所示。这似乎对数据的传输安全并没有任何意义，因为任何人都可以利用公开得到的公钥对通过私钥加密的数据进行解密而得到原始信息。实际上，这种加密方式提供了另一种非常重要的功能：数字签名功能。所谓数字签名是以数字方式签署文件或合同，并且具备与我们实际惯用的直接签署方式相同的两个基本特点：第一，保证签署文件的真实性和完整性，防止他人伪造和修改；第二，通过一种机制来确认文件确实由某一方所签署，以防签署者事后反悔。以下我们通过图 8-6 简述这种数字签名技术的实现原理。

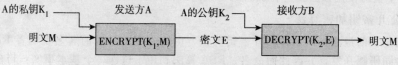

图 8-6　使用私钥加密和公钥解密实现数字签名功能

图 8-6 中，发送方 A 向接收方 B 发送一份经过 A 签署的文件 M。A 首先用它的私钥 K_1 对原始文件进行加密(签名)，之后将加密后的文件传送给 B，B 用 A 的公钥 K_2 解密文件，得到原始信息 M。上述过程中，如果接收方 B 能够使用 A 的公钥成功地对接收密文进行解密，则可以验证这样一个事实，这个密文的确是由发送方 A 进行加密并发出，并非他人伪造，因为只有经过 A 的私钥加密的数据才能通过它的配套公钥进行解密。同时还能够验证数据在传输过程中没有被修改的可能性，否则接收端将无法对改过的密文完成解密操作⊖。

图 8-6 采用私钥对数据加密实现数字签名技术，但这个用私钥加密的数据并不具有保密性，因为公钥并不保密，任何人都可以很容易得到公钥并使用它对经私钥加密的数据解密。如果需要对传输的数据进行保密，使消息同时具有签名属性和保密性，则需要采用双重加密技术，先用发送方的私钥对消息进行签名，再用接收方的公钥对经过签名的消息加密。图 8-7 描述了这种双重加密过程，假设发送方 A 和接收方 B 各有一套基于 RSA 公开密钥加密算法的密钥对，以 KAs(secret key of A)和 KAp(public key of A)分别表示发送方 A 使用的私钥和公钥对，KBs(secret key of B)和 KBp(public key of B)分别表示接收方 B 使用的私钥和公钥对。为方便描述，我们简单地使用密钥和原始数据的作用关系来表示加密或解密过程，如使用 A 的私钥对原始信息 M 加密，用 KAs(M)表示加密后的密文，对这个密文再用 B 的公钥 KBp 加密，结果用 KBp(KAs(M))表示。这种描述方式将继续在接下来的章节中使用。

图 8-7 中，发送方 A 首先使用其私钥 KAs 对原始数据 M 进行数字签名得到 KAs(M)，为加密这个经过数字签名的数据，发送方使用接收方的公钥 KBp 对其进行加密得到签名并加密的数据 KBp(KAs(M))并发送；接收方 B 首先使用其私钥 KBs 对接收数据进行解密，得到签名数据 KAs(M)，再使用发送方的公钥 KAp 对数字签名进行身份验证。

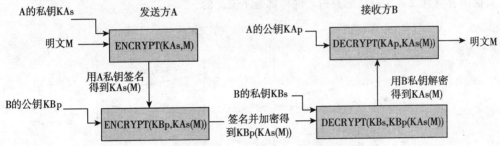

图 8-7 同时具备数据签名和加密功能的操作过程

RSA 公钥加密方式最大的优势是采用不同的密钥对数据进行加密和解密，因此只需要在网络中传递用于加密的公钥，而用于解密的私钥则可以安全地保存在本机内，这样便消除了对称密钥体制中对称密钥在传输过程中可能被泄露的安全威胁。RSA 的缺陷是需要相当可观的时间来进行加密或解密过程中的求幂运算，处理速度比对称加密算法 DES 要慢几个数据量级。因此在实际应用中，经常将对称加密和公开加密技术结合在一起使用，例如，通信双方可以首先使用 RSA 系统加密一个 DES 对称密钥，当这个加密的 DES 密钥安全传送到对方时，双方再改用 DES 对称密钥对所传输的数据进行加密和解密。这样，既能够保证对称密钥的安全传递，又能够通过较快的对称加密技术对较大的传输数据量进行加密。

8.2 认证技术

认证技术包含身份认证和内容认证。身份认证是通过某些安全机制对通信对方的身份加以鉴

⊖ 当然，这种验证数据在传输过程中没有被修改还需要接收方本身能够清楚经发送方加密的原始信息，这样才能够将解密的信息与原始信息比较判断其完整性。

别和确认，从而证实对方通信实体的真实性和有效性；内容认证则是指对数据在网络传输过程中的完整性加以确认和证实，以保障接收方所接收到的数据与发送方发送的数据完全一致，而未曾被修改过。本节将介绍如何利用数据加密技术进一步实现身份鉴别和内容的完整性保障。

8.2.1 身份鉴别技术

身份鉴别是网络安全最重要的组成部分，身份鉴别操作往往用于对于某些授权用户的认证。例如，服务器对能够远程登录并实行控制操作的用户进行严格的身份认证，将对服务器的系统安全和信息安全起着至关重要的作用；对于网络中进行的一些商业活动，客户和服务商之间的相互身份认证，同样会直接影响双方的利益。

最传统的认证方式是通过口令确认对方的身份，口令认证方法最主要的缺陷是，在认证过程中口令的传输非常容易被他人窃听并截获，窃听者可以利用这个口令冒充拥有该口令的用户。通过口令认证的安全隐患可以从图 8-8 中看到。图 8-8a 中，A 通过向 B 提供口令以证实自己的身份，这个用明文表示的口令在 A 到 B 的传输过程中被 C 截获，之后 C 使用同样的口令冒充 A 向 B 提供身份认证，由于 C 能够准确提供 A 的口令，接收端 B 误将冒充者 C 当成 A，如图 8-8b 所示。如果 A 使用了加密的口令又怎样呢？图 8-8c 和图 8-8d 描述了即便 A 使用加密的口令，传输过程依然是不安全的。A 经过加密的口令传输过程中同样可能被 C 截获，C 虽然不了解 A 与 B 之间使用加密技术，但只要将这个加密的口令不作任何改变直接发送到 B，仍然可以冒充 A，B 并不会察觉出这种冒充。口令认证方式的问题出在所依据的认证信息是一种静态信息，无论是否经过加密处理都是固定不变的，很容易被他人截获并再次使用。与口令认证方式类似的还有通过向对方提供地址或其他固有信息以证实自己的身份，同样都是不安全的。

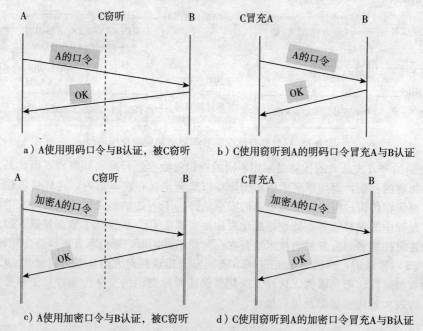

a）A 使用明码口令与 B 认证，被 C 窃听   b）C 使用窃听到 A 的明码口令冒充 A 与 B 认证

c）A 使用加密口令与 B 认证，被 C 窃听   d）C 使用窃听到 A 的加密口令冒充 A 与 B 认证

图 8-8　通过口令认证存在安全漏洞

回想 TCP 建立连接的三次握手过程，每一方首先在发送的 TCP 报文段中设定一个初始发送序号，在收到对方对这个发送序号的确认后（将这个发送序号加 1 作为确认序号），双方才确定相应的连接关系。这种握手方式与图 8-8 中的口令式认证方式最大的不同是，握手方式需要双方共同提供认证信息，是一种基于双向的动态认证方式，而口令方式只涉及单方面提供认证信息，是基于单向的静态认证。将这种握手的方法用在认证中，利用我们之前学习的加密技术，图 8-9 提

供了一种认证机制，它的实现是建立在双方对某种加密技术已经达成共识的基础上。假定 A 要向 B 证实它的合法身份，A 首先向 B 发送一个登录服务请求，为了鉴定 A 的合法身份，B 向 A 发送一个经过加密的随机数 R，A 对这个加密的随机数 R 先解密，再对 R+1 加密返回 B，如果 B 对收到的数解密得到 R+1，便确认 A 通过身份认证。在这个认证过程中，即便是经过 B 加密的随机数 R 被截获，截获者也不可能用同样的加密算法生成对 R+1 的加密密文来冒充 A，当然前提是截获者并不了解 A 和 B 使用的加密算法和密钥。

图 8-9 中所描述的安全认证机制利用数据加密技术实现通信双方的身份鉴定。它成立的条件是，双方必须彼此了解所使用的加密技术。使用对称密钥加密技术，双方要预先拥有共享的对称密钥，并且这个共享密钥的保密性是实现这种认证的安全保障。对于公开密钥加密系统，虽然公钥本身并不存在被泄露的安全威胁，但如何能够证实这些公钥持有者的合法身份成为实现安全认证的关键。以下我们分别介绍通过对称密钥系统和公开密钥系统实现的安全认证机制。

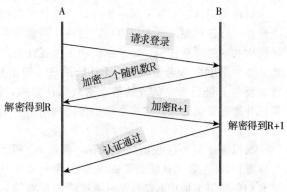

图 8-9　通过双方共同提供加密信息实现认证

1. 对称密钥认证机制

对称密钥加密方式是使通信双方共享同一个密钥，这个密钥同时用于数据加密和解密操作。假设彼此通信的双方已经通过某种安全的方式得到这个共享的密钥，那么双方之间的身份认证以图 8-9 中所描述的方式为基础可以很容易地实现，这个过程如图 8-10 所示。同样，假设此时用户 A 向服务器 B 申请远程登录，用 K_{AB} 表示 A 与 B 之间使用的共享密钥，R 表示 B 产生的一个随机数。首先 A 向 B 发出相应的登录请求并提供它在 B 中的注册标记 ID，B 以它和 A 之间的共享密钥 K_{AB} 加密一个随机数 R 并发送给 A，A 使用同样的密钥对 R 解密，再加密（R+1），之后将这个加密的数据发送给 B，B 接收到对（R+1）的加密数据，对其进行解密，如果得到的结果确是 B 之前发送的随机数 R 加 1，则认为对方身份属实，可以进入下一步操作。共享密钥 K_{AB} 可以作为双方彼此相识和确认阶段使用的密钥，通过身份认证之后，双方也可以协商进一步的通信过程中是否继续使用这个密钥，或者使用其他的加密方式并生成新的密钥。为了更安全起见，通常在通过身份鉴别之后，通信双方会使用随机产生的一个新密钥继续通信，以防在数据传输过程中多次重复使用认证过程使用的密钥，为窃听者提供更多的对密钥的分析和攻破机会。

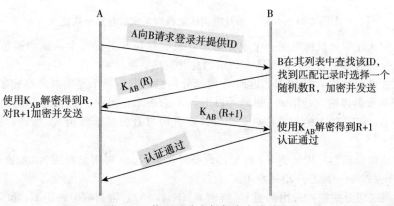

图 8-10　使用对称密钥加密方式认证

对称密钥认证系统

上述通过对称密钥实现用户身份认证，整个过程是否安全的关键是 A 和 B 的共享密钥 K_{AB} 除了 A 和 B 以外，是否还有第三方知道。否则 B 将无法唯一地鉴别用户 A，也就不能消除冒充的可能。对称密钥被泄露的一个主要环节是密钥的发放过程，即在一开始生成密钥的一方如何将该密钥安全地传递给另一方，而保证这个密钥不会被其他人所截获。特别是在某些情况下，彼此进行认证的双方相互并不了解，因此很难通过直接的通信过程建立彼此的信任关系。

对称密钥认证系统利用一个公认的并且可以信赖的第三方认证机构，为通信双方提供一种安全的相互认证机制。基本思想是，选择这种认证服务的用户在最初的注册服务中得到一个与该认证机构共享的对称密钥，这个密钥用于保证任何注册用户和认证机构之间的信息交换都是安全的。当某个注册用户 A 希望与另一个注册用户 B 通信并进行彼此安全认证时，A 首先通过安全的方式将需要与 B 进行安全认证的请求通告认证机构，认证机构为 A 和 B 的认证操作产生一个临时密钥，并通过安全的方式将这个密钥传递到用户 A 和 B 中，之后 A 和 B 便可以通过这个密钥进行身份认证。

我们通过图 8-11 说明这个过程，假设 K_A 和 K_B 分别表示用户 A 和 B 与认证服务机构之间的共享密钥，K_{AB} 表示认证服务机构为 A 和 B 彼此认证而生成的临时密钥，R 表示一个随机数，这里我们仍然简单地用 K(M) 表示通过密钥 K 对信息 M 加密。通过第三方认证服务实现 A 与 B 相互认证过程如下：

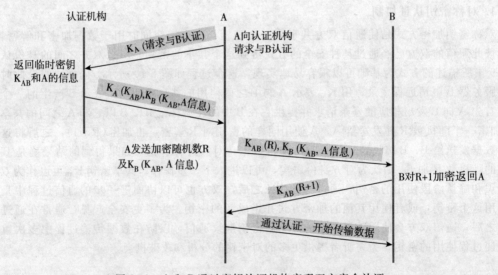

图 8-11 A 和 B 通过密钥认证机构实现双方安全认证

1）A 首先向认证服务机构发送一个服务请求，表明要与 B 进行安全认证和通信，A 用它与认证服务机构之间的对称密钥 K_A 加密这个请求消息并发送；

2）认证服务机构收到 A 的请求，返回 A 两部分信息内容，一个是临时共享密钥 K_{AB}，用于 A 与 B 安全认证和数据传输，并用 K_A 加密，以 $K_A(K_{AB})$ 表示，另一部分信息是将由 A 转交 B 的，包括临时密钥 K_{AB} 和用户 A 的相关信息，用该认证机构与 B 的共享密钥 K_B 加密，这里简单以 $K_B(K_{AB}, A)$ 表示；

3）A 收到这部分信息，用密钥 K_A 解密得到临时密钥 K_{AB}，再用新密钥 K_{AB} 加密一个随机数 R，随同密文 $K_B(K_{AB}, A)$ 一同发送给用户 B；

4）B 接收到这部分数据，先用密钥 K_B 解密 $K_B(K_{AB}, A)$，得到临时密钥 K_{AB} 和有关 A 的信息，B 随后使用密钥 K_{AB} 解密 A 发来的随机数 R，之后再对 R+1 加密并返回给用户 A；

5）A 对收到的信息用密钥 K_{AB} 解密得到 R+1 时，意味着整个认证过程成功，双方开始接下来的数据传输。

通过密钥认证机构，每个用户只要知道一个和该机构进行会话的密钥，就可以实现与其他用户之间的安全认证和数据通信，而并不需要了解成百上千个不同用户的密钥。这种对称密钥认证系统的实现有一个基本的前提，就是这个认证系统本身的安全性和可靠性必须得到保障，包括认证系统中的数据信息安全，认证机构与每个注册用户之间的共享密钥发放过程安全，以及最重要的这个认证机构对注册用户的可信任性保障[⊖]。

2. 公开密钥认证机制

公开密钥体制中，用于加密的公钥无需保密，因此可以很方便地通过网页、邮件或直接请求索取得到，通过公钥实现身份认证是目前较为广泛使用的认证机制。

我们通过一个例子了解公钥体制实现身份认证过程。图8-12中，假设客户机A向服务器B申请一个对B具有远程控制操作权限的特殊用户认证，另一个假设是A已经拥有了B的公钥。这里以KAs和KAp分别表示A的私钥和公钥，KBs和KBp分别表示B的私钥和公钥，同样，以K(M)表示用密钥K对信息M进行加密或解密操作。图8-12中认证过程分为三步：

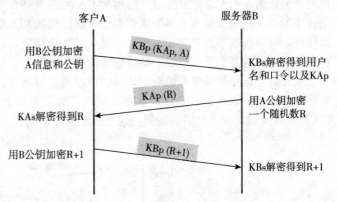

图 8-12　公钥体制进行身份认证

1)A首先向B发送认证信息，包括A在B中注册的用户名和密码等信息，以及A自己的公钥KAp，A使用B的公钥KBp加密这部分信息，以KBp(KAp，A)表示；

2)B用其私钥KBs解密收到的信息，将得到的用户信息与其保存的用户注册信息比较，如果确认A提供的用户信息属实，则使用A的公钥KAp加密一个随机数R，并发送给A；

3)A用其私钥KAs对接收信息解密得到随机数R，再使用B的公钥KBp对R+1加密并发送。最后，如果B能够对所接收的数据通过其私钥KBs解密得到R+1，便可以通过对A的身份认证。

在上述图8-12的例子中，当第一步完成，即服务器B接收到由A发出使用其公钥加密的用户A的信息，并且经过与保存的用户注册信息对照验证这些信息属实，可以完成对用户A的初步身份认证。接下来的第二步和第三步能够消除第三方窃听到A用B的公钥加密的信息并冒充A的安全隐患，实现更安全的用户认证。如图8-12所示，双方使用一个加密的随机数彼此握手，让窃听者无法通过截获的静态信息冒充任何一方，保证了认证过程的安全。事实上对于一般的用户，通常只需要将图8-12中的认证操作简化为只进行第一步。一个更为安全的变通是这一步由A发送到B的用户信息中添加一些A的动态时间参数，并且这部分时间参数由B保存，如果有冒充者使用上一次截获A的发送信息来冒充A，则服务器B也很容易从所保存的A的时间参数中辨别申请者的真实身份。而对于具有特殊权限的用户认证，通常采用图8-12所示的更安全的认证方式。

以上所述的公钥认证机制基于一个假设，就是提供公钥的服务器B的身份是真实的。对于我们所提到的远程登录应用来说，最关心的应该是用户端的身份认证。而对于某些其他应用，如电子商务等，双方的身份认证同样重要。假如某个网站声称自己是某知名商业机构，向网络用户提供商品销售服务，同时向用户提供一个公钥用于交易之前的相互认证。如何能够证实这个网站的真实身份是认证过程乃至整个交易过程是否安全的关键。类似于我们在对称密钥认证机制中所提

⊖ 作为一个安全密钥认证系统的实例，Kerberos比较广泛地应用于许多实际系统中，Kerberos本身以TCP/IP为协议基础，为因特网中用户的密钥发放和管理提供了一套安全可靠的方案。

到的通过可信赖的第三方，公钥体制认证机制的最终完善同样需要借助于第三方的支持，这个第三方称为数字证书认证机构 CA(Certificate Authority)。

数字证书认证 CA

数字证书认证机构作为电子商务交易中受信任的第三方，专门负责认证公钥体系中公钥的合法性。当某个公钥持有者在公认的 CA 机构注册后，经过核实后，CA 为该用户生成一份数字证书。数字证书的内容包含公钥持有者的名称(如邮件地址、域名、URL 等)、持有者的公钥和加密算法、证书的有效期以及 CA 名称和 CA 使用的数字签名算法等信息，最后 CA 使用其私钥对这个证书内容进行数字签名处理。如果某个公钥持有者能够向其他用户提供一个由 CA 认证(经过 CA 数字签名)的数字证书，则意味着该证书中所列出的公钥是可信任的。数字证书本身的可靠性和安全性则通过 CA 数字签名提供保障，因为只有 CA 自己能够使用其密钥对数字证书进行数字签名。同时我们认为在 CA 的官方网站上得到的 CA 的公钥是真实的，这就避免了攻击者伪造或篡改数字证书的不法行为。事实上不同级别的 CA 认证机构相互信任和委托，便构成了整个电子商务的信任链，每一份数字证书都与一个上一级认证机构相关联，最终通过这个信任链追溯到一个已知的并被广泛认为是安全、权威、足以信赖的根认证中心。

通过数字认证机构签发的数字证书，使得通过网络进行交易的双方在交易的各个环节上都能够随时验证对方数字证书的有效性和真实性，为交易双方提供了安全保障。图 8-13 是一个通过 CA 认证机构验证对方公钥的实例，这里假定客户 A 通过 CA 认证一个 Web 服务器 B 的真实性。

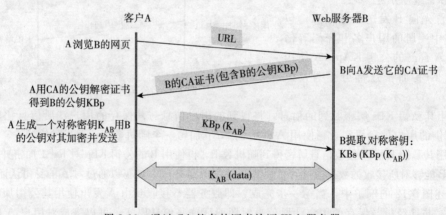

图 8-13   通过 CA 签名的证书认证 Web 服务器

图 8-13 中，A 首先浏览 B 的网页，并从网页中得到 B 经 CA 签名的数字证书，A 使用 CA 的公钥验证这个数据签名之后，提取出 B 的公钥。之后 A 完成了对服务器 B 的身份认证，通常情况下，这个过程完成之后，服务器 B 开始进行对客户 A 的认证(上图中省略了这个过程)。如果双方都通过对对方的认证，便进入数据通信阶段。图 8-13 中采用的方法是首先由客户 A 产生一个临时使用的对称密钥 K_{AB}，A 再用 B 的公钥对这个共享密钥 K_{AB} 和相应的对称密钥算法进行加密并发送给 B，B 使用其私钥解密得到对称密钥。在接下来的数据通信过程中，双方将改用处理速度较快的对称密钥加密方法对传输数据加密或解密。

8.2.2   数据完整性保障

数据的完整性保障指的是数据在传输过程中并未遭遇其他人的篡改。采用数字签名技术能够实现数据完整性保障，但不足是，公开密钥方式相对于其他加密方式，如对称密钥算法以及将要介绍的报文摘要算法，其加密和解密的处理速度要慢得多，尤其是不利于处理较大数据量。

一种解决的方法是，采用**报文摘要技术** MD(Message Digest)首先将较大的数据块进行处理，生成较短的固定长度的报文摘要，然后仅对这部分摘要进行数字签名。接收端只需要对接收的报文进行处理产生摘要，并将这个摘要与经过签名的摘要比较，便可以确定数据在传输过程中的完整性。摘要技术基于单向散列函数，有两个基本特点，第一，要产生两个具有相同摘要的文字块在数据学上被认为是不可能的，这就意味着原始数据块的任何改变都会导致一个新的摘要产生；第二，摘要函数是不可逆反的，即对于给定的摘要并不可能恢复出生成这个摘要的原始消息，这个特点不同于数据加密和解密技术。报文摘要非常类似于用于验证数据在传输过程是否出现传输差错的校验码，如 CRC 校验码等。目前比较多使用的摘要技术为 MD5 和安全散列算法（Secure Hash Algorithm，SHA），MD5 为任意长度的消息生成一个 128 位固定长度的报文摘要，SHA 产生 160 位长度的报文摘要。MD5 广泛地应用在因特网应用中，而 SHA 则较多地应用于政府方面的应用。以下我们简述 MD5 的实现过程。

类似于 DES 的实现过程，MD5 函数的基本运算是通过对原始数据块进行复杂的位运算实现，并不依赖于任何数学基础。MD5 的变换过程如图 8-14 所示，简单描述如下：

- 将原始数据块分割成 512 位长的单位 M1、M2、……、Mn，如果原始数据长度不是 512 的整数倍，采用位填充技术对原始数据块进行填充。MD5 摘要由 128 位的初始向量 IV（Initial Vector）与每一个 512 位数据单元进行固定步骤的位运算形成，图 8-14 中假定 IV 与数据单元 M1 的运算结果为 IV1，IV1 与 M2 的运算结果为 IV2，…，最终的摘要由 MD5() 表示。
- 图 8-14 中用 ⊕ 表示的运算是按照一定的规则对位操作与、或、非、异或、移位等进行组合而形成的运算。我们在此省略详细的运算过程，具体的算法实现细节在 RFC 1321 中描述。

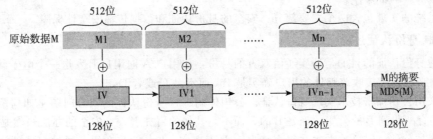

图 8-14　MD5 算法实现过程

引入报文摘要技术，数据在传输过程中的完整性保障可以通过图 8-15 所描述的安全机制实现。发送方首先对原始数据块 M 进行摘要计算，得到 128 位的报文摘要 MD(M)。发送方使用它自己的私钥 KAs 对所生成的摘要进行数字签名，之后将这个签名的摘要和原始数据块 M 一同发送；接收端使用发送方的公钥 KAp 对签名的摘要解密，然后再使用同样的摘要函数对接收的数据块 M 进行摘要计算。如果这两种方式得到的摘要一致，则验证数据在传输过程中的完整性，否则意味着数据在传输过程中可能被修改的可能。

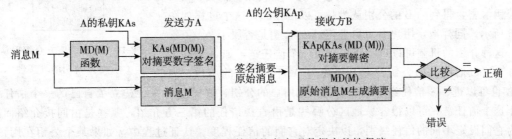

图 8-15　通过对报文摘要签名实现数据完整性保障

图 8-15 中通过将数字签名和摘要技术相结合实现数据完整性保障，原始数据 M 以明文方式传输。这一套安全机制可以进一步修改，使得数据能够以加密的形式传输。我们将在后面对安全

协议的讨论中学习这种能够同时保障数据完整性和保密性的控制机制。

8.3　网络安全协议

以上我们学习了两种基本的数据加密技术：对称密钥和公开密钥加密方式，以及基于这两种加密技术所形成的用户身份认证和数据完整性保护安全控制机制。实际网络中，这些安全机制由不同的网络安全协议实现，安全协议可以运行在网络的不同层次。例如，一种称为 PGP(Pretty Good Privacy)的加密系统，运行在彼此通信的端系统应用层，对通信过程中数据的保密性和完整性以及通信之前的身份认证提供了完全的保障。而另外一种称为 IP 安全协议的 IPSec(IP Security)作为一种扩充的网络层协议，为两个节点之间传输的 IP 数据报提供节点之间的认证、数据报的完整性保护和数据保密性等服务。本节将介绍几种比较典型的网络安全协议，研究它们的实现原理以及起到的保护作用。

8.3.1　PGP 协议

PGP 加密系统提供了因特网中电子邮件或其他数据文件在网络传输过程中的保密性、完整性和身份认证服务，这种服务是将公钥加密技术、密钥加密技术以及报文摘要技术结合在一起而实现的一种网络安全机制。PGP 系统作为网络应用程序运行在发送端和接收端，所有的 PGP 加密和解密操作都是针对应用层数据而进行，并在端系统上实现，其他网络节点(如路由器)并不需要参与相应的加密或解密操作。

PGP 系统的实现包含两个主要部分：安全的身份认证和数据传输安全性保障。

1. PGP 身份认证过程

PGP 的身份认证的目的是证实通信双方的身份，如用户 A 向用户 B 发送一个电子邮件，安全的认证机制必须保障接收该邮件的用户确实是 B，而不是 C 或者 D。

PGP 采用公钥加密技术实现身份认证。公钥体制进行身份认证的核心问题是如何能够证实 A 通过公共场所得到 B 的公钥的确是 B 的，而不是其他的冒充者，最安全的办法当然是 A 能够直接从 B 得到其公匙，但这种方式在很多情况下并不现实。8.2.1 节介绍了通过权威的认证机构为公钥提供数字证书，证实该公钥持有者的合法身份。除此之外，PGP 还发展了另一种公钥介绍机制来解决这个问题。例如，假如用户 A 和用户 B 都有一个可信赖的第三方 C，C 分别拥有用户 A 和 B 的公钥，并且 C 已经通过认证并证实其所拥有的 A 和 B 的公钥是属实的⊖，那么 C 可以用它自己的私钥分别对 A 和 B 的公钥进行数字签名，表示 C 可以担保这两个公钥分别属于 A 和 B。当用户 A 得到一个经过 C 签名 B 的公钥时，首先用 C 的公钥对 B 的公钥解密，得到的 B 的公钥认为是可以信任的，这个过程如图 8-16 所示。同样地，用户 B 可以鉴定 A 的公钥是否属于 A。

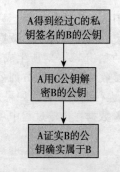

图 8-16　通过第三方介绍确认对方公钥的真实性

这种介绍的机制可以进一步扩充为一个信任链，如 A 通过 C 的签名可以信任 B 的公钥，则 B 便成为 A 可以信任的用户，因此 A 也可以进一步信任经过 B 签名的其他用户的公钥，这样用户 A 便建立了自己的一个信任链。对于这个信任链，可以很容易地区分哪些是由直接信任的第三方介绍，哪些是由间接介绍而来，并为它们设定不同的信任级别，以决定对它们的信任程度。认证过程中，如果某个公钥在用户的

⊖　这里提到 C 能够确认拥有的 A 和 B 的公钥属实，具体的认证方法可以多种多样。因为 C 与 A、C 与 B 是相互信赖的关系，所以可以采用最直接的方法，如通过邮件、直接传递或者电话确认等方式确认公钥的真实性。

信任链中不同的地方多次出现，PGP 会选择一个信任级别较高的公钥。一旦确认了对方的公钥的真实性，双方便可以采用我们之前介绍的公钥体制实现身份认证。

2. PGP 数据传输安全性

在完成了身份认证之后，双方需要协商数据传输过程中所使用的一些加密技术，例如，选定一种对称加密算法之后，使用所信赖的公钥加密对称密钥并由一方传递到另一方。

PGP 系统对于数据的保密性和完整性控制机制的实现过程如图 8-17 所示，以 KAs、KAp 表示 A 的私钥和公钥，KBs、KBp 表示 B 的私钥和公钥，K_{AB} 表示 A 和 B 的共享对称密钥，MD() 表示对原始消息进行摘要处理生成的报文摘要。

- 数据在传输过程中的完整性。PGP 发送方首先对发送邮件进行 MD5 摘要处理，并对产生的摘要使用发送方的私钥 KAs 进行数字签名。接收方用发送方的公钥 KAp 解密所接收的报文摘要，同时对所接收的数据进行摘要处理产生相应的报文摘要，将这两个摘要进行比较，如果一致，则说明数据在传输过程中未被修改，验证了数据的完整性。
- 数据在传输过程中的保密性。由于对称密钥加密的处理速度要比公钥加密快得多，因此在完成认证过程之后，PGP 系统采用对称密钥加密技术对传输数据进行加密。为此，双方首先通过公钥在认证过程中商定所使用的数据加密技术，并传递相应的对称密钥 K_{AB}。在接下来的数据传输过程中，包括原始信息和经过签名的报文摘要，PGP 都使用对称密钥 K_{AB} 对其进行加密或解密操作，以保障所传输信息的保密性。

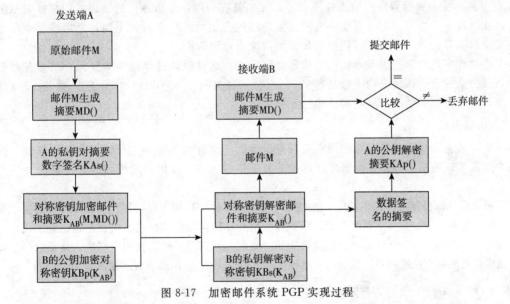

图 8-17 加密邮件系统 PGP 实现过程

基于应用层的安全协议运行在端系统上，并不需要中间网络节点的参与，实现起来比较简单，是目前使用比较广泛的安全控制协议。缺点是这种安全协议产生的加密数据在网络中以 IP 数据报形式传输时，数据报的 IP 首部和 TCP 首部并没有设置任何保护措施，PGP 保护的仅仅是应用层数据，它不能保证 IP 数据报首部在传输过程中的完整性。针对这种安全隐患，后面将要介绍的 IP 安全协议 IPSec 对整个 IP 数据报提供了完全的安全控制机制。

8.3.2 安全外壳协议 SSH

SSH(Secure Shell) 是由 IETF(RFC 2451～2454) 制定的一套协议，其目的是要在非安全网络上提供安全的远程登录服务。传统的远程登录 Telnet 或文件传输 FTP 等网络应用，如图 8-18a 所示，从服务器对远程用户的认证到所有的数据传输都以明文方式进行，这不仅对传输数据的保密性造成安全威胁，用户通过网络传输的登录口令也很容易被他人截获，并冒充该用户对服务器进行系统攻击。SSH 协议采用数据加密技术为服务器对远程用户的认证和数据传输提供了安全控制机制，并且在功能上可以完全取代传统的 Telnet 和 FTP 等网络应用，如图 8-18b 所示。

SSH 是运行在用户端和服务器端的应用软件，同样是基于应用层的安全协议。SSH 提供的安全认证以及数据传输服务可以分成以下几个过程实现。

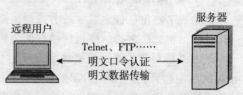

a) 传统的远程登录或文件传输没有任何安全控制机制

1. 协商阶段

客户端和服务器对所使用的 SSH 版本号、身份认证方法和数据加密方法等细节进行协商。例如，双方通过协商可以确定通过用户向服务器提供口令，或者使用公钥体制实现服务器对远程客户的身份认证；双方还可以协商数据传输过程所使用的加密技术，如对称加密技术 DES 或 3DES 等。这些最初的协商信息通常不需要进行加密，唯一需要加密的是当双方确定了一种数据加密技术（3DES 为 SSH 最常使用的加密技术）之后，由一方产生一个对称密钥，并将这个对称密钥传递到另一方。为实现这个过程，

b) SSH提供安全的认证和数据传输控制机制

图 8-18　SSH 可以替代 Telnet 和 FTP 实现安全的远程登录和文件传输

SSH 服务器在接收到远程用户的服务请求时，首先向这个用户发送自己的公钥，用户针对双方所协商的加密技术产生一个对称密钥，并使用服务器的公钥加密这个对称密钥，之后将这个加密的密钥发送给服务器，服务器可以使用其私钥解密这个对称密钥。

上述过程实现的前提服务器提供的公钥必须属实，这可以通过客户端本身保存的服务器公钥信息，或公认的公钥认证机构来验证服务器公钥的属实性（在 RFC2451 中描述），鉴于 SSH 的应用特点，它更关注的是服务器对客户端的身份认证。

2. 认证阶段

这里认证主要指服务器对远程用户进行身份鉴别。SSH 提供两种主要的用户认证机制。这两种用户认证实现的前提都是假设服务器本身的身份是属实的，即用户所得到的服务器的公钥是可以信任的。

一种用户认证机制通过口令实现。当用户向服务器请求 SSH 服务时，用户使用服务器的公钥加密自己的用户名和口令，并传送到服务器。服务器使用其私钥对接收数据进行解密，将得到的用户名和口令与所保存的用户信息比较。如果能够找到相一致的用户信息，则认为用户属实，认证这个远程用户为该服务器的某个注册用户。这个认证过程如图 8-19 所示，图中 KBp 表示服务器 B 的公钥。

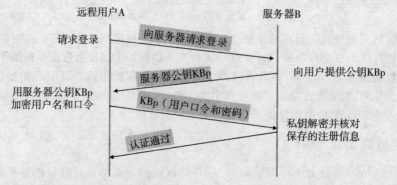

图 8-19　用户用服务器提供的公钥加密其用户名和口令实现服务器对它的认证

另一种用户认证机制通过公钥体制实现。公钥认证方式要求远程用户首先创建一对密钥，并把公钥事先存放在需要访问的服务器上。当该用户向 SSH 服务器请求基于公钥的认证时，首先向服务器发送其公钥。服务器收到这个公钥之后，在保存的用户信息中寻找对应该用户的公钥，如果找到相一致的公钥等信息，便用这个公钥与用户进行接下来的认证操作。服务器使用该用户公钥加密一个随机数并发送给远程用户，远程用户收到这个加密的随机数，用它的私钥对其解密之后再发回给服务器，收到解密后的随机数，SSH 服务器完成对这个远程用户的身份认证。这个过程如图 8-20 所示，图中 KAp 表示远程用户 A 的公钥，被预先存放在服务器中，对于用这个公钥加密的随机数，服务器认为只有持有 KAp 对应的私钥的用户 A 才能够解密这个随机数，并以此验证用户 A。

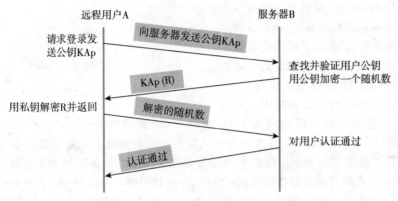

图 8-20　SSH 通过公钥体制认证远程用户

以上两种用户认证机制，基于公钥体制的认证机制比基于口令的认证机制提供更高级别的安全认证。因为正如我们前面所提到的，尽管口令认证过程中用户发出的口令使用服务器的公钥进行加密，但基于这种方式采用固定不变用户口令，因此存在着加密的口令被窃听并被冒用的安全隐患。相比之下，公钥体制认证过程中需要用户使用其私钥对服务器加密的随机数解密，因为窃听者得到某个用户私钥的可能性非常小，因此这种方式被认为是安全可靠的。但采用公钥体制认证会使得整个登录过程比较慢，因此比较多用于对于特殊权限远程用户的身份认证。

3. 会话应用阶段

当客户端与服务器之间成功地完成协商和认证之后，SSH 便可以在远程客户机和服务器之间建立了一条安全的数据通道，基于这个安全的数据通道实现多种网络应用。SSH 最常见的应用就是取代传统的远程登录 Telnet 和文件传输 FTP 等网络应用，客户通过 SSH 远程登录到服务器上，在安全的通信环境下对服务器进行各种操作，如对服务器执行各种 shell 命令，从服务器传输文件到客户端，或从客户端传输文件到服务器等。

SSH 提供的另一种功能是 TCP/IP 端口转发机制，利用 SSH 在用户端和服务器端建立的安全认证和数据传输通道，SSH 的端口转发功能可以将这种安全机制扩展到其他的网络应用中。当客户端和服务器开启了一条 SSH 安全数据通道，经过 SSH 端口转发设置，SSH 客户端和 SSH 服务器端能够直接从应用程序接收数据或者向应用程序传递数据，使得客户端和服务器之间的所有数据传输都通过 SSH 安全数据通道进行。

8.3.3　安全套接字层协议 SSL

安全套接字层协议 SSL(Secure Socket Layer) 是由 Netscape 公司设计并开发的安全协议，主要用于基于 Web 服务的各种网络应用中客户端与服务器之间的安全数据传输和用户认证。SSL 安全会话协议并不像前面介绍的 PGP 和 SSH 那样针对某一种特殊的网络应用提供相应的安全机制，

SSL 安全协议作用在端系统上应用层与传输层之间, 在 TCP 之上建立起一个加密通道, 为通过 TCP 传输的数据提供安全保障。以 SSL 为基础, IETF 定义了传输层安全协议 TLS(Transport Layer Security, RFC 2246), 能够为所有基于 TCP/IP 协议基础的网络应用提供安全数据传输服务。以下我们简述通过 SSL 协议实现 Web 客户端与服务器之间的安全数据传输和认证服务。

当使用 SSL 安全套接字层实现 Web 客户端与服务器之间安全数据传输时, SSL 与 Web 应用协议 HTTP 和传输协议 TCP 之间的结构关系如图 8-21 所示。这样应用时, Web 应用协议同样使用 HTTP。所不同的是应用进程会将要发送的 HTTP 报文传递到 SSL 协议层, SSL 使用经过协商而确定的加密方法对应用数据进行加密处理, 之后再通过 TCP 以及底层发出; 类似地, 接收端 TCP 层首先将收到的数据传递到 SSL 层, 并通过 SSL 的解密操作之后将得到的 HTTP 报文提交应用进程。

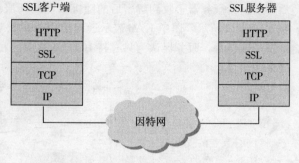

图 8-21　SSL 协议作用于应用层协议和 TCP 协议之间

当 Web 客户端和服务器使用这种基于 SSL 安全协议的 Web 应用时, 客户端使用的 URL 中以 https 来替代 http, 如 https://mysslwebserver.com, https 并非一个新的协议, 这里的目的只是为了告诉浏览器的解释器这个 Web 应用将使用 SSL 安全协议。基于 SSL 安全协议的 Web 服务器使用默认的服务端口 443 来取代普通 Web 服务中使用的 80 端口, 因此浏览器在接收到相应的 https 请求时, 会设置 443 为目的端口号。

SSL 包含两个共同工作的协议: SSL 握手协议(SSL Handshake Protocol)和 SSL 记录协议(SSL Record Protocol)。SSL 握手协议通过安全机制在通信双方之间进行加密算法的协商和密钥传递, SSL 记录协议定义了 SSL 数据传输格式, 并实现对数据的加密和解密操作。

SSL 采用公钥体制实现认证, 事实上 SSL 普遍使用的认证机制是向客户端提供对服务器的身份认证, 这是因为 SSL 比较广泛地用于基于 Web 服务的各种商业交易活动, 对服务商的合法性及真实性鉴别是整个交易活动的基本安全保障。我们通过图 8-22 简述 SSL 的实现过程, 假设客户 A 与服务商 B 之间使用 SSL 安全协议进行网上交易活动, A 首先通过浏览器浏览 B 提供的安全网页。SSL 握手协议主要完成的功能包括:

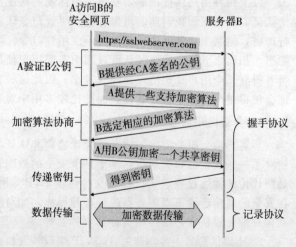

图 8-22　SSL 安全认证与数据传输过程

1) 客户 A 对服务器 B 进行身份认证。当接收到客户 A 对安全网页的服务请求时, 服务器 B 首先返回一个包含其公钥的数字证书, A 使用认证机构公开发布的公钥对该证书进行验证, 并以此验证服务器 B 的身份。

2) 双方协商加密算法。A 会向服务器提供一些能够支持的加密算法, 双方经过协商选定相应的加密算法。

3) 密钥传递阶段。由客户端 A 按照协商的加密算法产生相应的密钥, A 使用服务器公钥对所产生的密钥进行加密, 并将这个加密的密钥发送给服务器。

当这几个步骤顺利完成之后, 双方进入实际的保密数据传输阶段, 此时数据以 SSL 记录协议所定义的数据格式在客户端和服务器之间传输。

　　SSL 为在因特网上进行商品交易活动的双方提供了安全保障。通过最初的握手，客户完成对服务商的身份认证，并且双方经过协商确定将要使用的加密算法和密钥；在接下来的数据传输双方使用协商的加密算法对数据进行加密或解密操作，实现数据的保密传输。因为 SSL 运行在传输层之上，并且独立于应用程序，除了广泛地应用在 Web 服务中，其他网络应用如文件传输等同样可以使用 SSL 提供的安全机制实现安全的应用服务。

8.3.4　IP 安全协议 IPSec

　　以上讲述的安全协议 PGP、SSH 以及 SSL 都有一个共同的特点，就是都运行在端系统上，为不同的网络应用提供安全保障。然而在网络中承载这些应用层数据进行传输的 IP 数据报，其 IP 首部以及 TCP/UDP 首部信息同样会面临着不同的安全威胁。IPSec(IP Security)是一种能够提供安全控制机制的 IP 协议，在对 IP 数据报所承载的数据部分提供保护措施的基础上，还提供了对 IP 数据报首部和 TCP/UDP 首部信息的保护措施，确保这些首部信息在传输过程中的保密性、完整性以及源节点和目的节点的安全认证。

　　IPSec 可以直接在彼此通信的两个主机上运行，如图 8-23a 所示，主机 A 和主机 B 之间使用 IPSec 协议实现 IP 数据报传输。这种方式中，IP 数据报首部信息不变，数据部分则由原始数据报经过安全处理形成。接收方采用相应的解密处理，将安全收到的数据提交上层处理。IPSec 还可以运行在主机和网关之间，或者网关和网关之间。如图 8-23b 所示，由主机 A 发送数据到主机 B，原始数据报在经过安全网关 G1 到 G2 时使用 IPSec 安全模式传输数据。网关 G1 和 G2 之间运行 IPSec 安全协议，需要为原始数据报重新构建一个新的 IP 首部，以 G1 为源地址，G2 为目的地址，数据部分则由原始数据报经过安全处理之后形成。图 8-23b 中，网关 G1 负责对从 A 发出的原始数据报进行安全处理和封装处理，网关 G2 负责对接收的数据报进行解密和安全检验处理，在判定符合相应的安全要求时，将解封的原始数据报转发给目的主机 B。

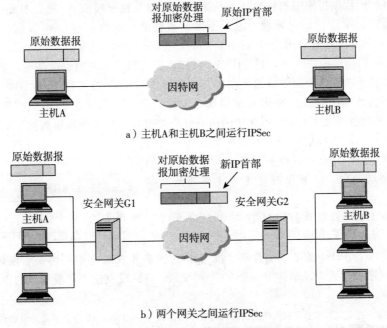

a）主机A和主机B之间运行IPSec

b）两个网关之间运行IPSec

图 8-23　IPSec 工作原理示意图

　　图 8-23 描述了 IPSec 两种实现模式，图 8-23a 称为**传输模式**，这种模式在两个进行数据通信的主机上运行 IPSec 协议，保持 IP 数据报的首部信息不变，数据部分通过对原始数据报进行安全

处理之后产生。图 8-23b 称为**隧道模式**，这种模式在两个安全网关上（或主机与安全网关之间）运行 IPSec 协议，原始数据报经过安全处理之后被封装在一个新的 IP 数据报中，以安全网关的源和目的节点为 IP 数据报的源和目的地址。隧道模式的优势是主机本身并不需要关心任何 IPSec 相关的操作，所有的加密方法和密钥的协商工作以及对原始 IP 数据报的加密、解密和认证等操作完全都由 IPSec 安全网关负责完成。通过安全网关采用隧道模式是 IPSec 较为普遍的使用方式，因此 IPSec 也被称为是节点到节点之间的安全协议，相应地，前面所介绍的 PGP、SSH 和 SSL 等则被称为是端到端的安全协议。

两个节点之间运行 IPSec 安全协议，首先要在两个节点之间建立一条网络层的安全连接，也称为两个节点之间的**安全关联**（Security Association，SA）。例如，图 8-23a 中，主机 A 和主机 B 之间建立安全关联，图 8-23b 中，网关 G1 和网关 G2 之间建立安全关联。

通过安全关联，双方确定将采用的加密技术或认证技术，选择加密算法，为相应的加密技术产生密钥并传递给对方。每个 SA 在建立时都产生一个 32 位的安全参数索引（Secure Parameter Index，SPI），SPI 是一个安全关联 SA 的标识，目的节点依据 IPSec 数据分组携带的 SPI 将其与特定 SA 使用的加密算法和密钥相关联。

两个节点进行安全关联需要用到两个主要协议，安全关联密钥管理协议 ISAKMP⊖（Internet Secure Association Key Management Protocol，RFC 2409）定义了协商过程的数据格式，实现对一个安全关联的建立、修改或删除等操作；密钥交换协议 IKE⊖（Internet Key Exchange，RFC 2408）提供了两个节点之间协商并交换密钥的安全机制。

一旦安全关联成功，便进入 IPSec 安全数据传输阶段，IPSec 定义了两种安全的数据传输协议，IPSec 首部认证协议和 IPSec 封装安全载荷协议。

1. IPSec 首部认证协议 AH

IPSec 首部认证协议 AH（Authentication Header，RFC 2402）是 IPSec 提供的一种安全协议，AH 能够提供对原始数据报的完整性验证、数据源认证以及抗重播服务（稍后对此进行解释）。但 AH 并不对原始数据报进行加密处理，因而不保证数据信息的机密性。MD5 和 SHA-1⊜（Secure Hash Algorithm）是 AH 普遍采用的对数据进行完整性保障的技术标准。

我们以 IPSec 的传输模式为例，讨论 IPSec 首部认证协议 AH 的数据报结构，如图 8-24 所示。基于 IPSec 首部认证协议 AH 而生成的数据报，在原始数据报 IP 首部和 TCP/UDP 首部之间增加一个 AH 首部，为此原始数据报的 IP 首部协议字段被改为 51，表示这个 IP 数据报携带一个基于 IPSec AH 协议的数据报。AH 首部包含使用协商好的加密算法对整个原始数据报的完整性保护信息，接收端将通过 AH 首部信息来检测数据报在传输过程中的安全性（即完整性）。在确认数据报安全时，恢复原始数据报，提交高层处理。以下我们简述 AH 首部的字段内容。

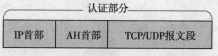

图 8-24　基于传输模式的 IPSec 首部认证协议 AH 数据报格式

传输模式中 IPSec 首部认证 AH 首部主要包含以下字段：

- 下一个首部。AH 中的下一个首部字段为原始 IP 数据报首部中的协议字段值，如 IP 数据报以协议字段值为 6 表示携带一个 TCP 报文段。AH 设立这个字段的目的是能够让接收端恢复原始数据报时将该字段值还原成 IP 首部协议字段。

- 有效载荷长度。由于在对原始数据报进行安全保护处理时，可能需要对其进行相应的填充操作以满足加密算法对数据块长度的要求，有效载荷长度字段记录了 IPSec 分组中有效的数据长度，为接收端恢复原始数据报提供信息。
- 安全参数索引 SPI。SPI 是一个安全关联 SA 的标识。它与目的 IP 地址和安全协议（AH 或 ESP）结合，唯一识别一个 SA。通过这种识别，目的节点能够将一个安全关联与特定的加密算法和密钥以及一些状态变量等信息相关联。
- 序列号。每个安全关联为相应的 IPSec 分组设置 32 位序列号。通过对 IPSec 分组序号的连贯性或重复性进行检测，能够帮助接收端鉴别 IPSec 分组是否被修改或替代。IPSec 在默认状态下，对于同一个关联出现的重复序号分组，接收端会视为一个不安全的分组并丢弃，这意味着一个 SA 上传送了 2^{32} 个分组之后，需要重新建立一个新的 SA 并获取新密钥，双方才可以重新设置相应的分组发送或接收计数器，这是前面提到的所谓"抗重播服务"。
- 认证数据。认证数据是采用加密算法对整个原始数据报进行完整性保护产生的编码，如使用某种摘要算法对原始数据报进行摘要处理，再使用加密算法对这个摘要进行加密或签名处理，最后产生认证编码。接收端采用同样的加密技术验证数据在传输过程中的完整性。

基于 AH 协议，能够实现对原始数据报的完整性保障，以及对 IPSec 分组的源节点和目的节点的安全认证。但对所传输的数据信息和首部信息并不提供保密功能，分组以明文形式传输。

2. IPSec 封装安全载荷协议 ESP

IPSec 封装安全载荷协议 ESP（Encryption Security Payload，RFC2406）是 IPSec 提供的另一种安全协议，在保持对原始数据报的认证和完整性保护的基础上，能够提供对原始数据报信息的机密性保护，ESP 分组以密文形式在网络中传输。ESP 采用的加密技术在建立关联阶段确定，数据加密标准 DES 或 3DES 为 ESP 常用的加密技术。

我们通过 IPSec 的隧道模式讨论基于 ESP 协议的 IPSec 分组结构，如图 8-25 所示。IP 首部不同于原始数据报首部，以发送和接收 IPSec 分组的节点地址为源地址和目的地址，协议字段以 50 表明携带一个基于 ESP 的 IPSec 分组；ESP 首部结构与 AH 有些类似，不同的是 ESP 结构中将认证信息提取出来放在整个分组的最后，这主要是便于对分组进行加密和认证处理操作（先对分组进行加密处理，然后再对相应部分进行认证处理）；原始 IP 首部和 TCP/UDP 报文段保持不变，但有可能会对其进行相应的填充操作，以完成选定的加密计算。ESP 分组对 ESP 首部和原始数据报提供完整性保护，对整个原始数据报提供加密处理。

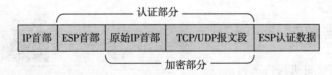

图 8-25　基于隧道模式 IPSec 的 ESP 协议数据报格式

ESP 首部信息与 AH 首部有一些相同之处，ESP 的首部字段有效载荷长度、安全参数索引 SPI 以及分组序列号等与前面讨论的 AH 首部相应字段意义相同。ESP 首部添加了一个新字段为初始变量字段，该字段用于某种加密算法中使用的初始变量，接收节点使用这个初始变量完成解密操作。ESP 能够提供对原始数据报完整性保护和保密性传输，除此之外，基于隧道模式的 IPSec 通常还提供对 IPSec 数据源的安全鉴别，即参加完整性保护的信息除原始数据报外，还包含 IPSec 分组的源地址字段，目的是鉴定该数据源的身份。

3. IPSec 在 VPN 中的应用

IPSec 对通过公共网络传输的数据提供了身份认证、数据完整性验证，以及机密性保障，其最典型的应用是利用其隧道模式构建虚拟专用网 VPN(Virtual Private Network，RFC2764)，VPN 允许不同地域的企业分支机构通过因特网等公共基础通信设施以安全的方式相互连接。例如，图 8-23b 中，安全网关 G1 和 G2 通过 IPSec 在公共因特网上建立起一条安全通道，就好像 G1 所连接的局域网和 G2 所连接的局域网之间有一条连接 G1 和 G2 的专用线路一样，因此得名虚拟专用网。VPN 通过因特网连接企业内部不同地域的局域网，比租用一条连接两个分支机构局域网的专线（基于电路交换的物理专线或分组交换的逻辑专线）要经济得多，因此在对数据传输速率没有特别要求的前提下，如企业内部不同地域的小型分支机构之间相互连接，以及企业分支机构接入总部网络，它是普遍选择的方案。VPN 也为远程个人用户通过因特网接入企业内部网络提供了安全的传输模式，如图 8-26 所示，为了能够让远程计算机用户实现与企业网内部主机之间的安全数据传输。在企业网内部设置 VPN 安全网关，专门负责与远程计算机建立安全数据传输通道。个人计算机与企业安全网关之间建立 IPSec 安全关联，个人计算机与公司内部网络任何主机之间的数据传输都通过这个安全网关转发

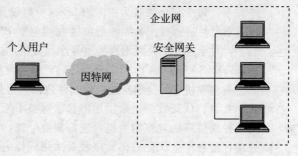

图 8-26　个人计算机通过 VPN 技术接入企业内部网络

实现。个人计算机和安全网关之间的安全通道使得个人计算机可以远程访问企业内部的其他用户或服务器，就像直接连接在企业网一样[○]。

　　对于 VPN 来说，用户认证、完整性保护和数据加密都是必要的安全机制，因此，大部分的应用实例中都采用 IPSec 的 ESP 协议。

　　本节讨论了几种安全协议，这些协议有的运行在端系统上，提供对应用层数据的各种安全保护机制，如 PGP、SSH、SSL 等。IPSec 安全协议作为一种运行在网络节点或主机系统上的网络层安全协议，对两个节点之间传输的 IP 数据报提供安全保护。事实上还有一些安全协议作用于链路层，即在通过某条链路直接连接的节点上运行的安全协议，以保障数据在这条链路上的安全性。例如，802.11 无线局域网中移动设备和接入点之间使用一种称为有线对等加密协议 WEP(Wired Equivalent Privacy)的安全协议实现两个基本功能，接入点对移动设备进行身份认证，认证通过之后移动设备和接入点之间采用相应的加密处理进行数据传输。WEP 使用对称密钥加密方法，并且前提是双方已经拥有这个共享密钥，其认证过程和数据加密方法与我们前面的讨论非常类似，因此我们在此省略了对它的讨论。

8.4　防火墙技术

　　防火墙是一个能够将机构内部网络与外部网络隔离开的硬件与软件的组合，如图 8-27 所示。通过监测和控制外部网络与内部网络之间的数据包传输，防火墙决定哪些外部系统有权访问或使用相应的内部组件，从而达到保护内部组件免受外部非

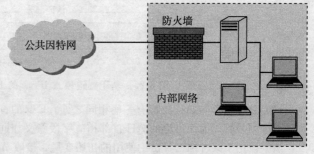

图 8-27　防火墙连接内部网络和外部网络示意图

法攻击的目的。

    防火墙对于提高网络安全的作用主要体现在两个方面。第一，我们前面介绍了多种网络安全机制，如数据加密技术、身份认证和数据在传输过程中的完整性保障等，同时介绍了几种能够实现这些安全机制的网络安全协议。这些安全协议大部分需要运行在彼此通信的主机系统上，因此要保证内部网络安全，需要在该网络上所有计算机系统设置安全机制。如果在机构的内网和外网之间设置一道防火墙，可以更灵活控制所转发的数据包，使外界对内部网络的访问只限定在某些特定的服务器上，或者只限定在这些服务器上某种特定的服务上，而网络中其他的计算机则不必再设置完整的安全措施，从而节省了大量的网络资源和计算机处理开销。例如，某些内部网络的服务器仅向内部网络用户提供服务，防火墙可以设置成将所有来自外界并指向这些服务器的数据包屏蔽掉；类似地，另一些服务器可能仅向外界提供某些特定的服务，如 Web 服务或邮件服务等，防火墙通过监测目的地址指向这些服务器的数据包的端口号，便可以确定是否需要阻止这些数据包。第二，防火墙通过监控所通过的数据包，能够及时发现并阻止外部对内部某些系统的攻击行为。例如，一些网络攻击的前期预备阶段往往是通过对网络系统进行扫描，进而掌握网络中的主机系统包括主机地址、提供的服务或系统漏洞等。常用的扫描方式可以通过 ICMP 的回显请求 Ping 或者其他类似于 Sniffer⊖ 的网络侦听工具等，通过对防火墙进行设置可以屏蔽掉这些对网络系统构成威胁的数据包，从而提高网络系统的安全性。

    防火墙技术可以按照对数据包的控制方式和防范的侧重点分为很多种类型，依据防火墙所运行的网络层次，可以分为两大类：网络层防火墙和应用层防火墙。

8.4.1　基于网络层的防火墙技术（包过滤）

    网络层防火墙可以直接通过对连接不同网络的路由器进行防火墙配置而实现。如图 8-28 所示，路由器 3 个端口分别连接不同的网络，其中两个端口分别连接内部局域网 LAN1 和 LAN2，另一个端口与外部因特网连接。路由器的基本功能是从某个端口输入数据包，为它选择输出端口

并转发，在完成这个基本功能的基础上，路由器可以进一步查看待转发分组的首部信息如数据包地址、协议类型以及端口号等，并根据预先设定好的分组过滤策略确定允许或拒绝向某个端口转发所接收的数据包。例如，图 8-28 中，假定内部局域网 LAN1 中 Web 服务器可以向公共网络提供 Web 服务，任何外界用户均可以访问这个 Web 服务器，那么防火墙针对这个 Web 服务器的数据包过滤策略可以设置为：任何来自因特网的数据

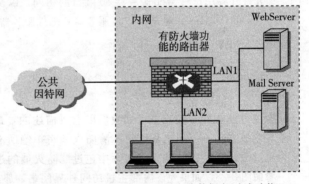

图 8-28　通过路由器实现防火墙数据包过滤功能

包，如果目的地址指向 Web 服务器，目的端口号为 80（设 Web 服务器使用默认端口号 80），则允许通过，同时防火墙将过滤掉目的地址指向 Web 服务器但目的端口号不是 80 的所有其他来自外部的数据包。网络层防火墙也因此被称为包过滤防火墙或包过滤路由器。

    实现包过滤防火墙的基础是制定相应的过滤策略，过滤策略所参考的参数或因素主要有以下几种：

    • 数据包的源地址和目的地址。防火墙可以根据地址信息实现外界对内部某些主机的访问控制。

⊖　Sniffer 程序是一种利用以太网的特性把网络适配卡设置为杂乱（promiscuous）模式状态，一旦网卡设置为这种模式，就能够接收传输在网络上的每一个信息包。

- 数据包的协议类型。IP 数据报首部的协议字段标志着该数据包所携带的高层数据属于哪一类协议，如协议字段为 6 说明数据部分是一个 TCP 报文段，协议字段为 1 说明携带一个 ICMP 消息等等。大部分防火墙会过滤掉 ICMP 的回显请求命令 ping，以防止外部通过 ping 向内部主机发起的攻击。通过数据包的协议字段可以很容易辨别一个 ICMP 的回显请求命令，并及时将其屏蔽掉。

- 数据包传输层端口号。由于一些常用的网络服务使用固定的端口，如 Web 服务使用 80 端口，邮件服务使用 25 号端口等，通过数据包的端口号可以辨别该数据包的性质，并决定是否允许数据包通过。例如，对于一个只向外提供 80 端口 Web 服务的服务器，防火墙都可以屏蔽掉发送到该服务器所有其他端口的请求数据包。

- 对数据包进行状态跟踪。通过对传输数据包进行动态监测和跟踪，经过相应的分析方法判定数据包是否对内部网络系统构成威胁，并动态设置包过滤规则以决定是否过滤相应的数据包。基于状态跟踪的过滤策略比上述通过数据包首部字段形成的过滤策略要复杂得多，其安全防范能力强于简单的包过滤防火墙，但对于每个数据包处理速度也会受到影响。

以下我们通过实例进一步探讨防火墙的包过滤规则。参考图 8-28，假设 LAN2 是内部网络某个工作组所在的子网，该工作组正在与连接在外界某个网络中另一个工作组进行项目合作，因此允许这两个网络之间进行的各种数据交换活动。设这个外界的工作组所在的网络地址为 IP_LAN，内网 LAN2 的网络地址为 IP_LAN2，我们以＜源地址，目的地址，源端口号，目的端口号，允许/拒绝＞的形式简单描述一个过滤规则，以 0.0.0.0 表示任何地址，x 表示任何端口号。则对于上述情况，防火墙对从外界进入的数据包的过滤规则为：

```
< IP_LAN, IP_LAN2, x, x, 允许>
```

上述过滤规则允许所有源地址为 IP_LAN，目的地址为 IP_LAN2 的数据包通过，并且所用的端口号不限。在这一条过滤规则的基础上，另加两条规则允许外界对内部 Web 服务器和邮件服务器的访问，即允许外界用户对 Web 服务器 80 端口的访问，以及允许外界用户对邮件服务器 25 端口的访问，以 IP_Web 和 IP_Mail 分别表示 Web 服务器和邮件服务器的 IP 地址，则防火墙的过滤规则扩充为：

```
< IP_LAN, IP_LAN2, x, x, 允许>
< 0.0.0.0, IP_Web, x, 80, 允许>
< 0.0.0.0, IP_Mail, x, 25, 允许>
< 0.0.0.0, 0.0.0.0, x, x, 拒绝>
```

上述过滤规则中前三条正如我们以上所描述的，最后一条表示拒绝所有其他的数据包，将这一条规则放在前面三条之后，意味着防火墙将拒绝所有不能够满足前面三条规则的数据包。这是一个经过简化了的过滤规则，实际中包过滤防火墙的过滤规则要复杂得多。

考虑图 8-28，如果允许内部主机访问外界网络，那么上述过滤规则就必须做相应的改变。例如，某个内部用户访问一个外部的 Web 服务器，防火墙只有允许从这个外部 Web 服务器返回给内部用户的响应数据包，内部用户才能够实现对外部 Web 服务器的访问操作。也就是说，防火墙应该设置成允许外界主机响应内部主机请求的数据包，拒绝外界主机对内部其他主机的服务请求或连接请求数据包，当然这个拒绝不包括外界用户向那些对外提供公共服务的服务器发出的服务请求。这则规则的描述如图 8-29 所示，内部主机 B 向远端的 Web 服务器请求 Web 服务，对于 Web 服务器响应该请求而返回的 HTTP 响应数据包，防火墙的过滤规则应该设置为允许通过。而当外部用户 C 主动向内部主机 A 请求一个 TCP 连接时，防火墙则应用拒绝这个连接请求报文通过，将这个数据包过滤掉。

怎样能够使防火墙确定一个数据包是一个响应内部用户请求的数据包还是主动连接请求数据包？基于网络层的防火墙并不了解数据包所承载的数据内容，对于来自 Web 服务器的响应数据包或许可以通过源端口号为 80 来判断，但是这种判断方法的问题是许多网络应用服务器并不一定使用固定的默认端口号，还有些网络服务在进行过程中会动态产生一些端口号，因此包过滤防火墙很难通过固定的端口号信息来判定一个数据包的性质。

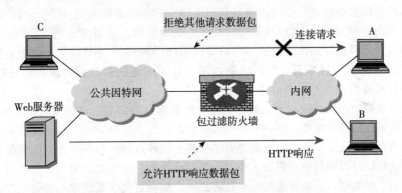

图 8-29   包过滤防火墙允许响应数据包，拒绝请求数据包

针对上述问题，一种解决方案是利用防火墙的状态检测功能。当内部主机发出对某个外部服务器的连接请求时，防火墙记录相应的连接状态信息(如 IP 地址、端口号和其他相关的首部信息)，对于同一个连接的后续数据包，可以直接允许通过。而对于并没有保存连接状态记录的数据包，防火墙通过相应的分析方法判断其合法性，并决定是否过滤这些数据包。具有状态检测功能的防火墙，实际上维护一个动态的过滤规则，根据保存的数据包连接状态信息，动态调整对经过数据包的过滤规则。防火墙的状态检测功能对于一些由外部发起的攻击性数据包，同样具有一定的检测和防御能力。

对于图 8-29 提出的问题，另一种解决方案可以利用 TCP 的首部信息设置防火墙的过滤规则。例如，TCP 数据包的一个特点是响应数据报文段中首部确认位 ACK 置为"1"。参考图 8-29，内部主机 B 向远端的 Web 服务器请求 Web 服务，内部主机首先向远程服务器发起一个 TCP 连接请求(即 TCP 的 SYN 报文段)，Web 服务器返回对该连接的确认报文(即 TCP 的 SYN、ACK 报文段)，之后用户向该服务器发送 HTTP 请求，Web 服务器返回用户 HTTP 响应数据信息，携带这个响应报文的 TCP 首部 ACK 确认位设置为"1"，表示确认所接收到的请求。利用这一特点，防火墙通过监测 TCP 报文段的首部 ACK 确认位，便可以将进入网络内部的数据包限制在响应包的范围之内。图 8-29 中，如果外部用户 C 主动向内部主机 A 请求一个 TCP 连接，因为这个连接请求报文只有 SYN 位置 1，而 ACK 位置 0，则防火墙便很容易设置相应的过滤规则将这个数据包过滤掉。

利用 TCP 的 ACK 字段可以在一定程度上过滤掉一些由外界发起的请求数据包，但并不是对所有的网络应用都能够很好地工作。例如，文件传输协议 FTP 的工作方式是，首先由客户端向 FTP服务器 21 端口请求 FTP 服务，当服务器通过此端口完成了客户端的用户认证之后，客户端和服务器之间将开启另一个 TCP 连接进行数据传输，这个用于数据传输的 TCP 连接通常使用服务器的固定端口 20。FTP 在默认情况下通常是在服务器认可了某个客户之后，由服务器向该客户发起这个用于数据传输的 TCP 连接请求。如果此时由内部用户向外界一个 FTP 服务器请求服务，则这个由FTP 服务器发出的用于数据传输的 TCP 连接请求经过以上所描述的防火墙时，便会因这个 TCP 连接请求的 ACK 位没有置 1 而被过滤掉，以致内部用户无法使用外界提供的 FTP 服务。解决的办法是使用 FTP 的被动连接模式 PASV，即在服务器认可了某个客户之后，由客户端向服务器发出用于数据传输的 TCP 连接请求。此外，某些防火墙也针对 FTP 的这种应用方式做了特殊的处理，即防火墙能够对传出的 FTP 请求进行跟踪并记录相应的地址和端口号信息，在接下来收到来自外界 FTP 服务器的数据连接请求时，如果在所保存的记录中找到相应的匹配信息，便允许这个连接请求通过。

那么，如何处理 UDP 数据包呢？UDP 报文段不存在 ACK 位，因此也不能通过 ACK 位判定数据包到底是一个响应包，还是请求包。采用 UDP 传输的网络应用主要有路由协议、多媒体应用以及 DNS 等。如果只是简单地允许所有从内网发出的 UDP 数据包，而拒绝所有来自外界的 UDP

数据包,同样会阻塞许多基于 UDP 数据传输的服务响应。防火墙对于 UDP 数据包的过滤策略通常基于以下几种方式:①可以允许一些可信任站点到本地的 UDP 数据传输,但如何设定一个网点是否属于信任的范围很难决定;②通过具有状态检测功能的防火墙来"记忆"由内部发出的 UDP 数据包,那么对于由外界而来的 UDP 数据包,如果防火墙能够在最近发出的 UDP 包记录中找到相匹配的地址和端口号信息,则认为这是一个响应的 UDP 数据包,允许进入,否则就拒绝转发这个 UDP 数据包;③采用代理服务器,即所有的内部与外部的连接和数据传输都通过代理服务器实现,关于代理技术我们将在下一节讨论。

包过滤防火墙的优点是设置和实现简单,通过对数据包的首部字段以及首部字段的不同组合,形成灵活并具有实效的过滤规则,是一种不可缺少的网络安全控制设备。包过滤防火墙也存在一些弱点,主要体现在以下几点。第一,过滤规则本身并不能够过滤掉一些攻击性的数据包。例如,攻击者采用地址哄骗便可以顺利地通过防火墙对于某些地址的过滤策略。第二,复杂的过滤规则会直接影响防火墙的工作效率,虽然每增加一条过滤规则,都会对网络系统多一份安全保障,但也同时增加了防火墙对每个数据包的过滤检测处理时延。第三,包过滤防火墙只能够提供基于数据包首部信息的过滤处理,而不能够对数据包所包含的应用数据部分提供相应的过滤处理。例如,某些内部服务器提供的服务只限于某些授权用户,由于不能够了解数据包的认证信息,包过滤防火墙也就不能够阻止那些非授权用户向该服务器的服务请求。

8.4.2　基于应用层的防火墙技术(应用代理)

应用层防火墙也称为应用网关,如果说包过滤防火墙像一个具有过滤功能的路由器,则应用层防火墙则更像一个基于某种应用的代理服务器,如 Web 应用服务代理、FTP 应用服务代理等。应用代理服务器设置在内网中某些有权访问因特网的专用服务器上,可以为外界用户提供到内部某些服务器的代理服务,也可以为内部用户提供到因特网其他服务器的代理服务。例如,一个 Web 代理服务器可以为内部主机访问因特网中其他的 Web 服务提供服务代理,即所有的内部主机都通过这个 Web 代理服务器来访问因特网中的 Web 服务;类似地,一个 Web 服务代理也可以成为所有外界用户对内部某个或某一些 Web 服务器的服务请求代理,所有来自外部的 Web 请求都首先发送到这个代理服务器上,再通过这个代理服务器向真正的 Web 服务器发送请求。应用代理的防火墙功能主要体现在可以对请求不同服务的用户进行身份认证,为不同的授权用户提供不同权限的网络应用,以及监视和控制网络应用的信息流量等。

我们通过图 8-30 来了解应用层防火墙的特点和实现原理。图中,某公司内部的某个 FTP 服务器可以向外部授权用户提供 FTP 文件传输服务,但外部用户并不能够直接向这个 FTP 服务器请求服务,所有对该 FTP 服务器的服务请求均通过一个 FTP 代理服务器进行。为此,外部用户首先向 FTP 代理服务器请求一个 FTP 服务,代理服务器对这个远程用户的请求进行不同策略的用户认证;当通过相应的认证过程之后,代理服务器再向内部的 FTP 服务器发出 FTP 服务请求;并在接收到 FTP 服务器的服务响应之后,代理服务器根据这个服务响应来构建对远程用户的服务响应,返回给客户端。事实上对于外部用户来说,所看到的只是 FTP 代理服务器,并不了解内部 FTP 服务器的存在。外部用户的客户进程和代理服务器的服务进程通过独立的 TCP 连接彼此通信;类似地,代理服务器与 FTP 服务器之间也通过相应的 TCP 连接彼此通信,只不过代理服务器在此充当的是一个 FTP 服务的客户端角色。

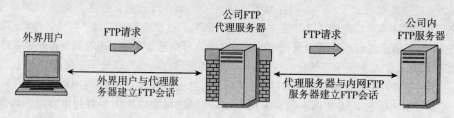

图 8-30　外部用户通过公司的 FTP 代理服务器向公司内的 FTP 服务器请求服务

采用图 8-30 所示的 FTP 应用网关能够对网络提供许多安全控制机制，主要表现为：

- 能够对外隐蔽实际服务器信息如服务器的域名、地址等。事实上内部 FTP 服务器可以连接在只能接收内部访问的子网上，这样可以有效地避免来自外部的网络攻击。
- 能够对请求用户提供用户认证。应用网关与客户之间以及应用网关与内部服务器之间建立独立的应用连接，应用网关能够完全理解每个客户请求的各种认证信息，如用户的账号、口令等信息，因此可以更有效地拒绝对某种服务没有访问权限的用户请求。包过滤防火墙因不能够了解应用层数据内容，是无法实现这种功能的。
- 能够对不同权限的用户提供不同级别的服务。例如，标准的 FTP 服务能够向用户提供由服务器到客户端的文件传输(使用命令 GET)，以及由客户端向服务器的文件传输(使用命令 PUT)。为安全起见可以仅对一部分用户提供完整的 FTP 服务，而对其他客户只提供最基本的从服务器向客户传输文件的命令。通过 FTP 代理服务器可以为每个请求客户建立相应的授权记录，当没有特殊授权的客户发送 PUT 命令请求时，代理服务器拒绝把该命令请求再继续转发给 FTP 服务器，而只对拥有授权的客户提供转发服务。
- 通过代理服务器向公共用户提供某种网络服务使包过滤防火墙的过滤策略变得更为简单。如图 8-29 中如果所有内部向外界提供的 FTP 服务都通过一个 FTP 代理实现，那么防火墙就可以仅允许目的地指向 FTP 代理服务器端口号为 21/20 的数据包通过，而过滤掉所有指向其他内部主机且目的端口号为 21 或 20 的数据包。

以上我们讨论了一种基于 FTP 服务的应用网关，事实上应用网关能够对多种服务实现代理功能，应用网关实现的基础是在代理服务器上运行相应的应用代理软件，如 Web 应用代理软件、FTP 代理软件或邮件服务代理软件等。因此只有运行某一种应用代理软件的代理服务器才能够提供相应的代理服务。例如，一个运行 Web 代理软件和 FTP 代理软件的代理服务，只能够接受对 Web 服务和 FTP 服务的客户请求，并作为这两种服务的代理向内部 Web 服务器和 FTP 服务器请求服务。

实际中另一种常用的应用网关是为内部用户向外界服务器提供请求代理服务，我们在第 7 章讨论的 Web 代理服务器(Web 高度缓存服务器)便是采用这种服务方式，如图 8-31 所示。Web 服务代理的工作过程是：当内部用户需要访问外界某个 Web 服务器时，首先将向该 Web 服务器发送的 HTTP 请求发送到内部网络中的 Web 代理服务器上；Web 代理服务器如果缓存有效期之内的相同网页，便直接将这个缓存的网页返回客户；否则 Web 代理会向这个用户请求的外界 Web 服务器发送一个新的 HTTP 请求，并在接收到相应的 HTTP 响应时，构建一个新的 HTTP 响应返回内部用户。正如图 8-30 中的 FTP 代理服务模式一样，图 8-31 中的 Web 代理服务器和内部用户之间以及代理服务器和外界 Web 服务器之间通过独立的 TCP 连接实现 HTTP 请求和响应。与内部用户之间的 HTTP 会话中，代理服务器作为服务器提供 HTTP 响应服务；而与外界 Web 服务器的 HTTP 会话中，代理服务器又作为一个客户端向服务器发送 HTTP 请求。

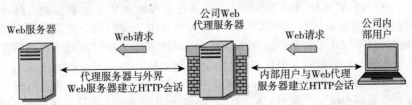

图 8-31   通过 HTTP 代理服务器为内部用户提供对外界 Web 服务器的访问

图 8-31 所示的 Web 服务代理同样能够为网络提供相应的安全保护控制，可以体现在以下几个方面：

- 可以为不同的用户提供不同级别的访问因特网服务。例如，内部用户可以按照国内信息流量或国外信息流量等申请不同的访问因特网服务，如果所有的内部用户都只通过 Web 代理访问外界的 Web 服务器，Web 代理可以作为一个 Web 服务网关审查每个请求用户是否拥有对外的访问权限，只向合法的用户提供代理服务，而拒绝为未授权用户提供外部访问服务。

- 使用 Web 代理可以使网络中的包过滤防火墙的过滤策略简单化。因为所有从内部发出的 Web 请求都由 Web 代理服务器发出，在检测从外部返回的响应数据包时，防火墙可以简单地将所有指向其他内部主机并且源端口号为 80 的数据包过滤掉。

与包过滤防火墙相比，应用网关的优势是每一种应用网关只针对一种应用而设计，因此相应的过滤策略要比包过滤防火墙来得简单。应用网关能够解读数据包的应用层数据，对于鉴别一个数据包是否属于授权用户也比包过滤防火墙更为方便直接。但应用网关作用在应用层，实现过程中需要分别与某种应用的请求端和响应端进行独立的会话。相比之下，包过滤防火墙只是对数据包的首部信息进行检测，并对可以通过的数据包直接转发出去，因此要比应用网关的处理速度快得多。实际中，两种防火墙并不能相互取代，而是通过相互补充和协作，为内部网络提供安全的访问控制。

8.4.3　防火墙的局限性

以上我们讨论了两种基本的防火墙技术，事实上任何一种防火墙都有它的局限性，这种局限性可以体现在几个方面。

大多数防火墙都侧重于对外部数据包进行防范，而忽略了来自内部的一些安全隐患。例如，我们讨论过包过滤防火墙常使用一条过滤策略是，允许从外部进入的响应数据包，而拒绝自外而来的连接请求或服务请求。如果一个内部主机首先向一个外部攻击者发送一个请求包，而引入一个具有某种攻击行为的响应数据包，便会使这个攻击包顺利地通过防火墙，实施对某个服务器或网络设备的攻击行为。同时由内部向外部发出的数据包有时也会携带一些相关的内部敏感信息，因防火墙对于发出的数据包通常不作过多的限制，因此这些信息很容易被外部获取，并成为对内部网络发起攻击的关键信息。

防火墙本身是基于 TCP/IP 协议基础而实现，因此也就很难完全消除因这些协议漏洞所造成安全威胁。例如，一种利用 TCP 的协议漏洞向服务器发起的 SYN 攻击，最终将导致被攻击的服务器停止（拒绝）接受所有的服务请求，也称为拒绝服务攻击 DoS(Denial-of-Service)，实现非常简单。攻击者向服务器提供某种服务的端口不停地发送大量的 TCP 连接请求 SYN 报文，在发送了 SYN 连接请求之后，并不再继续与服务器完成接下来的握手信号交换，使得服务器陷入等待请求者发送第三次握手信号的状态。处于这个等待周期的连接状态也称为服务器的半连接状态。服务器会保持为该连接所分配的所有资源，直到定时器超时。如果服务器开启大量的处于半连接状态的 TCP 连接，最终会导致服务器的资源被耗尽而不能够再接受新的 TCP 连接请求，即便是一个正常的请求。SYN 攻击通常针对内网中向外提供公共服务的服务器发起，单从攻击者发送的一个单独的 TCP 请求连接的 SYN 数据包，防火墙无法分辨它是出自于一个正常的连接请求，还是一个 SYN 攻击。一些具有状态检测功能的防火墙，通过跟踪输入输出数据包的连接状态变化等信息，检测数据包的首部状态信息（如 TCP 的 SYN 位和 ACK 位等）的变化是否符合相应的协议规则。形成的过滤规则不仅基于数据包的首部字段，同时还参考数据包的状态变化等参数，以提高对内部网络系统的安全防御能力。但这种具有状态检测功能的防火墙面临的问题是，首先针对所有数据流量的状态检测对防火墙的处理和计算能力都有较高的要求，并且状态检测会直接影响防火墙对每个数据包的处理速度；其次，对于上述 SYN 攻击包来说，即便是具有状态检测功能的防火墙也很难准确地判断出一个 SYN 是否是攻击包，特别是某些进行 SYN 攻击的攻击者会采用地址哄骗，使每次发送的 SYN 包用不同的源地址。

最后，防火墙的安全防御能力与其处理速度是成反比的。防火墙的过滤规则越复杂，对数据包检查得越细，内部网络的安全性就越高，但相应地处理每一个数据包的速度也就会越慢，使得整个网络的性能也受到影响。

上述防火墙的局限性说明防火墙并不可能对网络起到绝对的安全保护，实际网络系统中通常会采用其他的安全控制措施作为防火墙的必要补充。例如，入侵检测系统 IDS(Intrusion Detection System)可以作为防火墙之后的第二道防线，在不影响网络运行和性能的前提下，从防火墙或网络系统中的其他关键节点收集相应的信息，并通过分析这些信息判断其中是否含有攻击的企图，当发现恶意行为时能够及时向网络管理员报警。作为防火墙的补偿技术，入侵检测系统不但可以发现从外部进入的攻击，也可以发现来自内部的恶意行为，对于防止或减轻网络系统所受到的各种安全威胁具有重要意义。

8.5　小结

本章介绍了网络安全的一些基本内容，在对网络中存在的典型安全隐患进行分析之后，我们提出了能够对网络提供安全保护的几个关键部分，它们是对所传输数据的保密性保障、数据在传输过程中的完整性保护、安全的用户身份鉴定与认证以及对网络系统的访问控制等。

数据加密技术是上述所有安全控制机制实现的基础。对称密钥加密算法和公开密钥加密算法是两种基本的数据加密技术。对称密钥加密算法使用同一个密钥实现加密和解密，要求双方都拥有一个共享密钥。对称密钥加密算法的特点是加密和解密速度较快，但共享密钥的传递过程中存在被窃听的安全隐患。公开密钥加密体制使用一对不同的密钥实现加密和解密，用于加密的密钥称为公开密钥，用于解密的密钥称为私有密钥。公钥可以公开通过网络传输，而私钥通常只保存在本机，因此消除了密钥传输过程中被他人截获造成的安全威胁。公钥体制的主要缺陷是处理速度较慢，并且公钥本身的真实性需要借助于可信赖的第三方如 CA 的帮助来认证。

安全可靠的身份认证是许多网络应用的实现基础。最典型的认证技术通过公钥体制实现，借助于公认的认证机构提供的数字证书，用户能够很方便地鉴别某个公钥持有者的真实身份。当通信双方成功地彼此鉴别身份之后，通常会商定一个对称密钥加密算法，并在接下来的数据通信过程中使用它来加密和解密数据，以提高保密数据传输的处理速度。

数据的完整性保障对于某些应用来说具有很重要的意义。对数据完整性保护最安全的方式是使用发送方的私钥对发送数据产生的报文摘要进行数字签名，接收方用发送方的公钥和相同的摘要技术来验证数据的完整性。

防火墙设置在外部网络与内部网络进行数据交换的必经之处，是控制并限制外界对内部网络系统进行访问的硬件和软件组合。基于网络层的包过滤防火墙通过检查数据包的首部信息如地址、端口号或协议值等决定允许或拒绝一个数据包通过，以此将一些不符合检测规则的数据包拒之门外。通过应用网关实现的防火墙技术通过为某一种网络应用提供的代理服务，限定用户针对这种网络应用对服务器的访问和操作权限。包过滤防火墙实现简单灵活且过滤速度快，但对应用层数据不能够深入了解，因此很难实现基于应用层数据的过滤操作。应用网关能够针对某一种应用对用户提供相应的访问控制，但缺陷是受到处理速度的限制。

值得提出的是，并不能依赖一种安全机制或防火墙技术为网络系统提供完全的安全保障，这一点可以从我们所介绍的几种网络安全协议中认识到。实际应用中，这些不同的安全策略相互配合协作，以实现计算机网络中各种不同的安全需求。

练习题

8.1　请解释以下几种安全保护措施的含义：对数据的完整性保护，机密性保护，安全身份认证。使用本章学习的数据加密技术，对于上述每一种安全机制提出相应的控制机制。

8.2　对称密钥加密算法如 DES 加密速度较快、效率高，但要求双方必须拥有共同的密钥，因此密钥分发过程面临安全隐患。公钥加密系统如 RAS 加密和解密采用不同的密钥，消除了密钥分发过程中的安全隐患，但公钥加密速度和效率都比较低。设计一个安全机制，在充分考虑上述特点后，能够提供高效的身份认证、数据完整性保护以及机密性保护。

8.3　对于身份认证，为什么口令是不安全的？为什么握手方式能够提供安全的身份认证？

8.4　在访问某些网页时使用 https：//替代普通的 http：//，http 和 https 有什么区别？它们是两种不同的应用协议吗？

8.5　什么是 CA 认证？X.509(RFC 2459、2511)是关于 CA 证书的主要标准，规定了证书的基本结构，通过 RFC 资源查阅 X.509 标准，了解 CA 证书的主要内容，想想看这些内容都有什么用？

8.6　什么是 VPN 技术？通过使用网络层安全协议 IPSec 实现的 VPN 能够提供哪些安全控制机制？

8.7　Telnet 和 FTP 是远程登录和文件传输协议，采用口令认证和明文传输，被认为是不安全的网络应用。8.4.3 节中介绍的 SSH 协议能够实现安全模式下的 Telnet 和 FTP 的所有功能，在 Windows 环境下提供 SSH 功能的工具有 SecureCRT、Putty 等。在你的系统上安装一个这类应用程序，并登录到一个远端服务器上，在第一次登录时系统会提示你选择相应的安全身份认证方法和数据传输使用的加密算法，你可以选择不同的设置来了解 SSH 的实现方法。

8.8　假设路由器 R1 和 R2 具有分组过滤防火墙功能，其中 R1 是主要防火墙。这个内部网络希望外界能够远程登录到网络 2(Telnet 端口号为 23)，但不能登录到网络 1 上的主机；同时也不允许从网络 2 远程登录到网络 1。设网络 1 和网络 2 的地址分别为 IP1 和 IP2，给出 R1 和 R2 的过滤规则。

8.9　为了限定局域网用户访问 Internet 时只能进行 WWW 浏览，网管应该在防火墙上采取什么措施？这种措施能够完全限制住除 Web 浏览以外的其他数据流量吗？如果某种非 Web 应用将数据包封装在 HTTP 报文中(也称 HTTP 隧道)，是否能够通过防火墙？为什么？

8.10　当下载某个软件时，其官方网站通常还提供一个该软件的 MD5 码，解释这个 MD5 码有什么用？用户如何使用？

8.11　某些服务器要求用户在登录之前提供相应的用户名和密码，通常服务器使用 MD5 对用户最初设置的用户名和密码散列(hash)后保存在数据库。比起直接存放用户名和密码，解释这样做有什么好处？如果某用户不小心忘记了自己的用户名或密码怎么办？

8.12　对于 8.4.3 节中提到的 SYN 攻击，目前有很多这方面的研究，但 SYN 攻击主要源自 TCP 本身的安全漏洞，因此一直没有非常有效的应对措施。以下是两种方案，请分析它们分别有什么不足或问题。

　　1)随时检测被攻击目标所接收到的通信流量大小，当检测到流量已趋于饱和时，停止接受新的 TCP 连接请求。

　　2)认为攻击时大多数源地址在服务主机上都未曾出现过，而正常的 TCP 请求都曾经在服务主机上出现过，基于这个结论，使用一个简单的数据库存放合法源地址，从而检测攻击型的 TCP 请求。

进一步阅读材料

鉴于本教材的定位是针对信息技术专业方向的人才培养，我们省略了对于某些技术专题过于详细的讨论，读者可以根据章节中给出的提示进一步参阅相关书籍和材料，进一步了解相关技术的发展过程和研究动态。这里我们还推荐一些与互联网相关的官方网站，它们由不同职责的互联网组织机构管理并运行，负责制定并管理互联网相关的各种政策、协议以及标准，是学习计算机网络和互联网的重要技术资源。

1. (美)James F. Kurose, Kevin W. Ross 著，《计算机网络：自顶向下方法与 Internet 特色》，机械工业出版社。

2. (美)W. Richard Stevens 著，《TCP/IP 详解　卷 1：协议》，机械工业出版社。

3. (美)Douglas Comer 著，《计算机网络与因特网》，机械工业出版社。

4. (美)Larry L. Peterson, Bruce S. Davie 著，《计算机网络系统方法》，机械工业出版社。

5. (英)Fred Halsell 著，《计算机网络与因特网教程》，机械工业出版社。

6. (美)Andrew S. Tanenbaum 著，《计算机网络》，清华大学出版社。

7. (美)William Stallings 著，《数据与计算机通信》，高等教育出版社。

8. 谢希仁著，《计算机网络概论》，电子工业出版社。

9. 吴功宜著，《计算机网络》，高等教育出版社。

10. 教育部高等学校计算机科学与技术教学指导委员会编制，《高等学校计算机科学与技术专业发展战略研究报告暨专业规范》，高等教育出版社。

11. http://www.isoc.org ，国际互联网协会 ISOC(Internet Society)，基本宗旨是就互联网技术制定相应的标准，发布信息，以及提供培训等。

12. http://www.ietf.org ，因特网任务工作组 IETF(Internet Engineering Task Force)负责互联网相关技术规范的制定，官方网站提供因特网草案、因特网标准以及 IETF 会议录等内容。

13. www.rfc-editor.org，RFC(Request for Comments)文档，是一系列关于因特网的技术资料汇编。该网站提供全部 RFC 文档，是学习网络技术的重要资源。

14. www.rfcsite.yeah.net，一个 RFC 文档的中文界面站点。

15. http://standards.ieee.org，美国电气与电子工程师协会 IEEE(The Institute of Electrical and Electronics Engineers)，IEEE 官方网站包含局域网和其他网络技术的学术论文，以及相关的技术标准。

16. http://www.iso.org，国际标准化组织 ISO(International Organization for Standardization)，负责制定全球一致的国际标准，技术领域涉及信息技术、交通运输、农业、保健和环境等。

17. http://www.itu.int，国际电信联盟 ITU(International Telecommunications Union)，主要负责确立国际无线电和电信的管理制度和标准。

18. http://www.w3.org ，万维网联盟 W3C(World Wide Web Consortium)，制定 Web 相关的网络标准，如 HTML、XHTML、CSS、XML 等标准都是由 W3C 负责定制。

19. http://www.icann.org/，互联网名称与数字地址分配机构 ICANN(Internet Corporation for Assigned Names and Numbers)行使监管和分配全球 IP 地址及域名的权利。

20. http://www.cnnic.net.cn/，中国互联网络信息中心 CNNIC(China Internet Network Information Center)，负责中国域名和地址资源的注册和管理。

面向计算机科学与技术专业规范系列教材

离散数学	978-7-111-23571-2	35.00元
数据结构与算法	978-7-111-28825-1	28.00元
C程序设计思想与方法	978-7-111-25495-9	36.00元
操作系统原理与实践		
数据库系统		
计算机网络		
计算机网络与互联网	978-7-111-24725-8	45.00元
编译原理	978-7-111-28818-3	28.00元
计算机组成基础	978-7-111-25261-0	29.00元
计算机组成原理	978-7-111-26127-8	36.00元
计算机体系结构		
嵌入式系统		
软件工程概论	978-7-111-28381-2	36.00元
面向对象分析与设计	978-7-111-23528-6	28.00元
软件测试		
软件需求工程	978-7-111-24809-5	25.00元
软件项目管理		
人工智能		
形式语言与自动机	978-7-111-23776-1	29.00元
电路、信号与系统	978-7-111-28824-4	35.00元
数字电路与逻辑设计		
大规模集成电路原理与设计	978-7-111-27709-5	26.00元
Web系统与技术		
信息安全		

教师服务登记表

尊敬的老师：

您好！感谢您购买我们出版的 _____ 教材。

机械工业出版社华章公司本着为服务高等教育的出版原则，为进一步加强与高校教师的联系与沟通，更好地为高校教师服务，特制此表，请您填妥后发回给我们，我们将定期向您寄送华章公司最新的图书出版信息。为您的教材、论著或译著的出版提供可能的帮助。欢迎您对我们的教材和服务提出宝贵的意见，感谢您的大力支持与帮助！

个人资料（请用正楷完整填写）

教师姓名		□先生 □女士	出生年月		职务		职称：□教授　□副教授 □讲师　□助教　□其他		
学校			学院			系别			
联系 电话	办公： 宅电： 移动：			联系地址 及邮编					
				E-mail					
学历		毕业院校		国外进修及讲学经历					
研究领域									

主讲课程	现用教材名	作者及 出版社	共同授 课教师	教材满意度
课程： □专　□本　□研 人数：　　学期：□春□秋				□满意　　□一般 □不满意　□希望更换
课程： □专　□本　□研 人数：　　学期：□春□秋				□满意　　□一般 □不满意　□希望更换

样书申请			
已出版著作		已出版译作	
是否愿意从事翻译/著作工作　□是　□否	方向		
意见和建议			

填妥后请选择以下任何一种方式将此表返回：（如方便请赐名片）

地　址：北京市西城区百万庄南街1号　华章公司营销中心　　邮编：100037
电　话：(010) 68353079 88378995　传真：(010)68995260
E-mail:hzedu@hzbook.com　markerting@hzbook.com　　图书详情可登录http://www.hzbook.com网站查询